À PROPOS DE L'AUTRICE

Avant de devenir autrice de romances, **Susan Meier** a travaillé dans la publicité. Mais, lasse de ne pouvoir laisser davantage libre cours à son imagination, elle s'est rapidement tournée vers l'écriture... pour le plus grand bonheur de ses lectrices !

L'héritière du Kansas

*

Séduite par son garde du corps

*

Ce patron si secret

Collection : SAGAS

Titre original :
CINDERELLA'S BILLION-DOLLAR CHRISTMAS

Ce roman a déjà été publié en 2021

HARPERCOLLINS FRANCE
83-85, boulevard Vincent-Auriol, 75646 PARIS CEDEX 13
Service Clients — https://www.harlequin.fr/contenu/contactez-nous
ISBN 978-2-2805-2440-7 — ISSN 2426-993X

Édité par HarperCollins France.
Composition et mise en pages Nord Compo.
Imprimé en octobre 2025 par ScandBook UAB en Lituanie
en utilisant 100% d'électricité renouvelable.
Dépôt légal : novembre 2025.

FSC
www.fsc.org
MIXTE
Papier | Pour une gestion forestière responsable
FSC® C021394

Pour limiter l'empreinte environnementale de ses livres, HarperCollins France s'engage à n'utiliser que du papier fabriqué à partir de bois provenant de forêts gérées durablement et de manière responsable.

SUSAN MEIER

L'héritière du Kansas

INTÉGRALE
LES MILLIARDAIRES DE MANHATTAN

Traduction française de
MARGUERITE GUILLEMET

SAGAS

HARLEQUIN

1

À travers la grande vitre du Family Dinner, Leni Long observait la neige sur les cloches accrochées aux huit lampadaires du village. À Mannington, dans le Kansas, après le rush du petit déjeuner, le restaurant décoré en rouge et blanc était déjà vide et tranquille.

Une élégante voiture noire apparut sur le parking. Un homme en manteau anthracite en sortit. Il courba les épaules sous l'assaut du vent glacé, mais le mouvement avait une puissance indéniable : musclé, il faisait plus d'un mètre quatre-vingt-cinq et exsudait une force innée. La neige poudrait déjà ses cheveux sombres, dont la coupe élégante soulignait son beau visage.

Leni quitta la fenêtre et se faufilait vers le comptoir lorsque la porte vitrée tinta ; lorsque l'inconnu entra, ses yeux la trouvèrent immédiatement.

Son regard glissa sur sa blouse imprimée de cannes à sucre, son tablier et ses collants rouges, sa petite jupe verte, et jusqu'à ses ridicules bottines noires à boucle argentée.

Génial. Pour la première fois depuis le siècle dernier, un homme beau comme un dieu mettait les pieds à Mannington, et évidemment, elle était déguisée en elfe de Noël.

C'était la vie de village : les serveuses changeaient de costume par saison, le cuisinier fumait à l'arrière du restaurant, et sa mère, la deuxième serveuse de garde, n'arriverait qu'à dix heures et demie. Elle avait dû rester avec son père et s'assurer que tout allait bien. Depuis qu'il avait eu une blessure à la tête dans un accident de travail, il avait parfois des crises d'épilepsie.

Le demi-dieu regardait maintenant son badge pailleté.

— Leni ?

Dans l'atmosphère familiale du *diner*, les clients de passage utilisaient souvent son prénom, mais ce n'était pas pareil, cette fois-ci. Il y avait quelque chose dans sa voix profonde et soyeuse. De la déception ?

— Oui, sourit-elle. Leni.

— Vous êtes la seule serveuse ?

Elle attrapa un chiffon et passa derrière le comptoir.

— Oui. L'autre serveuse arrivera un peu plus tard.

— Dans longtemps ?

Pourquoi était-il si intéressé par les horaires de sa mère ?

— Dans quelques minutes, normalement. Mais je peux prendre votre commande sans elle, vous savez.

Avec un demi-sourire, il s'assit sur l'un des tabourets.

— Je vais prendre un café.

— Pas de problème. On continue aussi à servir le petit déjeuner toute la journée, si ça vous intéresse, dit-elle en attrapant la cafetière sur la plaque chauffante.

— Désolé, j'ai déjà mangé.

Mince. C'était son seul appât pour qu'il reste un peu plus longtemps. Il allait sûrement avaler son café et disparaître... À moins qu'il veuille attendre sa mère ?

Une inquiétude nouvelle pointa le bout de son nez. Et s'il travaillait pour l'assurance ou les avocats de l'entreprise de son père ? Deux ans après son accident, At Home Construction réfutait toujours sa version des faits et les ordonnances des médecins, décidés à le remettre au travail pour des travaux à petite échelle.

Mais si cet homme avait été un détective privé commissionné pour prouver que son père n'était plus invalide, il n'aurait pas cherché à rencontrer sa mère.

Non, il aurait surveillé leur maison.

Pour se faire pardonner de l'avoir accusé mentalement, elle lança :

— Peut-être un pain aux raisins ?

— Non, merci, dit-il en riant.

Sa voix était chaleureuse, mais la réponse ne laissait pas vraiment de place à la conversation. Leni sourit. Parfois, les clients n'aimaient pas discuter. Elle allait le laisser tranquille.

Elle pivota pour rentrer en cuisine, mais il reprit la parole :

— C'est joli, dans le coin.

— Mannington ? C'est... pas mal.

Il arqua un sourcil espiègle.

— Seulement pas mal ?

Une étincelle d'amusement dansait dans ses yeux bruns et... Il était si magnifique que le regarder était un plaisir en soi. Elle pouvait bien s'accorder une minute, n'est-ce pas ?

— Non, Mannington est un très joli village, mais je vais bientôt déménager. Je viens de finir mes études et je dois aller en ville pour trouver du travail. À Topeka, certainement.

— Je viens de New York. Ma famille contrôle une entreprise de gestion financière. J'ai toujours su où j'allais travailler. J'ai eu une petite période de rébellion, évidemment, mais finalement... Me voilà.

À Mannington, dans le Kansas ?

Un homme à la tête d'une entreprise de gestion financière new-yorkaise était descendu jusqu'à Mannington, où personne n'avait jamais d'argent ?

De nouveau, un éclair de méfiance la traversa. Mais au moins, elle l'avait fait parler. Peut-être qu'un peu de bavardage avec une serveuse inconnue suffirait à lui faire avouer ses motivations ?

Nick Kourakis ne pouvait s'empêcher de dévorer Leni des yeux. Il avait été envoyé ici par les avocats de Mark Hinton à la recherche d'Elenore Long, sans doute la serveuse absente, et avait trouvé à sa place la plus jolie femme qu'il avait jamais vue.

Elle avait un visage exquis, une silhouette parfaite que son déguisement ne parvenait pas à enlaidir, et des yeux verts pétillants d'humour... Et ils bavardaient si facilement – il n'avait pas eu le plaisir d'une complicité anonyme depuis si longtemps. Ils ne se reverraient jamais : c'était sans conséquence. Exactement la distraction dont il avait besoin en attendant Mlle Long.

— Et à Topeka, ce sera avec ou sans le costume d'elfe ?

— Je ne crois pas qu'ils laissent les assistantes sociales porter ce genre de choses, rétorqua-t-elle en riant.

Et quel adorable rire. Il aimait le scintillement de ses prunelles, ses longs cheveux souples, son sourire si... facile.

— C'est un métier difficile.

— Je sais.

— Mais au moins, il y a du travail à revendre.

— Et j'ai hâte d'y être.

Son sourire s'était élargi, une exquise courbure de ses lèvres pleines. Il aurait juré que son cœur avait bondi dans sa poitrine. Il avait été célibataire pendant si longtemps qu'il ne se souvenait pas d'avoir jamais ressenti une chose pareille. Pas seulement une affinité immédiate, mais chaleureuse, profonde – comme si cette conversation anodine ouvrait une porte inconnue. Ensorcelé par son beau visage, ses grands yeux, ses pommettes hautes, son petit nez, ses lèvres qui appelaient au baiser, il avait l'envie folle de lui proposer de plutôt chercher du travail à New York.

C'était une rêverie en l'air, bien sûr. Même dans un monde où il aurait pu la revoir, rien n'aurait jamais pu se passer entre eux.

La porte du restaurant tinta et il pivota. Une femme les rejoignit, elle aussi déguisée en elfe. L'autre serveuse, Elenore Long, à moins que...

Non. Elle avait les yeux bleus et des cheveux châtains, un visage carré. Et elle avait au moins cinquante ans : elle était trop âgée. Son exclusive héritière était l'enfant de Mark Hinton, décédé deux semaines plus tôt à soixante ans.

Il se leva. L'inconnue déboutonnait son manteau.

— Je crois qu'il t'attendait, maman.

Nick tourna la tête vers Leni, surpris.

— « Maman » ?

— C'est ma mère, oui. Denise Long ?

Il inspira profondément et trouva son regard vert.

— Leni Long, c'est bien cela ? Et Leni est un surnom ?

Évidemment. Comment avait-il pu rater cela ?

— Oui, le diminutif d'Elenore.

Il passa une main sur son front. Ses yeux et sa superbe crinière et son joli petit corps lui avaient momentanément fait perdre toute jugeote. C'était elle, bien sûr.

— Elenore Long. Vous êtes Elenore Long. Puis-je vous parler en privé ?

Elle pressa une main contre son cœur.

— C'est pour moi que vous êtes ici ?

— Oui.

— Pourquoi ? J'ai eu du mal à obtenir un prêt étudiant. Je n'ai pas d'argent à investir.

— J'ai quelque chose d'important à vous annoncer.

Leni n'avait jamais vu quelqu'un se métamorphoser aussi vite. Le charme amusé de l'inconnu s'était envolé, remplacé par un sérieux total. Et son insistance la laissait perplexe.

— Il n'y a que vous, moi et ma mère ici.

— Très bien, dit-il en montrant la table la plus éloignée. Allons nous asseoir.

Il la suivit jusqu'à l'alcôve puis se glissa en face d'elle.

— Je m'appelle Nick Kourakis. Je travaille pour une entreprise de gestion financière à New York.

— Vous me l'avez dit, oui.

Il la scrutait toujours ; dans l'intense faisceau de son attention, elle dissimula un frisson d'anticipation. Elle n'avait jamais vu un homme aussi beau, certes ; mais, en lui rendant son regard, elle nota pour la première fois que son pardessus gris avait la perfection du sur-mesure, que sa chemise et sa cravate étaient indéniablement luxueuses. Malgré sa taille et sa carrure, il se mouvait avec une élégance innée. Comme s'il était habitué à l'opulence. Il n'était pas seulement séduisant ; non, il était *impeccable*. Soigné, charismatique, poli et...

Riche.

Plus riche qu'elle n'était sans doute *capable* de l'imaginer.

— Je ne suis pas là pour vous vendre quoi que ce soit, Leni. J'ai été envoyé pour venir vous chercher.

— Venir me chercher ?

Ses yeux bruns faisaient chanter son sang, hypnotiques.

— J'ai une nouvelle très excitante à vous annoncer.

— Vraiment, railla-t-elle en combattant tant bien que mal les étranges sensations qu'il faisait naître en elle.

— D'abord, sachez que la raison de ma venue doit rester confidentielle.

— D'accord.

— Avez-vous déjà entendu parler de Mark Hinton ?

Un peu de son assurance lui revint. Assez pour relever le menton et réfléchir, répondre clairement :

— Non.

— C'est un milliardaire. *C'était* un milliardaire. Et nous pensons que vous faites partie des personnes mentionnées dans son testament. Ses héritiers.

— Oh...

Déjà, son esprit lui faisait miroiter un don de dix mille dollars, assez pour payer les factures qui s'étaient accumulées depuis l'accident de son père ; mais elle se força à calmer sa bouffée d'espoir.

— C'est une bonne nouvelle, non ?

— Ce pourrait même être une nouvelle extraordinaire.

— Attendez... Assez extraordinaire pour payer tous les soins de mon père ?

— Bien plus que cela.

Elle retint son souffle. Alors quoi ? Elle pourrait acheter le chien d'assistance dont il avait tant besoin, et empêcher son entreprise de le remettre au travail ?

Mais avec l'excitation émergea aussi un malaise. Sa vie n'avait jamais été *facile*. Adoptée à huit ans, après que sa mère biologique l'avait laissée un an et demi en familles d'accueil, elle avait travaillé d'arrache-pied pendant des années pour pouvoir payer sa licence à mi-temps.

— Et en échange... ? demanda-t-elle, les sourcils froncés.

— Avant de vous en dire plus, vous devez me promettre de garder le secret.

Un petit rire lui échappa.

— Je dois faire vœu de silence ?

— Vous êtes la première des trois potentiels héritiers de Mark Hinton. Ses biens sont astronomiques. Vous pouvez confier cette information à vos parents, mais c'est tout, et seulement s'ils jurent de la garder pour eux. C'est une question de sécurité, pour vous plus que pour quiconque.

Non. C'était trop beau pour être vrai. Elle ne croyait plus aux miracles ; c'était forcément une erreur ou pire... Une mauvaise blague.

Comme elle restait silencieuse, il poussa un soupir.

— J'ai été envoyé par le cabinet juridique qui gère les biens de votre père. L'avocat chargé du dossier était retenu au tribunal cette semaine, mais comme c'est un ami et que l'entreprise de ma famille s'occupe de la fortune Hinton, j'ai été envoyé à sa place.

Le sang rugissait à ses tempes et noyait la voix de Nick. Un seul mot résonnait en elle.

— Mon *père* ? souffla-t-elle.

Sa mère biologique lui avait martelé que son père n'était pas important, qu'elles n'avaient pas besoin de lui. C'était faux, bien sûr : sa mère n'avait pas pu la garder, après tout.

— D'après l'avocat de votre père, la trace documentaire suggère que Mark Hinton est votre père biologique. Mais il est nécessaire de confirmer votre parenté avec un test ADN.

Elle s'enfonça contre le dossier de la banquette, sonnée.

— Mon père était riche...

— L'un des premiers multimilliardaires du pays. Et si la presse l'apprend avant que l'équipe juridique n'ait eu le temps de préparer votre protection, le pays entier va se jeter sur vous. Chantage, kidnapping, escroquerie, ce sont des risques réels dans une situation comme celle-ci. Je suis descendu pour vous annoncer la nouvelle, mais aussi pour vous emmener à New

York. Là-bas, les avocats de M. Hinton pourront vérifier votre identité plus rapidement.

Il montra son portable d'un petit mouvement de menton.

— Cherchez son nom sur Google, Leni.

Elle avait le cœur serré, l'esprit embrumé. Dans un état second, à deux doigts du vertige, elle baissa les yeux sur son écran et fit défiler des pages et des pages de résultats. *Millionnaire, reclus, prodige de l'industrie pétrolière, héritiers disparus*, une liste de gros titres à n'en plus finir. Son cœur rata un battement et repartit au galop avec une telle frénésie qu'elle craignit un instant de perdre son sang-froid.

— Vous… pensez que ce… Hinton est mon *père* ?

— Son avocat en est presque certain. Les certificats sont solides. Le test d'ADN confirmera ce que l'administratif prouve déjà.

Elle déglutit difficilement, la gorge nouée.

— Pour votre sécurité et pour assurer la confidentialité de l'affaire, il vaudrait mieux partir pour New York dès maintenant.

Il se tut un instant et chercha son regard.

— Acceptez-vous de venir avec moi, Leni ?

Dix minutes plus tôt, son offre aurait sans doute fait frémir son pouls. Mais maintenant ? L'inconnu souriant avait disparu derrière un mur de distance et de professionnalisme. Et même s'il lui faisait miroiter des sommes suffisantes pour soutenir ses parents à vie, elle ne pouvait pas partir à New York avec un homme qu'elle connaissait à peine. Pas sans preuve qu'il n'était pas fou à lier.

— Donnez-moi une journée ?

— J'étais censé revenir avec vous dès aujourd'hui.

— J'ai besoin de vingt-quatre heures. Je veux expliquer la situation à mes parents et vérifier *votre* identité.

— Je peux vous fournir des références…

— Merci, mais je préfère me débrouiller toute seule. Revenez me chercher demain, M. Kourakis.

2

Nick Kourakis quitta le restaurant, en proie à une étrange déception. Peut-être aurait-il dû se focaliser sur ses propres intérêts : convaincre Leni Long de confier sa nouvelle fortune à son entreprise, comme son père avant elle. Mais Danny Manelli, l'avocat chargé du testament, lui avait demandé de ne pas mentionner la gestion de sa fortune pour le moment ; une des clauses testamentaires promettait de donner des difficultés à l'équipe légale, et Nick risquait de compliquer la situation en parlant d'argent à Leni avant que Danny n'ait clarifié chaque détail.

Il avait rempli sa mission : il était censé se cantonner au plus élémentaire des exposés. Lui apprendre l'identité de son père biologique et proposer de l'accompagner pour commencer la procédure d'officialisation. Normalement, Nick aurait accepté la directive sans y réfléchir à deux fois. Mais aujourd'hui, face à Leni, il avait eu envie de rester, d'en dire plus, d'en savoir plus. Il ne s'était pas laissé enivrer par une attirance aussi intense depuis des années. Et cette complicité, cette chaleur immédiate… Une connexion si unique qu'il ne parvenait pas à l'ignorer, malgré sa réticence.

Absurde, c'était absurde. Il traversa le parking et se glissa à la place du passager. Derrière le volant, Jace MacDonald, le directeur de Around the World Security, s'enquit :

— Où est la fille ?

— Elle veut une journée pour enquêter sur nous.

Jace se tourna vers Nick ; le mouvement découvrit l'étui de son arme, sanglé sous sa veste en cuir.

— C'est difficile de la surveiller discrètement, ici. Les maisons et les magasins sont trop espacés. Tu aurais dû voir les gens tourner autour de la voiture pendant que tu étais dans le restaurant. Un véhicule inconnu dans un village où tout le monde connaît tout le monde ? Autant annoncer notre arrivée avec un mégaphone.

— Tant pis. Tu as entendu Danny. Cette femme vaut plus d'argent que le PIB de plusieurs petits pays réunis. Si cette information est déjà tombée entre de mauvaises mains, elle risque gros.

— C'est toi qui risques gros, s'amusa Jace. Danny va te coûter très, très cher si Leni Long décide de ne pas confier sa part de la fortune à la firme Kourakis.

Nick haussa les épaules.

— Tu sais ce que stipule le testament. Après que ses dons caritatifs ont été distribués, Mark divise le reste de sa propriété entre son premier enfant et les autres héritiers subséquents. Un bon avocat affirmera que cette désignation attribue seulement un quart du legs à Elenore.

Jace fit la moue.

— Mais proposer nos services n'influence pas cette clause. C'est ridicule.

— Danny veut juste s'assurer que nous ne dirons rien qui pourrait compliquer la situation a posteriori.

Nick comprenait la frustration de Jace, mais il ne voulait pas mettre Danny en difficulté.

— Écoute, tu connaissais Mark. C'était un homme bien. Il voulait diviser son patrimoine équitablement entre ses trois enfants. Je suis certain que Danny a l'intention de défendre cette décision auprès de chacun d'entre eux, et il ne veut pas que des informations parallèles sèment la confusion.

— Peut-être...

Jace sortit du parking et bifurqua sur la régionale.

— Il n'y a pas d'hôtel dans ce village. Roulons jusqu'à ce que je te trouve une chambre, puis je reviendrai à Mannington pour surveiller Mlle Long.

— Désolé, grimaça Nick. J'aurais préféré que nous partions tout de suite, mais elle a été catégorique.

— Pas de problème, Nick, sourit Jace. Mais dis-moi, pas trop blessé qu'elle préfère vérifier tes antécédents ? Qu'est-ce qu'elle va trouver si elle creuse un peu sur Internet ?

Nick tourna le visage vers sa vitre.

— Rien.

— Vraiment ? Le nouveau loup de Wall Street n'a pas de squelette dans le placard ?

— Pas de squelette, mentit Nick.

Mais un vrai cadavre, oui. C'était lui qui avait convaincu son frère de l'accompagner sur la route, un soir de neige et de gel. Ancien soldat de la marine, il n'avait même pas considéré le risque : il était habitué au danger. Mais le bitume glacé et la voiture en face avaient été plus forts que son arrogance, ce soir-là. Et Joe en était mort.

Mais c'était il y a déjà cinq ans. Trop lointain pour que la presse s'en préoccupe encore.

— Allez, Nick. Personne ne fait affaire avec un homme comme Hinton sans bonne raison.

— Moi, si. Vraiment, je te jure. J'aimais bien Mark.

Cette fois-ci, il ne mentait pas. Il avait rencontré Mark Hinton à Dubaï. Ils avaient parié, bu, ri, ils avaient fait du saut en parachute, ils avaient parlé d'argent. De stratégies d'investissement, surtout. Dans le monde de Nick, c'était monnaie courante ; et quand Mark avait décidé de confier la grande majorité de ses liquidités aux Kourakis, les rendez-vous s'étaient multipliés. Mark l'avait accueilli sur son yacht, invité à pêcher dans les Keys de Floride. Ils avaient bu de la tequila, discuté de ses objectifs financiers, et même de ses enfants, quoique jamais quand Mark était sobre. Les hommes puissants n'admettaient pas leurs faiblesses sans un petit coup de pouce, et le coup de pouce de Mark avait toujours été l'alcool fort. Avec assez de liqueur, Mark parlait de ses enfants, et Nick du remords et du chagrin que lui inspirait la mort de son frère. Voilà pourquoi Mark lui avait offert son amitié. Même avec trente ans d'écart, ils se comprenaient. Ils connaissaient l'erreur et le regret. Le regret, toujours présent, rôdant dans les recoins de son esprit à toute heure du jour et de la nuit. Il avait été stupide et égoïste. Son frère ne voulait pas sortir ce soir-là. Leurs parents non plus n'étaient pas d'accord.

Mais il était si certain – il avait toujours été si sûr de lui...

Après la mort de Joe, il avait abandonné sa vie d'indolence luxueuse et était retourné à New York pour reprendre l'entreprise familiale.

Et au fond, il était resté enclin à prendre des risques. Il jouait avec l'argent et la Bourse plutôt qu'avec sa vie. Et personne ne le battait jamais.

Il était devenu si doué qu'il aimait presque son travail, ces temps-ci. Jusqu'à ce qu'il se souvienne pourquoi il en était arrivé là. Jusqu'à ce que le deuil et la culpabilité le frappent de nouveau en plein cœur.

Il ne comprenait pas comment il avait pu oublier le chagrin, et son frère, et le remords, dans ce petit restaurant. Pendant une seconde, il avait ri sans arrière-pensée avec une femme qu'il ne connaissait pas. Mais lorsqu'il retournerait à New York, il retrouverait sa présence d'esprit et sa diligence. Et si les héritiers décidaient d'engager une autre firme pour s'occuper de leur fortune, il devrait débusquer de très gros investisseurs pour remplacer une telle perte.

Il ne pouvait pas décevoir ses parents une seconde fois.

Le service de Leni se terminait quelques heures après celui de sa mère. Elle évita ses questions jusqu'à son départ, et, sa journée de travail finie, rentra à la maison au pas de course. Ses parents l'attendaient dans la cuisine. Son père, assis à l'îlot central, leva les yeux de son journal et lui sourit.

— Leni ! Alors, tu vas enfin nous dire ce que voulait le garçon en joli pardessus ? lança sa mère.

Leni se força à sourire. Denise et Jake Long l'avaient adoptée quand la plupart des visiteurs ne lui adressaient pas un regard : à l'époque, elle n'était plus un adorable bébé, mais une petite fille un peu maigrichonne, avec la réputation d'être un peu difficile à l'école.

Les Long lui avaient offert un foyer, l'avaient toujours traitée comme leur fille. Et aujourd'hui, elle avait appris qu'en plus de sa mère biologique, qui l'avait laissée en foyer, elle venait de perdre un père richissime qui n'avait tout simplement jamais voulu d'elle.

Encore une fois, elle remerciait le ciel de lui avoir envoyé ses parents adoptifs. Elle s'assit près de son père.

— D'abord, il faut que je vous prévienne. Vous devez absolument garder le secret.

Ils hochèrent tous deux la tête.

— Le « garçon en joli pardessus » s'appelle Nick Kourakis. Il est propriétaire d'une firme de gestion financière à New York et il est venu m'apprendre que je vais peut-être toucher un héritage.

Le visage buriné de son père s'éclaira. Il avait des pattes-d'oie profondes, creusées par une vie de travail au soleil.

— C'est génial ! Non ?

Sa mère avait contourné la cuisinière pour venir l'enlacer.

— Je suis si heureuse pour toi !

— Attendez, ce n'est pas complètement sûr. Il faudrait que j'aille à New York. Ils veulent que je passe un test ADN pour vérifier mon identité. Et franchement, je n'y croirai pas tant que je n'aurais pas la confirmation, moi non plus.

Une partie d'elle-même aurait préféré que Nick ait tort. Si Mark Hinton avait été pauvre, elle aurait peut-être compris pourquoi il n'avait jamais voulu la prendre à sa charge ; mais s'il était riche… Pourquoi n'avait-il pas payé une pension à sa mère ? Sa mère avait dû la laisser à la DDASS parce qu'elle était tombée malade : elle avait dû choisir entre son traitement médical et nourrir sa fille. C'était… dégradant, insultant, égoïste.

Et s'il s'avérait que Mark Hinton était son père biologique, comment apaiserait-elle sa rancœur ?

— Tu as raison de ne pas t'emballer, chaton. Mais peut-être que la chance tourne enfin pour notre famille ?

Elle leva les yeux vers son père. Il avait mis le doigt sur le nœud du problème. Une petite voix lui chuchotait d'envoyer Nick Kourakis sur les roses : elle avait fini ses études, elle avait une carrière devant elle, elle saurait s'en sortir sans cet argent tombé du ciel.

Mais pas ses parents.

Ils ne lui avaient jamais demandé un sou, mais si elle héritait d'une somme suffisante pour soigner son père et assurer sa retraite anticipée, elle n'hésiterait pas une seconde.

— Exactement, dit-elle en se levant, dans un sourire. Je vais aller faire une petite recherche sur les Kourakis, cela dit. Je n'ai pas l'intention de prendre l'avion avec un inconnu.

— Tu as bien raison, ma fille, acquiesça son père en souriant.

L'appellation, si simple, lui transperça le cœur. Elle était sa fille. Sa fille à lui. Pas l'enfant d'un donneur de sperme inconnu qui n'avait jamais songé à prendre de ses nouvelles.

Cet homme-là, Mark Hinton, ne serait jamais son père.

Nick réapparut vingt-quatre heures après leur première rencontre, cette fois accompagné d'un autre homme. Il lui avait téléphoné la veille pour la prévenir qu'il viendrait chez elle pour 10 heures. Il lui avait laissé le temps de s'informer sur lui, sur son entreprise, de parler avec ses parents et de faire ses valises.

Maintenant, il était temps de partir pour New York.

Dans le froid de la fin novembre, elle embrassa ses parents et les serra contre son cœur. Elle les laissa sur le pas de la porte, le cœur encore alourdi par les sentiments complexes qu'elle éprouvait à l'encontre de Mark Hinton.

Nick laissa la carte de Danny Manelli à ses parents, puis lui présenta Jace MacDonald, qui lui ouvrit la porte arrière de la voiture. Au lieu de monter devant, Nick s'installa près d'elle. Elle haussa un sourcil interrogateur.

— Jace est à la tête d'Around the World Security, une agence de sécurité renommée. Il sera votre garde du corps à New York.

— Un garde du corps ?

Jace croisa son regard dans le rétroviseur.

— Croyez-moi, si vous valez des milliards, vous allez en avoir besoin.

— Des *milliards* ? répéta-t-elle avec un rire incrédule.

— Oh ! oui, renchérit Nick en souriant. Mark était richissime.

— Je sais, j'ai lu beaucoup de choses sur lui hier soir. Mais c'est si... difficile à croire.

Elle laissa son regard voguer par la fenêtre. Milliardaire, alors que sa mère était trop pauvre pour la garder.

L'insulte la faisait frémir de colère.

Jace bifurqua sur l'autoroute, et, vingt minutes plus tard, la voiture déboucha sur une piste d'atterrissage privée. En voyant un élégant jet rouge et argenté, elle lâcha une exclamation ébahie.

— C'est le mien, mais il est moins impressionnant que celui de votre père, plaisanta Nick.

Bien sûr : elle avait découvert hier soir que Nick, lui aussi, était à la tête d'une petite fortune. La branche investissement de la firme Kourakis avait connu un succès fulgurant. Toutefois, elle ne s'attendait pas à prendre *son* avion. C'était étrange, non ? Pourquoi ne pas utiliser celui des Hinton ?

Nick l'observait du coin de l'œil. Elle croisa son regard ; son cœur s'accéléra, et elle baissa immédiatement les yeux. Vraiment, ce n'était pas le moment de se laisser aller à... À quoi ? Une attraction complètement malvenue ? Il était responsable d'elle, et elle avait assez à faire avec cette situation abracadabrante et ses sentiments ambivalents.

Qui plus est, Nick lui cachait quelque chose, elle en aurait mis sa main au feu. Elle devait rester sur ses gardes, pas tomber en pâmoison devant ses très beaux yeux.

Jace sortit de la voiture et lui ouvrit la portière. Ils montèrent tous les trois dans l'avion. Cette fois, elle parvint à retenir son exclamation admirative, mais tout juste. La grande cabine abritait de confortables sièges de cuir blanc ; les petits hublots étaient couverts d'élégants rideaux couleur perle. Un bar sombre et épuré était niché dans le fond, et le sol était tapissé de rouge.

Elle inspira profondément : elle ne voulait pas réagir comme une petite campagnarde. Pas laisser des inconnus profiter de sa naïveté. Avec un calme étudié, elle retira son Perfecto élimé et se glissa dans un fauteuil.

— Le vol ne durera que trois heures, expliquait Nick, mais la piste privée est hors de la ville. Nous aurons environ une heure et demie de trajet en limousine une fois arrivés.

En *limousine*. Elle déglutit. Nick lui avait pris sa veste des mains et la confia à un steward.

— Ne vous inquiétez pas, vous vous habituerez très vite. La limousine est le véhicule le plus pratique pour vous déplacer à New York, tout comme le jet pour les voyages inter-États.

Il montra le reste de la cabine d'un geste.

— Vous trouverez la cuisine à gauche. Si vous avez faim, demandez simplement Marie. Elle va bientôt servir le déjeuner. Au fond, il y a un bureau-chambre. Je pense que Jace la prendra après le décollage ; il a veillé toute la nuit pour garder un œil sur votre maison, il a besoin d'une sieste.

— Il a veillé toute la nuit ?

— C'est son métier, Leni.

Son visage devait trahir sa confusion, car Nick lui offrit un sourire rassurant.

— Mettez-vous à l'aise. Vous allez pouvoir profiter pleinement de votre nouveau mode de vie.

Elle n'arrivait même pas à s'imaginer dans une limousine ou posséder un jet privé, pour le moment.

— J'ai du travail, mais je serai dans le fond si vous avez besoin de moi, conclut Nick en se détournant déjà.

— Attendez ! Pourquoi voyageons-nous dans votre jet plutôt que dans celui de mon père ?

Nick se figea, surpris.

— Oh... Hum, parce que nous n'utiliserons aucune des possessions Hinton jusqu'à nouvel ordre.

— Pourquoi pas ?

Il poussa un soupir.

— Nous ne voulons pas attirer l'attention sur votre existence avant d'avoir la preuve irréfutable de votre statut.

Elle haussa un sourcil. Cette fois, il inspira profondément, visiblement mal à l'aise.

— Le monde entier veut savoir qui héritera d'une fortune aussi décadente. Danny a pris des précautions pour trouver les héritiers de Mark Hinton tout en assurant leur sécurité. Par exemple, ne pas utiliser ses biens ou ses propriétés. Il s'agit juste de rester discrets. La presse comprendrait vite qui vous êtes si nous voyagions dans l'avion de Mark.

Elle soutint son regard brun pendant une longue seconde, puis secoua la tête. Elle savait qu'il ne lui avait pas tout dit. Elle ne pouvait pas insister tant qu'elle n'avait pas les résultats d'ADN pour soutenir sa légitimité ; mais elle avait bien l'intention de garder un œil sur lui.

Nick retint un soupir de soulagement et reprit son chemin vers le fond de l'avion. Ses questions ne le dérangeaient pas ; elles étaient justifiées et assez générales pour qu'il puisse lui répondre sans peine. Non, c'était sa proximité qui le troublait. Depuis quand sa maîtrise de lui-même pouvait-elle être si facilement mise à mal ? Quelques minutes près d'elle suffisaient à l'enflammer.

Arrivé devant son fauteuil, il s'aperçut qu'il avait oublié son porte-documents. Il tourna les talons et, arrivé devant Leni, ouvrit le compartiment au-dessus de son siège.

Elle leva ses beaux yeux verts, ourlés de cils épais.

— J'ai juste oublié mon cartable, expliqua-t-il en essayant d'ignorer le halo rutilant de ses longs cheveux bruns.

Lorsqu'elle lui sourit, son cœur rata un battement. Il retint un grognement de frustration et prit la fuite. Il avait hâte d'arriver à New York et de laisser derrière lui les sensations incompréhensibles qu'elle évoquait en lui. Comment expliquer une réaction aussi viscérale, aussi intense ? Bien sûr, il avait été surpris qu'elle soit aussi jolie : Mark Hinton n'avait jamais été bel homme. Quoi qu'il en soit, il ne laissait jamais les émotions le dominer, et il allait rapidement mettre un terme à cette tocade.

Un mouvement, à l'avant de l'avion, attira son regard. Il leva les yeux vers Leni, qui s'était levée pour glisser son sac dans le compartiment. Elle renversa le visage en arrière en se hissant sur la pointe des pieds, et ses longs cheveux cascadèrent dans son dos.

Bon Dieu. Il s'arracha à sa contemplation, submergé par la frustration. Pour la première fois depuis que Danny lui avait présenté ses directives, il était heureux qu'on lui ait ordonné de garder ses distances. Il ne voulait pas de cette tentation. Il avait des responsabilités, une entreprise à diriger, des parents à satisfaire. Il n'avait ni le temps ni l'énergie de combattre une attraction si... irrésistible.

Il se plongea dans le travail et ne releva pas les yeux avant la descente du jet. Plutôt que de retourner à l'avant pour ranger ses affaires, il cala son porte-documents sous son fauteuil et attendit de toucher terre. Plus qu'une heure et demie en sa compagnie, puis il laisserait Leni aux soins de Danny ; et il pourrait oublier toute cette affaire.

3

Avec le décalage horaire, il était presque 15 heures quand ils atterrirent à New York. Leni avait dégusté un repas merveilleux ; elle n'avait pas revu ses bagages depuis qu'elle était montée dans la voiture, à Mannington, mais quelqu'un avait dû s'en charger. Nick lui avait conseillé de profiter de ces nouveaux conforts… Mais tout de même. Des bagagistes fantômes ? Un avion privé ? Un chef engagé pour un aller-retour d'une journée dans le Kansas ? Tout cela, pour elle ?

Elle n'arrivait toujours pas à y croire.

Comme promis, une limousine les attendait près de la piste d'atterrissage. Dans son vieux jean et ses bottes craquelées, Leni se sentait parfaitement déplacée. Et même si les décorations de Noël qui clignotaient dans les vitrines, sur les lampadaires et les parcmètres lui rappelaient Mannington, la ville lui fit l'effet d'un autre monde : elle n'avait jamais vu autant de bâtiments, autant de gens dans un seul endroit.

Mais elle tut sa nervosité. Elle ne voulait ni être attirée ni douter de Nick, mais ces deux émotions bataillaient tout de même en elle, et il était plus prudent de laisser la méfiance tromper l'alchimie.

Lorsque la limousine se gara devant un gratte-ciel si haut qu'elle ne pouvait en voir le dernier étage, Nick annonça :

— C'est notre premier arrêt. Votre avocat.

— Mon avocat ?

— En charge de votre fortune.

Elle s'étrangla.

— Je ne peux pas le voir en jean ! Vous auriez dû me prévenir ! Je pensais que nous allions directement à l'hôtel !

— Tout ira bien. Vous venez d'un milieu modeste et vous venez d'apprendre que vous êtes milliardaire. Vous n'avez pas besoin de prétendre être quelqu'un d'autre.

— Je n'en avais pas l'intention, rétorqua-t-elle.

Le chauffeur ouvrit la portière. Nick sortit le premier et lui tendit la main. La neige tombait légèrement autour de lui, et il l'attira à son tour dans le froid scintillant. Les flocons qui brillaient comme une poussière d'argent dans ses cheveux sombres lui rappelèrent la première image qu'elle avait eue de lui. Souriant, attirant, amusant. À un souffle de ses lèvres, elle tenta de réprimer le magnétisme qui la liait à lui.

Avant même de connaître son prénom, elle lui avait parlé de ses projets. Il avait mentionné sa famille et sa jeunesse rebelle. Quelque chose était passé entre eux – une connexion. Un lien qui crépitait aussi férocement que la veille. Et malgré ses secrets, dans le tumulte de ses nouvelles angoisses, Nick semblait soudain être son seul port d'attache.

Difficilement, elle fit un pas en arrière.

— Si on m'annonce que je suis bel et bien l'héritière, j'ai peur d'être ridicule ou de dire quelque chose de stupide ou de faire une erreur et je ...

Il plongea son regard dans le sien en prenant sa main.

— Rien de ce que vous pourrez dire ne vous donnera l'air stupide ou ridicule. Et même si je ne vous connais que depuis hier, je sais que vous êtes forte. N'ayez pas peur, Leni. Vous pouvez affronter ce qui vous attend.

L'assurance qui rayonnait dans ses yeux bruns enflamma son cœur et sa chair. Le voilà, le Nick en qui elle avait immédiatement eu confiance. L'homme qu'elle avait trouvé irrésistiblement accessible, irrésistiblement charmant. Elle déglutit avant de retrouver l'usage de la parole.

— Oui. Oui, vous avez raison.

Il fit glisser ses doigts jusqu'à son coude et la mena dans

l'entrée vitrée. Le contact la brûla à travers sa veste en cuir et jusqu'à ses veines. Elle ne savait pas ce qui la touchait tant chez lui, mais elle n'avait jamais connu une émotion aussi puissante, aussi innée.

Une petite part d'elle-même lui chuchotait qu'elle pouvait écouter son instinct. Que Nick méritait sa confiance.

Et baisser sa garde devenait plus tentant à mesure qu'elle avançait dans le hall, ceint de grandes colonnes et couronné d'un médaillon aussi ornementé qu'un écusson royal. Seule la poigne rassurante de Nick à son coude empêcha ses genoux de flageoler. Ici, pas de couronnes de pin en plastique ou de guirlandes clignotantes. Seulement de luxueux bouquets de poinsettias frais et quelque trente employés, tous vêtus avec la même sophistication que Nick. Quant à lui, il avait accéléré le pas, de nouveau impassible.

Pourquoi voulait-elle tant s'accrocher à un inconnu ? Elle lui inventait des qualités qu'il n'avait pas, c'était évident. Il ne la touchait que quand elle avait absolument besoin d'aide, lui parlait à peine, l'avait ignorée pendant tout le vol. Il se contentait de faire son travail. Rien de plus.

Nick la guida jusqu'à une série d'ascenseurs privés, sécurisés par des pavés numériques. Il tapa une série de numéros sur le troisième et les portes métalliques coulissèrent silencieusement.

Elle inspira, ajusta sa veste, et lissa son col roulé en priant pour qu'il ait l'air plus neuf qu'il ne l'était – Dieu savait qu'elle n'était pas assez habillée pour cette rencontre.

Quand ils sortirent de l'ascenseur, directement dans un immense bureau dont la baie vitrée révélait une vue de Manhattan à couper le souffle, elle manqua de chanceler. Les autres tours semblaient si proches qu'elle aurait pu tendre la main et les frôler ; les murs de verre et d'acier lui donnaient l'impression de marcher dans le ciel.

Une porte s'ouvrit à l'autre bout de la pièce.

— Bonjour, Nick, sourit une femme en tailleur. Est-ce que tu pourrais venir dans mon bureau une minute ?

Nick lui jeta un coup d'œil, mais elle se força à sourire.

— Allez-y, je peux attendre. Je vais aller espionner les gens du building d'à côté par la fenêtre.

Il étouffa un petit rire, de justesse. Leni était l'une des personnes les plus solaires qu'il ait jamais rencontrée ; vive et naturelle, avec un sourire terriblement communicatif. Cependant, il devait retenir ses marques d'intérêt. Dans dix minutes, il aurait rempli sa mission. Retrouvé sa tranquillité d'esprit. Il serait prêt à laisser Leni derrière lui.

Il suivit l'assistante de Danny, Mary Catherine. Elle montra le téléphone sur son bureau.

— J'ai M. Manelli au téléphone.

Il haussa les sourcils.

— Au téléphone ? Il était censé nous attendre ici.

Elle contourna le fauteuil et se dirigea vers la porte.

— Je vous laisse vous expliquer.

Elle s'éclipsa discrètement et Nick attrapa le combiné.

— Où es-tu ?

— Coincé au tribunal. Tu sais, le dossier qui m'a empêché d'aller chercher Elenore Long moi-même ? Le juge a refusé de m'accorder une prorogation. Je ne peux pas partir. Ne t'inquiète pas, ce n'est qu'un dossier d'affaires. Il pense que ce sera réglé d'ici un ou deux jours.

— Et pourquoi m'appelles-tu ici ?

— Parce que nous ne pouvons pas laisser Elenore Long se morfondre dans un hôtel en attendant.

— Danny, j'ai accepté de te rendre service parce que je sais combien Mark s'inquiétait pour la protection de ses enfants, mais...

— Ce n'est pas ma faute, Nick. Les circonstances ont changé, mais ce n'est qu'un petit délai.

Nick serra les dents.

— Jace est son garde du corps. C'est lui qui devrait rester avec elle, pas moi.

— Jace a une urgence. Lui et la majorité de son équipe sont

déjà en partance pour le Salvador. Il ne reste plus que toi. Tu sais que l'identité des héritiers doit rester aussi secrète que possible. Engager quelqu'un d'autre, c'est prendre le risque que l'information se propage.

— Je ne suis pas garde du corps !

— Tant que personne ne la connaît, Elenore n'est qu'une touriste à New York. Pas besoin d'un garde du corps.

— Et qu'est-ce que je vais faire d'elle ?

Coincé, il était coincé. Il ferma les yeux. En le sentant fléchir, Danny répondit avec enthousiasme :

— Tout ce que tu veux, Nick ! New York est une grande ville. Tu peux la distraire pendant une semaine sans problème.

— Une semaine ? !

— Maximum ! Juré ! Et ne lui parle pas de la succession.

Pendant que Danny lui donnait le nom de l'hôtel où il avait réservé une chambre pour Leni, son regard vogua à travers la cloison en verre qui cloisonnait le bureau de Mary Catherine. Leni admirait la vue, les yeux écarquillés.

Et elle lui avait avoué qu'elle avait peur.

Il frotta son visage d'une main lasse. Il aurait voulu étouffer ce sentiment inconnu – ce besoin de l'aider, de la soutenir, de la toucher. Jace et Danny n'étaient pas les seuls à avoir des projets pour la soirée : il avait eu la ferme intention de noyer son attraction dans une bouteille de whisky et quatre bonnes heures de travail abrutissant avant de dormir.

— Va l'installer à l'hôtel et emmène-la dîner, d'accord ?

— Tu me dois vraiment une fière chandelle, Danny.

— Pourquoi ? Est-ce qu'elle ressemble à Mark ?

— Non, elle a tout hérité de sa mère. Elle est…

Il se tut, et Danny rit doucement.

— Tant que ça, hein ? Bon, il faut que j'y aille. Je te promets de conclure ce procès le plus vite possible.

Nick reposa le combiné et inspira lentement, profondément. Sa vie n'avait gravité qu'autour de son travail, et seulement son travail, depuis des années. Il ne voulait pas désirer Leni. Pas apprécier Leni. Il voulait fuir à toutes jambes. Qui plus est, elle était trop gentille pour lui. Généreuse et innocente. Aux antipodes de lui-même.

Oh ! il était ridicule ! Il était capable de se maîtriser quelques jours, et il était heureux d'aider Danny, de faire une dernière faveur à Mark. Il sortit du petit bureau et fila vers l'ascenseur.

— Allons-y, Leni.

Leni trottina derrière lui.

— Où donc ?

— Votre avocat est coincé au tribunal. Je vous emmène à l'hôtel, puis nous irons dîner.

Il se tourna vers le clavier et pressa le bouton.

— Je ne peux pas dîner avec vous.

Amusé, il se tourna vers elle.

— Vous m'abandonnez ?

Elle pointa du doigt son costume trois-pièces et son manteau sur mesure.

— Non, mais je ne peux pas aller dîner avec une gravure de haute couture alors que je suis en *jean*.

— Dans ce cas, allons acheter une robe avant d'aller à l'hôtel. Allons acheter tout ce que vous voulez. Danny a ouvert un fonds confidentiel destiné à la recherche et à l'installation des héritiers de Mark.

Elle écarquilla les yeux.

— Je ne vais pas vous laisser m'acheter des vêtements ! Je ne peux pas vous rembourser, si je ne suis pas vraiment la fille de Mark Hinton.

— Ce n'est pas mon argent. Le compte est utilisé pour tous les frais liés à la succession. Tant que vous êtes ici, l'équipe de Danny est responsable de vous, et vos désirs sont des ordres. Pas de remboursement. Tous les autres héritiers bénéficieront du même traitement.

— La limousine et l'hôtel, je ne peux pas refuser, mais je n'ai pas *besoin* de vêtements.

— Très bien, dit-il d'un ton neutre.

Elle l'avait agacé, de toute évidence. Un muscle tiquait dans sa mâchoire, mais il se contenta de la guider vers la grande porte tournante. Elle émergea dans l'air froid, puis s'engouffra dans la limousine. Ils roulèrent quelques minutes avant de s'arrêter dans l'avenue la plus animée qu'elle avait jamais vue. Les grands écrans et les projecteurs étaient familiers, cependant – ils étaient à Times Square !

Elle se figea, bouche bée, au milieu du tumulte.

— Votre hôtel est par là.

Nick amorça un geste vague vers la droite ; mais le seul hôtel en vue était situé bien plus bas.

— Nous y allons à pied ?

— Pour éviter le trafic, oui. Ce n'est pas loin.

Elle était heureuse de marcher, pour être honnête ; le vent glacé piquetait agréablement son visage, et l'animation éclatante de Times Square apaisait un peu ses angoisses. Pendant un instant, elle pouvait oublier Mark Hinton et l'argent et l'homme qui marchait à ses côtés, aussi séduisant qu'il était maussade.

— Marcher, c'est très bien, sourit-elle en enfonçant ses mains dans ses poches. Ça me fait faire un peu de tourisme.

Il pointa une grande tour de briques et d'ardoise, aux longues fenêtres épurées et à l'entrée vitrée, tenue par un concierge en livrée.

— Mon bureau est juste là-bas.

— Waouh, souffla-t-elle en essayant de suivre ses grandes enjambées. Comment c'est, de travailler dans tout ce bruit, avec tous ces gens ?

— Les fenêtres sont en double vitrage.

Elle laissa échapper un petit rire.

— Nick, vous savez ce que je veux dire. Vous avez vu d'où je viens. Il y a environ mille cinq cents personnes à Mannington, et nous en avons déjà croisé le double sur cette avenue. Vous ne pouvez pas tous les connaître. Comment décidez-vous à qui faire confiance ?

Il tourna son beau visage vers elle.

— La réputation.

— Et comment connaissez-vous leur réputation ?

— Le bouche-à-oreille. Je connais toujours quelqu'un qui

connaît quelqu'un, etc. Et puis, s'ils sont assez haut placés dans la hiérarchie, ils auront laissé des traces écrites.

— Comme quoi ?

— Comme des articles dans des journaux professionnels. Une simple recherche Internet peut en dire long.

— Est-ce que vous avez cherché des choses sur moi ?

— Pas moi, Danny, dit-il avec une moue pensive.

— Ce Danny, il est important ?

— Son cabinet gère le patrimoine des Hinton. Il est responsable. De leur succès comme de leurs problèmes.

Oh ! elle commençait à comprendre – Nick ne lui mentait pas, mais il ne lui donnait jamais de réponse directe… Parce *qu'elle* était un des problèmes de Danny, n'est-ce pas ?

— Et responsable de moi, pas vrai ?

Il s'arrêta net et la scruta avec attention.

— Oui. Oui, responsable de vous.

Un frisson la parcourut. Il s'était figé avec elle, et il la contemplait comme s'il ne pouvait détourner le regard. Leur toute première conversation, avant qu'il ne connaisse son identité, avait crépité entre eux comme une étincelle. Elle n'était pas naïve ; elle savait reconnaître les signes. Mais il voulait combattre le magnétisme qu'il ressentait autant qu'elle. Pourquoi ? À cause de son héritage ? Parce qu'il risquait de faire une erreur qui coûterait cher à ce Danny ?

— Vous n'avez pas le droit de faire ami-ami avec moi, murmura-t-elle sans le lâcher du regard.

— Non.

— Et vous avez décidé de compenser parce qu'au restaurant… Je vous plaisais bien, c'est ça ?

— Oui. J'aurais dû faire attention. Écoutez, Leni, vous êtes amusante et adorable, et si… chaleureuse, mais ma vie ne me permet pas de poursuivre ce genre de choses, et… Et vous allez sans doute hériter d'une énorme fortune qui va changer votre vie du tout au tout. Vous ne voulez pas perdre votre temps avec moi. Il vaut mieux garder nos distances.

Sa vie ne lui permettait pas de poursuivre ce genre de choses ? Les non-dits qui entouraient l'affaire de son héritage n'expliquaient pas entièrement sa réticence, alors.

Eh bien, il valait mieux qu'elle le sache dès maintenant. Après avoir passé des mois en famille d'accueil, à prier pour que le prochain couple l'aime assez pour l'adopter, et le prochain, et le prochain, elle ne voulait pas tenter le diable. Son enfance avait laissé des traces : poursuivre Nick alors qu'il était passé sans transition de la familiarité complice à la froide indifférence risquait de faire renaître des angoisses qu'elle préférait oublier. Dieu merci, elle avait tiré les choses au clair avant que la situation ne lui échappe.

— D'accord.

À sa grande surprise, il rit doucement.

— D'accord ?

— Oui, d'accord. Maintenant que vous m'avez dit la vérité, je comprends pourquoi vous êtes aussi étrange depuis que vous connaissez mon identité.

— Je ne suis pas étrange.

— Oh ! vraiment ?

— Vous avez un exemple ?

— Vous étiez bavard et amusant, au début.

— Moi ? J'étais amusant ?

— Pas hilarant, attention, riposta-t-elle avec un clin d'œil. Mais... malicieux. Très mignon.

— Mes parents tomberaient des nues, s'ils savaient.

Il reprit son chemin, et elle s'élança à sa suite.

— Je ne manquerai pas de le leur raconter.

— Vous ne les rencontrerez pas, Leni.

Elle étouffa un soupir. Nous y voilà – il était de nouveau sur la défensive. Elle comprenait son point de vue, mais ils étaient coincés ensemble pour le reste de la journée. Il allait devoir faire un petit effort s'il ne voulait pas qu'ils meurent tous les deux d'ennui.

— Nick, souriez un peu. Comptez-vous vraiment m'emmener dîner ce soir ?

— Bien sûr. Je connais un restaurant parfait.

— Mais pas cinq étoiles, n'est-ce pas ?

Elle fit la moue en montrant son jean. Elle avait apporté une robe, mais seulement pour rencontrer l'avocat.

— Vous êtes sûre que vous ne voulez pas aller faire un peu de shopping ? Ne voyez pas cela comme de la charité : Danny veut que votre séjour ici soit le plus discret possible. Vous vous intégrerez mieux avec la garde-robe adéquate.

Il montra une grande boutique, plus bas sur l'avenue.

— C'est là-bas que j'achète des vêtements à ma mère pour Noël et son anniversaire. Je vais demander à Danny de vous y ouvrir un compte. Dès demain, si vous avez envie d'une robe ou d'une paire de chaussures ou de quoi que ce soit, vous n'aurez qu'à aller y faire un tour et ils vous aideront à choisir. D'accord ?

— Dans une boutique où votre *mère* achète ses vêtements ? dit-elle en riant. Merci, Nick, mais...

— C'est une très belle boutique ! Et ils ont aussi une jeune clientèle.

Il avait tenté de prendre l'air sévère, mais elle voyait sans peine ses lèvres frémir sur un sourire retenu. Elle tenta de maîtriser l'excitation qui montait en elle. Nick avait raison ; elle voulait ressembler à ces femmes sophistiquées, vêtues de soie et de cachemire. Mais à quoi bon ? Elle ne porterait jamais des choses pareilles quand elle rentrerait à Mannington. Elle ne voulait pas gaspiller l'argent d'un homme qui n'avait jamais pensé à elle. L'argent qu'elle ne voulait même pas, à part pour aider son père, son vrai père. Elle était venue dans l'espoir de soutenir ses parents. Elle n'avait pas besoin de luxe et de frivolités.

— C'est gentil, mais c'est non. Je n'achèterai rien.

— On ne sait jamais.

— *Je* sais.

— Laissez-moi le bénéfice du doute, Leni.

Elle secoua la tête. Pour un garçon si déterminé à lui parler le moins possible, Nick avait vraiment toujours le dernier mot.

4

Arrivée devant l'entrée grandiose de l'hôtel, Leni s'immobilisa. La façade immaculée supportait une énorme couronne de Noël au-dessus d'un portique scintillant, illuminé par des guirlandes rouges.

Son cœur se serra. Sa maison lui manquait déjà – les fêtes de Noël, les chorales sur la place, les soirées passées à faire des biscuits avec sa mère. Elle n'avait jamais quitté Mannington très longtemps, mais Nick avait parlé d'un séjour de deux semaines ; elle serait rentrée une bonne semaine avant Noël.

Nick avait continué son chemin à travers le grand hall, et elle le suivit jusqu'à la réception. Il donna son nom et attrapa la clé magnétique ; en quelques minutes, ils grimpaient dans l'ascenseur.

Il ne lui adressa pas une parole : ni pendant leur ascension jusqu'au dixième étage, ni dans le luxueux couloir menant à sa chambre. Il passa la carte devant le boîtier électronique et ouvrit la porte de sa suite.

Une exclamation émerveillée lui échappa. Une immense baie vitrée courait sur tout le mur du fond et révélait la beauté chaotique de Times Square dans toute sa splendeur. Deux canapés entouraient une large cheminée, non loin du bar placé dans le coin. Devant les grandes fenêtres, une table à manger et des chaises tapissées avaient vue sur la ville.

— Tout ça... Juste pour moi ?

— Bien sûr.

— Mais la chambre doit coûter une fortune !

— Le cabinet a de la fortune à revendre, ne vous inquiétez pas. Je peux revenir vous chercher à 7 heures ?

Elle hocha la tête.

— Si vous avez besoin de quoi que ce soit en attendant, n'hésitez pas à appeler le concierge.

Et sur ces mots, il tourna les talons et la quitta.

Elle embrassa de nouveau la pièce du regard. Pas de télévision ? Elle remarqua un immense miroir au-dessus de la cheminée, puis la télécommande sur le manteau de marbre.

Elle rit doucement en comprenant son erreur, puis s'assit avec précaution sur l'un des canapés écarlates en savourant le confort décadent du cuir souple. Vivrait-elle vraiment ainsi, si elle était l'héritière de Mark Hinton ?

Dans le silence, le visage impassible de Nick lui revint. Elle ne voulait pas juger trop vite, mais elle avait l'impression qu'avec la richesse venait aussi une bonne dose de solitude. Elle ne l'avait même pas vu parler à leur chauffeur. Il n'avait pas dit bonjour à leur pilote, dans l'avion. Pas remercié l'équipage qui les avait accueillis sur la piste privée. Il traversait le monde sans le voir, comme enfermé dans une bulle dorée.

Et c'était du gâchis. Il était beau, intelligent, il avait de toute évidence réussi dans sa profession. Son père adoptif, qui avait travaillé d'arrache-pied toute sa vie et avait toujours peiné à joindre les deux bouts, se considérait comme l'un des hommes les plus chanceux de la planète. Mais Nick, lui, semblait ignorer tout le bonheur qui pouvait accompagner ses privilèges. Peut-être aurait-elle l'occasion de lui rappeler à quoi la joie de vivre ressemblait.

Nick toqua à la porte de Leni à 7 heures pile. Quand elle lui ouvrit, il amorça un pas en arrière, soufflé. Le petit elfe de Noël s'était métamorphosé. Elle portait une simple petite robe noire, un peu de maquillage sur les yeux, des lèvres rouge carmin et avait relevé ses cheveux en chignon ; avec ses chaussures à talons, elle lui arrivait sous le menton, cruellement proche, tout juste à portée de baiser.

Il déglutit et secoua la tête. Idiot. Elle était belle, il le savait déjà ; et il savait aussi qu'il n'y aurait *jamais* de baiser.

Mais cette promesse silencieuse résonna dans son âme avec un son creux et sourd, étrangement mélancolique.

— Vous êtes très jolie, déclara-t-il d'un ton neutre.

— Très jolie ?

Elle tourna sur elle-même.

— Je suis fabuleuse, Nick. C'est la robe que j'ai achetée pour ma remise des diplômes, la semaine dernière. Je l'avais apportée pour mon rendez-vous avec l'avocat, mais…

Un autre pincement au cœur. Son enthousiasme radieux était si rafraîchissant, si adorable qu'un rire frémit sur sa langue, difficilement contenu.

Il avait oublié les plaisirs simples, l'émerveillement de l'ordinaire. Non, c'était pire que cela : il avait activement cessé de profiter de quoi que ce soit. Pendant toutes ces années, il avait cherché l'engourdissement, mais un sourire de Leni suffisait à briser ses défenses.

Il se languissait presque de se joindre à elle. De sourire de tout et de rien. Mais il avait laissé tout cela derrière lui.

Il s'éclaircit la gorge.

— C'est un très bon choix. La robe, les chaussures…

Elle tendit sa jolie cheville pour exhiber son pied, les yeux étincelants d'amusement.

— N'est-ce pas ? J'ai l'impression d'être assez grande pour bavarder avec vous sans risquer de torticolis.

Assez grande pour se nicher dans le creux de son cou et… Et il avait de toute évidence besoin d'une bonne nuit de sommeil. Quand il était reposé et sain d'esprit, il n'avait pas pour habitude de rêvasser, de complimenter une femme qu'il ne connaissait ni d'Adam ni d'Ève, ou de remarquer la cambrure délicate d'une cheville.

— Vous n'êtes pas mal non plus, reprit-elle, espiègle.

Il reprit ses esprits et cligna des yeux, perplexe.

— C'est ce que je portais ce matin.

Et la veille, d'ailleurs.

Mais elle se contenta de le dépasser avec un clin d'œil.

— Je sais. Je vous trouvais déjà *pas mal* tout à l'heure.

Son cerveau trébucha, sonné. Était-elle en train de… flirter avec lui ? Il s'élança à sa suite, les nerfs à vif, aiguisés par l'angoisse et l'excitation. Non, non. Ils avaient parlé honnêtement de la situation. Pas de numéro de charme. Il ne pouvait pas se laisser tenter par…

— Je meurs de faim !

Elle lui sourit en pressant le bouton de l'ascenseur, et il inspira profondément. Un moment de folie passagère, tout au plus. Il n'y avait rien entre eux. Il hocha la tête.

— Je crois que j'ai trouvé l'endroit parfait.

Devant l'hôtel, l'avenue était illuminée d'un millier de guirlandes et de lampadaires, d'écrans et de publicités. Le nez en l'air, Leni buvait les alentours des yeux, bouche bée.

Nick comprenait pourquoi Danny l'avait installée à Times Square : la place était prise d'assaut par les touristes, tous aussi curieux qu'elle. Elle se fondait dans la masse : une bonne partie des piétons s'arrêtaient régulièrement, aussi émerveillés qu'elle.

— J'espère que vous aimez la cuisine italienne.

— Oh ! j'adore !

— Venez. Je connais un petit restaurant pas très loin d'ici.

Elle se voûta contre le vent glacé, pelotonnée dans le creux de sa veste, mais ses yeux brillaient toujours d'admiration et d'humour, fascinés par la ville qu'il ne remarquait plus depuis des années.

Il ralentit le pas pour la laisser profiter du décor ; les gratte-ciel reflétant les lumières, les vendeurs de rue, les vitrines de Noël, la cacophonie des voix, des slogans et des klaxons. À travers elle, il redécouvrait New York, son rythme effarant, son mouvement incessant ; autour de lui, soudain, la nuit était vive et chamarrée.

La foule s'éclaircissait au fur et à mesure qu'ils s'éloignaient de Times Square. À quelques rues de là, il lui fit signe de tourner dans un petit escalier de fer, et lui ouvrit la porte.

L'ambiance chaude et chaleureuse les frappa dès l'entrée. Le bar était bondé, pris d'assaut par les spectateurs tout juste sortis de Broadway. Le portier prit leurs manteaux, et une hôtesse les guida jusqu'à une table au centre de la salle à manger. Le serveur se matérialisa près d'eux presque immédiatement et leur présenta une bouteille de vin.

— Du vin, cela vous convient ? s'enquit Nick.

Mark avait toujours préféré une bonne bière ; mais il n'avait pas pu influencer les goûts de sa fille.

— Oh ! je vendrais mon âme pour du vin.

Elle sourit au serveur, qui leur versa deux verres et disparut. Elle prit une longue gorgée.

— C'est fabuleux.

Il adorait la façon qu'elle avait de fermer les paupières pour savourer le vin. Curieux, il s'obligea à reprendre une gorgée en s'attardant sur sa saveur. Elle avait raison. C'était délicieux. Et elle était magnifique, dans la lumière tamisée du restaurant, avec sa petite robe noire et ses lèvres rouges.

— J'en déduis que vous passez une très, très bonne soirée.

— Nick, je vais finir par croire que vous êtes un frimeur.

— Pas du tout, je remarque juste que votre robe et le vin sont tous les deux « fabuleux » ; et que ma tenue n'est « pas mal non plus », dit-il en souriant.

— Pas besoin d'un vocabulaire diversifié quand tout est déjà parfait, riposta-t-elle avec un sourire.

Il ne put s'empêcher d'y répondre.

— Bon... Qu'est-ce que vous me recommandez ?

— Oh ! tous leurs plats de pâtes sont... fabuleux.

Le rire de Leni tinta comme du cristal.

— Pris la main dans le sac ! Vous avez de l'humour !

— De l'humour ? Comment osez-vous ?

— Nick ?

Son sourire se figea sur ses lèvres. Il pivota vers la voix familière avant de bondir sur ses pieds.

— Maman !

Leni leva les yeux sur une belle femme aux cheveux blonds et au maquillage impeccable, accompagnée du sosie de Nick, quoique plus âgé. Son père et sa mère ?

Mme Kourakis enlaça son fils.

— Chéri ! Quelle surprise !

— Oui, quelle... surprise, répéta Nick.

Leni réprima un rire de justesse. Une surprise, c'était le mot : Nick avait l'air absolument horrifié.

Il lui jeta un coup d'œil, puis déclara :

— Leni, je te présente mes parents, Amanda et Walt Kourakis. Maman, papa, voici mon amie, Elenore.

Le mot *amie* était lourd de sens ; il voulait qu'elle se comporte comme telle devant ses parents. Ils ne faisaient pas partie des quelques orchestrateurs de la succession Hinton, donc ils ne connaissaient pas la mission de Nick.

Les Kourakis l'observaient curieusement. Devait-elle se lever ? Rester assise et tendre la main ? L'hésitation la glaça une seconde de trop. Le père de Nick prit les devants.

— Enchanté de faire votre connaissance.

— Oh ! moi de même.

Amanda Kourakis sourit largement.

— Nous venons de finir de dîner. Tu as de la chance, Nick, nous avons des places pour une pièce de théâtre.

L'expression de Nick camouflait très mal son soulagement, mais il répondit :

— Dommage. Nous aurions pu manger ensemble.

Leni manqua de pouffer dans son verre de vin. Ses talents d'acteur laissaient vraiment à désirer.

Le regard amusé de Mme Kourakis glissa jusqu'à elle avant de revenir à son fils. Il dînait avec une femme et voulait de toute évidence se débarrasser d'eux le plus vite possible. La conclusion était facile.

— C'est un rendez-vous galant ? s'enquit-elle, espiègle.

— Quoi ? Non, je te l'ai dit, nous sommes amis.

— L'un n'empêche pas l'autre, rétorqua sa mère en riant.

— La question ne se pose pas pour nous. Ce n'est pas un rendez-vous galant, maman.

Mme Kourakis se tourna vers Leni.

— Il est toujours si grognon, il faut l'excuser.

La tentation était trop forte ; Leni sourit largement.

— Oh ! je ne sais pas. Quand je l'ai rencontré, il était adorable. Poli, souriant, amusant.

— Vraiment ? Nick était amusant ? Incroyable !

Nick soupira.

— Maman, s'il te plaît...

— Puisque vous êtes amis, j'imagine que je vous verrai au gala de bienfaisance que Nick organise pour l'aile pédiatrique de l'hôpital ? reprit Amanda.

Leni croisa le regard de Nick.

— Vo... *Tu* organises un gala de bienfaisance ?

Elle avait choisi le tutoiement pour ne pas démentir leur pseudo-amitié, mais le pronom glissa sur sa langue facilement, complice et naturel.

— Tous les ans, oui. Mon père fait partie de conseil de l'hôpital et je m'occupe du gala avec ma mère.

Il y avait dans sa réponse une lassitude, un épuisement qui la surprit. Elle accrocha son regard, curieuse.

— Nous accueillons d'abord une fête de Noël à l'hôpital, puis un superbe bal une semaine plus tard, pour recueillir des dons, continuait sa mère.

— C'est une belle idée.

Mais une idée épuisante. Nick était déjà à la tête de l'entreprise familiale, n'est-ce pas ? Il s'occupait de gérer des fortunes astronomiques. C'était déjà beaucoup de responsabilités ; pourquoi était-il aussi en charge de l'événementiel ?

— Bon, dit Mme Kourakis dans un sourire. Je vois que nous mettons notre fils mal à l'aise, et je ne veux pas gâcher votre soirée. J'espère que nous nous reverrons à la fête et au bal, Elenore.

— Oui, répondit son mari, les yeux fixés sur elle – alertes et critiques. Nous serions heureux de vous y voir.

Son ton disait le contraire. Mais Amanda avait l'air si sincèrement enchantée que son fils puisse avoir une petite amie qu'un éclair de culpabilité pinça le cœur de Leni.

Nick avait menti par nécessité. Elle devrait se contenter de répondre aussi vaguement que possible.

— Ce serait avec plaisir.

Sur un dernier sourire, ils reprirent leur chemin vers la porte. Une fois ses parents hors de vue, Nick se rassit.

— Je t'avais prévenu que je leur parlerais de ton sens de l'humour secret, lança-t-elle pour briser la tension.

— Tu n'aurais pas dû. Ils vont me harceler.

— Hé, j'aurais pu leur parler de ton numéro de *charme*.

Il étouffa un soupir offusqué, mais la ligne raide de ses épaules s'était assouplie. Oh oh. Si elle continuait de le taquiner, il se détendrait peut-être tout à fait.

— Ta mère a l'air très excitée à l'idée que tu aies une petite copine. C'est que tu ne lui as jamais présenté les autres candidates, ou cela fait simplement des siècles que tu n'es pas sorti de ta tour d'ivoire ?

— Un peu des deux, à vrai dire.

Elle rit doucement.

— Mes parents sont pareils. Sauf qu'ils ont essayé de me caser avec tous les apprentis de mon père.

Un éclair de nostalgie la traversa. Elle avait oublié les manigances bon enfant de l'époque, et le souvenir lui arracha un soupir.

— Mais il n'a pas travaillé sur le chantier depuis deux ans.

Et depuis deux ans, elle n'était pas sortie avec quiconque. Elle n'était pas très bien placée pour se moquer de Nick, finalement.

Le serveur vint prendre leur commande. Comme Nick le lui avait promis, son plat était absolument divin. Trop occupée à savourer chaque bouchée, elle ne remarqua pas immédiatement le silence confortable qui s'était installé entre eux. Ils terminèrent la bouteille de vin et ne prirent pas de dessert. Trop vite, le dîner toucha à sa fin.

En sortant du restaurant, elle inspira profondément l'air

froid et étoilé. Près d'elle, Nick était toujours silencieux, et elle songea de nouveau à ses parents, à la culpabilité qu'elle ressentait de leur avoir dissimulé son identité.

— Tu mens souvent, alors ? s'enquit-elle.

Il sursauta.

— Pardon ?

— J'ai bien vu que tu gardais tes distances avec les gens. Tu ne parles pas du tout à tes employés, par exemple. Mais tu as menti facilement à tes parents, aussi.

Il secoua la tête.

— Je n'ai pas vraiment menti, je les ai juste laissés tirer leurs propres conclusions. Des conclusions qui ne me facilitent pas la vie, d'ailleurs. Mon père va me faire un sermon dès que nous serons seuls. Je ne peux pas lui dire qui tu es pour l'instant. C'est juste plus facile de garder mes distances.

Ses distances, toujours ses distances.

— Garder tes distances ? Même avec tes parents ?

— *Surtout* avec mes parents.

Elle le scruta dans la pénombre, incrédule, mais il regardait droit devant lui, le visage impassible. Pas de remords. Pas de regret.

— J'ai du mal à imaginer une chose pareille. Après un an en famille d'accueil, j'étais tellement heureuse d'avoir une famille que je ne supporterais jamais d'être distante.

— Leni... Nous avons décidé qu'il ne servait à rien d'apprendre à nous connaître, tout à l'heure.

— Nous ne parlons pas de nous, nous parlons de nos parents.

— C'est pire. Je ne veux pas de ta pitié.

— Quoi, je devrais avoir pitié de toi parce que tu n'as pas de petite amie ?

— Non, mon célibat n'est pas un problème. Écoute, l'affaire de la succession doit être menée avec précaution, et Danny veut tout t'expliquer en personne. C'est tout ce que tu as besoin de savoir.

— Très bien, marmonna-t-elle.

Elle détourna le regard, bouche close. La beauté et la clameur de Times Square suffirent à l'occuper jusqu'à l'hôtel. Une fois arrivés, Nick l'accompagna jusqu'à sa porte. Le silence, entre eux, était tendu à craquer. Elle le brisa en lançant une dernière bouteille à la mer, un dernier rameau d'olivier.

— J'ai passé une bonne soirée, Nick.

— Quoi ? Pas fabuleuse, finalement ?

Ah, il ne pouvait pas s'en empêcher – il était de retour, le Nick qui lui plaisait terriblement, celui qu'il tenait tant à camoufler. Le sourire, les fossettes, la complicité irrépressible. Ils s'étaient peut-être promis de ne pas se rapprocher, mais son humour était teinté de séduction, quoi qu'il en dise. Et après tout, qu'est-ce qu'elle risquait à flirter un peu en retour ? Le stoïque Nick Kourakis ne risquait pas de tomber fou amoureux d'elle simplement parce qu'elle avait la riposte facile, n'est-ce pas ?

— Tu ne vas pas me laisser l'oublier, pas vrai ? dit-elle en riant.

Leurs regards se croisèrent, et soudain, il lui semblait qu'elle revenait bel et bien d'un rendez-vous. Malgré sa rebuffade, malgré les secrets. Un rendez-vous avec un homme qui la trouvait jolie, qui voulait la faire rire – qui voulait… l'embrasser.

Son pouls s'accéléra. Nick voulait-il l'embrasser ?

Dès les premières minutes de leur rencontre, une électricité indéniable avait vibré entre eux. À demi-mot, il lui avait avoué qu'elle lui plaisait. Et le silence s'étirait, mais leurs yeux ne se quittaient pas. Il était si beau, et si proche, à un souffle de ses lèvres, et s'il se penchait vers elle…

Le sang rugissait à ses tempes, mais… Mais elle ne pouvait pas oublier que Nick n'était ni son ami, ni son cavalier. Il avait été clair. Il avait rejeté ses avances ! Elle ne voulait pas de faux-semblants, pas de *distance*. Et Nick représentait tout cela, et plus encore.

Elle pivota brutalement et fit passer sa clé contre le boîtier numérique. Pour la première fois, la règle de Nick lui semblait sage.

— Bonne nuit, Nick.

5

Le lendemain matin, Leni se réveilla en sursaut, désorientée. Seule dans une chambre d'hôtel trop luxueuse, déterminée à combattre son attirance pour un homme trop mystérieux, elle commanda un petit déjeuner au room service, puis appela ses parents.

— Chaton ! Nous attendions ton appel.

— Bonjour, papa. Tout va bien ?

— Comme sur des roulettes.

C'était sa réponse habituelle : il ne voulait jamais inquiéter Leni ou sa mère.

— Alors, comme tu trouves la Grosse Pomme ?

— Oh ! immense. Autant en hauteur qu'en largeur.

— Pas trop dépaysée ? Ah, attends. Ta mère veut te parler, je te la passe.

Sa mère prit le combiné.

— Tu as des nouvelles ? Ils s'occupent bien de toi ?

Elle raconta sa journée à sa mère – le jet privé, la limousine, les New Yorkais et leurs beaux vêtements ; le restaurant italien, et surtout, la révélation que Nick ne pouvait pas lui parler de la succession tant qu'elle n'aurait pas rencontré son avocat. Elle se mordit la lèvre.

— Tout va trop vite. J'ai l'impression de rêver.

— D'une certaine façon, tu vis un rêve éveillé.

— Peut-être, mais je ne peux pas m'empêcher d'en vouloir à Mark Hinton. Puisqu'il avait autant d'argent, pourquoi a-t-il laissé ma mère biologique se débrouiller toute seule ? Elle était malade !

— Il n'avait peut-être pas les mêmes valeurs que nous...

— Si c'est le cas, je ne veux pas hériter de son argent. J'ai l'impression qu'il est... sale. Que toute cette richesse est sordide. Comme si Mark Hinton achetait mon pardon.

Personne n'avait eu de nouvelles de sa mère biologique depuis qu'elle l'avait laissée en famille d'accueil. Quand elle avait seize ans, les Long avaient engagé un détective, mais n'avaient jamais retrouvé sa trace. Il n'y avait pas de certificat de décès : sa mère avait apparemment survécu à sa maladie, mais n'avait jamais essayé de la revoir. N'avait même jamais contacté ses parents adoptifs pour prendre de ses nouvelles.

C'était une des choses qui la hantait encore, tout adulte qu'elle était. Ni sa mère, ni son père n'avaient voulu d'elle.

— Mais nous avons besoin de cet argent pour papa. Je suis un peu entre le marteau et l'enclume. Je veux hériter, mais si j'hérite, j'aurais l'impression d'absoudre des gens qui m'ont... qui m'ont abandonnée.

— Oh ! Leni, souffla sa mère. Tu sais que moi et ton père te voulions plus que tout, n'est-ce pas ? Quand l'assistante sociale a glissé ta petite main dans la mienne, j'ai cru que j'allais fondre. Tu nous as donné tant de joie, tous les jours.

— Vous m'avez rendue très heureuse aussi, maman.

— Nous étions si reconnaissants de pouvoir t'adopter et d'avoir le privilège de t'élever.

Comme d'habitude, les mots et la voix douce de sa mère lui firent l'effet d'un baume salvateur. Et pourtant, elle ne pouvait ignorer l'amertume de sa situation. Étrangement, l'héritage Hinton miroitait comme une porte de sortie. La clé de son deuil, peut-être. Comme si elle avait pu apaiser le souvenir de son abandon en refusant cette nouvelle fortune. Secouer la tête, tourner les talons, laisser la blessure de son enfance derrière elle. Mais son vrai père était malade, et elle n'avait pas le droit d'être égoïste.

Mais dans ce cas, aurait-elle toujours l'impression de vendre son âme en acceptant les milliards de Mark Hinton ?

Cet après-midi-là, Nick toqua à la porte de Leni pour l'emmener faire un tour au Metropolitan Museum of Art. Le procès de Danny n'était pas terminé, et quand Nick lui avait demandé des détails, Danny avait marmonné de vagues excuses sur la longueur des témoignages. Néanmoins, il avait juré que l'affaire serait bouclée d'ici le lendemain matin.

Et il avait encore une fois accepté de distraire Leni. Pas pour Danny – pour elle. Elle méritait que quelqu'un se préoccupe de son bien-être.

Il aurait cru qu'après une matinée passée enfermée, elle l'aurait accueilli avec enthousiasme, mais elle évita son regard en ouvrant la porte. Son cœur trébucha.

Comme la veille. Sur ce même seuil, dans ce même couloir ; lorsque le silence prudent s'était soudain métamorphosé en silence troublant, que ses yeux avaient trouvé les siens… Et qu'elle s'était abruptement détournée avant de disparaître dans sa suite.

À l'instant même où il avait rêvé de l'embrasser.

Comment avait-il pu se laisser submerger par le désir qu'il avait pour elle, debout dans la pénombre, dans le sillage d'un « bonne nuit » murmuré ? Un besoin si viscéral, si intense ; un manque profond, trop déchirant, trop… impossible.

Mais elle avait fui. Elle les avait sauvés du dilemme. Pourquoi, alors, semblait-elle si mélancolique, aujourd'hui ? Pourquoi ne bavardait-elle pas ? Elle bavardait constamment, même quand il la battait froid.

— Où allons-nous ?

Sa question, impersonnelle et polie, ne lui ressemblait pas. Avait-elle donc enfin compris qu'il valait mieux ne pas se lier d'amitié avec lui ? Il aurait dû s'en réjouir, mais…

— Je pensais t'emmener au Met.

Elle glissa la bandoulière de son sac sur son épaule

— Super, lança-t-elle en passant devant lui.

Elle retrouverait son enthousiasme au musée, c'était certain. Ils pourraient parler autant qu'elle le voudrait ; de l'art, et du musée, et des touristes autour d'eux. C'était l'endroit parfait pour passer le temps, un terrain neutre et décontracté où ils ne partageraient rien d'autre que des opinions sur l'art. Le silence régnait encore dans l'ascenseur, dans le hall, dans la limousine.

Habitué qu'il était à ses sourires, à ses plaisanteries, il était soudain mal à l'aise. Il chercha son regard, puis secoua la tête ; elle ne se contiendrait pas bien longtemps. Et puis, n'était-ce pas ce qu'il avait voulu depuis le début ? Pas de questions personnelles. Pas de faux pas potentiels. Pas de complicité, si naturelle, si innée, cette connexion qu'ils auraient pu si facilement couronner d'un baiser.

Rien de tout cela.

Elle ne parla pas non plus en sortant de la voiture ou en montant les marches du Met. Pire encore, elle ne regardait plus autour d'elle avec cette admiration solaire qu'elle avait affichée sans honte la veille. Les yeux fixés sur ses bottines abîmées, elle le suivit jusqu'au guichet.

Non, non, non. Il détestait cela.

Elle était trop vive, trop étincelante pour garder le regard baissé et les lèvres serrées. Lui-même ne méritait pas son intérêt, certes, mais cela ne devait pas gâcher son séjour. Il examina les alentours. Oui, l'immense sapin de Noël raviverait l'enthousiasme de Leni en un claquement de doigts, c'était certain.

Il la guida jusqu'à la galerie des sculptures médiévales ; devant le sapin, Leni laissa échapper une exclamation d'admiration, les yeux brillants.

— Il fait presque sept mètres de haut.

Il avait dégoté l'information sur l'un des cartels, à l'entrée de l'aile. Il pointa du doigt la crèche installée près du tronc, mais le regard de Leni était toujours fixé sur les branches.

— Les anges ont l'air de grimper vers le ciel…

— Ou de descendre sur terre, sourit-il.

Elle s'avança pour observer les santons de plus près.

— C'est la plus belle chose que j'aie jamais vue.

Il rit légèrement.

— Tout le musée est rempli de belles choses. Il y a une pièce destinée à l'armurerie, une aile égyptienne, un étage pour l'art moderne. Qu'est-ce que tu préfères ?

Dieu merci, le sourire de Leni avait réapparu.

— Je n'ai pas jamais visité un endroit pareil...

— Nous avons cinq heures entières.

— Qu'est-ce que tu as prévu dans cinq heures ?

— Je te ramène à l'hôtel et tu te prépares pour dîner ? Si tu ne sais pas quoi mettre, la boutique dont je t'ai parlé t'a ouvert un compte. Tu n'auras plus qu'à donner ton nom.

Elle fronça les sourcils.

— Non, merci.

— Sérieusement ? Leni, cet argent est pour toi. Prends la limousine et va voir leur sélection. Utilise ton compte.

— Facile à dire, pour quelqu'un comme toi.

— Pour quelqu'un comme toi aussi !

— Non, Nick. Facile, car tu as toujours eu de l'argent.

Sa réponse était neutre, avec juste une pointe d'amertume, mais le frappa comme une gifle. Il avait mis le doigt sur la raison de sa mélancolie, il en était certain. Toutefois, il ne pouvait pas se permettre d'être curieux et de poser des questions auxquelles lui-même n'aurait pas voulu répondre. Il combattit l'envie irrépressible de la consoler et la mena à travers deux expositions, douloureusement conscient de sa tristesse silencieuse. Leur conversation de la veille le hantait – la façon dont elle avait questionné ses mensonges, la distance qu'il avait érigée entre lui et sa mère. Elle avait mentionné son enfance en famille d'accueil, et une curiosité inquiète le tenaillait toujours aujourd'hui.

— Tu as vraiment été en foyer ? s'enquit-il enfin.

Elle détacha son regard d'un tableau coloré pour se tourner vers lui.

— Oui. J'avais sept ans quand ma mère m'y a envoyée, et huit ans quand les Long m'ont trouvée et adoptée.

Il déglutit. Elle était restée toute seule pendant un an...

— Je suis navré, souffla-t-il.

— Ma mère était malade. Elle n'avait pas assez d'argent pour me garder et financer son traitement.

Elle secoua la tête, la mâchoire crispée.

— Et pendant ce temps-là, mon père était milliardaire. J'ai vécu dans trois familles différentes pendant que ma mère souffrait. C'est la pire période de ma vie.

Elle soutenait toujours son regard. Son cœur souffrait pour elle. Il y avait tant de douleur et de colère tues dans cette explication laconique ; il aurait aimé la serrer contre lui. À la place, il se força à enfouir ses mains dans ses poches.

— Viens. Allons voir les antiquités.

Elle hocha la tête, mais une brume terne avait éteint l'éclat de ses beaux yeux verts. Il inspira profondément, l'estomac retourné. Il avait été trop abrupt, trop froid face à son aveu. Mais s'il l'avait prise dans ses bras... Il n'aurait pas pu continuer de se faire barrage à lui-même. Il aurait savouré sa douceur, ses courbes, l'étrange lien qui les avait unis depuis leur rencontre ; la chaleur et l'apaisement qu'elle faisait toujours naître en lui, comme si elle avait été faite juste pour son cœur. Il en viendrait à rêver de choses qu'il ne pouvait pas avoir. L'intimité, quelle qu'elle soit, ne pouvait s'épanouir que dans l'honnêteté. Et il ne pouvait pas être honnête, pas admettre ses erreurs, pas dévoiler sa vraie nature. Il avait depuis longtemps accepté que sa vie ne graviterait qu'autour de sa carrière. Pouvait-il aider Leni sans se mettre en péril ?

— Tu sais, si tu es bien l'héritière de Mark, ton existence ne peut que s'améliorer.

Elle haussa un sourcil surpris.

— Tu crois ? Toi, tu es plus heureux ?

La question le transperça, mais il se força à rire.

— Plus heureux que qui ?

— Que les gens normaux.

— Bien sûr, mentit-il sans peine.

— Bizarre. Tu parles à peine à tes parents, encore moins à tes collègues. J'imagine que tu vis seul ? Et j'aimerais croire qu'organiser un bal est amusant, mais le projet a l'air de t'épuiser, même si la majeure partie doit être gérée par tes assistants.

— C'est une habitude, chez toi, de tout remettre en doute ? rétorqua-t-il, piqué au vif.

— J'ai pris des cours de psycho. Je sais ce que je vois.

— Je suis très heureux.

À sa façon, il l'était. Il avait construit une vie, un monde, une carapace pour se protéger. Et tant qu'il était en sécurité, il allait bien. Aussi bien que possible.

— Je ne pense pas, Nick. Pas du tout. Prenons ce musée, par exemple, dit-elle en embrassant la grande salle d'un geste. Pendant que je regarde les œuvres, que je profite de leur beauté, c'est moi que tu regardes. Mais pas parce que tu t'intéresses à moi ; seulement parce que tu es responsable de moi. Tu me traites comme une bombe à retardement. À deux doigts d'exploser, ou de t'embarquer dans mes problèmes.

— Tu as déjà prouvé que tu étais prête à tout, objecta-t-il.

— Quand ça ?

— Quand tu as dit à ma mère que j'étais drôle.

Elle rit, mais ne se laissa pas distraire.

— Alors tenir une conversation normale, c'est être prêt à tout ? Cela fait si longtemps que tu ne t'es pas socialisé ?

— Je t'ai parlé normalement lors de notre rencontre.

— C'est vrai. Tu m'as même parlé un peu de ta vie... C'était la belle époque, hum ?

Elle haussa les sourcils, railleuse, avant de s'éloigner.

— Allons à l'étage, il y a une collection que je veux voir. C'est le but d'un musée, tu sais ? Examiner ce qui se passe autour de nous, partager, discuter. Tu devrais essayer.

Il cligna des yeux, puis partit à sa poursuite. Pas pour lui parler, même si elle avait raison. Son esprit était trop troublé pour qu'il s'en sente capable. Chaque fois qu'il était en sa présence, il perdait pied. Ses bonnes intentions s'évaporaient en fumée. Son monde bien orchestré se fissurait un peu plus. Elle n'avait pas le pouvoir de faire tomber ses barrières, non, pas tout à fait, mais elle les faisait trembler sans peine.

Elle l'avait mené jusqu'à la salle des peintures européennes, et soudain, parler n'était plus ni malaisé, ni nécessaire. Face à ces tableaux datant du XIIIe siècle, ils se turent avec révérence. Sa respiration s'apaisa. Son regard s'attarda sur les paysages minutieux, les crépuscules, les cieux céruléens et les figures du passé ; il se sentit emporté avec eux dans un monde qui n'existait plus.

— Tu te sens mieux, maintenant ? murmura-t-elle.

Il leva les yeux vers Leni.

— Oui.

Comment pouvait-elle avoir toujours raison ?

— Je suis plutôt douée dans mon domaine.

Oh ! et maintenant elle lisait dans les pensées ? Répondait à ses questions avant qu'il ne les pose ? Cette femme allait le rendre fou.

Leni était heureuse que Nick l'ait emmenée au musée. La galerie européenne, avec ses couleurs froides et ses lumières tamisées, l'avait aidée à se recentrer. Elle ne voulait pas prendre de décisions hâtives à propos de la succession, et tant que son avocat n'était pas disponible, elle était forcée de ruminer sans pouvoir demander de réponse.

Mais, parfois, il suffisait de voir le monde à travers d'autres yeux pour nuancer sa propre perspective. Autour d'elle, les images d'un siècle oublié l'aidaient à prendre le recul dont elle avait besoin.

Ils flânèrent dans le musée en commentant les œuvres. Puis, Nick annonça qu'il était temps de rentrer. Discrètement, elle jeta un coup d'œil à sa montre : cinq heures exactement. Elle retint un soupir.

La précision ne la dérangeait pas, mais celle de Nick était symptomatique de sa retenue forcée. Cinq heures au musée. Et après ? Un retour à l'hôtel sans parler ? Un dîner impersonnel ? Il avait encore fait attention à chaque mot prononcé, aujourd'hui. Lorsqu'elle entrapercevait le Nick complice qu'elle appréciait tant, il disparaissait aussitôt.

Et la situation la frustrait terriblement.

Qu'avait-il donc l'intention de faire ? Passer la soirée assis en face d'elle, silencieux et guindé ? Sa réticence était devenue insultante. Ce Nick distant et professionnel était ennuyeux à mourir. Elle préférait passer la soirée seule.

Après avoir déverrouillé sa porte, elle se tourna vers lui.

— Je sais que tu pensais sortir dîner, mais je suis fatiguée. Je préfère me mettre en pyjama, trouver un bouquin et manger dans ma chambre.

Les sourcils froncés, il recula d'un pas.

— Oh ? Vraiment ?

Comprenait-il qu'elle voulait rentrer tôt non pas parce que la ville l'avait épuisée, mais parce qu'elle ne voulait pas passer plus longtemps en compagnie d'un homme qui faisait tout pour ne pas sympathiser avec elle ?

Mais après tout, pour qui se prenait-il ? Croyait-il qu'elle tomberait en pâmoison à ses pieds s'il bavardait avec elle plus de dix minutes d'affilée ? Elle venait peut-être de la campagne, mais elle n'était pas stupide. Elle croisa les bras.

— Merci encore. À demain !

Elle se glissa dans sa chambre, le cœur plus léger. Pas seulement parce que le musée l'avait aidée à reprendre ses marques ; mais parce qu'elle avait enfin pris la décision la plus logique. Elle avait fait assez d'efforts pour Nick Kourakis, aussi beau qu'il soit. S'il voulait se cacher derrière une forteresse imprenable, grand bien lui fasse.

Nick resta planté là, devant la porte close.

Son ego venait de prendre un uppercut en pleine figure. Elle préférait s'enfermer avec un *livre* plutôt que de passer du temps avec lui. À une autre époque, il avait été l'homme le plus excitant, le plus grisant de la jet-set, et les femmes adoraient sa compagnie, et… Voilà qu'il avait été mis à la porte, littéralement.

En redescendant dans la rue, il s'arrêta soudain. Autour de lui, les lumières des guirlandes et les rires des inconnus éclairaient la fin d'après-midi. Et la beauté de la saison lui apparut soudain comme une épiphanie.

Il n'avait pas remarqué ce genre de choses depuis la mort de

Joe. Les décorations de Noël, les inconnus souriants. Leni lui ouvrait les yeux petit à petit. Pas parce qu'elle était jolie, mais parce qu'elle était si délibérément transparente. Peut-être que son passé difficile et sa vie à Mannington lui avaient appris la valeur de l'honnêteté. Elle avait connu le bon et le mauvais côté de la vie, des relations humaines. Elle n'était pas naïve, non ; mais elle choisissait l'enthousiasme, encore et toujours, malgré les souffrances du passé.

Et elle l'aurait écouté avec compassion s'il lui avait parlé de sa situation, il en était certain. Mais...

Il secoua la tête et ouvrit la portière de la voiture. Elle l'avait déjà évalué sans difficulté au musée, et elle avait conclu son examen en l'envoyant sur les roses. Pourquoi était-il si troublé par son rejet ?

C'était pourtant ce qu'il avait voulu depuis le début. Il avait décidé de laisser ses sentiments de côté dès son arrivée à New York. Il devait seulement jouer au baby-sitter jusqu'à ce que Danny prenne le relais.

Alors pourquoi sa soudaine indifférence frémissait-elle en lui comme une onde de choc ? Les yeux fixés sur le paysage, il regarda défiler les avenues éclairées et les piétons bigarrés jusqu'à son immeuble de Park Avenue. Il rentra chez lui, l'esprit engourdi, retira son écharpe et son pardessus, et se figea dans le silence de l'appartement. Ce même silence froid et vide qui l'accueillait tous les soirs.

Elle avait raison. Succès ou non, richesse ou non, il était devenu ennuyeux. Et il n'était pas heureux.

Il dépassa les sofas, la table de billard et le bar. Posté près des baies vitrées, il baissa les yeux sur la ville habillée pour l'hiver. Maintenant qu'il voyait la joliesse des décorations, il se souvenait combien son frère avait aimé Noël. Joe passait des mois à chercher le cadeau parfait pour chacun d'eux, les emballait avec minutie et retenait son souffle lorsqu'ils ouvraient leurs paquets...

Son engourdissement se mua en profonde tristesse. Son frère lui manquait. Il s'attardait sur le sentiment de sa solitude car la culpabilité était toujours plus forte, plus lourde. Mais ce soir, Joe lui manquait. Son cœur pulsait de souffrance, enserré dans la poigne du deuil.

Qui serait Joe, aujourd'hui ? Comment aurait-il vieilli ? Seraient-ils toujours meilleurs amis ? Une boule douloureuse lui obstruait la gorge. Une chape de plomb était tombée sur ses épaules. D'une certaine façon, le remords valait mieux que la souffrance. C'était ce qui le poussait à travailler, à ne pas décevoir ses parents, à laisser la vraie vie de côté.

La sonnerie de son téléphone déchira le silence. Juste un instant, il envisagea de ne pas répondre ; mais il ne pouvait pas ignorer un appel. Si c'étaient ses parents – s'ils avaient besoin de lui… Il était leur unique fils, désormais. Il était toujours à leur disposition.

Mais son écran affichait un autre nom.

— Bonsoir, Danny.

— Nick ! Écoute…

— J'espère que tu as de bonnes nouvelles pour moi.

— Hum. Non.

Il poussa un soupir. L'espoir faisait vivre.

— Il nous reste deux témoins… On devrait en avoir fini demain, ou au plus tard vendredi. Personne n'a envie de s'éterniser, je peux te le promettre.

— Mais ce n'est pas garanti ?

— Non. Je suis désolé. Honnêtement, la défense m'a pris de court. Mais même si le procès continue lundi, j'aurais le week-end pour parler à Elenore. Tu seras libre.

Une vague de soulagement le submergea, injuste et douce-amère. Leni était une des personnes les plus adorables qu'il ait jamais rencontrée, et il se comportait comme si sa compagnie était la pire des corvées.

C'était le contraire, bien sûr. La difficulté était de combattre son affection pour elle. Et il le lui avait fait comprendre – il avait passé son temps à lui répondre du bout des lèvres. Il s'était comporté comme un idiot et un goujat, justement parce qu'il avait un faible pour elle.

Il s’assit sur le bord de la table de billard ; Danny parlait toujours au bout du fil.

— Tu penses que tu peux t’occuper d’elle demain ?

Leni était… différente. Troublante, enivrante. Avec elle, il retrouvait l’adrénaline de ses années d’insouciance. Elle était lumineuse. Elle ne méritait pas qu’un homme comme lui, incapable de quoi que ce soit d’autre qu’une aventure sans lendemain, lui brise le cœur.

Pour autant, elle ne méritait pas *non plus* qu’il soit aussi désagréable. Quand il avait proposé de garder ses distances, il n’avait pas réalisé qu’ils passeraient leurs journées ensemble. Il allait devoir revoir sa stratégie. Finalement, Danny lui offrait une chance de se faire pardonner.

Et il savait exactement comment.

— Oui, je sais où l’emmener, dit-il en souriant.

— Et ne mentionne pas la succession, surtout.

Nick rit doucement. Leni l’avait envoyé paître parce qu’il était ennuyeux ; la dernière chose qu’il avait l’intention de faire, c’était de parler de testaments et de finances.

— Oh ! ne t’inquiète pas, Danny.

Après avoir raccroché, il sourit à la vue étincelante en contrebas. Une nouvelle chaleur s’était répandue en lui. Demain, il se rattraperait auprès de Leni. Demain, il parviendrait à la faire rire.

6

Le lendemain matin, la sonnerie d'un téléphone s'insinua dans les rêves de Leni ; une alarme insistante au milieu du Family Diner, alors qu'elle offrait des biscuits de Noël aux clients sur un fond de chansons hivernales...

La sonnerie reprit de plus belle et elle se redressa, confuse, avant de décrocher à l'aveugle.

— Allô ?

— Bonjour, Leni.

Nick. Malgré elle, son cœur bondit en entendant sa voix. Néanmoins, l'agacement remplaça vite son trouble.

— Bonjour, Nick, répondit-elle prudemment.

— Danny est toujours indisponible.

Donc elle était coincée une journée de plus avec Nick, à moins qu'elle ne parvienne à le persuader qu'elle n'avait pas besoin qu'on s'occupe d'elle.

— Honnêtement, je ne suis même pas sortie du lit. Je peux très bien passer la journée à l'hôtel, ce n'est pas grave...

— Si, c'est grave. C'est complètement injuste que nous te gardions à New York sans faire avancer le processus pour lequel nous t'avons fait venir expressément.

Pardon ? Depuis quand Nick était-il dans son camp ?

— Ne t'inquiète pas, j'ai trouvé un livre.

— Non, pas de livre. Nous te faisons attendre ici contre ton gré. Tu mérites compensation.

Elle retint tant bien que mal un petit sourire. Mon Dieu, décelait-elle vraiment une pointe d'humour dans sa voix ?

— Je te propose d'aller faire du patin à glace au Rockefeller Center, continua-t-il.

Elle hoqueta de surprise, soudain parfaitement éveillée.

— Au Rockefeller Center ?

— C'est magnifique, avec les décorations de Noël. Et ils ont un énorme sapin.

Elle adorait patiner ; depuis qu'elle aidait financièrement ses parents, elle n'avait pas pu toucher ses patins. L'excitation la fit frétiller et effaça toutes ses inquiétudes. Peut-être que Nick Kourakis resterait taciturne ; du moment qu'elle avait des patins aux pieds, peu lui importait !

— J'adore les patinoires.

— Parfait. Prends ton petit déjeuner et mets un gros pull. J'arrive vers 10 heures.

— Je serai prête !

Elle repoussa la couette, appela le room service, et sauta dans la douche. Le groom se présenta juste quand elle sortait de la salle de bains, emmitouflée dans un peignoir blanc. Frémissante d'impatience, elle engloutit son petit déjeuner en quelques minutes. Depuis son arrivée à New York, tout lui semblait distant et étranger ; mais aujourd'hui, elle allait pouvoir savourer une activité qu'elle aimait et qu'elle connaissait.

Elle enfila deux paires de chaussettes, un jean, un T-shirt et un pull-over. Elle laissa ses cheveux lâchés et n'appliqua qu'un peu de mascara sur ses cils. Elle adorait la sensation du vent sur son visage lorsqu'elle patinait. Lorsque Nick toqua à la porte, elle était tout feu tout flamme.

— Prête à patiner ? s'enquit-il avec un sourire.

Il avait troqué son costume contre un jean, un pull et une parka sombre. Avec ses cheveux ébouriffés par le vent et ses yeux étincelants, il avait l'air jeune, insouciant…

Et *heureux*.

Elle aurait presque cru qu'il était excité d'aller à la patinoire, lui aussi. Peut-être que lui fermer la porte au nez, la veille, l'avait convaincu de se détendre ?

Ou peut-être était-il content de la voir ?

Mais non, elle ne pouvait pas tomber dans le piège une deuxième fois : pas d'illusions romantiques. Il y avait de l'alchimie entre eux, c'était certain ; quelque chose de plus profond, peut-être... Mais il avait été clair. Il n'était pas intéressé. Si elle remettait le sujet sur le tapis, il ferait retomber le masque de glace dont il semblait enfin se départir. Elle se contenterait de son sourire, sans arrière-pensées.

— Tu as bien dormi ?

— Très bien. Je m'habitue enfin à dormir dans un autre lit.

— En pleine forme pour la journée, alors.

Ils traversèrent le hall et grimpèrent dans la limousine.

— Dis-moi, le petit déjeuner de l'hôtel est aussi bon qu'on le dit ?

Elle fronça les sourcils, perplexe. Nick était-il en train de faire des efforts pour... converser ?

— Je ne prends que du café et des tartines, donc...

— L'hôtel est connu pour ses chefs, tu sais. On devrait peut-être dîner ici ce soir ?

Son sourire fit cavaler son pouls. Oh ! non, pourquoi son cœur battait-il si fort, alors qu'elle s'était promis de maîtriser son romantisme ?

— Je... Oui. Oui, très bonne idée.

Elle inspira profondément. Heureusement, ils arrivèrent au Rockefeller Center en quelques minutes à peine. Les yeux écarquillés, la main sur le cœur, elle dévora des yeux les alentours. Comme l'avait promis Nick, leur énorme sapin de Noël s'élançait vers le ciel, illuminé par une myriade de guirlandes. Des statues d'anges munis de trompettes entouraient le tronc. Sur la glace, cinquante patineurs glissaient déjà sous le ciel hivernal.

Elle avait l'impression d'être entrée dans un conte de fées.

— C'est magnifique.

Le temps était parfait, froid sans être trop venteux, et le ciel bleu souriait au-dessus d'eux, sans un seul nuage.

— Je crois que c'est mon endroit préféré à New York.

Surprise par son aveu, elle lui jeta un coup d'œil. Il contemplait la patinoire comme s'il la voyait pour la première fois. Un sourire dansait sur ses lèvres. Aujourd'hui, il n'était pas venu en spectateur, en gardien ou en garde du corps, elle en était certaine. Il avait envie d'être ici. Il avait hâte de filer sur la glace. Il avait hâte de s'amuser. Et il allait partager cette joie-là avec elle. Elle sourit à son tour.

— Je comprends pourquoi.

Ils payèrent leur ticket, louèrent des patins, puis elle grimpa sur la glace. Avec un peu d'élan, elle décrivit un grand cercle pour tester son équilibre avant de revenir vers lui, exaltée par le froid et l'activité physique.

— Viens ! Viens patiner avec moi, s'exclama-t-elle en tendant la main.

Il était toujours figé au bord, si séduisant dans ses vêtements décontractés, mais le regard hésitant.

— Je n'ai pas patiné depuis mon adolescence.

Quand il venait avec son frère. Cette pensée le transperça, étincelante comme la glace sous l'éclat du soleil. Joe adorait la patinoire presque autant qu'il aimait Noël. Nick retint une grimace ; peut-être avait-il fait une erreur en emmenant Leni ici. Trop de souvenirs flottaient autour de lui.

— Tu patinais quand tu étais petit ?

— Oui, souvent. À force, je suis devenu très bon.

— Toujours aussi prétentieux, dit-elle en riant.

— C'est seulement prétentieux si je m'en vante !

Il sourit, et, un peu rasséréné, entreprit de glisser jusqu'au bord opposé. Au retour, en la rejoignant, il tournoya autour d'elle, trop rapide pour qu'elle réussisse à l'attraper.

— Très drôle, lança-t-elle.

— Je n'arrête pas de te dire que je ne suis pas drôle.

— Pourquoi tu me tournes autour, alors ?

— Pour te prouver que je suis très agaçant, riposta-t-il avec un grand sourire.

Le ciel était bleu ; le monde clignotait de rouge et vert ; il filait sur des patins à glace ; et pour la première fois depuis cinq ans, il sentait Noël dans l'air. Autour de lui virevoltait un émerveillement nouveau, une magie qu'il ne parvenait pas à comprendre ou à décrire. Peut-être était-ce parce que Leni lui parlait de nouveau ? Le taquinait avec un sourire ? Parce que la mélancolie de la veille avait quitté ses yeux verts ?

Ce soir, il noierait son remords et le souvenir de son frère dans le noir, mais cet après-midi il ne voulait pas penser à la disparition de Joe. Il voulait penser à Leni, et la distraire, et lui montrer qu'il pouvait se détendre, lui aussi. Il voulait lui faire oublier la tension des jours précédents. Sans romance, sans séduction ; juste un plaisir bon enfant.

— Tu veux faire la course ?

Il s'élança avant qu'elle ne puisse répondre, zigzaguant entre les autres patineurs. Elle trouva une trajectoire plus directe et le dépassa à deux doigts de la ligne d'arrivée.

— Gagné !

— D'accord, mais je parie que tu patines tout le temps. Tu as un avantage.

— Quelle mauvaise foi ! Je n'ai pas touché mes patins depuis deux ans.

Il tournait autour d'elle, nonchalant.

— Donne-moi dix minutes pour retrouver mes marques, et personne ne pourra me battre.

— Comment tu fais pour rentrer dans tes jolies chaussures cirées, avec des chevilles aussi enflées ?

Il rit de nouveau, inspira le vent froid et bleu de l'hiver, et quelque chose en lui s'adoucit. Il l'avait emmenée ici pour l'amuser... Mais c'était elle qui le faisait rire.

— C'est l'heure de la revanche, s'exclama-t-elle en partant en sens inverse sans lui laisser le temps de protester.

Soutenu par son esprit de compétition et ses longues jambes, il la rattrapa en quelques secondes.

— Je vais te battre, susurra-t-il au passage.

— Prouve-le ! rétorqua-t-elle.

De deux coups de patins bien placés, elle fusa en tête, et toucha le mur avant qu'il ne puisse contre-attaquer. Il freina devant elle et fit aussitôt volte-face.

— Encore une fois !

Elle chargea après lui, le dépassa de nouveau, et l'attendit avec un sourire goguenard.

— Comment tu fais ? s'enquit-il.

— Quoi donc ? Pour te battre ? C'est très facile.

— Tes jambes sont plus courtes !

— Mais tu as un gros manteau, susurra-t-elle.

Elle saisit son revers et secoua la laine épaisse.

— Ce n'est pas du tout aérodynamique.

Son beau sourire se figea sur ses lèvres lorsqu'ils réalisèrent, au même instant, qu'elle était en train de le toucher. Comme un ami, bien sûr. Mais ils n'étaient pas amis, n'est-ce pas ? Ils se connaissaient à peine. Et pourtant, *pourtant*, il avait instantanément eu un coup de cœur pour elle, son humour, son énergie. Ils avaient passé deux jours ensemble et elle l'avait fait rire aux éclats et rendu fou. Après que Danny lui eut expliqué le processus de succession, il ne la reverrait qu'en qualité de gestionnaire financier.

Et c'était… C'était difficile à accepter. Ne plus plaisanter avec elle, naturellement, facilement, lui semblait si inconcevable qu'il fronça les sourcils. Il voulait savourer cette journée aussi pleinement que possible. Il avait besoin de profiter de chaque instant.

Elle avait lâché sa parka, mais il rattrapa ses doigts avant qu'elle ne les glisse dans ses poches.

— Faisons quelques tours.

Sa main libre en visière, elle lui lança un clin d'œil.

— Pourquoi ? Tu veux que je t'apprenne à patiner ?

— Exactement, rétorqua-t-il en souriant.

Était-ce vraiment si dangereux de vouloir s'amuser, juste aujourd'hui ? D'être heureux auprès d'elle ? Il n'avait pas profité de la vie depuis la mort de Joe. La patinoire lui rappelait son frère, mais pas seulement sa douleur ; des images heureuses, des souvenirs ensoleillés.

Sa main gantée serra la sienne.

— Quand tu étais petit, tu as appris des figures ?

Elle le lâcha pour effectuer une parfaite boucle piquée.

— Oh ! non. Je faisais juste la course.

— La course ?

— Avec mon frère. Et je gagnais presque toujours.

— Ton frère ? s'étonna-t-elle, les sourcils froncés.

Il se figea, aussi surpris qu'elle. Il aurait aimé reprendre les mots, les dissimuler, les effacer ; mais il était trop tard.

— Oui, il... avait un an de moins que moi.

Il avait parlé d'une voix faussement dégagée, dans l'espoir d'alléger le poids de chaque syllabe.

— On faisait la course, continua-t-il. Je faisais tout pour gagner et les filles me trouvaient irrésistible.

— Il faut vraiment que nous nous occupions de ton problème d'ego, dit-elle en souriant.

Elle fit une nouvelle pirouette, puis s'élança pour sauter, fluide et vive. Il l'observait, le cœur dans la gorge. Il avait patiné pour attirer l'attention des filles, mais elle patinait pour le plaisir, et la regarder faire était un véritable bonheur.

Il la rejoignit et prit ses deux mains ; à reculons, il l'entraîna avec lui, au son pur de leurs lames sur la glace.

— C'est ça, ta figure ? s'exclama-t-elle dans un rire.

— Hé, je ne peux pas faire mieux. Je te l'ai dit, je patinais seulement pour impressionner les filles.

Elle sourit, puis lui échappa en riant. Il se lança à sa poursuite, et attrapa de nouveau sa main. Cette fois, il la fit tourner sous son bras. Elle tournoya gracieusement, le visage en arrière, ses longs cheveux en cascade dans son dos et belle comme un poème de lumière et de gel.

Son cœur s'emballa, débordant de regrets Comment avait-il pu sombrer si vite ? S'éprendre de la seule femme qu'il n'était pas censé désirer ? L'éthique professionnelle posait problème, sans aucun doute ; mais c'était plus grave que cela. Leni était trop bien pour lui. Elle était vraie et généreuse, et il n'était qu'une coquille vide, creusée par le remords et la culpabilité.

— Alors, parle-moi de ton frère.

Elle s'était arrêtée, face à lui, et il retint son souffle. Il avait terriblement envie de lui parler de Joe. Il avait gardé son frère enfermé au fond de lui pendant des années, et il savait… Il savait que Leni comprendrait.

Avec elle, il pouvait se confier, mais c'était exactement le problème. Il aurait mieux fait de la laisser en paix. De la protéger de lui, de ses noirceurs.

— Je préfère faire la course, riposta-t-il.

Malgré sa curiosité frustrée, elle lui sourit.

— Très bien. Je t'attends au mur, alors.

Il rit et s'élança après elle. Il ne méritait peut-être pas Leni, mais il pouvait savourer sa compagnie – juste pour aujourd'hui.

7

Comme ils avaient sauté le déjeuner, ils s'arrêtèrent dans un pub irlandais pour manger en fin d'après-midi plutôt que de dîner à l'hôtel. Leni sourit, encore bruissante d'énergie. La brasserie était tapissée de bois sombre et seulement éclairée par des appliques tamisées.

— On dirait une tanière secrète !

— Tu as une imagination très fertile, tu sais ? dit Nick en riant.

— Peut-être que tes perceptions sont un peu trop terre à terre, c'est tout.

Elle lui tira la langue, et le sourire qu'il lui dédia la fit fondre. À l'exception d'un couple plus âgé et de deux habitués au comptoir, le restaurant était encore vide. Le barman, un grand brun baraqué, les accueillit avec un sourire avant que la serveuse ne les guide jusqu'à une petite table dans le fond.

Dans l'intimité de l'alcôve, elle leva les yeux vers Nick. Quelques heures d'amusement innocent l'avaient transformé : il riait plus facilement, il soutenait son regard quand il lui parlait. Il avait spontanément proposé le pub pour dîner, comme un ami. Plus aucune trace de l'homme qui ne supportait sa présence qu'avec peine.

— Sais-tu ce que tu veux ? s'enquit-il, les yeux toujours baissés sur le menu laminé.

— Des frites.

— Tu ne peux pas manger *que* des frites.

— C'est ce que ma mère dit aussi, mais je lui prouve le contraire depuis des années.

— Tu as aussi besoin de protéines...

Elle sourit, malicieuse.

— J'ai mangé des protéines hier. Promis, ce n'est qu'une rébellion provisoire.

— Alors je crois que je me sens rebelle aussi.

— Oh ? Dis-moi tout.

— Prends les frites maison, et je vais prendre la pizza Margarita.

— Et on pourra partager !

— Exactement.

Après que la serveuse eut pris leurs commandes, Leni s'enfonça contre son dossier. Nick avait retrouvé son sens de l'humour, et elle était contente de le voir si insouciant.

— J'aime bien cet endroit. Le restaurant ressemble un peu au bar de Mannington... En beaucoup plus propre.

— Tu y allais souvent ?

— Nick, attention, tu vas me faire parler de *moi*. Peut-être même apprendre à me connaître...

— Disons que j'ai changé d'avis. Réalisé mes erreurs. Et puis, on a passé tellement de temps ensemble aujourd'hui qu'il faut bien que nous bavardions un peu, non ?

Elle lui sourit et se redressa sur sa chaise. Elle n'aurait pas dit mieux elle-même.

— Qu'est-ce que tu veux savoir ?

— Un peu de tout. Parle-moi de tes études.

— J'ai eu du mal à économiser assez pour y aller mais je ne voulais pas faire un prêt impossible à rembourser.

Il hocha la tête, mais elle secoua la sienne.

— Je ne sais pas pourquoi je te parle de cela. Tu ne sais même pas ce que c'est d'avoir des dettes, n'est-ce pas ?

— C'est vrai, grimaça-t-il.

— Au moins, tu es honnête.

— Tu commences à déteindre sur moi, alors.

— Oh oh, j'aimerais bien voir ça.

— Je ne sais pas si c'est une bonne chose...

Mais il souriait derrière sa bière, les yeux sur elle.

— Qu'est-ce que je t'ai appris ?

— À dire tout ce qui me passe par la tête...

Il ferma les yeux, inspira profondément, puis laissa voguer son regard sur la pièce avant de reprendre :

— Cet endroit me rappelle mon ancienne vie.

— Tu as une ancienne vie ?

Il jouait avec ses couverts, étrangement timide, soudain.

— Oui, avant que je ne reprenne l'entreprise familiale. Je voyageais beaucoup. J'allais dans des pubs comme celui-ci.

Pourquoi évitait-il son regard ? Elle était tentée de lui poser la question, mais elle n'avait jamais voyagé, et le sujet était trop tentant pour l'interrompre.

— Dans des *vrais* pubs irlandais, par exemple ?

Il hocha la tête.

— Peut-être que cela explique pourquoi tu ne remarques plus ton entourage. Tu as vu tellement de choses que plus rien ne t'émerveille.

— Pas vraiment. J'ai juste vécu à New York toute ma vie. Je connais tous les restaurants, toutes les rues. Je m'y suis habitué. J'ai adoré changer d'air, étudier à Yale, voyager...

Elle le regardait parler, débordante d'un bonheur démesuré. Quand il se confiait ainsi, détendu et sincère, elle aurait pu prendre son visage entre ses mains pour l'embrasser à perdre haleine. C'était impossible, bien sûr, et elle s'était promis de maîtriser ses émotions ; mais la tranquillité qu'il exsudait ce soir l'emplissait d'exaltation.

— Tu es allé à Yale ? Tu as bien réussi ?

— J'étais dans les premiers de ma promo.

— Et ensuite... ?

— J'ai rejoint la marine.

Elle s'étrangla avec une gorgée de bière.

— Tu as fait l'armée ?

— Oui. À vingt et un ans, j'en avais assez de rester enfermé dans une classe à écrire des dissertations. Je me suis engagé dans la marine, j'ai découvert la force spéciale des SEALS, et je n'ai pas pu résister au défi.

— Au défi ?

— J'adore les défis. Pas toi ?

— Peut-être. Après tout, je fantasme de sauver le monde. Pas d'un seul coup, bien sûr. Personne par personne.

— Cela ne m'étonne pas. Cela te va bien.

— Ah ? Je m'attendais à ce que tu me trouves naïve.

— Je commence à croire que tu peux accomplir tout ce que tu veux, avec une volonté comme la tienne.

— Mon père dit que je suis têtue comme une mule. Mais parle-moi plutôt de tes années dans la marine, Nick.

— C'était génial, dit-il en souriant, le regard animé. L'expérience a changé ma vie. Travailler avec l'armée m'a montré combien le monde est grand et divers... Et en détresse.

— Et ?

Il haussa un sourcil, les yeux plongés dans les siens.

— Et... Quoi ?

— C'est ce qui t'a rendu malheureux ?

— Non, non. En travaillant avec les SEAL, j'étais actif, j'avais une raison d'être. Mais en rentrant, je savais qu'il était trop tôt pour revenir chez moi. J'avais vu des choses que je ne pouvais pas laisser derrière moi, pas tout de suite. Cela dit, je ne pouvais pas ignorer mes responsabilités familiales plus longtemps.

— Tu veux dire que ta rébellion de jeunesse, c'était de t'engager dans la marine ?

Il acquiesça, et elle rit doucement.

— Ce n'est pas ce que j'appellerais une rébellion, Nick.

— Mes parents voulaient que je travaille pour leur firme.

— Alors tu as retardé l'échéance, mais quand tu es rentré, tu as dû reprendre la tête de l'entreprise ?

— Non, après la marine, j'étais fébrile et je n'arrivais pas à rester au même endroit très longtemps. J'ai essayé de trouver un moyen de concilier les deux ; remplir mes obligations tout en me laissant le temps de me remettre. J'ai proposé à mes parents d'être une sorte de recruteur : je voyageais partout dans le monde à la rechercher de gros investisseurs, comme ton père. Après quelques années à faire du parapente avec des pontes en mal de sensations fortes, j'avais fait fructifier notre réseau au-delà de leurs espérances.

Elle se tut, éberluée. Elle n'aurait jamais songé qu'il avait vécu tant de choses, ni qu'il aimait autant le danger.

La serveuse revint avec leurs assiettes, et la conversation ralentit pendant qu'ils partageaient leurs plats. Elle mordit allègrement dans la part de pizza qu'il lui offrait.

— Oh ! c'est absolument fabuleux.

— Ma fabuleuse Leni est de retour, taquina-t-il.

Un éclair de chaleur brûla ses joues. *Sa* Leni. C'était innocent, sans aucun doute, et pourtant… La spontanéité de leur complicité lui faisait chaud au cœur. Même si elle ne le connaissait que depuis quelques jours. Et qu'il avait très clairement expliqué qu'il ne voulait pas de relation.

Ils mangèrent et rirent et s'attardèrent dans la pénombre chaude du pub. La serveuse leur apporta deux autres pintes ; Nick lui en dit un peu plus sur ses voyages dans les hautes sphères. Elle ne pouvait s'empêcher d'être pendue à ses lèvres : il était la personne la plus intéressante qu'elle avait jamais rencontrée. Il avait tant d'anecdotes extraordinaires ; il était ami avec des rois, des princes, des milliardaires, des petits génies de la finance ou de la technologie. Il aurait pu se vanter, ou lui parler avec condescendance, mais non ; leur conversation était amicale et fluide. Il était plus éduqué, plus expérimenté, plus cultivé qu'elle ne le serait jamais, et pourtant, ils discutaient d'égale à égal. Et il devenait de plus en plus difficile d'ignorer les battements heurtés de son cœur, le désir brûlant de le toucher, d'être avec lui, contre lui. Même si ce n'était pas pour toujours. Juste pour ce soir.

Après une dernière pinte, ils reprirent leurs manteaux, saluèrent la serveuse et le barman, puis sortirent dans la nuit froide. Dans la bise hivernale, elle frissonna et glissa un bras sous celui de Nick, pelotonnée contre son torse solide.

Elle retint un soupir de bien-être. Il n'était sans doute pas conscient de l'effet qu'il avait sur elle, mais il lui coupait le souffle. Il avait, en quelques jours, transformé sa définition du prince charmant. Elle aurait aimé être le genre de femmes qui aurait pu l'intéresser, le captiver.

Ils rentrèrent à l'hôtel en riant mais se détachèrent dans l'habitacle exigu de l'ascenseur, à sa grande déception. Elle aurait voulu oblitérer cette nouvelle distance ; mais que pouvait-elle bien faire ? Prendre sa main jusqu'à la porte de sa suite ? Lisser son manteau, redresser son col, simplement pour pouvoir garder ses doigts sur lui ?

— Merci pour cette merveilleuse journée, Nick.

— Je te devais bien cela, après hier. Tu préférais lire plutôt que passer une minute de plus en ma présence.

Elle ne put retenir un petit rire.

— Ce n'est pas ce que je voulais dire…

— Menteuse.

Un pas en avant, et l'espace qui les séparait s'était soudain évaporé. Elle retint son souffle. Les mains de Nick glissèrent le long de son cou, chaudes et tendres.

— Tu as de si beaux cheveux, souffla-t-il.

Un frisson pétillant courut sur son échine, sur sa nuque.

— Merci. …

Sa voix n'était qu'un murmure, mais elle n'en avait pas honte. Elle voulait qu'il entende le frémissement de son désir, qu'il se penche, qu'il l'embrasse, que leurs bouches se trouvent, que leurs langues se cherchent, que le ressac de sa convoitise gonfle et monte et la submerge.

Elle lui sourit de nouveau, les yeux dans les siens, un encouragement silencieux. Mais, après une seconde suspendue, il ferma les paupières et ses mains l'abandonnèrent.

— Tout dépend de Danny, mais je te verrai peut-être demain, dit-il.

Pouvait-il lire la déception dans ses yeux ? Il fit un pas en arrière. Elle comprenait : il ne voulait pas l'embrasser alors qu'ils risquaient de passer une autre journée ensemble. Un baiser cristalliserait ce qui avait toujours bouilli entre eux ; une invitation, un commencement, ou... une fin.

Il y avait quelque chose de parfait, d'exceptionnel dans la facilité de leurs interactions, dans leur connivence naturelle... Mais peut-être était-elle la seule à la ressentir ? Sinon, pourquoi n'avait-il pas saisi ce moment si intense ?

Elle aussi fit un pas en arrière. Il était attiré par elle, elle en était certaine ; mais l'attraction ne faisait pas tout. Elle n'était pas son genre, c'était évident. Elle n'était pas sophistiquée, ni particulièrement brillante, elle n'avait jamais voyagé. Et une femme plus intelligente qu'elle ne se serait pas languie d'un homme si différent d'elle-même, un homme avec des secrets, une noirceur qu'elle ne savait pas expliquer.

Ce qu'elle avait senti pulser entre eux n'avait pas d'avenir.

Elle ouvrit sa porte, et comme les autres soirs, lança :

— Bonne nuit, Nick.

— Fais de beaux rêves, Leni.

Dans sa chambre, elle se laissa retomber contre la porte. Son cœur lui faisait mal, malmené par l'espoir déçu. Elle ne comprenait pas. Elle avait accepté, encore et encore, qu'elle n'était pas faite pour lui ; alors pourquoi désirait-elle tant ce baiser ? Un seul baiser.

Il était amusant, intelligent, beau à mourir. Elle aurait voulu pouvoir prendre le risque d'un plaisir éphémère. Demain soir, sur le pas de sa porte, il n'aurait pas à se demander s'il serait encore responsable d'elle. Quoiqu'il advienne, Danny prendrait la relève samedi. Puis, elle deviendrait sa cliente ou retournerait à Mannington. Ils ne se fréquenteraient plus, ne riraient plus ensemble.

C'était maintenant ou jamais.

8

Le lendemain matin, le portable de Leni sonna pendant qu'elle prenait son petit déjeuner. En voyant le nom du cabinet Waters, Waters et Montgomery, son cœur rata un battement.

Oh non ! Si c'était Danny Manelli, son procès devait être terminé. Elle ne verrait pas Nick aujourd'hui, et peut-être pas tant que la succession ne serait pas décidée.

Elle inspira profondément et décrocha.

— Allô ?

— Bonjour, Leni. C'est Danny Manelli à l'appareil. Nous ne nous sommes pas officiellement rencontrés, mais je suis l'avocat en charge de la succession Hinton.

Un dernier espoir vacilla en elle ; peut-être appelait-il simplement pour s'excuser de son absence ? Ou parce qu'il ne serait pas disponible ce week-end ?

— Bien sûr. Nick m'a parlé de vous.

— Eh bien, je vais enfin pouvoir vous donner toute mon attention ! Mon procès est terminé. Je veux vous expliquer deux ou trois choses importantes ce matin, puis nous nous occuperons du test d'ADN.

Sa gorge se serra. C'était fini. Elle ne verrait plus jamais le Nick souriant qui l'avait touchée en plein cœur.

— J'envisageais d'envoyer la limousine dans quarante-cinq minutes. Cela vous conviendrait ? continuait Danny.

— Pas de problème, dit-elle mécaniquement.

Elle raccrocha et passa immédiatement dans la salle de

bains pour se doucher. Elle ne voulait pas pleurer, c'était idiot. Pourquoi donnait-elle tant d'importance à un homme qu'elle connaissait à peine ? Quels que soient ses secrets, Nick ne pouvait de toute évidence pas lui donner ce dont elle avait besoin. Une vraie relation. Solide, sans mensonges, sans angoisses. Et si elle avait eu l'opportunité de l'embrasser, n'aurait-elle pas été tentée d'aller plus loin ? D'espérer quelque chose qu'il avait déjà refusé ?

Elle devait faire taire ces fantasmes puérils.

Elle inspira profondément et sortit sa robe noire de la penderie. Elle caressa l'étoffe douce. Elle l'avait portée au restaurant italien ; une soirée de bon vin, de bonne cuisine, d'attraction amusée. Un *presque* rendez-vous.

Mais elle n'était pas idiote ; aussi gentil, aussi drôle, aussi attentionné soit-il, quelque chose n'allait pas dans la vie de Nick. Que lui cachait-il ?

Quand l'ascenseur s'ouvrit sur le grand bureau de Danny, ses soupçons se confirmèrent. Nick n'était pas là. Seul un homme grand, brun et souriant l'attendait. Il se leva en la voyant et lui tendit la main.

— Danny Mannelli. Enchanté de faire votre connaissance.

Elle lui serra la main et retira sa veste en cuir.

— Je suis heureuse de vous rencontrer enfin.

Après qu'elle se fut installée, Danny fit appeler un technicien de laboratoire pour prendre trois échantillons d'ADN – un pour son établissement, et deux autres pour des laboratoires indépendants. Ensuite, Danny entreprit de lui expliquer qu'elle était potentiellement l'une des trois héritiers de Mark Hinton. La firme s'occupait de retrouver ses deux frère et sœur à ce moment précis.

— Et une fois que nous aurons confirmé votre lien de parenté avec M. Hinton, vous aurez accès à votre part de l'héritage.

L'esprit fixé sur le traitement de son père adoptif, elle hocha la tête et sourit. Après quatre jours pour s'habituer à sa situation, elle était moins troublée qu'à son arrivée à New York. Elle avait réfléchi à la situation ; si elle en venait à refuser l'héritage de Mark Hinton, ce ne serait pas sur un coup de tête, et pas sans limiter les dégâts. Plutôt que sa part de la succession, elle envisageait de demander la pension alimentaire que son père aurait dû lui verser pendant son enfance. Mais elle pourrait en discuter avec Danny plus tard.

— Avez-vous des questions ?

— Pas sur l'héritage, non. Mais je voudrais savoir… Puis-je rentrer chez moi ?

Danny haussa un sourcil.

— Oh. C'est… compliqué. Vous risqueriez de vous faire attaquer, sans notre protection.

— Pourquoi serais-je attaquée ? Mes parents et moi n'avons rien dit à qui que ce soit. Personne ne sait pourquoi je suis ici. Je suis toujours parfaitement anonyme.

— Je ne suis pas sûr…, hésita Danny en jetant son crayon de papier sur le bureau de bois sombre.

— C'est très simple, pourtant. Je veux rentrer chez moi, parler de cette affaire avec mes parents. Je ne veux pas continuer de dormir dans un lit qui n'est pas le mien et jouer à la touriste dans Times Square toute la journée. À Mannington, je suis quelqu'un de normal, pas une petite campagnarde. Je veux rentrer chez moi.

Et oublier Nick. Dans les rues de son enfance, son souvenir ne hanterait pas chaque recoin, chaque vitrine. Chez elle, tout irait mieux, elle en était persuadée. L'excitation de New York s'évanouirait aussi vite que ses fantasmes romantiques. Elle pourrait tourner la page.

Danny l'observa quelques secondes, puis hocha la tête.

— Très bien, je vais arranger votre retour.

En arrivant au bureau vendredi matin, Nick trouva évidemment une montagne de messages et de demandes laissés en attente. Il y passa la matinée, et, après son déjeuner, entreprit de s'atteler enfin à des travaux plus complexes.

Malheureusement, il était trop distrait pour faire du bon travail. L'image de Leni ne lui laissait pas de répit. Il s'était autorisé à caresser ses cheveux, la veille. À rêver d'un baiser. Seulement rêver. Embrasser Leni avant de disparaître de sa vie aurait été cruel.

Pour elle comme pour lui.

Mais effleurer sa gorge et plonger les doigts dans ses mèches brunes avait fait frémir quelque chose en lui ; quelque chose de plus profond que le désir. La conviction de leur... Qu'était-ce ? De leur connexion ?

Peu importait. Il avait déjà pris sa décision et il avait l'intention de s'y tenir. Sa vie était terne et morose, et Leni n'y avait pas sa place.

À cette heure-ci, elle devait déjà avoir rencontré Danny et passé ses tests ADN. Que comptait-elle faire dans l'après-midi ? Non pas qu'elle ait besoin d'un compagnon constant, mais la ville était intimidante, et livrée à elle-même...

Non. Il l'avait suivie cette semaine ; il savait qu'elle était parfaitement capable de se débrouiller toute seule. Elle avait sans peine tenu tête aux parents Kourakis, après tout.

Un rire lui échappa, vite remplacé par un grognement frustré. Il avait du travail, pour l'amour du ciel. Il opta pour un dossier particulièrement éreintant, dans l'espoir de reprendre le contrôle de ses pensées.

Son téléphone sonna en fin d'après-midi ; il bondit sur l'appareil en voyant le nom de Danny s'afficher.

— Bonjour, Danny. Comment s'est passé ton rendez-vous avec Leni ?

— Parfaitement. Elle est très gentille, très accommodante, et très intelligente. Mais nous avons un problème.

— Que se passe-t-il ?

— Sa mère m'a appelé. Son père est à l'hôpital.

— Oh ! non...

— Ce n'est pas tout. Leni a demandé à rentrer chez elle, et comme elle m'a promis de garder le secret sur Mark, je lui ai pris un vol pour Topeka.

Son cœur rata un battement, mais il inspira profondément. C'était une bonne chose. Ses parents avaient besoin d'elle.

— Au moins, elle sera au bon endroit, au bon moment.

— Pas vraiment. Son père est dans un état grave, mais l'avion de Leni est déjà parti et son téléphone est éteint. Il n'y aura personne chez elle quand elle arrivera.

— Elle ne va pas rentrer chez elle, elle appellera sa mère après avoir atterri.

— Les téléphones ne sont pas autorisés aux urgences. Et même si elle arrivait à joindre sa mère, ou si nous lui laissions un message, imagine qu'elle apprenne l'état de son père par téléphone ? Il est peut-être sur son lit de mort, Nick. Elle sera toute seule à l'aéroport, sans voiture à disposition. Nous ne pouvons pas lui faire cela. Quelqu'un devrait être là pour elle. L'attendre à l'arrivée et l'emmener voir son père le plus vite possible.

Danny avait raison ; Leni était la personne la plus généreuse qu'il connaissait. Il ne pouvait pas lui infliger une telle angoisse. Il se leva d'un bond.

— Si je prends le jet, je peux arriver à Topeka avant son vol commercial.

— Je sais. C'est ce que j'espérais t'entendre dire.

— Je m'en occupe. À bientôt, Danny.

Il n'avait pas une minute à perdre. Pour tuer le temps pendant le trajet, il fourra quelques dossiers dans son cartable, puis se rua vers l'ascenseur, l'esprit empli de Leni, et le cœur battant la chamade.

Leni descendit de l'avion en lançant un au revoir enthousiaste à l'équipage, puis se hâta vers le retrait des bagages, téléphone en main.

Mais, encore une fois, elle tomba directement sur la messagerie de sa mère. Que personne ne réponde chez elle n'était pas particulièrement surprenant, mais sa mère répondait toujours à son portable… Bizarre. Elle devait l'avoir éteint.

Au bout de quelques minutes, son petit sac tomba et apparut sur le tapis roulant ; avant qu'elle ne puisse le ramasser, une main inconnue se referma sur l'anse.

Elle fit volte-face et se trouva nez à nez avec… Nick.

Son cœur fit une embardée ; des scénarios abracadabrants

envahirent son esprit. Il était là ! Était-ce parce qu'il ne supportait pas de la voir partir sans lui dire au revoir ?

Non, non. Elle se laissait encore ensorceler par son imagination. Elle déglutit, le souffle heurté.

— Nick ! Qu'est-ce que tu fais ici ?

Son regard gris était solennel.

— Leni… Ton père a eu un problème.

C'était la dernière chose qu'elle s'était attendue à entendre, et elle chancela en arrière.

— Quoi ? Quel problème ?

— Je ne connais pas les détails. Une crise d'épilepsie grave. Ta mère a appelé Danny quand elle n'a pas réussi à te joindre, et il m'a envoyé ici. J'ai une voiture ; nous pouvons tout de suite partir pour l'hôpital.

Elle le fixait toujours, la gorge nouée. C'était la seconde fois ce mois-ci qu'il faisait basculer sa vie.

— Est-ce qu'il… Est-ce qu'il va s'en sortir ? s'enquit-elle, les yeux pleins de larmes.

Nick secoua la tête, le visage sombre.

— Je ne sais pas. Mais ne soyons pas pessimistes, d'accord ? À l'hôpital, nous pourrons parler à ta mère et comprendre ce qu'il se passe.

Elle hocha la tête et ils prirent le chemin du parking. Le GPS les guida jusqu'à l'hôpital. À la réception, on leur confirma que son père et sa mère étaient toujours aux urgences. Ils s'élancèrent vers l'aile correspondante et, lorsqu'ils débouchèrent dans le couloir, la mère de Leni sortit de la chambre et tomba dans ses bras.

— Leni ! C'était terrible… Il était en train de rire et bavarder, et d'un seul coup, il a perdu conscience. J'ai cru que c'était une petite crise, qu'il allait revenir à la normale, mais il s'est mis à trembler et il est tombé sur le sol. J'ai tout de suite appelé l'ambulance mais…

— Tu as fait ce qu'il fallait, maman. Comment va-t-il ? Est-ce que je peux le voir ?

— Tu peux, mais ils ont mis si longtemps à calmer la crise qu'il est sous sédatifs. Il n'a pas bougé depuis des heures.

— Je préfère quand même le voir, souffla Leni.

Sa mère hocha la tête et pivota pour guider Leni, mais elle aperçut Nick et se figea, surprise.

— Oh ! désolée. Je ne vous avais pas vu. Nick, c'est ça ?

— Oui. Ne vous inquiétez pas, Mme Long. Je vais aller chercher un siège. Occupez-vous de votre mari.

La mère de Leni hocha la tête et partit avec Leni. Dans son lit d'hôpital, avec son intraveineuse et entouré de machines clignotantes, son père avait l'air exténué.

Mme Long passa un bras autour des épaules de Leni.

— Ils m'ont prévenue qu'après une crise de cette ampleur et avec les sédatifs, il dormirait sûrement jusqu'à demain.

Leni leva les yeux vers sa mère, une boule d'angoisse dans la gorge.

— Mais ils sont certains qu'il va s'en remettre ?

— C'est à cela que servent toutes ces machines. Tant qu'aucune des alarmes ne sonne, il va bien.

Elles restèrent dans la chambre et le regardèrent dormir pendant un long moment. Mais, assise sur la chaise en plastique, l'émotion de la journée tomba sur les épaules de Leni comme une chape de plomb. Elle finit par bâiller.

— Tu devrais rentrer, murmura sa mère ;

— Non, non. Je veux rester.

— Leni, tu es épuisée. Tu avais rendez-vous avec l'avocat aujourd'hui, non ?

— Oui. Il m'a donné quelques informations à propos de la succession, le minimum syndical. Il ne peut pas me parler de grand-chose tant qu'il n'a pas les résultats de mon test d'ADN. Trop d'argent en jeu.

— Mais tu n'as pas l'air trop inquiète.

— J'ai eu un peu de temps pour réfléchir.

Elle ne savait pas encore combien d'argent elle était prête à accepter, mais sa mère avait d'autres problèmes à gérer pour l'instant.

— Je crois que si je suis vraiment son héritière, je vais devoir engager mon propre avocat. Danny a bien insisté sur le fait qu'il était l'avocat de la fortune Hinton, pas le mien. Il a aussi dit que mes échantillons d'ADN sont envoyés aux laboratoires de façon anonyme, donc ils ne seront pas traités en urgence. Comme il ne savait pas quand nous aurions les résultats, j'ai demandé à rentrer.

Elle grimaça.

— Je voulais vous faire une surprise...

— Mais c'est nous qui t'avons surprise.

Leni tenta de sourire, en vain, et baissa les yeux sur son père. L'amour et l'inquiétude lui serraient le cœur. Elle aurait tout donné pour qu'il se réveille et lance une de ses mauvaises blagues, à cet instant.

— Leni, j'étais sérieuse. Tu n'as pas besoin de rester toute la nuit ; il ne va pas se réveiller avant plusieurs heures. Rentre à la maison. Repose-toi.

— Tu veux rester ?

— Oui, mais ne t'inquiète pas. Ils ont un lit de camp.

— Si tu restes, je veux rester aussi.

— Et dormir où ? Dans la salle d'attente ?

— Je suis trop nerveuse pour dormir, maman.

Elle se souvint soudain que Nick les attendait toujours et poussa un soupir.

— Je vais dire à Nick de se trouver un hôtel. Ou de rentrer à New York. Tu as ta voiture ?

Sa mère hocha la tête.

— Oui, j'ai suivi l'ambulance.

— Parfait. Il pourra reprendre sa voiture de location et retourner directement à l'aéroport.

Elle le retrouva dans la salle d'attente ; en la voyant, il bondit sur ses pieds.

— Comment va-t-il ?

— Il dort. Les médecins pensent qu'il ne se réveillera pas avant demain matin. Il a besoin de repos.

— C'est une bonne nouvelle, alors ?

— J'imagine, soupira-t-elle.

— Installe-toi, Leni.

Elle se laissa tomber sur la banquette pelée. Comme il s'asseyait près d'elle, elle leva les yeux vers lui.

— Oh ! Non, ne te dérange pas. Tu peux partir, Nick.

Il haussa les sourcils, perplexe.

— Partir ? Retourner à New York ?

— Oui. Je vais rester ici cette nuit.

— Alors moi aussi. Les chaises ne sont pas trop mal. Nous arriverons peut-être même à dormir un peu.

— Dans cinq heures, quand tu auras mal partout, tu changeras sûrement d'avis concernant les chaises.

Elle ne put s'empêcher de sourire en l'entendant rire. Elle se pelotonna plus confortablement sur la banquette. Dans la salle d'attente vide, ils se turent, et un silence profond tomba sur la pièce. Son cerveau était en ébullition ; pendant de longues minutes, elle se força à respirer plus calmement, à démêler le chaos de ses pensées. Tout fort, elle dit soudain :

— Je me souviens du jour où j'ai rencontré mes parents...

Nick se tourna vers elle.

— Vraiment ?

— Oui, j'avais déjà huit ans. Je savais ce qu'il se passait.

— Cela a dû être très difficile.

— C'était aussi effrayant. De partir avec une nouvelle famille. Quand les Long m'ont annoncé qu'ils voulaient m'adopter, je n'en croyais pas mes oreilles.

— Pourquoi ? Je suis sûr que tu étais très mignonne.

Elle rit légèrement.

— À chaque fois que j'arrivais dans une nouvelle famille d'accueil, j'avais l'espoir qu'ils m'aimeraient assez pour me garder. Mais j'avais déjà été déçue plusieurs fois. Mais les Long ont fait des efforts pour me plaire dès le premier jour. C'était hilarant, pour être honnête. Après un ou deux jours à regarder mon père faire des pieds et des mains pour me mettre à l'aise, je savais que j'avais trouvé ma place. Que ces gens qui riaient dès le petit déjeuner et passaient la soirée devant un plateau de Monopoly étaient faits pour moi, pour toujours. J'ai décidé d'être la meilleure petite fille du monde pour que nous passions la meilleure vie ensemble.

— Tu partages une très belle histoire avec eux.

Elle lui sourit, un peu apaisée.

— Je sais.

Mais la réalité la rattrapa aussitôt, et elle ferma les yeux.

— Si mon père meurt, je ne le supporterai pas.

La peur et l'impuissance de Leni submergèrent Nick comme une houle rageuse. Sans hésiter une seconde, il se pencha en avant et la serra contre son cœur.

Elle se blottit contre lui. Il comprenait la terreur de perdre quelqu'un qui lui était si cher. Il ne pouvait pas supporter de la voir souffrir ainsi. Il ne pouvait pas la protéger, et pourtant, il aurait tout donné pour lui épargner le deuil.

Ils somnolèrent quelque temps, se réveillèrent en pleine nuit, et elle le quitta pour rendre visite à son père. Dix minutes plus tard, elle réapparut dans la salle d'attente.

— J'ai parlé à l'infirmière. Il est stable. Ma mère dort.

Il s'étira.

— C'est bien, elle a besoin de repos aussi.

Elle hocha la tête et se rassit près de lui. Elle se couvrit de sa veste, et Nick fit de même avec son pardessus.

Ils durent s'endormir de nouveau, car quand Nick rouvrit les paupières, ils étaient pelotonnés l'un contre l'autre, tous deux sous son manteau. La lumière froide de décembre cascadait à travers les grandes fenêtres.

Il la garda contre lui quelques secondes pour savourer sa proximité. Il ne la méritait peut-être pas, mais il voulait être auprès d'elle et la soutenir. Elle était forte, mais elle avait déjà surmonté tant de tragédies, et perdre son père…

Non, il ne préférait pas y songer. Il savait combien la mort s'insinuait dans une âme, dans une famille, et les plongeait dans l'obscurité. Il inspira profondément, un barrage ténu contre ses propres souvenirs. Lorsqu'il baissa les yeux, Leni le regardait avec un sourire fatigué.

— Bonjour.

— Bonjour, souffla-t-il.

Non, il ne pouvait pas la protéger contre cette douleur, mais il pouvait l'épauler pendant cette traversée, et prier pour que son père en sorte sain et sauf.

— Je vais aller prendre des nouvelles de mon père et m'assurer que ma mère a survécu à son horrible lit de camp.

Il rit légèrement et relâcha son étreinte, mais sa promesse silencieuse était plus fervente que jamais. Il voulait rester à ses côtés et lui fournir ce dont elle avait besoin.

Ils trouvèrent le père de Leni éveillé, assis dans son lit. Denise Long s'était installée au bord du matelas, un grand sourire aux lèvres. Leni poussa une exclamation de soulagement et se jeta dans les bras de son père.

— Papa !

— Salut, chaton. Tu y vas un petit peu fort...

— Oh pardon ! Je t'ai fait mal ?

— Non, non. Je suis juste un peu éreinté, grimaça-t-il. Bizarrement éreinté. Plein de courbatures.

— Justement : nous allons faire quelques tests.

Un docteur venait d'entrer dans la chambre.

— Je suis le Dr Stevens, votre neurologue. Je vois sur votre charte que vous avez subi un accident de travail ?

— Il y a deux ans, oui.

— Et ces crises ne se manifestent que maintenant ?

— J'ai commencé à avoir des petites crises d'épilepsie il y a quelques mois. À ce que je sais, en tout cas. J'ai lu que des crises presque infimes peuvent avoir lieu sans même que je ne m'en aperçoive.

Le docteur prit quelques notes.

— Je vais vous faire passer quelques examens avant de tirer des conclusions.

Il s'éclipsa, et, quelques minutes plus tard, une infirmière apparut avec un fauteuil roulant.

— Nous avons un programme chargé ce matin. Les tests vont durer au moins deux heures, lança-t-elle. Vous devriez aller prendre un petit déjeuner, Mme Long.

Après le départ de son père, Leni passa sa main sous le coude de sa mère.

— Elle a raison, tu sais. Viens, maman.

— Non, je ne peux rien avaler.

— Il faut bien que tu reprennes des forces !

— Non, allez-y sans moi. Rapportez-moi juste un café.

— Et si j'allais plutôt chercher du café et des doughnuts ? s'enquit Nick.

Leni lui sourit, reconnaissante.

— Ce serait très gentil de ta part, Nick.

Il lui fallut une bonne quinzaine de minutes pour trouver la cafétéria. Comme il ne connaissait pas leurs préférences, il commanda trois cafés, et enfouit quelques sachets de sucre et de crème dans ses poches. Le vendeur lui tendit ses six doughnuts emballés, et il reprit le chemin des urgences.

Leni et sa mère l'attendaient à une table ronde dans la salle d'attente. Il leur fit passer une tasse, posa le sucre, la crème et les pâtisseries au centre, et les laissa choisir.

— C'est si frustrant, disait la mère de Leni. Il allait parfaitement bien et d'un seul coup, il était… parti. Sans aucun avertissement.

— C'est à cela que servira le chien d'assistance, Maman.

— Nous ne pouvons nous permettre…

Mme Long se tut, puis sourit à Nick.

— Navrée, je ne devrais pas ressasser nos difficultés alors que vous êtes avec nous.

— Hé, aucun problème. Toutes les familles ont leurs problèmes.

Sa mère, par exemple, s'était jetée dans les projets de charité depuis la mort de Joe. Son père, quant à lui, s'était focalisé sur Nick : il suivait chaque aspect de sa vie, s'assurait qu'il continuait de faire prospérer l'entreprise. Autant de reproches silencieux, destinés à lui rappeler qu'il avait le devoir de remplacer son frère. De combler le vide.

— Et puis, peut-être que nous allons bientôt avoir assez

d'argent, Maman, reprit Leni. Même si je ne demande que l'équivalent de la pension alimentaire que Mark Hinton n'a jamais payée, ce sera suffisant pour couvrir les frais médicaux de Papa.

Nick releva les yeux, étonné. Il retint la myriade de questions qui lui brûlait la langue, mais ne put retenir son œillade admirative. Leni avait des principes et du courage. Quoiqu'il advienne, elle ne laisserait pas son père souffrir.

Un étrange sentiment bouillait dans ses veines. La certitude qu'il avait eu raison de la rejoindre se heurtait à la conviction qu'il ne serait jamais à sa hauteur. Et si sa présence ici envoyait un message trop ambigu ? S'il était allé trop loin, s'il avait dépassé la frontière qu'il avait si minutieusement tracée ?

Non. C'était ridicule. L'aider quand elle en avait besoin ne véhiculait aucun autre message qu'une amitié sincère. Bien sûr, ils gravitaient l'un vers l'autre ; bien sûr, il avait aimé la serrer dans ses bras ; mais c'était une compassion naturelle. Elle avait besoin de lui, il était là pour elle. Quand Joe était mort, il avait surmonté les émotions les plus douloureuses qui soient. Il aurait été parfaitement capable d'aider Leni sans se compromettre. Il saurait garder ses distances.

9

En revenant avec son père, après ses examens, l'infirmière leur conseilla de se reposer avant leur rendez-vous avec le docteur, prévu le soir même. Leni était du même avis et parvint enfin à convaincre sa mère de rentrer à la maison avec elle pour faire la sieste.

Elle monta dans la voiture de sa mère et Nick les suivit. Ils arrivèrent à la résidence des Long une heure plus tard ; il faisait chaud dans la maison, et des cookies décorés de glaçage vert et rouge les attendaient sur le comptoir de la cuisine, où sa mère venait juste de les poser quand son père avait perdu conscience.

Denise accrocha son manteau dans l'entrée.

— Je vais vous préparer de quoi déjeuner.

— Non ! s'exclama Leni, outrée.

— Certainement pas, renchérit Nick. L'infirmière a été claire ; il faut que vous dormiez un peu.

Leni posa ses mains sur ses épaules et la fit pivoter vers sa chambre.

— Va t'allonger, maman.

— Faites une petite sieste, madame Long. Quand vous vous réveillerez, le déjeuner sera prêt, d'accord ?

Leni se tourna vers Nick, surprise. Elle aurait parié qu'il avait une cuisinière à domicile ou mangeait tout le temps dehors.

— Tu vas *cuisiner* ? demanda-t-elle.

— Je ne suis pas un grand chef, mais je suis connu pour mes spaghettis bolognaise...

— J'aime beaucoup les spaghettis, dit Denise en souriant.

— Alors laissez-moi faire, lança-t-il avec un clin d'œil.

Alors que sa mère montait dans sa chambre, Leni continua d'observer Nick. Quand il laissait tomber ses défenses, il était si attentionné... Il était venu la chercher à l'aéroport, il était resté auprès d'elle, il lui avait offert son aide silencieuse et un véritable soutien moral. Et elle ne pouvait oublier la façon dont ils s'étaient blottis l'un contre l'autre sur la banquette de l'hôpital ; l'émotion sur son visage, quand elle s'était éveillée contre lui.

Cependant, il était venu à la demande de Danny. Il faisait son devoir – rien de plus, rien de moins.

— Je ne suis pas sûre que nous avons ce qu'il faut.

— Est-ce que Mannington a un supermarché ?

— Bien sûr que nous avons un supermarché !

Il rit de la voir si offensée, mais elle grimaça presque aussitôt.

— Un *petit* supermarché, admit-elle.

— Du moment qu'ils ont des pâtes..., sourit-il, taquin.

Elle rit et referma sa veste. Il ne savait vraiment rien de la vie de village, n'est-ce pas ? Et pourtant, sa mère avait besoin de leur aide, et il lui offrait la sienne sans contrepartie.

Pour rendre service à Danny.

Elle ne pouvait pas se permettre d'oublier ce détail crucial. Pas question de se reposer sur Nick. Pas question d'inventer une romance là où il n'y en avait pas.

— Allons-y, lança-t-elle par-dessus son épaule.

Ils grimpèrent dans la voiture de location ; comme elle restait silencieuse, toujours aux prises avec ses sentiments ambivalents, Nick s'enquit avec compassion :

— Toujours inquiète pour ton père ?

Penser à son père et aux difficultés auxquelles il allait sans doute faire face lui arracha un soupir exténué. Elle appuya sa tête contre le dossier et ferma les yeux.

— Mon père a mis beaucoup de temps à se remettre de son accident, tu sais. Quand il s'est blessé, il a passé une période très difficile, mais il est de nouveau lui-même, maintenant. Prêt à se battre jusqu'au bout. J'espère juste que cette crise ne cache pas quelque chose de plus grave.

Elle lui fit signe de tourner à droite, en direction du supermarché. Ils se garèrent, et, à l'entrée, en la voyant attraper un Caddie, il lui lança un sourire un peu embarrassé.

— Quoi ?

— C'est la première fois que je vais dans un supermarché. Tu disais que c'était petit... Mais je le trouve immense.

Il montra du doigt les sept allées de nourriture et de produits d'entretien qui s'étendaient devant eux. Elle rit en poussant le chariot.

— Oh ! je vois. Tu n'as jamais été dans un centre commercial. Tu ne sais pas ce que tu perds, railla-t-elle.

— Regarde toute cette nourriture ! Ils ont tellement de bonbons de Noël, s'extasia-t-il en ralentissant devant un présentoir.

Comme il étudiait toujours les boîtes de canne à sucre, les sachets pailletés, les chaussettes en feutre remplies de chocolat, elle ne put retenir un petit rire.

— Tu veux un paquet, Nick ?

Il pivota vers elle, penaud.

— Non, je... Allons-y, trouvons nos ingrédients.

Elle le suivit dans les rayons, un demi-sourire aux lèvres, encore une fois étonnée par le fossé qui les séparait. Il regardait le supermarché le plus ordinaire qui soit avec des yeux emplis d'admiration et de curiosité. Mais ici, avec lui, quand il était si spontané et si attentionné, le fossé lui semblait moins effrayant qu'à New York. Tout était si simple, quand ils étaient ensemble. Il avait tranquillement attrapé la poignée du Caddie et bavardait gaiement en sélectionnant des tomates fraîches, et elle...

Elle n'avait pas le droit de se bercer d'illusions. S'il n'avait pas été envoyé ici par les avocats de Mark Hinton, elle ne l'aurait revu qu'en tant que gestionnaire financier de son hypothétique fortune. *Pour l'amour du ciel, elle ne le connaissait que depuis une semaine !* Elle avait passé des mois entiers dans ses familles d'accueil ; et chaque fois, elle avait été renvoyée, passée dans d'autres mains, sans un regard en arrière. Elle se souvenait encore de cette souffrance, de l'abandon. Elle s'était juré de ne jamais revivre une situation pareille. Elle ne pouvait pas mettre son cœur en péril, pas ainsi. N'avait-elle donc pas reconstruit sa fierté, morceau par morceau, année après année ? Ne connaissait-elle donc pas sa véritable valeur ? Elle était indépendante, et elle avait la tête sur les épaules. Elle ne pouvait pas se laisser emporter par un fantasme.

— Est-ce qu'il y aurait du pain frais, ici ? demanda Nick.

— Il y a une boulangerie juste à côté. Tu as déjà été à la boulangerie ? le taquina-t-elle.

— Hé, ce n'est pas parce que je suis riche que je suis complètement déconnecté du monde réel.

— Bien sûr, bien sûr.

— C'est vrai ! J'étais dans la marine ! Je sais faire... des choses. Plusieurs choses.

Elle battit des cils, amusée.

— Comme quoi ?

— Tu préfères que je t'explique comment on tue un homme à mains nues, ou comment survivre dans n'importe quelle contrée avec le minimum syndical ?

— Tu as eu l'occasion de mettre ces deux choses-là en pratique ? s'exclama-t-elle, éberluée.

— Bien sûr. J'ai participé à des missions de sauvetage et de capture, Leni.

Elle le fixait toujours, abasourdie. Espiègle, il glissa deux doigts sous son menton pour refermer sa bouche bée.

— Je vois que tu n'y avais pas vraiment réfléchi.

— Désolée, cela me semble si... impossible.

Mais maintenant qu'elle y songeait... Nick exsudait une force physique qu'elle avait remarquée dès leur première rencontre. Et il lui avait déjà avoué qu'il aimait le danger.

Ils avaient rassemblé tous les ingrédients pour la bolognaise. Elle le guida jusqu'à la caisse sans insister, mais elle ne put s'empêcher de l'observer en coin pendant qu'il faisait passer les articles, fascinée. Comme elle l'avait été lors de leur dernier soir, dans le pub irlandais. Le soir où elle s'était serrée contre lui pour partager la chaleur de son corps sous la neige, le soir où il ne l'avait pas embrassée.

Tilly, la caissière, profita de l'inattention de Nick – occupé à taper son code sur le terminal de paiement - pour lancer un clin d'œil à Leni et lever le pouce. Leni dissimula un sourire et secoua la tête.

En quelques minutes, ils étaient de retour à la maison des Long, leurs courses déballées sur le comptoir de la cuisine. Leni alla vérifier que sa mère dormait avant de rejoindre Nick aux fourneaux.

— D'abord, les boulettes de viande, lança-t-il.

— Qu'est-ce que je peux faire pour toi ?

— Non, non, je m'en occupe, dit-il en malaxant la viande hachée, des oignons et des miettes de pain.

— Tu as dit que tu étais connu pour ta recette ?

— Fais-moi confiance, mes spaghettis sont *fabuleux*.

Elle éclata de rire.

— Arrête !

— Pourquoi ? J'aime te voir rire.

Leurs regards s'accrochèrent, et son cœur s'embrasa. Nick, lorsqu'il était sophistiqué et maître de lui, était presque irrésistible ; mais ce Nick-ci, si naturel, avec ses fossettes et ses plaisanteries, aurait pu la faire fondre d'un seul regard.

Mais bien sûr, elle ne voulait pas fondre.

Elle contourna l'îlot central et s'installa devant le plateau de cookies que sa mère avait abandonnés en partant à l'hôpital. Ils étaient, comme tous les ans, destinés à leurs amis, et elle entreprit de les diviser par lots dans les boîtes en carton festives que sa mère gardait dans un placard.

— Tu sais, avant, je faisais rire tout le monde.

La voix pensive de Nick la fit relever les yeux.

— Ah bon ? dit-elle en souriant. Pourtant, c'est toi qui m'as dit que tu n'étais pas drôle.

— Je ne sais pas si j'étais... drôle, exactement. Mais j'étais casse-cou et insolent. J'ai commencé le saut à l'élastique avant que ce ne soit à la mode. Je faisais des figures complètement folles sur mon jet-ski.

— Des tours ? Comme un patineur ? lança-t-elle, taquine.

— Non, comme un cascadeur, rétorqua-t-il dans un sourire. Et j'étais plutôt populaire auprès des femmes, aussi. Si je savais bien faire une chose, c'était les divertir.

— Tu es sûr que ce ne sont pas ta beauté et ta fortune ?

— Je n'ai jamais étalé l'argent de ma famille.

— Pas besoin. Tes vêtements en disent déjà long.

— Pas quand je porte un jean et un sweat-shirt.

— OK, je te l'accorde.

Ils restèrent quelques secondes silencieux, puis Nick releva les yeux vers elle.

— Tu trouves que je suis beau, alors ?

Oh non, elle ne lui accorderait pas ce point-là, par contre. Il était bien assez prétentieux !

— Pas toi ?

— Belle esquive, dit-il en riant.

— Tu n'as pas besoin de moi pour nourrir ta vanité.

Il ne répondit pas immédiatement, occupé à rouler la dernière boulette de viande avant de la poser sur la plaque.

— J'étais vaniteux, à une autre époque. J'avais de la chance, j'étais de bonne compagnie, j'étais beau…

Il lui jeta une œillade malicieuse, sourcil arqué, et elle rit à son tour. Il préférait plaisanter plutôt que de lui parler de sa souffrance, mais elle la sentait, bouillante sous la surface.

— Que s'est-il passé, Nick ?

Il resta silencieux, occupé à sortir la poêle. La pause était presque naturelle ; il était concentré sur le repas, après tout. Mais elle se souvenait d'autres anecdotes, d'autres aveux. Il avait parlé d'un frère qui le suivait partout, mais elle n'avait jamais vu son nom dans la presse.

— Et ton frère, il t'accompagne dans tes aventures ?

— Mon frère est mort.

Sa réponse la glaça. Oh ! non. La veille, quand elle avait attendu que son père se réveille, elle s'était sentie si vide, si submergée par la peur et l'impuissance, et... Nick avait vécu cette horreur de première main. Bien pire que cela, puisque son frère n'avait pas gagné la bataille. Il ne reviendrait pas. Cette finalité-là était insupportable.

Il glissa la viande dans le four sans ajouter un mot. Maintenant qu'elle en savait plus sur son passé, elle comprenait qu'elle s'était trompée, pendant leur premier jour à New York : Nick ne gardait pas jalousement ses secrets. C'était autre chose ; comme si... Comme s'il restreignait une partie de lui-même.

Était-ce parce qu'il voulait se protéger d'un nouveau deuil ? Ou parce que la souffrance l'avait épuisé, morcelé ? Elle déglutit difficilement. Elle ne pouvait rien faire, si ce n'était lui offrir une porte de sortie, juste quelques minutes.

— Parle-moi du saut à l'élastique.

Un éclair de gratitude passa dans ses yeux bruns ; il avait compris son intention, et il lui était reconnaissant.

— C'est exaltant. Incroyable.

— Je n'oserais jamais...

— Oh ! je suis sûr que je pourrais te convaincre.

— Parce que tu es un beau parleur ?

Elle l'imaginait sans peine, avec ses yeux sombres, étincelants d'espièglerie, et son rictus amusé ; sa vie d'aventures et de liaisons, d'adrénaline et de plaisir.

— *T-ttt*. Je ne suis pas un beau parleur, juste un bon rhétoricien. Ce n'est pas la même chose.

— Oh ! bien sûr. Et tu n'as jamais utilisé ta bonne rhétorique sur des femmes en pâmoison, peut-être ?

— Je suis toujours honnête. Surtout avec les femmes.

Quand il la regardait comme cela, le regard brûlant, sincère, elle ne pouvait retenir l'excitation de son pouls. Elle retint son souffle, le regard plongé dans le sien. Il avait raison : il avait été toujours été honnête avec elle.

Une main sur le comptoir, près d'elle, il se pencha en avant, si proche que son souffle chatouilla sa peau.

— Je suis honnête, et elles peuvent être honnêtes avec moi aussi. Jouir de moi autant que je jouis d'elles.

Oh… Elle avait entièrement perdu le souffle.

— Je commence par un baiser… Un baiser léger. Juste pour voir s'il y a une étincelle.

Le corps tendu à craquer, électrisée par l'anticipation, elle ne baissa pas les yeux. Elle le voulait, ce baiser. Elle voulait la preuve qu'elle était *plus*, plus qu'une inconnue dont il avait eu la malencontreuse responsabilité.

Mais il ne bougea pas. Il aurait pu la faire basculer contre l'îlot de la cuisine, mais il ne bougea pas.

Elle était figée, en attente, emprisonnée par ses prunelles flamboyantes. Incapable de reculer, incapable d'avancer. Quelle idiote ; il n'avait sans doute même pas envie de…

À l'instant même où elle amorçait un mouvement de recul, il éclipsa le dernier centimètre qui les séparait et frôla ses lèvres. Un frisson courut sous sa chair, et son sang se mit à bouillir, et sa respiration s'accéléra, soudain ressuscitée ; entre eux, une flamme ardente s'était allumée, assez puissante pour incendier la pièce, le monde, et son corps tout entier.

Contre toute attente, il ne recula pas. Il était toujours là, à un souffle d'elle, sa présence aussi vibrante qu'un brasier, et lorsqu'elle rouvrit les paupières, elle ne trouva que son sombre, sombre regard.

Nick savait qu'il aurait dû fuir. Il avait voulu engloutir le souvenir de son frère sous une avalanche de provocations, mais il s'était pris à son propre piège. Dès que sa bouche avait touché la sienne, il avait eu la preuve de ce qu'il avait toujours su. Il voulait plus ; il avait besoin de plus ; son désir, inavoué, aigu, sensuel, le torturerait plus encore maintenant qu'il avait osé la toucher…

Et dans les yeux de Leni, il voyait la même soif reflétée.

Il se pencha de nouveau et captura ses lèvres, pleinement, avidement. Elle attrapa immédiatement son visage entre ses mains douces et se pressa contre lui. La convoitise ricocha en lui. Son corps se moula au sien, et elle raffermit son étreinte, comme si elle avait peur qu'il cesse de l'embrasser.

Impossible, impossible.

Il l'enlaça avec ferveur. Il aurait juré sentir les battements frénétiques de son cœur contre le sien...

Son cœur ? N'allait-il pas lui briser le cœur ? Qu'était-il en train de faire ? Séduire une femme dont le père était à l'hôpital, dont le monde avait été entièrement chamboulé, alors qu'il ne pourrait jamais rester à ses côtés ? Il n'avait jamais eu de relation sérieuse, et surtout pas avec une femme aussi tendre et aussi vraie que Leni.

Il lui ferait du mal, c'était inévitable.

Il se détacha lentement, puis se força à lui sourire. Il pouvait rattraper la situation. Ignorer les complications. Il avait passé des années à étouffer ses sentiments ; il était passé maître dans l'art.

— Et voilà, c'est l'étape numéro 1, dit-il d'un ton léger.

— Je ne crois pas que je survivrais à l'étape numéro 2.

Elle soutenait toujours son regard de ses yeux si perceptifs, et une part de lui brûlait de la croire. Était-elle aussi troublée que lui ? Leur baiser signifiait-il quelque chose à ses yeux ? Non, non. Il ne pouvait lui faire aucune promesse. Personne ne voulait d'un homme dont l'identité s'était construite sur le remords et le dégoût de lui-même.

Et leur alchimie était trop... dévastatrice. Leni avait raison, il n'était pas sûr qu'il survivrait à la deuxième étape, lui non plus. Pas sûr qu'il survivrait à une autre étreinte, alors qu'elle serait nécessairement sans lendemain.

Il avait besoin d'espace. *Ils* avaient besoin d'espace.

— Je devrais avoir fini de cuisiner d'ici une demi-heure. Pourquoi ne vas-tu pas te reposer aussi ?

Elle hésita une seconde, mais hocha la tête. Peut-être était-elle aussi soulagée que lui d'échapper à l'atmosphère pesante, encore électrique. Elle sortit de la cuisine sans se retourner. Il laissa enfin tomber sa tête dans ses mains avec un soupir. Bon Dieu. Qu'avait-il fait ? Sa vie était tissée de regrets, d'amertume, d'erreurs. Il devait garder ses distances. Mais oh, comme il voulait Leni ! Juste une nuit…

Il devait partir avant qu'il ne soit trop tard ; et ne plus jamais se retourner.

10

Quand la mère de Leni émergea dans la cuisine, la viande était prête et marinait dans la sauce bolognaise. Nick fit bouillir l'eau pour les spaghettis pendant que Leni sortait la salade et mettait la table.

— Merci pour tout, c'est trop, lança Denise en s'asseyant.

Heureuse de la voir un peu rassérénée, Leni lui sourit.

— Tu as bien dormi, maman ?

— Oui, je devais en avoir besoin. Si cela ne vous dérange pas, après le repas, j'aimerais prendre une douche et retourner tout de suite à l'hôpital.

— À votre service, dit Nick.

Leni leva précautionneusement les yeux vers lui ; ils ne s'étaient pas regardés depuis leur baiser. Elle savait pourquoi. Le moindre frôlement crépitait entre eux comme un coup de tonnerre. Nick avait essayé de le camoufler... Mais il avait perdu le contrôle, elle en était certaine.

— Nick, ne te sens pas obligé de nous suivre. Tu en as déjà trop fait pour moi.

— Elle ne vous a pas embêté, j'espère ? s'enquit sa mère.

— Oh non, pas du tout. C'est très facile de bien s'entendre avec Leni, répondit Nick en souriant.

Le cœur de Leni rata un battement. Il avait parlé d'un ton léger, mais ses oreilles avaient rosi. *Oh*. Il avait bel et bien un faible pour elle, comme elle avait un faible pour lui. Il le lui avait déjà montré, de plusieurs façons, et leur baiser aurait pu le lui prouver pour de bon... S'il n'avait pas fait trois pas en arrière pour un pas en avant.

Elle serra les dents et se concentra sur son assiette. Si elle n'était pas l'héritière de Mark Hinton, elle ne reverrait jamais Nick. Elle resterait à Mannington.

Et puis, pourquoi rêver de choses impossibles ? Elle avait eu son baiser. Elle aurait dû s'en contenter.

Sauf que... Sauf que personne ne l'avait jamais embrassée ainsi. Personne ne l'avait jamais *embrasée* ainsi. Elle ne pouvait pas abandonner maintenant, pas lorsqu'elle savait, profondément, que ce magnétisme était unique, un lien qu'elle ne connaîtrait avec personne d'autre.

Et pourquoi s'obstinait-il à fuir ? Le détachement auquel il s'accrochait si fort avait-il un rapport avec la perte de son frère ? Peut-être pouvait-elle l'aider. L'épauler. Peut-être que leur rencontre était un clin d'œil du destin.

C'était dangereux, ambitieux... Mais il vivait depuis trop longtemps dans des limbes d'indifférence et de solitude, et elle ne pouvait pas le supporter. Elle l'avait vu morne et silencieux à New York. Elle l'avait vu plus rieur, plus heureux auprès d'elle. Il y avait *quelque chose* entre eux, quelque chose d'important. Elle ne pouvait pas abandonner sans se battre.

Simplement, était-elle prête à risquer son cœur pour un homme qu'elle connaissait à peine ?

Il faisait déjà sombre lorsqu'ils se garèrent devant l'hôpital. La lune brillait dans le ciel, luminescente sur la cime des arbres. Les décorations de Noël, sur le comptoir de l'accueil et les bureaux des infirmières, au-dessus des grandes portes et autour des fenêtres, clignotaient sur leur passage alors qu'ils marchaient jusqu'aux urgences.

Ils attendirent le docteur pendant une heure, durant laquelle Leni put bavarder tranquillement avec son père et sa mère dans l'espoir de les détendre.

Le neurologue leur expliqua ensuite que le cerveau de son

père présentait des lésions parfaitement placées - ce qui lui sembla contradictoire, jusqu'à ce qu'il annonce :

— Elles sont parfaitement placées car nous pouvons les supprimer.

— Vous voulez dire... Une opération cérébrale ? demanda sa mère, les yeux écarquillés.

— Exactement. Et comme pour toutes les opérations, elle présente des risques, mais nous sommes convaincus qu'en éliminant les lésions qui se sont propagées depuis l'accident, son épilepsie disparaîtra.

Des questions fusèrent en rafale ; contre la fenêtre, Nick aussi exprimait une interrogation de temps à autre, apparemment attentif. De toute évidence, l'opération avait trop d'avantages pour que cette solution soit ignorée ; néanmoins, Leni voulait s'assurer que son père la subisse dans les meilleures conditions possible. Et pour engager un expert, elle avait besoin d'argent.

Et peut-être en aurait-elle très bientôt. Des millions et des millions. Si Mark Hinton était son père biologique.

Le paradoxe de sa situation la frappa soudain. Elle n'aurait jamais eu le père extraordinaire qu'elle avait aujourd'hui si son père biologique l'avait gardée. Cet homme qui n'avait pas voulu d'elle, et elle n'en voulait pas non plus. Mais elle avait besoin de ce qu'il lui avait laissé pour sauver le père qui ne l'avait jamais abandonnée.

Ils restèrent auprès du malade après le départ du médecin pour discuter des avantages et des inconvénients, de leurs inquiétudes et de leurs espoirs. Quand l'heure des visites toucha à sa fin, ils décidèrent de rentrer plutôt que de s'installer dans la salle d'attente.

Épuisée, Denise fila immédiatement dans sa chambre. Nick, dans l'entrée, se tourna vers Leni.

— Est-ce que ça va aller ?

— Oui, oui. J'ai juste besoin de réfléchir. Et je voudrais avoir plus d'informations. Je vais lire des articles en ligne.

Il rit doucement.

— Tu aimes la recherche, hum ?

— J'aime savoir dans quoi je m'engage. Et je veux trouver un expert de ce genre de procédures.

Nick la contempla quelques secondes, scrutateur.

— Tu veux engager un ponte de la neurochirurgie. Et tu veux ton héritage, devina-t-il.

— Exactement.

— Tu n'as pas l'air très contente, cela dit.

Elle poussa un long soupir.

— C'est un peu doux-amer. Pour aider le père qui m'a élevée, je dois me reposer sur le père qui m'a ignorée.

— Tu sais, c'est exactement ce que Mark aurait voulu.

Elle cligna des yeux, confuse.

— Mark n'était pas cruel, tu sais, reprit Nick. Il travaillait trop, il était paranoïaque et angoissé. Je pense qu'il comptait sur ta mère pour prendre soin de toi. Il ne savait sans doute pas qu'elle était malade.

— Il n'a jamais essayé de le savoir.

— Il avait même du mal à aller jusqu'à ses bureaux, certains jours. Il ne se sentait en sécurité qu'en plein milieu de l'océan, quand il pouvait pêcher en paix. Des centaines de milliers d'individus dépendaient de lui pour leur travail, et cette responsabilité pesait trop lourd sur ses épaules.

— Ce n'est pas une excuse, Nick.

— Je sais, mais c'est une explication. Ton père n'a pas vécu très heureux, mais toi, tu adores la vie. Grâce aux Long. Ils ont fait de toi la personne que tu es aujourd'hui. Ne gâche pas ton bonheur pour Mark et pour les erreurs qu'il a faites. Profite de son argent pour sauver ton père. Mark aurait été heureux de te faire ce cadeau, et lui en vouloir pour toujours ne fera souffrir que toi.

Sa perspective s'insinua en elle, lentement, comme un baume dont la chaleur se diffusait dans son âme ; une légèreté nouvelle. Nick lui offrait la solution qu'elle avait longtemps cherchée. Il avait raison, bien sûr. Elle y avait songé, ces derniers temps. Mais entendre quelqu'un d'autre lui affirmer que pardonner n'était ni lâche, ni déloyal… C'était un réel soulagement.

— Tu verras, Leni. Cet héritage va changer ta vie.

— Et il a déjà changé la tienne, dit-elle avec un sourire taquin. Imagine, sinon : tu ne m'aurais pas rencontrée.

— C'est vrai, et j'aurais continué à vivre ma vie sans savoir que j'étais aussi vaniteux qu'ennuyeux.

Elle rit, mais avant qu'elle ne puisse le rassurer, il s'était tourné vers la porte.

— Bref, si tu n'as plus besoin de moi, je vais te laisser à ta recherche. J'ai encore du travail et...

— Oh ! bien sûr ! Laisse-moi préparer la chambre d'amis.

— Non, je me suis mal exprimé. Je retourne à l'aéroport. Je vais travailler pendant le vol et rentrer chez moi.

— Oh.

Elle fronça les sourcils. Face à elle, il était déjà loin, de nouveau caché derrière ses défenses. Pourquoi voulait-il partir si vite ? Il était visiblement épuisé. Comment allait-il conduire jusqu'à sa piste privée, puis travailler pendant des heures dans l'avion ? Bien sûr, passer la semaine à la distraire avait dû impacter son travail, mais...

Non, pas la peine de s'alarmer. Nick était simplement un homme très occupé, et il devait retourner à son bureau. Il l'avait embrassée à perdre haleine, avec une émotion et une intensité qui la faisait encore frémir. Il avait pris le temps de la soutenir, ici, à Mannington ; de la rassurer sur Mark Hinton. Elle ne savait pas comment définir ce qu'il y avait entre eux, pas encore, mais elle était certaine qu'un peu de distance ne signait pas leur séparation définitive.

Il ne partait pas à cause d'elle, et elle devait respecter son choix. Elle hocha la tête.

— Je ne sais pas comment te remercier pour ton aide.

— C'était un plaisir, Leni.

En quelques secondes, il était prêt à partir : planté devant sa voiture de location, dans le vent froid, alors qu'elle lui tendait une petite boîte de cookies faits maison. Secrètement, elle aurait aimé qu'il l'enlace et l'embrasse pour lui dire au revoir. Sans faux-semblants, sans plaisanteries. Mais il ne la toucha pas ;

il baissa les yeux sur la boîte de biscuits avec une expression confuse, touchée. Elle sourit.

— Je t'ai vu les dévorer du regard.

Il secoua la tête avec un petit rire.

— On ne peut rien te cacher, hein ?

Il ouvrit la portière, posa la boîte sur le siège passager, et se tourna une dernière fois vers elle.

— Je ne te verrai sans doute pas avant que Danny ne reçoive les résultats ADN.

Elle hocha la tête ; dans la pénombre et le froid, leur alchimie chuchotait toujours. Nick s'attardait, lui aussi. Il n'était toujours pas monté dans la voiture… Il lui sourit, plus difficilement, puis se glissa enfin derrière le volant.

— À dans quelques jours, alors ?

Elle recula de quelques pas, avec sur les lèvres le spectre du baiser qu'ils n'avaient pas partagé. Il lui fit signe de la main, puis démarra. Elle resta un moment plantée devant la maison, frissonnante dans le vent hivernal, brûlante aussi d'émotions qu'elle ne comprenait pas. Lorsqu'il l'avait embrassée, elle avait compris que Nick avait des sentiments pour elle ; en partant ainsi, sans en faire mention, sans aucun signe de tendresse, il lui montrait qu'il n'avait aucune intention de poursuivre ces sentiments. La déception la tenailla, dure et aiguë, et stupide, et injuste. Elle ne connaissait pas Nick depuis longtemps, et elle avait des soucis bien plus importants, et pourtant…

Elle inspira profondément, déterminée à ignorer le doute insidieux qui s'était glissé en elle. Une petite voix lui chuchotait qu'elle n'en valait pas la peine. Qu'elle n'était pas à la hauteur. Que l'abandon ne s'arrêtait pas à l'âge adulte.

Elle connaissait bien ce sentiment d'infériorité, et elle savait qu'elle devait le combattre. Mais comment ?

Son père rentra à la maison le lendemain matin. On lui avait prescrit de nouveaux médicaments, et il semblait avoir repris du poil de la bête. Après être resté à ses côtés pendant les premières vingt-quatre heures, Leni retourna travailler au restaurant. Elle hériterait peut-être de sommes faramineuses, mais en attendant, ils avaient des factures à payer.

Entre le rush du midi et le rush du soir, George s'installa sur les marches de derrière pour fumer sa cigarette habituelle, et Leni se retrouva seule derrière le comptoir, comme le jour de sa rencontre avec Nick.

Il lui manquait déjà. Peut-être que la tornade de ces dernières semaines lui avait fait perdre la tête. Comment pouvait-elle être si férocement attachée à ce presque inconnu qui la tenait sans cesse à distance ? Elle avait appris à maîtriser ses émotions et ses espoirs, en famille d'accueil. Il était temps de retrouver la même discipline.

La poche de son tablier se mit à vibrer. En voyant Waters, Waters et Montgomery clignoter sur l'écran de son téléphone, elle s'assit, le cœur battant.

— Bonjour, Danny.

— Bonjour à vous, mademoiselle Leni Long... Officiellement héritière de Mark Hinton.

Elle étouffa une exclamation.

— Vraiment ? Je suis sa fille ?

— Les résultats d'analyse sont formels.

— Oh ! mon Dieu...

La vérité avait semblé si intangible, jusqu'ici. Mais soudain, la situation n'était plus hypothétique. Sa vie allait changer du tout au tout. Ses mains tremblèrent autour du combiné, dans lequel Danny parlait toujours :

— J'ai besoin que vous reveniez à New York pour la suite des événements. L'héritage ne peut pas être distribué tant que tous les héritiers ne sont pas officialisés, mais avec les résultats ADN, vous allez pouvoir accéder à l'argent qui vous est destiné, au moins.

Elle pourrait dès maintenant engager un neurochirurgien. Son pouls s'accéléra ; c'était sa priorité.

— Quand avez-vous besoin de moi ?

— Demain ? Je peux vous envoyer Nick avec le jet.

Non. Elle ne voulait pas dépendre de Nick. Elle avait toujours eu la tête sur les épaules, n'est-ce pas ? Elle s'était adaptée à l'instabilité des familles d'accueil, elle avait excellé à l'école, elle avait payé ses études. Nick n'était pas responsable d'elle ; elle était son égale. Si une idylle finissait par fleurir entre eux, tant mieux. Mais en attendant, elle ne pouvait pas vivre sa vie en se reposant sur lui, ni en le suppliant pour des fragments d'affection.

— Je vais prendre un vol commercial. Je vais même réserver mon propre billet, Danny, railla-t-elle.

— D'accord, mais nous vous rembourserons. Prenez l'avion demain matin, vous pourrez me rejoindre au bureau à votre arrivée.

— D'accord, parfait. Merci, Danny.

— Mais de rien. Et, Leni ? Félicitations. Vous allez adorer votre nouvelle vie.

Danny raccrocha, mais ses mots restèrent avec elle. Allait-elle adorer sa nouvelle vie ? Elle était fille d'ouvrier, venue de la campagne, sur le perron d'un monde scintillant de luxe et de privilèges. Elle allait devoir se préparer, si elle voulait garder la tête hors de l'eau. Pas question de demander de l'aide à Danny, à Nick. Ils ne la connaissaient que comme la petite Leni, avec son jean usé et son père alité. Mais elle n'avait pas besoin de béquille ou de guide ; elle avait des millions de dollars à sa disposition, et elle allait pouvoir payer pour la guérison de son père. Et ensuite, peut-être… Acheter de nouveaux vêtements.

Elle ouvrit son navigateur et chercha une liste de magasins situés près de son hôtel. Elle écuma ensuite leur site Internet : chacune des boutiques proposait des modèles sublimes, et, mieux encore, des consultations privées à réserver. Leni prit rendez-vous pour l'après-midi suivant, puis poussa un soupir de soulagement.

Elle reprenait le contrôle. Une nouvelle vie l'attendait peut-être, mais elle était prête à la prendre à bras-le-corps.

11

Leni atterrit à New York vers 11 heures du matin, et rejoignit Danny à l'heure du déjeuner. Il lui offrit trois cartes de crédit sans plafond, un carnet de chèques, et lui expliqua qu'elle risquait, à cause d'un détail langagier dans le testament, de n'obtenir qu'un quart de la fortune de son père, plutôt qu'un tiers. Une bataille légale s'annonçait, selon ce que désiraient entreprendre ses demi-frère et sœur.

Quoiqu'il arrive, cela représentait néanmoins des milliards de dollars. Elle ne comprenait même pas qu'on puisse se battre pour amasser encore *plus* d'argent ; l'une ou l'autre solution lui convenait très bien. Danny avait ri de sa réaction, puis était passé à la question de la sécurité. Une limousine avec chauffeur avait été mise à sa disposition.

C'était si étrange, mais elle voulait avancer la tête haute, sans montrer sa surprise ou sa maladresse. Il ne s'agissait pas seulement d'accepter cette nouvelle existence, mais de la contrôler. Après son rendez-vous avec Danny, elle partit directement pour Times Square, près duquel était situé le magasin de vêtements où elle avait rendez-vous.

Dans une rue adjacente, après que son nouveau chauffeur lui eut ouvert la portière, elle poussa la grande porte en verre gravé et entra dans une boutique élégante aux murs de bois sombre, au plafond orné de bronze, et aux lustres épurés.

Elle lutta pour ne pas rester bouche bée.

— Comment puis-je vous aider ? s'enquit l'hôtesse.

— J'ai rendez-vous à 2 heures.

La femme sourit et montra un escalier sombre.

— Troisième étage. Iris vous attend.

Au premier étage, elle remarqua des tenues fluides et colorées, d'inspiration bohème, qu'elle aurait portées avec plaisir. Le second proposait des pièces plus travaillées ; des tailleurs, des pantalons merveilleusement bien coupés, des pulls en cachemire et des chemisiers brillants.

Au troisième, deux femmes et un homme l'attendaient devant trois immenses psychés. La pièce était vide, à l'exception de deux chaises modernes et lustrées.

— Elenore ? s'enquit une femme d'âge mûr, vêtue d'une robe fourreau noire et d'un collier de perles.

— Iris, j'imagine ? sourit Leni.

Elle lui jeta un coup d'œil subreptice ; sa tenue était élégante et visiblement luxueuse, mais pas exactement l'image qu'elle espérait véhiculer elle-même. Iris lui fit la bise avec une familiarité chaleureuse, et pépia :

— C'est un plaisir de vous accueillir dans notre magasin !

D'accord. Personne ne savait encore qu'elle était la fille de Mark Hinton, mais prendre un rendez-vous privé chez une marque d'un tel standing lui conférait déjà un certain statut, de toute évidence.

— Vous cherchez quelque chose en particulier ? Professionnel, habillé, décontracté ?

— Les trois, oui.

Iris sourit et se tourna vers ses collègues.

— Bill, Mandy, commençons par les tenues d'hiver.

Ils disparurent dans les escaliers et Leni embrassa la pièce du regard en retenant un sourire. Elle s'était donné une mission, certes… mais il fallait avouer qu'acheter un amas de nouveaux vêtements était aussi très excitant.

Quelques minutes plus tard, les *personal shoppers* revinrent avec des cintres colorés. Elle tomba immédiatement amoureuse d'un superbe chemisier en soie, d'un pantalon en tweed terracotta, d'un pull vert et d'une paire de bottines à talons. Tout ne convenait pas à son style, bien sûr : elle mit de côté plusieurs jupes longues et chemises à jabots, des bijoux trop larges ; toutefois, alors qu'elle plongeait les mains dans les étoffes ruisselantes, l'exaltation de l'instant la frappa. Elle pouvait avoir tout ce qu'elle voulait. Rien n'était hors de portée.

Iris était restée à ses côtés et lui parlait de silhouette et de mesures. Bill et Mandy observaient ses choix pour lui proposer d'autres pièces en accord avec ses préférences ; des couleurs qui lui allaient au teint, des formes confortables taillées dans des étoffes luxueuses.

Et alors qu'elle pensait en avoir terminé, Iris la prit par l'épaule.

— Maintenant, parlons tenues de soirée.

— Oh ! je n'en ai pas besoin.

— Vous êtes à New York, ma chérie, rétorqua Iris en riant. Même un dîner dans un restaurant de luxe exige une robe de cocktail. Et si vous restez pour les vacances, vous ne vous en tirerez pas sans un ou deux bals de Noël.

Mandy arrivait déjà au pas de course avec deux robes sublimes dans les bras ; l'une en velours vert émeraude, l'autre en taffetas rouge carmin. Leni retint son souffle, le cœur battant. Bill arrivait avec d'autres options, plus courtes, quelques-unes brodées de sequins et de pierreries.

Nick et ses parents lui avaient parlé d'un gala de Noël. Si leur invitation informelle tenait toujours, elle avait bien l'intention de les éblouir. Elle essaya les robes courtes d'abord, puis la verte, en gardant la rouge, sa préférée, pour la fin. Elles étaient toutes superbes ; les tissus doux et souples caressaient sa peau comme les mains d'un amant. Autour d'elle, Bill et Mandy épinglaient la taille pour perfectionner la coupe, et Iris donnait son avis ici et là. Et dans le miroir, elle se voyait vivre un rêve éveillé.

Une fois la séance terminée, de nouveau vêtue de son vieux jean et de son pull ample, elle tendit une de ses nouvelles cartes de crédit à Iris en attendant nerveusement le verdict. Elle n'avait pas besoin de s'inquiéter, évidemment : la carte passa sans problème.

Après des adieux effusifs, elle retourna à l'hôtel et monta dans sa suite, suivie par un cortège de bagagistes en livrée.

Plantée dans le salon, au milieu de ses dizaines de sacs, elle manqua d'éclater de rire. C'était impossible. C'était *trop*.

Et puis, elle ne pouvait pas porter la moitié de ces tenues à Mannington. Les jeans, peut-être. Les bottines. Les très beaux pull-overs. Mais la plupart des vêtements ne conviendraient qu'à New York – Danny avait mentionné qu'elle pourrait faire partie du conseil d'administration des sociétés Hinton.

Elle aimait cette idée ; comprendre comment fonctionnait le commerce de son père, prendre part aux décisions, s'assurer que les employés étaient payés équitablement, qu'ils profitaient tous d'une vraie couverture sociale.

Cette fortune abracadabrante ne venait pas seule : elle avait aussi des responsabilités. Le pouvoir de changer les choses à grande échelle. Elle devrait sans doute partager sa vie entre New York et Mannington, et cela signifiait qu'il lui fallait un appartement en ville.

Elle se laissa tomber sur le canapé et inspira profondément. Elle avait besoin d'une seconde d'accalmie : s'assurer qu'elle prenait des décisions réfléchies, plutôt que de suivre ses premières impulsions. Elle demanda un thé au room service et se pelotonna contre l'accoudoir.

Morose, Nick quitta le bureau plus tôt que prévu. Leni était montée à New York pour revoir Danny, et il avait essayé de se convaincre que cela ne le concernait plus ; qu'il reprendrait le flambeau lorsque les trois héritiers seraient prévenus, et que sa firme pourrait leur proposer ses services.

Et pourtant, après ses quelques jours passés avec Leni, le silence de son appartement lui semblait assourdissant. Il lança son cartable sur le canapé.

Sur la table à manger, il aperçut sa boîte à gâteaux. Des cookies faits maison – pas les biscuits élaborés que sa mère commandait dans une grande boulangerie de Long Island ou faisait venir de

Paris. Juste des cookies décorés par Denise Long, dans le fin fond du Kansas. Il traversa la pièce, ouvrit la boîte, et mordit dans un gâteau. Le sucre et le beurre fondirent sur sa langue ; il ne se souvenait pas d'avoir mangé quoi que ce soit d'aussi délicieux, d'aussi simple, d'aussi chaleureux. Quand Leni lui avait tendu la petite boîte, il avait failli succomber à la tentation. Sortir de la voiture, la prendre dans ses bras, et l'embrasser à nouveau.

Il secoua la tête et partit vers sa chambre.

Leni le hantait encore et toujours. Elle avait passé une semaine difficile. Elle venait d'apprendre qu'elle était réellement l'héritière de Mark. Elle ne connaissait personne à New York ; elle n'avait personne à qui parler... Il voulait être là pour elle. L'aider à s'acclimater, maintenant que sa vie avait été chamboulée du tout au tout. Toutefois, il ne pouvait pas vraiment l'inviter à dîner, n'est-ce pas ? Cela ressemblait de trop près à un rendez-vous romantique...

Il baissa les yeux sur le cookie qu'il tenait toujours à la main. Si plein de générosité, de sincérité. Un symbole de l'esprit de Noël qu'il avait redécouvert à Mannington. La paix, la compassion, l'entraide. Il poussa un soupir, termina le biscuit, et sortit son téléphone.

La voix surprise de Leni répondit presque aussitôt :

— Allô ! Nick ?

— Leni... Je sais que tu as dû avoir une grosse journée...

Pourquoi son cœur battait-il à cent à l'heure ? Il avait l'impression d'être retombé à l'adolescence. Il avait une myriade de questions sur les lèvres ; comment allait son père ? Qu'avait-elle pensé des particularités de la succession ? Qu'avait-elle fait aujourd'hui ? Il peina à retenir sa curiosité, à fomenter un prétexte.

— Mais je comptais aller faire du shopping et trouver un cadeau de Noël pour ma mère, mentit-il. Comme tu trouvais la boutique ringarde, je me disais que tu pourrais m'aider à trouver une option plus tendance ?

— Avec plaisir.

— Alors je t'attends devant l'hôtel dans dix minutes ? Et ensuite... Peut-être qu'on pourrait manger quelque part ?

— Ce serait parfait, Nick.

— D'accord. Alors… À tout à l'heure.

Il raccrocha, le souffle heurté et un sourire aux lèvres. Il se sentait ridiculement soulagé. Ce n'était pas un rendez-vous, pas du tout. Il voulait juste s'assurer qu'elle allait bien, et qu'elle ne se sentait pas seule à New York.

Leni raccrocha et continua de fixer le téléphone quelques secondes, sonnée. Il avait fait le premier pas ! Pas le temps de tergiverser ; elle enfila un de ses nouveaux jeans, un pull en cachemire, et un merveilleux Perfecto de cuir noir. Dans l'ascenseur, elle tenta d'apaiser son excitation : Nick avait simplement besoin d'aide pour trouver un cadeau à sa mère. Rien de très romantique, n'est-ce pas ?

Elle sortit de l'hôtel sous la neige immaculée. Nick l'attendait devant la limousine, mais elle prit le temps de lever le visage vers le ciel et de savourer les flocons glacés, les chants de Noël qui s'élevaient dans l'avenue. Les célébrations, ici, étaient bien différentes de celles de son village ; plus luxueuses, plus raffinées ; mais c'était tout de même Noël.

Elle reprit sa route vers la voiture avec un grand sourire.

— Bonsoir ! Merci de m'avoir invitée ; je commençais à me sentir un peu à l'étroit, à l'intérieur.

— De rien, dit-il en lui ouvrant la portière. Comment va ton père ?

— Beaucoup mieux. Son traitement l'a stabilisé pour l'instant. J'ai commencé à chercher des experts, mais j'ai vite compris que je ne pouvais pas me contenter de Google. Son neurologue me compile une liste.

— Que des bonnes nouvelles, alors, dit Nick en souriant.

— Exactement. Tu pensais à quoi, pour ta mère ?

— Aucune idée. Depuis que tu t'es moquée de la vitrine, l'autre jour, je panique un peu. Si ma mère a fait semblant d'aimer mes cadeaux pendant des années, je suis un fils lamentable.

Elle rit légèrement, mais Nick baissa les yeux.

— Mon frère offrait les meilleurs cadeaux du monde.

À la mention de son frère, elle leva les yeux vers lui, et son cœur se serra. Elle lui laissa le temps de poursuivre.

— Il avait du goût et il était à l'affût des dernières tendances. Il connaissait toujours la couleur à la mode, alors que je ne savais même pas que les couleurs *pouvaient* être à la mode.

— Si cela peut t'aider, cette année, c'est rose. Et l'année prochaine, sûrement olive.

— Oh ? Tu es experte en coloris ?

— Depuis que j'ai acheté beaucoup, beaucoup de vêtements il y a trois heures, oui, dit-elle dans un sourire. Oh ! d'ailleurs, je pense qu'il me faudrait un appartement à New York. Si je veux participer aux réunions du conseil des entreprises Hinton...

Elle hésita, puis corrigea :

— Des entreprises de mon père, il me faut un logement.

Nick ne put retenir un sourire. Lorsqu'il murmura qu'il était heureux de le savoir, il ne parlait pas exclusivement de ses projets professionnels et de son déménagement : il était surtout heureux pour *elle*. Qu'elle accepte la paternité de Mark, malgré ses erreurs. Qu'elle soit plus à l'aise avec ses origines et son passé.

— Mon père avait sûrement des appartements, mais Danny m'a expliqué qu'il valait mieux ne pas utiliser ses propriétés pour le moment, si l'on veut éviter que la presse ne me saute dessus. Et après tout, j'ai des millions de dollars à ma disposition. Je n'ai pas besoin de rester à l'hôtel.

Il était fier d'elle – et il savait que Mark l'aurait été aussi. Elle était déterminée, adorable, vive et débrouillarde. Il hocha la tête avec un sourire.

— Oui, je pense que c'est une bonne idée. J'ai des contacts, si tu veux. Je peux leur passer un coup de fil et insister sur leur discrétion.

Il se tourna vers elle et s'aperçut soudain qu'elle était tout près de lui, sur la banquette. Son souffle trébucha. S'étaient-ils rapprochés spontanément ? Leurs regards s'accrochèrent, orientés par un lien magnétique, et la chaleur confortable de leur complicité s'embrasa. Il n'aurait pas dû songer à leur baiser. Comme si elle avait lu dans ses pensées, comme si elle avait fantasmé avec lui, à deux doigts de la caresse, Leni rougit soudain. Une coulée de lave déferla dans ses veines, et il lutta de toutes ses forces pour garder le contrôle de son expression. Il expira lentement, lentement, en retenant un frémissement de convoitise.

— Je...

La voix de Leni le traversa comme un éclair, électrique, faussement dégagée, légèrement trop basse.

— J'ai acheté mes vêtements dans un magasin génial, tout à l'heure. J'ai vu un haut qui plairait beaucoup à ta mère.

Elle sortit l'adresse sur son portable, et il la transféra à son chauffeur. La distraction lui avait au moins permis de reprendre ses esprits.

La voiture les déposa devant la boutique, et ils avancèrent ensemble vers les grandes portes vitrées. La neige tombait autour d'eux, silencieuse et ouatée. Dans la lumière du lampadaire, le visage de Leni resplendissait.

— Je vais prendre quelque chose à ma mère aussi.

— Je croyais que ce n'était pas un magasin ringard ?

— Et c'est vrai ! Est-ce que tu insinues que ma mère est ringarde, Nick ?

Il rit, en évitant de justesse le coup malicieux qu'elle tenta d'envoyer dans son épaule, puis entra dans le magasin. Une chanson de Noël jouait en sourdine et des guirlandes décoraient le comptoir de la caisse. Une couronne de poinsettias ornait le mur du fond.

— Leni ! Vous êtes de retour ?

— Pour des cadeaux de Noël, cette fois, s'exclama Leni avec un grand sourire. Cet après-midi, j'ai remarqué un kimono... Presque une veste, long et luxueux. Cela vous dit quelque chose ?

— Oh ! je vois tout à fait, lança une autre femme, qui descendait à leur rencontre.

— Iris ! Vous êtes encore là !

— Mais bien sûr. Et qui est votre ami ?

— Nick. Sa mère est de New York. Je pense qu'une tenue un peu originale lui irait à ravir. Elle va être fabuleuse.

Il ne savait pas exactement à quoi ressemblait un kimono, mais apparemment, c'était un choix aussi bienvenu qu'extravagant. Quand Iris leur présenta la pièce, une longue veste japonaise en soie pervenche, Leni caressa sa manche large avec révérence.

Et elle avait raison : le bleu mettrait en valeur les yeux de sa mère, mais la surprendrait par sa fantaisie. C'était exactement le genre de choses que Joe aurait choisi.

— J'aime beaucoup. C'est inattendu. J'achète toujours des choses qui ressemblent à ce qu'elle a déjà, avoua-t-il.

Leni rit en passant un bras sous le sien ; elle se blottit contre lui, et le mouvement était si naturel qu'il ne put réprimer son sourire.

— Elle va adorer. J'en suis convaincue.

Elle serra une dernière fois son bras, puis l'abandonna pour aller étudier les portants de pulls colorés pendant qu'il restait près du comptoir. Une angoisse qu'il préférait ignorer montait en lui. Il était là pour une bonne raison, il avait bien fait d'inviter Leni. Il n'avait rien à se reprocher. La regarder choisir des pulls pour sa mère lui faisait sincèrement plaisir. Il savait que Denise les trouverait magnifiques, et la joie qui éclairait le visage de Leni était inestimable. Elle était si sincèrement extatique à l'idée d'acheter des cadeaux pour leurs mères… De nouveau, un sentiment ineffable le submergea, chaud, brillant, apaisant comme un miracle.

Lorsqu'ils quittèrent le magasin, sous la neige, sous les lumières, sous les guirlandes, la révélation le frappa de plein fouet. Il avait ressenti la même chose quand il était enfant et qu'il recevait le cadeau qu'il n'avait pas osé espérer trop fort, de peur d'être déçu ; pendant ces jours scintillants où les décorations le faisaient crier de joie, où son père ne travaillait pas, où sa mère coupait une tarte beurrée avec un immense sourire. Ces soirs passés à chuchoter dans le noir avec son frère parce qu'ils étaient trop excités pour dormir.

C'était le bonheur. Si simple, si viscéral, si innocent. Et il ne voulait pas qu'il disparaisse.

Il voulait le savourer pour toujours.

Et c'était Leni qui l'avait ravivé en lui, après si longtemps...

— Que dirais-tu d'un petit dîner au pub irlandais ?

— Ce serait parfait !

Ils y arrivèrent en quelques minutes. Une chanson celtique de saison les accueillit lorsqu'il lui ouvrit la porte. Le restaurant avait été entièrement décoré, couvert de lumières clignotantes et de guirlandes végétales.

— Maintenant, c'est exactement comme chez moi, dit-elle.

Il rit et suivit la serveuse, qui les guidait jusqu'à la même table que la dernière fois ; se souvenait-elle d'eux ? Il ne dit rien en s'asseyant, mais le souvenir de leur journée à la patinoire lui arracha un sourire. La joie qui avait fait briller chaque seconde. La tiédeur de Leni lorsqu'elle s'était blottie contre lui, dans le froid de la nuit.

Il aurait peut-être dû sentir le danger, et invoquer ses dernières réserves de résistance, mais l'atmosphère était trop chaleureuse pour qu'il puisse la mettre en péril.

Il fit rire Leni au-dessus d'une portion de frites partagée, puis l'encouragea à prendre une dernière pinte.

— Aujourd'hui, ton monde a changé. Il faut fêter ça !

— Tu veux dire que j'ai dépensé plus que pendant les six derniers mois ?

— Et tu n'as même plus à t'en soucier, reprit-il en souriant.

Il demanda l'addition, tendit sa carte à la serveuse, puis Leni et lui reprirent leurs manteaux. Dans la rue, quand leur chauffeur leur fit signe, il hésita.

— Tu ne veux pas marcher ?

Elle inclina la tête de côté avec un demi-sourire, comme si elle aussi savourait le souvenir de leur retour à l'hôtel, quelques jours auparavant.

— Avec plaisir.

Elle glissa son bras sous le sien pendant qu'il faisait signe au chauffeur de rentrer. Leurs pas laissaient des traces dans la neige, et l'air vif et froid rosissait les joues de Leni. Autour d'eux, les klaxons retentissaient, mais le tintamarre ne faisait qu'exacerber la magie de la soirée. Le monde entier semblait rire, prêt pour les célébrations de Noël.

Et aucune promenade ne lui avait jamais semblé si courte.

Ils secouèrent leurs chaussures humides sur le seuil avant d'entrer dans le lobby de l'hôtel. Sur le chemin de sa suite, les images de leur première rencontre l'assaillirent. Le déguisement d'elfe. La conversation, si légère et si vraie. La puissance de leur alchimie, dès la première seconde. Une simple réminiscence suffisait à le faire tressaillir. Il voyait encore son sourire ; il sentait encore son cœur bondir, vaciller, cavaler lorsque leurs regards s'étaient croisés.

Le désir monta en lui, aigu et suave, mais pas seulement. Avec lui, aussi, une révérence tendre, simple comme une évidence. Il n'avait jamais ressenti une chose pareille ; et le sortilège était si irrésistible qu'un fourmillement piqueta le bout de ses doigts, brûla sa langue. Il aurait tout donné pour la toucher, pour lui dire qu'il était fou d'elle, pour...

Non. C'était injuste. Elle était sur le seuil d'une nouvelle existence, d'une renaissance. Elle méritait tellement mieux que lui ; elle rencontrerait très vite un homme spécial, l'homme de ses rêves.

Et pourtant, il ne réprima pas assez vite l'instinct qui le poussa à se pencher sur elle. Il frôla ses lèvres. Juste une seconde, juste une parcelle d'elle. Il ne pouvait pas être avec elle, bien sûr ; mais le spectre d'un baiser... Cela n'engageait à rien, n'est-ce pas ?

Elle cligna des yeux.

L'intensité brûlait dans ses prunelles émeraude. Encore une fois, le vœu d'être un homme meilleur, un homme digne d'elle, le transperça.

Mais ce n'était pas le cas. Il ne pouvait pas changer sa nature. Pas changer son passé.

Il aurait pu l'embrasser un million de fois, passer la nuit avec elle, passer le plus merveilleux des Noëls dans ses bras.

Et ensuite, quoi ?

Qu'arriverait-il quand elle découvrirait qu'il était responsable de la mort de son frère ? Que son âme était noircie par le même égoïsme qui lui avait arraché son cadet et son meilleur ami ? Il retournerait à une vie plus sombre encore, dépouillée de Leni, empoisonnée par la déception d'une femme qui ne méritait que le bonheur. Non. Il ne pouvait pas risquer une chose pareille.

12

Le lendemain matin, Leni était en route pour le bureau de Danny quand son téléphone vibra. En voyant le nom de Nick s'afficher sur l'écran, elle sentit son cœur s'envoler. Il l'avait embrassée encore une fois la veille ; pas une étreinte fiévreuse, comme dans la cuisine de ses parents, mais un baiser murmuré, simplement pour lui souhaiter bonne nuit.

Et d'une certaine façon, c'était plus troublant encore. Doux, et tendre, et intime comme leur soirée.

— Bonjour, Nick, lança-t-elle, d'un ton faussement dégagé.

— Bonjour. Ma mère m'a rappelé que la fête prévue à l'hôpital était avancée à demain après-midi, car on prévoit des conditions météo catastrophiques vendredi. Je sais que je te préviens tard, mais elle adorerait que tu viennes.

Elle adorerait. *Pas lui.*

Elle ferma les yeux, agacée par sa propre réaction. Elle n'allait tout de même disséquer toutes ses tournures de phrases ! Ils passaient du temps ensemble. Ils apprenaient à se connaître. Que voulait-elle de plus ?

— Je peux essayer de venir. J'ai une réunion avec Danny le matin, mais je suis libre ensuite.

— Dis à ton chauffeur de t'emmener pour 13 h 30. Les célébrations commencent à 2 heures, mais si tu arrives un peu plus tôt, je pourrai te faire visiter.

Comme la veille, il prenait bien soin de ne pas venir la chercher lui-même. De marquer une limite. Ce n'était pas un rendez-vous, et il n'était pas son cavalier. Quoique, qu'est-ce qu'elle en savait ? Elle ne connaissait pas les us et coutumes des riches New Yorkais. Elle avait une limousine, après tout ; il fallait bien qu'elle l'utilise.

— À demain, alors. Elle raccrocha en secouant la tête. Elle ne voulait pas analyser le comportement de Nick à la loupe, et pourtant, tout était si... confus. Un pas en avant, deux pas en arrière.

Dans sa suite, après son rendez-vous avec Danny, elle chercha quelques informations sur le gala de charité. Il y avait des dizaines d'articles en ligne. Elle cherchait à juger du niveau de sophistication afin de choisir la bonne tenue, mais une photo datant de six ans attira son attention. Nick, plus jeune, ses parents, et un autre homme.

Joe Kourakis. Son frère.

Elle retint son souffle.

Nick avait l'air d'un... d'un mauvais garçon, il n'y avait pas d'autres mots. Le genre de gosse de riche qui s'amuse à voler des voitures et à briser le cœur des top models. Son frère avait la vingtaine, tout au plus, mais le sous-titre le présentait tout de même comme le P-DG de Kourakis Money Management. Leur mère avait le visage rejeté en arrière, capturée en plein éclat de rire... Et même leur père souriait.

Elle ferma les yeux, la gorge nouée, choquée par la métamorphose de chacun d'entre eux. Nick, transformé, brisé... *hanté* par la mort de son frère.

Elle aurait aimé lui parler de Joe, le lendemain, mais elle ne pouvait pas aborder un sujet aussi difficile en public. Et même dans d'autres circonstances, avait-elle le droit de lui demander quoi que ce soit ? Elle devait attendre que Nick se confie à elle. Attendre qu'il soit assez à l'aise avec elle.

Elle poussa un soupir et tenta de se changer les idées en regardant les tenues des invités. Quelques tailleurs-pantalons, des pulls élégants et des robes fourreaux. La mère de Nick, avec un grand sourire, dans un beau chemisier de soie.

Son cœur saignait pour Amanda Kourakis. Pour Nick. Il avait

dit que sa vie avait basculé après la perte de Joe. Maintenant, elle en voyait les traces.

Le lendemain, Nick arriva dans l'aile pédiatrique à 13 heures pile. Sa mère était déjà là, occupée à diriger tout à la fois le traiteur et l'équipe de décorations pour les derniers ajustements. Il avait bien sûr engagé un photographe : son équipe de relations publiques ferait publier un communiqué de presse illustré dès le lendemain. Les enfants étaient encore dans leur chambre, pour que les décorations, les cadeaux colorés, et le buffet fragrant soient une surprise complète.

Il salua sa mère d'une étreinte.

— Nick ! Tu es en avance.

— Je ne tenais pas en place.

Obnubilé par l'image de Leni. Que porterait-elle ? Comment aurait-elle coiffé ses beaux cheveux brillants ?

— Je me suis dit qu'il valait mieux venir t'aider que de ruminer sans rien faire dans ma tour d'ivoire.

— Alors, fais le tour et dis-moi ce que tu en penses ?

— Je suis sûr que tout est parfait, dit-il en riant. Mais je veux bien jeter un coup d'œil à la nourriture...

— Tu peux regarder, mais ne touche à rien ! Je veux que le buffet soit absolument parfait !

Un sourire aux lèvres, il s'arrêta dans la grande pièce qui servait de salle de réception. Les plats et les cadeaux étaient tous superbement présentés. Finalement, il continua son chemin jusqu'au bureau de la directrice. Elle lui résuma les activités des derniers mois, leurs achats, leurs avancées, et les projets que les dons permettraient de mettre en œuvre. Il glissa sa liste de souhaits dans sa poche pour en discuter avec Leni. Désormais, elle avait assez d'argent pour devenir bienfaitrice. Il ferait bien d'aborder le sujet des donations et des investissements. Cela remettrait les choses au clair. Il n'aurait jamais dû l'embrasser, deux soirs plus tôt. Il n'aurait jamais dû laisser un baiser aussi tendre, aussi imperceptible, le troubler plus profondément encore que le premier.

Et pire encore, il s'inquiétait pour Leni. Il continuait de lui donner des impressions contradictoires, et c'était injuste de sa part. Mais aujourd'hui... Aujourd'hui, il n'aurait rien à se reprocher. Tout irait bien. Ils se comporteraient comme... Quoi ? Comme des collègues. Comme des connaissances.

À 13 h 30, il se prit à jeter des coups d'œil subreptices à l'ascenseur. Quand elle apparut enfin, à deux heures moins le quart, son cœur se mit à battre à tout rompre.

Elle était sublime.

Elle portait une robe verte qui soulignait son regard d'émeraude, une cape noire drapée sur le bras. Elle avait laissé ses cheveux lâchés dans son dos, et ses boucles flottaient autour de ses épaules comme un halo. Un employé de Jace, discret dans son costume neutre, la suivait de près. Il la rejoignit à mi-chemin, et, incapable de se retenir, saisit ses deux mains d'un geste fervent.

— Tu es magnifique, Leni.

Le cœur de Leni rata un battement. Elle aurait aimé rester de marbre, et n'être que tranquille élégance, mais comment résister lorsqu'il la regardait ainsi ?

— Il suffit d'un peu de budget, apparemment, répondit-elle en riant.

Il sourit. L'agent que Jace lui avait assigné s'éclipsa.

— Alors, qu'est-ce que vous avez prévu ? s'enquit-elle.

— D'abord, ma mère porte un toast à l'hôpital et à ses employés, puis les enfants viennent s'amuser. Ils rencontrent le Père Noël et ouvrent leurs cadeaux. Il y a aussi un buffet.

Malgré son premier contact effusif, Nick s'était maintenant écarté d'un pas, atone et professionnel. De toute évidence, le monstre de froideur qu'elle avait occis une semaine plus tôt était de retour. Elle jeta un coup d'œil autour d'elle, à la recherche d'une solution immédiate pour ramener un éclat dans le regard de Nick ; mais la photo de sa famille lui revint à l'esprit. Sa mère, rieuse, son père souriant, son petit frère si élégant. Et

Nick, rebelle, complètement déplacé, et pourtant aux côtés de sa famille pour soutenir le service de pédiatrie.

Elle comprit soudain. Cette œuvre caritative, cet événement annuel, c'était une tradition familiale. Et aujourd'hui, il ne restait que sa mère et Nick pour s'en préoccuper. Elle ne chercherait pas à le pousser dans ses retranchements ; elle serait là pour lui. Elle le laisserait panser ses blessures derrière ses défenses de glace.

— Super, dit-elle dans un sourire. Je te suis.

— Je peux prendre ton manteau ?

Il glissa la cape sur son bras et la déposa au vestiaire avant de reprendre son chemin vers la salle de réception. Sa mère les rejoignit, prit les mains de Leni, et embrassa sa joue.

— Merci d'être venue.

Sa gorge se noua. Maintenant qu'elle en savait plus sur Amanda, sur la perte de son enfant et sur la façon dont le deuil avait transformé sa vie et sa famille, elle aurait voulu la serrer contre elle pour toujours.

— C'est un plaisir, souffla-t-elle.

— Mon fils me dit que vous êtes une de nos clientes ?

Intelligent : Nick avait trouvé un bon prétexte pour expliquer sa présence ici, tout en cachant qu'elle était l'héritière de Mark.

— Tout à fait !

— Quelle bonne nouvelle, s'exclama Amanda en souriant.

Après quelques minutes de mondanités, Amanda s'éloigna pour prononcer son discours d'ouverture. Leni l'applaudit en chœur avec l'assemblée.

Nick lui fit signe de le suivre dans le corridor.

— Viens ! Allons regarder les petits ouvrir leurs cadeaux.

Dans la salle de jeux, les enfants faisaient la queue-leu-leu devant le Père Noël. Plusieurs d'entre eux étaient en fauteuil roulant, d'autres avaient le crâne rasé, ou s'appuyaient sur des béquilles. Comme s'il avait lu sa compassion sur son visage, Nick se pencha vers elle.

— La plupart d'entre eux pourront rentrer chez eux pour Noël, chuchota-t-il. L'un des objectifs de notre organisation, c'est de promouvoir les solutions de traitement à domicile. Ton père en faisait activement partie.

Elle rit doucement.

— Nick Kourakis, essaierais-tu de me faire sortir mon carnet de chèques ?

Il rit, librement, sincèrement. Elle ne parvint pas à détacher son regard de lui. Comment aurait-elle pu ne pas l'apprécier un peu plus chaque seconde ? Elle comprenait combien la situation devait être difficile pour lui. Il avait vécu une tragédie dont on ne se remet jamais. Il cachait sa peine sous l'indifférence ou l'humour, changeait de sujet quand elle s'approchait trop près de ses plaies. Elle ne pouvait pas apaiser sa tristesse – il voulait la garder pour lui.

Et pourtant, comment ne pas brûler de le voir aussi heureux qu'il l'avait sans doute été, six ans plus tôt ?

Le Père Noël s'installa dans son grand fauteuil rouge pour écouter la liste de Noël des petits. Elle contempla la scène avec un grand sourire, enchantée par leurs souhaits amusants, sentimentaux, extraordinaires ou magiques. Une petite fille demanda une machine à laver pour sa grand-mère et, du coin de l'œil, Leni vit Nick noter son nom dans son téléphone.

Elle lui sourit, et il lui rendit son sourire. Le frisson d'adrénaline qu'il ne manquait jamais de faire naître en elle courut sur sa nuque.

Elle devait ouvrir les yeux. Malgré ses réticences, elle ne pouvait pas s'empêcher de tomber amoureuse de lui. Son cœur était plein de lui, et elle ne pouvait plus reculer.

13

Nick retint son souffle. Leni, pour lui dire au revoir, lui offrait son sourire le plus radieux ; et, comme au premier jour, il se sentit perdre pied, absolument ébloui.

Il s'était laissé prendre au piège ; il se martelait sans cesse qu'il ne la méritait pas, mais comment lui résister ? Comment ne pas tomber follement amoureux d'elle, quand elle était si lumineuse, si légère, si facile à aimer ? Et si réelle. Incroyablement réelle dans un monde d'argent, de pouvoir, d'apparences et de mensonges.

Peut-être... Peut-être pouvait-il savourer les sentiments qu'elle lui inspirait – en silence, dans le secret de son cœur.

Alors, il résista au besoin viscéral de l'accompagner jusqu'à l'hôtel. De l'appeler, après être rentré chez lui.

Le lendemain, malgré la tempête de neige, il se présenta au rendez-vous que Danny avait fixé pour expliquer à Leni le détail de son héritage, lister les entreprises, les propriétés, les véhicules en sa possession. Il était surpris d'être si vite convoqué en sa qualité de gestionnaire, mais Danny lui avait confié que Leni était intelligente et proactive. Il valait mieux lui donner toutes les informations dont elle avait besoin avant l'arrivée des autres héritiers.

Ce jour-là, elle portait un joli pull rose, un jean et des bottes à crampons, parfaites pour la neige. Il retint un sourire. Sons sens pratique ne manquait jamais de l'attendrir.

Néanmoins, quand Danny lui proposa de déjeuner avec eux, il prétexta une montagne de travail et reprit le chemin de son bureau. Le souvenir de Leni le tenaillait cruellement ; il pouvait l'imaginer avec Danny, puis en ville, heureuse et animée. Elle était si adorable, elle trouverait rapidement des amis à New York. Son cœur se serra à l'idée qu'elle serait bientôt assaillie d'admirateurs. Avec sa beauté, son charme et son humour, les hommes se jetteraient à ses pieds. Et… la regarder tomber amoureuse de quelqu'un d'autre ferait partie de sa punition. Il avait joué avec le feu, il méritait son retour de flamme.

Leni passa l'après-midi à étudier les propositions immobilières que les contacts de Nick lui avaient envoyées.

Elle finit par contacter une des agentes, qui lui proposa un rendez-vous pour le surlendemain. Le dimanche après-midi, dans un café juste en face de son hôtel, elles se retrouvèrent pour parler en détail de ses besoins et de ses préférences. Elles arrêtèrent leur choix sur trois appartements et trois dates de visites. Quand l'agente la quitta, Leni, désœuvrée, manqua d'appeler Nick. Elle n'avait rien à faire aujourd'hui, il n'était que 15 heures, elle ne connaissait personne à New York… Mais Nick ne l'avait pas contactée depuis trois jours, quand elle l'avait entrevu dans le bureau de Danny.

Pouvait-elle faire le premier pas ? Elle ne voulait pas le déranger. Elle commanda un deuxième café, s'installa au comptoir, et pêcha son téléphone dans son sac. Plutôt que de composer le numéro de Nick, elle lança une nouvelle recherche sur Mark Hinton. Plus elle entendait parler de lui, et plus elle était intéressée par ses projets, par la façon dont il avait vécu. Il était extrêmement riche, mais tous s'accordaient pour dire qu'il était aussi extrêmement… solitaire. Il avait eu tout ce qu'il désirait à portée de main, à part peut-être de véritables amis. Elle avait compris, à demi-mot, qu'il ne faisait confiance à personne. Elle tomba presque immédiatement sur un site qui, de son vivant, se targuait de suivre tous ses déplacements. Les gens n'avaient-ils donc rien de mieux à faire ?

— Puis-je m'asseoir ici ?

Elle leva les yeux, surprise. Devant elle, une jeune femme brune lui souriait. Leni décala immédiatement son tabouret.

— Oh ! Bien sûr, je n'attends personne.

La jeune femme la remercia et s'installa près d'elle.

— Je m'appelle Sandy Wojack, dit-elle.

Un éclair de méfiance papillonna dans son estomac avant qu'elle ne se reprenne. Depuis quand était-elle aussi paranoïaque ? À Mannington aussi, les gens s'installaient les uns à côté des autres ; s'ils ne se connaissaient pas, ils se présentaient. Cette inconnue ne connaissait pas sa véritable identité. Elle ne lui voulait aucun mal.

Toutefois… Danny, Jace et Nick l'avaient avertie maintes fois sur les risques de son nouveau statut. Et depuis qu'elle était arrivée à New York, personne ne l'avait jamais accostée de but en blanc ; les gens, en ville, restaient anonymes.

— J'avoue que j'ai essayé d'écouter votre conversation avec votre agence immobilière, sourit Sandy en se penchant vers elle. C'est tellement difficile de trouver un bel appartement à Manhattan, pas vrai ?

Leni se raidit. Personne, à Mannington, n'aurait avoué une indiscrétion pareille. Que voulait donc cette inconnue ?

— J'espérais tomber sur une pépite en écoutant votre agente, continuait-elle, mais j'ai cru comprendre que nous n'avions pas du tout le même budget…

Les gens parlaient-ils vraiment de leur argent sans ambages, ici ? Non, c'était trop direct. Trop… déplacé. La gorge nouée, elle attrapa son sac et tendit la main vers son téléphone… Avant de réaliser qu'il n'était plus à sa place, mais juste à côté de celui de Sandy. Il avait bougé d'au moins trente centimètres.

Un éclair de panique la traversa. Pouvait-on voler ses données aussi facilement ? D'un coup de Bluetooth, sans son mot de passe ? Elle n'en savait rien ! Elle n'était pas faite pour ce genre d'intrigues, pas du tout.

— Je suis désolée, je dois absolument partir, lança-t-elle.

Elle reprit son téléphone d'un geste vif, et quitta le café. Dans la porte vitrée, son reflet lui fit l'effet d'une gifle : avec son manteau luxueux, son sac à main hors de prix, ses bottines lustrées, elle aurait tout aussi bien pu porter une pancarte autour du cou. Sa richesse était évidente.

Elle hâta le pas jusqu'à l'hôtel, s'engouffra dans sa suite et s'adossa contre la porte close, le cœur battant. Son instinct de survie était-il justifié ou complètement déplacé ? Elle ne savait pas comment évoluer dans ce monde de faux-semblants et de sourires factices ! Sur un coup de tête, elle pressa le nom de Nick dans son portable.

— Je crois que j'ai fait une bêtise, dit-elle sans préambule.

— Quoi ? Quelle bêtise ?

Elle lui relata sa rencontre avec Sandy, et, lorsqu'il jura tout bas, elle éclata soudain en sanglots.

— Je suis désolée... Je ne sais pas pourquoi je pleure, j'ai juste... C'était étrange... Intrusif.

— J'arrive tout de suite. Appelle Danny, raconte-lui ce qu'il s'est passé en détail, puis commande une bonne bouteille de whisky au room service, d'accord ?

Quand Nick toqua à la porte, elle avait eu le temps de tenir Danny au courant et de prendre une douche rapide. L'eau chaude n'avait pas effacé pas ses appréhensions, mais un peu apaisé sa panique.

— Est-ce que ça va aller, Leni ?

— Oui, et je suis désolée, je me sens idiote d'avoir paniqué. Danny est inquiet, cela dit. Il appelle ses contacts dans les médias.

— C'est son rôle, ne t'inquiète pas. Tu as faim ?

— Je suis affamée.

— Parfait, dit-il en montrant le sac de plats chinois qu'il avait apporté. Danny nous appellera s'il trouve quoi que ce soit. On pourrait manger ici et regarder un film ?

Elle hocha la tête, soulagée. Elle se sentait infiniment plus en sécurité, maintenant qu'il était là. C'était ridicule : une femme s'était juste assise près d'elle dans un café. Elle ne l'avait pas menacée. Elle avait sûrement essayé d'utiliser son téléphone, d'une façon ou d'une autre, mais...

— Je ne vais pas aller visiter les appartements.

— Tu as raison. Cette Sandy Wojack est peut-être journaliste, mais il y a plus de chance qu'elle ait vendu ses informations à un reporter.

— Je serai plus prudente la prochaine fois, soupira-t-elle.

Elle entreprit de diviser le riz cantonais dans leurs assiettes en plastique pendant que Nick lisait la liste de films à voix haute, télécommande en main. Ils optèrent pour une comédie, et mangèrent en bavardant tranquillement. Néanmoins, quelque chose la taraudait toujours.

— Tu sais, je... je crois que l'argent rend les gens un peu fous. Et mon père en a sûrement souffert.

— Leni, tout va bien se passer pour toi.

— Non. Non, je pense que...

Ses instincts ne lui avaient jamais menti. Ils l'avaient poussée vers Nick. Et aujourd'hui, ils lui soufflaient que Sandy Wojack lui voulait du mal.

Le téléphone fixe de la suite l'interrompit avant qu'elle ne puisse poursuivre. Nick lui jeta un coup d'œil, puis décrocha.

— Allô ! Oh ! bonsoir Danny, dit-il en appuyant sur le haut-parleur. Je suis avec Leni. Qu'est-ce que tu as trouvé ?

— Sandy Wojack a déjà essayé de vendre son histoire à trois magazines.

Leni grimaça.

— Comment a-t-elle compris qui était Leni ?

— Elle n'en savait rien en l'accostant. Elle était simplement à l'affût à cause de ses vêtements luxueux et du listing des appartements à plusieurs millions de dollars. Ensuite, elle a vu Leni lire des articles sur Mark Hinton sur son téléphone, et elle a pris quelques photos d'elle avant de venir la rejoindre. Ce doit être une voleuse ou une arnaqueuse professionnelle. Elle avait le logiciel nécessaire pour cloner le téléphone de Leni.

— Est-ce qu'elle a mis le grappin sur des informations confidentielles ? s'enquit Nick.

— Oui et non, dit Danny. Leni n'a pas envoyé beaucoup de messages. Sa mère, quelques amies. Sandy a le numéro de ses parents, les nôtres, et celui de l'hôtel. Rien de plus.

— Dans ce cas, Leni ne peut pas rester ici ce soir. Elle pourrait venir chez moi ?

— Non, déclara Leni en se tournant vers lui.

Elle ne voulait pas passer la nuit chez lui. Elle ne voulait pas que son angoisse et son remords l'encouragent à faire, ou dire, quoi que ce soit qu'elle regretterait ensuite.

— Il y a des centaines d'hôtels à New York.

— Nous pourrions en choisir un plus près de mon bureau. Qu'en dis-tu, Leni ? proposa Danny.

— Ce serait parfait. Je vais aussi appeler l'agence et annuler mes visites pour demain.

— Donnez-moi dix minutes, promit Danny, et je t'aurai trouvé un hôtel si sécurisé que même Nick devra montrer patte blanche pour venir toquer à ta porte.

14

Le scoop explosa dans les médias dès le lendemain. L'ampleur des réactions dépassait les pires angoisses de Nick. Il n'imaginait même pas ce que devait ressentir Leni. Sa photo était placardée dans tous les journaux, dont plusieurs premières pages nationales, et les magazines scandaient son nom en lettres démesurées. Un hélicoptère filmait en temps réel les portes de l'hôtel de Times Square, prises d'assaut par une horde de journalistes.

Danny avait immédiatement donné un nouveau téléphone à Leni, avec lequel elle avait prévenu sa mère. Jace, sur son conseil, s'était empressé d'envoyer deux agents pour protéger les Long. Et cet après-midi, enfermé avec Leni dans sa nouvelle suite, le cœur poignardé de la voir en détresse, une idée extravagante lui vint à l'esprit.

— Qu'est-ce que tu dirais de sortir pour dîner ? dit-il.

Elle se tourna vers lui, ses beaux yeux verts écarquillés.

— Tu plaisantes ? Sortir ? Aujourd'hui ?

— Tu peux porter des lunettes de soleil.

— Dans un restaurant ?

— Dans le restaurant, personne ne saura qui tu es.

— Ah. Un restaurant sur Mars, alors ?

— Un restaurant à Paris.

Elle resta bouche bée.

— À... Paris ?

Il lui sourit, espiègle, enjôleur.

— Quoi ? Ce serait plus amusant que de rester enfermés ici, non ? Partir à l'aventure...

Elle n'hésita qu'une seconde, puis se redressa.

— D'accord. De quoi ai-je besoin ?

— Juste de quelques affaires de nuit.

Leni passa dans la chambre et, pendant qu'elle se préparait, il commanda des sandwichs et appela son pilote. Ils dévorèrent leur pique-nique pendant que son équipage préparait son jet. Avant qu'ils ne quittent l'hôtel, elle se changea dans sa chambre. Lorsqu'elle revint, elle portait sa vieille veste, un col roulé, et un jean élimé.

Pendant le trajet qui les menait à la piste privée, elle ne dit presque rien. La tristesse qu'il devinait sur son visage lui brisait le cœur. Une fois arrivée, elle jeta un œil curieux aux deux agents qui leur avait emboîté le pas.

— C'est si étrange...

Nick retira sa parka et la posa dans un fauteuil.

— La situation va vite se calmer. Et tu trouveras des endroits où personne ne s'intéresse à ton identité. Au fin fond de la campagne, peut-être.

Elle rit en s'asseyant.

— Ils me laisseront tranquille à Mannington.

— Vraiment ? Personne n'essaierait de te demander de l'argent ou de menacer tes futurs enfants ?

— Non, je ne crois pas, répondit-elle, et il sourit de sa naïveté. J'aime les gens de là-bas, je leur fais confiance. Ils me connaissent depuis que je suis petite. Et j'ai réfléchi à la façon d'utiliser mon argent, tu sais ? Je ne peux pas vraiment devenir assistante sociale dans ces conditions, mais j'aimerais quand même poursuivre ma vocation. J'ai demandé plus d'informations à Danny sur les entreprises de mon père et ce que faire partie de leur conseil impliquerait... Mais je ne crois pas que ce soit une bonne idée pour moi, finalement. Je ne veux pas être la figure de proue d'une société multimilliardaire.

— Alors... quoi ?

— J'ai décidé que je voulais m'occuper de mon village.

— Et comment s'occupe-t-on d'un village ? demanda-t-il en souriant.

— Investir dans ses commerces ? Les aider à se moderniser, les remettre à neuf ? Ce genre de choses. Et puis, trouver le moyen de créer de nouveaux emplois.

— Pour que les gens n'aient pas besoin de déménager à Topeka pour avoir un travail ?

— Exactement.

Il réfléchit à son idée, qui, à cette échelle, ne serait qu'un grain de sable dans la fortune Hinton.

— C'est intéressant...

— J'y arriverai, ne t'inquiète pas.

Sa détermination lui arracha un nouveau sourire, et fit fleurir un soulagement attendri dans sa poitrine. Elle reprenait déjà du poil de la bête. Et quand Leni mettait le pied à l'étrier, rien ne pouvait l'arrêter.

— D'accord. Mais puis-je faire quelques suggestions ?

Elle haussa un sourcil surpris.

— Bien sûr. Tu peux être mon fidèle second, si tu veux.

— C'est trop d'honneur, mademoiselle Long. Dans ce cas, je te conseille d'investir dans ton poste de police, ta station de pompiers, et peut-être de monter une clinique – avec assez d'employés pour qu'elle soit ouverte seize heures par jour.

— Bonne idée. Cela développerait tout un secteur.

— Et cela assurera la sécurité et l'épanouissement de la ville. D'ailleurs, comment va ton père ?

— Toujours stable. J'ai trouvé trois experts renommés. Il a rendez-vous avec eux dans les semaines qui viennent. Je préfère qu'il ait plusieurs opinions et qu'il puisse choisir le chirurgien qu'il préfère.

Ils revinrent ensuite aux initiatives nécessaires pour rendre Mannington plus sécurisé, plus propre, plus agréable à vivre, mais l'épuisement de Leni finit par la rattraper. Elle s'endormit bientôt, pelotonnée dans le large fauteuil, et son expression paisible le poignarda douloureusement. Il aurait aimé rester auprès d'elle. Se réveiller à ses côtés et contempler son visage si serein…

Mais la question ne se posait pas.

Elle avait un vrai projet, maintenant. Un projet qui l'enthousiasmait et la rassurait. Elle se sentait bien à Mannington, et elle voulait y retourner autant que possible. Vivre parmi les gens qu'elle aimait. Il n'y avait pas sa place.

Cependant, lorsqu'il s'autorisait à rêver d'une vie avec elle, un bonheur ineffable courait dans ses veines. Il pouvait imaginer la joie de rire avec elle tous les jours, et celle d'être aimé par une femme comme elle, et…

Revenir à la réalité était plus douloureux encore. Il n'était peut-être pas heureux avant de la rencontrer, mais il avait des objectifs professionnels. Les heures passaient placidement. Maintenant, sa vie lui semblait vide et terne. Mais peu importait ; il ne méritait pas mieux, après tout.

Il fit signe à Marie, l'hôtesse.

— Pourrions-nous avoir une couverture ?

Elle hocha la tête, disparut, et revint à pas vifs avec un large plaid immaculé. Il le plaça sur Leni, puis étouffa un bâillement, et se laissa sombrer à son tour.

Il émergea trois heures plus tard, mais Leni dormit jusqu'à l'atterrissage. Il l'aida à enfiler son manteau en regardant l'asphalte glacé à travers le hublot.

— J'ai bien peur qu'il fasse aussi très froid en France…

— Je savais que nous n'allions pas à la plage, Nick.

— Si tu voulais, nous pourrions ajouter quelques jours à notre escapade et aller nous prélasser en maillot de bain sur une île tropicale.

— Bien sûr…, dit-elle dans un rire.

— C'est vrai ! C'est ta vie, maintenant. Tu peux faire ce dont tu as envie, quand tu en as… Oh ! non. Il savait ce qu'il était en train de faire ; la mélancolie et le manque lui faisaient dire ce qu'il ne voulait pas dire. L'emmener. Juste une parenthèse. Au bout du monde, seuls, où les angoisses de Leni et les ombres de son propre passé n'auraient plus d'importance.

— Quand tu en as envie, conclut-il, la gorge nouée.

Elle le regardait, avec ce regard trop perceptif qu'il avait appris à aimer et à craindre. Et il ne contrôlait plus les mots qui brûlaient sa langue.

— Je suis sérieux. Tu pourrais même *vivre* sur une île.

— Je sais. Mais je n'ai rien à fuir, Nick.

Sa réponse le frappa de plein fouet. Bien sûr. Il était égoïste. Il la voulait, terriblement. Il voulait être avec elle, mais ne pas être lui-même. Il voulait se cacher et partir et oublier tout ce qu'il laisserait derrière lui.

Mais Leni n'était pas lâche, elle.

Ils débouchèrent dans la nuit froide et sombre, et Leni rit doucement à ses côtés.

— Je crois que nous avons oublié le décalage horaire...

Nick grimaça. Il avait mal calculé son idée de génie.

— Effectivement, il est un peu trop tard pour dîner. Mais dans quelques heures, nous pourrons petit déjeuner ! Du café noir, intense, et des pâtisseries françaises...

— C'est parfait, ne t'inquiète pas.

— Sauf que nous devons repartir dans l'après-midi. Nous avons le gala de charité après-demain, tu te souviens ?

— Bien sûr ! Ta mère voulait que je vienne.

— *Je* voudrais que tu viennes.

Elle lui offrit son sourire le plus lumineux – intime et adorable et juste pour lui.

— Alors je dois *absolument* y aller.

Ils traversèrent la campagne française, paisible et silencieuse dans le creux de la nuit, puis, alors qu'ils entraient enfin dans Paris, Leni aperçut les lumières de la tour Eiffel. Soudain, la réalité de la situation la fit frémir d'excitation. Elle était en France ! Elle pouvait vraiment aller là où elle le désirait, quand elle le désirait.

Comme il était tard, et que tout était fermé, Nick l'emmena dans un magnifique hôtel. À sa grande surprise, la concierge ne lui donna qu'une clé magnétique ; il avait réservé une seule suite plutôt que deux chambres.

— Je sais que nous ne risquons rien ici, dit-il en se tournant vers elle, mais je préfère que tu restes tout près quand même.

Elle hocha la tête, la gorge nouée d'émotion. Les circonstances avaient exacerbé les instincts protecteurs de Nick, c'était évident. Lui avaient-elles aussi révélé qu'il tenait à elle ? S'ils partageaient une suite… Partageraient-ils une chambre ? Un lit ?

Non, bien sûr que non. Il était trop tôt pour eux. Elle voulait plus de baisers, plus de tendresse. Elle voulait qu'il la courtise réellement. Pas malgré lui, pas parce qu'il avait peur, pas parce que le temps était compté.

— Tu peux choisir ta chambre, déclara-t-il en montrant deux portes adjacentes.

Le soulagement et la déception luttèrent en elle : elle n'aurait pas de décision difficile à prendre, mais il n'avait pas songé à passer la nuit avec elle.

Il était galant. Ou alors, il ne l'appréciait pas comme elle l'appréciait. Comme elle l'aimait.

Elle secoua la tête. Elle tournait en rond. Tant que Nick et elle n'auraient pas mis cartes sur table, elle continuerait de se torturer avec des questions sans réponse. Elle était épuisée.

Elle lui sourit une dernière fois, puis se glissa dans sa chambre et se laissa tomber sur l'immense lit couvert de coussins immaculés. Cette situation allait la rendre folle.

Nick tint sa promesse : au matin, malgré le froid, ils s'installèrent en terrasse, sous les radiateurs extérieurs, avec une couverture sur les genoux, et burent des expressos noirs et riches accompagnés de choux à la crème, de croissants, de madeleines, de macarons. Puis, ils marchèrent jusqu'à la tour Eiffel, le long de la Seine… et vers midi, reprirent la voiture pour la piste privée.

Mais leur aventure éclair lui avait fait du bien. Elle se sentait mieux, plus sûre d'elle, plus *elle-même*. Arrivée à New York, vêtue d'un de ses nouveaux pulls si doux et de sa vieille veste en cuir, elle avait l'air d'une touriste comme les autres. Ses gardes du corps marchaient à quelques mètres d'elle, à l'avant et à l'arrière, et elle prenait garde à ne pas les regarder. Ils n'attiraient pas l'attention, elle non plus. Elle rentra dans son hôtel incognito, referma la porte de sa suite derrière elle, et ferma les yeux.

Elle n'avait pas eu peur à Paris, et pour l'amour du ciel, elle refusait de vivre dans la peur ici. Se déguiser, prier pour ne pas être remarquée, jeter des regards furtifs autour d'elle, rester sagement dans un cercle d'agents de sécurité… Ce n'était pas elle.

Elle était plus forte, plus volontaire que tout cela. Elle n'allait pas laisser la curiosité et la cupidité d'une poignée d'inconnus gâcher sa vie.

Nick ne retourna pas voir Leni le lendemain. Lorsqu'il était avec elle, la tentation de succomber était trop intense ; il ne faisait plus confiance à sa maîtrise de lui-même.

C'était son plus dangereux talent – persuader les gens qu'il aimait de le suivre, quelles qu'en soient les conséquences. Il avait convaincu son petit frère de sortir, ce soir-là, malgré sa réticence. S'il n'avait pas insisté, s'il n'avait pas été aussi imprudent, Joe serait encore en vie.

Le vendredi, il arriva au gala assez tôt pour épauler sa mère. Tout était parfaitement organisé, il s'en était assuré. À l'heure dite, il se plaça avec ses parents à l'entrée de la salle de réception pour accueillir les invités de façon informelle. Il avait presque réussi à se convaincre qu'il n'attendait pas follement Leni, lorsqu'elle apparut à l'entrée ; son sang rugit dans ses veines.

Chaque fois qu'elle faisait son apparition, elle lui coupait le souffle, mais ce soir, il n'était pas sûr de jamais pouvoir retrouver sa respiration. Sa robe carmin moulait sa poitrine et suivait la ligne de sa taille fine avant de s'évaser en jupons aériens et scintillants. Elle devait porter de hauts talons, car elle était plus grande que d'habitude. Il se souvint de la première fois qu'il l'avait vue en talons ; il avait songé qu'elle était juste assez grande pour un baiser. Son cœur se serra douloureusement.

Il n'avait jamais rencontré une femme comme Leni, si amusante, si insouciante. Mais ce soir, elle avait l'air tout droit sortie d'un conte de fées. Royale, la tête haute, le sourire franc et brillant. Son visage était d'une beauté indescriptible.

Lorsqu'elle lui sourit, un sourire précieux destiné à lui seul, il aurait presque remercié le ciel pour le privilège de son attention. Et une réalisation le foudroya.

C'était leur dernière soirée ensemble avant des semaines. Elle repartirait à Mannington pour Noël, et elle ne reviendrait que par nécessité. Il souffrirait en silence pendant les fêtes de fin d'année, dans la maison silencieuse de ses parents, leurs trois esprits focalisés sur l'absence assourdissante de Joe. Il sentirait le poids de leur deuil, de leur rancœur, de leur accusation. Puis il repartirait travailler et tenterait à tout prix de ne parler à personne.

Et si Leni revenait... Leurs chemins ne feraient que se croiser, dans des sphères professionnelles où ils ne pourraient pas être eux-mêmes.

Leni atteignit enfin l'avant de la file. Sa mère, puis son père l'enlacèrent – probablement parce qu'ils savaient, maintenant, qu'elle était l'héritière de Mark Hinton.

Elle se tourna vers lui, et il croisa son regard, la gorge nouée. C'était leur dernière nuit ensemble, dans la magie de Noël, attachés qu'ils l'étaient par le lien invisible qui les avait tourmentés et captivés pendant des semaines.

Il ne savait pas comment leur relation se terminerait, mais il savait, brusquement, qu'il ne pouvait laisser cette opportunité lui glisser entre les doigts.

Ses paupières avaient été fardées d'un vert transparent et chatoyant, si diaphane qu'il semblait féerique. Ses cheveux étaient à demi-relevés et se déversaient sur ses épaules. Sa robe étincelait comme un bijou sur sa peau soyeuse et ses courbes irrésistibles. Il prit ses deux mains avec dévotion.

— Leni… Tu es magnifique.

— Merci. Tu n'es pas mal non plus.

Il baissa les yeux sur son smoking et rit.

— J'ai la vie facile. Pas de dilemme sur les couleurs.

— Tu as de la chance, car tu es très, très beau en noir.

Si beau que son pouls s'était accéléré dès qu'elle l'avait aperçu, en poussant les portes de l'hôtel. Mon Dieu. Comment pouvait-il être aussi sexy ? Si grand, avec ses cheveux sombres et brillants, et cette posture fière – il était né pour porter des smokings.

Il lui présenta son bras puis la guida vers la salle de bal.

— Champagne ?

— Et tes devoirs d'hôte ? demanda-t-elle en souriant.

— Oh ! je crois que j'ai terminé, lança-t-il avec un clin d'œil.

Parce qu'il avait envie de passer du temps avec elle ? Peut-être, mais elle ne laisserait pas son cœur souffrant s'emballer pour si peu. Elle décelait un univers de désir et de tendresse dans ses yeux bruns, mais depuis des jours, il la traitait comme une simple amie. Alors, elle lui sourit comme à un ami, elle aussi.

— Dans ce cas… Champagne !

La salle de bal était déjà pleine d'inconnus en tenues de soirée. Les tables nappées de blanc étaient fleuries de poinsettias, et des lumières rouges et vertes soulignaient les moulures au plafond. Un quatuor à cordes jouait une mélodie de saison dans le coin opposé.

Nick attrapa deux coupes de champagne sur le plateau d'un serveur et lui tendit la sienne.

— Joyeux Noël, Leni.

Leurs coupes cliquetèrent l'une contre l'autre, et elle prit une gorgée du champagne le plus succulent qu'elle avait jamais goûté. Elle ferma les yeux avec un soupir d'extase.

— Tellement bon…

— Tu fermes toujours les yeux pour savourer. C'est adorable.

Elle rouvrit les paupières, surprise par sa sincérité. À cet instant-là, il ne la contemplait pas comme une amie. Son regard était doux, chaleureux, et sa voix grave s'était teintée de velours. Peut-être lui avait-elle manqué ? Peut-être avait-il enfin décidé de ne plus la tenir à distance ?

Il la présenta à quelques connaissances et quelques associés, tous extrêmement curieux mais trop polis pour poser leurs questions. Elle bavarda gaiement avec eux, en les encourageant à parler de leur travail, de leur famille, et ils répondirent tous avec enthousiasme.

Quand Nick l'entraîna vers un autre groupe, il laissa échapper un rire amusé.

— Tu es très douée, tu sais ?

Elle pencha la tête de côté, étonnée.

— Douée ? Je ne fais rien de spécial. Je veux rester moi-même. Je ne veux pas laisser les paparazzis me gâcher la vie.

— Tout va bien alors ? Tu en es sûre ?

— J'en suis sûre.

— Je savais que tu ne perdrais pas la bataille, dit-il en souriant.

Il avait raison ; elle ne baissait jamais les bras. Elle se battrait pour lui aussi. Et il le savait, n'est-ce pas ?

À l'heure du dîner, il l'invita à la table de sa famille. Comme elle avait regardé des vidéos d'étiquette en ligne ces derniers jours, elle s'assit avec une grâce tout récemment apprise lorsque Nick tira sa chaise. Elle avait l'impression d'être Cendrillon. Elle avait passé la soirée au bras du Prince, et il était fier d'elle. Il l'avait présentée à ses fréquentations, il l'avait invitée à sa table, il l'avait fait entrer dans son cercle. C'était enivrant et exaltant : il lui montrait qu'elle appartenait à son monde.

Après le dîner et les discours, une musique plus entraînante s'éleva. Un ami de Nick l'invita ; elle dansa avec trois autres hommes avant que Nick ne vienne à sa rescousse et l'entraîne à son tour.

La soirée s'écoula dans un tourbillon de rires et de champagne et de musique. Elle pouffait avec délice, légèrement ivre, quand Nick et elle sortirent dans la nuit piquetée de neige.

Nick s'arrêta devant sa limousine, le regard brillant.

— Merci, Leni. C'était génial. D'habitude, je m'ennuie à mourir, mais avec toi…

Le champagne qui pétillait dans son âme lui insuffla le courage de poser ses mains contre sa poitrine solide, sur la soie lisse de sa chemise blanche.

— Nick… Je pense que nous nous connaissons assez pour rentrer avec la même voiture, tu ne crois pas ?

— Très bonne idée. Bien plus pratique, souffla-t-il.

Son cœur rata un battement. Il avait bel et bien baissé les armes. Il voulait rentrer avec elle. Ils se glissèrent dans la limousine. La portière claqua, et une bulle privée, sombre et silencieuse, les enveloppa. Ils se turent pendant que le chauffeur accélérait sur l'avenue, puis se garait devant son hôtel. Nick lui tendit la main pour l'aider à sortir, et ne la lâcha pas jusqu'à sa suite.

Une fois à l'intérieur, il l'attira à lui et prit son visage entre ses paumes. Dans la pénombre, ils s'observèrent un long moment, avides, frémissants dans l'intensité de leur silence partagé. Il s'abaissa vers elle, et elle garda les yeux ouverts jusqu'à la dernière seconde, jusqu'à ce que sa bouche chaude capture la sienne. Elle voulait tout voir, chaque émotion sur son beau visage. Cette fois, elle savourerait sans fermer les yeux : elle voulait chérir chaque détail de leur première nuit ensemble.

15

Soudainement, incroyablement, absolument, le monde n'était plus que perfection. Nick avait trouvé sa place. Et quand ses lèvres trouvèrent celles de Leni, son apaisement n'avait d'égal que le plaisir pur qui éveilla ses veines. Elle avait le goût du champagne et du bonheur. Elle était tout ce qu'il voulait, tout ce qu'il avait toujours voulu, tout ce dont il voulait se souvenir.

Un dernier instant volé avant qu'il ne s'en aille. Bien sûr, il ne passerait pas la nuit ici, malgré le baiser luxuriant et irrésistible qui faisait gronder en lui un ressac de foudre et de feu ; malgré le rythme fou de son cœur, l'extase de son âme.

Il s'arrêterait à temps.

Il déboutonna la petite veste en soie rouge, et sa paume rencontre l'étoffe fine de sa robe. Si proche, toute proche, la chair de Leni brûlait pour lui. Mais il ne voulait pas lui faire de mal. Il ne voulait pas entrer dans son monde, laisser une trace dans sa vie. Il ne voulait qu'une seconde, qu'un soupçon d'elle.

Alors, il l'embrassa, encore et encore. Sa bouche était tendre et avide sous la sienne. Quelque chose de brûlant et de magique rageait entre eux – ce même frisson qui les avait liés depuis le premier jour. Dès que leurs yeux s'étaient trouvés.

Une voix, au fond de lui, lui soufflait la vérité. Il avait trouvé l'amour. L'amour vrai et sincère. L'épanouissement de son existence. Une seconde chance.

Mais il ne méritait pas de seconde chance, et Leni, elle, méritait bien mieux que lui.

Il fit glisser sa main le long de son bustier, tremblant de tentation refusée. Il ne cherchait pas une rédemption qu'il ne saurait saisir ; mais Leni, et son sourire, et leur complicité lui avait fait miroiter un rêve inestimable. Un nouveau départ. Unique. Extraordinaire. La vie avec Leni était une porte ouverte. Il ne désirerait jamais personne d'autre ; il ne voudrait jamais rien d'autre qu'elle.

Mais il ne pouvait pas abandonner ses responsabilités, ni les dettes qu'il devrait payer pour le restant de ses jours. Et il n'allait certainement pas infliger à Leni cette vie sans saveur.

Seul un monstre oserait enfermer une femme comme elle dans son enfer personnel.

À contrecœur, avec un désespoir lancinant, il recula.

— Je devrais y aller.

— Tu ne veux pas rester ?

Sa voix était douce, innocente. La convoitise pulsait en lui, et ses défenses brûlaient de tomber à ses pieds, enfin anéanties. Il fit un nouveau pas en arrière. Il ne pouvait pas lui expliquer sa décision. Il ne voulait pas voir la déception et le dégoût sur son visage.

— Il est tard. La journée a été longue.

Elle promena ses doigts sur les boutons de sa chemise.

— Hé, je peux prendre les choses en main, si tu es fatigué, susurra-t-elle avec un demi-sourire.

Il ne put retenir un éclat de rire, mais posa la main sur la sienne. Leni lui faisait si facilement oublier qui il était. Oublier qu'il devait la laisser partir.

— Quelle impertinence, Leni...

— Je crois que c'est pour cela que tu m'aimes bien.

— Je crois que tu as raison.

Il embrassa une nouvelle fois ses lèvres, puis se détourna. Il lui sourit - il ne voulait pas qu'elle s'inquiète d'avoir fait un faux pas. Mais, lorsqu'il ouvrit la porte de la suite, il se jura qu'il ne la reverrait plus jamais hors de son bureau.

Il avait eu son dernier soir, et le rêve touchait à sa fin.

Le lendemain, Leni s'éveilla dans le cocon d'un bonheur

absolu. Elle bâilla et s'étira avec langueur, un sourire aux lèvres. Les événements de la veille flottaient dans son esprit comme un rêve doré. Nick lui avait montré et avoué qu'il avait des sentiments pour elle ! Elle bondit hors du lit, commanda du café et des tartines, puis appela le concierge.

— Bonjour ! J'aurais besoin de savoir où trouver un petit arbre de Noël et des décorations.

Il lui donna le numéro d'un parc à arbres et l'adresse d'un magasin à deux pas de là. L'arbre pouvait être livré où elle le désirait, mais elle préférait se déplacer pour choisir les boules et les guirlandes.

Après avoir pris sa douche, elle contacta Jace pour lui demander l'adresse de Nick. Quand elle lui confia son idée, il sembla hésitant, mais l'assura que son chauffeur saurait où l'emmener. Deux heures plus tard, avec un petit sapin dans le coffre de la limousine, deux sacs de décorations de Noël et le cœur débordant de joie, elle vit apparaître un immense building de verre et d'acier par la fenêtre de la portière.

Elle et son garde du corps entrèrent dans le lobby sous les yeux surpris d'un gardien en livrée.

— Bonjour ! Je suis là pour M. Kourakis !

— M. Kourakis ? s'étonna l'homme, plus abasourdi encore. Je… Oui, laissez-moi juste l'appeler.

Il décrocha l'Interphone, annonça son arrivée, grimaça légèrement… Et finit par hocher la tête.

— Il est sur le point de partir, mais il va vous recevoir.

C'était un peu étrange, mais Nick avait toujours été un homme difficile à interpréter. Il serait heureux de la voir, c'était certain. Et il avait besoin d'un sapin de Noël.

Nick attendit Leni près de l'ascenseur qui débouchait dans son entrée. Quand il la vit en sortir avec deux énormes sacs en plastique et un garde du corps transformé en porteur de sapin, il manqua de rire.

Mais il ne voulait pas rire ! De toute évidence, son comportement de la veille avait induit Leni en erreur, et il allait devoir corriger la situation.

Elle posa les sacs dans son salon et retira son manteau.

— J'étais *sûre* que ton appartement ne faisait pas honneur à l'esprit de Noël.

Le garde du corps posa le petit sapin près de la fenêtre avant de retourner se poster dans l'entrée. Nick croisa les bras et haussa un sourcil.

— Comment savais-tu que je n'avais pas de sapin ?

Elle rit et se hissa sur la pointe des pieds pour frôler ses lèvres d'un baiser.

— Pas très difficile à deviner...

Sous la tendresse de son baiser, une douceur tiède se répandit en lui. Il brûlait de prendre son visage entre ses mains et de la savourer jusqu'à perdre haleine. Un étau glacé se referma sur son cœur. Quitter Leni, la veille, l'avait déjà fait souffrir le martyre... Et il allait devoir recommencer.

C'était terminé. Elle devait le comprendre. Ils devaient se séparer tant qu'il en était encore temps.

— Écoute, Leni, il faut que je te dise quelque chose.

Elle avait commencé à déballer les décorations.

— Parle pendant que je décore, dit-elle en souriant.

Elle était si adorable, si parfaite, colorée et vive dans son appartement sans âme. Et alors qu'elle accrochait des boules colorées aux petites branches de l'arbre, le souvenir d'années meilleures lui revint. La joie de Noël, et les rires qu'il avait partagés avec son frère, et...

Il ne voulait pas la blesser. Il ne voulait pas briser cet instant. Et pourtant, il la rejoignit, prit sa main dans la sienne, et l'entraîna vers le canapé.

Elle s'assit, et il s'installa sur une chaise en face d'elle, les coudes sur ses genoux, la gorge nouée. Il allait devoir lui avouer la vérité. Lui expliquer pourquoi leur futur n'était qu'un fantasme.

— Écoute, Leni. Je ne suis pas l'homme que tu penses connaître. Je ne suis pas amusant, pas gentil, pas généreux.

— Nick...

— Non. S'il te plaît. La vision que tu as de moi est complètement erronée. Et si je joue le jeu avec toi, je vais te faire du mal.

— Je pense que tu te trompes.

Il se pencha en avant, les yeux dans les siens.

— Tu sais que mon frère est mort. Ce que tu ne sais pas, c'est que c'était ma faute. C'était il y a cinq ans, et ma famille n'a pas recommencé à vivre depuis, mais ma mère, mon père et moi savons tous les trois qu'il est mort à cause de moi. J'étais à la maison pour les vacances, et je m'ennuyais à mourir. La tempête de neige faisait rage depuis des heures, mais j'ai convaincu Joe de sortir avec moi.

Il inspira et passa une main lasse sur son visage.

— Je peux revoir chaque instant de cette soirée sans peine. Il a insisté pour rester, il savait que ce n'était pas prudent. Et je répétais que j'étais un soldat, que j'avais fait des choses incroyables, qu'un peu de givre ne me faisait pas peur. Mes parents s'en sont mêlés ; nous nous sommes disputés. Ils m'ont interdit de sortir, mais j'étais têtu et je n'en ai fait qu'à ma tête. Dehors, la météo avait encore empiré. Je n'avais jamais vu des routes aussi glissantes. La visibilité était atroce. Mais j'avais décidé que j'avais quelque chose à prouver, et je n'avais pas l'intention de me laisser décourager pour si peu.

Ses mains tremblaient, maintenant. Un goût amer avait empli sa bouche, sa gorge, et il ferma les yeux.

— Il y avait quelques voitures sur la route et elles patinaient toutes sur l'asphalte. Mais je m'en sortais bien. Jusqu'à ce que je perde le contrôle du véhicule. Je ne sais même pas combien de voitures j'ai touchées, ou combien de voitures ont embouti la nôtre. J'ai perdu connaissance quand ma tête a frappé le volant, je pense. Quand je me suis réveillé, les ambulanciers criaient autour de Joe. J'ai baissé les yeux sur lui et il était si… immobile. Si silencieux…

Il s'interrompit. Il ne parvenait plus à réguler son souffle. Le souvenir l'avait submergé comme une vague glacée. Les lumières de l'ambulance, les directives des pompiers, les mouvements syncopés de l'équipe médicale. La peur brûlante que son frère puisse être...

— Tu... penses que tu as tué ton frère ? murmura Leni.

— Je *sais* que j'ai tué mon frère, rétorqua-t-il sèchement. Ce n'est pas moi qui ai provoqué l'accident, mais j'ai insisté pour sortir ce soir-là. Joe était contre. Mon père s'est énervé. Et j'étais un sale gosse arrogant. Maintenant, mes parents ne voient en moi que l'homme qui a tué leur fils. Je ne peux rien faire d'autre que de soutenir leur regard et essayer de leur donner ce que Joe leur aurait donné mieux que moi.

Il déglutit et se détourna, incapable de soutenir son regard.

— J'ai perdu une partie de mon âme en perdant mon frère. Ma famille ne s'en remettra jamais. Nous ne pouvons même pas maudire le hasard ou la malchance. Il ne reste que le souvenir de mon égoïsme. Tu es quelqu'un de bien, Leni, et je ne veux pas que tu vives dans ce monde-là. Il n'y a que la rancœur et le remords, avec moi. Tu es trop bien pour ça, et trop bien pour moi.

— Nick...

Il se redressa brusquement.

— Non ! Tu ne comprends pas. Cinq ans ont passé, et rien n'a changé. Joe était le meilleur de nous deux. Le meilleur fils, le meilleur homme. Il avait endossé les responsabilités de l'entreprise familiale pendant que je volais de pays en pays pour mon amusement personnel. C'est lui qui s'occupait des cadeaux de Noël, qui emmenait mes parents bruncher tous les mois. J'ai essayé de le remplacer, en vain. Je ne pourrai jamais effacer le prix de ma vanité. Et je ne pourrai jamais me délivrer de mon remords, de ma souffrance. Tout le monde plaint mes parents, et ils ont raison. Mais ils oublient que j'ai perdu mon frère, moi aussi.

— Oh ! Nick...

Elle s'agenouilla devant lui, mais il la repoussa doucement et se leva.

— Cette vie-là n'est pas pour toi. Et de toute façon... Je ne crois pas avoir l'énergie d'être l'homme que tu mérites.

Leni hocha la tête, l'esprit en ébullition, les mains tremblantes. Elle avait toujours su que quelque chose n'allait pas, elle avait vite compris que son frère avait laissé un gouffre derrière lui, mais elle n'avait jamais voulu voir les signes concrets de sa souffrance. Elle avait poussé, insisté, elle s'était persuadée que leur complicité vaincrait n'importe quel obstacle. Mais aujourd'hui...

Il y avait une résignation douloureuse dans la voix de Nick. Il était convaincu d'avoir tué son frère. Il était meurtri, brisé. Dès le début, il avait essayé de le lui faire comprendre. Il l'avait repoussée, évitée, mais elle ne l'avait pas écouté.

Elle avait été stupide et égocentrique. Ou naïve. Ou idéaliste. Elle avait passé sa vie à croire au pouvoir invincible de l'amour, au bonheur, à un monde facile où tous ses rêves pouvaient devenir réalité.

Et elle avait toujours été déçue.

Pourtant, elle savait combien il était douloureux de voir un espoir se briser, un parent disparaître. Elle savait, aussi, que certaines plaies ne se refermaient pas, et que même l'amour ne pouvait pas les effacer.

Elle attrapa son manteau et baissa les yeux sur le petit arbre de Noël. Elle était venue ce matin avec tant de bonnes intentions, mais elle n'avait fait que remuer de terribles souvenirs.

Les Long l'avaient sauvée de sa propre tragédie, mais tout le monde n'avait pas cette chance. Tout le monde ne trouvait pas l'issue de son deuil. Et elle n'avait pas le droit d'intervenir, pas quand sa présence faisait souffrir Nick. Malgré son optimisme, malgré le désir irrépressible de lui venir en aide... Elle ne ferait qu'empirer sa situation.

Une souffrance lancinante, aiguisée par leur dernier regard échangé, monta en elle comme une houle. Les portes de l'ascenseur se refermèrent, et elle retint ses larmes.

Une fois rentrée à son hôtel, elle appela Jace. Elle voulait rentrer chez elle, à Mannington. Elle était éreintée, épuisée ; plus encore, elle était en colère contre elle-même. Elle avait poussé Nick dans ses derniers retranchements. Elle n'avait voulu voir que ce qui lui convenait de voir, n'avait perçu que ce qu'elle avait voulu percevoir.

Sa nouvelle carte de crédit était un vrai petit miracle : elle n'avait jamais besoin de s'inquiéter des prix. Elle prévint le pilote du jet privé, appela une location pour qu'une voiture l'attende sur le tarmac. Chez elle, elle pourrait être elle-même, elle serait parmi les siens, heureuse, entourée, aimée.

Elle se gara devant la maison de ses parents le soir même, et, valise en main, poussa la porte d'entrée avec un :

— Je suis rentrée !

Sa mère, vêtue d'un tablier, apparut dans le couloir.

— Leni ! Mais qu'est-ce que tu fais ici ? Je pensais que tu revenais pour le réveillon ?

Comme elle ne sentait pas la force de raconter la débâcle de ces derniers jours à sa mère, elle se prit à mentir d'un ton faussement léger.

— Tes cookies me manquaient trop, maman.

Quelques jours auparavant, elle en avait offert à Nick en pensant qu'ils suffiraient à le rendre heureux. Si naïve... Elle avait été si naïve. Il lui avait donné tous les signes, tous les indices dont elle avait besoin pour comprendre sa souffrance, celle de sa famille. Et elle les avait tous gaiement ignorés.

Il avait toujours été si merveilleux, si généreux avec elle. Il avait été à ses côtés à chaque fois qu'elle avait eu besoin de lui. Elle s'était si facilement persuadée qu'il l'aimait, lui aussi – ses regards, ses paroles, ses sourires étaient venus du cœur, elle l'avait toujours su.

Mais l'amour ne suffisait pas. Pendant toutes ces heures passées ensemble, il avait souffert en silence. Le remords la transperça une nouvelle fois, aigu comme une lame.

Elle avait appris sa leçon. Elle ne pouvait pas revenir sur ses erreurs, et elle ne pouvait pas corriger ce qui s'était déjà passé entre eux ; mais à l'avenir, elle prêterait attention aux signes silencieux, elle ne foncerait plus tête baissée.

Elle retira sa parka et se frotta frileusement les mains. Quoi qu'il en soit, elle ne voulait pas que ses parents devinent sa tristesse pendant les fêtes.

— Alors ? Qu'est-ce qu'on fait ?

— Je préparais justement de la pâte aux pépites de chocolat. Tu veux m'aider ?

— On peut les décorer tous les deux, dit son père en souriant.

Elle rit doucement, touchée de le voir si excité par l'activité qu'ils avaient toujours partagée à Noël. Elle était à sa place ; elle trouverait l'apaisement, ici.

Mais fuir ne suffisait pas. Même alors qu'elle malaxait la pâte avec sa mère, découpait les biscuits à l'emporte-pièce, puis jouait aux cartes avec ses parents pendant que les cookies cuisaient au four, le remords continuait de lui nouer la gorge, et les larmes de lui brûler les yeux.

Elle s'était promis de ne plus contacter Nick. Elle avait cru pouvoir le rendre heureux, mais elle n'avait fait qu'exacerber sa peine. Elle avait des comptes à rendre, si ce n'était à lui, du moins à ceux qui avaient besoin d'elle. Rester occupée l'aiderait à noyer sa douleur. Elle avait des projets pour Mannington, et elle s'y jetterait à corps perdu.

Nick avait laissé l'arbre de Noël intact, à moitié décoré, tristement oublié dans un coin de la pièce. Chaque matin, ses branches à demi nues le narguaient. Il n'avait pas le courage de le cacher. Les jours passèrent, insoutenables, silencieux.

Mercredi, il ne trouva pas le courage d'aller au bureau. Jeudi, de sortir de son lit.

Vendredi, il se força à se lever, à avaler une tasse de café, et se planta devant la baie vitrée pour contempler Central Park enneigé. Il était épuisé, affamé, et il était trop brisé pour s'en préoccuper.

Soudain, le cliquetis de l'ascenseur le fit pivoter. Son père entra dans le salon, solennel et austère.

— On m'a dit que tu n'étais pas allé travailler…

Ah. Pour couronner le tout, il allait écoper d'un sermon.

— J'ai la grippe.

Leni lui avait dit qu'il mentait trop facilement à ses parents. Il aurait voulu rire. Il aurait voulu pleurer. Elle lui manquait terriblement. Son absence résonnait plus fort encore que le remords qui l'accompagnait depuis cinq ans ; plus neuve, plus lancinante. C'était une trahison en soi : il n'avait pas le droit de souffrir pour lui-même plus que pour son frère. Pas le droit de l'oublier. De le remplacer.

— Ta mère espérait que tu étais trop occupé par la petite Long pour retourner au bureau, nota son père.

— Quoi ? s'étonna Nick avec un petit rire amer.

— Tu l'aimes bien, non ?

Il l'aimait tout court. Il se laissa tomber sur le canapé.

— Et alors ?

— Alors... Ta mère pensait qu'elle t'aiderait à dépasser ton deuil, répondit son père en s'asseyant près de lui.

— Je ne veux pas dépasser mon deuil.

Son père s'assombrit. Il n'avait jamais vu cette expression auparavant : une tristesse aiguë, ouverte comme une plaie.

— Il le *faut*, Nick.

Il aurait aimé répondre quelque chose. Parler de Leni. Lui expliquer pourquoi il ne pouvait pas être avec elle. Mais les mots ne venaient pas.

— Ta mère pense que c'est le destin. Un coup de pouce de la vie pour t'aider à aller de l'avant.

Il ferma les yeux, soudain agacé. Comment pouvait-il avoir cette conversation avec son père, avec qui il avait toujours eu une relation conflictuelle ?

— Ma mère pense beaucoup de choses, marmonna-t-il.

— Je n'en pense pas moins, tu sais. J'ai fait ce que j'avais à faire dès le début. J'ai crié et je t'ai poussé et je t'ai forcé à reprendre l'entreprise et à aller au bureau et à avoir un objectif, jour après jour.

Nick cligna des yeux, confus.

— Quoi ? Tu n'étais pas simplement en colère contre moi parce que... ?

— Non ! Je voulais juste te ramener parmi nous, Nick. Tu étais en train de sombrer, et… Tu crois que j'avais envie de te forcer à travailler ? Je sais combien tu as souffert de la mort de Joe. Je sais que tu te sentais coupable. Que tu ruminais en silence. Et je savais que si nous te laissions faire, tu ne t'en remettrais jamais.

Les larmes lui montèrent aux yeux. Tout était si… si complexe. Pourquoi n'apprenait-il leur version des faits que maintenant ?

— Je ne m'en suis pas vraiment remis, souffla-t-il.

— Mais tu *commences* à t'en remettre, n'est-ce pas ? Tu veux avancer. Mais tu ne veux pas te laisser cette chance. Tu veux t'accrocher à la culpabilité parce que tu penses que tu mérites d'être puni.

Il déglutit difficilement. Il aurait aimé rétorquer, mais il n'avait dans la gorge que des larmes retenues.

— Ta mère et moi sommes allés voir un psychothérapeute. Pas pour nous ; pour trouver un moyen de t'aider. Et il a conclu que tu t'accrochais à ton remords parce que tu penses que tu dois payer une dette. Mais tu gâches ta vie aussi, Nick. Ta mère et moi ne voulons pas perdre nos deux fils. Maintenant que nous t'avons vu faire un pas en avant… Nous ne voulons plus rester passifs.

Son père se leva.

— Je ne vais pas insister, et ta mère non plus. C'est ta décision. Mais tu apprécies Leni. Peut-être même que tu l'aimes. Et il est temps, Nick. Joe nous manquera toujours… Mais tu nous manques aussi.

Il hésita avant de poser sa main sur son épaule.

— Nous attendons que tu reviennes. Le vrai toi.

Le vrai lui ? Qui était-ce ? L'homme trop impulsif, trop insolent, trop égoïste ? Il n'existait plus. Il avait beaucoup appris, ces dernières années ; et il aimait l'homme plus sage qu'il était devenu. Peut-être était-ce prétentieux – Leni n'aurait pas manqué de le lui faire remarquer.

Il rit doucement, puis essuya ses yeux brûlants alors que l'ascenseur se refermait sur son père. Accepter de dépasser son deuil était trop… trop dur. Trop intense.

Il avait pensé à Joe avec le cœur léger lorsqu'il avait patiné avec Leni. Il lui avait parlé de lui, sans faux-semblants, et elle s'était pelotonnée contre lui dans la nuit glacée et scintillante... Elle l'avait écouté, elle l'avait fait rire, elle l'avait lentement et sûrement fait sortir de la prison qu'il avait construite pour lui-même. Avec elle, il rêvait de l'avenir et il savourait l'instant présent.

Mais il l'avait repoussée. Au pire moment, de la pire façon qui soit. Elle ne voudrait jamais le revoir, n'est-ce pas ? Il avait gâché son Noël, gâché son nouveau départ.

Il frotta son visage d'une main lasse. Son chagrin continuait de se heurter à la possibilité d'une résurrection, et pourtant, pourtant, une force nouvelle montait en lui, vive et inflexible. Son père avait raison. Il devait avancer. Mais en était-il capable ? Et si c'était le cas, Leni lui pardonnerait-elle ?

Leni venait de terminer son livre et d'éteindre la lumière lorsqu'on toqua à la porte d'entrée. Épuisée, physiquement et émotionnellement, elle hésita avant de descendre dans le vestibule.

Derrière la porte, Nick l'attendait.

Son cœur s'envola, mais elle tira sur les rênes de ses espoirs. Elle lui avait fait assez de mal. Elle ne pouvait que lui laisser l'espace de s'exprimer, s'il en avait besoin.

— Nick ? souffla-t-elle, le souffle court.

Des cernes soulignaient ses beaux yeux bruns, et une barbe naissante ombrait ses joues. Elle aurait aimé tendre la main pour caresser son visage épuisé.

— Est-ce que je peux entrer ?

— Bien sûr ! Pardon ! Je suis juste...

Elle se tut et s'effaça pour le laisser passer. Était-il venu pour parler ? Pour partager son fardeau ? Peut-être pourrait-elle l'aider, réparer ses erreurs. Il entra à sa suite et retira sa parka avant de se tourner vers elle.

— Tu m'as manqué, dit-il dans un sourire.

Oh. Elle n'osait pas… Elle n'osait pas tirer de conclusions. Son cœur lui semblait tout prêt à se briser.

— Tu m'as manqué aussi, Nick, souffla-t-elle.

— J'ai parlé à mon père. Mes parents aimeraient beaucoup que je tombe amoureux de toi.

Il avait parlé sur le ton de la plaisanterie, et elle aurait peut-être ri, si son premier aveu n'avait pas été primordial.

— Tu as parlé avec ton père ?

— Il m'a expliqué qu'il m'avait poussé à reprendre l'entreprise pour que je ne laisse pas la culpabilité m'engloutir. Me donner une raison de me lever le matin. Ils m'ont regardé passer à côté de la vie pendant des années, et ils pensent que j'ai changé, depuis que tu es là.

— Je crois que c'est vrai, avoua-t-elle souriante.

Elle avait tant aimé pouvoir lui arracher des éclats de rire et des taquineries insouciantes. Mais…

— Et toi, Nick ? Qu'est-ce que tu en penses ?

— Je pense que tu m'as ramené à la vie et au monde réel.

Un frisson la parcourut.

— Je… Vraiment ? Tu ne penses pas que je t'ai poussé trop loin, trop fort ?

— Tu n'as rien poussé, Leni. Il y avait quelque chose entre nous dès le premier instant, n'est-ce pas ? Dès que je t'ai vue, j'ai su que tu étais… exceptionnelle. Tu me fais rire, tu me fais réfléchir, tu me pousses à me dépasser. Et tu as très bon goût en matière de cadeaux de Noël, ce qui ne gâche rien. Ma mère a adoré son kimono, tu sais ? Nous avons fêté Noël en avance pour que je puisse venir te voir.

Il rit doucement, et un éclair de bonheur éclaira son visage las ; mais la peine, qu'elle avait si souvent vue assombrir ses traits, ne prit pas sa place. Le sourire resta sur ses lèvres, neuf, et jeune, et solaire.

— Je suis désolé, Leni. J'espère que je n'ai pas tout gâché. Ma vie est compliquée, mais je suis prêt à avancer. Je ne peux pas oublier mon frère, ou le laisser derrière moi, mais je sais qu'il ne voudrait pas me voir vivre comme j'ai vécu.

— Il avait l'air d'être un très bon frère.

Il hocha la tête. Ils restèrent silencieux, face à face, un moment. La gorge nouée, elle lui offrit un sourire.

— Tu veux un cookie ?

— Hum... Est-ce qu'ils sont décorés ? demanda-t-il en souriant.

— Par mes soins, lança-t-elle avec un clin d'œil.

Elle glissa sa main dans la sienne pour le mener dans la cuisine, mais avant qu'elle ne puisse ouvrir le placard, il l'attrapa par la taille et la fit tournoyer. Un éclat de rire lui échappa avant que la bouche de Nick ne capture la sienne, tendre et chaude et si irrésistible qu'elle se sentit fondre dans ses bras.

— Je crois que je t'aime, murmura-t-il, penché sur elle.

Elle tira doucement sur une mèche de ses cheveux bruns.

— C'est tout ? Je *sais* que je t'aime, dit-elle en souriant.

— Même si tu as plus d'argent que moi, maintenant ?

Elle inclina le visage, faussement pensive.

— C'est vrai... Tu vas devoir me courtiser avec brio pour que je ferme les yeux sur cette terrible déficience.

Elle se hissa sur la pointe des pieds pour l'embrasser à son tour, un sourire contre un sourire.

— Je veux des roses, du vin et des dîners aux chandelles !

— Et des escapades en France ?

— Oui ! Oui, des escapades en France.

Il l'embrassa encore une fois, avec une exaltation aussi fiévreuse que le rythme de son cœur, et elle enlaça sa nuque, certaine de trouver le plus pur des bonheurs dans ses bras. Ils faisaient une si bonne équipe. Ils savaient que la vie n'était pas toujours facile, mais qu'ils pouvaient l'affronter.

Ensemble.

Épilogue

Comme toujours, il neigeait sur Mannington le jour du réveillon. Un an s'était écoulé depuis le premier Noël de Nick et Leni. Ce soir-là, ils sortaient du Family Diner - qu'ils avaient racheté, refait à neuf, et laissé sous la direction de George quelques mois plus tôt –, et levèrent le visage vers le ciel scintillant de décembre.

On avait nettoyé et repeint les clochettes accrochées aux lampadaires. Des rubans rouges décoraient les parcmètres. Les vitrines de la boulangerie, du café, du garage et du supermarché avaient été rénovées, et les trottoirs repavés.

Leni, un sourire aux lèvres, inspira une goulée d'air frais.

— Tu crois que ta mère va aimer son cadeau ?

— Je ne suis même pas sûr de comprendre comment tu as trouvé le temps de faire du shopping, dit Nick dans un sourire, en entourant ses épaules. L'année a été bien occupée.

— Pour toi aussi.

— Oui, mais je n'ai pas hérité d'une fortune du jour au lendemain, rencontré mes nouveaux frère et sœur, épaulé mon père pendant une opération neurologique compliquée, avant de devenir l'autorité suprême en matière de réaménagement de ma petite ville natale.

Elle ne put retenir un large sourire. Hériter de Mark Hinton avait entraîné bien des surprises. Mais la plus belle était d'avoir trouvé l'amour avec Nick. Son complice, son partenaire pour chaque nouvelle aventure.

— C'était une année fabuleuse.

L'adjectif le fit rire, sincère et lumineux.

— Il te reste à organiser un mariage...

Elle se figea, le souffle coupé net.

— Nick... Qu'est-ce que tu...

Il rit de nouveau, et sortit de sa poche un écrin de velours avant de s'agenouiller devant elle.

— Leni Long, me ferais-tu l'honneur de devenir ma femme, ma compagne jusqu'à la fin de mes jours, ma partenaire pour une vie *fabuleuse* ?

Les larmes lui montèrent aux yeux, et elle hocha la tête.

— Oui !

Il bondit sur ses pieds et l'embrassa passionnément. Comme toujours, son cœur s'embrasa, et son corps fondit contre le sien, et son sang chanta dans ses veines. Comment avait-elle jamais pu vivre sans lui ?

Elle enleva son gant pour qu'il passe le magnifique diamant à son doigt. Ils reprirent leur chemin, pelotonnés l'un contre l'autre. Des amis de longue date leur faisaient signe au coin de la rue, et la neige étincelait sous les lumières des maisons et des lumières. Une chorale chantait, tout près, sur le parvis de l'église. Ils étaient chez eux.

— Je crois que j'aimerais me marier ici. La veille de Noël. Et j'aimerais inviter tout le village.

Il haussa les sourcils.

— Tout le village ? Cela fait mille cinq cents invités.

— Je sais ! dit-elle en riant. Nous pouvons nous le permettre, non ?

Il secoua la tête, puis regarda autour de lui. Il avait appris à voir la vie comme elle la voyait. Mannington était un foyer, une famille, un futur.

— Et puis, c'est une bonne excuse pour étendre l'église, dit-elle pensivement.

Il éclata de rire, le visage en arrière, et ne put s'empêcher de lui voler un autre baiser. Quand Leni était entrée dans son monde, il avait retrouvé la vie ; et à ses côtés, il savait qu'il vivrait sa plus folle aventure.

SUSAN MEIER

Séduite par son garde du corps

INTÉGRALE

LES MILLIARDAIRES DE MANHATTAN

Traduction française de

MARGUERITE GUILLEMET

SAGAS

HARLEQUIN

Titre original :
THE BODYGUARD AND THE HEIRESS

Ce roman a déjà été publié en 2021.

1

— Va en Pennsylvanie, qu'ils disaient..., marmonna Jace Macdonald en zigzaguant entre les tranchées de boue qui creusaient le chantier. Qu'avait-on prévu de faire ici ? Un marécage XXL ?

La mission aurait dû être claire, nette, rapide. Annoncer à Charlotte Fillion qu'elle était l'héritière de Mark Hinton, l'embarquer dans un avion pour New York, et s'assurer que les paparazzis ne la regardaient pas de trop près tant que les avocats de la succession n'avaient pas confirmé son lien de parenté avec un test ADN.

Ses chaussures de cuir italien s'enfoncèrent dans la terre humide. Il étouffa un grognement. Seulement voilà, Charlotte Fillion était la tête de proue d'une entreprise de bâtiment florissante ; et quand il avait appelé ses bureaux pour prendre rendez-vous... on l'avait envoyé ici. Sur un chantier. Un chantier qui avait pris la pluie.

Il aperçut enfin la silhouette du préfabriqué où elle était censée travailler aujourd'hui. Il grimpa les trois marches de béton, racla ses pauvres semelles, et ouvrit la porte. À l'intérieur, des murs lambrissés, l'odeur du café froid... et le silence. Les bureaux étaient vides, les portes adjacentes ne laissaient filtrer aucun signe de vie.

— Bonjour ? Il y a quelqu'un ?

Non loin de là, vers la droite, les roulettes d'un fauteuil couinèrent sur le parquet. *Elle* apparut dans l'encadrement de la porte.

Il ne l'avait vue qu'en photo, sur le site web de l'entreprise, en tailleur élégant. Aujourd'hui, elle portait un jean, une chemise à carreaux et un casque ; mais c'était elle. Charlotte Fillion.

— Qu'est-ce que vous voulez ? lança-t-elle sans ambages.

Et elle était... comme une oasis après la traversée du désert. Svelte, fine, avec des yeux bleus perçants, impatients.

Une déesse.

Son cœur rata un battement. Il y avait des années qu'il n'avait pas ressenti une attraction aussi déroutante ; il avait oublié que son corps était capable d'une telle réaction. Mais c'était sans importance : il avait déjà vécu l'amour de sa vie, et il n'avait pas prévu de récidiver.

À l'époque, alors qu'il se battait en Afghanistan, il avait cru dur comme fer que Mary Beth le soutenait malgré la distance. Naïf. Elle le trompait avec son meilleur ami.

— Enchanté. Je suis Jace MacDonald. Je suis le propriétaire d'Around the World Security et j'ai été envoyé par les avocats de Mark Hinton.

Charlotte Fillion se mit à rire.

— Ah. Vous m'avez retrouvée, alors.

Elle tourna les talons et repartit dans son bureau. Perplexe, Jace se lança à sa poursuite.

— Vous avez entendu parler de l'héritage ? Vous savez que Mark Hinton est votre père ?

— Évidemment. Ma mère m'a élevée toute seule, mais elle ne m'a pas caché l'identité de mon géniteur.

Elle se laissa tomber sur la chaise à roulettes.

— Nous avons toujours gardé le secret. De toute façon, le pauvre homme ne nous aurait apporté que des problèmes.

Elle attrapa son porte-bloc et se remit à lire.

— Que des problèmes ? répéta Jace, éberlué. Il vous aurait apporté des *millions*.

Elle ne leva même pas les yeux.

— Hum ? Des millions, oui. Et des tentatives d'enlèvement. Et des menaces de mort. Merci, mais non, merci.

— Navré de vous décevoir, mais vous êtes en lice pour obtenir une grosse partie du pactole.

— Et si je vous dis que je m'en fiche ?

C'était une blague, pas vrai ? Les héritiers Hinton avaient-ils donc tous pour mission de le torturer ? La première, Leni Long, avait déjà envisagé de refuser son héritage. Et maintenant, Charlotte Fillion l'envoyait sur les roses ?

— Je vous répondrais que vous êtes folle. Mais ce n'est pas mon travail de vous convaincre. Vous pourrez en discuter avec Danny Manelli. C'est lui qui se charge de la succession. Quoi que vous décidiez, il faudra signer des papiers.

— Très bien, dit-elle en tendant la main. Donnez-les-moi.

— Non. Vous ne pouvez pas signer en tant qu'héritière tant qu'il n'est pas prouvé que vous *êtes* héritière.

— Ma mère vous fera parvenir mon acte de naissance.

Il jura tout bas. Pas très professionnel, mais Charlotte Fillion en avait sûrement vu d'autres. Elle était brute de décoffrage, et puis, elle travaillait dans le bâtiment. Ses maçons ne faisaient sans doute pas dans la dentelle.

— Nous avons déjà votre acte de naissance. Nous avons besoin d'une preuve irréfutable. Un test ADN.

— Vous voulez un prélèvement de salive ? Faites-vous plaisir, rétorqua-t-elle avant d'ouvrir la bouche.

— Vous êtes toujours aussi pimbêche ?

Elle reposa son bloc d'un coup sec.

— J'ai huit semaines pour monter ce bâtiment de fond en comble. Huit semaines. Et vous savez quel genre de conditions météorologiques on a, en avril, dans le coin ? De la pluie. Beaucoup de pluie. Donc non, je n'ai même pas dix minutes à accorder à un pingouin en chaussures cirées. J'ai du travail, contrairement à certains.

Il ne put s'en empêcher : il rit doucement. Quand elle était en colère, elle était plus fascinante encore. Son front plissé, ses yeux bleus et étincelants de fureur... L'image brûla son esprit au fer rouge. Un poème en mouvement. Il pourrait l'invoquer longtemps, il en était certain. Revivre cet éclair d'attirance encore et encore.

Mais il allait lui montrer qu'il était aussi têtu qu'elle.

— Organisez votre remplacement, parce que, quoi qu'il arrive, je ne rentrerai pas à New York sans vous.

— Dans vos rêves, blanc-bec.

Il éclata de rire et se laissa tomber dans le siège en face de son bureau bancal.

— Je suis un blanc-bec ? Adorable. Si vous croyez gagner ce duel, vous allez vite déchanter.

— Je peux appeler la police et vous faire arrêter pour violation de propriété privée.

— Allez-y. J'ai hâte de vous voir leur expliquer pourquoi vous ne voulez pas accepter les milliards de dollars que vous a légués votre *père*.

Un silence glacial. Touché, coulé.

— Que se passe-t-il ? railla-t-il. Vous m'avez bien dit que vous aviez gardé le secret de son identité, non ? Vous pensiez que je ne comprendrais pas ? Vous craignez l'assaut que la presse lancera sur ce chantier dès qu'ils apprendront qui vous êtes, pas vrai ?

Elle le foudroya du regard.

— Oh oh, cette œillade-là fait peut-être peur à vos contremaîtres, mais j'ai plusieurs années de guerre à mon actif, et je gère une entreprise de sécurité privée depuis mon retour. J'ai bien peur que les caprices d'une petite fille riche ne suffisent pas à m'intimider.

Il s'était penché en avant, si proche qu'il décelait son odeur : pas de parfum doux ou floral, seulement sa peau, piquante et nue. Toutefois, il ne se laissa pas distraire. Il soutint son regard. Il avait une mission, et il allait la remplir.

Charlotte soutint le regard de l'homme magnifique qui lui faisait face. Elle ne cilla pas, mais, oh, malgré elle, son expression féroce la fit déglutir. Ses yeux étaient sombres comme une nuit sans lune. Ses cheveux noirs et ses traits coupés à la serpe lui donnaient l'air sévère. Avec un nom de famille comme MacDonald, elle était prête à parier que ses ancêtres avaient affiché le même air belliqueux lorsqu'ils s'étaient battus pour l'indépendance de l'Écosse aux côtés de William Wallace.

Mais il en fallait plus pour lui faire peur. Elle n'était pas arrivée là où elle en était en se laissant marcher sur les pieds.

— D'accord, vous avez une arme secrète. Vous pourriez utiliser la presse contre moi.

Instinctivement, elle amorça un mouvement vers l'avant, pour lui montrer qu'il ne l'impressionnait pas. Mais elle se retint ; elle s'enfonça dans son siège. Détendue. Posée.

— Mais j'ai du travail, et je ne déçois jamais un commanditaire. Laissez-moi vous proposer un compromis.

Il recula à son tour. Elle sourit. Trop facile.

— Donnez-moi le temps de trouver un remplaçant.

— Vous n'en avez pas à disposition ?

Elle rit, faussement décontractée, faussement amicale.

— Personne n'est à *disposition* quand une entreprise veut être vraiment lucrative. Certains de nos chefs de chantier supervisent deux projets à la fois.

— Alors appelez-en un.

— Comme je vous le disais, ils sont déjà surbookés. Je ne serais pas sur le terrain dans le cas contraire. Il faut attendre qu'un de mes superviseurs se rende disponible.

Il frotta son beau visage d'une main lasse. Elle retint un petit rire. Avec son manteau élégant, sa chemise blanche, sa cravate en soie, il était parfaitement incongru dans son bureau improvisé. Pas de doute, ses chaussures urbaines ne sortiraient pas indemnes de son escapade.

— Je ne peux pas attendre très longtemps.

— Deux ou trois jours, décréta-t-elle.

— Je dois vous *protéger*, vous en êtes consciente ?

— Me protéger de quoi ? Regardez autour de vous. La seule chose qui intéresse mon équipe, c'est que j'assure leur emploi et leur salaire mensuel.

— Peu importe. Le cabinet qui se charge de la succession assigne un garde du corps aux héritiers de Mark Hinton. Ce n'est pas négociable.

— Je n'ai pas besoin d'un garde du corps.

— Ce n'est pas moi qui décide. Et honnêtement ? La mise en œuvre d'une protection rapprochée est justifiée. Nous avons déjà eu des problèmes avec la première héritière. Quelqu'un a pris des photos d'elle, cloné son téléphone, et vendu les informations à la presse.

La première héritière ? Elle se redressa légèrement, soudain en alerte, l'esprit en ébullition.

— J'ai une sœur ?

— Vous ne lisez pas la presse ? L'affaire a fait la une pendant des jours.

— Je travaille douze heures par jour. Je n'ai pas le temps d'acheter des magazines ou de regarder la télévision. Je ne reste informée que sur mon industrie. Mes souscriptions n'ont même pas publié d'article sur la mort de mon père ; c'est ma mère qui me l'a annoncée.

— Vous avez un frère et une sœur, soupira-t-il. Nous avons retrouvé votre sœur. C'est la plus jeune, une assistante sociale de vingt-six ans.

Elle ne put retenir un sourire.

— J'ai une *sœur*.

— Une demi-sœur. Leni Long. Vous n'avez jamais cherché à savoir si Mark Hinton avait eu d'autres enfants ?

— Je ne vois pas comment j'aurais pu. Mais dites-m'en plus sur ma sœur.

— Elle partage son temps entre New York, où elle vit avec son petit ami, et le village d'où elle vient. Elle a décidé d'utiliser son héritage pour le rénover et le développer.

— Elle rénove un village entier ?

— Elle est très déterminée.

Une sœur – elle avait une *sœur*. Elle avait été élevée à la campagne, seule avec sa mère, dans une immense ferme. Elle avait passé de longues heures solitaires à rêver d'une complice pour explorer les bois alentour. Parfois, le soir, elle avait imaginé un lit superposé au-dessus du sien. Une sœur, plus grande et plus sage, ou plus jeune et pleine d'admiration... Mais toujours, toujours sa meilleure amie.

Leni Long et elle n'avaient pas eu la chance de passer leur enfance ensemble. Qu'est-ce que cela voulait dire, d'avoir une sœur adulte ? Une personne qui partageait son sang ? Qui comprenait l'ambivalence d'être l'enfant d'un homme comme Mark Hinton ?

— Si nous prenons l'avion aujourd'hui, nous pourrions dîner avec elle dès ce soir, susurra Jace.

C'était un coup bas, mais elle retint tout de même son souffle, terriblement tentée. T-t-t-t. Elle ne se laisserait pas avoir si facilement.

— Nous attendrons mon remplacement.

Jace esquissa un demi-sourire, puis se leva d'un bond.

— Très bien, donc je vais m'installer ici quelques jours. Où que vous alliez, je vous suivrai.

Elle s'apprêtait à répondre quand une porte grinça à quelques mètres de là.

— Charlotte ?

— Par ici, Aaron !

Son opérateur de travaux les rejoignit, mais grimaça en découvrant Jace au milieu de son bureau.

— Oh ! désolé, je ne savais pas que le siège avait envoyé un autre chef de projet.

— Non, ce n'est pas... Il...

Oh ! non. Jace ne passerait jamais pour un maçon avec une tenue pareille, et il avait l'intention de la suivre partout... Il lui fallait une excuse, et vite.

— Je te présente mon nouvel assistant !

— Tu as réussi à convaincre les patrons de détendre un peu les cordons de la bourse ? rit Aaron.

— Absolument. Et ils ont mis le paquet. Regarde-moi ce costume.

— Oh ! ouais. Petit conseil, mon pote, ne mets pas tes beaux vêtements sur le chantier. Demain, viens en jean.

Elle éclata de rire. Jace lui répondit d'un regard noir.

Peut-être que cette affaire serait plus amusante qu'elle ne l'avait cru. Il suffirait juste de contrôler le désir démesuré que Jace faisait naître en elle. Il était grand, avec des épaules larges, un visage séduisant, et une repartie aussi mordante que la sienne. Un parfait égal. Un parfait adversaire.

Le problème, c'était qu'elle allait devoir supporter sa présence constante et cacher son émoi huit heures par jour. Bonne chance, Charlotte.

Aaron claqua des doigts devant son visage.

— Allô, Charlotte ? J'avais des questions.

Elle retint un sursaut, déterminée à ignorer son magnifique garde du corps… Oh ! non. Jace était son *garde du corps* ; un employé de son ordure de père. Non, non, non. Elle ne risquait pas de succomber à ses charmes. Plutôt mourir que de tomber en pâmoison devant un des pantins de Mark Hinton.

Elle jeta une dernière œillade à Jace MacDonald, austère et ténébreux, et si sexy qu'elle en avait les entrailles brûlantes.

Dommage. Elle s'en remettrait.

2

Jace attendit que la porte du préfabriqué claque sur l'opérateur de travaux avant de se tourner vers Charlotte.

— Je ne suis pas votre *assistant*.

— C'était la meilleure façon d'expliquer votre présence.

Il poussa un soupir. Elle avait raison, c'était une meilleure solution qu'annoncer son véritable rôle. Danny Manelli aurait sa peau si une autre héritière faisait la une des journaux avant qu'ils lui aient expliqué les détails de la succession et fait passer un test ADN.

— D'accord, très bien.

Elle laissa échapper un discret soupir de soulagement. Apparemment, elle s'était attendue à une réaction plus explosive. Il inspira profondément, décidé à reprendre son calme, et croisa son beau regard bleu. Il était là pour la protéger ; pas pour lui rendre la vie dure.

— Quelque chose vous tracasse, Charlotte ?

— Oui. J'ai quelques questions. Que fait un garde du corps, exactement ?

— Généralement, nous protégeons nos clients contre des attaques, mais dans ce cas précis je suis aussi chargé de faire barrage à la presse et de garder un œil sur vos proches.

— Mes proches ?

— Oui. Les gens qui font partie de votre vie. Veiller à ce qu'aucun d'entre eux ne se montre *trop* intéressé. Quelqu'un a déjà pu être abordé par les médias pour vous espionner.

— C’est ridicule, dit-elle en riant.

— Croyez-moi, la situation va vite évoluer.

— Alors quoi, vous allez me suivre partout ? Où allez-vous dormir ce soir ?

— Où allez-*vous* dormir ce soir ?

— Ma maison est parfaitement sécurisée. J’espérais que vous vous trouveriez un hôtel.

Il appuya une hanche contre le bureau, amusé. Elle était si grande, si forte, si posée. Il avait une envie irrésistible de la voir perdre le contrôle.

— Impossible.

Son visage s’assombrit, froissé par une émotion si honnête qu’il s’admonesta intérieurement. Perdre le contrôle ? Non. Il devait garder ses distances. Il connaissait les risques qu’une relation trop amicale avec un client entraînait.

— Je vous l’ai dit, ajouta-t-il, où que vous alliez, je vous suivrai. Mais je ne vais sûrement pas dormir beaucoup, de toute façon. Plutôt somnoler près de la porte d’entrée.

Malgré son ton apaisant, elle gardait cet air boudeur qui lui allait si bien.

— Charlotte, s’il vous plaît. L’avocat de votre père, Danny Manelli, ne me fera pas de cadeau si je vous laisse toute seule.

— Ce type, Manelli ? C’est lui qui commande ?

— Oui. Et il m’a engagé pour vous protéger. Je ne vais pas vous suivre dans votre chambre et vous regarder dormir, mais je dois rester dans les parages. Laissez-moi faire mon travail. Quand vous aurez trouvé un remplaçant, nous irons à New York. Là-bas, vous ferez un test ADN et vous obtiendrez toutes les informations nécessaires pour prendre une décision quant à votre héritage. Si vous refusez l’argent, vous serez vite tranquille.

Elle poussa un grognement de frustration.

— Être la fille de Hinton ne m’a jamais apporté que des problèmes.

— Je comprends. On choisit ses amis, mais pas sa famille.

Elle leva les yeux vers lui, surprise.

— Ah. Vous aussi, vous avez des problèmes familiaux ?

Il était tenté de mentir, juste pour la rassurer, mais il se retint. Il y avait chez elle une sincérité brute qui lui plaisait. Il lui devait la même honnêteté en retour.

— Non, ma famille est géniale. Mais mes clients m'ont ouvert des perspectives.

Elle rit et lança son stylo sur le bureau.

— Bon, très bien. Si c'est seulement pour quelques jours, je peux supporter votre présence. Et ensuite, Hinton disparaîtra enfin de ma vie pour toujours.

Elle savait compartimenter et elle ne se laissait pas abattre. Décidément, elle forçait le respect.

— Plutôt deux semaines. L'échantillon d'ADN est envoyé à trois laboratoires de façon anonyme, et il faut attendre que chacun renvoie leur résultat. Pendant ce temps, Danny vous informera sur les possessions de votre père, notamment ses entreprises et ses investissements.

Elle émit un grognement agacé, mais hocha la tête.

— Très bien. En attendant, j'ai du travail. Et si nous voulons garder votre identité secrète, vous aussi. Vous êtes responsable du téléphone jusqu'à nouvel ordre. Prenez un bureau à côté et attendez qu'il sonne.

Il inspira profondément et retint la réplique qui lui brûlait la langue. Comme il ne répondait pas, elle rit doucement.

— Oh ! allez, avouez que c'était une bonne idée. Il n'y a qu'une entrée dans ce préfabriqué, et vous serez assis juste en face. Vous allez pouvoir surveiller les allées et venues.

Le pire, c'est qu'elle n'avait pas tort. Il hocha la tête sans pouvoir retenir un demi-sourire amusé. Alors qu'il tournait les talons, elle s'enquit :

— Hé, hum, Jace ? Ou monsieur MacDonald ? Comment dois-je vous appeler ?

— Jace, c'est parfait.

— D'accord, Jace, répondit-elle, et son nom sur sa langue avait la douceur d'une caresse.

Sans le casque, ses beaux cheveux blonds cascadaient sur ses épaules, souples et brillants. Ses yeux bleus brillaient d'humour.

Il avait intérêt à cadenasser ses hormones au plus vite. Il n'était pas dans un épisode du *Bachelor*. Il avait fait l'erreur d'avoir une liaison avec une cliente, une fois seulement, et sa réputation n'en était pas sortie indemne. Il secoua la tête et partit s'installer à l'un des bureaux vacants.

Comme ses belles chaussures ne se remettraient jamais de sa première excursion sur le chantier, Charlotte n'eut aucun scrupule à repartir sur le terrain avec Jace dans son sillage. Avec son costume, il détonnait complètement. Il était alerte, attentif aux faiblesses de leur environnement. Son regard s'attarda férocement sur le grillage troué. Elle accepta de demander à le faire réparer ; elle devait choisir ses batailles.

Bataille, c'était le mot. Jace avait bel et bien l'air d'un Dieu vengeur, solide et large et infiniment puissant. Avec son mètre quatre-vingts, elle avait l'habitude de dominer la plupart de ses interlocuteurs ; mais Jace la dépassait d'au moins dix centimètres. En retirant son manteau, il lui avait offert une vue imprenable sur la largeur musclée de ses épaules, la rigidité de son torse sous la soie blanche, le relief plat de son ventre. Elle avait essayé de détourner le regard aussi vite que possible. Elle n'avait pas oublié qu'il travaillait pour le père qu'elle détestait ; et puis, après tout, elle n'avait aucune chance. Les hommes comme lui préféraient des femmes délicates et sensibles – pas des garçons manqués déterminés à les faire tourner en bourrique.

Elle se focalisa sur le terrain glissant et la mare qui posait problème à son équipe.

En revenant du chantier, elle laissa Jace dans l'entrée et s'installa à son bureau pour passer les appels qu'elle redoutait depuis des heures. Elle avait eu le temps de jeter un coup d'œil au site de Waters, Waters et Montgomery, la firme pour laquelle travaillait Danny Manelli. Elle contacta d'abord Danny pour vérifier les dires de Jace. Ensuite, elle se mit à la recherche de son remplaçant. Elle était vice-présidente et directrice des opérations pour Kaiser & Barclay Development. Elle s'était proposée pour aller sur le terrain parce que personne n'était disponible. Maintenant, elle devait explorer tous les projets en cours et chercher une alternative viable, avec la meilleure répartition possible. Ce chantier était trop important pour que sa vie personnelle le mette en péril.

Après avoir prévenu le siège et les intéressés, elle retourna dans le vestibule. Trop grand pour le bureau, Jace avait l'air d'un adulte assis à une table pour enfant. Elle cacha un sourire derrière sa main et s'exclama :

— Bonne nouvelle !

— Votre patron vous a trouvé un remplacement ?

— La directrice des opérations est un génie.

Elle enfila son manteau et il lui emboîta le pas.

— Charlotte… *vous* êtes la directrice des opérations.

— Exactement.

Elle éteignit les lumières, verrouilla le préfabriqué, et guida Jace jusqu'à son pick-up noir. Le soleil était couché depuis longtemps. Les ouvriers étaient partis et un calme serein était tombé sur le chantier d'habitude si chaotique.

— Pas mal, lança Jace en montrant son pick-up.

— Merci. C'était un cadeau de moi à moi.

— Vous avez bon goût.

Encore une raison pour laquelle elle finissait souvent par être amie avec les hommes qu'elle trouvait attirants ; elle adorait les voitures, la vitesse, le pouvoir qu'un véhicule puissant faisait vibrer sous ses doigts. Les hommes faisaient rarement l'amalgame entre moteurs et féminité. Bien sûr, elle n'avait pas l'intention de changer pour obéir aux rôles qu'assignait le genre.

— Qu'est-ce que vous conduisez ?

Il pointa du doigt une large voiture à l'angle de la rue.

— Je vois. Rien de plus discret qu'un énorme SUV aux vitres teintées pour un garde du corps incognito, railla-t-elle.

Il ignora le sarcasme.

— Je vous suis, Charlotte.

— Je peux vous donner mon adresse ?

— J'ai déjà votre adresse.

Il avait l'air si calme, si posé. Rester presque six heures à ne rien faire dans un préfabriqué presque vide l'aurait rendue folle. Elle hocha la tête et grimpa dans son pick-up.

Sa maison était moderne ; elle avait non seulement dessiné les plans, mais suivi chaque seconde de sa construction et tout décoré elle-même. Elle rangea son véhicule dans le garage, puis rejoignit sa porte d'entrée au lieu de passer par la buanderie, où deux semaines de linge sale l'attendaient encore. Pendant qu'elle tapait le code de sécurité, Jace la rejoignit sous le porche et avança jusqu'à la balancelle.

Elle le suivit du regard. Il se baissa et attrapa un objet non identifié. Quelqu'un avait-il laissé un colis piégé sur sa terrasse pendant sa journée de travail ?

— Mon équipe m'a livré des affaires, expliqua-t-il en montrant le sac sombre qu'il venait de récupérer.

Oh ! quelle idiote. Elle n'avait pas l'habitude de se laisser impressionner, mais cette situation risquait de la rendre sérieusement paranoïaque. Elle espérait que sa nervosité était passée inaperçue.

— Que vous ont-ils envoyé ?

— Des affaires de rechange, des stylos et un calepin pour que j'aie l'air d'un véritable assistant, et mon ordinateur. Je veux pouvoir travailler pendant que je vous attends.

Elle sourit, admirative.

— Vous êtes très efficace.

— Ah, mais pas autant que vous. Je vous ai vue avec vos ouvriers aujourd'hui. Ils vous obéissent au doigt et à l'œil.

Pourquoi était-elle si troublée par ses compétences ? Par son compliment, rendu plus gratifiant encore parce qu'il exsudait la même autorité ? Elle avait été claire avec elle-même : Jace ne lui convenait pas. D'accord, il travaillait bien, mais ce n'était quand même pas l'affaire du siècle.

Elle serra les dents. Elle ne voulait pas remarquer la profondeur de sa voix rauque. Elle ne voulait pas que ses joues s'enflamment, que son souffle s'accélère. Elle poussa brusquement la porte d'entrée, jeta sa veste dans un fauteuil, et lança par-dessus son épaule :

— Les chambres sont au fond du couloir à droite. Prenez la première, elle a une salle de bains. J'imagine que vous voulez vous changer ?

Il acquiesça et disparut dans les profondeurs de la maison. Elle ferma les yeux et ravala un soupir de soulagement. Il fallait dire que le destin était contre elle. Pourquoi le sbire de son père était-il aussi sublime ? Et aussi *grand* ? Si elle n'avait pas été désespérément impatiente de rencontrer sa petite sœur, elle aurait renvoyé Jace Macdonald d'où il venait sans autre forme de procès.

Vraiment, la question ne se posait même pas : Jace ne voudrait certainement pas d'elle. Elle l'avait agacé, taquiné, insulté. Et en toute honnêteté... elle aimait avoir la langue bien pendue. Elle aimait être autoritaire. Même si son attitude était rarement propice à la séduction.

Dans sa cuisine étincelante, elle ouvrit le frigo pour trouver de quoi faire à dîner. Elle sortit une poêle pour faire griller de la viande, une casserole pour faire bouillir de l'eau et improvisa une salade pendant que les pâtes chauffaient sur les plaques.

Quand Jace réapparut, elle se tourna pour lui annoncer que le dîner était prêt, mais sa voix mourut dans sa gorge.

Il sortait de la douche et, oh, il avait tout le charme de l'Écosse avec ses cheveux sombres et humides. Il ne portait qu'un T-shirt et un jogging, et les matières douces et fluides suivaient les lignes puissantes de son corps bien plus intimement que son costume. Elle déglutit.

— Je... J'ai fait des pâtes.

Voilà qu'elle bafouillait. Mais elle avait réussi à détourner le regard, et c'était une victoire en soi.

Il sourit et souleva le couvercle de la casserole.

— Je vois ça. Je ne me souviens pas de la dernière fois où quelqu'un a cuisiné pour moi.

À sa grande surprise, elle se sentit fondre. Elle n'était pas particulièrement femme d'intérieur, mais il y avait quelque chose de profondément tendre dans le partage de sa cuisine, de son intimité, d'un simple repas improvisé.

— Et votre mère, alors ?

Il rit doucement.

— La famille de mon père est encore en Écosse. Mon frère a déménagé là-bas il y a deux ans pour s'occuper de ma grand-mère paternelle, et comme sa femme est enceinte, ma mère y va souvent aussi. Je ne la vois pas souvent.

Elle s'appuya contre le four. Il n'avait pas d'alliance et n'avait pas parlé d'une femme. Elle pouvait demander...

Non ! Pour l'amour du ciel, comment pouvait-elle oublier que cet homme travaillait pour Hinton ? Et puis, les gardes du corps n'étaient pas censés flirter avec leurs clients, n'est-ce pas ? Si elle lui tendait une perche, il l'enverrait sur les roses. Elle se détourna précipitamment et ouvrit un placard.

— Si vous voulez bien m'aider, les couverts sont dans le tiroir juste à côté.

Il hocha la tête et ils mirent la table en silence, puis déposèrent les plats au centre. Une fois assis dans une de ses chaises colorées, il prit une bouchée de pâtes au beurre avec un soupir de satisfaction.

— Hum, ça me rappelle la primaire, quand ma mère me promettait des coquillettes pour que je fasse mes devoirs.

— La mienne me récompensait avec du gâteau quand j'acceptais de porter une robe.

— Adorable.

— Ma mère est la personne la plus adorable de la terre.

— Nous avons tous les deux eu la chance d'avoir de bonnes mères, alors.

— C'est peut-être pour cela que nous avons bien réussi.

— Ça, et... beaucoup de travail.

Elle l'observa au-dessus de son verre.

— Vous avez eu des difficultés à arriver où vous êtes ?

— Un peu, oui. La protection ne me pose jamais de problème, mais trouver des clients, m'occuper de l'image de l'entreprise, gérer les relations publiques... J'avais beaucoup de choses à apprendre sur ce point-là.

— Et vous vous en êtes bien sorti.

— Marche ou crève, pas vrai ?

Elle rit en hochant la tête. Oh ! oui. Non ! Oh ! non. Elle ne voulait pas l'apprécier. Pas le respecter. Pas le comprendre.

Dès le repas fini, elle prit la fuite et s'enferma dans son bureau pour continuer de travailler sur ses projets annexes. Jace l'avait prévenue qu'il explorerait la maison pour vérifier les issues, puis qu'il s'installerait dans le salon pour sa veille de nuit. Elle lui avait donné des oreillers et des couvertures. Quand elle émergea enfin, il s'était installé sur l'énorme canapé moelleux, un havre de confort décadent au milieu de ses autres meubles ultramodernes.

Sous la douche, la réalité de la situation résonna en elle. Elle était extrêmement consciente de la présence de Jace, si proche, juste à quelques portes fermées de là. Elle était nue sous l'eau brûlante, et un inconnu l'attendait dans son salon.

Mon Dieu. Il y avait un *garde du corps* dans sa maison. Des journalistes étaient sur sa trace. Ils avaient déjà débusqué sa sœur. Sa mère lui avait maintes fois rappelé que son père n'avait jamais admis son existence parce qu'il avait peur des conséquences. Les menaces d'enlèvement et de mort l'avaient poussé à cacher l'identité de ses enfants.

Petite, elle n'avait pas remis cette idée en question ; son papa était un homme fort et grand et intelligent, donc il avait forcément raison.

Mais elle avait bien grandi depuis. Quel genre d'homme abandonnait la femme qu'il prétendait aimer ? Quel genre d'homme la laissait élever leur enfant toute seule dans une maison de campagne si excentrée qu'elle vivait sans amis, sans soutiens ? Un lâche, rien d'autre. Un menteur. Elle préférait ignorer son existence. Elle n'avait pas besoin de son nom ni de sa richesse. Elle avait construit sa vie, sa réputation, sa carrière toute seule, et elle en était fière.

Mais voilà que son chemin croisait enfin celui de Mark...

Elle n'arrivait pas à y croire.

Après avoir vérifié une dernière fois ses e-mails, elle se glissa enfin dans son lit. Dans le noir, la tension de la journée menaça bel et bien de l'étouffer. Elle allait devoir prévenir sa mère que le domaine Hinton l'avait retrouvée. Qu'elle partait pour New York. Qu'on lui avait proposé l'héritage de l'homme qu'elle avait tant aimé, et dont elle avait pleuré la mort, malgré les années passées.

Elle étouffa un grognement et se frotta le visage. Elle n'avait jamais compris pourquoi sa mère chérissait toujours Mark, pourquoi elle n'avait jamais voulu refaire sa vie. Il était parti sans se retourner, après tout.

Elle s'était juré de ne pas faire les mêmes erreurs dans sa propre vie sentimentale. De ne pas s'accrocher à des hommes indifférents, inaccessibles.

Hinton les avait prises toutes les deux pour des idiotes. Elle avait toujours gardé la tête haute, mais elle ne pouvait ignorer l'amertume d'avoir été abandonnée, pas quand elle était seule avec elle-même, tard le soir. Penny Fillion était tombée follement amoureuse de Mark, et apparemment, il l'avait aimée en retour.

Il l'avait quittée parce qu'elle était tombée enceinte.

Il ne servait à rien de s'autoflageller : elle ne voulait pas songer que ses parents auraient pu vivre heureux ensemble si elle-même n'était pas entrée en scène.

Mais une chose était sûre : Mark n'avait pas voulu d'*elle*.

L'abandon laissait des traces cruelles. Une douleur assez lancinante pour faire chanceler les personnes les plus fortes, les plus féroces. Elle avait souffert le martyre lorsqu'elle avait compris, à l'adolescence, qu'elle était la raison du malheur de sa mère. Elle ne laisserait pas l'héritage Hinton rouvrir ses plaies aujourd'hui, même s'il venait sous les traits d'un bel Écossais.

3

Le lendemain matin, Charlotte s'éveilla, chatouillée par la bonne odeur du bacon et du café. Elle savoura une seconde d'inconscience avant que les événements de la veille lui reviennent de plein fouet.

Oh ! non. Elle rabattit la couette sur sa tête. Elle avait été retrouvée par les avocats de Mark Hinton. Elle était en passe de devenir une célèbre héritière. Et son tout nouveau garde du corps allait la suivre à la trace pendant qu'elle travaillait d'arrache-pied sur le plus gros chantier de sa carrière.

Elle s'extirpa du lit avec un grognement et passa un jean et une grande chemise à carreaux. Dans la cuisine, Jace buvait un café, adossé au comptoir, et il était... beau à couper le souffle dans son jean, son T-shirt et ses bottes crantées. Elle s'éclaircit la gorge, le cœur battant la chamade.

— Je me suis permis de préparer le petit déjeuner.

— Oh ! je ne petit-déjeune pas. Je pars tout de suite.

Il attrapa un de ses mugs de voyage, le remplit de café brûlant et odorant, et le lui tendit.

— Alors allons-y, déclara-t-il.

Elle ne put retenir un sourire. C'était si... naturel. Dans le couloir, alors qu'il marchait vers l'entrée, elle bifurqua vers l'arrière de la maison, où une porte menait au garage.

— Où allez-vous ?

— Mon pick-up est dans le garage.

— Nous prenons ma voiture.

— Je suis obligée de voyager avec vous ?

— Vous êtes obligée de *tout faire* avec moi.

Elle le suivit à contrecœur dans la fraîcheur matinale d'avril. À côté d'elle, il balaya la rue du regard, aux aguets.

— Mes voisins vont croire que j'ai invité un homme pour la nuit.

— C'est le cas.

Un trouble ridicule lui réchauffa les joues, mais elle parvint à hausser un sourcil mordant.

— Dans vos rêves, Jace.

— Hum, peut-être bien.

Elle grimpa dans son SUV et il ferma la portière derrière elle. Il retrouva le chemin du chantier sans difficulté, mais, inquiète qu'il aille lui ouvrir la porte devant ses employés, elle bondit hors de la voiture dès qu'il éteignit le moteur.

Chuck, un de ses contremaîtres, venait à sa rencontre.

— Il y a de l'eau.

— Bien sûr qu'il y a de l'eau. Les averses d'avril ne vont pas s'arrêter pour nos beaux yeux.

— Alors on continue ?

— Non, soupira-t-elle. Montre-moi.

Jace contourna la voiture pour la rejoindre, et le regard de Chuck passa de l'un à l'autre avec curiosité. Oh oh.

— Ne t'excite pas, Chuck. On vit juste dans le même lotissement.

— Ton assistant a assez de budget pour ton quartier ?

— Je suis bien marié, dit tranquillement Jace.

Elle manqua de recracher son café, mais Chuck accepta son excuse sans problème et les guida vers le cœur du chantier. Jace marchait derrière lui, juste devant elle, jusqu'à ce qu'elle le contourne pour prendre la tête. Il était nécessaire qu'elle garde l'ascendant, surtout devant ses ouvriers. Le contrôle était une chose ténue, et Jace se montrait trop directif pour un assistant lambda.

Ils jugèrent de l'étendue des dégâts avant que Charlotte étudie encore une fois sa carte topographique. Jace jeta un coup d'œil à sa montre ; ils avaient déjà passé près d'une demi-heure à marcher sur le chantier, à parler de boue, et voilà qu'ils contemplaient tous la carte en silence.

La journée allait être longue.

Finalement, Charlotte prit une décision, lança sa directive d'un ton sans appel, et l'entraîna vers le préfabriqué. Pendant qu'elle passait des coups de téléphone dans son bureau, il nettoya la vieille cafetière crasseuse et sortit son propre paquet de café moulu. Pas question de boire l'horreur instantanée fournie par l'entreprise.

À son poste, le téléphone se mit à sonner. Il hésita une seconde, étouffa un soupir, puis décrocha.

— Kaiser & Barclay ?

— Je suis bien au chantier de Riverdale ?

Peut-être aurait-il dû le mentionner en décrochant ? Il n'en savait fichtrement rien. Il ne connaissait que le nom de Charlotte et celui de ses employeurs.

— Tout à fait. Comment puis-je vous aider ?

— Il faut que je parle à Charlotte.

— Pas de problème.

Il coupa le son et la rejoignit.

— Je vous ai transféré un appel. Un type veut vous parler.

— Vous n'avez pas demandé son nom ?

— Je n'ai pas vraiment l'habitude de jouer les standardistes, vous savez ?

Elle poussa un soupir, mais décrocha sans rétorquer.

— Charlotte à l'appareil.

Une seconde de parole au bout du fil, puis son visage s'éclaira ; elle s'enfonça dans son fauteuil, la voix solaire.

— Bonjour Jim ! Comment vas-tu ?

Jace fronça les sourcils. Il ne savait pas qui était ce Jim, mais elle l'aimait beaucoup, de toute évidence. Un ami, peut-être. Ou plus qu'un ami ?

Quoi ? Peu lui importait.

Quand elle lui fit signe de la laisser et de fermer la porte, sa nuque se raidit, ses poings se serrèrent. Il se força à se détendre.

Mais qu'est-ce qui lui prenait ? Il tourna les talons et retourna à son café, les dents serrées.

Il rinça deux tasses craquelées, agacé par la crasse omniprésente. Pourquoi cette équipe ne lavait-elle pas mieux ses mugs ? Pourquoi le téléphone était-il en si mauvais état ? Et pourquoi Charlotte restait-elle si longtemps au téléphone avec un de ses amis, alors qu'elle avait du travail ?

Peut-être que Jim n'était qu'un collègue. Mais un collègue n'aurait pas fait naître un sourire aussi lumineux...

Il devait arrêter de penser à elle, à ses yeux, à sa démarche assurée, à... Oui, mais si Jim était plus qu'un ami ? Si elle lui avait parlé de Mark Hinton ? Ou pire, s'ils avaient un rendez-vous galant prévu dans les jours suivants ?

Non, il mélangeait tout. Il mélangeait tout, mais le trouble montait en lui comme de l'eau en ébullition, irrépressible, et crispait ses muscles. Il avait déjà appris sa leçon lorsqu'il avait passé la nuit avec Misha. Il s'était toujours juré de ne jamais plus désirer une cliente. Alors pourquoi...

Pourquoi reprenait-il le chemin de son bureau, pourquoi ouvrait-il la porte, pourquoi s'asseyait-il en face d'elle sans attendre son autorisation ? Elle haussa un sourcil, termina d'expliquer à Jim comment réparer son tracteur de pelouse, puis coupa court à la conversation :

— Désolée, il faut que j'y aille, mais je te rappelle bientôt, d'accord ? Promis.

Elle raccrocha et soutint son regard, le sourcil arqué.

— Oui ? C'est à quel sujet ?

— Vous ne pouvez pas m'exclure de vos conversations. Je vous ai laissé quelques minutes parce que l'appel semblait plus personnel que professionnel, mais je ne vais pas rester dehors si vous décidez d'aller dîner avec ce type, ou que sais-je encore.

— Pas de problème. Vous pouvez nous surveiller. C'est ce que les gardes du corps font, non ? Ils accompagnent leurs clients au restaurant et s'assoient un peu à l'écart ?

Il lutta pour rester de marbre. Elle n'essayait même pas de cacher la nature de sa relation avec Jim, alors ?

— Oui. C'est ce que nous faisons.

— Parfait. S'il rappelle, je lui proposerai de venir dîner.

Agacé, par lui-même plus encore que par elle, il se leva d'un bond.

— Pardon ? Non ! Nous sommes convenus de partir à New York à la fin de la semaine, et c'est demain. Nous n'avons pas le temps de caser des rendez-vous romantiques.

— Ce ne serait pas romantique, fit-elle en riant. Il est marié à une de mes amies.

Elle jouait nonchalamment avec son crayon, les yeux levés vers lui, un sourire amusé aux lèvres.

— Mais nous aurions pu aller dîner avec eux et faire semblant que *nous* étions en couple, si vous préférez.

La proposition fit courir un frisson électrique jusqu'au creux de son ventre. Il ferma les yeux, inspira profondément, et rouvrit les paupières pour la foudroyer du regard.

— Peu m'importe ce que vous voulez faire, Charlotte. Simplement, j'ai été engagé pour vous protéger. Il ne nous reste qu'une journée ici, et mon objectif est de cacher votre lien de parenté avec Mark, coûte que coûte. Garder un secret est une chose difficile quand vous avez des proches. Plus vous verrez vos amis, vos collègues, votre famille, et plus vous avez de chances de laisser échapper une information cruciale. Est-ce qu'il ne serait pas plus prudent de rester chez vous avec moi jusqu'à votre départ ?

Elle croisa les bras, boudeuse.

— Peut-être...

— Il n'y a pas de peut-être. Je ne suis pas dupe. Vous tirez sur la corde pour me tester. Vous rentrez chez vous après la nuit tombée, vous continuez de travailler une fois chez vous, vous vous couchez juste après. Je mettrais ma main à couper que vous ne sortez presque jamais, d'habitude.

Il tourna les talons et sortit du bureau d'un pas vif, mais, piquée, elle se leva à son tour et lança derrière lui :

— Il n'est jamais trop tard pour changer !

Elle se laissa retomber dans son fauteuil, le cœur battant

et le souffle court. Il avait raison, elle n'aurait pas dû le titiller jusqu'à ce qu'il explose, mais, *mon Dieu*, il était si sublime quand il était en colère !

Elle tint sa langue pendant le reste de la journée. Elle voulait faire la paix. Le soir venu, elle se prit même à proposer de faire à dîner, mais il insista pour cuisiner.

— Vous avez déjà fait à manger hier soir.

— Jace… Ce n'étaient que des pâtes.

— Vraiment, je m'en occupe.

Elle était curieuse de voir le grand et bourru Jace MacDonald aux fourneaux, pour être honnête. Elle s'éclipsa pour retirer ses bottes boueuses et ses affaires encore humides, puis enfila son jogging le plus confortable. Une odeur délicieusement sucrée flottait dans le couloir quand elle reprit le chemin de la cuisine. Charlotte s'arrêta sur le pas de la porte, l'eau à la bouche. Jace avait trouvé les côtes de porc dans le congélateur et les faisait caraméliser dans une sauce riche, brune, à la fragrance acidulée.

Elle s'attardait sur cette image de perfection domestique, un sourire rêveur aux lèvres, quand la porte d'entrée s'ouvrit.

Face au four, directement dans la ligne de mire du vestibule, Jace se raidit, immédiatement en alerte. D'un mouvement fluide, il porta la main à sa ceinture. Son corps était soudain prêt à bondir, puissant comme celui d'un félin.

Le cœur de Charlotte s'arrêta net.

Puis, sa mère apparut, un sourire aux lèvres, vêtue d'une adorable blouse fleurie et d'un pantalon élégant, ses cheveux blonds parfaitement coiffés malgré le vent au-dehors.

Avant que Jace ne sorte son arme, Charlotte s'exclama :

— Maman ! Quelle surprise ! Qu'est-ce que tu fais ici ?

Du coin de l'œil, elle vit Jace se détendre aussitôt. Penny Fillion brandit une boîte en carton coloré.

— J'ai fait des cupcakes !

— Oh ! merci !

Penny se faufila dans la cuisine et posa le carton sur l'îlot central avec un petit rire.

— Ton métabolisme est un vrai miracle, tu sais. Avec toutes les pâtisseries que je te ramène…

Elle leva finalement son regard bleu vers Jace et le jaugea de haut en bas.

— Et vous êtes ? lança-t-elle aimablement.

— L'assistant de Charlo-

— Mon garde du corps. Les avocats de Papa m'ont retrouvée, répondit Charlotte en même temps.

Jace se tourna vers elle, bouche bée.

— Qu'est-ce que vous faites ? Et notre plan, alors ?

— C'est ma mère. Je ne mens pas à ma mère.

— Elle n'hésite pas à déformer la vérité quand il le faut, corrigea Penny, amusée.

— Personne n'était censé être mis au courant, Charlotte !

— Ma mère sait déjà qui je suis. Je n'ai rien à lui cacher. Maman, ils m'invitent à passer deux semaines à New York, le temps de faire un test ADN et de refuser mon héritage.

Penny s'installa sur un tabouret.

— Tu as besoin de plusieurs semaines pour prouver la paternité de Mark ?

Jace croisa les bras et s'appuya contre le comptoir.

— Il y a d'autres étapes. Le testament décrit des protocoles que Mark voulait faire suivre afin que l'identité des véritables héritiers ne soit jamais mise en doute.

— Oui… Mark a toujours été très organisé.

— Toutes mes condoléances, dit Jace d'une voix douce.

Charlotte lui jeta un coup d'œil. À part elle-même, il était la première personne à reconnaître la souffrance de sa mère. La compassion qu'exsudait Jace à cet instant emplit son cœur d'un sentiment bien plus doux que le désir charnel.

— Merci, acquiesça Penny. La vie continue.

Elle se tourna vers Charlotte.

— Et je ne vais pas te laisser gâcher ton avenir parce que tu n'aimais pas ton père, Charlotte.

— Je ne gâche rien ! J'ai bien l'intention d'être à la tête de Kaiser & Barclay un jour ou l'autre.

Elle attrapa un cupcake dans la boîte et fit glisser son doigt sur le glaçage coloré avant de le lécher.

— Je veux construire mon avenir toute seule, en travaillant dur. Je n'ai pas besoin de l'argent d'un autre.

— Techniquement, ton père a joué un rôle dans ton éducation. Il a acheté la ferme et il a payé ta pension, tu sais.

— Oh ! pitié. Il a payé une fraction de ce qu'il aurait payé s'il m'avait reconnue. Et il a acheté la ferme pour nous cacher, pas pour nous faire plaisir.

— Pour nous *protéger*, Charlotte.

— Je ne vois pas la différence.

Penny sourit à Jace.

— Je ne gagne jamais cette conversation.

— Oh ! je m'en doute, répondit Jace en riant.

— Ne la laissez pas refuser cette fortune, Jace.

— Je ne suis pas là pour la convaincre, seulement pour la protéger. S'il vous plaît, ne dites à personne que nous avons retrouvé Charlotte. À New York, certains paparazzis vendraient leur âme pour le nom des héritiers Hinton.

Penny haussa les sourcils.

— *Les* héritiers ? Combien y en a-t-il ?

— Trois. Un plus vieux que Charlotte. Une plus jeune.

— Oh..., souffla Penny.

Le cœur de Charlotte se serra. Sa mère avait toujours préféré croire que Mark Hinton avait continué de l'aimer aussi longtemps qu'elle, qu'elle lui avait manqué pour le restant de ses jours. Mais il avait eu un autre enfant...

— Nous n'avons pas trouvé l'aîné, mais la plus jeune s'appelle Leni Long. Elle était assistante sociale dans le Kansas. Je pense que Charlotte s'entendra bien avec elle.

— Tu as une sœur ! sourit Penny.

Charlotte rit et hocha la tête.

— Oui, j'espère la rencontrer à New York. Même si je n'accepte pas l'héritage, j'aimerais la connaître.

— Bon, donc il y a au moins un point positif à toute cette

affaire, lança Penny en se levant. Je vais vous laisser, je vois que vous avez fait à dîner. Appelle-moi quand tu peux.

Elle embrassa sa joue, puis la suivit dans l'entrée. Avant de sortir, sa mère se pencha vers elle pour chuchoter :

— Il est très séduisant, ce Jace.

— Maman, c'est mon garde du corps et le laquais de Mark Hinton, accessoirement, rétorqua Charlotte.

— Il est vraiment tant que tu arrêtes de détester ton père.

— Je ne le déteste pas, je suis juste indifférente. Il n'a jamais vraiment existé, pour moi. Et c'est mieux comme ça.

Penny la quitta avec un soupir, et Charlotte retourna dans la cuisine. Jace s'occupait de sortir la viande du four.

— J'aime bien votre mère.

— Tout le monde l'aime bien. Elle est adorable.

La plupart des gens en profitaient pour remarquer qu'elle était tout le contraire de sa mère, mais, étonnamment, Jace ne releva pas. Il posa le plat sur la table, lui servit un bouillon de nouilles et de légumes, et ils mangèrent en silence.

Elle avait l'esprit encore plein de sa mère. La mort de Mark avait été un coup dur, mais apprendre qu'il avait eu d'autres enfants avait dû enflammer la blessure. Difficile de continuer à croire qu'elle avait été le seul véritable amour de Mark Hinton dans ces conditions.

Comme elle ne voulait pas confier ses inquiétudes à Jace, qui, après tout, n'était pas descendu à Pittsburgh pour lui offrir une épaule réconfortante, elle termina rapidement son assiette et lui souhaita bonne nuit.

Le lendemain matin, l'incursion de Jace dans son espace personnel la frappa de nouveau de plein fouet. Sous la douche, elle restait intensément consciente de sa proximité. En l'espace de deux jours, il s'était insinué dans son bureau, dans sa cuisine, il avait rencontré sa mère et pioché dans les cupcakes familiaux. Et si elle acceptait son héritage, elle devrait supporter la présence d'un garde du corps à plein temps. Elle ne serait plus jamais seule.

Elle *aimait* être seule.

Mais peut-être aimait-elle encore plus… la présence de Jace. Peut-être pourrait-elle l'engager ? L'imaginer dans sa vie au quotidien lança son cœur au galop. Cette émotion aussi soudaine qu'incompréhensible lui arracha un grognement. Était-elle en train de fantasmer sur un homme qu'elle ne pourrait jamais avoir ? Charlotte Fillion ne faisait pas dans le sentimentalisme : c'était la règle numéro un !

Elle avait intérêt à reprendre ses esprits, *fissa*.

4

Jace se leva de bonne humeur, heureux de partir pour New York après leur journée de travail. Cela dit, regarder Charlotte dans son élément, la veille, s'était avéré bien plus intéressant que prévu. Elle était si intelligente et si efficace qu'il comprenait pourquoi toute son équipe était en pâmoison devant elle. Ils lui faisaient visiblement confiance, et il culpabilisait presque de la leur arracher. Néanmoins, une décision importante l'attendait.

De son côté, il avait hâte de retourner sur son territoire et de récupérer le contrôle de son existence. La vie reprendrait son cours, comme avant la mort de Mark Hinton...

Il réprima une grimace, tenaillé par le soupçon qui le dérangeait depuis des semaines. Le yacht de Mark avait pris feu dans les Caraïbes. Il avait envoyé un appel de détresse, et il avait un canot de sauvetage, mais il n'était pas là quand les secours étaient arrivés. Ils n'avaient retrouvé ni son corps ni le canot. Après des jours de recherche et une montagne de paperasse, il avait été déclaré mort, noyé.

Et Jace ne pouvait s'empêcher de songer que toute cette histoire était trop facile, trop... manufacturée. Le yacht prenait feu. Le canot était perdu... Et Mark était enfin libre.

Mais c'était rocambolesque. Dans la vraie vie, les gens ne simulaient pas leur propre mort. Il secoua la tête et se redressa sur le canapé. Charlotte sortit de sa chambre à cet instant précis, et l'image de Mark s'évapora aussitôt. Son cœur rata un battement.

Elle portait une robe bleu ciel et des talons hauts. Ses boucles pâles encadraient son beau visage, et sa robe suivait les lignes élancées de sa silhouette. Il déglutit.

— Vous êtes très élégante, aujourd'hui.

— Ah, oui. Je ne peux partir à New York pour je ne sais combien de temps sans aller informer mon patron.

Il frotta son visage, sonné. Cette femme sublime avait la même voix que Charlotte, railleuse et piquante, mais sa transformation lui donnait le vertige. Elle était belle à mourir, et il ne pouvait en détacher le regard, et c'était…

Interdit. Absolument interdit. Il s'était juré de ne jamais plus s'impliquer avec ses clientes. Cette attraction était inadmissible.

Elle glissa un pendant brillant à son oreille.

— Je ne sais pas comment je vais expliquer votre présence, d'ailleurs. Je suis censée aller à New York pour des raisons personnelles, donc je ne peux pas vous présenter comme un assistant. Prenez la salle de bains, j'ai terminé.

Il opta pour le costume avec lequel il était arrivé le premier jour, qu'il associa à ses bottes de travail, puisque ses chaussures vernies n'avaient pas survécu au chantier. De toute façon, avec Charlotte à ses côtés, personne ne prendrait garde à ses propres choix vestimentaires.

Ils restèrent silencieux sur le chemin du centre-ville. Une fois dans le parking souterrain, il marcha près d'elle, aux aguets, en quête de menaces potentielles.

Dans l'ascenseur, ils étaient toujours seuls, et toujours muets. Le silence était pesant, inconfortable. Mais c'était normal : ils n'étaient ni amis ni amants. Cliente et garde du corps, rien de plus. Cependant, elle céda la première :

— Le dîner était délicieux, hier soir.

Il ne voulait pas attiser la tentation qui brûlait ses veines, mais, s'il ne voulait pas la mettre mal à l'aise, il pouvait bien *bavarder*. Il fit un geste vague, comme si cuisiner pour elle avait été la chose la plus normale du monde.

— Le dessert de Mme Fillion était bien meilleur.

— Je suis sérieuse, vous cuisinez très bien, répéta-t-elle en lui jetant un coup d'œil en coin. Cela fait des années que je n'avais pas aussi bien mangé.

— Avec les milliards de dollars qui vous attendent, vous pourrez engager un chef en un rien de temps.

— Je pourrais vous engager, vous.

Il haussa un sourcil.

— Vous pensez accepter l'argent, finalement ?

— Non. Mais bien essayé, sourit-elle.

— Je n'essaie rien du tout. Pour être honnête, je comprends que vous ne vouliez pas de votre héritage.

Il accrocha son regard pour mieux véhiculer sa sincérité.

— Vous êtes déjà experte dans votre domaine. Vous n'avez pas besoin de lui.

Un éclair de surprise passa sur son joli visage, et, pendant une seconde, il se laissa captiver par sa beauté. Ses pommettes hautes, son menton volontaire, ses yeux intenses.

— Oh... Merci, Jace.

La façon dont son prénom roulait sur sa langue le saisit encore une fois au cœur, mais il se fit violence et détourna le regard. Sa voix était chaude comme du miel.

Où était donc sa légendaire discipline ? Une relation avec une cliente briserait sa carrière ; il se le martelait sans cesse. Et malgré tout, chaque parole et chaque regard échangés vibraient d'électricité. Un sourire suffisait à enflammer ses entrailles. Il n'avait jamais été attiré par qui que ce soit de façon aussi foudroyante. Même pas par Mary Beth.

Son ex-femme était une adorable petite brune au cœur d'or, et il avait appris à la connaître avant de tomber amoureux d'elle. C'était normal ! Les sentiments amoureux étaient censés évoluer avec le temps, pas frapper un pauvre innocent dans la figure comme un bus à pleine vitesse.

Bien sûr, sa relation avec Mary Beth s'était mal terminée. Elle lui avait brisé le cœur. Elle avait piétiné son assurance. Et quand il l'avait revue, une seule fois, et l'avait trouvée mariée à son ex-meilleur ami, et maman d'une petite fille... il avait perdu la tête, juste quelques heures. Il s'était confié à une cliente. Ils avaient passé la nuit ensemble.

Quelques années plus tard, Misha avait été déshéritée. Elle avait publié un mémoire incendiaire pour montrer à son père qu'elle pouvait gagner sa vie toute seule. Elle avait enjolivé leur aventure avec délice, mensonges éhontés à l'appui. Elle racontait qu'il l'avait poursuivie avec ardeur, qu'il avait tout fait pour la convaincre. Et soudain, les clients qui lui avaient toujours fait une confiance aveugle le regardaient différemment ; ceux qui avaient de jeunes épouses ou des filles adultes l'avaient licencié sans demander leur reste.

C'était pendant cette mauvaise passe que Mark lui avait appris comment mieux gérer les relations publiques et l'image de son entreprise. Et c'était à ce moment-là, aussi, qu'il s'était juré de ne jamais refaire la même erreur.

Et puis, à quoi bon ? Ce qu'il ressentait pour Charlotte n'était qu'un accès de libido déplacé. Il aurait été idiot de risquer sa carrière et ses ambitions. Il devait se vider la tête, remettre les choses en perspective. Charlotte lui avait juste dit merci. Son trouble était parfaitement disproportionné.

— Je suis sérieux. Vous êtes tellement douée que personne ne doute de vous. Vous avez visiblement bonne réputation.

— C'est vrai, mais j'ai travaillé pour la construire.

Il rit doucement.

— Je n'en doute pas, mais c'est bien ce que je veux dire. Vous avez déjà tout ce dont vous avez besoin. Vous n'avez pas à vous sentir obligée d'accepter l'héritage.

— Exactement, approuva-t-elle en souriant. Je savais qu'un chef d'entreprise accompli finirait par me comprendre.

— Mon Dieu… Est-ce que vous êtes en train de me faire un *compliment* ?

Elle baissa les yeux sur sa montre, l'air dégagé.

— Je sais que vous êtes plus qu'une armoire à glace, oui.

Pourquoi devait-il combattre un sourire ? Bon Dieu. Voilà qu'il était flatté qu'elle ait remarqué ses muscles. Quel idiot. Heureusement, sa carrière lui avait appris à rester impassible.

Une de ses boucles d'oreilles cliqueta sur le sol de l'ascenseur. Il la ramassa promptement et la lui tendit.

Brusquement, ils étaient face à face. Leur proximité le fit frémir. Les yeux clairs de Charlotte s'aiguisèrent et elle inspira doucement, profondément, comme si sa respiration avait trébuché. La bouche sèche, il retint son souffle.

— Merci, murmura-t-elle.

Sa voix avait tremblé, presque imperceptiblement. Lui aussi avait l'esprit embrumé, un fourmillement fébrile le long de son échine. Une flamme fiévreuse léchait sa chair, une envie irrésistible de la prendre dans ses bras, de lui faire l'amour sur-le-champ, lentement, langoureusement, avec toute la minutie de la dévotion...

— De rien. Le fermoir est cassé, s'entendit-il répondre.

Elle hocha la tête et glissa les deux boucles d'oreilles dans son sac. Les portes de l'ascenseur coulissèrent et elle sortit rapidement. La réception se dressait entre l'ascenseur et un open space effervescent, semé de bureaux identiques.

— Bonjour, April, tu vas bien ? lança Charlotte.

Une jolie rouquine leur sourit.

— Hé, Charlotte ! Contente de te revoir parmi nous.

— Je ne reste pas, j'ai rendez-vous avec M. Ferguson.

— Bien sûr, il t'attend.

April jeta un coup d'œil curieux à Jace.

— Oh ! c'est mon assistant. Il vient de New York. Je lui montre un peu les locaux, expliqua Charlotte.

— Ils t'ont enfin envoyé un peu d'aide ! Bonne nouvelle.

Sur le chemin du bureau, Jace murmura :

— Toute la société sait que vous n'avez pas d'assistant ?

— Oui. Je n'ai jamais vraiment insisté pour en avoir. Je peux m'occuper de l'administratif toute seule, et j'aime garder le contrôle de mes plannings.

Oh ! il n'en doutait pas une seconde. Elle s'engouffra d'un pas assuré dans un grand bureau, tout au bout du corridor.

— Bonjour, Paul.

Le jeune homme hocha la tête.

— M. Ferguson vous attend, Charlotte.

Ils le dépassèrent sans ralentir et poussèrent la porte en verre. Jace écarquilla les yeux. La décoration était d'inspiration asiatique, du sol en bambou aux katanas montés sur le mur. Charlotte cacha un petit sourire derrière sa main.

— Je sais. Ça sent l'argent, hein ?

Il étouffa un rire alors qu'un petit homme chauve en costume luxueux entrait par la porte adjacente.

— Charlotte ! s'exclama-t-il en l'étreignant. Et vous devez être le nouvel assistant ?

— C'est bien moi.

Le patron de Charlotte lui serra la main en le dévisageant d'un regard critique.

— Vous avez plutôt la silhouette d'un camionneur.

Jace rit, mais Charlotte bondit sur l'occasion.

— C'est parce que ce n'est pas vraiment mon assistant. Il travaille pour un cabinet d'avocats qui se charge d'un dossier confidentiel pour ma famille.

Jace resta silencieux, curieux de voir où elle voulait en venir. Elle n'avait pas parlé de sécurité, de succession. Plus tôt, elle avait mentionné que son patron mettrait en doute leur couverture : elle devait avoir une idée précise en tête.

Ferguson fronça les sourcils et leur fit signe de s'asseoir.

— Un dossier confidentiel ? Cela a l'air sérieux.

— Ça l'est. Mais c'est une affaire que je peux expédier en deux semaines. Malheureusement, cela signifie que je dois partir pour New York pour la résoudre.

Elle avait trouvé un parfait équilibre entre l'honnêteté et la dissimulation. Ferguson croisa les doigts, pensif.

— Et tu penses pouvoir t'assurer que tes projets continueront sans toi ?

— J'ai entraîné mes équipes à travailler de façon indépendante et je resterai joignable, dit-elle en montrant son portable. Je peux organiser des visioconférences si nécessaire.

— Bien sûr, bien sûr. Tu as pensé à tout, c'est parfait.

Il hocha la tête avec un grand sourire.

— Nous allons enfin pouvoir tester si tu as bien éduqué tes équipes.

— Je prends les paris, répliqua Charlotte en riant.

Cette femme n'avait pas une once de timidité. Elle fonçait en avant et ne laissait rien l'arrêter. C'était la chose la plus excitante qu'il ait jamais vue.

Bon Dieu. Cette attraction n'était pas près de disparaître, pas vrai ?

Dix minutes plus tard, Charlotte était de retour dans le SUV de Jace. Tout s'était déroulé à la perfection, mais quelque chose la taraudait encore.

— Je ne m'attendais pas à ce que vous restiez aussi calme quand j'ai expliqué mon affaire à Brice.

— Vous ne lui avez pas parlé de la partie confidentielle.

— Alors vous n'êtes pas en colère ?

— Charlotte, je comprends pourquoi vous avez préféré en parler à votre mère, hier soir, et pourquoi vous avez donné une version des faits simplifiée à votre patron. Vous avez été parfaite.

Il démarra la voiture et sortit du parking.

— Vous êtes restée sincère sans revenir sur la promesse que vous m'avez faite. C'est admirable.

Elle savoura son compliment et sa voix chaude, les joues étrangement fiévreuses. Oh ! elle était incorrigible. Mais, voilà, Jace était sexy et adorable. Elle avait pris l'habitude de le contempler en douce. Elle trouvait son succès, sa discrétion, son mordant terriblement séduisants. Mais ce sentiment étrange, ce magnétisme bouillonnant ? Elle ne le comprenait pas. Comment pouvait-elle être aussi intensément troublée par sa simple présence ? Elle n'avait jamais connu une chose pareille.

Et elle n'était pas censée penser à lui de cette façon ! Pas censée rêver de lui comme si elle venait de rencontrer le prince charmant. Quand elle avait croisé son regard, le matin même, et qu'il avait retenu son souffle pour la dévorer des yeux… elle s'était prise à trembler. À songer que, peut-être, lui aussi…

— Si vous êtes prête à partir, nous pouvons prendre l'avion dès ce matin, lança-t-il.

Elle retomba brutalement sur terre et cligna des yeux. Ils passeraient deux semaines ensemble à New York. Elle devait rester professionnelle.

— J'ai fait mes valises hier soir.

— Dans ce cas, je vais appeler le pilote.

Son estomac se serra. Elle détestait les décollages et les atterrissages. La seule mention de leur vol lui donnait la nausée. Comme s'il avait senti son malaise, Jace ajouta d'un ton léger :

— J'ai hâte de remettre mes *vraies* chaussures.

Elle rit. Oh ! bien sûr, il avait aussi de l'humour. À ce rythme, la bataille était perdue d'avance.

— Vous savez, Charlotte, j'étais sérieux. Je suis impressionné par votre capacité à rester sincère en toutes circonstances.

— C'est aussi une question de réputation. Il suffit d'un seul mensonge pour briser la confiance de quelqu'un.

Il hocha la tête.

— Oh ! j'en ai fait l'expérience. Un mauvais pas a failli me coûter mon entreprise, il y a longtemps. Et *vous*, comment en êtes-vous arrivée à être aussi sage ?

— Je suis trop grande, expliqua-t-elle avec un sourire.

— Pardon ?

— Je suis trop grande. Quand une fille est presque aussi grande que la maîtresse, personne ne veut être son ami. J'ai appris à observer les gens et à être parfaitement transparente dans mes intentions pour que mes camarades cessent de me voir comme une menace.

Pendant quelques secondes, un silence flotta entre eux.

— J'aime bien votre taille, murmura-t-il enfin.

Le prince charmant. Jace était le prince charmant et, à moins de le bâillonner, elle n'allait pas pouvoir ignorer bien longtemps les papillons qu'il faisait voleter dans son ventre. Le destin était contre elle. Elle était sa cliente, et pourtant... Il était parfait. Parfait pour elle.

Elle garda les yeux baissés.

— Seulement parce que vous êtes plus grand que moi.

— Peut-être bien, lui accorda-t-il en riant.

Elle cala sa tempe contre la vitre fraîche de la voiture, pensive. Ce n'était pas si difficile. Elle était connue et respectée pour ses compétences d'organisation et de planification. Si elle avait été face à un problème professionnel, qu'aurait-elle fait ? Comment aurait-elle corrigé un comportement interdit, un obstacle dangereux ?

Brusquement, Jace reprit la parole :

— Il aurait peut-être mieux valu que je vous assigne un agent moins connu, pour ne pas mettre la puce à l'oreille des journalistes, mais Danny ne veut rien entendre. Depuis la bévue avec Leni, il préfère que je protège les héritiers moi-même.

Il lui jeta un coup d'œil. Il ne souriait plus.

— Nous sommes coincés ensemble pendant encore deux semaines, au moins, murmura-t-il.

Coincés ensemble ? Elle aurait peut-être dû se vexer, mais elle lisait dans le regard brûlant de Jace que lui non plus ne déplorait pas sa compagnie ; bien au contraire. Mais s'il se passait quoi que ce soit entre eux, c'était sa réputation qui en souffrirait. Il avait tout à perdre.

Et pourtant, la tentation était irrépressible.

Arrivée chez elle, elle grimpa les marches quatre à quatre et prit sa valise. Et pendant qu'elle fulminait en silence, maudissant le destin qui avait placé sur son chemin un homme aussi parfait qu'intouchable, un éclair d'espoir la frappa de plein fouet. Et si cette attraction était simplement un mirage ? Si, malgré leurs points communs, il n'y avait pas d'alchimie physique entre eux ?

Elle était déjà sortie avec des hommes douloureusement attirants, mais dont les baisers l'avaient laissée froide.

Peut-être que Jace et elle se torturaient pour rien ! Peut-être qu'une caresse de lui ne ferait même pas courir une étincelle sur sa peau. C'était son salut, sa solution. Une expérience à tenter pour prouver qu'ils n'étaient pas compatibles. Elle n'avait plus qu'à l'embrasser.

5

Quelque chose n'allait pas. Charlotte était étrange.

Assise dans l'un des fauteuils en cuir de l'avion, elle lui offrit un énième sourire enjôleur. Depuis qu'ils avaient quitté sa maison, elle n'arrêtait pas.

— Et vous pouvez ajuster la position du fauteuil, dit-il.

— Oh ! pas mal. C'est cent fois mieux que le jet de l'entreprise, répondit-elle en tirant sur la manette.

— Nous avons des clients de prestige. Impossible de lésiner sur les équipements.

Elle le regardait avec une étrange intensité, les yeux brillants, et, de nouveau, ses lèvres s'étirèrent sur un sourire trop large et trop factice.

— Jace. C'est passionnant.

D'accord. Quelque chose n'allait pas *du tout* avec Charlotte. Pourquoi était-elle aussi nerveuse ? Était-ce l'idée de rencontrer l'avocat de son père et de refuser son héritage ? Il allait devoir l'aider à se détendre avant de la présenter à Danny, ou leur rendez-vous risquait d'être sérieusement inconfortable. Il lui sourit dans l'espoir de la rassurer.

— On pourrait sortir un jeu de cartes, une fois que nous aurons atteint l'altitude de croisière ?

— Oh ! et vous parlez comme un aviateur...

— « Altitude de croisière » est un terme commun, Charlotte.

Était-elle en train de rougir ? Elle s'enfonça contre son dossier et il détourna les yeux. Soudain, une idée le frappa.

— Vous n'avez pas peur de l'avion, n'est-ce pas ?

— Quoi ? Non ! Bien sûr que non.

Il se détacha et vint s'installer près d'elle.

— Je vois que quelque chose vous perturbe.

— Je n'ai pas peur de l'avion, d'accord ? Je ne suis pas très à l'aise avec les décollages et les atterrissages, c'est tout.

Il rit doucement.

— Sérieusement ?

— Je sais que c'est irrationnel. Et cela ne m'empêche pas de prendre souvent l'avion, d'accord ?

L'aveu lui avait de toute évidence coûté. Et elle évitait encore son regard. Elle lui cachait toujours quelque chose. Elle croisa les bras, sur la défensive.

— Je ne suis pas malade ou quoi que ce soit, ne vous inquiétez pas. Juste un peu… nerveuse.

— Un peu ? Si vous continuez de sourire comme ça, vous allez vous froisser un muscle.

Elle rit et leva les yeux vers lui.

— Ah, c'est mieux, lança-t-il, amusé.

L'avion commença à rouler sur la piste privée. Ils seraient dans les airs en moins de cinq minutes. La voix du pilote s'éleva dans la cabine :

— Bonjour Charlotte, Jace. C'est une parfaite journée pour voler. Nous arriverons à New York dans quatre-vingt-dix minutes. Préparez-vous au décollage.

— C'est tout ? Il ne va pas nous dire exactement quand nous décollerons ?

— Vous vous attendiez à ce qu'il vous donne un compte à rebours ? plaisanta-t-il.

— Non, je… Les chiffres me rassurent.

Il détacha sa ceinture et alla chercher une pile de magazines dans un petit placard en bois lustré.

— Il faut vous distraire. Ne pensez pas au décollage.

Il posa une revue sur ses genoux croisés. Elle ouvrit la première page, mais ses yeux bleus s'attardèrent sur lui.

— Vous avez de l'expérience avec les voyageurs angoissés, pas vrai ?

— Quand Around the World Security a commencé, j'étais le seul employé et j'accompagnais tous les vols. Certains de mes clients étaient âgés, ou avaient des enfants, ou étaient drogués et ivres. J'ai dû apprendre à calmer toutes sortes d'angoisses.

L'avion accéléra. Charlotte inspira profondément. Elle entreprit de lire l'article à voix haute.

— Les rumeurs confirment que Natasha est enceinte, conclut-elle en aplatissant le magazine sur ses cuisses.

Ils étaient déjà dans les airs. Un sourire plus sincère courba sa bouche séduisante.

— Vous allez mieux ?

— Beaucoup mieux. Désolée. Je déteste être faible.

— Je comprends. Dans mon métier, montrer sa vulnérabilité peut vite devenir une erreur fatale. Même si ce n'est pas toujours dangereux : être garde du corps veut souvent dire rassurer mes clients, les accompagner pendant leurs trajets, et les aider à soigner leur gueule de bois.

Elle se pencha vers lui, le bras sur l'accoudoir. De nouveau, il décela une étrange énergie dans la façon qu'elle avait de bouger. Pas de la peur ; quelque chose d'autre.

— Exactement ce dont j'ai besoin. Vous allez pouvoir me changer les idées. J'ai une heure et demie avant ma prochaine crise de panique. Qu'est-ce que vous voulez faire ?

— J'ai un jeu de cartes. On pourrait faire un rami ?

— Oh ! parfait ! J'y jouais tout le temps avec ma mère, quand j'étais petite.

Il attrapa le paquet de cartes et détacha Charlotte d'un mouvement souple. Elle le suivit jusqu'à l'espace salon, où une table fixe trônait entre quatre sièges.

— Pratique.

— Je vous avais prévenue, ce jet est paré pour toutes les éventualités, sourit-il.

Elle distribua les cartes d'une main assurée.

— Alors, vous étiez en train de m'expliquer que vous êtes baby-sitter ?

— Exactement. Je passe une partie de mon temps à poser les bonnes questions, vous voyez ? « Voulez-vous un magazine ? Jouer à un jeu de société ? Boire un verre ? » Ou encore, le classique : « Hé, par hasard, il serait peut-être temps de poser la bouteille de whisky ? »

— Donc vous êtes encore plus autoritaire que moi.

— C'est un compliment ?

Elle sourit, piocha une carte, en défaussa une autre, et abattit sa main avec un sourire carnassier.

— Et j'ai gagné.

— Quoi ? Je n'ai même pas eu le temps de jouer !

— Je sais ! fit-elle en riant. Je vous avais prévenu : j'adore ce jeu.

C'était la première fois qu'elle riait sincèrement depuis qu'ils avaient quitté Pittsburgh. Un éclair de soulagement le traversa, et avec lui une vague de chaleur et de contentement qui n'avait rien de professionnel. Il n'était pas censé être heureux de la voir se détendre ; pas censé être curieux d'en apprendre plus sur elle ; pas censé l'apprécier pour elle-même, pour ses sourires, son humour, et surtout, surtout, il n'était pas censé se demander quel goût auraient ses baisers.

Elle était si jolie, et il aimait son parfum, et il admirait son audace et sa détermination. Bref, il était temps d'ignorer tout cela.

Ils continuèrent de jouer pendant plus d'une heure. Quand le pilote annonça qu'ils atterriraient dans vingt minutes, Jace rangea les cartes. Ils retournèrent à leurs places.

L'avion commença sa descente, palier par palier, puis accéléra vers le sol. Charlotte agrippa brusquement sa main. Surpris, il se tourna vers elle. Son regard était brillant d'angoisse, bien plus paniqué qu'au décollage. Il posa sa main libre sur la sienne.

— N'y pensez pas, Charlotte.

— Difficile, quand l'avion est à la verticale !

— Il ne reste que trente secondes, pas plus. Trouvez juste une façon de vous distraire.

— *Juste* une façon de me distraire ? Oh ! Jace. Vous me cherchez.

Une étincelle volontaire brilla dans ses yeux bleus ; puis, sans prévenir, elle posa les lèvres sur les siennes.

Il resta un instant figé, saisi, foudroyé par le choc. La bouche chaude de Charlotte s'adoucit contre la sienne, tentatrice, délicieuse, et il se sentit frissonner. Leurs souffles se mêlèrent et le désir monta en lui comme un déferlement de lave. Il oublia l'atterrissage, les scrupules, la prudence, et attrapa sa nuque d'une main impérieuse.

Il prit le contrôle du baiser dans un éclair brûlant qui la fit frémir de convoitise. La fusion de leurs bouches était si exaltante, si délicieuse que le monde autour d'elle s'effaça, soufflé comme une chandelle par leur passion mêlée. Ses mains glissèrent le long de ses biceps puissants pour venir se nouer à son cou. Malgré sa ceinture, elle se tourna, pressa son buste contre le sien. Jace poussa un soupir, approfondit leur baiser ; le désir rugit en elle, assourdissant.

Elle devina vaguement une voix, à l'extérieur de sa fièvre ; mais rien ne pouvait retenir son attention, rien – sauf Jace et son étreinte volcanique.

Jusqu'à ce qu'elle se souvienne de l'atterrissage.

Ils étaient arrivés. À bout de souffle, elle recula brusquement. Jace l'imita. Leurs regards s'accrochèrent et, pendant une dizaine de secondes, le silence s'étira.

Ce n'était pas un baiser ordinaire. Ils le savaient tous les deux. Elle avait fait une grave erreur tactique.

Quelque chose en elle était secrètement enchanté de découvrir que Jace était aussi attiré par elle qu'elle l'était par lui, et que leur alchimie était plus explosive que dans ses rêves les plus sensuels. Mais la situation n'avait pas changé, et l'interdit était plus intenable que jamais. Il serait encore plus difficile de résister, désormais.

Elle cacha son trouble derrière un trait d'humour.

— Comme tu vois, je suis passée maître dans l'art de la distraction.

Elle détacha sa ceinture et se redressa, mais il attrapa sa main en secouant la tête.

— Non, Charlotte. Nous sommes tous les deux adultes. Je ne veux pas jouer à ce jeu-là et faire comme si de rien n'était. Ce qui vient de se passer, c'est une erreur. Tu es une cliente. Je n'ai pas le droit de commencer quoi que ce soit avec toi. Ce serait un conflit d'intérêts. Pire, cela pourrait m'empêcher d'accomplir mes fonctions au meilleur de mes capacités.

Elle savait tout cela, et pourtant, la déception la submergea. C'était idiot, elle le connaissait à peine. Elle était ici pour se débarrasser du souvenir de Mark Hinton, une bonne fois pour toutes. Pour rencontrer sa sœur. Elle avait des décisions extrêmement importantes à prendre dans les jours qui suivraient, et elle devait garder la tête sur les épaules. Elle inspira profondément et opina du chef.

— Je comprends, soupira-t-elle. Je suis parfaitement d'accord. J'espérais qu'un baiser me prouverait que tu embrassais mal et que je pouvais passer à autre chose.

Il écarquilla les yeux. À cet instant précis, le pilote, tout sourire, sortit de la cabine et les rejoignit pour parler du planning prévisionnel avec Jace. Elle s'éclipsa poliment, attrapa ses bagages, et descendit de l'appareil.

Une limousine les attendait sur le tarmac. Le chauffeur lui ouvrit la portière et elle s'installa à l'arrière. Jace apparut quelques minutes plus tard. Une fois près d'elle, pendant que le chauffeur démarrait, il se tourna vers elle et croisa les bras.

— Comment ça, tu espérais que j'embrassais mal ?

Elle éclata de rire.

— Hé, parfois, les hommes ne savent pas embrasser ! Et dans ce cas-là, l'alchimie aurait disparu comme par magie.

— Dans ce cas, j'aurais peut-être dû faire semblant...

— Oh ! non, ne fais pas ça.

— Pas quoi ?

— Ne gâche pas mon souvenir d'un baiser merveilleux.

Il sourit largement, les yeux étincelants d'amusement.

— Si bien que ça, hein ?

— Ne prends pas la grosse tête, blanc-bec.

Mais comme il souriait toujours, une envie de le provoquer lui picota l'échine, délicieusement tentateur.

— Quoi qu'il en soit, continua-t-elle avec un claquement de langue réprobateur, savoir que nous avons des atomes crochus ne va pas faciliter la situation. Il faut que nous prenions un peu nos distances, tu ne crois pas ?

— C'est ce que nous faisions avant que tu m'embrasses.

— Tu ne m'as pas vraiment envoyée sur les roses...

— Peut-être que je voulais voir si *tu* embrassais mal.

— Je pense plutôt que tu as perdu le contrôle.

— Pitié ! Tu veux que je te montre à quoi cela ressemble, quand je perds le contrôle ?

Oh... Oui, elle aurait adoré qu'il lui montre. Elle déglutit difficilement et s'obligea à secouer la tête.

— Non. Pas du tout, mentit-elle.

— Alors ne prends pas la grosse tête, pimbêche.

6

Sur le chemin du centre-ville, le silence tomba à l'arrière de la limousine. Charlotte garda les yeux fixés sur la vitre, l'esprit embrasé par la repartie de Jace. Elle ne pouvait pas regretter de l'avoir embrassé ; mais devait-il *vraiment* continuer de la torturer en titillant son imagination ?

Peu importait. Il n'irait pas plus loin, et elle respectait son éthique professionnelle. Quant à elle, elle ne voulait qu'une chose : abandonner au plus vite le monde de son père, les paillettes, la cupidité, les menaces, les gardes du corps. Elle voulait vivre la vie qu'elle avait construite de ses mains, et Jace n'en faisait pas partie.

Une fois arrivés au gratte-ciel qui abritait le bureau de Danny, ils s'arrêtèrent une seconde devant l'entrée. Les passants, les voitures, le tumulte faisaient rage autour d'eux.

— Je trouvais Pittsburgh encombré, mais cet endroit est bien pire, observa-t-elle en haussant les sourcils.

Il sourit d'un air entendu. Un masque serein et impassible était retombé sur ses traits séduisants. Elle avait toujours considéré qu'elle possédait un sang-froid admirable, mais Jace la battait à plate couture.

Il la guida à travers le hall et dans un ascenseur privé. Les portes s'ouvrirent bientôt sur un immense bureau lumineux. Un homme brun, grand et élancé, vint à leur rencontre.

— Ah ! vous devez être l'héritière numéro deux.

Il les rejoignit et lui serra la main d'une poigne assurée.

— Charlotte Fillion, enchantée. Vous devez être Daniel Manelli ? Nous nous sommes parlé au téléphone quand Jace est arrivé sur mon chantier.

— Vous ressemblez à votre père, remarqua Danny avec un sourire.

Jace grimaça.

— Je ne suis pas sûr que Charlotte soit sensible à ce genre de compliments...

Danny les invita à s'asseoir devant son bureau.

— Pourquoi donc ?

— Charlotte est comme Leni sur ce point. Elle n'est pas sûre de vouloir l'argent de Mark.

En entendant le grognement discret de Danny, Charlotte se redressa dans son fauteuil, posée et professionnelle. Elle savait ce qu'elle faisait : si elle refusait l'héritage, ce n'était pas par simple caprice.

— Je suis vice-présidente d'une société de construction. Je n'ai pas besoin de l'argent d'un homme qui m'a abandonnée, et je ne veux pas être harcelée par les médias.

— Je comprends très bien. Prenons les choses dans l'ordre, d'accord ? Nous allons d'abord prouver votre lien de parenté avec Mark en envoyant un échantillon ADN anonyme à trois laboratoires différents. Le testament exige aussi que vous preniez connaissance des propriétés immobilières de votre père, des images suffiront, ainsi que ses entreprises et ses investissements privés. Si vous décidez de refuser votre héritage, ce sera en toute connaissance de cause. La décision vous appartient.

— C'est parfait, déclara-t-elle.

— Je vous suggère de garder l'esprit ouvert, ajouta Danny, pensif. Leni fait beaucoup de bien avec son héritage.

— J'en prends note, mais je suis déjà très occupée.

— Je vois. Passons aux choses sérieuses, alors.

Par l'Interphone, il demanda à son assistante de faire monter le technicien de laboratoire, lequel prit rapidement trois échantillons de salive.

— Nous faisons appel à trois laboratoires différents afin

d'assurer la neutralité du processus. Comme nous n'usons pas du nom de votre père ou d'un tarif d'urgence, le test n'est pas prioritaire. Les résultats peuvent mettre deux semaines à nous parvenir. Il y a énormément d'argent en jeu, donc nous devons protéger les arrières des vrais héritiers en prouvant leur identité sans l'ombre d'un doute. Même en suivant les précautions et les protocoles énoncés dans le testament, nous sommes certains d'être remis en question.

— J'imagine, acquiesça Charlotte.

— Pendant que nous attendons les résultats, je vous expliquerai les détails légaux de la succession, et vous serez mise en relation avec Nick Kourakis.

— Le petit ami de ma demi-sœur ? s'étonna-t-elle.

— Oui. C'est lui qui vous fera la liste exhaustive du patrimoine de votre père. Même si vous décidez de refuser son argent, vous serez en droit de demander une de ses villas au bord de la mer, ou une voiture de collection, par exemple.

— Charlotte est plus intéressée par Leni, fit Jace en souriant.

Le visage de Danny s'éclaira.

— Bien sûr ! Nous organiserons une rencontre.

— Je peux appeler Nick, si tu veux, proposa Jace. Proposer de dîner avec eux dès ce soir, s'ils sont disponibles.

Sa nervosité fondit soudainement sous l'effet de l'excitation. Elle n'aimait peut-être pas son père, mais il lui avait offert une sœur. C'était le seul héritage qu'elle désirait.

— Merci, oui, ce serait génial.

— Parfait, dit Danny en se levant. Vous pourrez convenir des jours de présentation directement avec Nick.

— Des *jours* ? s'étonna-t-elle.

— Votre père a *beaucoup* de possessions, expliqua Danny avec un sourire.

Charlotte avait retrouvé l'étrange expression qui lui avait mis la puce à l'oreille, dans l'avion. La dernière fois, c'était parce qu'elle se préparait à l'embrasser – le souvenir culmina en un sentiment bien trop intense, enflammé par la douceur de ses lèvres, par l'harmonie de leurs deux corps imbriqués. Qu'avait-elle derrière la tête, maintenant ?

Devant l'ascenseur, Danny lui serra de nouveau la main.

— Enchanté de vous avoir rencontrée, Charlotte. Nick, Jace et moi ferons tout ce qui est en notre pouvoir pour que votre séjour à New York soit le plus agréable possible.

— Je suis tentée de rentrer à Pittsburgh et de demander à Nick de m'envoyer la liste des propriétés Hinton par e-mail.

— Non, ce ne serait prudent ni pour la protection de nos données ni pour vous. Nous devons absolument protéger votre identité. Cette affaire ne doit en aucun cas tourner en chasse à l'homme. Ou à la femme, en l'occurrence.

— Je suis en plein chantier, à Pittsburgh, expliqua Charlotte avec un petit rire. Je ne comptais pas vendre mon nom au plus offrant et aller faire le tour des plateaux télé. Je ne vois pas en quoi retourner chez moi mettrait en péril mon anonymat.

— Tu as déjà changé d'attitude, répondit Jace. Tes proches vont vite poser des questions.

Danny et Charlotte se tournèrent vers lui à l'unisson. Charlotte le fixait de ce regard insolent et pétillant qui lui donnait invariablement une envie furieuse de l'embrasser à perdre haleine. Elle s'arracha brusquement à sa contemplation et se tourna vers Danny.

— Pff, ne l'écoutez pas, lança-t-elle. Il voit des difficultés où il n'y en a pas.

— Je vois les difficultés que les gens préfèrent ignorer.

Et malgré toute sa maîtrise d'elle-même, il voyait aussi combien elle avait été affectée par leur baiser. Il décelait la nouvelle douceur dans sa voix, une vulnérabilité qui lui saisissait le cœur comme un poing serré.

— Quoi qu'il en soit, interrompit Danny, sachez que nous prendrons en charge vos dépenses. Jace paiera votre déjeuner aujourd'hui. Je le rembourserai. D'ici demain, j'aurai des cartes de crédit à votre nom.

— Pourquoi donc ?

— Cela fait partie du budget prévu pendant les démarches de vérification de votre identité. Tous les héritiers potentiels invités par le cabinet ont un fonds à leur nom, afin qu'ils puissent attendre les résultats ADN sans dépenses personnelles.

Elle écarquilla les yeux.

— Et s'ils s'avèrent ne pas être les héritiers de Mark ?

— Ne vous inquiétez pas, pour une fortune comme celle de Hinton, ce n'est qu'une somme infime. Et c'est mieux de montrer que notre équipe a traité tous les candidats de façon égalitaire. Nous suivons simplement les règles.

Il leur sourit une dernière fois avant de les laisser partir. Une fois dans la limousine, Charlotte poussa un soupir.

— Ce Danny est décidé à prendre chaque protocole au pied de la lettre, pas vrai ?

— Désolé, il est incorrigible.

Sur la banquette arrière, elle était si proche qu'il sentait son parfum, décelait chaque nuance de son regard bleu. Dans le bureau, quand ils avaient parlé de sa sœur, il avait perçu la fragilité qu'elle cachait si bien. Elle s'était construit une façade de femme d'affaires inaccessible, abrupte et mordante, mais il avait appris à reconnaître les failles dans son armure, les instants où le masque glissait légèrement. Quand elle envisageait de fuir. Quand elle rêvait d'une famille. Quand elle prenait son courage à deux mains pour l'embrasser…

Dieu seul savait ce qui bouillonnait dans cet esprit si vif et si affûté. Il allait peiner à la canaliser, pendant les deux semaines qu'il leur restait.

La limousine se gara devant un restaurant discret et luxueux où la clientèle était si exclusive que personne ne s'intéresserait à l'identité de Charlotte. Elle était étrangement silencieuse, et, déjà, sa conversation lui manquait. Ils avaient tant d'intérêts en commun, tant d'expériences à partager. C'était exactement le problème : ils étaient douloureusement compatibles.

La complicité était une pente glissante. Il lui suffisait de croiser son beau regard bleu pour que sa concentration légendaire se transforme en désir. Il l'imaginait dans ses bras, dans son lit. Et comment pouvait-il la protéger quand il préférait la considérer comme une amante plutôt qu'une cliente ? Il ne pouvait pas supporter l'idée qu'on la suive, qu'on la harcèle, qu'on la blesse.

— Une fois que nous serons allés déposer tes bagages, j'appellerai Nick pour l'inviter à dîner, ce soir.

C'était la solution : la rendre heureuse, mais détourner son attention. Charlotte et Leni seraient si enchantées de se rencontrer qu'elles le laisseraient allègrement en arrière-plan.

Et après cela… Il n'en savait rien. Elle semblait croire qu'elle pourrait abandonner son argent et partir sans se retourner. Mais elle avait tort. Elle pouvait fuir, mais elle ne pourrait pas se cacher, et si elle pensait que refuser son héritage la protégerait des journalistes, elle se trompait. Au contraire, la presse en ferait des gorges chaudes.

Elle n'échapperait jamais à l'ombre de Mark Hinton. Et il ne voulait pas être celui qui le lui annoncerait.

Après le déjeuner, la limousine les déposa devant son immeuble, dans l'Upper East Side. Il lui ouvrit la portière et lui tendit la main ; Charlotte émergea de la voiture, aussi belle que Kate Middleton et aussi élégante que Jackie Kennedy, avec ses cheveux blonds, sa jolie robe bleu pâle, son élégant manteau marine et ses lunettes de soleil.

Dieu merci, il avait choisi de l'héberger dans son appartement plutôt qu'à l'hôtel. Elle était trop élancée, trop gracieuse, trop assurée. Dans le hall d'un établissement de luxe, n'importe quel paparazzi l'aurait prise en photo dans l'espoir qu'elle soit mannequin ou actrice. Et ensuite ? Dès que le domaine Hinton aurait annoncé les héritiers, le cliché aurait valu une petite fortune.

Il serra les dents, la gorge nouée. Il allait devoir lui dire qu'elle ne pourrait pas fuir les attentions du public. C'était inévitable. Une femme comme Charlotte attirait forcément l'attention. Et si elle n'acceptait pas sa part, elle n'aurait pas la même protection que ses frère et sœur : elle deviendrait automatiquement une proie facile.

— Ce n'est pas un hôtel, s'étonna-t-elle en entrant dans le hall de stucco couleur sable.

— C'est mon immeuble.

— Tu crois que c'est une bonne idée ?

Jace salua le portier, puis la guida vers l'ascenseur privé, activé par un pavé numérique. Il attendit que les portes se referment avant de demander :

— Pourquoi ce ne serait pas une bonne idée ?

— Parce que nous allons être tous les deux, seuls, dans le même appartement.

Il ne voyait pas ses yeux derrière les verres sombres, mais peut-être était-ce mieux ainsi. Il craignait l'intensité d'un regard trop intime. Il ne pouvait pas supporter que leur attraction, ou leur complicité, ou quoi que ce soit d'autre puisse la mettre en danger. Il aimait sa compagnie, et c'était justement pour cela qu'il devrait, plus que jamais, rester sur le qui-vive. Cette petite danse était terminée.

— C'est la meilleure façon de te protéger. Et si tu étais à l'hôtel, je serais dans la même suite, donc cela ne change pas grand-chose.

Elle soupira, et il secoua la tête.

— Charlotte, je ne plaisante pas. Avec tes talons et tes lunettes de soleil, tu ressembles à un top model. N'importe quel reporter en planque te prendrait en photo.

— Décidément, les New Yorkais sont vraiment en mal de distractions, railla-t-elle.

Une fois arrivé à son étage, il la mena jusqu'à la porte en bois sombre de son appartement.

— Le monde est obsédé par le divertissement, la richesse et les paillettes. Alors je préfère que tu t'installes ici, où les rares curieux ne sont pas assez proactifs pour garder des preuves de ta venue.

Il lui ouvrit la porte et lui fit signe d'entrer. C'était le moment propice pour la prévenir de ce qui l'attendait ; la transition était parfaite. La bouche sèche, il continua :

— Des preuves qui vaudront leur pesant d'or, une fois que

les responsables de la succession auront annoncé les noms des héritiers. Que tu acceptes l'argent ou pas, la presse essaiera de te trouver.

— J'imagine, lâcha-t-elle en haussant les épaules.

— Tu imagines ? Charlotte, tu seras en *danger*.

Elle rit en jetant son manteau sur le dossier du canapé.

— Jace, regarde-moi. Je ne suis pas une proie facile. Et je n'aurai pas d'argent. J'exciterai peut-être la curiosité au début parce que j'aurai refusé mon héritage, mais ils se lasseront vite, une fois le scoop publié. Quant aux kidnappeurs, ils n'auraient rien à gagner en m'enlevant.

— Rien à gagner ? Tu n'auras peut-être pas les milliards de ton père, mais ta famille biologique, si. Un kidnappeur ne demandera pas une rançon à ta mère. Il menacera Leni ou ton frère, quand ils les auront trouvés.

Elle fronça les sourcils.

— Tu sais que j'ai raison, ajouta-t-il.

— Peut-être. J'ai besoin d'y réfléchir.

Elle laissa courir son regard dans la grande pièce à vivre, ouverte sur une cuisine américaine aux tommettes immaculées et aux plans de travail en marbre noir.

— C'est beau, ici.

— Merci, sourit-il. Ce n'est pas moi qui ai décoré.

Dans la partie salon, deux fauteuils blancs jouxtaient un canapé bleu. Le sol était couvert d'un magnifique tapis bleu, beige et gris. Mais c'était derrière la table à manger que se trouvait son coin favori, où quatre fauteuils à oreilles saphir étaient nichés près de la baie vitrée, surplombant la vue panoramique de l'Upper East Side.

Charlotte laissa son sac sur une chaise et s'installa sur le canapé avant de froncer les sourcils.

— Hum… C'est dur comme du béton. Pourquoi choisir un siège aussi inconfortable ?

Il rit doucement.

— Je n'utilise pas vraiment le salon. Suis-moi.

Il la guida dans une pièce annexe où il avait fait installer un énorme écran télé et une salle de billard.

— Ah, nous y voilà, dit-elle en souriant. Tu regardes quoi, ici ? Du foot ? Du base-ball ? Du hockey ?

— Les trois, et plein d'autres choses.

Elle fit glisser sa main sur le confortable canapé de cuir, les yeux brillants d'admiration.

— C'est mon prochain projet, tu sais. Je veux aménager une pièce comme celle-ci dans mon sous-sol.

Il se sentit sourire, avant que la réalité de la situation douche son enthousiasme. Quel que soit leur sujet de conversation, il arrivait à la conclusion qu'ils s'entendaient à merveille. S'ils avaient eu le droit de se rapprocher, ils n'auraient pas simplement été amants, mais amis. Et c'était bien plus dangereux qu'une attraction charnelle.

— Ton sous-sol doit être immense…

— Oh ! absolument. Je pourrais monter une salle de cinéma et accueillir tout Pittsburgh. Arrondir mes fins de mois avec des spectacles son et lumière.

— Ou alors, tu pourrais accepter ton héritage.

— C'est bien plus intéressant de gagner mon argent toute seule, lança-t-elle avec un clin d'œil.

Il ne pouvait même pas la contredire ; il comprenait parfaitement. Et pourquoi était-elle si forte, si intelligente, si amusante ? Il réprima un grognement. Au lit aussi, il imaginait Charlotte rieuse. Passionnée. Intensément présente…

— Bref, je pense que tu seras à l'aise ici, dit-il d'un ton brusque. Viens, je vais te faire visiter.

Elle le suivit à travers plusieurs chambres d'amis.

— Tu seras toujours avec moi ?

— Oui, mais j'ai aussi une entreprise à gérer.

Il ouvrit une nouvelle porte et la laissa passer.

— Et voilà ta chambre.

Un lit de bois clair trônait sur un tapis jaune. Les rideaux pâles laissaient filtrer des rayons de soleil. Pour la première fois, il remarqua la beauté de la pièce ; cette chambre allait bien à Charlotte. Lumineuse et solaire.

Voilà qu'il la portait aux nues en secret. Pourquoi pas des sonnets, aussi ? Il était ridicule, absolument ridicule. Et il s'entendait monologuer, pour combler le silence qui frissonnait entre eux comme une promesse :

— Il y a une salle de bains au fond, et une penderie, et ma chambre est juste en face, s'il y a un problème...

— Juste en face, répéta-t-elle.

Le souvenir de sa bouche sur la sienne lui brûlait encore les lèvres. Dans ses yeux bleus, il voyait le même besoin, la même avidité. Malgré lui, une étincelle de triomphe pétilla au creux de ses entrailles. Elle était aussi attirée par lui qu'il l'était par elle. Ils auraient pu se savourer jusqu'à la lie, se...

— Oui. Je suis à ta disposition. *Professionnellement*.

Il avait parlé d'une voix solennelle, mais Charlotte laissa échapper un petit rire, et le double sens de son allusion le frappa à retardement. De pire en pire.

— Non, je veux dire, pour te protéger, pas...

Il se tut. Pourquoi était-elle si proche ? Avait-il avancé d'un pas ? Il n'avait qu'à lever la main pour caresser son visage. Qu'à pencher la tête pour prendre ses lèvres.

C'était peine perdue : la houle torride qu'il avait difficilement tenue à distance l'engloutit brutalement. Il sombra dans ses yeux bleus. Il aurait aimé l'étreindre, l'entendre crier son nom, jouer de leur rivalité avant de perdre le contrôle à l'unisson...

Plutôt que d'assouvir son désir, l'embrasser n'avait fait qu'aiguiser sa convoitise. Qu'est-ce qui lui prenait ? Il était habituellement si déterminé, si discipliné. Il recula de plusieurs pas.

— Tu comprends ce que je veux dire, poursuivit-il d'une voix trop rauque. Je sais que, toi aussi, tu as décidé que cette attraction était malvenue. Et tu es aussi têtue que moi. Tenons notre promesse. Il ne se passera rien entre nous.

— Oh ! je vois, s'amusa-t-elle. Tu me rappelles que je suis

une tête de mule pour mieux m'encourager à ne pas te tenter. Très intelligent, Jace.

— Merci, j'essaie, sourit-il. Et j'ai un peu d'expérience.

Elle écarquilla les yeux.

— Attends... Tu as déjà embrassé une cliente ?

— Hum... Une fois, oui. Mais je ne parlais pas de ça. J'ai juste souvent dissuadé mes clients de faire une bêtise.

Elle esquissa une moue amusée, et il retint un soupir, soulagé qu'elle n'insiste pas pour en savoir plus sur Misha.

— Tu as un peu de temps devant toi si tu veux installer ton ordinateur et contacter tes équipes. Je vais appeler Nick et lui proposer de sortir ce soir. Et après ça, si tu es libre, on pourrait faire une partie de billard ?

— Tout dépend de mes contremaîtres.

Un éclair de déception le traversa. Pourquoi donc ? C'était, après tout, la meilleure solution : la vie serait cent fois plus facile si Charlotte parvenait à se distraire toute seule et qu'il restait silencieux en arrière.

— D'accord. Je te tiens au courant pour le dîner.

Il ferma la porte de sa chambre derrière lui, avança de quelques pas dans le couloir, puis s'arrêta pour reprendre son souffle. Pour la première fois depuis son divorce, il ressentait quelque chose de sincère pour une femme. Leur alchimie était incroyable, et leurs personnalités s'emboîtaient comme les pièces d'un puzzle.

Oh ! comme il aurait été facile de succomber à la tentation, de se noyer dans ses yeux, dans l'or de ses cheveux, dans l'étreinte chaude de ses bras...

Et il devait reculer avant qu'il ne soit trop tard.

Si Mark n'avait pas été son plus gros client, il aurait peut-être envisagé de passer la mission à quelqu'un d'autre. Mais le domaine Hinton représentait une énorme part de son chiffre d'affaires, et il devait penser à ses employés. Il ne pouvait pas les mettre en difficulté pour une inconnue. Et puis, cela ne valait pas le coup, il le savait mieux que personne. Il appréciait Charlotte, mais il avait appris sa leçon après son mariage. Il ne donnerait plus jamais son entière confiance à qui que ce soit. Il ne pourrait jamais tomber amoureux de Charlotte.

Et il n'avait pas l'intention de lui mentir sur ce point. Il était là pour la protéger, même de lui-même.

7

Charlotte expira doucement et ouvrit sa valise, encore frissonnante. Étrangement, délicieusement, c'était la conversation la plus érotique qu'elle ait jamais eue. Ils n'avaient fait qu'éviter le sujet de leur attirance, et pourtant... Le désir qu'elle avait lu dans ses yeux ne lui avait laissé aucun doute. Et elle ne voulait qu'une chose, se perdre dans ses bras.

Ce n'était pas son habitude : elle se maîtrisait toujours à la perfection. Mais, avec Jace, malgré tous ses efforts, elle ne parvenait pas à faire taire ses élans, ses fantasmes. Elle en venait même à oublier ses responsabilités professionnelles ; c'était lui qui les lui avait rappelées.

Elle posa son ordinateur sur le petit bureau en secouant la tête. Il était temps de se mettre au travail. Des graphiques budgétaires, des estimations, des plannings, des e-mails en série et des vidéoconférences l'attendaient.

Alors qu'elle démarrait un deuxième appel avec un contremaître, Jace passa la tête dans l'embrasure de la porte.

— Nous dînons chez Nick ce soir. Je ne voudrais pas que Leni et toi soyez vues ensemble en public.

— Une seconde, Pete, lança-t-elle à son contremaître avant de couper le micro et la caméra.

Elle se tourna vers Jace et croisa les bras. Cette protection constante commençait à lui taper sur le système. Elle était persuadée que Jace se montrait alarmiste pour la convaincre que les héritiers Hinton étaient en danger. Elle n'avait pas cru à cette excuse quand son père l'avait servie à sa mère, et elle n'y croyait pas non plus maintenant.

— Tu ne crois pas que c'est un peu exagéré ?

— Exagéré ? Parce qu'on te demande de faire attention pendant deux semaines ?

— Tout à l'heure, tu disais que je devrais faire attention pour toujours.

— Oui, mais tu ne seras plus mon problème.

La riposte lui serra le cœur, même si retourner à Pittsburgh et couper les ponts avec Jace MacDonald était une solution parfaite pour couper court à leur dilemme. Seulement, voilà, elle ne pouvait pas supporter de ne jamais le revoir. Mon Dieu, où était donc passé son féroce pragmatisme ? Elle était sortie avec une vingtaine d'hommes, et elle les avait toujours quittés en premier. Elle avait senti venir l'ennui, le conflit, et elle était partie sans se retourner. Mais Jace... Jace était différent.

— Ne boude pas, Charlotte. Si nous dînons chez Nick, nous pouvons y aller en jean, ajouta Jace d'une voix taquine.

Dieu merci, il ne pouvait pas deviner la lutte qui faisait rage en elle. Elle se força à sourire.

— D'accord, c'est un bon argument.

— Je vais confirmer, alors.

Il la quitta et, une fois seule, elle s'autorisa un grand geste de frustration. Elle était ridicule. Et elle avait du travail.

Elle reprit l'appel de Pete et se focalisa sur ses questions dans l'espoir d'oublier le chaos de sa vie personnelle.

En fin d'après-midi, elle abaissa l'écran de son ordinateur et s'étira. La nervosité avait grimpée cran par cran. Il était temps de se préparer à rencontrer sa sœur. Sa *sœur.*

Voilà qui était plus important que Jace et son sourire si sexy. Elle se glissa sous la douche, fébrile. Elle n'arrivait toujours pas à y croire. Soudain, elle n'était plus enfant unique. Même si elle refusait son héritage, Leni Long et elle seraient toujours de la même famille. Et il y avait un autre héritier – qu'avait dit Jace ? Qu'elle avait un frère ?

Elle enfila un jean, un pull et une veste en cuir, l'esprit en ébullition. Elle n'essaya pas de bavarder dans la voiture. Jace respectait son silence, une présence rassurante à l'autre bout de la banquette.

Et si elles ne s'entendaient pas ? Et si Leni la trouvait désagréable ? Et si...

Elle pivota soudain vers Jace.

— Tu viens au dîner, pas vrai ?

— Nick est mon ami, répondit-il en souriant. Même si tu n'étais pas là, lui et Leni insisteraient pour me nourrir.

— Oh. Parfait. Je me serais sentie coupable de te laisser dans la voiture.

— Et tu serais plus rassurée si quelqu'un était là pour faire les présentations et alléger l'atmosphère. Non ?

Décidément, elle ne pouvait rien lui cacher.

— Peut-être, marmonna-t-elle. C'est tellement étrange. J'ai été fille unique toute ma vie, et soudain, je fais partie d'une tribu que je ne connais même pas.

Il pencha la tête, un sourire aux lèvres.

— Est-ce que Charlotte Fillion est nerveuse ?

— Nerveuse, sûrement, mais surtout impatiente. Excitée. J'ai toujours voulu avoir une sœur.

La limousine s'était garée. Jace ouvrit la portière et lui tendit la main.

— Tu as raison. Leni est géniale, et tu vas l'adorer.

Ils s'engouffrèrent dans un immeuble si luxueux que Charlotte prit le temps de contempler le lobby avec admiration. Une fois que Jace eut demandé au portier de prévenir Nick de leur arrivée, elle lui glissa :

— J'aimerais bien avoir accès aux plans de ce bâtiment.

— Toujours en train de travailler, hein ? constata Jace en riant.

— Hé, cet endroit vaut le coup d'œil !

— La famille de Nick a toujours été riche, mais quand Nick a repris la firme familiale, leur revenu a explosé. C'est un petit génie de l'investissement.

— Il est aussi riche que ma sœur, alors.

— Ils sont bien assortis.

— Pas de dispute sur l'argent. Pas de jeux de pouvoir.

Il hocha la tête, ses yeux perspicaces fixés sur elle.

— Tu sais que tu entres dans un tout nouveau cercle social, n'est-ce pas ?

— Je n'entre nulle part, Jace.

— Même si c'est juste ponctuel, à chaque fois que tu verras Leni, tu entreras dans son monde.

— Ou alors, je lui donnerai rendez-vous sur une aire d'autoroute entre Pittsburgh et New York, incognito.

— Elle aura des gardes du corps.

— Jace, je ne veux pas parler de ça. Je me débrouillerai très bien toute seule, ne t'inquiète pas.

Elle se détourna, incapable de soutenir son regard. La confusion s'insinuait en elle, de plus en plus insidieuse. Même refuser la fortune de son père était devenu trop complexe, et ses sentiments naissants pour un homme inaccessible ne faisaient qu'empirer les choses. À cet instant précis, elle aurait aimé vouloir se cacher de lui. Il lisait en elle comme dans un livre ouvert.

L'ascenseur s'immobilisa enfin et s'ouvrit directement au centre d'un immense appartement au dernier étage, avec vue sur les lumières scintillantes de la ville.

Une petite brune en jean et un homme aux cheveux sombres les attendaient au milieu du salon.

— Charlotte ? s'enquit la jeune femme.

— Leni ? répondit Charlotte avec un sourire.

Leni hocha la tête avec un petit rire incrédule, puis bondit vers elle pour la serrer dans ses bras.

— Tu es si petite ! s'étonna Charlotte.

— Et tu es si *grande*, répartit Leni en riant.

Jace et Nick répondirent d'une même voix amusée :

— Mark était grand.

Leni rit de nouveau, mais Charlotte jeta un coup d'œil soupçonneux à Jace. La réaction des deux hommes, si affectueuse, un peu nostalgique, lui faisait un effet étrange.

— Entrez ! continua Leni en les guidant plus avant dans la pièce. Janine nous prépare son fameux filet de bœuf.

Charlotte l'observait toujours avec un demi-sourire.

— Je suis si excitée d'avoir une sœur.

— Moi aussi, fit Leni en serrant chaleureusement sa main dans les siennes. J'ai été adoptée quand j'étais petite, je suis fille unique. Mais mes parents sont merveilleux. J'ai hâte que tu les rencontres.

— Ma mère est géniale aussi.

Elle s'assit près de Leni sur le canapé turquoise.

— Je suis sûre qu'elle t'appréciera beaucoup, ajouta-t-elle. Tu es assistante sociale, c'est ça ?

— J'allais le devenir quand Nick m'a trouvée. Mais vu les circonstances, je me suis lancée dans la philanthropie. J'ai entendu dire que tu étais vice-présidente de ton entreprise ?

Leni aussi avait fait ses recherches...

— Oui. J'espère continuer à monter les échelons jusqu'à ce que je fasse partie du conseil d'administration.

— Tu comptes garder ton emploi ? s'étonna Leni.

— Bien sûr. J'ai travaillé dur pour en arriver là. Licence, master, quatre ans passés nuit et jour sur les chantiers...

— Tu es devenue vice-présidente en quatre ans ? C'est impressionnant, commenta Nick en leur proposant du vin.

— Oh ! je l'ai vue au travail. Rien ne l'arrête, affirma Jace en riant.

Charlotte prit son verre avec reconnaissance ; elle avait besoin de se calmer les nerfs. Leni était adorable, aussi lumineuse qu'une fée ; mais son cœur avait raté un battement en entendant le compliment de Jace. Le respect qu'il avait pour son travail et sa vigueur lui réchauffait l'âme. Il l'appréciait pour elle-même, sans faux-semblants. Il ne voulait pas la transformer, la dompter, la faire taire. Voilà pourquoi ils étaient si troublés l'un par l'autre, et en si peu de temps : ils ne s'étaient jamais menti. Ils se voyaient l'un l'autre, réellement.

— Où as-tu passé ton enfance ?

— Ma mère et moi vivions dans une ferme à une dizaine de kilomètres de la ville la plus proche, dans les environs de

Pittsburgh. Notre voisin louait nos terres pour les travailler lui-même, par contre.

— Tu vivais à la campagne ! Je viens d'un village. Mon père est maçon et ma mère est serveuse. J'ai commencé à travailler avec elle pour payer mes études à seize ans.

— Moi aussi. J'étais vendeuse.

Pour ne pas laisser les hommes en reste, elle se tourna vers Nick avec un sourire.

— Danny m'a dit que tu me montrerais les propriétés de Mark Hinton un de ces jours ?

— Oui, il m'a déjà appelé. Donne-moi juste la date qui te convient, et je viendrai chez Jace avec les diapositives. Ou alors, tu peux nous rejoindre ici.

C'était si étrange de penser que tous ces inconnus connaissaient chaque étape de sa vie. Danny avait appelé Nick pour parler de sa décision de refuser l'héritage. Jace avait appelé Nick pour qu'elle puisse rencontrer sa sœur. Leni avait vécu la même expérience quelques mois auparavant et savait exactement ce qui l'attendait.

Et elle… Elle était la moins informée de tous.

— Danny m'a dit que le visionnage prendrait des jours.

— Ton père possédait beaucoup de choses, expliqua Nick en riant.

— Il aimait tellement l'eau qu'il avait une trentaine de jet-skis, par exemple, s'amusa Jace.

— Sans compter ses quatre maisons en bord de mer, et deux autres en bord de lac.

— Elles sont toutes différentes, justifia Jace. Celle dans les Keys est un paradis de pêcheur. Mark aimait profiter de sa solitude dans celle des Fidji…

Charlotte cligna des yeux, soufflée. Mais derrière la surprise, de nouveau, un sentiment de malaise lui picota la nuque. Comment Jace en savait-il autant sur les propriétés de son père ? Il l'avait peut-être accompagné en tant que garde du corps, mais quelque chose dans sa voix la dérangeait, quelque chose de… d'affectueux. Il était *ami* avec Hinton.

Elle fronça les sourcils. Elle s'était promis de ne pas faire confiance aux proches de Mark Hinton. Mieux, elle avait toujours mis un point d'honneur à fuir les hommes qui lui rappelaient son père ; la façon dont il avait quitté sa mère ; ce qu'elle connaissait de ses habitudes, de sa personnalité. Elle n'avait jamais fait de compromis. Jamais donné le bénéfice du doute.

Elle déglutit difficilement, les joues brûlantes, les yeux fixés sur son verre de vin. Tous les hommes qu'elle avait connus avaient fini par tomber sous le couperet de son jugement. Trop riche. Trop féru de travail. Trop distant. Elle avait vécu dans l'angoisse de faire la même erreur que sa mère : être à la dévotion d'un homme qui l'abandonnerait à la première difficulté. Et si elle avait volontairement fait fuir ceux qui avaient voulu se rapprocher d'elle, simplement parce qu'elle avait peur ?

Elle n'avait jamais fait confiance à personne. Ne s'était jamais laissée tomber amoureuse. Personne n'était assez bien, alors elle attendrait le prince charmant. Elle avait construit des standards si vertigineusement hauts qu'elle les avait transformés en forteresse imprenable.

Pendant tout ce temps, elle avait accusé son père de tous les maux. Et pourquoi ? Parce qu'elle avait eu peur de prendre des risques ? Elle s'était répété qu'elle était forte, intelligente... Mais elle avait simplement été lâche.

8

Ils quittèrent Nick et Leni vers 22 heures. L'intuition de Jace lui chuchotait que quelque chose n'allait pas ; dans la limousine, il scruta le beau visage de Charlotte, l'œil alerte. Le dîner s'était déroulé dans la bonne humeur, et les deux sœurs s'étaient entendues à merveille. Leni avait parlé de ses plans de développement et de restauration pour son village natal, et Charlotte lui avait offert des conseils précieux sur la construction et l'architecture. Et *pourtant…*

Charlotte était restée prudemment impersonnelle. Elle n'avait rien partagé de sa vie privée, de ses ambitions, de ses émotions. Dans la voiture, elle resta silencieuse, pelotonnée contre la fenêtre.

Il aurait aimé lui demander ce qui la tracassait. Les humeurs de ses clients faisaient partie de son quotidien ; mais cette cliente-là, il l'appréciait réellement, et chaque moment d'intimité était un nouveau risque. De la connaître mieux. De l'admirer un peu plus. De baisser les armes. De l'embrasser encore une fois.

Ils se taisaient toujours quand il poussa la porte de son appartement. Elle murmura bonne nuit et disparut dans le couloir. Pourquoi la regardait-il partir avec une boule au ventre ? Elle allait se coucher, il sécurisait les issues et le périmètre. Ils jouaient leurs rôles à la perfection.

Le lendemain matin, il se leva le premier et prépara des œufs au plat. Quand il toqua à sa porte pour l'inviter à le rejoindre dans la cuisine, elle lui rappela simplement qu'elle ne petit-déjeunait pas, sans ouvrir la porte.

Peu importait. Elle était adulte, non ? Elle n'aimait pas qu'on la dérange quand elle travaillait. Et si sa voix était si froide, c'était… sans doute son imagination.

Elle ne pouvait pas être en colère contre lui ; il n'avait rien fait pour la blesser, n'est-ce pas ?

Il était ridicule. Elle avait peut-être besoin d'être seule. Il tourna les talons et alla travailler à son bureau. Une heure plus tard, en quête de café, il repartit dans la cuisine. Il n'avait entendu aucun bruit entre-temps, et les plans de travail étaient toujours impeccables.

Cette fois, c'en était trop. Charlotte buvait toujours des litres de café le matin. Quelque chose n'allait pas et il allait prendre la situation en main.

Il toqua de nouveau à sa porte.

— Charlotte ? J'ai fait du café.

— Merci, mais je n'en veux pas.

— J'ai aussi du thé, si tu veux.

Une étrange angoisse s'était logée dans sa gorge. Si elle avait été une cliente comme les autres, il serait entré dans la chambre pour demander des explications. Mais avec elle, il ne pouvait pas risquer d'aller trop loin, d'empiéter sur son espace personnel. Voilà pourquoi il n'aurait jamais dû répondre à son baiser : tout était plus compliqué, maintenant. Il hésitait à remplir ses devoirs les plus élémentaires.

— Non merci, Jace.

Il lutta contre un élan de culpabilité. Qu'avait-il donc fait pour qu'elle érige soudain un mur entre eux ? Était-elle mal à l'aise parce qu'il avait avoué son attirance pour elle ? Se sentait-elle piégée avec lui ?

Il ferma les yeux. Les raisons de sa froideur étaient bien moins importantes que ses conséquences. Il devait s'assurer qu'en cas de danger elle écouterait tout de même ses conseils. Qu'elle lui ferait confiance. C'était capital, pour qu'il puisse continuer de la protéger.

Il retourna dans son bureau. Avant qu'il ne s'installe dans son fauteuil, son portable se mit à vibrer ; l'écran annonçait un appel d'un de ses meilleurs employés, Oswald Patterson, qui s'occupait en ce moment d'une pop star.

— Hé, Oz. Tu vas bien ?

— On a un problème avec Seth Simon.

— Que se passe-t-il ? Encore ivre ?

— Il est resté dehors toute la nuit.

— Toutes mes condoléances.

— Ne m'en parle pas. Et maintenant, il veut aller se balader en ville. Rencontrer ses fans.

— Quoi ? Il ne peut pas faire une chose pareille, et surtout pas s'il est ivre. Ses publicistes nous tueraient. Sa réputation impeccable ne tiendrait pas le coup.

— Je sais, mais j'ai un mal fou à le garder dans sa chambre. En plus, il a un concert ce soir : la seule chose dont il a besoin, c'est de dormir. Bref, je ne pourrai pas venir à la réunion du personnel.

Oh ! non. Jace passa une main lasse sur son visage.

— J'avais oublié la réunion, grogna-t-il. Mais si tu veux, on peut l'organiser dans la suite de Seth.

Après s'être mis d'accord avec Oz, il prévint ses autres chefs d'équipe de leur nouvelle destination, puis sortit dans le couloir. Devant la porte de Charlotte, il s'arrêta net. Il aurait pu la laisser seule quelques heures – son appartement était sécurisé. Mais une autre idée le démangeait. Charlotte ne comprenait pas pourquoi elle avait besoin d'un garde du corps toujours sur le qui-vive ; peut-être que rencontrer ses équipes et écouter leurs rapports la ferait changer d'avis ?

Elle respectait le professionnalisme, après tout.

Il toqua de nouveau à sa porte, mais cette fois, il entra sans attendre son invitation.

— Hé, j'ai ma réunion du personnel hebdomadaire cet après-midi. Tu veux m'accompagner ?

— Tu t'en vas ?

Elle avait posé la question avec une légèreté factice. Il fronça les sourcils. Quoi, avait-elle l'intention de s'enfuir en son absence ?

— Et pourquoi viendrais-je à une de tes réunions ?

— Pour te dégourdir les jambes ? Écouter les anecdotes de mes gars ? Nous nous retrouvons dans la suite d'un chanteur.

— Oh. Alors, je vais rencontrer une star ?

— Je ne sais pas si Seth Simon est une *star*...

— Seth Simon ? s'exclama-t-elle. Oh ! il est adorable !

— Pas si adorable que ça, rétorqua-t-il en souriant.

— C'est encore plus intéressant, alors...

— Attention, tu dois absolument garder le secret.

— Ah, encore une mission d'espionnage.

Il rit doucement.

— Pas vraiment de l'espionnage, si nous n'avons pas d'objectif à remplir. Mais un garde du corps a toujours des histoires très intéressantes, au moins.

— D'accord, d'accord, je suis convaincue. J'avais fini de travailler, de toute façon. Et je garderai les secrets de Seth Simon. Je suis sûre que je vais l'adorer.

— On verra ça dans vingt minutes.

Un petit rire lui échappa avant qu'elle le réprime et se renfrogne. Il croisa son regard, le cœur serré. Il détestait la distance qu'elle tentait de creuser entre eux. Rester professionnel était nécessaire, bien sûr ; mais elle n'avait pas besoin d'être... *différente* avec lui.

— Tu as le droit de rire, Charlotte. Écoute, je sais que la journée d'hier a été difficile. Tu as reçu beaucoup de nouvelles informations, tu as rencontré une sœur que tu n'avais jamais vue. Mais rien de tout cela n'est ma faute. Je ne suis que ton garde du corps.

Ses beaux yeux bleus s'étaient teintés de confusion, mais soutenaient enfin le sien. Elle resta silencieuse.

— Charlotte, il faut que tu communiques avec moi. Ta vie pourrait être en danger. Mon travail, c'est d'anticiper les menaces, d'éviter les problèmes. Je ne peux pas le faire correctement si tu ne veux pas me voir ni me parler.

Elle secoua la tête.

— Ah, voilà le sujet qui fâche. Je ne suis pas d'accord. Il y a huit millions de personnes dans cette ville. Je suis un grain de sable dans l'océan new-yorkais, mais tu continues de croire que je me distingue du lot.

— C'est le cas. Tu n'en es pas consciente, c'est tout. Tu as le droit de me trouver paranoïaque. Mais j'insiste : tu *dois* me parler. Comme avant notre baiser.

— Comme des amis, tu veux dire ?

— Oui.

— Je croyais que ce n'était pas professionnel ?

— Peut-être, dit-il en souriant. Mais je t'aime bien, et j'aime parler avec toi, alors...

Son regard bleu s'adoucit et elle déglutit ; mais elle se reprit bien vite et haussa les sourcils. Il rit doucement.

— Allons-y, d'accord ? Je suis sûr que nous allons nous amuser cet après-midi, lança-t-il en la suivant dans le couloir.

Elle lui offrit enfin un sourire et attrapa son bras.

— Oh ! oui. Rencontrer une star, hein ? Je comprends enfin pourquoi tu aimes ton métier.

Elle battit des cils, malicieuse, et il émit un grognement amusé. La journée promettait d'être intéressante.

Comme Charlotte s'y attendait, Seth Simon était installé dans un hôtel magnifique. Elle ne portait qu'un jean et un pull sans grand intérêt, et Seth la prendrait sûrement pour une fan parmi tant d'autres. Enfin, peu importait ! Seth Simon était une star mondiale. Elle n'avait pas besoin de l'impressionner pour profiter de sa présence, lui sourire, entendre une ou deux anecdotes abracadabrantes... Et raconter toute l'aventure à ses amis lorsqu'elle reviendrait à Pittsburgh.

Elle frétillait déjà dans l'ascenseur. Les portes coulissèrent sur une chambre si opulente qu'elle hésita à y pénétrer. Des meubles ultramodernes rutilaient sur un sol étincelant. Dans le fond, devant l'immense baie vitrée, attendait un magnifique piano à queue. Elle pouvait imaginer Seth sur le banc, devant la nuit étoilée, entonner une de ses exquises balades romantiques.

Un jeune, la vingtaine à peine et couvert de tatouages, apparut devant eux et serra la main de Jace.

— Charlotte, je te présente Oz Patterson, l'un de mes meilleurs agents. Oz, voici Charlotte Fillion, ma cliente.

— Enchantée. C'est vous qui gardez Seth, alors ?

— C'est plutôt du baby-sitting, railla Oz. Venez, tout le monde est déjà installé dans la salle de conférences.

La suite de Seth Simon avait une salle de conférences ? Elle cligna des yeux, perplexe, mais suivit les deux hommes.

— Où est Seth ?

— Il décuve avec une sieste.

— Il était ivre ? s'étonna Charlotte.

— Ne t'inquiète pas, la rassura Jace en riant, tu pourras quand même le rencontrer. Viens l'attendre avec nous.

— Tu veux juste me prouver que tes agents sont adorables pour que j'accepte d'en prendre un avec moi quand je rentrerai à Pittsburgh, devina-t-elle, boudeuse.

— Quoi ! Je n'oserais jamais.

Ses yeux pétillants d'humour lui arrachèrent un sourire à son tour, et elle le suivit dans la salle de conférences. Sur la longue table, on avait déposé des cafetières fumantes en argent et des tasses en porcelaine. À leur arrivée, les cinq chefs d'équipe se levèrent à l'unisson. Deux agents portaient un costume ; un homme et une femme étaient en jean et en T-shirt. Le dernier n'avait de toute évidence jamais entendu parler d'un fer à repasser.

— Charlotte Fillion est une cliente. Je me suis dit qu'elle apprécierait de nous voir à l'œuvre et de rencontrer Seth.

Un grognement général s'éleva. Charlotte rit.

— Il est si horrible que ça ?

— Seth Simon est un monstre, martela l'un des hommes en costume.

— Quoi ? Mais non, il est si mignon…

Jace s'était installé en bout de table avec son ordinateur.

— Ses chansons sont mignonnes. Pas lui.

— Et quand il a insisté pour avoir un espace dédié aux enfants en fauteuil roulant dans ses concerts ? Ou qu'il a chanté la sérénade à cette fille… Tu veux dire que toute sa personnalité est fabriquée par la presse ?

Les hommes s'étaient mis à rire. L'agente lâcha un grognement de dégoût. Jace toussota en cachant un sourire.

— Tu vas le découvrir bien assez tôt. Charlotte, je te présente Elizabeth Nelson, Carter Davis, Blake Regan, Isaac Tanner, et tu connais déjà Oz. Nous allons démarrer.

Charlotte leur sourit et prit place à la table pendant que Jace ouvrait la séance.

— Vous connaissez vos missions pour la semaine qui vient. Les membres de vos équipes recevront leur emploi du temps ce soir, une heure après vos seconds, au cas où ces derniers auraient des questions à vous adresser en amont.

Charlotte leva la main.

— Attendez… Vous êtes les chefs d'équipe, n'est-ce pas ?

Jace haussa un sourcil, surpris de son interruption.

— Et chacun d'entre vous supervise un groupe de seconds… qui ensuite supervisent un dernier échelon d'agents basiques, c'est ça ?

— Exactement, dit Blake.

Elle leva les yeux vers Jace, à l'autre bout de la table.

— Combien de personnes emploies-tu ?

— Sûrement autant que toi ?

— J'ai des centaines d'employés à mon service !

— Moi aussi. Liz, par exemple, gère environ deux cents agents dans son groupe.

— Nous nous occupons d'une grande famille de Nouvelle-Angleterre. Protection totale, vingt-quatre heures sur vingt-quatre, sept jours sur sept. Nous avons cinq gardes sur la propriété, deux préposés aux écrans de contrôle, des gardes du corps personnels et une rotation de chauffeurs. Et tout cela pour un seul client, expliqua Liz.

Impressionnée, Charlotte hocha la tête. Elle se tut pendant

que Jace parlait stratégie, recueillait les rapports sur les dossiers en cours et les nouveaux recrutements, puis débattait avec Carter du meilleur itinéraire pour la tournée d'une autre star de la chanson.

— Quoi, tu as plus d'une célébrité dans tes clients ?

— Nous avons bonne réputation, dit-il avec un sourire.

Par-dessus la table, elle soutint son regard, fascinée. Le voir planifier, critiquer, dialoguer avec une telle autorité, un tel enthousiasme... Son charisme et son intelligence lui coupaient le souffle. Il était irrésistible.

Et c'était exactement ce qu'elle voulait éviter. Ce bon vieux réflexe surgit à nouveau : prendre ses jambes à son cou parce que Jace avait des points communs avec son père – pire, parce qu'elle avait du respect et de l'affection pour lui.

Pour la première fois, elle était consciente de sa propre lâcheté. Elle sentait la peur s'insinuer dans ses veines et lui murmurer de disséquer chacune des réactions de Jace pour trouver un défaut qu'elle ne pourrait pardonner. Une excuse pour partir sans se retourner.

Seulement, cette fois, elle n'avait même pas besoin de faire l'effort. C'était lui qui ne voulait pas d'elle.

Peut-être lui avait-il ouvert les yeux en la rejetant. C'était étrange, excitant, attristant, de comprendre enfin son propre comportement. Mais surtout, c'était douloureux de songer qu'il ne serait jamais à ses côtés.

Et s'il avait changé d'avis, s'il l'embrassait à son tour, reviendrait-elle à ses angoisses passées ? Chercherait-elle à le fuir ? Non, elle était bornée ; maintenant qu'elle connaissait sa faiblesse, elle devait l'éradiquer.

La porte s'ouvrit à la volée, et Seth Simon fit irruption dans la pièce... Nu comme un ver.

— Hé ! J'ai besoin d'un burrito.

Sans lever les yeux, Jace rétorqua :

— Tu as besoin d'un pantalon.

— J'appelle le room service, proposa Oz.

— Demande aussi des bouteilles d'eau. Il faut qu'il s'hydrate s'il veut pouvoir chanter ce soir.

La super star, plantée à quelques mètres d'elle, aurait dû la fasciner ; mais elle n'avait d'yeux que pour Jace.

— Je déteste l'eau.

— Tu préfères décevoir tes fans ?

— Vous êtes les pires agents de la terre ! geignit Seth.

— J'en doute, ou bien tu nous aurais renvoyés.

Jace se tourna vers Oz, placide.

— Demande quand même de l'eau, d'accord ? Et assure-toi qu'il retourne se coucher, s'il te plaît.

Oz se leva. Seth Simon poussa un long soupir, puis remarqua soudain Charlotte ; son visage s'éclaira.

— Oh oh, et à qui est cette nouvelle recrue ? C'est ma nouvelle garde du corps ?

Était-elle censée être flattée par son attention ? Elle avait toujours aimé les chansons de Seth, mais... il était en plein accès d'exhibitionnisme. Et il était ridicule.

— Non, dit Jace en jetant un coup d'œil las à Oz, Charlotte n'est pas ta nouvelle garde du corps.

— Elle est grande, et elle a l'air solide. Elle fera l'affaire.

— Je ne suis pas une pouliche, siffla Charlotte.

— Oh ! et elle a du répondant ! S'il vous plaît, est-ce que je peux l'avoir ? roucoula Seth.

— *M'avoir* ?

Elle se leva lentement et le domina de toute sa taille.

— Tu n'es pas au marché aux bestiaux, garçon. Je ne suis pas à vendre ni à posséder.

Perplexe et un peu instable, Seth Simon cligna des yeux. Oz posa une main sur son épaule pour le guider hors de la pièce. Charlotte ne les lâcha pas du regard.

— On dit bien de ne jamais rencontrer ses idoles, dit Jace en riant.

Les agents pouffèrent en chœur. Jace termina la réunion rapidement, et ses employés s'éclipsèrent ensuite à la hâte.

— Un client comme Seth peut devenir un véritable poison, expliqua Jace en se levant pour la rejoindre. C'est pour ça que mes agents prennent leurs jambes à leur cou.

— Qu'est-ce que tu veux dire ?

— Ils veulent éviter que Seth se souvienne de leur nom. Il finira par nous licencier pendant un de ses caprices, et après ça... il s'attaquera à notre réputation. Il a une réputation d'angelot. S'il insulte Around the World Security sur les réseaux sociaux, les gens le croiront.

— Pourquoi l'accepter comme client ?

— Il a besoin de nous.

— Alors tu préfères prendre le risque ?

— Je m'occuperais de lui pour toujours, s'il le demandait. L'hydrater, protéger sa réputation... Au fond, Seth est exactement comme les âmes perdues qu'il décrit dans ses chansons. Il compense en se comportant comme un imbécile. Mais je sais qu'un jour il se laissera emporter par sa mauvaise humeur et partira de lui-même. Nous aurons fait ce que nous aurons pu pour l'aider, au moins.

Son cœur s'adoucit douloureusement.

— Tu es quelqu'un de bien, Jace, souffla-t-elle.

— Jusqu'à un certain point, sourit-il. Je veux le protéger, d'accord, mais je ne peux pas le laisser nous descendre. J'ai déjà prévu des munitions pour l'inévitable guerre digitale.

Elle le scruta, silencieuse. Bien sûr, il avait pris ses dispositions. Il était aussi efficace que généreux. S'ils avaient monté une entreprise ensemble, ils auraient été invincibles, elle et lui. Et s'ils avaient commencé une relation...

Ils auraient été brûlants, féroces, fusionnels.

Elle secoua la tête et le suivit dans le couloir. Pourquoi remuer le couteau dans la plaie ? Jace était hors de portée.

Le service d'étage leur livra un seau de bouteilles d'eau glacée, accompagné d'une montagne de burritos. Seth, vêtu d'un peignoir, s'était avachi sur le sofa. En la voyant, il lui décocha un sourire dévastateur.

— Désolée pour le strip-tease, au fait. J'aime bien surprendre mes gardes du corps, de temps en temps.

Maintenant que son caprice était terminé, il avait presque l'air angélique. Si elle n'avait pas eu parfaitement confiance en Jace, elle aurait été tentée de lui donner le bénéfice du…

Stop. Parfaitement *confiance* en Jace ?

En quelques jours, en quelques interactions, elle lui avait offert la confiance qu'elle n'accordait jamais qu'à contrecœur ? Oh. Elle avait dépassé la simple attraction depuis longtemps.

— Que dirais-tu de rester déjeuner ? susurra Seth.

Son timbre de velours interrompit le tumulte qui faisait rage en elle. Elle leva les yeux vers Jace, qui la rassura d'un hochement de tête. Elle pouvait rester si elle le désirait. Mais à côté de Jace, intelligent, discipliné, solide et franc, Seth Simon ne faisait vraiment pas le poids. Elle lui offrit un sourire exquisément poli, celui qu'elle réservait à ses contractuels les plus récalcitrants.

— Désolée, Seth. J'ai beaucoup de travail.

— Oh… Dommage.

Son visage passa de l'ombre à la lumière en une seconde.

— Oh ! attends ! Je sais ! s'exclama-t-il en bondissant pour aller prendre deux tickets sur son piano. Venez ce soir, toi et Jace. À mon concert. Ce sont des billets VIP : vous pourrez venir me voir en coulisses.

Elle ne pouvait pas nier qu'elle aimait sa musique… Elle prit les billets, touchée par son enthousiasme.

— Merci beaucoup, Seth, c'est très généreux.

Jace pressa le bouton de l'ascenseur.

— Mange et bois ton eau, d'accord, Seth ?

— Pas de problème, patron, lança Seth en riant.

Charlotte attendit d'être dans l'ascenseur pour chuchoter :

— C'est un beau geste pour excuser son attitude, non ?

— Charlotte, je suis à la tête de son équipe de sécurité. C'est moi qui les imprime, les passes VIP.

Elle cligna des yeux, puis éclata de rire. Bien sûr. Et pourtant, Jace n'avait pas humilié Seth pour sa grandiloquence. Il ne s'était pas énervé devant sa nudité ou son impolitesse. Il l'avait aidé, inconditionnellement.

Jace MacDonald était un homme complexe et fascinant. Elle adorait découvrir les facettes de sa personnalité. Et les sentiments qui grandissaient en elle étaient aussi merveilleux qu'effrayants.

9

Le pouls de Jace s'accéléra quand Charlotte le rejoignit dans l'entrée pour partir au concert. Elle portait un jean moulant et son perfecto en cuir, et elle était sexy à mourir.

Il lutta tant bien que mal pour rester impassible. Pour la première fois depuis qu'il avait commencé sa carrière, il n'était pas à l'aise dans son rôle. Il n'avait jamais été aussi proche et aussi attiré par une cliente ; son instinct lui criait de la toucher, et sa raison de la fuir. Il n'aurait pas dû rechercher sa compagnie, rire avec elle, la boire du regard.

Il était là pour la protéger, et rien d'autre.

Ils arrivèrent au concert avec vingt minutes d'avance. L'équipe d'Oz s'occupait de Seth pendant que Jace restait auprès de Charlotte. Après l'ouverture, Seth entra en scène : pas d'effets spéciaux, pas de danseurs ou de groupe. Seulement lui, un tabouret, une guitare, et ce beau visage angélique qui faisait vibrer tant de fans.

Il égrena quelques notes sous les hourras de la foule. Il remercia son public d'une voix douce. C'était fou, la disparité entre ses personnalités publique et privée ; Jace ne savait jamais s'il devait être horrifié ou impressionné.

Lui et Charlotte s'étaient installés dans une section privée à côté de la scène. Deux membres du groupe d'ouverture arrivèrent à leur tour. Ils portaient des vêtements d'inspiration années 1990, avec des pantalons baggys peinturlurés. L'un d'entre eux ouvrit une cannette de bière ; l'autre avait une bouteille de whisky à la main.

Ils les saluèrent et se plantèrent près d'eux. Le second tendit la main à Charlotte.

— Hey, tu es avec quelle agence ?

La voix douce et chaude de Seth s'élevait au-dessus d'eux, mais n'empêchait pas de converser.

— Quelle agence ? s'étonna Charlotte.

— Tu es mannequin, non ?

— Oh ! non, pas du tout, dit-elle en riant. Je travaille dans le bâtiment.

— Une femme d'affaires, alors...

Seth commençait une autre chanson, mais s'arrêta pour parler après quelques accords.

— Vous savez quoi ? Cette chanson m'est précieuse. Je veux être plus près de vous pour la chanter. Laissez-moi bouger mon tabouret.

Les applaudissements explosèrent, portés par les cris et les sifflements du public. Seth glissa de son siège, mais son pied se prit dans le fil du micro et il tomba en avant. Aussitôt, Jace grimpa sur la scène et s'assura qu'il ne s'était pas blessé avant de l'aider à se relever.

Charlotte les observa, le cœur dans la gorge. Sur le visage de Seth, malgré ses frasques et son hypocrisie, elle devinait sans peine toute la confiance qu'il portait à Jace. Il avait besoin de quelqu'un comme lui, quelqu'un pour le protéger.

— Pendant que cet abruti fait semblant d'être mortellement blessé, qu'est-ce que tu dirais de venir en coulisses ? J'ai mieux que de la liqueur.

Charlotte pivota vers le chanteur du groupe.

— Mieux que de la liqueur ? Je bois de la bière et parfois un peu de vin. Mais c'est là que je m'arrête.

Le second musicien attrapa son bras.

— Ne sois pas timide. Tout le monde aime faire la fête.

— Pas moi, siffla-t-elle en essayant d'échapper à sa poigne de fer – sans succès.

Elle n'aimait ni ce type ni son acolyte mielleux ; pour la première fois, elle était soulagée que Jace soit tout proche, prêt à la protéger.

— De toute façon, je ne peux pas partir. Je suis avec Jace.

L'avertissement était clair, mais les deux musiciens ne semblaient pas particulièrement impressionnés.

— Le garde du corps ? C'est un vrai bonnet de nuit, fit le deuxième en riant. Si tu veux mon avis, tu as besoin de passer un peu de temps avec un vrai mec. Prendre ton pied, un peu.

Non merci. Avec une grimace de dégoût, elle tenta une nouvelle fois de s'arracher à son étreinte, mais il se contenta de la tirer en avant.

— Allons-y.

— Non !

Derrière eux, le public applaudissait de toutes ses forces. Dans le vacarme, le deuxième pervers agrippa son autre bras. Se débattre ne servait à rien : ses pieds ne touchaient même plus le sol.

— Jace !

Elle cria son nom, mais le tumulte engloutit sa voix.

Jace retourna à sa place en secouant la tête, un demi-sourire aux lèvres. Seth avait ri de sa maladresse, puis s'était réinstallé pour présenter Jace à la foule enthousiaste ; il était vraiment né pour la scène.

— Tu as vu... ?

Mais Charlotte n'était pas là. Une bouffée de panique le frappa comme un uppercut à l'estomac. Il embrassa la salle d'un regard alerte, puis se faufila à coups de coude vers les coulisses, à travers une foule d'habitués et de techniciens. De loin, il aperçut le halo blond de ses cheveux : elle était avec les musiciens de l'ouverture, et elle se débattait.

Il les rattrapa juste avant qu'ils atteignent l'ascenseur. Il tira le plus maigre en arrière et aurait balancé son poing dans la figure du guitariste si Charlotte n'avait pas émis un cri de surprise.

— Je peux vous aider, peut-être ? s'écria-t-il, rageur.

— On s'amuse un peu, c'est tout !

— Elle n'est *visiblement* pas consentante.

— J'avais l'intention de la convaincre, rétorqua le chanteur avec un sourire doucereux.

Jace se fit violence pour ne pas le frapper.

— Ce n'est pas comme ça que ça marche, imbécile. Dégagez avant que je perde patience.

Il attira Charlotte à lui d'un mouvement souple et la scruta des pieds à la tête pour vérifier qu'elle n'était pas blessée.

— Ça va aller ?

— Oui, dit-elle. Ils m'ont surprise, mais je vais bien.

Elle n'en avait pas l'air. Elle était pâle comme un linge et ses beaux yeux bleus brillaient de larmes retenues. Il pressa son oreillette.

— Oz, je pars avec Charlotte. Demande un renfort immédiatement. Préviens la sécurité, le groupe qui a ouvert le concert a essayé d'agresser une femme. Virez-les d'ici. Appelle le manager de Seth. Dis-lui de ne plus jamais travailler avec eux.

— Affirmatif, répondit Oz.

Il mena Charlotte jusqu'à la sortie de service, sans lâcher son coude, qu'il tenait avec précaution. Encore tremblante, elle se glissa enfin dans la limousine.

Elle posa la tête contre le dossier du fauteuil et ferma les yeux. Après quelques minutes de silence, elle murmura :

— C'était stupide.

— Quoi donc ?

— Leur comportement. La façon dont j'ai réagi. Les deux. Je suis censée être forte. Je ne comprends pas comment j'ai pu me faire avoir de cette façon.

— Tu es forte, mais tu n'as pas l'entraînement nécessaire.

Il poussa un soupir. Son cœur reprenait enfin un rythme normal.

— L'entraînement ?

— Oui. Si tu sais comment faire, tu peux te délivrer toute seule d'une situation pareille.

— Oh ? Moi qui pensais que tu utiliserais cette excuse pour me prouver que j'avais besoin d'un garde du corps…

Il rit doucement. Elle s'était redressée dans son siège et son visage avait repris des couleurs, Dieu soit loué.

— Tu as dit que tu n'en voulais pas. Dans mon monde, la cliente est reine.

Il croisa son beau regard bleu et lui sourit.

— Mais cela ne m'empêche pas d'être inquiet pour toi.

Elle entrouvrit les lèvres, prête à répéter qu'elle allait bien, sans doute – mais ils savaient tous les deux que c'était un mensonge. Elle était bouleversée. Le nier était inutile.

Son regard bleu s'était adouci lorsqu'il avait admis son inquiétude. C'était étrange : là, face à elle, il avait l'impression que ses défenses s'affaissaient une à une. Ils n'avaient passé que quelques jours ensemble, et dans quelques jours encore ils se sépareraient. Mais l'idée qu'elle puisse le quitter lui serrait le cœur comme un étau.

Il valait mieux changer de sujet.

— Tu sais, je pense qu'on devrait profiter de ton séjour à New York pour t'apprendre quelques gestes d'autodéfense.

— C'est une très bonne idée.

Sa voix tremblait toujours, légèrement. De nouveau, quelque chose en lui vacilla. Il serra les poings ; s'il n'avait pas été là pour les arrêter… Non, il ne préférait pas y songer.

— D'accord. Va mettre un jogging en arrivant, et je te montrerai deux ou trois trucs avant d'aller dormir.

C'était la meilleure façon de lui changer les idées et de la rassurer immédiatement. Une fois arrivés, ils se changèrent chacun de leur côté et se retrouvèrent dans le salon.

— C'est si bien rangé, ici. J'ai peur de casser une lampe.

— Casser une lampe ? fit-il en riant. Ce n'est pas un entraînement de Krav Maga, ne t'inquiète pas.

— Quoi, tu ne vas pas m'apprendre à lancer quelqu'un par-dessus mon épaule en hurlant ?

— Pas vraiment… Mais tu as raison, c'est peut-être un peu

étroit pour bouger à notre aise. Viens dans ma chambre, j'ai un plus grand espace.

Elle le suivit au fond du couloir. Malgré les appliques, la chambre était plongée dans une douce pénombre.

— Très film d'horreur, cet éclairage.

— Je travaille pas mal ici, et j'aime bien que la pièce soit sombre. Cela donne une illusion d'intimité.

— Parce que vivre seul dans un appartement au trentième étage ne suffisait pas ?

Dans son pantalon de yoga et son T-shirt blanc, elle avait l'air plus souple et fine que jamais. Agile. Prête à lui envoyer un pied dans la figure, puis aligner cinquante pompes. Il détourna le regard et lui fit signe de se placer sur le tapis au centre de la pièce.

— Arrête de me taquiner et prépare-toi, tu veux ?

— D'accord, d'accord, chef. Je t'écoute.

— OK, règle numéro un : ne joue pas les héroïnes. Si tu arrives à mettre ton agresseur hors d'état de nuire quelques secondes avec un coup de pied à l'entrejambe, prends la fuite tout de suite. C'est ta meilleure défense.

— Je cours vite, acquiesça-t-elle. C'est l'avantage d'avoir de longues jambes.

Il voyait d'autres avantages à ses belles cuisses fuselées et sa silhouette élancée, mais garda le commentaire pour lui.

— Bref, si tu ne peux pas éviter la confrontation, il y a d'autres façons de te protéger.

Il se mit en position défensive.

— Par exemple, si quelqu'un essaie de t'envoyer un coup de poing, tu attrapes le coude du bras en mouvement...

Il attrapa son coude d'une main, et serra le poing de l'autre.

— ... Et tu utilises ta main libre pour le ou la frapper dans le ventre.

Elle essaya de copier son mouvement, un peu maladroitement.

— C'est bien, mais il faut utiliser tout ton bras et tout ton torse, dit-il en guidant son geste.

Il reprit sa position initiale.

— Essayons autre chose. Si on t'attaque de cette façon -

Il la saisit avec ses deux bras.

— Tu attrapes ses mains pour lui tordre les poignets, et tu lui envoies le fameux coup à l'entrejambe.

Elle éclata de rire.

— Donc je dois toujours faire deux choses à la fois.

— C'est mieux, oui. Ton agresseur s'attendra à une seule défense. En plus, retourner ses mains servira de distraction, et il n'aura pas le temps de parer l'autre attaque.

Il lui tendit ses paumes.

— Essayons. Prends mes mains et amorce le coup de pied. Ne me frappe pas pour de vrai, d'accord ?

De nouveau, elle rit.

— Heureusement que tu précises...

Elle saisit ses mains, les retourna pour mieux les repousser, puis esquissa un coup de pied.

— Pas mal, pas mal, dit-il, appréciateur.

Elle recula pour sautiller devant lui comme une boxeuse prête à l'attaque, un sourire de triomphe aux lèvres.

— OK ! Montre-moi autre chose !

— Essaie de bloquer mon coup de poing, mais cette fois, utilise ton épaule pour me faire reculer.

Elle hocha la tête ; il feinta un coup de poing ; elle le bloqua, mais son mouvement d'épaule était faible.

— Plus fort.

Nouvel essai, nouvel échec.

Il se glissa derrière elle.

— Il faut savoir que quand les gens se débattent, leur premier réaction, c'est d'utiliser leurs mains. Bloquer, pousser, agripper. Ils ne pensent qu'à leurs mains.

Elle hocha la tête.

— Lève ton bras droit.

Elle obéit.

— Plie ton coude...

Il pressa sa paume contre ses doigts.

— N'oublie pas tes autres armes. Tu as des doigts pour attaquer les yeux. Des paumes pour gifler. Des avant-bras pour bloquer.

Il glissa de ses phalanges à son poignet, puis le long de son triceps.

— Le coude pour lancer des coups. Ton bras et ton épaule pour donner plus de puissance à ton attaque, et pour déséquilibrer l'adversaire.

Il avait suivi l'intérieur de son bras soyeux, machinalement, sans songer qu'il arriverait à la courbe de son sein plutôt qu'à son épaule. Il retira sa main d'un mouvement brusque. Le souffle court, il la posa à retardement sur son épaule, mais pas avant qu'un frisson de désir coure sur son échine. Il aurait tout donné pour caresser son ventre et la courbe de sa hanche…

Il releva les yeux. Le silence résonnait dans la chambre. Sa *chambre*. Pourquoi lui avait-il proposé de venir ici ?

Il s'éclaircit la gorge, la nuque brûlante.

— Bref. Essayons encore une fois.

Il recula d'un pas, mais quand il se repositionna face à elle, son regard bleu flamboyait. Elle respirait trop vite.

Il n'aurait jamais dû la toucher…

Et pourtant, une étincelle d'excitation frémit en lui. Leur contact innocent l'avait troublée autant que lui, et…

Non. Non, non, non. Concentre-toi, Jace.

— Tout le haut de ton corps est une arme. Tu penses que tu peux essayer de me foncer dessus pour me faire tomber ? Utilise tes épaules.

Elle hocha la tête. Il reprit sa pose défensive. Au lieu de se lancer immédiatement en avant, elle leva les yeux vers lui. Leurs regards s'accrochèrent. Son cœur battait la chamade. Il venait de l'inviter à se jeter sur lui. Bientôt, il sentirait de nouveau la douceur de sa peau… Oh. Il pointa ses côtes.

— Ton objectif, c'est de me frapper ici.

— Avec mon épaule ? s'enquit-elle en reprenant sa posture de boxeuse, dansant d'un pied sur l'autre.

— Oui. De toutes tes forces. Assez pour me faire grogner et reculer, d'accord ?

Elle se lança en avant, mais le coup était faible.

Il l'aida à se redresser, puis dessina une ligne dans l'air qui les séparait, de son ventre plat à sa jolie poitrine.

— Il faut que tu concentres ta puissance d'ici… à ici.

Ses doigts n'étaient qu'à quelques centimètres de sa chair, de ses seins. Il déglutit de nouveau.

Elle le fixait toujours. Le temps était suspendu, et leurs souffles, et leurs corps. Elle fit un pas en avant ; ou était-ce lui ? Peu importait. La torture était terminée : soudain, enfin, leurs lèvres se trouvèrent.

10

Une angoisse familière courut dans les veines de Charlotte. La peur d'être utilisée, d'être abandonnée. Mais elle l'étouffa immédiatement ; il n'y avait pas de place pour la méfiance dans ce qu'elle ressentait pour Jace. Il avait toujours été sincère. Et même si c'était juste pour une nuit, elle le désirait de toutes ses forces. Il était temps de combattre sa lâcheté et de prendre la vie à bras-le-corps.

Elle rompit leur baiser juste une seconde, le temps de faire passer le T-shirt de Jace par-dessus sa tête et de l'envoyer valser.

— Charlotte...

— Non. S'il te plaît, Jace, n'essaie pas de me convaincre. Tu me plais. Je te plais. Si tu me veux autant que moi...

Pour une fois, elle était prête à regarder le risque en face, parce que Jace en valait la peine. Et apparemment, il était d'accord, car il captura de nouveau ses lèvres ; ils s'embrassèrent avidement, passionnément, et le vertige que lui insufflait sa bouche noya ses dernières hésitations.

À son tour, il retira son T-shirt. Seule la fine dentelle de son soutien-gorge la séparait de lui. Une vague fiévreuse la submergea, traînant avec elle un long frisson de convoitise. Elle n'avait jamais désiré quelqu'un avec tant de ferveur.

Dans quelques jours, dans quelques semaines, il ne ferait plus partie de sa vie, et pourtant... Elle était prête à sombrer dans le plaisir qu'il voudrait bien lui offrir.

Il détacha son soutien-gorge. Leurs regards se cherchèrent,

une dernière possibilité de fuir avant qu'il ne soit trop tard. Mais ni l'un ni l'autre ne recula ; Jace laissa glisser le soutien-gorge au sol, attrapa sa nuque dans sa grande paume tiède, et l'embrassa comme s'il ne pouvait se rassasier d'elle.

Les secondes se fondirent en minutes, les saveurs en textures, le plaisir en extase ; une fièvre de caresses brûlantes, de baisers si longs et si profonds qu'elle aurait pu s'y noyer. Elle oublia sa vie, ses peurs, son prénom, et se laissa sombrer dans les bras de l'homme le plus sexy et le plus rassurant qu'elle ait jamais rencontré.

Jace se réveilla le lendemain matin lové contre Charlotte. Il s'accorda une minute pour savourer la chaleur de son corps contre le sien, puis il ouvrit douloureusement les paupières.

Il avait passé la nuit avec une cliente. Charlotte n'avait rien en commun avec Misha, bien sûr. Elle ne traînerait pas son nom dans la boue. Mais c'était sans importance. Oui, il faisait confiance à Charlotte, il la désirait de tout son cœur, et les dernières heures avaient été les plus exquises de sa vie : mais il avait enfreint la règle la plus importante de son éthique, et c'était une erreur fondamentale.

Il brûlait de faire pleuvoir des baisers sur son épaule, de la faire tourner entre ses bras et de la toucher jusqu'à ce qu'elle gémisse, de savourer la beauté de son corps en plein jour, mais la raison devait reprendre ses droits.

Il allait se lever, prendre une douche, fuir dans la cuisine... Et sous aucun prétexte la réveiller. Il avait besoin de réfléchir. Il se glissa hors du lit avec précaution. Il s'accorda une dernière minute de tendresse, et admira ses beaux cheveux dorés étalés sur l'oreiller, son épaule soyeuse et laiteuse sur les draps lie-de-vin. Puis il s'éclipsa.

Une fois dans la cuisine, vêtu d'un T-shirt et d'un jogging, il prépara le café. La nuit dernière, ils s'étaient isolés dans un monde si privé que leur union leur avait semblé parfaite et sacrée. Il avait cru que lui enseigner quelques gestes d'auto-défense apaiserait la peur qui l'avait submergé lorsqu'il l'avait perdue, au concert ; en vain. Mais lorsqu'il avait commencé à la toucher, la douceur de sa peau et la chaleur de sa bouche lui avaient rappelé qu'elle était là, saine et sauve. La ferveur de son soulagement l'avait bouleversé. Il avait préféré oublier la réalité.

Il avait déjà bu deux tasses quand elle émergea du couloir. Dans ses affaires de la veille, elle contourna l'îlot central, glissa les bras autour de sa nuque, et l'embrassa.

Oh ! Dieu du ciel. Il ne se lasserait jamais de ses baisers. Son corps s'embrasa. Ses mains s'élevèrent, brûlantes de l'étreindre. Mais son cerveau lui rappela in extremis qu'il avait investi sa vie, son temps, sa passion dans son entreprise. Il ne pouvait pas tout risquer pour les beaux yeux d'une cliente.

Il recula. Elle lui sourit. Il grimaça.

— Charlotte... Nous n'aurions pas dû passer la nuit ensemble. Tu es ma cliente.

Son joli front se plissa.

— Sérieusement, Jace ? Je ne suis pas n'importe quelle cliente, si ? Ce qu'il y a entre nous... c'est différent.

Il fit un nouveau pas en arrière, en tenant sa tasse de café entre eux comme un bouclier.

— Tu n'es pas n'importe quelle cliente, c'est vrai. Tu vaux une fortune, Charlotte. Tu sais à combien s'élève le patrimoine Hinton ? Je ne suis pas seulement responsable des héritiers. Mon entreprise s'occupe aussi des systèmes de sécurité des propriétés, des voitures, des bureaux, du siège des entreprises... Je protégeais ton père en personne.

Elle l'observa une seconde en silence.

— Donc mon père compte pour la moitié de tes revenus, si ce n'est plus.

— Exactement.

— Et si tu perds le domaine Hinton, ton entreprise perd la moitié de sa valeur.

— En un claquement de doigts.

— Et quel rapport avec toi et moi ?

— Tu es ma cliente, répéta-t-il d'une voix vacillante.

Et lui faire l'amour était la chose la plus stupide qu'il ait jamais faite, et la plus merveilleuse. Il inspira profondément.

— Je suis ton garde du corps.

— Tu t'investis personnellement dans chacun de tes clients, Jace. Je t'ai vu. Même avec Seth.

Il se força à regarder sa tasse de café plutôt que ses jolies fesses et ses longues jambes.

— S'investir, oui. Mais il y a des limites.

— Et la limite, c'est le sexe ? Je ne comprends pas. Tu es consentant, pas vrai ? Et si avoir une liaison avec toi me rend heureuse et me prédispose à écouter plus attentivement tes ordres parce que je te trouve adorable quand tu es autoritaire, quel est le problème ?

— Je ne peux pas me laisser distraire.

— Oh ! je vois. Aveuglé par ma beauté, peut-être ? plaisanta-t-elle.

— C'est plus que ça, grogna-t-il. Être avec toi influe sur ma concentration. J'ai besoin d'être toujours alerte si je veux te protéger.

Elle ne cilla pas, l'air sceptique. Il croisa les bras.

— Mais si tu veux des arguments personnels, j'ai d'autres bonnes raisons de penser que nous n'avons rien à faire ensemble. Tu ne me connais pas, Charlotte.

— Justement, je veux apprendre à...

— Je suis divorcé, la coupa-t-il.

— Oh.

— Ma femme m'a trompé avec mon meilleur ami.

— *Oh*, souffla-t-elle une nouvelle fois.

Sa voix avait tremblé. Elle avait compris le genre de cicatrice qu'une trahison pareille laissait dans son sillage, il en était certain.

— Et cela complique ton rapport aux relations amoureuses, c'est ça ? ajouta-t-elle enfin.

— Oui. Il y a quelques années, j'ai revu mon ex et mon ancien meilleur ami. Ils étaient mariés. Ils avaient un bébé. À ce moment-là, je protégeais la fille d'un client. Misha avait trente ans, était pourrie gâtée, et quand nous avons croisé mon ex… Elle a vite compris la situation.

Charlotte s'appuya contre l'îlot, l'œil attentif.

— C'est positif, non ?

— C'est ce que j'ai cru aussi. Elle a passé son bras sous le mien et fait semblant d'être ma petite amie. Elle était très belle, visiblement riche, j'étais en costume… Nous avions l'air tout droit sortis d'un magazine.

Charlotte rit doucement.

— Quand nous sommes montés dans la limousine sous les yeux de mon ex, j'étais grisé. Mon ego était sain et sauf. Je n'avais pas perdu la face devant mon ex et son mari. Mais ni moi ni Misha n'avons su nous arrêter.

— Alors tu n'as pas juste embrassé une autre cliente. Tu as eu une liaison avec elle.

— J'ai appris ma leçon. Quand son père l'a déshéritée, elle a décidé de gagner sa vie en écrivant ses mémoires…

— Oh ! non…

— Nous n'avons couché ensemble qu'une seule fois, mais elle a embelli les détails. Elle a écrit que je… Que j'avais profité de sa naïveté. Et elle n'a pas lésiné sur les détails.

Il s'éclaircit la gorge.

— Quelques pages ont suffi à faire vaciller la confiance de mes meilleurs clients. J'en ai perdu certains. Une liaison avec la personne que tu protèges n'est pas juste un faux pas, Charlotte. C'est un abus de confiance.

— Mais pas entre nous. Pas quand j'étais aussi investie, aussi active que tu l'étais.

— Les choses évoluent. Les sentiments changent. Peut-être que tu regretteras ta décision dans quelque temps.

— Quoi qu'il arrive, je n'utiliserais jamais une chose pareille contre toi, Jace.

— Peu importe. Mon devoir, c'est de te protéger.

— Tu m'as parfaitement protégée jusqu'ici, et je t'attire depuis le début, non ? Entre nous, c'est diff…

Le portable de Charlotte vibra sur la table. Ouf ! Sauvé par le gong. Elle hésita avant de le prendre.

— Je ne sais pas qui m'appelle à cette heure-ci, mais…

Elle fronça les sourcils puis releva les yeux vers lui.

— Je suis désolée, c'est ma mère. Il faut que je réponde.

— Bien sûr, vas-y.

Dès qu'elle quitta la pièce, il se laissa aller contre le comptoir avec un soupir et frotta son front douloureux. Quel imbécile. Tous les arguments de Charlotte étaient justes. Charlotte *était* différente. Et il n'avait pas négligé son travail malgré sa présence ; au contraire, son désir pour elle lui avait parfois donné l'impression d'être plus alerte…

Mais non : il essayait encore de justifier son comportement. Il avait perdu le contrôle de lui-même, la veille ; c'était aussi simple que cela.

Elle revint après quelques minutes, l'air confus.

— Ma mère est à LaGuardia.

— L'aéroport ? A-t-elle besoin d'une voiture ?

— Elle voulait prendre un taxi, mais je lui ai dit que nous pouvions lui envoyer une limousine.

— Bien sûr, donne-moi juste les informations du vol. J'aurai un agent sur place d'ici trente minutes. Elle peut prendre un café et le rejoindre au retrait bagages.

— Parfait, merci.

Après avoir envoyé ses directives par SMS, elle pivota vers lui, penaude.

— Apparemment, j'ai laissé entendre que je m'ennuyais la dernière fois que je l'ai eue au téléphone. Elle a décidé que des vacances entre filles à New York étaient exactement ce dont j'avais besoin.

C'était parfait, c'était la distraction dont il avait besoin ; et pourtant, son cœur se serra. La présence de sa mère briserait peut-être le trouble croissant qui palpitait entre eux. Devant elle, il ne serait pas question de s'embrasser, de se toucher, ni même de se rapprocher. Ils seraient obligés de prendre leurs distances. La prochaine fois qu'ils auraient l'occasion de discuter seul à seule, peut-être qu'elle serait prête à entendre ses arguments. Leur attirance était naturelle, mais la transformer en *actes* était impossible.

— C'est une bonne nouvelle, non ?

— C'est une très bonne nouvelle pour *toi*, c'est sûr, si tu insistes pour ignorer ce qu'il y a entre nous.

— J'insiste, Charlotte. Tu ne comprends pas à quel point tu es en danger. Je ne veux pas me laisser distraire. Je veux te protéger. Et c'est la meilleure façon de le faire.

— Génial, railla-t-elle.

— Je ne peux pas continuer de m'attarder sur ta beauté alors que je devrais surveiller les environs. Je ne peux pas plaisanter et rire avec toi quand quelqu'un s'apprête à t'attaquer. Je ne peux pas perdre la tête, et oublier qui tu es, ce que tu représentes, tous les fous qui voudraient t'extorquer une partie de ton héritage.

— Tu vois des obstacles où il n'y en a pas, Jace.

— Tu as vécu une vie paisible, en sécurité. Tu n'es pas consciente du pouvoir de ton nom, mais je sais qui tu es et ce qui peut se tramer dans l'ombre. C'est mon métier.

Elle soutint son regard, un long moment, puis déclara :

— Très bien. Je comprends.

— Vraiment ?

— Oui. Je ne suis pas complètement d'accord, mais je respecte ta décision.

Elle se détourna, et il retint de justesse un soupir de soulagement. Dieu merci, il avait gagné -

Gagné ? Et qu'avait-il gagné, si ce n'était l'interdiction de la toucher, de la prendre dans ses bras, de sentir son corps chaud sous le sien ? Il retint un juron de frustration.

Il ne pouvait plus oublier les enjeux de cette mission. Pour la première fois de son existence, il avait réellement peur pour la vie d'une cliente. Les responsables de la succession avaient gardé le secret, Danny avait découragé bon nombre d'escrocs en tous genres… Mais les variables étaient innombrables. Et si elle retournait à Pittsburgh sans la sécurité que lui offrait son héritage, elle serait à la merci de tous les dangers.

L'angoisse bouillonnait en lui, toujours plus puissante. Il pouvait l'imaginer, seule, dans sa belle maison, sur ses chantiers en extérieur, si vulnérable, si aveugle. Elle ne comprenait pas le risque. Elle ne voulait pas l'entendre. Elle ne croyait pas à ses avertissements.

Avant d'entrer dans sa chambre, elle lança :

— Je vais proposer à Leni de venir avec nous faire du shopping. Elle a parlé d'une boutique qu'elle adore près de Times Square.

Il hocha la tête, la gorge nouée. Elle ferma la porte, mais pas avant qu'il aperçoive la peine qui froissait son beau visage. Malgré tous ses efforts, il l'avait blessée. Mais c'était la meilleure décision. C'était... mieux ainsi.

Qu'aurait dit Mark s'il avait été encore vivant ? S'il *était* encore vivant ? Comme souvent, le soupçon insidieux rampa en lui, alarmant de crédibilité. À ce moment précis, c'était la distraction dont il avait besoin : mieux valait songer à une machination extravagante qu'à la souffrance d'avoir repoussé Charlotte.

Quand Leni arriva, la mère de Charlotte était déjà là. Charlotte les présenta avec une bonne humeur feinte. En voyant sa demi-sœur, Penny laissa échapper un rire surpris.

— Je t'imaginais un peu différemment...

Leni glissa une mèche derrière son oreille, les joues roses.

— Ma mère était petite.

Elles rirent toutes les trois. Jace était silencieux comme une ombre à côté d'elle. Le parfait garde du corps.

Elle n'arrivait toujours pas à y croire. Une déception terrible lui mordait le cœur. Quand elle s'était abandonnée dans les bras de Jace, elle avait vaincu ses peurs. Ils avaient partagé quelque chose de merveilleux, de torride, dont le simple souvenir lui brûlait l'échine. Il était si séduisant, si adorable, si irrésistible...

Elle était douloureusement consciente de sa présence, à quelques pas, si proche et si lointaine. Elle n'aurait pas dû être si blessée par sa réaction. Pourquoi ne pas se contenter d'une nuit ? Peut-être que Jace l'avait simplement aidée à surmonter ses angoisses. Peut-être était-elle prête à s'ouvrir aux autres hommes, maintenant. Peut-être était-ce suffisant.

Peut-être...

Une fois prêtes, elles sortirent toutes les trois pour aller prendre la limousine, Jace et le garde du corps de Leni sur leurs talons. Dans la voiture, Leni et Penny bavardèrent avec enthousiasme. Charlotte, quant à elle, observait Jace du coin de l'œil. Il était assis sur la banquette en face. Il regardait le trafic par la fenêtre, sur le qui-vive.

Il était si beau, si généreux avec les gens qu'il avait juré de protéger... Comment sa femme avait-elle pu le tromper ?

Son mariage s'était mal terminé, et s'il avait encore été capable de faire confiance à qui que ce soit après cela, le livre de Misha avait dû réduire ses dernières illusions à néant. Comment parviendrait-elle à le convaincre qu'elle était différente ? Elle n'avait pas l'intention de trahir leur secret. Elle ne voulait même pas d'une relation durable ; mais elle voulait prendre le plaisir au jour le jour.

Et si la nuit dernière lui avait prouvé quelque chose, c'était que Jace était l'homme idéal pour une liaison brûlante, éphémère, et terriblement romantique.

La voiture s'arrêta devant la vitrine d'une boutique. Le garde du corps de Leni leur ouvrit la portière et ils entrèrent à la queue leu leu dans le magasin. Elle s'apprêtait à faire un commentaire sur le ridicule de la situation (avaient-elles vraiment besoin de deux agents armés pour aller acheter une ou deux paires de chaussures ?), mais la raillerie mourut sur sa langue. Dans la grande pièce tapissée de bois sombre, elle étouffa une exclamation d'admiration. Des robes sophistiquées et des blouses colorées scintillaient comme des bijoux sous les immenses chandeliers.

— Oh ! mon Dieu, souffla-t-elle.

Leni passa un bras sous le sien.

— Le paradis, pas vrai ?

— Je crois que je vais avoir besoin de *toutes* mes cartes de crédit, commenta sa mère en clignant des yeux.

— Range ton porte-monnaie, Maman. Cet après-midi est offert par Mark Hinton.

— Quoi ?

— Ses avocats m'ont alloué un budget pour mon séjour à New York. Danny Manelli a fait livrer ma carte chez Jace hier. Et nous avons bien mérité de beaux vêtements, non ?

— C'est vrai, j'ai besoin d'une robe pour le mariage d'Annie Petrunak, sourit Penny.

— Et j'ai un gala de charité en Écosse la semaine prochaine, ajouta Leni. Oh ! si vous êtes encore disponibles, pourquoi ne viendriez-vous pas avec nous ?

— Un bal ? En Écosse ? répéta Penny, la main sur le cœur.

— Tout à fait, confirma Leni en riant. Et organisé dans un château.

Elle montra Jace d'un mouvement de menton.

— C'est sa famille qui a lancé le projet. Le gala a pour objectif de lever des fonds pour l'aile pédiatrique de leur hôpital local.

Charlotte haussa un sourcil. La famille de Jace organisait un bal de charité ? Étaient-ils si riches ?

Jace, de son côté, était toujours impassible.

— Il ne veut pas l'avouer, murmura Leni, mais je crois que c'est leur façon de lui rappeler qu'il a aussi une vie personnelle... Pas seulement un travail et des clients.

— Je vois.

— Vous devriez venir, toi et ta mère. La liste des invités est restreinte et le lieu est magnifique. Ce serait l'occasion parfaite de te présenter à quelques personnalités.

— Mais je ne suis pas censée me présenter, lui rappela Charlotte. Nous n'avons pas reçu les résultats ADN et je n'ai même pas vu les propriétés de mon père.

— Je dirai que tu es mon amie, alors. Ce sera plus confortable pour toi, de toute façon. Et quand ton identité sera rendue publique, tu auras déjà un pied dans le bain.

Elle n'avait pas l'intention d'entrer « dans le bain », bien sûr, mais elle ne couperait pas les ponts avec Leni quand elle aurait refusé son héritage, alors pourquoi pas ?

Elle hocha la tête.

— Adjugé ! Il n'y a plus qu'à trouver la robe parfaite.

Penny lui offrit un sourire lumineux et Leni applaudit avec un gloussement de joie. À cet instant, une femme élancée apparut dans l'escalier, vêtue d'un tailleur noir sans chemisier et d'une impressionnante rivière de perles.

— Iris ! s'exclama Leni. Vous allez voir, Iris est extraordinaire. Elle va nous aider à trouver la robe parfaite.

Elles passèrent l'heure suivante à explorer la boutique pendant qu'Iris et ses collègues rassemblaient des robes de cocktail et de bal. Charlotte mit de côté un pantalon à pinces, une blouse en soie et deux robes élégantes qu'elle pourrait porter au travail, avant de passer au deuxième étage. Jace, silencieux, la suivait de près.

Malgré leur désaccord, elle avait l'impression de le comprendre un peu mieux, désormais. Il savait que la vie n'était pas facile ; que les gens n'étaient pas toujours dignes de confiance. Il avait eu le cœur brisé, il avait connu la douleur, la déception, la honte. S'il était aussi patient et investi dans le bien-être de ses clients, c'est également parce qu'il désirait les protéger de ces souffrances-là.

Il était fort, intelligent, déterminé, et elle le respectait profondément. Elle n'était pas en colère contre lui. Même si elle en souffrait, elle comprenait sa décision.

Elle avait déjà essayé deux ou trois tenues lorsque Iris et son assistante, Francine, lui proposèrent une magnifique robe fourreau immaculée. Son cœur rata un battement ; elle n'avait pas besoin de l'essayer, la robe lui semblait tout droit sortie d'un fantasme.

De nouveau, elle lança une œillade subreptice à Jace. Si sa famille était présente, il serait là, lui aussi. Pas en tant que garde du corps, mais en tant qu'invité d'honneur.

Oh... Pour la première fois, elle prenait conscience de l'inégalité de leur relation. Elle l'avait immédiatement considéré comme quelqu'un de têtu et d'autoritaire, mais il s'était comporté de cette façon parce qu'il faisait son travail. Qui était Jace, quand il était libre d'être lui-même, et juste lui-même ? S'ils avaient le *droit* de flirter, de rire, de danser, de se toucher – quels mots choisirait-il, quels gestes ?

S'il était soudain libéré de ses responsabilités, peut-être avait-elle une chance de lui faire tourner la tête. De lui montrer combien leur complicité était précieuse. Elle voulait être elle-même avec lui et apprendre à connaître le vrai Jace.

Ce gala était l'endroit parfait : un terrain neutre.

Elle ne cherchait plus le prince charmant ni des promesses d'éternité. Elle avait laissé ces illusions derrière elle avec sa peur. Mais elle voulait vivre sa vie sans remords. Exister. Être elle-même. Cesser de fuir.

Et cette aventure-là commençait avec Jace.

Le téléphone de Francine tinta.

— Votre mère est à l'étage avec Iris. Elle veut votre avis sur sa robe. Je peux aller déposer celle-ci à la caisse pendant ce temps, si vous voulez.

Charlotte hocha la tête.

— Ce serait parfait. Troisième étage ?

La jeune femme hocha la tête. Charlotte lui sourit avant de prendre l'escalier. Jace, toujours aussi discret, la suivit. Bon Dieu, comme elle avait hâte de faire fondre cette façade de glace… Son silence la frustrait terriblement.

À l'étage, sa mère l'attendait sur une petite plate-forme, vêtue d'une robe rouge si magnifique que Charlotte s'arrêta net, bouche bée. Penny l'accueillit avec un grand sourire.

— Qu'est-ce que tu en penses ?

— Je pense que tu es sublime !

Elle comprenait pourquoi un millionnaire était tombé en pâmoison devant sa mère, vingt-neuf ans plus tôt. Penny aurait dû vivre une vie de luxe et de paillettes, exquise dans des robes de soie écarlate, heureuse au bras de Mark Hinton… Si seulement Charlotte n'avait pas brisé leur idylle.

Dans leur maison excentrée, au fin fond de la campagne, sa mère avait continué de parler de Mark comme si elle attendait son retour. Comme si elle avait cru qu'il finirait par venir vivre avec elles à la ferme.

Peu à peu, elle avait arrêté d'exprimer son souhait le plus cher à voix haute ; mais Charlotte savait qu'elle n'avait pas perdu espoir. Néanmoins, ces dernières années, l'étincelle avait vacillé, puis, dans la tragédie, s'était éteinte.

Sa mère avait gâché toute sa vie pour un homme qui n'avait pas voulu d'elle.

Son cœur se serra. Peut-être comprenait-elle enfin ce que sa mère avait ressenti. Cette étrange, ridicule espérance. Elle s'accrochait à un espoir, elle aussi : persuadée que Jace finirait par comprendre qu'ils étaient faits l'un pour l'autre.

Il était toujours derrière elle, aussi neutre qu'une statue.

Sa simple proximité lui donnait des frissons. Croyait-elle vraiment qu'elle pourrait se contenter d'une aventure, alors même qu'elle connaissait la force de ses sentiments pour lui ? La nuit dernière, elle s'était répété qu'elle assouvissait simplement ses désirs charnels, sans attache. Mais Jace lui plaisait. Plus que cela : elle l'admirait, elle le respectait.

Et sa mère lui avait montré qu'il était beaucoup trop dangereux de s'offrir à un homme qui ne lui retournerait pas ses sentiments. Même s'il était beau, même s'il était gentil, même s'il était sexy et adorable et honorable.

Beaucoup trop dangereux, parce qu'elle se mentait éhontément en se promettant qu'elle pourrait se contenter d'une liaison éphémère.

11

La limousine s'arrêta d'abord devant la tour de verre et d'acier où Nick avait son appartement. La petite sœur de Charlotte, vive et féerique, leur fit un signe d'au revoir avant de s'engouffrer d'un pas dansant dans le hall luxueux.

— Elle n'a pas toujours été comme ça.

Charlotte et sa mère se tournèrent vers Jace. Il n'avait pas ouvert la bouche depuis des heures. Elle jeta un coup d'œil à Leni par la vitre, surprise.

— Tu veux dire, heureuse ?

— Je veux dire, à l'aise. Avec l'argent, l'héritage. Mais une fois qu'elle a trouvé comment elle voulait l'utiliser…

— Tu penses que c'est ce que je devrais faire ?

— Non. Je te rappelle juste que tu as des options. Tu t'es bien amusée avec elle, aujourd'hui. Elle t'aime bien, tu l'aimes bien. Vous faites partie de la même famille.

— Merci, docteur Freud.

— Je ne plaisante pas.

— Bien sûr. Tu ne briserais pas ton vœu de silence pour une plaisanterie, railla-t-elle.

Une idée la frappa de plein fouet. Il était en train de la traiter comme Seth Simon : il la conseillait pour qu'elle ne fasse pas d'erreur. Elle fronça les sourcils, piquée au vif.

Pour qui se prenait-il ? Elle n'était pas aux abois, et elle n'avait pas besoin d'être prise de haut. Elle fit de son mieux pour ravaler sa colère. Il était injuste. Il avait choisi son travail au lieu de la choisir, elle, malgré la nuit qu'ils avaient passée. C'était assez ironique, finalement : pour Jace, elle avait décidé de baisser les armes et d'oublier la peur irrationnelle d'être abandonnée comme sa mère avait été abandonnée... Et il s'était comporté exactement comme elle l'avait craint. Comme son père. Et maintenant, il lui conseillait d'accepter l'influence de Mark Hinton ?

Sa mère brisa le silence.

— Ton père aurait aimé que toi et Leni soyez amies.

— C'est la faute de mon père si j'ai été séparée d'elle pendant des *dizaines d'années*, rétorqua Charlotte.

— Peut-être qu'il le regrettait, commenta Jace.

— Quoi ? Il te l'a dit ?

— Oui. Il regrettait beaucoup de choses.

Le regard de Jace glissa vers sa mère, et il haussa les sourcils d'un mouvement significatif.

Penny, qui n'avait rien remarqué, lança :

— Mon hôtel est à Times Square.

— Ton hôtel ? Tu ne viens pas vivre avec moi ?

— J'ai plusieurs chambres d'amis, assura Jace.

— Oh ! non, fit Penny en riant. Merci, Jace, mais j'ai besoin de mon espace personnel.

Charlotte poussa un soupir mais ne chercha pas à la dissuader : elles avaient passé des années dans une ferme excentrée. Sa mère prenait son « espace personnel » au sérieux. Jace informa le chauffeur, et le silence retomba dans l'habitacle. La colère bouillait et montait dans son ventre, dans sa gorge. Jace en savait plus qu'il ne voulait l'admettre sur Mark Hinton. Il savait ce que son père avait ressenti pour sa mère. Il savait pourquoi ses héritiers avaient été séparés. Pourquoi n'avait-il rien dit ?

Après avoir aidé Penny à s'installer, ils prirent le chemin du retour. Dents et poings serrés, Charlotte fulminait.

Pourquoi avait-elle autant de questions sur son père ? Elle ne voulait pas le trouver sympathique, pas le connaître. Elle aimait le haïr. Elle n'avait pas besoin de lui, elle n'avait *jamais* eu besoin de lui. Et pourtant, maintenant que la vérité était à portée de main...

La tentation de comprendre pourquoi son père n'avait jamais assumé sa paternité la rongeait. Il avait abandonné l'amour de sa vie plutôt que de reconnaître sa fille. Penny et Mark auraient-ils encore été ensemble si elle n'était pas née ?

Arrivée à l'appartement de Jace, elle s'enfuit dans sa chambre en claquant la porte. Aujourd'hui, elle avait passé la journée avec sa mère et sa sœur. Elle s'était amusée. Elle avait eu l'impression d'avoir une vraie famille.

À cause de Mark Hinton, elle avait passé son enfance dans une bulle de sécurité… et de solitude. Elle n'avait jamais connu sa petite sœur. Elle aurait aimé le secouer comme un prunier, lui arracher des excuses, mais cet imbécile avait eu l'audace de disparaître sans assumer les répercussions de ses décisions. Et il ne restait que Jace.

Elle aurait aimé contrôler sa curiosité et laisser les secrets mourir avec son père… Mais c'était plus fort qu'elle. Elle sortit de sa chambre et alla frapper à celle de Jace.

— Comment oses-tu me parler de ce que ressentait mon père ? Il n'a même pas voulu de moi ! Il a abandonné ma mère ! Il m'a séparée de Leni ! Peut-être que ça te semble trivial, mais c'est important pour moi ! C'était important quand j'étais petite et que je vivais loin de tout, important quand j'écoutais ma mère s'endormir en pleurant ! Tu ne peux pas lui trouver d'excuse, Jace. Il est parti parce qu'elle est tombée enceinte. Il est parti parce que *j'existe* !

Jace ouvrit la porte. Son regard était doux, rassurant.

Elle s'interrompit, à bout de souffle. Les larmes lui brûlaient les yeux, mais elle refusait de les laisser couler.

— Il est parti parce qu'elle est tombée enceinte, mais pas parce qu'il ne voulait pas de toi. Il savait que s'il vivait avec toi, avec ta mère, il vous mettrait en danger.

— Oh ! tu veux me faire croire qu'il voulait nous protéger.

— C'est le cas ! Charlotte, il ne s'agit pas juste de son argent. C'était un homme d'affaires, et ses transactions ne se déroulaient pas toujours paisiblement. Il s'est fait beaucoup d'ennemis dans les années 1980. Des ennemis dangereux. La plupart d'entre eux sont morts aujourd'hui, mais à cette époque, Mark recevait des menaces de mort tous les jours.

— Tu lui cherches des excuses ! Quoi que tu en dises, il a laissé ma mère et moi toutes seules. Si un de ses ennemis nous avait trouvées, nous aurions été à sa merci, sans défense. C'est encore pire !

Elle le contourna pour aller s'asseoir sur le lit et dissimuler son visage dans ses mains. Les larmes coulaient, malgré ses efforts. Elle les essuya d'un geste vif et agacé.

— Comment peux-tu penser que c'était la meilleure solution ? souffla-t-elle.

Le cœur de Jace se figea dans sa poitrine. Il n'avait jamais vu Charlotte aussi vulnérable. Sa souffrance brute et nue le déchira comme un coup de tonnerre. Il reconnaissait son désespoir : quand il avait découvert que sa femme l'avait trompé avec son meilleur ami, il avait eu besoin de crier, de frapper, besoin qu'on lui *explique* comment faire taire la douleur. Il ne pouvait regarder Charlotte subir un tel supplice sans rien faire. Il s'assit près d'elle et la prit dans ses bras.

— Je suis désolé. Je ne dirai plus rien.

Elle le repoussa sans ménagement.

— Je ne veux pas que tu te taises. Je veux savoir ce qu'il s'est passé. Je veux comprendre.

Un sanglot lui échappa.

— Leni aurait pu être ma meilleure amie…

— Elle peut encore l'être.

Elle hocha la tête, silencieuse, mais il y avait quelque chose de si fragile sur son visage fier qu'il en avait la gorge nouée. Il brûlait de lui montrer combien elle était aimée, combien elle était unique. L'envie était trop forte, trop aiguë.

Il savait qu'il ne devait pas l'embrasser, mais il se pencha tout de même sur elle. Comment aurait-il pu résister, alors qu'elle avait besoin de réconfort ? Il frôla sa bouche d'un baiser léger comme l'aile d'un papillon. Elle répondit en glissant sa main sur sa nuque, en entrouvrant ses lèvres, et, comme dans un rêve, il approfondit le baiser.

Elle fondit contre lui, souple et tiède ; petit à petit, leur étreinte se métamorphosa, du manque à la tendresse, de la tendresse au désir. Sa main glissa sous l'étoffe de son T-shirt, avide de retrouver la douceur de sa peau. Et pourquoi pas, après tout ? Ils s'étaient mis d'accord la veille, mis d'accord ce matin : ni l'un ni l'autre ne voulait envisager une relation sérieuse.

Et pourtant, ils ressentaient tous les deux quelque chose d'ineffable lorsqu'ils étaient dans les bras l'un de l'autre. La paix et le bonheur. Ils en avaient besoin à cet instant : retrouver leur équilibre, échapper à l'angoisse et au tumulte des derniers jours, juste une nuit.

Il lui passa son T-shirt par-dessus la tête ; leurs yeux se trouvèrent, aimantés. Il répondit à son regard curieux en se penchant en avant pour l'embrasser, lentement, doucement. Rien de tout cela n'était anodin. S'il avait rencontré Charlotte avant Mary Beth, elle aurait peut-être été l'amour de sa vie.

Non, c'était faux : elle *était* l'amour de sa vie. Alors il lui fit l'amour comme tel ; avec dévotion, avec tendresse. Elle était si intelligente, si belle, et, pendant quelques heures, elle était à lui comme il était à elle.

Elle le surprit en le faisant basculer sur le dos. Elle se redressa, le temps d'enlever son jean, puis le chevaucha, chair contre chair. Il aimait tant sa force, sa volonté, le rictus moqueur qui courbait sa bouche. Il était là où il devait être, au plus près d'elle ; la fièvre le submergea. Rieurs et pantelants, ils se disputèrent l'ascendant jusqu'à ce que le plaisir les engloutisse, si puissant qu'il leur coupa le souffle.

Tout contre elle, il ferma les yeux et inspira profondément. Il n'arrivait pas à croire que le destin lui avait tout à la fois offert et interdit Charlotte. Il se glissa avec elle sous les couvertures. Elle était toujours silencieuse ; juste un soupir de bien-être avant de se pelotonner contre lui. Il resserra son étreinte. Il voulait quelques minutes de paix, auprès elle, sans obstacle.

Mais c'était trop demander, bien sûr : l'inquiétude ne lui laissait pas de répit. Il ne pouvait pas nier qu'il avait des sentiments pour Charlotte, mais quelle importance ? Ses relations amoureuses avaient été rares et s'étaient soldées par des échecs cuisants. Il ne savait pas cultiver l'intimité, la vie à deux. Il ne savait qu'une chose : protéger les autres.

Et Charlotte... Charlotte, si forte et si courageuse, si honnête, avait besoin d'une relation solide. Un homme capable de lui montrer qu'elle méritait tout l'amour qu'on lui avait refusé jusque-là. Pas lui. Un homme meilleur, dont le cœur était encore intact.

Et cette conclusion lui transperçait l'âme.

La gorge nouée, il s'endormit dans ses bras.

12

Charlotte s'extirpa doucement des bras de Jace pour ne pas le réveiller. Dans la cuisine, le concierge avait déposé ses achats de la veille sur l'îlot central et laissé sa carte filigranée. Elle alla ranger les vêtements dans son placard.

En passant sa robe blanche sur un cintre, elle fit courir ses doigts sur l'étoffe satinée. Une robe unique, achetée dans une boutique haut de gamme. Une robe juste pour elle.

Un symbole de la vie qui l'attendait peut-être.

Elle était allée voir Jace pour passer sa colère, et il avait répondu en la réconfortant. Il regretterait peut-être d'avoir franchi la limite qu'il s'était lui-même imposée. Mais comment pouvaient-ils nier l'évidence ?

Jace était tout ce qu'elle désirait. Ils passaient leurs journées ensemble. Il connaissait tous les détails de son quotidien. Il était à ses côtés à chaque instant...

... Jusqu'à ce qu'ils se séparent. Car ils se sépareraient bientôt. Il était divorcé, sa femme l'avait trompé. Ce genre de trahison laissait des plaies, et elle n'était pas assez arrogante pour croire qu'elle était capable de les soigner.

Elle se prépara un sandwich, prit une bouteille d'eau dans le frigo, et alla s'installer dans la salle de télévision.

Il y avait quelque chose d'indéniablement profond entre eux. Et si c'était justement ce que le destin avait voulu lui apprendre ? Qu'elle était capable de profiter des belles choses que la vie lui offrait, sans s'attendre à la perfection, sans exiger l'éternité ?

Elle avait longtemps soupiré après un prince charmant idéal, mais c'était terminé. La réalité valait mieux que ça.

Elle décela des bruits de pas dans le couloir : Jace était réveillé. Elle ne le rejoindrait pas dans la cuisine ; elle n'aimait pas poursuivre les hommes, et, si elle ne se trompait pas, Jace n'aimait pas être poursuivi. Leur attraction était mutuelle. Égale. Il la rejoindrait bientôt, elle le savait. Elle le *connaissait*. Ils ne pouvaient pas lutter contre un sentiment qui lui semblait aussi naturel que respirer.

Elle voulait simplement en profiter tant qu'il en était encore temps. Et Jace ? Était-il prêt à faire de même ?

— Je vois que tu n'as pas besoin que je fasse à dîner.

Elle se tourna vers la porte. Il était là – bien sûr qu'il était là. Il l'avait tout de suite retrouvée. Il était adorable ; froissé, échevelé, éreinté par l'amour. Elle ne put retenir un sourire.

— Dans mon monde, un sandwich est un dîner.

Il rit doucement. Il vint s'asseoir près d'elle et passa un bras autour de ses épaules. À la télé, un match des Yankees passait en sourdine.

— Tu es fan ?

— La moitié de la population nationale est fan… Mais honnêtement, je préfère les Pittsburgh Pirates.

— Plus loyale qu'opportuniste, hein ? plaisanta-t-il.

— Hé ! Ils gagnent de temps en temps !

— Oh ! ce n'était pas un reproche. La loyauté est une qualité, la rassura-t-il.

Évidemment : Jace était l'homme le plus loyal qu'elle connaissait. Elle se lova contre lui, dans la chaleur délicieuse de son étreinte.

Il poussa un soupir de bien-être. Elle n'avait pas l'intention de débattre de leur statut, comme elle l'avait fait ce matin ; elle était prête à accepter ses choix, quels qu'ils soient. Cependant, elle avait peur, si peur qu'il lui échappe. Ils étaient si bien, à cet instant. Elle voulait savourer cette tendresse pendant des heures et des jours.

— Je ne peux pas prétendre que je n'ai pas voulu te faire

l'amour, ce soir. J'ai eu l'opportunité de reculer. Toi aussi. Je ne l'ai pas prise. C'était un choix.

Elle leva les yeux vers lui.

— Et je ne peux pas prétendre non plus que cela n'arrivera plus jamais, murmura-t-il.

Sa peur s'atténua. Avait-il compris, comme elle, que le sentiment qu'ils partageaient valait la peine d'être exploré ?

— Continue, je t'en prie. Tu m'intéresses.

— Je ne vais pas prétendre que je ne ferais pas *ça* quand nous serons seuls…

Il se pencha sur elle et l'embrassa langoureusement. Elle attrapa sa nuque en souriant contre sa bouche.

— Quand je suis avec toi, j'ai envie de te parler, de te toucher, de t'embrasser. Mais, Charlotte… Tu ne sais pas tout de moi.

— En plus de ton divorce et de ta liaison illicite ?

Jace inspira doucement. Il ne pouvait plus se mentir : ni Charlotte ni lui ne pouvaient nier le lien qui les unissait. Mais il ne pouvait pas aller plus loin sans lui expliquer que quoi qu'il arrive, cette relation n'était pas destinée à durer. Pas seulement parce qu'il n'osait plus faire confiance à qui que ce soit, mais parce qu'il ne pouvait supporter de la blesser, elle.

— C'était le pire, ne t'inquiète pas.

Elle haussa un sourcil moqueur.

— Alors quoi, tu veux d'abord m'expliquer tes mauvaises habitudes et tes humiliations d'adolescent ?

Il secoua la tête, mal à l'aise. Il était plus habitué aux liaisons sans lendemain qu'aux conversations sentimentales.

— Non, je veux simplement… Je veux clarifier quelque chose. J'aime ce que nous partageons, et je n'ai pas envie que cela s'arrête… Mais cela s'arrêtera. D'accord ?

— Bien sûr.

— Si nous en sommes tous les deux conscients, alors je ne veux plus m'interdire d'être avec toi.

— Et tes devoirs de garde du corps ? susurra-t-elle.

Oh ! elle n'allait pas lui faciliter la tâche, bien sûr.

— C'est toi qui as dit que tu adorais obéir à mes ordres, maintenant que tu m'avais vu nu comme un ver.

Elle éclata de rire.

— C'est vrai...

— Au moins, je suis certain que tu m'écouteras s'il arrive quelque chose. Nous sommes une équipe, nous nous faisons confiance. C'est le plus important.

— Ça, et le fait que tu t'inquiètes pour rien, car je ne suis pas vraiment en danger.

— Charlotte..., marmonna-t-il.

Il fit glisser une main sur sa nuque, jusqu'à ses beaux cheveux blonds. Puisqu'ils étaient sur la même longueur d'onde, il pouvait trouver un sujet plus léger.

— Tu as trouvé une robe pour le bal en Écosse ?

— Oui, et je pense que tu vas l'adorer.

Sans aucun doute. Il adorait tout ce qu'elle portait, tout ce qu'elle faisait, tout ce qu'elle disait.

— Tu seras là, n'est-ce pas ? s'enquit-elle soudain.

— Quoi ? Oh ! bien sûr. C'est ma grand-mère qui organise. Si je ne venais pas, elle me renierait à jamais.

Son regard s'éclaira.

— Alors tu ne seras pas mon garde du corps ?

— Non, j'y serai pour rendre visite à ma famille. Et puis, toi et Leni serez bien plus en sécurité en Écosse. Personne ne connaît les héritiers Hinton, là-bas. Ce serait même une bonne idée de faire semblant d'être en couple pendant notre séjour. Je pourrais rester à tes côtés sans éveiller les soupçons, et nous serions libres de nous amuser un peu.

— Comme c'est pratique..., remarqua-t-elle avec un sourire.

— N'est-ce pas ? Et aussi, je ne crois pas pouvoir faire croire à ma famille que tu ne me plais pas...

Leurs regards s'accrochèrent, et l'expression amusée de Charlotte se mua en quelque chose de plus sérieux. De plus tendre. Touchée, elle murmura :

— Moi non plus. C'est dommage que la vie nous oblige à nous séparer, très bientôt.

— Profitons du présent, alors.

Il l'attira à lui et captura ses lèvres. Dans la chaleur de ses bras, elle rit doucement et hocha la tête.

— Profitons du présent dans ta chambre, Jace.

Il sourit, se leva, prit sa main, et s'empressa de lui obéir.

Le lendemain matin, ils s'éveillèrent ensemble. Elle lui offrit un sourire endormi qui le toucha en plein cœur. Après avoir fait l'amour lentement, tendrement, ils partagèrent leur douche en riant. Il glissa ses bras autour d'elle après qu'elle eut passé un de ses T-shirts.

— Hé, j'ai une idée. Tu veux bruncher dehors ?

— Tu me laisserais sortir dans le monde extérieur ?

— Je sais, c'est fou. Je pensais inviter ta mère à petit- déjeuner chez Junior's. C'est tout près de son hôtel.

— Vraiment ?

— Vraiment. Enfile un jean et prépare-toi à goûter le meilleur cheese-cake de ta vie.

Elle rit et planta un baiser sur sa joue.

— Préviens ta mère, ajouta-t-il, et je vais appeler Nick et lui demander s'il est disponible pour te présenter les propriétés Hinton cet après-midi.

— Parfait, lança-t-elle en se dirigeant vers sa chambre.

Charlotte n'avait pas autant souri depuis des années. Sa mère était radieuse, bavarde, enchantée d'être avec elle à New York pour quelques jours. Le cheese-cake était absolument divin, et face à elle, dans son jean et son T-shirt, Jace était si beau qu'il lui mettait l'eau à la bouche. Dans le restaurant, plusieurs femmes lui jetaient des coups d'œil admiratifs ; certaines soupiraient avec envie.

Une possessivité allègre dansait dans son ventre ; cet homme magnifique et extraordinaire était avec *elle*.

Avec elle, mais pas à elle. Quand elle aurait vu les propriétés de son père, quand les résultats du test ADN seraient revenus positifs… il serait temps de se dire au revoir. Et en attendant ?

En attendant, il était là, viril et tendre et espiègle. Elle savait que leur relation n'était pas faite pour durer, mais le regarder rire avec sa mère, un café à la main, lui donnait presque envie de… de rêver d'un monde où elle pourrait rester à ses côtés.

Mais à quoi bon ? Elle ne savait même pas ce que l'avenir lui réservait. Qu'elle accepte ou non son héritage, sa vie avait bel et bien basculé.

Après avoir payé l'addition, elle se tourna vers Penny.

— Maman, tu devrais venir avec moi voir les propriétés de Mark. Peut-être que tu auras un coup de cœur ?

Sa mère se concentra sur la fermeture de son manteau.

— Oh ! je ne sais pas. Peut-être un autre jour ? J'ai envie d'aller faire un peu de tourisme.

— Je vous appelle un chauffeur, proposa Jace.

Penny posa une main sur son bras.

— Inutile. Je préfère marcher.

— Il vaudrait mieux que quelqu'un vous accompagne…

— Je ne pense pas, dit Penny avec un sourire tranquille.

Jace fronça les sourcils. Charlotte sourit à son tour.

— Tout ira bien, Jace.

— Bien sûr que tout ira bien, renchérit Penny. J'ai un spray au poivre !

Sur le seuil du restaurant, elle leur fit un dernier signe malicieux avant de partir vers le grand magasin M & M's. Charlotte rit, mais Jace avait gardé son portable à la main.

— Je vais quand même envoyer un de mes agents pour la suivre de loin, incognito.

— Toujours *très* performant, Jace.

— Oh ! tu trouves ? lança-t-il avec un clin d'œil.

Elle ne pouvait pas lui reprocher d'être scrupuleux, alors qu'elle aurait eu la même réaction dans le cadre d'un chantier ; elle admirait énormément l'efficacité de Jace. Mais aujourd'hui, elle préférait s'amuser.

— Tu sais, j'aimerais bien faire du tourisme avec toi.

Elle glissa son bras sous le sien.

— Voir une pièce à Broadway… Dîner dans un beau restaurant. C'est toi qui as dit que c'était plus discret si nous faisions semblant d'être en couple, non ?

— C'est vrai…

— Alors achetons des billets, proposa-t-elle en souriant.

Pendant qu'ils roulaient jusqu'à l'appartement de Nick, Jace réserva des tickets en ligne. Chez Nick, ils trouvèrent Leni dans la cuisine, vêtue d'un tablier coloré.

— Entrez, entrez ! Je fais des cookies !

Nick prit leurs manteaux avec un sourire.

— Pour mes beaux yeux, ajouta-t-il.

— Séduction par l'estomac ? s'amusa Charlotte.

— Tout à fait. Il m'est tombé dans les bras après avoir goûté mes cookies de Noël, rit Leni. Oh !

Le four venait de tinter, et Leni contourna le comptoir pour sortir la plaque de cuisson.

— Vous allez avoir besoin de sucre pour survivre à tous ces slides. Revenez quand vous aurez faim !

Nick les mena dans un bureau plongé dans la pénombre et connecta son ordinateur à un immense écran blanc. L'image d'un manoir en pierre pâle apparut.

— C'était la résidence principale de ton père, Charlotte. Un manoir dans l'Ohio, expliqua Nick en s'asseyant.

Charlotte s'installa confortablement sur le sofa. Jace s'était adossé contre l'encadrement de la porte, bras croisés. Nick fit défiler les images ; les pièces étaient plus luxueuses les unes que les autres.

La maison suivante était tout aussi magnifique. Un immense chalet à Denver. Un autre à Aspen.

— Pourquoi avoir deux maisons dans le Colorado ?

— Ton père utilisait celle d'Aspen pour skier.

Dix-sept maisons plus tard, Charlotte avait le vertige.

— Comment pouvait-il se souvenir de toutes ces propriétés ? souffla-t-elle.

— Oh ! il ne s'en souvenait pas, répondit Nick en riant. Cela faisait partie de mes responsabilités. Nous ne gérons pas que ses liquidités. Nous gardons un œil sur ses possessions.

Il cliqua sur l'image suivante.

— Maintenant, passons à ses maisons en bord de mer.

Jace en avait déjà mentionné plusieurs, que Nick lui présenta en premier ; vinrent ensuite deux domaines plus petits, chacun niché près d'un lac, puis une adorable petite maison sur une île.

Lorsque celle-ci apparut à l'écran, Jace se redressa, soudain alerte. Il plissa les yeux.

Non. Non, non, non. C'était impossible.

Et pourtant...

La maison était assez proche de l'endroit du naufrage pour que Mark ait pu la rejoindre, avec un peu d'efforts et de discrétion, s'il avait réussi à rejoindre la rive en canot de sauvetage... Comme il le soupçonnait depuis des mois.

Il tourna les talons et se précipita dans la pièce à vivre.

— Leni ! Où puis-je m'installer pour passer un appel privé, s'il te plaît ?

Leni cligna des yeux, perplexe, mais lui fit signe de la suivre. Au fond du couloir, elle ouvrit une porte boisée.

— C'est le bureau de Nick. N'hésite pas à utiliser l'ordinateur si tu en as besoin.

— Merci beaucoup.

Elle lui sourit et s'éclipsa en fermant la porte.

Vibrant d'anxiété, les poings serrés et la mâchoire douloureusement crispée, il vérifia rapidement que la pièce n'était pas sur écoute. Ensuite, il sortit son téléphone et tapa le numéro international de Mark.

Quatorze tonalités. Pas de messagerie vocale. Il appela de nouveau. Quatorze tonalités avant de couper. Il retint un grognement et frotta son visage d'une main fébrile. Il ne savait plus quoi penser. Avait-il perdu la tête ? Sa théorie ne tenait pas debout, n'est-ce pas ? Il se sentait à la fois stupide et soulagé que personne n'ait répondu au téléphone de Mark. Il n'était pas prêt à retourner tout de suite aux côtés de Charlotte. Il se laissa tomber dans le fauteuil de Nick, passa un coup de fil à ses chefs d'équipe, régla quelques problèmes qu'il avait laissés en attente jusque-là.

Lorsqu'il retourna dans la salle de projection, il était plus calme, mais une bouffée de tristesse avait remplacé la colère. Il avait accompagné Mark partout pendant des années. En voiture, en hélicoptère, en jet-ski, en bateau.

S'était-il accroché à l'espoir que Mark se cachait quelque part plutôt que d'affronter son deuil ? Un complot tarabiscoté était tellement plus facile à accepter que la réalité. Il ne reverrait plus jamais son ami.

La gorge nouée, il ne tint pas longtemps en place. Il n'était pas d'humeur à regarder défiler les milliers de meubles que Mark avait amassés dans ses énormes villas. Il se glissa de nouveau dans la cuisine, où Leni décorait minutieusement ses biscuits. Elle avait sorti du glaçage bleu, rouge et jaune, et des vermicelles multicolores.

Elle lui tendit un cookie déjà terminé.

— Tu as l'air d'en avoir besoin.

Il sourit, l'attrapa, et poussa un soupir de contentement en mordant dans le biscuit sucré.

— Ils sont délicieux, Leni.

— C'est ma mère qui m'a appris à pâtisser.

— Elle a fait du bon travail, alors.

Charlotte apparut avec une exclamation de plaisir.

— Eh ! Les cookies sont prêts !

Avec un petit rire, Leni lui en offrit un.

— Vous avez fini votre première journée ?

— Disons que deux heures m'ont suffi...

— Oh ! je sais. Heureusement que le cabinet nous autorise à étaler la liste sur plusieurs jours.

— J'ai hâte d'arriver aux vases Ming. Comment Mark pouvait-il garder le compte d'un fatras pareil ?

— En payant quelqu'un d'autre pour monter une liste et organiser les photos ? suggéra Leni en souriant.

Nick rit en se glissant sur un tabouret.

— Je sais, c'est ennuyeux. Mais votre père voulait que vous choisissiez ce qui vous plaît le plus.

Jace hocha la tête, un peu nostalgique. Mark répétait souvent combien il voulait que ses enfants profitent du luxe qu'il n'avait pas pu leur offrir de son vivant. Il avait apparemment eu le temps de le mentionner dans ses dernières directives testamentaires, avant son accident.

De nouveau, ce tiraillement, ce soupçon. Il étouffa un soupir. S'il ne dépassait pas cet état de déni, il finirait par faire ou dire quelque chose de complètement fou. Personne ne le croirait... Lui-même n'arrivait pas à y croire !

Quant à Charlotte... elle détestait son père. Elle l'avait toujours considéré comme un menteur. Si elle découvrait que Jace soupçonnait Mark d'avoir simulé sa mort, à tort ou à raison... elle serait absolument furieuse.

13

Pour Charlotte, la semaine passa en un éclair. Avec Jace, elle avait ri aux éclats à Broadway, puis partagé des dîners aux chandelles. Elle passait ses matinées avec Nick, dans la salle de projection, avant de rejoindre sa mère l'après-midi pour faire du shopping. Penny adorait New York : Charlotte ne l'avait jamais vue aussi heureuse. Mais elle avait toujours besoin de ses heures de solitude : elle restait à l'hôtel le soir, et après avoir remarqué le garde du corps que Jace avait envoyé sur ses traces, elle s'évertuait à le renvoyer chez lui, ce qui ne manquait jamais de faire rire Charlotte.

Grâce à leur nouvel accord, elle et Jace avaient pu sortir plusieurs soirs de suite comme un couple. Ils passaient leurs nuits ensemble. Le premier éveillé apportait à l'autre son café matinal. Tout était… idyllique.

Si bien qu'elle fut étonnée de trouver Jace visiblement nerveux, le soir de leur départ pour l'Écosse. Une fois assise près de lui dans l'avion, avant que l'engin démarre, elle se tourna vers lui avec un demi-sourire.

— Peur de décoller, toi aussi ? le taquina-t-elle.

Ils étaient seuls : le chauffeur de la limousine avait disparu avec ses bagages avant même qu'elle mette un pied sur le tarmac, et sa mère était partie explorer l'appareil avec une exclamation d'admiration. Nick et Leni arriveraient en Écosse le lendemain, dans leur propre jet privé.

Jace secoua la tête, silencieux.

— Tu es nerveux, je le vois. Que se passe-t-il ?

— Nous nous sommes convenus, tous les deux, que notre relation s'arrêterait bientôt…

Elle resta prudemment impassible. Elle ne savait pas comment qualifier les sentiments qu'elle lui portait, mais ils étaient profonds. Importants. Pas éternels, peut-être, mais assez enivrants pour qu'elle espère voir leur relation durer encore un peu.

Ils avaient le temps de voir venir, non ? Elle faisait confiance à son instinct. Elle saurait reconnaître le moment propice pour une rupture. Et avant cela, elle profiterait de chaque seconde, de chaque instant.

— Et malgré tout… je m'apprête à te présenter à ma famille, termina Jace à voix basse.

Elle rit et lui donna un coup d'épaule attendri.

— Tu as peur que ta famille m'adore tellement qu'ils te renieront quand tu me quitteras ?

Il se tourna vers elle. Lorsque son regard croisa le sien, il était étrangement sérieux.

— Pourquoi ce serait moi qui te quitterais ? Et si tu me quittais, toi ?

— Ce serait mieux, tu as raison. Ta famille ne pourra pas t'en vouloir, comme ça.

Il sourit à son tour. L'avion s'ébranla, et il attrapa sa main.

— Tu ne vas pas m'embrasser, cette fois, si ?

Elle jeta un œil à sa mère, qui s'était installée un peu plus loin avec un livre et des écouteurs.

— Oh oh. Tu ne veux pas m'embrasser devant ta mère ?

— Je n'ai jamais embrassé qui que ce soit devant ma mère. C'est ma *mère*.

— Il y a une première fois pour tout, susurra Jace.

Mais l'avion s'élançait déjà dans le ciel sombre. Son cœur rata un battement. Oppressée, le souffle heurté, elle s'efforça de compter les secondes pour se distraire. Jace resserra sa poigne autour de ses doigts… Et en un rien de temps, la cabine se stabilisa, arrivée à son altitude de croisière.

— Tu t'améliores, remarqua Jace avec un sourire.

Elle se détendit contre son dossier. Il n'en savait rien, mais avec lui à ses côtés, elle avait conquis plus d'une angoisse. Il lui insufflait un courage qu'elle ne se connaissait pas.

— C'est vrai... C'était plus facile, aujourd'hui.

— Si tu acceptes ton héritage, tu voleras souvent. Tu seras si habituée à décoller que tu ne t'en apercevras même plus.

Elle ne voulait pas entendre parler de son héritage. L'argent de Mark Hinton serait l'écueil le plus sérieux de leur relation, en était-il conscient ? Construire sa nouvelle vie, affronter un nouveau monde... Gérer les nouvelles rencontres, les voyages, les investissements...

Jace pourrait continuer d'être son garde du corps, mais ce serait malsain. Le rapport de force, le cliché d'une liaison illicite entre une héritière richissime et son employé... Non, si elle devait s'entourer d'une équipe de sécurité, elle préférait des partis neutres.

Mais dans ce cas-là, quand pourraient-ils se voir ? Elle serait emportée dans un tourbillon de nouvelles responsabilités, et il était terriblement occupé lui-même.

Et si elle refusait l'héritage... elle devrait retourner à Pittsburgh. Quoi qu'il advienne, leur liaison prendrait fin.

Elle ne voulait pas affronter cette idée pour le moment. Elle se détacha et alla chercher le jeu de cartes.

— Tu veux jouer au rami, Maman ?

Jace les rejoignit à la table, et ils passèrent deux heures à rire et à plaisanter. Quand Penny étouffa un troisième bâillement, Jace leur proposa galamment de prendre le lit. Il dormirait dans un des fauteuils.

Charlotte guida sa mère jusqu'à la chambre ; aussitôt la porte fermée, sa mère se tourna vers elle.

— Tu as un petit faible pour Jace, je crois.

— Un gros faible, même, admit Charlotte en riant. Mais ne fais pas de plans sur la comète, ce n'est pas sérieux. Son mariage s'est très mal fini, et...

— Et tu penses que cela ne durera pas ?

— Je suis sûre que cela ne durera pas. Nous nous sommes mis d'accord sur ce point.

— Charlotte... j'espère que tu n'essaies pas de garder tes distances parce que tu ne veux pas vivre la même chose que moi avec ton père.

— Quoi ? Non !

Non, elle avait abandonné ses mauvais réflexes derrière elle. Avec Jace, elle était ouverte. Elle avait baissé les armes. Pour la première fois, elle laissait sa relation s'épanouir, sans s'inquiéter de la chute.

— Tu sais, soupira Penny, toutes les relations ne sont pas destinées à se terminer de façon douloureuse. Et parfois, l'amour en vaut la peine, quoi qu'il arrive. Je n'échangerais mes souvenirs pour rien au monde.

Charlotte secoua la tête. Elle était d'accord avec sa mère, mais elle ne voulait pas en discuter. Penny s'installa sur le lit.

— Je me souviens encore de ma rencontre avec ton père. Il était si grand et si beau. Pour notre premier rendez-vous, il m'a emmenée en Italie manger des spaghettis.

Elle rit et secoua la tête.

— Quand nous avons passé la nuit ensemble pour la première fois, il m'a emmenée à Paris pour petit déjeuner. Nous sommes allés à la pêche, à la patinoire, en Suisse pour skier, nous avons fait du cheval sur la plage. Pendant trois ans, il m'a offert une vie pleine de rire et de bonheur. Mais pas seulement. Nous étions importants l'un pour l'autre. Il avait besoin de moi. J'étais son soutien et sa force. Il m'a dit que me perdre a été l'épreuve la plus dure de sa vie.

Les yeux de sa mère brillaient d'amour. La gorge nouée de larmes, Charlotte murmura :

— Tu ne m'as jamais dit tout ça.

— Je ne pouvais pas parler de ce genre de choses avec une petite fille, fit Penny en riant.

— Tu aurais pu me raconter l'épisode des spaghettis. Et puis, cela fait longtemps que je ne suis plus une petite fille.

— Tu aurais aimé entendre des histoires sur ton père ?

— Je… Je ne sais pas, répondit Charlotte avec une grimace.

— Moi, je sais. Tu voulais détester ton père. Te parler de ses qualités n'aurait servi à rien. Il était drôle et généreux. Malheureusement, il était aussi impitoyable en affaires.

Charlotte inspira profondément. Elle pouvait l'imaginer sans peine ; dans un bureau aux lignes épurées, déterminé, têtu, acéré. Prêt à tout pour gagner. Un peu… comme elle.

— Pour amasser une telle fortune, cela ne m'étonne pas.

— Tu lui ressembles sur ce point, sourit Penny.

Elle ferma les yeux dans l'espoir de fuir cette comparaison qui la mettait si mal à l'aise. Mais quelque chose avait changé : elle n'était pas révoltée, pas en colère. Depuis qu'elle avait rencontré Jace, elle n'avait pas seulement affronté ses peurs ; elle avait commencé à comprendre l'amour de sa mère pour Mark.

— Tu l'aimais vraiment…

— Bien sûr. J'aimais même qu'il soit si contradictoire. Aussi paranoïaque qu'insouciant. Aussi inflexible que généreux. Tout le monde est complexe, Charlotte.

— Je ne pensais pas que je l'étais, moi.

Penny ouvrit le lit et se glissa sous les couvertures, calée contre les oreillers.

— Et qu'est-ce qui t'a fait changer d'avis ?

Elle ne voulait pas avouer à sa mère combien son passé amoureux avait été influencé par le sien. Après vingt-huit ans de dévotion, Penny avait le droit de chérir son histoire avec Mark sans que sa fille la teinte d'amertume.

— Je ne sais pas. Rencontrer Leni. Envisager la vie d'héritière. C'est un sacré chamboulement.

— Tu pourrais faire beaucoup de bien autour de toi, avec autant d'argent.

— Peut-être. Mais je ne veux pas y penser pour l'instant. Il est temps de dormir, de toute façon ; ce sera le matin quand nous atterrirons en Écosse.

Elle ferma les yeux pour couper court à la conversation, mais son esprit bouillonnait toujours. Mark avait eu de la chance de rencontrer sa mère et de savourer trois ans avec elle. Elle avait toujours vécu sa vie comme une série d'objectifs à atteindre ; comme une montagne à gravir. Depuis qu'elle connaissait Jace, elle avait appris à profiter de l'instant présent.

Sa mère avait sacrifié sa vie entière pour Mark Hinton. Elle avait élevé son enfant, elle avait vécu seule. Jace ne lui demandait aucun sacrifice, mais elle savait, au fond d'elle-même, qu'il méritait son amour inconditionnel. Pas une simple affection, née de leur complicité, mais l'amour vrai.

Qu'est-ce que cela signifiait ? Qu'elle devait faire passer ses besoins avant les siens ? Non, c'était idiot : ils étaient égaux. Ils étaient égaux, et plus important encore, ils ne se destinaient pas l'un à l'autre. Jace ne s'était pas remis de son mariage et ne voulait pas de relation amoureuse.

Quant à elle… Un jour, elle rencontrerait un homme bien, peut-être quelqu'un dans le bâtiment et la construction. Ils apprendraient à se connaître normalement ; quelques dîners aux chandelles, plusieurs mois de vie commune. Ils se marieraient sous le grand chêne, dans le jardin de sa mère, et ils auraient des enfants…

Mais l'idée de vivre sa vie avec quelqu'un d'autre que Jace lui laissait un goût d'inachevé sur la langue. Les paupières brûlantes, elle se pelotonna sous les couvertures. Elle n'avait pas le droit de se laisser submerger par des émotions aussi passionnées. Ils avaient passé un accord.

Et elle s'était efforcée de ne pas le remettre en question, jusqu'à ce que sa mère lui parle de Mark. La douceur fervente de sa voix, l'éclat de son sourire… Ce bonheur insensé, un rayonnement que seul l'amour pouvait faire naître.

Elle brûlait de connaître la même chose, mais au-delà de l'espoir, c'était une angoisse aiguë qui montait en elle. Car, lorsqu'elle songeait à ce que sa mère lui avait décrit, le visage de Jace dansait dans son esprit. Son sourire. La paix qu'elle trouvait dans ses bras. Songer à leurs heures partagées suffisait à lui serrer douloureusement le cœur.

Mais c'était impossible, n'est-ce pas ? Elle n'était tout de même pas tombée amoureuse de Jace MacDonald en deux semaines à peine ?

Elle se tourna brusquement, comme pour fuir cette idée absurde. Non. Certainement pas. Depuis le début, elle l'avait martelé : Jace était une aventure, aux sens propre et figuré. Exaltante et éphémère. Elle ne voulait même pas envisager la possibilité d'aimer quelqu'un qu'elle n'aurait jamais.

Sa mère s'était déjà endormie, mais Charlotte peina à trouver le sommeil. Au matin, elle s'éveilla avant Penny, enfila son jean et son pull, et se glissa dans la cabine principale. Jace dormait profondément.

Elle s'assit sur l'accoudoir voisin et le contempla un moment. Quand elle l'avait rencontré, il ne s'autorisait que quelques siestes, ici et là, une heure ou deux de repos volées à sa constante vigilance. Mais depuis qu'ils étaient ensemble, il dormait profondément, paisiblement. Comme si le monde était plus serein à ses côtés.

Elle comprenait : elle ressentait la même chose. Ils partageaient un lien très précieux ; peut-être trop précieux pour être fugace. Jace était si tendre, si altruiste, si sexy, si merveilleux. Il était de plus en plus difficile d'ignorer la tentation de croire à…

— Dis-moi tout. Je bave ?

Il avait ouvert un œil. Elle sursauta, puis rit doucement.

— Non. Mais si je ne me trompe pas, nous devrions atterrir dans environ une demi-heure.

Il s'étira en bâillant.

— Parfait. Tu vas réveiller ta mère ?

Penny émergea avec difficulté et s'habilla pendant que Charlotte allait prendre place à côté de Jace. Sa mère les rejoignit au bout de quelques minutes et s'installa dans le siège qui leur faisait face.

— Bien dormi ? lança Jace avec un sourire.

Presque aussitôt, l'avion amorça sa descente. Charlotte maîtrisa sa nervosité avec brio ; elle serra les doigts sur la main de Jace lorsque les roulettes rebondirent sur le tarmac, mais rien de plus. Pour la récompenser, Jace lui offrit un baiser impulsif, un baiser impulsif qui se mua en éclat de rire quand ils comprirent à l'unisson qu'ils venaient de s'embrasser devant la mère de Charlotte.

Il ne servait à rien de se cacher, puisque Penny avait déjà deviné que Jace plaisait à sa fille ; mais il y avait une certaine excitation dans cet acte semi-public. Comme si elle était réellement en couple avec Jace. Comme si leur idylle avait gagné en réalité.

Elle secoua la tête. Si elle continuait à réfléchir de cette façon, elle allait gâcher ses derniers jours de romance. Elle ne pouvait pas fantasmer sur l'amour éternel : le spectre de leur rupture deviendrait trop oppressant.

Le steward fit basculer la porte de l'avion. Un chauffeur en livrée saisit leurs bagages. Une limousine les attendait près de la piste. Le trajet s'avéra plus long qu'elle ne l'avait imaginé : quand la maison des MacDonald apparut enfin à l'horizon, Charlotte était affamée.

Elle écarquilla les yeux lorsque la voiture passa entre les hautes grilles du domaine. La résidence principale était une superbe bâtisse en pierre, datant d'au moins une centaine d'années. Un couple du même âge que Penny apparut sur le perron et agita les bras avec enthousiasme.

Dès que la voiture se gara, Jace poussa la portière.

— Maman, Papa, annonça-t-il avec un sourire en étreignant sa mère, laissez-moi vous présenter Charlotte Fillion et sa mère, Penny.

Il serra son père dans ses bras puis se tourna vers elles.

Charlotte avança pour leur serrer la main, mais M. et Mme MacDonald l'enlacèrent tour à tour.

Charlotte rit, surprise et enchantée.

— Appelle-moi Lorraine, ordonna la mère de Jace en glissant son bras sous le sien. Et mon mari s'appelle Bill.

Lorraine n'avait pas l'accent écossais. Jace l'avait mentionné : ses parents vivaient aux États-Unis. Son frère et sa belle-sœur habitaient avec sa grand-mère, mais la dernière génération des MacDonald était née en Amérique.

Et pourtant, ils semblaient tous considérer l'Écosse, et leur domaine, comme le berceau familial. Ils avaient de la loyauté pour leurs racines.

Lorraine guida Penny à l'intérieur. À gauche de l'entrée, une remise début du siècle avait été convertie en garage ; à droite, trois autres structures formaient un demi-cercle. Plus loin, sur le terrain, elle pouvait deviner la silhouette d'une grange. La rosée du matin faisait briller la pelouse, et l'air frais et vif caressait ses joues.

Charlotte poussa un soupir de bien-être.

— Cet endroit me fait penser à mon enfance. Ça me donne envie de reprendre mon petit vélo et d'aller rouler près de la rivière, tartine en main.

L'estomac de Jace gargouilla bruyamment.

— Je crois que, moi aussi, j'ai besoin de tartines, constata-t-il en riant.

Il glissa un bras autour de ses épaules.

— Viens, je vais te faire visiter avant le petit déjeuner.

Toutes ces petites choses : la façon si naturelle qu'il avait de l'enlacer, la courbe intime de son sourire… Tous ces merveilleux signes lui faisaient miroiter un futur auquel elle n'aurait pas dû songer. Leurs vies croisées. Le soutien qu'ils s'apporteraient. Leurs enfants. Une maison à la plage pour les week-ends.

C'était fou, c'était impossible. Ils s'étaient fait une promesse, et elle ne trahissait jamais sa parole. Peu importait qu'une volée de papillons s'agite dans son estomac, peu importait qu'elle se sente fondre dans ses bras. Elle n'était pas tombée amoureuse de Jace.

Ils suivirent une charmante allée de pavés inégaux. L'intérieur était tapissé de boiseries lumineuses et décoré de meubles anciens. Dans la cuisine, leurs parents s'étaient installés à une longue table sombre déjà mise pour sept. Un homme qui ressemblait à Jace comme deux gouttes d'eau, une petite brune lumineuse, enceinte jusqu'aux yeux, faisaient passer de grands plats d'œufs, de saucisses, de bacon et de pain grillé.

— C'est mon frère Oliver, et sa femme Emily, expliqua Jace en étreignant rapidement son cadet par-dessus la table.

— Enchantée de faire votre connaissance.

— Nous de même ! sourit Oliver. Je t'en prie, assieds-toi.

Jace et elle prirent place à la table. Personne ne s'interrogeait sur sa présence, ou n'asticotait Jace à propos de sa nouvelle petite copine. À tous les coups, Jace leur avait demandé de tenir leur langue.

Elle avait une taquinerie sur le bout de la langue, mais elle la retint de justesse. Jace avait assuré ses arrières car rien de tout cela n'était sérieux. À l'idée qu'elle ne reverrait jamais les MacDonald, une pointe de mélancolie la traversa.

Elle remplit son assiette à ras bord.

— Je croyais que tu n'aimais pas petit déjeuner ?

— C'est l'air de la campagne, Jace. Je meurs de faim.

Elle lui vola une tartine et mordit dedans à belles dents.

— La campagne, et la température, renchérit Emily. Le froid m'ouvre toujours l'appétit.

Une conversation facile et amicale s'éleva autour de la table. Quand Charlotte demanda où était la grand-mère de Jace, Emily éclata de rire.

— Oh ! elle dort toujours jusqu'à 10 heures.

La famille lui décrivit avec enthousiasme leur matriarche, qui, a soixante-dix-huit ans, gardait chez elle des poules, une vache et quelques chèvres. Charlotte rit avec eux. La camaraderie des MacDonald était adorable, quoiqu'un peu douce-amère. Elle savourait leur accueil chaleureux, mais leur complicité lui rappelait son enfance solitaire. Elle leur enviait leur famille nombreuse, leur clan.

Peut-être que si elle acceptait son héritage, elle pourrait travailler en équipe avec Leni pour utiliser l'argent de son père à des fins altruistes. C'était une bonne idée, mais elle ne suffisait pas à apaiser sa mélancolie. Leni et elle avaient manqué tant de choses dans la vie l'une de l'autre. Se sentiraient-elles un jour sœurs, vraiment *sœurs* ?

Après le petit déjeuner, Lorraine et Bill les guidèrent jusqu'à leurs chambres. À l'arrière de la file, avant de bifurquer sur le palier, Charlotte jeta un coup d'œil par-dessus son épaule. Au-delà de la grande arche, dans la cuisine, Emily et Oliver débarrassaient la table en riant. Ils étaient jeunes, et si visiblement heureux, si visiblement amoureux. À les voir ainsi, elle pouvait imaginer leur idylle, facile, paisible, sincère. Pas d'obstacles. Pas de déni.

Une romance bien différente de la sienne. Depuis le début, Jace et elle avaient dû combattre leur attraction, freiner leurs pulsions. Ils s'étaient contentés de ce qu'ils pouvaient avoir, de ce qu'ils pouvaient s'offrir. Pas d'engagement, parce que Jace ne voulait plus risquer son cœur. Pas d'avenir, parce qu'elle-même était coincée dans les limbes de l'inconnu, sans savoir ce que le futur lui réservait. Tous les deux effrayés d'aller plus loin, d'aller *trop* loin.

Elle secoua la tête. Non. Elle était censée avoir vaincu ses peurs. Pourquoi s'acharnait-elle à analyser la situation ? Quelle option avait-elle, si ce n'était savourer le moment présent ? Jace et elle avaient mis cartes sur table. Il n'était pas question de redéfinir les termes de leur accord.

Voulait-elle les redéfinir ?

Elle étouffa un grognement et suivit les MacDonald dans le couloir. Ils l'avaient installée dans la même chambre que Jace. Pour sa famille, ils étaient un vrai couple.

Devant leur enthousiasme, leur chaleur, Charlotte se sentait fondre. Ils l'avaient adoptée sans aucune réserve. Elle avait toujours voulu des enfants, un foyer bruyant et coloré, plein d'amour et de complicité. Jusqu'à peu, ce n'était qu'un projet lointain ; mais auprès de Jace, le fantasme avait gagné en puissance. Le rêve était si proche qu'elle pouvait presque le toucher... Jace ferait un père merveilleux.

Oh ! elle perdait la tête. Elle ferma la porte derrière Lorraine et s'adossa contre le battant. Imaginer un avenir impossible était la meilleure façon de se faire du mal et de blesser Jace. Elle avait intérêt à reprendre ses esprits.

Pendant leur premier jour, Jace emmena Charlotte et Penny faire un tour dans la campagne environnante. Sa grand-mère laissa Penny nourrir les poules, à l'amusement général. Jace n'avait jamais autant ri dans la cour de ferme.

Le lendemain, ils paressèrent sous le porche toute la matinée avec du thé et de la lecture. Pendant l'après-midi, sa mère emmena Charlotte et Penny au salon de beauté pour se faire coiffer avant le gala. Leur chauffeur travaillait pour lui et avait pour mission de garder un œil discret sur elles pendant leur rendez-vous.

Charlotte avait opté pour une coiffure épurée, ses cheveux dorés relevés en chignon souple. Comme le jour où ils avaient quitté Pittsburgh. Ce jour où il avait ramassé sa boucle d'oreille dans l'ascenseur. Ce jour où il avait été submergé par une émotion qu'il n'avait jamais ressentie jusque-là, même pas avec Mary Beth.

Pendant que Charlotte se changeait dans la salle de bains, il enfila son costume. Il bataillait avec le nœud papillon, les doigts fébriles, quand elle rouvrit la porte. Impulsivement, il pivota vers elle ; et se figea aussitôt, le souffle coupé.

Sa robe blanche ruisselait sur ses courbes comme de la nacre liquide. Elle semblait plus grande encore, plus gracile.

— Tu es magnifique, souffla-t-il.

Elle tourna sur elle-même avec un sourire.

— Tu trouves ? Quand j'ai vu cette robe, j'ai su que c'était la bonne.

Elle croisa son regard et s'interrompit un instant. Une onde de choc frissonna entre eux, mais elle se reprit bien vite. Elle rit doucement, secoua la tête, et avança vers lui, scintillante et satinée.

— Elle te donne l'air félin et éclatant, comme une dangereuse panthère blanche.

Elle leva les mains vers son col avec un sourire attendri et s'occupa elle-même d'attacher son nœud papillon.

— Hum... Ta comparaison me plaît. Tu peux m'appeler *panthère* quand tu veux.

Elle plaisantait d'un ton léger, mais quelque chose la dérangeait, il en était certain. Malgré sa joliesse et son parfum enivrant et son sourire adorable, il y avait un éclat étrange dans ses yeux clairs. Un éclat de tristesse.

— Hé, Charlotte. Tout va bien ?

Elle saisit sa pochette brillante sur le lit.

— Bien sûr ! Pourquoi donc ?

Il attrapa sa main avant qu'elle ne tourne les talons.

— Tu me le dirais, s'il y avait un problème, n'est-ce pas ?

— Tu sais que je dis tout ce qui me passe par la tête.

C'était vrai : il n'avait jamais rencontré quelqu'un d'aussi honnête. C'était une des raisons pour lesquelles il l'aimait...

Son esprit freina des quatre fers. Quoi ? Il... Quoi ? Une myriade de souvenirs partagés l'assaillirent. Il était si heureux à ses côtés. Son cœur s'accéléra, sa gorge se noua d'émotion...

Mais non ! C'était impossible. Il n'était pas censé tomber amoureux d'elle. C'était le contraire de ce qu'ils s'étaient promis. Mais pourquoi s'étaient-ils promis une chose pareille, déjà ? Soudain, aucune de leur justification ne tenait debout. Leurs sentiments si intenses, leur attraction si irréfutable ; n'était-ce pas la raison pour laquelle ils n'avaient jamais réussi à garder leurs distances, à ne pas se toucher, se chercher ?

Il retint un mouvement de panique. Il était incapable de s'engager dans une nouvelle relation, il le savait. Et Charlotte avait besoin de solidité. Elle voulait une vraie relation, des fiançailles, un mariage. Il n'avait offert sa confiance à personne, pas depuis des années ; et quelle relation tiendrait sans confiance, sans serments ?

Sans parler de la vie qui attendait Charlotte d'ici à quelques semaines. Elle serait milliardaire. Une reine moderne. Et lui ? Il resterait à sa place, loin en dessous, dans l'ombre.

Et pourtant… *il l'aimait.*

La révélation l'emplit de chaleur, d'émerveillement. Il l'aimait. Il l'aimait.

Il la suivit dans le couloir, le cœur battant la chamade. Bientôt, ils se sépareraient. C'était la seule raison pour laquelle ils s'étaient autorisé autant d'écarts. Ils avaient voulu jouir l'un de l'autre pour mieux se quitter ensuite.

Quelle idée stupide. Évidemment, leur logique s'était retournée contre eux. Plutôt que de profiter d'un plaisir éphémère, il était tombé amoureux d'elle.

Il ralentit le pas en haut de l'escalier. Devrait-il ignorer ses sentiments ? Se voiler la face ? Être en colère contre lui-même ? Il se força à descendre les marches, une à une, les tempes battantes. Il n'était pas né de la dernière pluie. Il savait que la vie n'était jamais simple. Chaque situation avait plusieurs facettes. Des difficultés. Des angoisses. Des questions. Des obligations. Et des fins qui n'étaient pas toujours heureuses.

Pourquoi paniquer ? Leur séparation le ferait souffrir, sans aucun doute. Et il affronterait la douleur sans fléchir au moment venu. En attendant, il apprécierait chaque seconde partagée, comme il le lui avait promis.

Et peut-être était-ce suffisant ? Il chérirait ce sentiment tant qu'ils étaient ensemble. Quand elle partirait, l'intensité de son affection s'éteindrait à son tour. C'était aussi simple que cela.

Il garderait son secret pour lui. Il ne voulait pas refaire sa vie, pas avec qui que ce soit ; et avouer à Charlotte qu'il l'aimait alors qu'ils étaient destinés à rompre aurait été cruel. Plus que tout, il ne voulait jamais la blesser.

Le gala avait lieu dans un majestueux château, au cœur de la lande. Sa grand-mère et ses parents, qui organisaient l'événement, étaient partis une heure avant eux pour accueillir les invités à l'entrée.

Des limousines remontaient la large allée circulaire pour déposer leurs élégants passagers. Lorsque la leur stationna un instant devant les immenses marches de pierre, Jace en descendit le premier et aida Penny et Charlotte à sortir.

Les yeux plongés dans les siens, leurs doigts entrelacés, enivré par sa beauté scintillante et épurée, il peina à ravaler le torrent d'émotion qui le menaçait. Elle était parfaite pour lui. Il adorait l'avoir dans sa vie. En un claquement de doigts, elle avait tout illuminé. Il pouvait l'imaginer à ses côtés, demain, l'année prochaine, pendant ses vieux jours…

Il se reprit rudement. Il avait déjà vécu un tel engouement. À une autre époque, il avait visualisé son avenir avec une femme. Il avait fait confiance à son meilleur ami. Et ils l'avaient tous les deux trahi. Les sentiments de Mary Beth avaient changé en son absence. Elle le lui avait dit elle-même : elle avait été heureuse avec lui, mais leur relation avait atteint sa date de péremption. Comme si lui, Jace, n'était qu'un produit périssable.

Mais Mary Beth n'avait pas tort. Les gens évoluaient, se lassaient, s'oubliaient. Ses sentiments pour Charlotte s'étioleraient, eux aussi. Disparaîtraient.

Charlotte l'oublierait.

Et peu importait que cette idée lui brise le cœur.

Il serra sa main dans la sienne et la guida à travers l'entrée illuminée jusqu'à la salle de bal. Pris d'assaut par une foule bigarrée, le damier noir et blanc du sol était presque invisible. Des serveurs en costume trois-pièces proposaient du champagne ; il prit une flûte pour lui, une flûte pour elle.

— Tu n'as pas vu ma mère ? s'étonna-t-elle en embrassant la grande pièce du regard.

— Elle était au téléphone quand nous sommes entrés dans le château.

— Victime de la technologie, plaisanta Charlotte. Même en Écosse, ses amis ne la lâchent pas.

Il la fit doucement tourner face à lui.

— Pas de technologie pour nous, ce soir, d'accord ? Profitons de la soirée ensemble.

— C'est exactement ce que j'avais l'intention de faire.

Elle lui lança un clin d'œil malicieux, et un rire soulagé lui échappa. Elle était de retour, sa Charlotte. L'insolente, la chaleureuse. Elle le regardait avec des étoiles dans les yeux. Comme si elle le voyait plus amusant, plus intelligent, plus passionnant qu'il ne l'était.

Un désir déchirant le submergea. Le désir de lui faire confiance, de croire à ce qu'ils ne pouvaient pas avoir…

— Allons chercher nos places, murmura-t-il.

Ils zigzaguèrent entre les groupes en s'arrêtant ici et là pour saluer les invités qui l'avaient reconnu. La table réservée à sa famille était placée à l'avant ; Leni, Nick, les parents de Nick et Penny seraient assis à celle d'à côté.

— Tu ne m'as jamais dit que ta famille était riche.

Il ralentit le pas et se tourna vers elle.

— C'est important ?

— Tu m'as laissée penser que tu étais un bourreau de travail, comme moi. Que tu t'étais construit tout seul.

— Je suis un bourreau de travail, et je me suis construit tout seul.

— Tu es peut-être un bourreau de travail, mais tu n'as pas *besoin* de travailler.

— Mais je veux quand même travailler. Si tu acceptes l'argent Hinton, tu seras plus riche que je ne le serai jamais. Mais tu travailleras encore, pas vrai ?

Elle arqua un sourcil.

— Quoi ? continua-t-il. Ce n'est pas rare. Tout le monde a besoin d'un but. De donner du sens à sa vie.

— C'est vrai…

— Et l'héritage de ton père ne changera pas qui tu es. Tu auras simplement une chance d'entreprendre des projets à plus grande échelle.

De nouveau, elle laissa voguer son regard sur la salle de réception. Il se sentit fondre. Elle était belle à couper le souffle et elle avait un talent fou. Il lui portait une admiration sans bornes. Comme si elle avait lu dans ses pensées, elle resserra ses doigts autour des siens.

— Oui, j'ai réfléchi à cette possibilité-là, moi aussi. Travailler avec Leni. Faire autant de bien que nous le pouvons avec l'argent de notre père.

Une bouffée d'espoir monta en lui. Était-elle enfin prête à laisser sa colère derrière elle ?

— Vraiment ?

— Oui. Je ne peux pas continuer d'ignorer que l'argent change les choses. J'ai freiné des quatre fers parce que j'avais peur de changer moi-même, mais...

Elle accrocha son regard.

— Maintenant, je comprends mieux que la récompense vaut parfois de courir le risque.

Et visiblement, elle le comprenait mieux, *lui*. Comprenait sa vocation. Comprenait qu'il n'était pas gouverné par le profit, mais par le désir de protéger les autres. Et elle en avait conclu qu'elle pouvait faire de même.

De nouveau, cette étincelle de pure alchimie. Ils se *voyaient* l'un l'autre. Comme des pièces de puzzle, ils s'imbriquaient à la perfection. Et soudain, il ne voulait plus se battre. Bon Dieu, il voulait Charlotte. Il ne voulait que Charlotte. Il voulait la félicité de l'amour avec elle. Un foyer, une alliance, des enfants, une vie entière.

Il retint son souffle, choqué par l'intensité de son épiphanie. Il n'avait pas eu de vie depuis son départ en Afghanistan. Il avait passé ses journées à attendre – attendre de retourner chez lui. Puis, attendre que la douleur de sa rupture s'efface. Attendre que la vie s'écoule.

Mais Charlotte l'avait ressuscité. Elle lui avait dévoilé des désirs qu'il ne se connaissait pas ; lui avait montré ce qu'ils pouvaient partager, ce qu'ils pouvaient construire. Ensemble.

— Excusez-moi, monsieur MacDonald ?

La voix du serveur le ramena brutalement à la réalité.

— Oui ?

— J'ai un appel pour vous dans le salon blanc.

— Un appel pour moi ?

— Oui, monsieur. Je vous montre le chemin ?

— Non, merci, je sais où est le salon.

Il pivota vers Charlotte pendant que le serveur s'éloignait.

— Étrange qu'on n'ait pas essayé mon portable…

— Peut-être que Seth Simon voulait te parler en privé ?

Il rit et l'embrassa impulsivement, tiraillé par une nuée de sentiments contradictoires. Curieux, mais prudent. Exalté, mais inquiet. Devrait-il se déclarer dès ce soir ? Prendre le temps de réfléchir quelques jours, quelques semaines ?

— Je fais vite.

— Je vais aller m'asseoir avec Leni en attendant.

Il serra sa main une dernière fois puis contourna la foule pour pousser une porte de service presque invisible, découpée dans les boiseries murales. Le salon blanc était situé au bout du couloir ; il n'était pas ouvert au public.

Il poussa la porte et se figea sur le seuil.

Là, dans le fauteuil victorien, le crâne rasé et les yeux dissimulés derrière des lunettes de soleil…

Mark Hinton l'attendait.

— Ah, Jace, te voilà. Il était temps ! Je suis prêt à annoncer au monde entier que je suis toujours vivant.

14

Charlotte bavarda avec Leni et Nick un bon moment. Nick lui présenta ses parents, qui les avaient accompagnés pour le gala. Quand Bill, Lorraine et Joan, la grand-mère de Jace, prirent place, elle retint une grimace. Elle était un peu nerveuse à l'idée de s'asseoir seule avec les MacDonald. Elle fouilla la grande pièce du regard.

Son estomac papillonna. Ni sa mère ni Jace n'étaient encore revenus. Elle ne voulait pas vexer ses hôtes ou rater l'entrée, mais elle préférait ne pas s'installer à la table du dîner sans sa mère ou son cavalier. Elle se tourna vers Leni.

— Je reviens tout de suite.

— Je crois que le repas va commencer…

— Je n'en ai pas pour longtemps, je sais où est Jace. Je vais juste le prévenir. Il a pris un appel dans le salon blanc.

— Un appel ? Il n'a pas son portable ?

— Si, justement. C'est étrange.

Nick se leva à son tour.

— Laisse-moi t'accompagner.

— Non, non, c'est inutile. Profitez du toast. Si c'est à propos de son travail, Jace a dû perdre la notion du temps.

Nick hocha la tête, les sourcils légèrement froncés, mais la laissa partir seule. Un serveur lui indiqua la porte de service et elle suivit ses instructions jusqu'au salon blanc. Dans sa robe étroite, elle ne pouvait pas accélérer le pas, malgré les tintements de verres et de couverts qu'elle devinait déjà dans la salle de bal.

Elle trouva enfin la porte qu'elle cherchait, ornée d'une plaque gravée annonçant le Salon Blanc. Elle hésita à frapper ; le bruit dérangerait Jace s'il était toujours au téléphone. Elle se contenta de pousser la porte.

Jace était assis à côté d'un homme grand et chauve. Des lunettes de soleil reposaient sur la petite table d'appoint, entre eux. Et quand l'homme pivota en entendant la porte s'ouvrir, elle découvrit son visage.

Son nez aristocratique, ses pommettes hautes, son menton déterminé. Il s'était peut-être rasé les cheveux, mais elle avait vu assez de photos pour pouvoir le reconnaître entre mille.

Son père.

Elle se figea, foudroyée, le souffle coupé.

Jace bondit de son siège.

— Ce n'est pas ce que tu crois.

Son opinion de Mark Hinton s'était faite plus clémente, ces dernières semaines. Et soudain, il était là. Revenu d'entre les morts. Incognito, derrière des lunettes noires, sans doute pour déguiser son identité et voyager quand il le voulait, où il le voulait. Le salopard. Cet homme mesquin, égoïste, narcissique avait osé faire semblant de mourir.

Son choc se mua en fureur pure. Elle avait besoin de partir, de fuir avant que la bile ne se transforme en insultes. Ou *pire*, que son père essaie de justifier sa décision.

— Je ne crois rien..., siffla-t-elle.

Jace lui attrapa le bras avant qu'elle ne fasse volte-face.

— Charlotte, s'il te plaît. Ne pars pas sans savoir ce qu'il se passe.

— Pourquoi ? Tu as peur que je donne l'alarme ? Encore un secret que tu veux que je garde ? Mon Dieu, je suis tellement stupide.

Elle leva les yeux au plafond pour retenir ses larmes.

— Tu n'es pas stupide. C'est compliqué, c'est tout.

Elle jeta un coup d'œil à son père, qui les observait toujours sans rien dire. Il portait un costume, comme s'il avait eu l'intention de danser avec les autres invités dans la salle de bal. Comme si de rien était.

— C'est compliqué ? Pitié ! Il voulait quelque chose et il a fait le nécessaire pour l'obtenir. Et toi...

Elle foudroya Jace du regard, les dents serrées.

— Toi, tu l'as aidé !

— Non ! Je n'en savais rien ! J'avais des soupçons, mais je pensais que je me faisais des idées.

— Tu avais des *soupçons* ?

Jace passa une main fébrile sur son front.

— J'ai toujours des soupçons sur tout. Je suis garde du corps. C'est mon métier.

— Il ne savait pas, déclara son père en se levant enfin. Je suis désolé de vous avoir menti à tous. Mais ma véritable erreur, c'est de ne pas avoir été présent auprès de vous. De mes trois enfants. J'avais besoin d'une ouverture. Une façon de vous faire entrer dans mon monde, sans rancœur, étape par étape. Si je m'étais contenté de reprendre contact, vous m'auriez rejeté. Et même dans le cas contraire, vous auriez été submergés par l'argent, l'attention des médias, la sécurité constante. Au moins, en suivant le processus de la succession au lieu de me rencontrer, tout était plus...

— Non ! coupa-t-elle. Je ne veux pas entendre tes excuses. Tu m'as abandonnée, tu as abandonné ma mère, et maintenant, tu nous prends pour des idiotes.

Elle laissa un instant tomber son visage dans ses mains.

— Oh ! mon Dieu. Qu'est-ce que va dire ma mère...

Elle s'interrompit brusquement. Sa mère... Sa mère, qui s'était éclipsée dès leur arrivée. Qui avait insisté pour prendre une chambre d'hôtel à New York, insisté pour se balader seule. Elle leva les yeux.

— Elle sait, n'est-ce pas ?

— Oui. Je le lui ai annoncé quand tu es partie avec Jace pour New York. Elle est venue me rejoindre là-bas.

Elle se tourna vers Jace. Il secoua la tête.

— Je ne lui ai rien dit ! s'exclama-t-il. Je ne savais pas qu'il était vivant. Je ne l'ai pas prévenu que je t'avais trouvée, ni que nous partions pour New York...

— J'aime ta mère et je voulais la retrouver, elle aussi.

Elle pressa ses doigts sur ses tempes.

— Mon Dieu. Je ne... Je n'arrive pas à y croire.

Elle les contourna et s'élança vers la sortie.

— Charlotte, attends ! s'écria Jace.

— Non ! cracha-t-elle en ouvrant la porte à la volée. Non. Tu sais ce que je pense de mon père. Comment as-tu pu garder tes soupçons pour toi ? Tu ne m'as même pas laissé la chance de me préparer à une révélation pareille. Je crois que cela prouve envers qui tu es le plus loyal.

Elle s'engouffra dans le couloir à grandes enjambées. Peu importait qu'elle abîme les coutures de sa belle robe blanche. Elle voulait partir, disparaître. Ne plus jamais entendre parler de son père ou de Jace. Évidemment qu'il ne voulait pas s'engager avec elle : au fond, il attendait depuis le début que son père refasse surface et sonne le glas de leur relation.

À l'entrée, elle expliqua au portier qu'elle était avec la famille de Jace MacDonald mais qu'elle devait s'éclipser plus tôt. Il fit appeler leur chauffeur sans protester.

Elle l'attendit sur les marches pendant dix minutes. Au début, elle craignait que Jace ne la rattrape ; mais elle comprit bien vite qu'il ne s'était pas lancé à sa poursuite. Bien sûr que non. Comme Seth Simon, son père était une âme perdue. Jace était fait pour prendre soin de lui. Pour corriger ses erreurs. C'était sa vocation et sa passion.

Et elle ? Elle n'était qu'une aventure sans lendemain. Elle ne faisait pas le poids.

La limousine la déposa devant la maison des MacDonald. En quinze minutes, elle avait fait ses bagages. Elle demanda au chauffeur de la conduire à l'aéroport, et, sur la banquette arrière, elle ferma les yeux. Calme. Trop furieuse pour pleurer. Elle réserva un siège sur le prochain vol pour New York, embarqua peu de temps après, resta éveillée pendant la majorité du trajet, puis grimpa dans un taxi.

Chez Jace, elle rassembla de nouveau ses affaires. Seulement ses vieux vêtements ; elle laissa les tenues payées avec l'argent Hinton sur son lit.

Puis elle repartit pour l'aéroport, direction Pittsburgh. Et là-bas, seulement là-bas, dans le refuge familier de sa maison, sous une douche brûlante, elle s'autorisa enfin à pleurer.

Mais pas longtemps. Son père ne méritait pas ses larmes. Sa mère avait toujours excusé les folies de Mark Hinton ; ses mensonges n'auraient pas dû la surprendre. Quant à Jace...

Elle n'arrivait pas à croire qu'elle lui avait fait confiance.

Jace surgit dans la nuit sombre, sur la terrasse de pierre, à l'instant où la limousine familiale bifurquait vers la sortie. Il ne rattraperait pas Charlotte ce soir. Il poussa un grognement d'impuissance, les yeux fixés sur la voiture.

Il retourna dans le salon blanc. Il avait une bombe médiatique entre les mains, et elle allait exploser d'une minute à l'autre.

— Qu'est-ce que tu comptes faire, Mark ? Aller valser avec Penny dans la salle de bal en espérant que tout le monde aura oublié les six derniers mois ?

— Et pourquoi pas ? J'ai une réputation d'original. Je suis prêt à revenir en société. J'ai passé des semaines sur une île, sans téléphoner à personne, sans Internet. J'en ai assez.

— Tu voulais rassembler tes enfants et reprendre contact, c'est bien ça ?

— Oui.

— Dommage, alors, parce que ta petite stratégie t'a coûté Charlotte. Elle ne se remettra jamais d'un mensonge pareil.

— Et elle ne te fera plus confiance non plus.

— Cela n'a aucun rapport.

— Vraiment ?

Oh non ! Il ne laisserait pas Mark toucher à leur relation.

— J'ai été engagé pour te protéger, et crois-moi, réapparaître de cette façon est une mauvaise idée. Je ne pense pas que Charlotte veuille annoncer la nouvelle à la presse, mais si je me trompe… qu'est-ce que tu vas faire ?

— J'organiserai une conférence de presse.

— Et le troisième héritier ? Comment comptes-tu avoir une conversation à cœur ouvert avec un enfant que nous n'avons pas encore retrouvé, quand les médias placarderont partout que tu as fait semblant de *mourir* ?

— Cela entraînerait des complications, soupira Mark en se passant une main sur le visage. Et ce serait impossible.

— Qu'est-ce qui est impossible ? Quelles complications ? s'agaça Jace. Pour une fois, dis-moi la vérité. Arrête d'insinuer, arrête de mentir. Ce n'est pas un jeu. Sois clair. Sois direct. Peut-être qu'à ce moment-là je pourrai t'aider.

Mark ferma les yeux.

— C'est Danny. Danny Manelli est mon fils.

Jace accusa le coup. Il se laissa tomber dans le fauteuil le plus proche et expira lentement, doucement.

— Mon Dieu… Pour l'amour du ciel, Mark, pourquoi l'as-tu engagé comme responsable de la succession ?

— Je voulais qu'il voie tout. Qu'il rencontre ses sœurs. Qu'il connaisse tous les détails de son héritage avant que je fasse irruption dans sa vie pour lui annoncer que je suis son père, et que lui aussi a un enfant qu'il ne connaît pas.

— Quoi ?

— C'était une aventure d'un soir, et il n'en sait rien. C'est comme cela que cette histoire a commencé, à vrai dire. J'ai découvert le bébé de Danny et je ne pouvais pas supporter l'idée que mon fils passe sa vie sans connaître son enfant, comme moi je l'avais fait.

Jace se leva d'un bond.

— Tu as intérêt à rentrer à New York ce soir et demander une réunion d'urgence avec Waters, Waters et Montgomery.

— Qu'est-ce que tu vas faire ?

— Je suis employé par la succession Hinton. Maintenant que je t'ai parlé en face-en-face, il y a de bonnes chances pour que je sois contractuellement tenu de prévenir Danny que tu es *vivant*. Et peut-être les autorités, aussi. Mais je peux t'accorder vingt-quatre heures.

Il poussa un soupir.

— C'est ta responsabilité, tu sais, ajouta-t-il. Pas la mienne. C'est toi qui devrais appeler tes avocats. Et profites-en pour leur demander comment tu es censé annoncer ta résurrection sans être traîné en justice pour fraude.

— Jace, je ne me suis même pas connecté sur Internet depuis ma disparition. Je pourrais très bien faire semblant de ne pas savoir que le monde me croyait mort. S'il y a une amende, je la paierai. Ne t'inquiète pas. J'ai la situation bien en main.

— Je l'espère pour toi.

— Je suis plus inquiet pour mes enfants. Pour Charlotte.

— Ça, c'est à toi de le régler, tout seul.

— Je parlais de toi. Elle t'aime, c'est évident.

Jace lâcha un petit rire amer.

— Plus maintenant. Et je l'aime aussi, mais...

— Elle a besoin de toi.

Toute sa retenue, durement préservée jusque-là, explosa brutalement. Il fit claquer sa main sur la table basse, furieux.

— Es-tu capable de prêter attention à autre chose que toi-même, une fois de temps en temps ? Ta petite manigance a tout gâché. Elle ne me fera plus *jamais* confiance.

— Mais tu es digne de sa confiance, Jace. Il te suffit de le lui prouver. Va lui expliquer.

— Tu te fiches de moi ? Elle ne me laissera même pas le bénéfice du doute, tu comprends ? Elle va me claquer la porte au nez.

— Essaie quand même.

Jace ferma les yeux, les tempes battantes. Il ne voulait que cela. Il ne pouvait envisager son futur sans elle. Et elle croyait qu'il l'avait trahie... Non, c'était trop douloureux. Jamais, jamais il ne lui aurait menti.

La presse ne parlait que de la réapparition abracadabrante de Mark Hinton. Lundi matin, dans son bureau à Pittsburgh,

Charlotte examina chaque article, chaque reportage, en quête de son propre nom.

Mais elle n'était pas mentionnée, Dieu merci.

Cependant, son enquête la força à lire les explications de son père. L'histoire officielle ? Son bateau s'était échoué. Il s'était réfugié sur une île où il avait une petite maison. D'accord, ce n'était pas un mensonge. Mais on y arrivait : là-bas, il avait profité de sa tranquillité ; les voisins les plus proches habitaient à des kilomètres, et si quelqu'un savait qu'il y avait un bungalow niché dans la montagne, ils ne connaissaient certainement pas son propriétaire. Il prétendait ne pas savoir que le monde l'avait présumé mort.

Quant à l'émergence de ses héritiers et aux sommes que le cabinet de la succession avait mises à leur service, il n'aurait pas pu être plus heureux. Il était ravi de retrouver enfin ses enfants. Cette tragédie n'avait été qu'un malentendu, mais elle les avait réunis. Sa fortune était leur fortune.

Les partenaires de Waters, Waters et Montgomery avaient publié un communiqué pour exprimer leur joie. Seul Danny Manelli, le responsable du dossier, était resté indisponible.

Charlotte referma son ordinateur portable d'un geste las. Elle était épuisée, à la dérive. Sa mère l'avait déjà appelée. Elle avait accepté ses excuses. Penny avait attendu toute sa vie d'être aux côtés de Mark. Elle aurait été cruelle de punir sa mère en condamnant sa décision.

Elle poussa un soupir. Quelle que soit son opinion, elle allait devoir passer ses dîners de Noël avec Mark Hinton.

Et... aucun des articles n'avait parlé de Jace.

Évidemment. Il n'était qu'un employé. Il vivait dans les coulisses, en arrière-plan. Quel étrange contraste : la loyauté absolue qu'il portait à ses clients, et la distance qui le séparait de tous ceux qu'il ne protégeait pas.

Elle aurait aimé ne pas souffrir. Elle aurait aimé qu'il ne lui manque pas. Mais elle ne pouvait pas se mentir.

Une photo de Mark et de sa mère, tout sourire, faisait la première page des magazines. Elle secoua la tête. Sa mère avait attendu si longtemps, sans aucune garantie, sans savoir si Mark changerait un jour d'avis. Gouvernée par l'espoir, un espoir inébranlable. Jace ne méritait pas une telle fidélité, pas après ses mensonges ; mais après tout, Mark Hinton ne l'avait pas méritée non plus.

Pendant des années, elle avait pensé que sa mère était trop gentille. Non. Sincèrement ? Elle avait pensé qu'elle était trop *faible*. Penny avait donné tout son cœur, toute son âme à une romance de trois ans. Charlotte était différente ; elle avait une carrière, une passion. Elle s'était toujours promis de ne pas faire la même erreur, de ne pas attendre toute sa vie un homme qui l'avait oubliée depuis longtemps.

Mais une part d'elle-même se languissait déjà de Jace, de son sourire, de son humour, de sa force. De la façon qu'il avait de l'encourager à être elle-même, pleinement elle-même. Ils s'étaient répété encore et encore que leur relation n'était qu'une liaison temporaire, sans importance. Mais voilà qu'elle pleurait son absence. Chaque jour, chaque heure, chaque seconde, il lui manquait terriblement.

Elle voulait s'en remettre. Un matin, elle se réveillerait, et il ne serait pas sa première pensée. Il ne lui viendrait plus à l'esprit immédiatement lorsqu'elle monterait dans son pick-up, marcherait sur un chantier. Elle ne se souviendrait plus qu'il l'avait suivie dans la boue avec un grognement amusé. Qu'il avait fait semblant d'être son assistant, derrière un bureau trop petit pour lui. Qu'il lui avait fait à dîner dans sa cuisine. Qu'il lui avait tenu la main dans les rues de New York.

Elle serait de nouveau Charlotte. Professionnelle, déterminée, indépendante. Charlotte, qui ne croyait pas au prince charmant, même si, quelque part, elle savait qu'elle l'avait trouvé – et qu'il l'avait rejetée.

15

Jace fit changer ses draps dès son retour, lundi soir, mais il sentait toujours Charlotte sur son oreiller.

Ses derniers mots tournaient encore et encore dans son esprit. Elle croyait qu'il était entré dans le jeu de Mark. Et il voulait se justifier, mais il ne savait pas comment s'expliquer. Le monde avait volé en éclats au pire moment qui soit. Il ne lui avait jamais dit qu'il l'aimait. Il ne lui avait jamais donné une bonne raison de le croire, ou de penser qu'il voulait s'engager. Et soudain, maintenant qu'il avait besoin de son pardon, il allait lui faire sa déclaration ?

Elle ne le croirait jamais.

Il avait passé son dimanche à chasser son identité dans toutes les prépublications que Waters, Waters et Montgomery étaient en droit de filtrer, et il avait ordonné à Mark de ne pas mentionner son nom. Au moins, Charlotte resterait anonyme encore quelque temps. Elle pourrait garder son ancienne vie comme elle l'avait toujours voulu.

Le mardi, il passa aux locaux d'Around the World Security, une suite spacieuse avec une salle de réunion, deux bureaux polyvalents, et son propre bureau.

— Bonjour, Patty.

— Bonjour, monsieur MacDonald, pépia-t-elle.

— Patty, je vous ai dit mille fois de m'appeler Jace...

— J'aime bien la formalité du nom de famille, monsieur MacDonald.

Vous êtes le patron, le responsable, en charge de tout ce que nous surveillons de près et de loin…

— Patty, pitié. Pas de grands discours ce matin.

Elle rit, enchantée par son soupir désespéré.

— Ne soyez pas grognon, monsieur MacDonald. Vous avez un invité. Il vous attend dans votre bureau.

Il s'arrêta en chemin et pivota vers elle, incrédule.

— Vous auriez peut-être dû me le dire immédiatement.

— Probablement, gloussa-t-elle. C'est Mark Hinton.

— De mieux en mieux.

Déjà agacé, il poussa la porte de son bureau. Dans le fauteuil ultramoderne et délibérément inconfortable, Mark attendait patiemment. Jace soupira.

— À quelle catastrophe dois-je m'attendre aujourd'hui ?

— Aucune catastrophe, se défendit Mark. Je commence tout juste à réparer ma vie, à vrai dire. Leni et ses parents m'ont accueilli à bras ouverts, tu sais ?

Jace contourna son bureau, les yeux fixés sur le courrier qu'il avait pris au passage.

— Oui, les Long sont des saints. Mais Charlotte te déteste. Tu as humilié Danny. Il pensait avoir mérité sa position et la responsabilité de ta succession. Maintenant, il est persuadé qu'il les tient d'un acte de népotisme. Sans compter qu'il est horrifié de s'être laissé berner de bout en bout.

— Il s'en remettra. J'ai un plan.

— Tu as toujours un plan, grogna Jace.

— Je ne suis pas là pour Danny. Je suis là pour Charlotte.

— Un de mes agents garde un œil sur elle. De loin, discrètement. Il vérifie les antécédents et le profil des individus avec qui elle interagit.

Il s'assit et fixa Mark droit dans les yeux. Il n'était pas d'humeur à entendre ses objections, si objections il y avait.

— C'est tout ce que je peux faire en restant incognito.

À son grand dam, Mark se mit à rire.

— Oh ! crois-moi, si tu fourres ton nez dans ses affaires, elle l'a remarqué. Elle attend juste son heure. C'est une vraie lionne. Je l'aime follement, tu sais ? Elle est parfaite.

— Tu es dingue. Tu en es conscient, n'est-ce pas ?

— Bien sûr que j'en suis conscient. Enfin, je préfère le terme « excentrique. » Je suis obligé de prendre des décisions difficiles pour protéger les miens, Jace.

Il s'enfonça dans le fauteuil raide, fabriqué expressément pour faire fuir les indésirables. Mais Mark ne laisserait pas un peu d'inconfort le décourager, visiblement.

— Mais maintenant, je t'ai, toi. Ton équipe n'a pas d'égale. Tu sais exactement quand il faut intervenir et quand il faut rester en arrière. Tes agents protègent avec une discrétion exemplaire.

Il lui sourit, les yeux pétillants d'amusement.

— Bref, c'est de ta faute si je suis rassuré. Si j'ai le sentiment que je peux de nouveau vivre dans le monde réel.

— Super, marmonna Jace. Mon équipe et moi sommes ravis. Maintenant, à moins que tu n' aies besoin de mes services, je suis occupé.

— J'ai *besoin* de te dire quelque chose. Je déteste ce que tu as fait à Charlotte, Jace.

Jace se redressa vivement, les oreilles bourdonnantes.

— Ce que *j'ai* fait à Charlotte ? Tu te fiches de moi ?

— Je sais, je sais. J'ai simulé ma propre noyade et c'est contre moi qu'elle est furieuse. Mais je ne l'ai pas séduite avant de la laisser tomber sans aucun scrupule à la première difficulté.

— Ce n'est pas ce qui s'est passé !

Ce n'était pas aussi extrême, et il n'en avait pas eu l'intention… Mais Mark n'avait pas complètement tort.

— Je ne veux pas savoir comment cela s'est passé, Jace. Je veux que tu ailles lui demander pardon. Je veux que tu ailles arranger les choses.

— Je ne peux rien arranger. Elle pensera que je me justifie d'avoir caché tes mensonges. Je n'ai aucune solution.

Mark se leva enfin.

— Essaie quand même. Dis-lui la vérité et elle t'écoutera.

Jace se leva à son tour, le cœur battant.

— Tu ne la connais pas. Elle réfléchit trop. Elle dissèque toujours tout. Elle ne me croira jamais.

— Elle te croira.

Un frisson d'agacement fourmilla le long de son échine. Non, non, non. Il y avait réfléchi. Il savait qu'il ne pouvait rien faire, rien faire pour se faire pardonner de...

De quoi ?

Il ne lui avait pas menti. Il avait été aussi aveugle qu'elle. Mark ne lui avait jamais rien dit. Et ce soir-là, il avait simplement espéré pouvoir lui avouer qu'il l'aimait...

Il l'aimait. De toutes ses forces. Le manque le déchirait comme une blessure ouverte.

Et il la connaissait. Elle n'aurait jamais partagé autant de choses avec lui si elle n'avait pas tenu à lui. Elle devait souffrir autant que lui.

Et pourquoi ? Parce qu'elle l'aimait, elle aussi. Il était prêt à lui faire confiance, à lui offrir sa vie, son cœur, son âme.

Quant à elle, elle lui faisait confiance depuis le début, n'est-ce pas ? Alors qu'attendait-il ?

Mais une angoisse insidieuse l'empoisonnait toujours. Il avait été si naïf avec Mary Beth. Si brisé quand il avait découvert sa trahison. Son amour pour Charlotte était profond et intense, mais tout était si récent. Si fragile.

Même ce soir-là, en Écosse, il avait été lâche. Il pouvait accuser Mark d'avoir tout gâché, mais ce n'était rien d'autre qu'une mauvaise excuse. Il aurait dû la suivre, coûte que coûte. Il aurait dû lui dire qu'il l'aimait immédiatement.

Mais il était resté silencieux. Il l'aimait si fort qu'il n'était pas sûr de pouvoir survivre à un refus ou un échec. Et si les sentiments de Charlotte n'avaient été qu'une passade, une flamme trop vite éteinte par les obstacles qui se dresseraient sur leur route ? N'était-il pas plus facile de se détourner maintenant, avant qu'il ne goûte à la vie avec elle, plutôt que d'attendre qu'elle le rejette, qu'elle se lasse, qu'elle l'abandonne ?

Oui. Il s'était caché derrière ses devoirs plutôt que d'affronter sa peur. Il inspira profondément, les yeux clos.

Charlotte était l'amour de sa vie. Et pourtant, les doutes l'avaient torturé depuis le début. Comment expliquer une passion si intense, si vite ? Comment croire à l'amour, après ce qu'il avait vécu ?

Mais aujourd'hui, il ne restait qu'une seule question.

Comment pouvait-il supporter de vivre sans elle, s'il n'essayait même pas de la retrouver, de lui dire la vérité ?

Mercredi matin, à son bureau, alors qu'elle dévastait allègrement un rapport budgétaire qu'un petit nouveau lui avait envoyé par e-mail, Charlotte décela un soudain remue-ménage dans le hall tout proche. Elle releva le nez, intriguée. Si un visiteur donnait des difficultés à la réceptionniste, elle ferait mieux d'appeler la sécurité.

Pff. Même le mot *sécurité* faisait glisser ses pensées sur une pente dangereuse, ces temps-ci. Elle ferma les yeux avec détermination. Pas question de laisser son cerveau invoquer une image solaire de Jace, souriant, aux aurores, dans leur lit. Elle ne voulait pas se souvenir qu'il était sexy et qu'il la faisait rire. Rien de tout cela n'était important, depuis qu'il...

— Dis à ta réceptionniste que j'ai le droit d'être ici.

Elle rouvrit brutalement les paupières, le souffle coupé. C'était sa voix. Non. C'était *lui*. Il était là, dans l'encadrement de sa porte, en chair et en os.

Avait-elle tant rêvé de lui qu'il avait fini par se matérialiser ? Ou peut-être avait-elle perdu la tête. Si Jace était un mirage, il était plus attrayant que sa réalité, de toute façon. Machinalement, sans le lâcher des yeux, elle déclara :

— C'est bon, April. Je le connais. Merci beaucoup.

April secoua la tête et s'éclipsa. Charlotte se força à reprendre du poil de la bête ; elle bondit de son siège.

— Si tu es là pour me dire que mon père veut me voir, tu peux t'en aller. Je lui ai déjà parlé. Je compte le traiter comme le nouveau petit ami de ma mère, ni plus, ni moins. Pour elle et seulement pour elle, je vais rester polie.

— Je ne suis pas là pour parler de ton père.

— D'accord... Tu veux que j'engage un garde du corps ? Non merci. Comme tu le vois, je vais parfaitement bien.

— Tu vas bien parce que ton nom n'a pas encore été divulgué. À cet instant précis, quelques journalistes plus futés que le reste fouillent dans le passé de ta mère. Ils t'ont sûrement déjà trouvée. Ce n'est qu'une question de temps avant qu'ils comprennent que Penny et Mark étaient en couple il y a des années, peu de temps avant ta naissance. Et si un journal est prêt à y mettre le prix... tu seras vite découverte. Tu ne pourras plus reculer.

Elle leva les yeux au ciel pour cacher le frisson qui courait sur sa peau. Non pas parce qu'elle avait peur des journalistes, du monde, de ses origines... Mais parce que la présence de Jace suffisait à la faire trembler. Il était magnifique, dans son jean et son T-shirt. Ses rêves ne lui avaient pas rendu justice.

Mais il était venu au service de son père. Ou sa famille ? Ou du cabinet d'avocats ? Elle ne voulait pas le savoir. Elle ne voulait pas l'entendre parler encore une fois de cette maudite fortune, de son vieux fou de père, de ses *devoirs*.

Elle baissa les yeux sur son ordinateur.

— Très bien. Je prendrai en compte ton avertissement. Merci d'être passé. Tu peux te retirer.

Au lieu de lui obéir, il s'engouffra tout à fait dans la pièce et prit place dans un des fauteuils, en face d'elle. Il ne dit rien ; il se contenta de la contempler, silencieux, pendant si longtemps qu'elle craqua la première.

— Quoi ? s'écria-t-elle.

— Tu me manques.

Son cœur bondit dans sa poitrine, mais sa raison le freina des quatre fers. Non, non, non. Il lui avait caché les combines de son père. Il avait martelé qu'il ne voulait pas s'engager. Elle s'était mise d'accord avec elle-même : elle allait souffrir, mais elle allait s'en remettre. Elle allait faire le deuil de Jace MacDonald. Allait-elle laisser une remarque en l'air briser toutes ses bonnes résolutions ?

— Va-t'en, Jace.

Il ne bougea pas d'un centimètre.

— Je ne plaisante pas, insista-t-elle.

— Moi non plus. Je t'aime. Je crois que je t'ai aimée dès la première seconde, quand tu m'as envoyé paître dans ce stupide préfabriqué, sur le chantier.

Elle le revoyait sans peine : avec son pardessus trop élégant, ses chaussures gorgées de boue, agacé et échevelé par le mauvais temps. Elle avait attendu si longtemps de l'entendre dire *Je t'aime*. Elle s'était si férocement convaincue qu'elle ne les entendrait jamais. Son cœur se serra plus douloureusement que jamais.

— Bizarre, tu ne m'en avais jamais parlé. Persuader quelqu'un de te reprendre avec une pseudo-déclaration, c'est un peu injuste, tu ne crois pas ?

— Tu réfléchis trop, tu sais ? soupira-t-il.

— J'aurais mieux fait de réfléchir un peu plus avant de me jeter tête baissée dans cette histoire.

— Un peu plus ? Nous n'avons fait que ça. Réfléchir à ce qui se passerait entre nous si nous nous embrassions. Si nous nous touchions. Si nous faisions enfin l'amour. À mon avis, c'est *réfléchir* qui a entraîné tous nos problèmes.

— Donc tu es d'accord. Il y a un problème.

— La vie est un amas de problèmes. Complexes, difficiles, exaltants. Les choses ne vont pas toujours dans notre sens. Il y a des hauts, des bas, et un tourbillon d'aventures entre les deux. Et je ne voudrais personne d'autre que toi à mes côtés pour l'affronter. Parce que je te fais confiance.

Oh ! c'était bien joué. Il savait comment l'amadouer. Elle pouvait presque l'imaginer...

— Peut-être que tu me fais confiance, mais le sentiment n'est pas réciproque. Et c'est de ta faute.

— Je suis venu te dire que tu te trompes. Que je suis là pour toi, et que je suis digne de ta confiance.

Elle rit doucement, mais garda les yeux fixés sur son écran, de peur de croiser son regard. Que lui feraient miroiter ses prunelles sombres ? Trop de fantasmes auxquels elle ne pourrait résister.

— Tu ne peux pas choisir cela pour moi. Je veux que tu partes, Jace. Si tu ne m'obéis pas, je vais appeler la sécurité.

Il se leva lentement. Était-ce vraiment ce qu'elle voulait ? À la place du soulagement, seule la terreur l'engloutit.

— D'accord. Je m'en vais.

Sa gorge se noua. Non... Elle voulait qu'il reste. Elle voulait que chacun de ses mots soit sincère. Elle voulait qu'il l'aime et qu'il reste à ses côtés, son complice et son partenaire, comme à New York...

Malgré toutes ses bonnes résolutions, son esprit lui criait de le retenir, de lui avouer qu'elle l'aimait aussi. Et pourtant, elle resta immobile, les yeux pleins de larmes, le visage baissé vers son écran. Comment pouvait-elle aimer un homme qui gardait ses secrets pour lui ? Qui l'avait trahie ?

Ne le laisse pas partir.

Non. Elle se jurait de ne pas bouger, et tout à la fois se tournait vers la porte, les lèvres brûlantes de le retenir. Mais Jace ne se dirigeait pas vers la porte ; il contournait son bureau. Il saisit le dossier de sa chaise à roulettes et la tourna vers lui. Puis, il glissa son bras solide sous ses genoux, l'autre derrière son dos, et la souleva contre lui.

Son souffle s'accéléra. Un rire spontané lui échappa avant qu'elle l'étouffe sous une protestation :

— Qu'est-ce que tu fais ?

— Je t'emmène quelque part où nous pourrons parler sans que tu me menaces d'appeler la sécurité.

— Jace !

Il sortit sans ralentir, dans le couloir, dans le hall, devant la réception. Sur son passage, ses collègues se levaient au fur et à mesure, abasourdis ; certains les poursuivirent.

— Arrête ! Tu te donnes en spectacle.

— Je m'en fiche. Je t'aime. Je voudrais que tu m'écoutes.

À la réception, April semblait toute prête à se pâmer.

Charlotte aussi se sentait fondre, inexorablement, alors qu'elle était censée rester en colère. Il pressa le bouton de l'ascenseur ;

les employés de Kaiser & Barclay les regardèrent entrer dans la cabine, bouche bée.

— Quoi, personne ne va me venir en aide ? lança-t-elle.

Un des comptables rougit et fit un pas en avant. Jace rit.

— Vraiment ? Je fais trois fois ta taille.

Il baissa les yeux et croisa le regard de Charlotte.

— Et je suis prêt à me battre pour la femme que j'aime.

Son cœur battait trop fort, trop vite, illuminé par un bonheur ineffable. Les portes commencèrent à coulisser.

— La sécurité arrive ! s'écria un de ses collègues.

— Trop tard, sourit Jace alors que les portes se fermaient.

L'ascenseur amorça sa descente, et Charlotte gigota.

— Tu peux me poser, maintenant.

— Non merci.

Dans ses bras, au creux de sa chaleur, submergée par le parfum divin de sa peau, elle peinait à rester impassible.

— Ce n'est pas drôle, Jace.

— C'est un peu drôle, rétorqua-t-il avec un petit sourire amusé. Je te connais, Charlotte. J'aurais pu t'envoyer un million de roses, tu aurais continué de m'ignorer. Tu es vraiment une tête de mule, tu sais ? Mais ce n'est pas grave. Je veux te montrer que je t'aime. Je ferais tout pour être avec toi. Même combattre une horde de comptables enragés.

Elle ne parvint pas à retenir un petit rire. Zut.

— Je comprends pourquoi tu m'en veux, continua Jace en souriant plus largement. Et je serais heureux d'en discuter avec toi. Je veux regagner ta confiance.

Elle frappa son épaule, espiègle malgré elle.

— Et tu ne pouvais pas garder ça entre nous ?

— Ah, donc il y a un « nous » ?

Elle resta nichée au creux de son regard sombre, le cœur battant. Son âme la suppliait de ne pas gâcher cet instant, ni au nom de son ego ni au nom de ses peurs. C'était la chance qu'elle attendait. Aimer Jace et être aimée de lui. Lui offrir sa confiance, sans condition, et honorer la sienne.

— Il y a toujours eu un « nous », Jace.

L'ascenseur s'immobilisa, les portes s'ouvrirent. Une poignée d'agents en uniforme les attendaient dans le lobby.

— Ne vous inquiétez pas. Il est avec moi.

— Je suis son garde du corps.

— Je suis une des héritières de Mark Hinton. Vous savez ? L'abruti qui a fait croire au monde entier qu'il était mort ?

Jace éclata de rire ; les agents s'écartèrent sur leur passage, perplexes. L'un d'entre eux s'éloigna avec un grognement, agacé par leur petit manège.

— Alors quoi, tu acceptes ta véritable identité ?

— Il est grand temps d'être honnête, avec moi-même et avec les autres. Mais, Jace, tu peux me poser par terre...

— Non, j'aime bien te serrer dans mes bras.

— Tu veux surtout frimer avec tes muscles.

— Ça aussi, oui.

Elle rit et entoura sa nuque avec ferveur tandis qu'il sortait dans la rue et la déposait devant sa voiture. Il lui ouvrit la portière, mais elle ne se glissa pas à l'intérieur.

Elle contempla quelques secondes son visage rayonnant, la sincérité de son regard, la beauté de ses traits, l'étincelle de son rire. Jace, qu'elle avait attendu toute sa vie.

L'avenir promettait d'être plus beau qu'elle ne l'ait jamais imaginé, même si Mark Hinton était son père.

Elle tira doucement sur son T-shirt et l'embrassa passionnément. Contre sa bouche, elle le sentit sourire.

— Tu aurais pu commencer avec ça, tu ne crois pas ?

Elle éclata de rire et couvrit son visage de baisers.

— Fais le malin, blanc-bec.

Avec lui, la vie promettait d'être radieuse.

Épilogue

Au soir de Noël, Jace et Charlotte se promenaient dans le village natal de Leni, bras dessus, bras dessous. Leurs bottes s'enfonçaient dans la neige moelleuse qui poudrait le trottoir.

— J'ai l'impression d'être dans une peinture de Norman Rockwell, s'amusa Jace.

Tout était parfait. Il avait du travail à ne plus savoir qu'en faire, mais il avait appris à déléguer. À se détendre. Et à son bras, il avait la femme de ses rêves. La femme de sa vie.

— Plutôt un de ces films de Noël qui sortent en décembre, commenta Charlotte en inspirant l'air froid avec un sourire de bien-être. Ma sœur est vraiment une force de la nature.

— C'est vrai. Après tout, elle a réussi à faire venir toute la famille dans *son* village pour Noël.

Charlotte grimaça.

— Pas Danny, murmura-t-elle.

— Hé, ce n'est pas encore Noël, sourit Jace. Il lui reste vingt-quatre heures pour changer d'avis.

Il n'était pas aussi confiant qu'il le laissait paraître. Danny restait l'élément inconnu de l'équation. C'était pour lui que Mark avait décidé de réunir ses enfants ; c'était sa vie qui avait volé en éclats. Au premier regard, ni Leni ni Charlotte n'avaient apprécié Danny parce qu'il était l'avocat de Mark. Maintenant, elles ne savaient pas exactement comment combler le fossé qui les séparait. Charlotte gardait toujours ses distances, même si elle avait passé quelques bons moments avec Mark quand Jace l'avait convaincue d'aller pêcher avec lui, cet été.

La famille entière apprenait que la vie se construisait petit à petit, pleine de nuances et de perspectives.

Et Charlotte n'avait jamais été plus heureuse de construire la sienne, avec Jace à ses côtés. Jace, si fort, si beau, si droit ; Jace, le prince charmant.

SUSAN MEIER

Ce patron si secret

INTÉGRALE
LES MILLIARDAIRES DE MANHATTAN

Traduction française de
MARGUERITE GUILLEMET

SAGAS

HARLEQUIN

Titre original :
HIRED BY THE UNEXPECTED BILLIONAIRE

Ce roman a déjà été publié en 2021.

1

C'est étrange, les secrets. Elle avait réussi à laisser le passé derrière elle, à se reconstruire, à vivre heureuse, en quelque sorte… Et pourtant, lorsqu'un souvenir resurgissait, son sang se glaçait invariablement dans ses veines.

Elle connaissait cet endroit.

Au cœur de Manhattan, Marnie Olsen entra lentement dans l'immense building, le cœur battant la chamade. À droite, des rampes de métal poli suivaient les lignes épurées de l'escalier. D'élégants cylindres d'argent pendaient du plafond et illuminaient le hall. À gauche, une brasserie chic exhalait l'odeur riche et sombre du café noir. Un portier en pull anthracite, chemise blanche et cravate rouge attendait derrière son bureau étincelant. Le mois de juillet venait de commencer, mais le bâtiment était frileusement climatisé ; sans doute pour permettre au portier, entre autres, de garder ses manches longues.

Elle inspira profondément. Elle n'avait rien à craindre. Dix ans avaient passé. Le père de Roger Martin ne travaillait plus ici ; et si c'était le cas, il ne l'aurait jamais reconnue. Roger n'habitait peut-être même plus New York. Elle ne croiserait aucun spectre, aujourd'hui : son entretien ne durerait qu'une heure, tout au plus. Ébranlée, mais déterminée, elle traversa le hall jusqu'à la réception.

— Bonjour. Je m'appelle Marnie Olsen. J'ai rendez-vous avec M. Manelli, au cabinet d'avocats Waters, Waters et Montgomery ?

Il m'a dit que vous sauriez me donner le code de leur ascenseur privé.

Le portier fronça les sourcils et contourna son bureau.

— *Je* vais entrer le code et actionner l'ascenseur.

— Très bien, dit-elle avec un sourire.

Mais sa confiance en elle vacilla. D'après Danny Manelli, le code changeait toutes les heures ; le portier aurait pu lui donner la combinaison actuelle sans mettre en danger la sécurité des bureaux. Mais non, un regard à son blazer et ses chaussures élimées avait suffi. Il voyait une femme pauvre, venue décrocher un poste trop sophistiqué pour elle.

Son visage s'enflamma. Elle n'avait pas toujours été pauvre. Elle était la fille d'Eddie Gouse, un magnat de l'immobilier new-yorkais. Mais, quand elle avait douze ans, son père était parti avec son frère. Il avait laissé sa mère sans un sou. C'était là, en réalité, que commençait son secret.

Le portier tapa le code sur le pavé numérique et lui jeta un dernier regard méprisant avant de la quitter.

Dans l'ascenseur, elle inspira profondément. Elle avait longtemps cru que sa vie était terminée avant d'avoir commencé ; qu'elle ne passerait jamais la vérification des antécédents, et ne décrocherait jamais d'emploi stable. Puis, elle avait découvert la garde d'enfants. L'agence avait évidemment demandé des explications. Elle ne leur avait rien caché, et après leur enquête, ils avaient approuvé sa candidature, rangé son dossier, accepté de l'engager. Tant qu'elle travaillerait pour eux, personne ne chercherait à remuer le passé. Son secret resterait sagement enterré. Et elle avait un travail agréable et stable, qui lui permettrait un jour de mener une existence tout aussi agréable, tout aussi stable.

Tout irait bien.

Avant que l'ascenseur privé ne soit arrivé à destination, elle avait lissé son blazer et collé sur son visage un sourire aussi détendu que possible. Les portes coulissèrent sur une grande pièce aérée où trônait un bureau de bois sombre... derrière lequel l'attendait un chiot, assis dans le fauteuil.

— Oh ! monsieur Manelli, vous êtes bien plus mignon que je ne m'y attendais, plaisanta-t-elle à voix haute.

— Merci beaucoup.

La voix masculine, à sa gauche, la fit sursauter. Oh oh. Prise la main dans le sac. Elle pressa une main sur son cœur, sans trop savoir si elle devait rire ou rougir de la situation. Parler avec un chien pendant la première minute de son entretien ? Génial.

— Monsieur Manelli ? s'enquit-elle en pivotant vers le nouveau venu, la main tendue.

Mais lorsqu'elle leva les yeux pour trouver les siens, son cœur trébucha. Grand et mince, des cheveux bruns coupés avec goût et des yeux intensément sombres… Il était à la fois terriblement élégant et terriblement sexy. Un homme dont les traits seraient plus fascinants encore dans la lueur tamisée des bougies, à demi nu, un verre de vin raffiné à la main, passé maître dans l'art de la sensualité…

Quoi ? D'où lui venaient des bêtises pareilles ?

— C'est moi. Et vous devez être Marnie Olsen, mon entretien de 14 heures ?

Il lui serra la main, vif et efficace, avant de contourner son bureau. Il souleva le chiot dans ses bras.

— Oswald, nous en avons déjà discuté. Il faut que tu passes le barreau avant de pouvoir éditer mes documents.

Elle ne put retenir un petit rire surpris. Le chien se tortilla dans ses bras puis entreprit ensuite de lécher le beau visage de M. Manelli avec un enthousiasme énamouré, la queue en émoi. Il ne savait pas trop quoi faire de ses pattes potelées et les agitait dans tous les sens. Marnie pressa sa paume contre ses lèvres. Irrésistibles, ils étaient irrésistibles. Le sublime avocat et le chiot frétillant. Sauf peut-être…

Oswald ? Non, non, le nom n'allait pas.

— Ce jeune homme n'a pas la tête d'un Oswald.

Danny Manelli fronça les sourcils, visiblement piqué. Il avait choisi le prénom, de toute évidence.

— Pardon ?

— Je dirais plutôt Canaille…, continua-t-elle en marchant vers le chiot.

Les oreilles à l'affût, Canaille agita la queue. Il avait posé ses pattes pataudes sur les bras de Danny. D'après leur taille déjà conséquente et son petit museau caractéristique, Oswald/ Canaille était un labrador blond.

— Tu es plutôt un Canaille, pas vrai, trésor ?

Elle attrapa la petite boule de poil et le chiot la récompensa d'une volée de baisers très, très humides.

— Oh oh, je vois que tu ne vas pas à l'école de dressage.

— J'avais un chien quand j'étais petit, et il n'a jamais été à l'école de dressage.

— Où habitez-vous ?

— Dans le Nord.

Elle grimaça.

— Vivre à la campagne, ce n'est pas pareil que Park Avenue. Vous allez promener Canaille avec votre petit garçon, n'est-ce pas ? Mais Canaille est très joueur, vous voyez, dit-elle alors que le chien se trémoussait dans ses bras. Il va essayer d'accoster les autres chiens et les inconnus. Et ce ne sera pas toujours bien reçu.

— Je croyais que vous étiez nounou ?

— Oui ?

— Pas une experte canine, ajouta-t-il, circonspect.

Un frisson de nervosité la parcourut. Danny Manelli proposait un poste permanent, payé le triple de ce qu'elle gagnait normalement. Elle ne pouvait pas gâcher cette opportunité pour une remarque en l'air.

— Les familles pour lesquelles j'ai travaillé avaient souvent des chiens. Je m'y connais un peu.

— Vous sauriez l'éduquer, alors ?

La peur vibrait encore dans ses veines. Pourquoi était-elle si mal à l'aise avec les inconnus ? Roger Martin avait laissé des traces. Elle mourait d'envie de baisser les yeux, de se répandre en excuses pour son impertinence… Néanmoins, elle lutta contre tous ses instincts et soutint dignement le regard de Danny Manelli. C'était la position de ses rêves. Après plusieurs mois de missions éphémères, elle pouvait enfin prétendre à un poste fixe. Travailler avec le même enfant pendant des années. Apprendre à les connaître, lui et sa famille. Faire des économies, aussi. Elle était si proche du but... Elle ne pouvait pas laisser une telle aubaine lui glisser entre les doigts.

— Il faudrait un professionnel, monsieur Manelli.

— Vous voulez que j'engage un dresseur pour mon chien ?

— Ou vous pouvez l'inscrire dans un centre de dressage. Il y a des établissements excellents à Manhattan. Je peux vous compiler une liste.

— Ce serait avec plaisir.

Elle retint de justesse un soupir de soulagement. Ses muscles se dénouèrent légèrement. Pendant quelques secondes, ni l'un ni l'autre ne reprit la parole. Danny Manelli scrutait son visage avec intérêt – que cherchait-il à lire sur ses traits ? Elle lui rendit son regard sans jugement et sans impatience. S'il s'inquiétait de ses intentions, elle tenait à lui montrer son honnêteté.

Danny reprit doucement le chiot, puis lui indiqua un siège.

— Asseyez-vous, je vous en prie. Pardonnez-moi pour ces présentations un peu originales. Depuis quelques mois, ma vie est un peu chamboulée.

— Découvrir que vous avez un fils de deux ans... Oui, j'imagine que les circonstances sont difficiles.

— C'est plus compliqué que cela.

Il déposa le chien dans son panier, à ses pieds, et lui tendit un jouet en caoutchouc.

— Je vous dois une explication. Vous devez savoir à quoi vous attendre si vous travaillez pour moi.

— Je vous écoute.

— J'ai appris très récemment que j'avais été adopté. Mon père biologique veut faire partie de ma vie. Mais j'ai aussi des parents adoptifs. Ils m'ont élevé, et la place que mon père biologique veut usurper leur revient de droit.

— Ce doit être... inconfortable.

— C'est un euphémisme, railla-t-il en secouant la tête. Et mon père biologique... est Mark Hinton.

— Mark Hinton ? répéta-t-elle, bouche bée. Le milliardaire qui a simulé sa mort ?

— Exactement. Enfin, en l'occurrence, il prétend qu'il n'a *pas* simulé sa mort. Il aurait fait naufrage puis n'aurait pas eu accès à Internet pendant des mois. Selon lui, il ne savait même pas que le monde entier le croyait mort.

— C'est… peu crédible.

— Et ce n'est que le début. Mark Hinton est une vraie tornade. Il ne laisse que des dégâts dans son sillage. Sachez que lui et sa famille, dont moi, ne nous déplaçons qu'avec une armée de gardes du corps. Et comme Mark est ridicule et indiscret, il a aussi fouillé dans ma vie privée, avant même que je ne le connaisse. C'est lui qui a découvert mon fils. Il a ensuite décidé que c'était une très bonne raison de bouleverser l'existence de huit personnes.

Elle ne savait pas quoi dire. Elle avait travaillé à domicile pour plusieurs familles. Elle connaissait leurs problèmes intimement, mais restait toujours à la marge, un parti neutre et silencieux. Cependant, aujourd'hui, elle était en entretien, et s'il lui avait parlé du fameux Mark Hinton… il attendait sans aucun doute une réaction.

Que dire ? Sa mère était une alcoolique en rémission. Des années plus tôt, son père, un grand manitou tyrannique, avait plié bagage quand les vices de sa femme étaient devenus trop humiliants en société. Il avait voulu emmener Marnie avec lui et son frère, mais elle avait insisté pour rester, incapable d'abandonner sa mère, de peur qu'elle ne se laisse mourir. Le lendemain, quand sa mère avait repris conscience, encore ivre, et qu'elle n'avait pas réussi à contacter son père, elle s'était… brisée. Elle avait cherché une réunion des Alcooliques Anonymes et était restée sobre depuis.

Mais son père n'était jamais revenu. Il avait refusé de revoir Marnie, ou de la laisser rendre visite à son frère. Il considérait qu'elle l'avait trahi en choisissant sa mère.

Elle s'éclaircit la gorge.

— Oui, je m'y connais un peu en… problèmes parentaux.

— Ce n'est pas un problème. C'est un homme si privilégié qu'il pense avoir le droit de contrôler la vie d'autrui. Et vous aurez affaire à lui, sachez-le.

— Ne vous inquiétez pas, dit-elle en riant. Je sais gérer les grands-parents difficiles. Et puis, c'est l'avantage d'être nourrice : je peux me cacher derrière mes devoirs. Partir me balader avec l'enfant, jouer avec lui dans sa chambre. L'adulte comprend subtilement qu'il perd du temps de visite s'il va trop loin. C'est une bonne tactique pour tuer le conflit dans l'œuf.

Danny sourit – pour la première fois, un vrai sourire. Son visage se métamorphosa. Les lignes sévères de son front et de sa bouche s'assouplirent, soudain chaleureuses.

— Ce serait parfait.

Son cœur rata un battement. Un éclair de pure attraction la traversa, absolument inattendue. Elle avait eu quelques copains à l'université, mais elle n'avait pas ressenti une réaction si naturelle, si instinctive depuis très longtemps. Le goût de l'impossible. Le goût du désir.

Désirer quelqu'un qu'elle ne pouvait pas avoir.

À quoi songeait-elle ? Sa sécurité financière était en jeu. Danny Manelli voulait engager une nourrice à domicile, nourrie et blanchie, et proposait un salaire exorbitant. Elle avait déjà fait des erreurs. Elle ne laisserait plus jamais ses pulsions régir sa vie.

— C'est le bien-être de l'enfant qui prime, expliqua-t-elle. S'il faut punir les grands-parents pour l'assurer... Cela ne me pose pas de problème.

Il rit doucement.

— J'espère que je serai là pour voir la tête de Mark.

— Ne vous inquiétez pas, monsieur Manelli. Si vous m'engagez, je serai responsable de votre fils. Je ne prends pas cette responsabilité à la légère. Et je ne laisse pas non plus les gens me marcher sur les pieds.

La peur, la fuite. Changer de lycée, utiliser le nom de jeune fille de sa mère... Non. Elle avait trop souvent courbé l'échine. Elle ne laisserait pas ses souvenirs l'ébranler, pas maintenant.

Tout irait bien. Le building avait simplement réveillé ses souvenirs et ses angoisses.

— Je suis tout à fait prête à affronter votre père, quoi qu'il advienne, conclut-elle d'une voix ferme.

Danny rit. Un rire vrai, sincère, spontané. Pour la première fois depuis des mois, il eut l'impression fugace que son fardeau était un peu plus léger. Enfin, il avait obtenu la garde de son fils, et leur vie ensemble serait peut-être plus facile qu'il ne l'avait craint… S'il engageait la bonne nourrice pour l'aider.

La candidate précédente était le doppelgänger de Mary Poppins. Par équité pour les autres candidats, il s'était retenu de lui offrir immédiatement le poste, mais il avait cru son choix arrêté. Seulement voilà : malgré sa jeunesse, Marnie Olsen ébranlait tous ses a priori.

Il baissa les yeux sur elle. Elle était de taille moyenne, de poids moyen, et portait des vêtements quelconques – une robe fleurie, un blazer et des chaussures sombres. Elle avait noué ses cheveux auburn en chignon bas. Mais cette discrétion forcée ne pouvait dissimuler ses lèvres pulpeuses ou le vert perçant de ses prunelles alertes.

Elle l'observait avec la même attention. Et elle avait raison d'être circonspecte : si elle acceptait le poste, elle serait catapultée sans transition dans le monde abracadabrant des Hinton. Le monde qui avait englouti sa vie. À cause de Mark, il avait découvert l'existence de son fils et celle de ses deux demi-sœurs. À cause de Mark, il aurait bientôt une nouvelle belle-mère. À cause de Mark, il avait aussi appris qu'il était adopté, et sa relation avec ses parents avait perdu de sa stabilité. Il faisait des efforts, mais il était en colère – parce que ses parents avaient gardé le secret, parce qu'ils ne l'avaient pas prévenu que son géniteur était un milliardaire à moitié fou. Parce que sa vie bien ordonnée avait implosé.

Et, si Marnie Olsen voulait travailler pour lui, elle allait devoir affronter le chaos sans flancher.

— L'agence m'a envoyé trois candidats qualifiés pour le poste, et vous faites partie de leur sélection. Ils me laissent le choix final.

— Oui, ils m'ont prévenue.

— J'aimerais engager quelqu'un sur le long terme. La mère de mon fils a déménagé en Europe pour devenir vice-présidente de la banque où elle travaille. C'est une opportunité importante pour elle, et nous avons décidé qu'il valait mieux que j'ai la garde de Rex jusqu'à nouvel ordre.

— Mme Harper m'a dit que la mission pourrait devenir permanente, oui.

— Et cela ne vous pose pas de problème ?

— Non. Je n'ai pas encore eu le plaisir de travailler avec le même enfant sur le long terme, mais...

Ses lèvres s'incurvèrent en un adorable sourire.

— J'adore les enfants, continua-t-elle. Je prends mes distances quand une mission touche à sa fin, bien sûr... Mais j'adorerais pouvoir rester aux côtés de votre petit garçon. Le voir grandir et évoluer sur plusieurs années.

Son cœur accusa un étrange soubresaut. Elle était si jolie quand elle souriait ; ses yeux scintillaient comme des émeraudes. Rex aurait été fou d'elle. Il s'éclaircit la gorge.

— Parlez-moi un peu de vous, Marnie.

Son visage ouvert s'assombrit brièvement.

— De moi ?

— De vos autres missions, peut-être ? proposa-t-il, surpris par son hésitation soudaine.

De nouveau, elle sourit.

— Bien sûr. J'ai payé mes études en gardant des enfants à mi-temps. Le salaire est intéressant et je pouvais refuser les missions qui coïncidaient avec mes examens. J'ai gardé toutes sortes d'enfants. Des bébés, des tout-petits, des enfants de dix, douze ans. Jamais d'adolescents, cela dit.

— Vous avez l'habitude des très jeunes, alors ? Rex a deux ans tout juste...

— Absolument, dit-elle en riant. Ils ne me font plus peur.

— Ils me terrifient complètement, grimaça-t-il. Pour l'instant, Rex est un ange, mais je sais que les problèmes ne vont pas tarder.

— Ah, mais les problèmes sont relatifs. Tous les enfants font des bêtises, et tous les enfants testent leurs limites. C'est la façon dont *vous* réagissez qui fait la différence. Par exemple, imaginons que votre fils se mette à dérouler tous les rouleaux de papier toilette. Si vous lui expliquez que c'est du gâchis, même si c'est terriblement amusant, il aura appris quelque chose. Mais si vous vous contentez de crier et de le punir, il ne comprendra pas votre réaction.

Compte tenu de la façon dont Mark avait bouleversé la vie de tous ses héritiers, il appréciait tout particulièrement l'idée de voir son fils grandir dans une atmosphère tranquille, où la communication primerait avant tout. Décidément, Mary Poppins perdait du terrain sur son échelle d'appréciation, et Marnie prenait de la vitesse.

— Oui, je suis d'accord. Mon père était du genre à crier, ma mère préférait tout expliciter… Et j'ai beaucoup plus appris de ma mère.

— Exactement.

— Qu'est-ce qui vous plaît le plus dans votre métier ?

— Les enfants, bien sûr. J'aime jouer avec eux, inventer avec eux. J'adore bavarder avec eux, parce qu'ils ont toujours des perspectives passionnantes sur la vie. Tout est si nouveau pour eux.

— Rex serait enchanté…

— C'est un plaisir pour moi aussi, vous savez. D'aucuns disent que j'ai un vrai talent pour la pâte à modeler.

Il rit.

— Et ma mère garde encore mes sculptures sur la cheminée, ajouta-t-elle, les yeux pétillants d'humour.

— Vous devriez être institutrice.

Son beau visage s'éclaira, mais elle secoua la tête.

— Non. J'aime donner tout mon temps à un seul enfant. Je m'intéresse aux dernières recherches pédiatriques, notamment les effets de l'art sur les enfants. La musique, la peinture, la sculpture, la danse… Et même les animaux de compagnie, dit-elle en pointant Oswald du menton. La relation intime qui s'instaure entre une nourrice et sa charge me permet d'exposer les enfants à toutes ces activités et de les voir s'épanouir.

C'était *exactement* ce qu'il désirait pour Rex. Avec tout l'argent des Hinton à leur disposition, son fils pourrait faire ce qu'il voudrait de sa vie. Mais le bonheur passait d'abord par l'état d'esprit, et quelqu'un comme Marnie pourrait lui apprendre à regarder autour de lui, à savourer chaque expérience. À apprécier ce qu'il possédait.

Marnie était jeune et joyeuse. Il respectait profondément Mary Poppins, mais il fallait avouer qu'elle s'était plutôt distinguée par son austérité. Quitte à engager une nourrice à domicile, il préférait partager son foyer avec une employée agréable et solaire. Il inspira profondément et appuya sa mâchoire contre son poing fermé.

— Je propose un deuxième entretien avec Rex, chez moi, ce soir. J'avais l'intention d'inviter tous les candidats, mais...

Mais son instinct lui soufflait qu'il avait trouvé la perle rare. Pourquoi donc ? Mary Poppins avait un meilleur CV. Plus d'expérience. Et il ne laissait jamais son instinct dicter sa conduite.

Mais après tout, que risquait-il ? Il avait signé avec l'agence. Si Marnie n'était pas le bon choix, ils lui enverraient quelqu'un d'autre.

— Mais ce n'est pas nécessaire. J'aimerais vous proposer le poste.

Pendant quelques secondes, elle se contenta de le regarder fixement, bouche bée. Puis, elle se leva d'un bond.

— Oh mon Dieu ! Merci, c'est fantastique ! Vous ne le regretterez pas, monsieur Manelli !

Non, il ne le regretterait pas. Il attendait toujours que l'anxiété noie sa conviction, mais rien ne vint. Il rit avec elle, charmé par son enthousiasme, soulagé d'avoir pris une décision. Marnie était la bonne, il en était persuadé. Il nota son adresse sur un papier et le lui tendit.

— Rendez-vous à 20 heures ?
Marnie lui offrit le plus radieux des sourires.
— 20 heures, c'est parfait.
Il la regarda quitter son bureau, le cœur tout plein d'allégresse.

2

Assise dans le métro, Marnie laissa les émotions des dernières heures la submerger tout à fait. Elle avait réussi ! Elle avait décroché le job. Une position qui lui permettrait d'économiser assez d'argent et d'ouvrir un jour sa propre agence de garde d'enfants.

Mais elle travaillerait pour le fils de Mark Hinton, le milliardaire excentrique. Shirley Harper ne l'avait pas mentionné avec l'ordre de mission. Elle avait gardé son sang-froid devant Danny Manelli, mais en quittant l'opulent gratte-ciel, sa peur familière était revenue, plus aiguë que jamais. Danny Manelli n'était peut-être pas excentrique, mais son père biologique, lui…

Les images de son passé bouillonnaient dans son esprit. Les secrets. Les mensonges. Les insultes, nombre d'entre elles postées sur les réseaux sociaux…

Mais toutes à l'encontre de Marnie Gouse. Pas Marnie Olsen. Il faudrait fouiller longtemps pour faire la connexion.

Et puis, Danny Manelli n'avait pas choisi une agence au hasard : il faisait sans aucun doute confiance au processus de sélection. Il n'aurait pas besoin de vérifier ses références lui-même. Il était riche ; il avait l'habitude de déléguer ce genre de choses aux professionnels.

Arrivée au petit appartement qu'elle partageait avec sa mère, elle se glissa immédiatement dans sa chambre et s'assit à son bureau. Elle tapa le nom de Mark Hinton dans son moteur de recherche…

Et étouffa un soupir désespéré.

Le haut de la liste était occupé par une flopée d'articles sur les héritiers disparus. À l'époque de leur publication, Mark Hinton était supposé mort. L'un d'entre eux attaquait la demi-sœur de Danny, Leni Long. Son téléphone avait été cloné et toutes les informations recueillies publiées sans son accord. Danny avait raison : cette situation était folle. La presse n'avait aucun respect pour l'intimité d'autrui. Mais elle-même ne risquait rien, n'est-ce pas ? Après tout, elle ne serait qu'une femme de l'ombre, trop occupée à changer des couches pour attirer l'attention des paparazzis.

Oh ! elle savait ce qu'elle était en train de faire... Elle cherchait à se rassurer parce qu'elle ne voulait pas refuser le poste. Elle n'allait tout de même pas manquer l'opportunité de sa vie à cause d'une vieille erreur ! Non, c'était hors de question.

Elle humecta ses lèvres sèches. Elle n'avait pas googlé son propre nom depuis des années. L'idée même d'une recherche réveillait en elle une honte brûlante. Elle préférait toujours détourner le regard. Mais aujourd'hui...

Sa mère le lui avait toujours dit : « Si tu entends un bruit dans l'appartement, allume la lumière et va vérifier que tout va bien. Ne laisse pas l'ennemi se tapir dans l'ombre. »

Toute la journée, elle avait été tenaillée par son secret. Le bâtiment avait réveillé ses angoisses, certes. Mais peut-être était-elle simplement guidée par un terrible pressentiment. Peut-être que Roger Martin avait posté ses photos sur la Toile, et qu'elles l'attendaient, vivaces et humiliantes...

Son cœur se serra douloureusement. Elle entra son ancien nom dans la barre de recherche.

Rien.

Elle aurait aimé se sentir soulagée, mais... Roger n'avait pas besoin d'utiliser son nom. Quelque part, sur des sites qu'elle ne voulait pas ouvrir, les photos qu'il avait prises étaient peut-être publiées depuis longtemps.

Ces dernières années, elle avait tenté de se rassurer. Les clichés avaient été détruits. Pourquoi se torturer avec des hypothèses ?

Elle avait perdu sa virginité avec Roger. Ce même soir, il l'avait photographiée endormie. Lorsqu'il avait essayé de vendre les images à l'école, elle était immédiatement rentrée chez elle, horrifiée. Sa mère avait appelé la police. Il n'avait pas fallu longtemps pour que des agents demandent à s'entretenir avec le principal.

Roger n'avait pas posté les photos et avait habilement déguisé leur origine en les proposant à la vente sur Internet. Dix ans plus tôt, supprimer les photos de son téléphone avait suffi à satisfaire les autorités. Mais le mal était fait.

À l'école, elle avait été insultée et ostracisée parce que sa mère avait porté plainte. Parce qu'*elle* avait humilié Roger. Parce qu'elle avait essayé de ternir son image.

Son image ? Roger était un monstre ! Sa trahison avait laissé des traces indélébiles. Mais personne ne se souciait d'elle. Elle s'était sentie piégée, harcelée, tétanisée.

Dix ans avaient passé. Elle avait laissé toute cette souffrance derrière elle. Elle n'avait plus rien à craindre ; elle accepterait de travailler pour Danny Manelli et apprendrait à connaître son petit garçon. Elle pourrait commencer à économiser pour son avenir. Elle éteignit l'ordinateur et entreprit de rassembler ses affaires.

Elle avait changé de nom et changé d'école pour reprendre une vie normale. Mais, malgré tous ses efforts, le doute continuait de la tourmenter. Peut-être que Roger Martin avait encore ces photos sur une clé USB. Peut-être qu'elles referaient surface quand elle s'y attendrait le moins.

Seulement, plus les années passaient, et moins elle ressemblait à la jeune fille qu'il avait photographiée. Elle n'avait pas le même nom, et elle n'était qu'une domestique. Elle connaissait les gens riches ; ils voyaient leurs employés comme de simples meubles. Présents, utiles, mais sans réel intérêt. Personne ne s'attardait sur les portiers, les chauffeurs, les nourrices. Quant à Roger Martin...

À l'époque, il n'avait même pas cillé en voyant ses larmes. Il était sans scrupule. Un salopard privilégié. Quand les policiers s'étaient contentés de lui donner un avertissement et une tape amicale dans le dos, il lui avait décoché un rictus par-dessus leurs épaules.

C'était ce rictus qui hantait encore ses nuits – la preuve qu'il avait gardé l'avantage jusqu'au bout.

Danny arriva chez lui un peu après 19 heures. Il avança tout droit vers son fils sans même retirer son manteau, et le prit dans ses bras.

— Hé, bébé, comment tu vas ?

Rex, les cheveux blonds et bouclés, vêtu d'une petite salopette, lui retourna un grand sourire.

— Bien !

— Il s'est amusé comme un petit fou, compléta Charlotte, sa demi-sœur. Jace est passé nous voir et ils ont joué à chat. Ce petit sait courir ! Je croyais que j'étais plus ou moins sportive, mais Rex nous a battus à plate couture.

Rex gloussa et Charlotte chatouilla son ventre. Fine, grande, blonde, elle avait troqué ses vêtements habituellement élégants pour un jean large et confortable.

— Tu as gagné cet après-midi, mais tonton Jace et moi prendrons notre revanche, lui lança-t-elle.

— Je vous suis vraiment reconnaissant, à toi et à Leni. Merci d'être venue le garder. Quand Alisha me l'a déposé ce matin, j'ai cru que j'allais avoir une attaque. Apparemment, son employeur veut qu'elle commence tout de suite. Elle est déjà partie en Espagne, à cette heure-ci. Heureusement que j'avais déjà meublé sa chambre et acheté du matériel pour les week-ends où il m'a rendu visite… Je ne sais pas ce que j'aurais fait sans vous.

— Hé, c'était la moindre des choses. C'est ça, la famille ! Rappelle-moi, comment deux filles et un fils unique se retrouvent frère et sœurs du jour au lendemain, déjà ?

— Apparemment, notre père ne connaissait pas la contraception ?

Elle éclata de rire et lui planta un baiser sur la joue.

— Oh ! touché. Il faut que j'y aille, mais n'hésite pas à me demander si tu as besoin d'aide pour choisir une nourrice.

— J'en ai engagé une tout à l'heure.

Charlotte s'arrêta avant d'arriver à l'ascenseur.

— Déjà ?

— Je n'avais pas vraiment le temps de tergiverser. Rex vit avec moi et j'ai besoin d'aide. Jace m'a envoyé l'adresse d'une agence en laquelle il a confiance. Ils m'ont proposé trois bons candidats. J'ai rencontré Mary Poppins, mais j'ai choisi quelqu'un d'autre. Je crois qu'elle sera parfaite.

— Parfaite comment ?

— Elle est… plus jeune. Je ne sais pas. Elle a de l'énergie.

— Après la journée que j'ai passée, je confirme : il va lui en falloir, de l'énergie.

— Voilà. Et puis, l'agence est très respectée. Ils s'occupent de vérifier les antécédents de leurs employés eux-mêmes. Je n'ai pas besoin de m'inquiéter, je sais déjà qu'elle a des références impeccables.

À sa grande surprise, le sourire de Charlotte s'évanouit.

— Tu ne vérifies rien par toi-même ?

— C'est le rôle de l'agence. Jace m'a confirmé qu'ils étaient réputés.

— D'accord, mais il n'est pas vraiment spécialiste en garde d'enfants. Hé… Tu n'auras plus besoin de moi, alors ?

— Ne t'inquiète pas, je suis sûr que Marnie a aussi besoin de jours de repos, dit-il, amusé.

— Alors je pourrai encore jouer à la baby-sitter ?

— Bien sûr. Mais tu devras partager avec Leni.

— Ah, voilà l'inconvénient d'avoir des frères et sœurs. Je ne veux pas partager ce petit chéri ! s'exclama-t-elle en faisant pleuvoir des baisers sur le front de Rex.

— Donc je peux t'appeler à 2 heures du matin quand il se met à hurler ?

Elle lui lança un clin d'œil et reprit sa route vers l'ascenseur, cette fois au pas de course.

— Sans façon, merci ! Mais je peux me libérer les samedis après-midi ! Bon courage !

Ils lui firent un signe d'au revoir jusqu'à ce que les portes de l'ascenseur coulissent, puis Danny pivota vers la cuisine. Généralement, il savait plus ou moins ce qu'il faisait, mais il s'appuyait encore sur les notes qu'Alisha, la mère de Rex, lui avait laissées avant son départ. Plusieurs pages sur les préférences et les habitudes de Rex.

— Tu as déjà mangé avec tata Charlotte, non ? Mais tu as le droit à un jus de fruits avant de dormir.

— Fwui ? s'exclama Rex d'un air enchanté.

— Sans renverser, ajouta Danny avec un sourire. On ne voudrait pas que tu te salisses avant que la nouvelle nounou arrive, hein ?

— Nounou, acquiesça Rex.

Danny rit doucement.

— Hé, tu as un vrai talent pour la répétition, bébé. C'est comme ça que tu apprends des mots ?

— Démo, répondit Rex en souriant.

Danny embrassa son front avant d'ouvrir le réfrigérateur. En attrapant le jus de pomme, il cogna au passage les deux bouteilles de lait. Il bondit en arrière, mais trop tard : le verre explosa sur le carrelage immaculé. Couverts de lait tous les deux, ils s'observèrent une seconde avant que le petit visage de Rex ne se froisse. Il se mit à hurler à pleins poumons.

Danny cligna des yeux, sonné. D'un seul coup, il avait mille choses à faire : changer Rex, nettoyer la cuisine et les placards, traquer les bouts de verre, se déshabiller et faire sécher ses chaussures trempées, aller acheter une autre bouteille de lait aussi vite que possible, car Rex en buvait au petit déjeuner. Et pourtant, il resta planté là comme un idiot, au milieu du carnage, l'esprit glacé d'impuissance.

3

Quand Marnie entra dans l'immeuble de Danny, elle s'arrêta un instant au milieu du hall, les yeux écarquillés. Cet endroit était magnifique. Tout était d'une sophistication exquise : les couleurs claires et raffinées, les canapés inspirés des années 1950, positionnés autour d'une superbe cheminée épurée, et jusqu'au mur de verre qui séparait le lobby de la salle de sport ultramoderne.

Et Danny possédait tout le dernier étage ?

Elle avait vécu dans une bâtisse similaire, quand ses parents étaient encore mariés. Neuve, luxueuse, scintillante. Et dire qu'elle n'avait pas vu son père depuis quatorze ans...

Le portier, vêtu d'un polo blanc, l'observait discrètement depuis la réception. Sans doute parce qu'elle semblait perdue. D'une certaine façon, elle l'était. Elle n'arrivait même pas à localiser l'ascenseur privé.

— Excusez-moi. Je suis la nouvelle nourrice de Rex Manelli, le petit garçon de M. Manelli ?

Il lui sourit largement et baissa les yeux sur ses notes.

— Oh ! bien sûr. Il m'a prévenu de votre visite. Marnie Olsen, c'est ça ?

— Oui, dit-elle en lui montrant sa carte d'identité. Mais je ne vois pas l'ascenseur ?

Le portier rit et contourna son bureau.

— Suivez-moi. Il est un peu camouflé.

Il la guida jusqu'à un coin discret du hall et s'arrêta devant un simple mur tapissé de boiseries. Lorsqu'il pressa un bouton que Marnie n'avait même pas remarqué, le mur s'ouvrit. Elle cligna des yeux. Oh ! ce n'était pas un immeuble ordinaire. Avec une sécurité pareille... La nervosité revint, poignante, et accéléra son pouls.

C'était ridicule ; elle pouvait partir quand elle le désirait ! Si quelqu'un décidait de fouiller dans son passé, elle ferait ses valises. L'agence trouverait un remplaçant en un claquement de doigts. Elle n'allait tout de même pas se démonter maintenant, pas si près du but, n'est-ce pas ?

Et pourtant, alors qu'elle observait le hall si élégant, bien plus huppé que le domicile de ses employeurs habituels, quelque chose en elle lui chuchotait de *fuir*.

Elle fit la sourde oreille. Danny Manelli était riche, d'accord. Et alors ? Il travaillait, il menait une vie parfaitement normale. Les paparazzis ne harcelaient pas tous les millionnaires de ce monde. Personne n'avait jamais publié quoi que ce soit sur son père, par exemple. Les journalistes aimaient les excentriques et les mégalomanes. Mark Hinton avait peut-être passionné les médias, mais Danny n'était qu'un avocat, et un avocat discret, avec ça. Aisé, sans aucun doute, mais pas assez scandaleux pour faire vibrer la presse. Personne ne remarquerait qu'il avait engagé une nourrice.

Si tout allait bien, elle aurait enfin repris le contrôle de sa vie dès demain. Et cela n'avait pas de prix.

L'ascenseur fila jusqu'au dernier étage en quelques secondes. Les portes coulissèrent sur une immense pièce à vivre avec vue panoramique sur Manhattan, décorée de meubles contemporains en chrome. Et de nouveau, sa gorge se noua – le propriétaire d'un tel appartement ne pouvait pas être un homme normal, quoi qu'il fasse, quoi qu'il dise. Elle se leurrait si elle essayait de se convaincre du contraire. Quand la mort de Mark Hinton avait été annoncée, elle avait fait les gros titres pendant des semaines. Et ses trois héritiers étaient devenus des célébrités du jour au lendemain.

Cet emploi était trop risqué.

Elle leva une main tremblante, mais, avant que son doigt ne presse le bouton de descente, avant qu'elle ne puisse prendre la fuite, les sanglots d'un bébé retentirent.

Elle se figea. Comme les pleurs continuaient, elle sortit de l'ascenseur et trébucha sur le chiot. Elle lâcha son sac de voyage et s'accroupit pour le serrer dans ses bras.

— Oh mon Dieu, Canaille ! Je suis désolée.

Le chiot aboya. Elle fouilla les alentours du regard. À part les pleurs de Rex, l'appartement était étrangement silencieux. Où était donc Danny Manelli ?

— Il y a quelqu'un ?

Canaille jappa encore une fois. Le petit garçon pleurait plus fort. Marnie s'enfonça dans l'appartement. Elle passa par l'énorme cuisine américaine, grise, noire et blanche. Sur les plans de travail en marbre, un grille-pain et une cafetière bleu canard rappelaient le large sofa du salon. Devant la baie vitrée, des fauteuils et un petit piano à queue surplombaient la ville illuminée.

Rex pleurait toujours. Elle se glissa dans le couloir.

— M. Manelli ? Danny ? Rex ?

Pas de réponse. Elle suivit les cris de Rex et s'arrêta devant une porte close. Elle tourna la poignée... et découvrit la chambre d'enfant la plus luxueuse qu'elle ait jamais vue.

Tout était bleu, argent et blanc, sauf le berceau, sculpté dans le merisier. Devant la table à langer, Danny bataillait tant bien que mal avec un bambin en larmes et une couche récalcitrante. Elle posa le chiot sur le sol et s'avança.

— Je suis là.

Danny jeta un coup d'œil par-dessus son épaule.

— Marnie ! Bonsoir. Désolé pour le chaos. J'ai cassé des bouteilles de lait.

Oh ! le pauvre. Sa chemise blanche et son pantalon étaient trempés. Elle comptait se défiler, certes, mais à cet instant, Danny avait besoin d'aide. Elle refuserait son offre plus tard.

— D'accord. Nouveau plan d'attaque. Laissez-moi changer Rex et allez mettre des vêtements secs.

— Vous êtes un ange tombé du ciel.

Elle rit et prit sa place devant la table à langer.

— Allez-y. Je m'occupe de Rex. On se retrouve dans la cuisine ?

Danny lui offrit un sourire avant de quitter la chambre ; Marnie baissa les yeux sur Rex, qui avait cessé de pleurer quand son papa s'était éloigné. Il attendait encore sa nouvelle couche. Il cligna ses grands yeux brillants de larmes.

— Comme tu es mignon, souffla-t-elle en caressant ses belles boucles dorées.

Un pincement de regret lui meurtrit le cœur. Elle aurait aimé apprendre à le connaître, ce petit garçon.

— Tu ne me connais pas, mais ton papa m'a engagée pour être ta nounou, expliqua-t-elle en le changeant tranquillement. Il est bientôt 8 heures, alors je pense qu'on peut te mettre en pyjama, non ?

Une main sur son petit ventre, elle trouva une gigoteuse dans le deuxième tiroir de la commode. Elle la glissa sur ses jambes dodues. Il la fixait toujours.

Son cœur se serra. Elle n'avait jamais vu un enfant aussi adorable. Ses grands yeux bleus étaient aussi profonds qu'expressifs.

— Hé, je suis tellement intéressante que tu as oublié de pleurer, lança-t-elle avec un sourire. Que se passe-t-il ? J'ai du brocoli entre les dents ?

La petite bouche s'incurva légèrement, comme si Rex avait compris sa plaisanterie. Elle retint son souffle. Oh ! non. Deux minutes avec ce bébé, et elle en était folle amoureuse.

— Haha ! Je savais que tu m'aimais bien.

— Ça en a tout l'air, observa Danny, derrière elle.

Sa voix douce était teintée de soulagement.

Une bouffée de fierté monta en elle. Elle ne *pouvait* pas rester, et pourtant, pourtant, elle voulait l'aider à tout prix. Elle sourit en boutonnant le pyjama de Rex.

— J'ai pris la liberté de le mettre en pyjama. J'imagine qu'il va bientôt aller au lit ?

— Oui, je... J'avais oublié qu'il se couchait vers 8 heures. J'aurais dû vous demander de passer plus tôt.

Elle souleva Rex dans ses bras et le serra contre son cœur. Une fois qu'elle l'aurait couché, elle annoncerait à Danny qu'elle avait changé d'avis. Il engagerait une autre nourrice. Et elle n'aurait plus rien à craindre.

— Pas de problème. Nous avons encore une petite demi-heure pour grignoter quelque chose, se brosser les dents, et peut-être lire une histoire ?

Danny avança d'un pas.

— Oui, il aime les histoires.

Un pas de plus. Rex tendit ses petits bras vers lui.

— Il vous aime aussi, dit Marnie souriante en lui tendant le petit.

Danny embrassa la petite joue ronde.

— Alors il est très généreux, car je ne suis pas très doué avec lui. Mais nous nous connaissons depuis quelques mois, maintenant. On s'est vus pleins de fois, hein, Rex ?

C'est vrai – il avait mentionné qu'il avait découvert la naissance de Rex récemment. Mais visiblement, il avait tout de suite pris ses responsabilités. Il voulait être un bon père. Elle le suivit dans le couloir, la gorge nouée de tendresse.

— Les bébés ont de très bons instincts. Et ils sont patients. S'il vous aime, il vous accordera une large marge d'erreur.

Danny rit en secouant la tête.

— J'espère, parce qu'il est coincé avec moi.

Ils traversèrent la pièce à vivre, si belle et si scintillante, jusqu'au coin cuisine. Marnie parcourut une nouvelle fois l'espace du regard. Elle aurait parié ses maigres économies que les tableaux d'art abstrait qui décoraient les murs étaient des originaux.

— Hé, ne dites pas ça. Il ne pense pas qu'il est *coincé* avec vous. Il vous adore, ça se voit.

— Il me détestera demain matin, quand il s'apercevra qu'il n'y a plus de lait, soupira Danny.

Ils contournèrent l'énorme îlot central. Sur le lieu du crime, tapi sur le sol, les fesses en l'air, Canaille était très occupé à laper les flaques de lait.

— Oh non ! s'exclama Marnie en tirant sur son collier.

— Laissez-le, si ça lui fait plaisir, s'étonna Danny.

— Il a déjà dû en boire assez pour son poids, et certains chiens sont intolérants au lactose.

Elle se tourna vers lui. Il était sexy à mourir avec son jogging noir et son T-shirt trop grand, le bébé dans les bras. Dans son costume, elle l'avait trouvé beau, mais distant. Ce soir, dans la cuisine, il avait l'air dans son élément, jeune, souriant, à l'aise et accessible.

— Intolérant au lactose ?

— Hum… Oui. Oui.

Elle revint brutalement à la réalité. Elle n'avait pas pour habitude de saliver sur ses employeurs. Elle avait travaillé pour bon nombre de pères séduisants et sympathiques, et elle ne s'en était jamais souciée. Pourquoi son corps réagissait-il ainsi aujourd'hui ? Peut-être parce qu'elle savait qu'elle n'accepterait pas le poste. Peu importait qu'elle trouve Danny Manelli séduisant, dans ces conditions.

— Même si cela ne le rend pas malade, il ne faut pas donner trop de lait aux chiens.

Elle pivota sur elle-même pour prendre ses repères et localisa la chaise haute de Rex.

— Voilà ce que je vous propose. On installe Rex sur sa chaise avec un biscuit et du jus de fruits. Vous allez acheter du lait pour demain pendant que je nettoie la cuisine.

— C'est très généreux, Marnie, mais je ne vous ai pas engagée pour faire le ména…

— Pas de mais, monsieur Manelli. Votre fils a besoin de lait pour son petit déjeuner, et si vous laissez le lait sécher, cela va sentir. En plus, il faut sortir le chien. Je m'occupe de Rex pendant ce temps.

— Vous êtes sûre ?

Décidément, malgré sa richesse, Danny Manelli n'avait rien d'un patron despotique. Et son incertitude était… adorable. Beaucoup trop adorable ! Elle ne parvenait pas à étouffer la chaleur diffuse qui se répandait dans sa poitrine. Les yeux dans les siens, si sombres et si expressifs, elle avait l'impression de pouvoir lire dans son âme. Et si elle avait craint de travailler pour un milliardaire, fantasmer sur lui était bien pire. Une liaison avec la nourrice ! La presse en aurait fait des gorges chaudes.

Et quelle idée ! Elle comptait refuser le poste, non ? D'une minute à l'autre. Dès qu'elle en aurait trouvé le courage. Elle ne resterait pas, certainement pas. Même si Rex était un ange, même si Danny Manelli était sublime, même s'il était aussi gentil avec elle qu'il l'était avec son bébé.

Dieu merci, il partait.

— Je m'occupe de tout, promit-elle.

Danny passa un manteau, accrocha sa laisse au collier de Canaille, attrapa son portefeuille sur le buffet de l'entrée, et lui décocha le plus attendrissant des sourires.

— Merci encore, Marnie.

Dans l'ascenseur, Danny poussa un long soupir. Il venait de laisser son fils avec une inconnue...

Une inconnue qu'il voulait engager, une inconnue envoyée par une agence haut de gamme que son futur beau-frère, Jace MacDonald, un des leaders américains de la sécurité interpersonnelle, lui avait personnellement recommandée. Pas la peine de s'inquiéter : Rex était entre de bonnes mains.

Et lui, dans tout cela ? Au bord de la panique.

Il s'était toujours considéré comme quelqu'un de compétent. Bien sûr, il avait fait quelques faux pas pendant les courtes visites de Rex, mais il s'en était toujours bien sorti. Mais ce soir... Un peu de lait renversé l'avait laissé complètement démuni.

Quant à Marnie Olsen... Elle était venue à sa rescousse comme une vraie superwoman. Active, rapide, professionnelle. Un plan d'attaque, une solution.

Arrivé sur le trottoir, il emboîta le pas à Oswald. Maintenant, il en était certain : il avait pris la bonne décision en choisissant Marnie. Elle était admirable. Intelligente, forte, avec un esprit organisé et une efficacité remarquable. Elle avait géré le chaos en un claquement de doigts.

De nouveau, une étrange sensation monta en lui. Le soulagement d'avoir trouvé la parfaite nourrice pour son fils... Et quelque chose d'autre. Une chaleur nouvelle, une chaleur... rassurante. Marnie était si souriante, si compétente, si vraie, et si...

Il grimaça intérieurement. Si jolie. Marnie était si terriblement jolie.

Ce qui n'avait aucune importance. Son monde avait basculé. Il essayait encore de reprendre son équilibre. Il n'était pas idiot. Il avait besoin de quelqu'un d'intelligent à ses côtés, oui, mais aussi de stabilité. De soutien. Rex était né d'une aventure d'un soir, et Alisha ne l'avait jamais prévenu. Il s'était découvert père quelques mois plus tôt, et seulement par hasard. Alisha, Mark... Leurs mensonges avaient laissé des traces. Il avait besoin de temps avant de pouvoir faire confiance à quiconque. Avant de savoir faire confiance. Il n'avait pas de place pour une idylle dans sa vie, pas maintenant.

Et Marnie était la nourrice idéale. Il avait déjà besoin d'elle. Son instinct avait vu juste. Il ne pouvait pas risquer de la perdre pour un peu d'attirance. D'ailleurs, il ne s'autoriserait plus à remarquer sa beauté, c'était décidé.

Il guida Oswald à travers le parc, puis vagabonda dans les rues adjacentes jusqu'à la supérette. Après avoir acheté du lait, il prit le chemin du retour. À l'appartement, il trouva Marnie assise sur un tabouret près de la chaise haute ; Rex riait aux éclats. Entre deux gloussements, il finissait son jus d'orange. La cuisine était propre.

Une sérénité enivrante apaisa son esprit en ébullition. Enfin, du calme. Il en avait tellement besoin.

— Je ne sais pas ce que j'aurais fait sans votre aide.

Le chiot s'élança en avant et s'assit au milieu de la cuisine, retenu par la laisse, mais la tête haute, la poitrine bombée, les yeux fixés sur Marnie. Danny sourit. Bon chien.

— Je ne sais pas comment vous remercier, Marnie. Vous ne

pouvez pas imaginer combien je suis heureux que vous ayez accepté ce poste.

Une vague de culpabilité frappa Marnie de plein fouet. Danny détachait la laisse de Canaille ; immédiatement, le chien se précipita vers elle, et elle le souleva pour qu'il puisse lui lécher les joues. Rex piailla de plaisir. Oh ! pour l'amour du ciel. Pourquoi Danny était-il si charmant ? Et son fils si adorable ? Et son chien si mignon ?

Chaque minute passée ici lui démontrait que, malgré le luxe de l'appartement, Danny et Rex avaient une vie normale. Le poste qu'elle s'apprêtait à refuser était normal. Alors pourquoi fuir ?

— Dès que nous aurons couché Rex, je vous montrerai vos appartements, annonça Danny. Vous avez une chambre, une salle de bains, et une petite buanderie de l'autre côté de la pièce à vivre.

Elle voulait tant travailler ici. Avec lui. Avec eux. Leur venir en aide, et voir Rex grandir, et économiser assez d'argent pour construire son avenir…

Ne t'en va pas maintenant. Sois courageuse. Ne laisse pas passer l'opportunité de ta vie pour quelque chose que tu as laissé derrière toi depuis longtemps.

Elle s'éclaircit la gorge, puis inspira profondément.

Très bien. Le risque en valait la peine.

— Merci. Si cela ne vous dérange pas, j'aimerais bien ranger et préparer mes affaires ce soir pour être prête dès demain matin.

— Bien sûr. Je ne travaille pas demain, ni dimanche. Nous pourrons parler des détails à ce moment-là. Juste les informations les plus importantes pour ce soir. Par exemple, vous vous demandez peut-être pourquoi vous êtes aussi loin de la chambre de Rex ; mais je vous expliquerai comment fonctionne le babyphone et la caméra. Vous l'entendrez pleurer sans problème, railla-t-il.

— Me voilà rassurée, rétorqua-t-elle en riant.

Et voilà. C'était si facile. Elle avait accepté. Elle serait heureuse ici. Aucun cauchemar ne l'attendait, tapi dans l'ombre, prêt à révéler son identité et les erreurs de son passé. De quoi s'inquiétait-elle ? Elle n'était personne.

Danny était très différent de son père biologique. Son nom n'apparaissait que rarement dans les journaux. Personne ne chercherait des informations sur la nourrice d'un avocat discret.

Elle allait vivre dans un magnifique appartement, élever un adorable petit garçon, partirait dans quelques années avec un compte en banque raisonnablement plein. Peut-être quitterait-elle New York. Elle n'en avait jamais eu le courage, mais pourquoi ne pas s'installer là où personne ne la connaissait ? Là où aucun immeuble ne réveillerait ses peurs et ses regrets ? Où elle serait entièrement libre ?

Oui. Avec de l'argent, toutes les portes s'ouvraient. Une nouvelle ville. Une nouvelle vie. La liberté.

4

Une fois Rex couché, Danny mena Marnie dans sa suite. À disposition, elle avait un petit salon, une chambre et une salle de bains. Les trois pièces étaient décorées dans un camaïeu de vert sauge, crème et gris pâle. Le sol était parqueté de bois clair et couvert de superbes tapis aux couleurs neutres.

Elle aurait voulu tourner sur elle-même en riant d'émerveillement, mais elle se retint, tout juste.

— Merci, monsieur Manelli. C'est magnifique.

— Je suis content que cela vous plaise. J'aimerais vous donner quelques détails sur le poste, mais ensuite je vous laisse tranquille pour la soirée.

Après avoir posé son sac, elle le suivit dans la grande pièce à vivre ; au passage, il attrapa une liasse de papiers sur l'îlot en marbre de la cuisine.

— La maman de Rex nous a laissé des instructions écrites. Vous y trouverez ses habitudes, mais Alisha récapitule aussi ce qu'il aime et ce qu'il n'aime pas.

Il lui tendit les notes en s'asseyant dans un des fauteuils bleus. Elle prit place en face de lui, sur le canapé, passa la liste en revue, puis releva les yeux.

— C'est très détaillé. Cela va beaucoup m'aider.

— Oui, Alisha est très organisée. Elle pense à tout. Je vous dois quelques détails sur la situation. Alisha et moi n'avons eu qu'une très courte relation. Elle est tombée enceinte mais ne m'en a pas parlé. Mon père biologique, qui, apparemment, avait décidé de me faire surveiller incognito, a découvert la naissance de Rex. Seulement, pour pouvoir me tenir au courant, il lui a bien fallu admettre qu'il était mon père. Bref, j'ai contacté Alisha dès que Mark m'a appris la nouvelle, et nous étions en train de négocier une garde partagée quand son patron lui a proposé le poste de ses rêves en Espagne.

— En Espagne ? Waouh.

— Exactement. Elle ne pouvait pas refuser, mais elle ne voulait pas non plus séparer Rex du reste de sa famille. Les parents et les sœurs d'Alisha vivent tous à Manhattan. La place qu'elle a acceptée est un poste à responsabilités, nécessitant énormément d'heures de travail. En Espagne, Rex aurait été très seul. Elle a finalement décidé de me confier la garde de Rex, pour qu'il puisse grandir avec les gens qui l'aiment. Elle le prendra deux semaines l'été, et pendant les vacances de son choix une fois par an. Elle a aussi l'intention de venir à New York lui rendre visite.

— C'est une merveilleuse nouvelle pour vous.

— Oui, admit Danny avec un sourire. J'ai eu du mal à accepter qu'Alisha ait voulu me cacher l'existence de mon enfant. Mais une fois que je suis entré en relation avec elle, elle s'est montrée généreuse. Elle m'a laissé le voir autant que je le désirais. Quand elle a accepté son nouveau poste, elle a fait passer le bien-être de Rex avant le sien. Je lui en suis reconnaissant. Et d'un seul coup, je suis... un vrai père.

Il rit doucement, et de nouveau, sa beauté la toucha en plein cœur. Avec son T-shirt trop large, ses cheveux désordonnés, son sourire sincère, il était irrésistible. Une affinité innée semblait l'attacher à lui. Ce sentiment qu'elle avait toujours considéré comme caractéristique des grandes idylles... Quand deux personnes étaient faites l'une pour l'autre. Quand elles pouvaient imaginer un futur ensemble...

Quoi ? Non, non. Elle appréciait simplement son sens du devoir et l'amour qu'il portait à son fils, comme toute nourrice qui se respecte. Quant à l'avenir, elle avait déjà des projets : notamment, s'occuper de Rex pendant des années. C'était cela, l'important.

— Voilà, vous savez tout, dit-il en se levant. Comme Rex est au lit, je vais vous laisser profiter de votre soirée.

Elle lui souhaita bonne nuit avant de rejoindre sa suite. Dans la chambre, elle inspira profondément. La joie d'avoir obtenu le poste la submergea enfin pleinement. Elle allait s'occuper d'un adorable petit garçon, vivre dans une suite luxueuse, et gagner tout l'argent dont elle avait besoin.

Elle avait repris sa vie en main. Pour la première fois depuis dix ans, elle n'avait pas laissé la peur dicter ses décisions. Elle se sentait plus forte, plus courageuse, elle se sentait... Oh ! elle se sentait normale. Enfin, enfin normale.

Le lendemain matin, Danny brandit la laisse de Canaille alors que Marnie finissait de donner son petit déjeuner à Rex. Elle s'essuya les mains et se tourna vers lui.

— Oh ! vous sortez le chien ? Rex et moi pourrions vous accompagner en balade.

Le visage de Danny s'illumina d'un sourire.

— Bien sûr ! Ce serait avec plaisir.

Il était peut-être encore un peu perdu avec les bébés, mais il était ouvert d'esprit. Encore une des raisons pour lesquelles travailler pour lui serait un plaisir.

— Il faut que je m'habitue aux alentours et que je mémorise le chemin du parc. Avez-vous une poussette ?

— Deux, à vrai dire. Une de ces grosses poussettes de luxe, et une petite pliable que m'a laissée sa mère.

— Prenons la grosse poussette de luxe, alors, lança-t-elle en riant.

Ils installèrent Rex dans le siège molletonné, attachèrent Canaille, et descendirent ensemble dans la rue presque déserte, typique d'un samedi matin à Park Avenue. L'odeur exquise des pâtisseries chaudes et du café chatouilla les narines de Marnie. Son estomac gargouilla bruyamment.

— On achètera quelque chose à la boulangerie sur le chemin

du retour, proposa Danny, amusé, en prenant le guidon de la poussette.

— Désolée… J'ai sauté le dîner, et…

— Vous auriez dû me le dire ! Le frigo est plein, vous pouvez vous servir.

— J'ai juste oublié, ne vous inquiétez pas. Mais je ne dirais pas non à un détour par la boulangerie.

Dans un silence confortable, côte à côte, ils continuèrent leur chemin. Les tours aux façades immaculées s'élevaient sur un ciel azur, ombragées par les hauts arbres qui bordaient les trottoirs.

— C'est très beau, par ici.

— Oui, je me sens chez moi, dans ce quartier.

Elle comprenait pourquoi. Malgré la densité des gratte-ciel autour d'eux, une certaine élégance se dégageait de ces hautes bâtisses de brique, et une ambiance paisible et agréable régnait, ce dont témoignaient les nombreux sourires échangés avec leurs voisins. Les rares personnes déjà levées étaient en route pour une balade matinale ou un jogging. Le soleil, à travers le feuillage des arbres, faisait danser sur l'asphalte une lumière enchanteresse.

Canaille fit ses besoins sur un confortable coin de verdure, et Danny passa la poussette à Marnie pour s'occuper de nettoyer derrière lui. Il tourna ensuite les talons.

— Et voilà ! Nous n'allons pas plus loin, d'habitude.

— Pourquoi ne pas continuer encore un peu ? Rex sera content de prendre l'air.

— Vous pourrez l'emmener au parc cet après-midi, après sa sieste ? Il est juste au coin, là-bas.

— Oh ! parfait ! Bonne idée.

Mais, alors qu'elle se tournait pour mémoriser le nom de la rue, un homme élancé entra dans son champ de vision. Même à cette distance, elle le reconnut immédiatement. Son estomac se retourna. Il lisait son journal, mais elle connaissait cette silhouette, cette démarche inimitable.

Elle s'arrêta net. Danny s'arrêta avec elle.

— Que se passe-t-il ?

Son père. Son père était là.

Et dire qu'elle s'était cent fois inquiétée de croiser Roger Martin ! Son père était censé vivre dans l'Upper West Wide, à l'autre bout de la ville !

Il les dépassa sans même ralentir le pas. Bien sûr, il était préoccupé par sa lecture, mais, si elle était honnête avec elle-même... Elle savait qu'il ne l'aurait pas reconnue, même s'il avait levé les yeux. La dernière fois qu'elle l'avait vu, elle avait douze ans. Il ne savait rien de la Marnie adulte.

Il les avait abandonnées sans se retourner, elle et sa mère. Après son départ, elles étaient passées du luxe à la misère. Elles avaient été expulsées de leur appartement. Elles avaient vécu si longtemps dans l'instabilité.

Une tristesse lancinante la transperça.

— Marnie ?

Elle secoua la tête. Elle devait reprendre ses esprits. Son père était riche. Ce n'était pas très surprenant qu'il ait emménagé à Park Avenue. Elle avait fait son deuil depuis longtemps. Le revoir l'avait simplement... surprise.

Mais l'angoisse familière surgit, plus insidieuse que jamais. S'il était si facile de croiser son père par hasard, qu'en était-il de Roger ? Les Martin étaient aussi prospères que son père. Que Danny Manelli.

L'homme qui avait ruiné son enfance traversait à cet instant une rue qu'elle remonterait tous les jours. Risquait-elle aussi d'y revoir l'homme qui avait brisé sa jeunesse ?

Non ! Non, elle ne pouvait pas stagner dans le passé. Elle devait prendre son courage à deux mains et continuer son chemin. Elle inspira discrètement, décidée à étouffer sa panique croissante.

— Désolée. J'ai cru voir quelqu'un que je connaissais.

— Que vous connaissiez ? s'étonna Danny en embrassant les alentours du regard.

Dis-le. Regarde ton passé en face et empêche-le de t'engloutir.

— Oui. Mon père, en fait.

— Votre père ? interrogea Danny. Je n'ai vu personne vous faire signe. Vous ne vous êtes pas arrêtée pour... ?

Elle balaya sa question de la main. Pour reprendre le contrôle de la situation, elle devait minimiser son impact. Cette rencontre n'avait aucune importance. Le hasard avait simplement un sens de l'humour très douteux. Elle tourna la poussette et prit le chemin du retour.

— Ce n'est pas grave. Je… Il ne m'a pas reconnue. Il ne m'a pas vue depuis mes douze ans. Il a pris mon frère et a quitté ma mère à ce moment-là.

Danny cligna des yeux, estomaqué, et si confus qu'il s'exclama d'une voix trop forte :

— Attendez… Il a quitté votre mère et vous ne l'avez pas revu depuis vos douze ans ?

— Oui. À quatorze ans, j'ai trouvé son adresse et essayé de lui rendre visite. Je voulais lui expliquer que ma mère allait mieux et que nous pourrions… je ne sais pas, reprendre contact ? Mais il n'a pas voulu me voir, ni me laisser voir mon frère. C'est une de ses domestiques qui m'a dit de rentrer chez moi.

Marnie parlait d'une voix calme, contrôlée, comme on délivre un rapport au tribunal.

— Il a dû emménager dans le quartier. Je n'en savais rien.

— Je suis navré.

Un élan de compassion l'envahit, mais Marnie se contenta de hausser les épaules.

— Non, ce n'est pas grave. C'est de l'histoire ancienne.

Elle lui sourit largement, trop largement.

— Vraiment, cela n'a aucune importance.

— Cela me semble important, à moi.

— Ça l'était à l'époque. Mais la vie continue.

— Tout de même. Il ne voulait pas vous revoir ? Quel genre de père ferait ça ? C'est terrible.

Il leva les yeux vers le ciel, pensif, puis laissa échapper un petit rire amer.

— Je ne sais pas pourquoi je suis surpris. Je ne connais mon père biologique que depuis quelques mois. Au début, j'étais très en colère. Totalement brisé, aussi. Il n'avait pas voulu de moi à ma naissance. Il veut peut-être se mêler de ma vie maintenant, mais lui et ma mère m'ont bel et bien fait adopter. Il répète qu'il m'a toujours aimé. Qu'il nous a cachés, moi et mes sœurs, pour notre sécurité. Mais les actes en disent plus long que les paroles, non ?

— Mon père est un perfectionniste égoïste et égocentrique.

— Mon père aussi. Et je ne veux jamais être comme lui.

— Bonne résolution, dit-elle en riant.

Elle bifurqua vers les hautes portes de leur immeuble, mais il l'arrêta en posant une main sur son épaule.

— Hé. Nous avons rendez-vous avec des croissants et du café, vous vous souvenez ?

— Oh ! C'est vrai. Mais... J'espérais plutôt prendre un chausson aux pommes.

Devant son expression penaude, il rit doucement.

— Tout ce que vous voudrez, Marnie.

À la boulangerie, elle s'arrêta devant la vitrine, les yeux brillants, et contempla chaque pâtisserie comme on contemple des bijoux. Il aurait aimé lui proposer d'en prendre deux, trois, une dizaine, mais quelque chose le retint. Si son père vivait sur Park Avenue, il devait être très riche. Et pourtant, elle travaillait comme nourrice, parce qu'elle et sa mère vivaient modestement.

Marnie et lui-même avaient connu des trajectoires opposées. Elle était née dans le confort et la richesse, et avait perdu tous ces privilèges du jour au lendemain. Il était fils d'ouvriers, et venait de se découvrir milliardaire.

Et il se plaignait de son sort ?

Il aurait mieux fait de se taire.

Malgré sa compassion, un pincement de suspicion le tenaillait. Est-ce qu'il n'était pas étrange que Marnie lui confie quelque chose d'aussi personnel ? Elle le connaissait à peine. En tant qu'avocat, il était habitué à ce que ses clients lui parlent de leurs problèmes ; mais il n'était pas son avocat. Il était son patron.

Ses demi-sœurs et Jace, le chef de l'équipe de sécurité préposée aux Hinton, l'avaient déjà prévenu. Hériter de l'énorme fortune

Hinton comportait quelques risques. Des inconnus essaieraient de l'amadouer, de l'arnaquer, de lui soutirer de l'argent d'une façon ou d'une autre, et…

Non. L'idée était si choquante qu'il secoua la tête. Marnie était quelqu'un de bien. Il en avait l'absolue conviction. Elle avait eu une vie difficile, elle avait travaillé dur, et elle ne mentirait pas sur ce sujet.

Même la façon dont elle dévorait les pâtisseries du regard lui prouvait sa sincérité. Lui aussi avait connu des temps plus difficiles. Lui aussi avait travaillé, économisé, regardé arriver les fins de mois avec angoisse. Il connaissait cette fierté particulière qui consistait à se contenir pour ne jamais aller trop loin, ne jamais exploiter la générosité d'autrui, de peur d'avoir l'air intéressé. Il ne lui achèterait pas plusieurs gâteaux, parce qu'il l'aurait mise mal à l'aise.

Elle opta finalement pour le chausson aux pommes, et ils rentrèrent à la maison en bavardant. Une fois dans l'appartement, il dut s'y reprendre à plusieurs fois pour retirer la laisse de Canaille, qui tournait autour de lui en jappant.

— Votre école de dressage ne lui ferait pas de mal.

— J'ai une liste d'options sur mon ordinateur. Je peux vous l'envoyer par mail ?

— Merci beaucoup.

Marnie installa Rex sur sa chaise haute et lui servit un peu de lait avant d'allumer la cafetière.

— Un café avec votre croissant ?

— Oui, mais je m'en occupe. Vous n'êtes pas ma domestique, vous vous souvenez ?

Elle sourit, un peu timidement.

— Je peux quand même vous faire un café. Si je ne suis pas votre domestique, nous pouvons être amis. Nous vivons ensemble. Nous allons nous croiser régulièrement. Autant travailler en tandem, non ?

De nouveau, un soupçon désagréable le traversa. Bon Dieu, Mark Hinton l'avait rendu paranoïaque. Voilà qu'il confondait gentillesse et duplicité. Voulait-il donc tout gâcher ? Il ne s'était pas senti aussi à l'aise avec qui que ce soit depuis des mois.

— D'accord, vous avez gagné. Un expresso, s'il vous plaît. Et puisque nous sommes amis, vous pouvez aussi me tutoyer et m'appeler Danny.

Il déposa le lait et le sucrier sur l'îlot pendant qu'elle préparait deux tasses, puis ils s'assirent ensemble, chacun avec leur pâtisserie encore tiède. Elle mordit dans son chausson, les yeux fermés, et soupira de plaisir.

— Oh ! mon Dieu. C'est beaucoup trop bon.

— C'est la meilleure boulangerie du quartier, dit-il souriant.

Il y avait quelque chose de si familier, de si intime dans cet instant de confort partagé. Encore et encore, le sentiment que Marnie était *faite* pour être à ses côtés le frappait comme une révélation. Était-il simplement soulagé d'avoir trouvé quelqu'un dont la vie était aussi sens dessus dessous que la sienne ?

— Je crois que nous avons beaucoup de choses en commun, dit-il, pensif.

— Ah bon ? Comme quoi ?

Elle leva les yeux vers lui. Un éclair de désir l'électrisa lorsque leurs regards se croisèrent. Il l'ignora avec détermination. Non seulement être attiré par la nourrice de son fils était ridiculement cliché, mais Marnie semblait avoir besoin d'un ami autant que lui.

— Nous avons tous les deux vécu dans des conditions modestes.

Elle but une gorgée de café en jetant un regard alentour.

— Tu es monté en grade, depuis.

— Mais je n'oublierai pas mes origines.

— Je comprends. Je préférerais oublier les miennes.

— Oui... Un autre point commun. Des pères douteux.

— Je n'ai jamais parlé de lui à personne. Avant toi.

Elle déchira un morceau de chausson aux pommes et détourna le regard, pudiquement. Dieu merci. Il aurait pu se noyer dans les profondeurs émeraude de ses prunelles, et dans la certitude qu'il était là où il devait être, qu'il avait trouvé un port d'attache. Il avait l'impression de pouvoir lui confier tout ce qu'il avait sur le cœur, et plus encore.

Plus ? Non. Il se faisait des illusions. Il avait passé une nuit avec une inconnue et elle lui avait caché sa grossesse. Ses parents ne lui avaient jamais dit qu'il était adopté. Son père biologique martelait qu'il aimait ses enfants, mais il avait vécu des années sans jamais les contacter.

Même si Marnie n'avait pas été la nourrice de Rex, même s'il n'avait pas craint les conséquences qu'un statut différent et une relation d'employée à employeur entraînaient, il n'aurait pas pu envisager une relation avec elle. Il avait vécu dans le mensonge trop longtemps, trop souvent. Faire confiance à quiconque le terrifiait. Il se méfiait même *d'elle*. Il passait son temps à se demander ce que les autres lui cachaient, quel hideux secret rôdait dans l'ombre.

Et quand Marnie lui avait confié le sien, il s'était immédiatement demandé si elle était honnête. Il avait honte de sa réaction, mais il savait la reconnaître pour ce qu'elle était : une angoisse irrationnelle qu'il devrait apprendre à surmonter, lentement. Alors non ; il n'était pas prêt à avoir une relation. Il ne voulait faire souffrir personne. Et peu importait qu'elle soit la plus jolie femme qu'il ait jamais vue, ou que son sourire soit doux et chaleureux, ou qu'être assis ici avec elle le rende douloureusement heureux, ou que...

Il se leva d'un bond. Il avait perdu la tête ! Il ne pouvait pas laisser ses pensées divaguer ainsi dès qu'il était en sa compagnie !

— Je... Rex et moi appelons mes parents à cette heure-ci.

— Vos parents adoptifs ?

Une question anodine. Dieu merci, elle n'avait pas remarqué son trouble. Et il ne pouvait pas continuer sur cette voie. N'avait-il pas assez de problèmes ? Un fils à élever, des collègues qui peinaient à comprendre son nouveau statut, un père tout récent et horriblement encombrant ?

Il souleva Rex dans ses bras.

— Oui. On fait un appel vidéo par semaine.

Elle lui sourit. Un frisson le parcourut. C'était fou. Il la connaissait à peine. Rex dans les bras, il prit la fuite.

5

Pour que Marnie puisse terminer de s'installer, Danny s'occupa de Rex pendant le reste de la matinée. Au déjeuner, elle reprit les choses en main, et il la rejoignit dans la chambre de Rex à l'heure de la sieste. Il resta en arrière pendant qu'elle changeait le bébé. Non pas qu'il ne veuille pas s'occuper des couches ; mais il observait encore les réactions de son fils. Marnie lui semblait peut-être parfaite, mais elle était en période d'essai. Le bien-être de son fils passait avant tout sentiment de partialité.

Elle bavardait gaiement avec lui en changeant sa couche, et Rex gloussait joyeusement. Une douceur inattendue s'immisça en lui. Après avoir reboutonné le petit pantalon, Marnie souleva Rex dans ses bras et le serra contre sa poitrine. Rex lui rendit son câlin, lové entre son cou et son épaule. C'était clair : son fils et Marnie s'entendaient à merveille.

La sonnerie de son portable le ramena brutalement à la réalité. Il poussa un soupir en voyant le nom sur l'écran.

— Il faut que je décroche.

— Pas de problème ! Je vais le coucher.

— Merci, Marnie.

Il s'éclipsa et ferma la porte derrière lui. Il se sentait un peu mieux, un peu plus stable. C'était la première fois qu'il engageait une employée à domicile. Peut-être avait-il été trop bavard et trop familier, mais il apprendrait bien vite à garder la distance adéquate. Elle était trop précieuse pour son fils. Il ne risquerait pas de troubler cette nouvelle sérénité pour un sentiment aussi inapproprié, surtout alors qu'il n'était pas certain de lui faire entièrement confiance.

Il termina son appel dans son bureau et la retrouva dans la cuisine, assise devant l'îlot central, le nez dans les notes d'Alisha.

— Je n'ai jamais vraiment eu de nourrice à domicile, je ne suis pas sûr du protocole. Sommes-nous censés déjeuner ensemble ?

— Parfois, j'imagine, si tu veux discuter de quelque chose avec moi ? Pendant mes autres missions, je me faisais un sandwich et j'allais réviser dans ma chambre, mais j'ai eu mon diplôme en mai.

— Oh ! oui, Shirley l'a mentionné.

— J'ai pris un temps fou parce que je ne pouvais pas payer le programme à plein temps. Maintenant, je peux passer à l'étape deux de mon plan de carrière.

— L'étape deux ? J'avais bien spécifié que j'espérais trouver une nourrice à long terme, n'est-ce pas ?

— Je ne compte pas t'abandonner, promit-elle avec un petit rire. J'aimerais ouvrir ma propre agence de garde d'enfants, mais j'aurais besoin d'au moins dix ans. Sincèrement… Le salaire que tu proposes va beaucoup m'aider à faire de mon rêve une réalité.

Il déposa du pain, un couteau et de la viande froide sur le plan de travail.

— Plutôt dinde ou jambon ?

— Plutôt jambon. Avec de la moutarde, si tu en as ?

— J'ai tout, acquiesça-t-il en préparant deux sandwichs.

Il lui tendit le sien et s'installa en face d'elle, apaisé. Une conversation normale. Pas d'étrange attraction, pas de soupçons, pas d'anxiété inutile.

— Parle-moi de cette agence, alors.

— J'aimerais proposer des services spécialisés. Notamment, des gardes ponctuelles ou hebdomadaires, en intégrant l'art et la musique dans le quotidien des enfants.

— Oui, tu as étudié les effets de la culture sur le développement personnel, c'est ça ?

— Exactement, répondit-elle en souriant, visiblement

touchée qu'il s'en souvienne. J'aimerais que Rex profite de tout cela en grandissant.

— Je pense que c'est une très bonne idée. Et tu penses devoir travailler pour moi environ dix ans pour économiser assez d'argent ?

Elle hocha la tête et mordit dans son sandwich.

— Pourquoi ne pas faire un emprunt ou chercher des investisseurs ?

Elle leva les yeux au ciel.

— Tu connais beaucoup de gens qui voudraient investir dans une agence de garde d'enfants ?

— Tu serais surprise.

— Je n'ai pas de contacts, de toute façon.

— Mais maintenant, tu travailles pour quelqu'un qui en a beaucoup, des contacts. Je ne parle pas de faire la promotion d'un projet qui n'existe pas encore, mais je peux toujours donner ton nom si quelqu'un cherche à investir.

Ses joues s'empourprèrent.

— Oh... C'est très gentil, mais ce n'est qu'une idée. Je vais avoir besoin d'années entières pour la rendre viable.

Il l'avait mise mal à l'aise. Il hocha la tête. Il ne voulait pas s'immiscer dans sa vie, même s'il l'invitait dans la sienne. Pour la première fois, il prit conscience du déséquilibre : il s'était peut-être étonné qu'elle lui parle de son père, mais n'avait-il pas été le premier à lui confier ses secrets ? Elle en savait bien plus sur lui que lui sur elle.

— D'accord, je ne dirai rien. Mais garde l'œil ouvert de ton côté, d'accord ? On ne sait jamais, tu pourrais rencontrer un bon investisseur. N'hésite pas à prendre les noms de mes contacts.

— Merci, Danny.

Elle se leva, sandwich en main.

— Je crois que je vais aller finir ça dans ma chambre. Il faut que j'appelle ma mère.

Elle n'avait pas l'air embarrassé ou en colère, si ? Il espérait qu'il ne l'avait pas fait fuir. Il acquiesça, un peu penaud, mais elle le réconforta d'un sourire radieux avant de quitter la pièce.

Il n'y pouvait rien : il aimait en apprendre plus sur cette femme qui travaillait dur pour avancer. Marnie était passionnée par son travail, et elle aurait une influence merveilleuse dans la vie de son fils.

Et puis, parler de rêves et de projets était rassurant. Une conversation neutre. Une conversation entre amis – seulement entre amis.

Après la sieste de Rex, ils jouèrent avec lui plusieurs heures, puis l'installèrent pour dîner. Une fois Rex couché, Danny resta dans la pièce à vivre pour regarder la télé, et Marnie s'éclipsa dans sa suite.

Le dimanche passa tout aussi paisiblement, mais quand lundi arriva, Danny se fit violence pour cacher sa nervosité. Pour la première fois, Marnie était seule avec Rex. Arrivé à son bureau, il les appela plusieurs fois pour vérifier que tout allait bien. Stupide réflexe. Chaque fois, sur l'écran, Rex gloussait à cœur joie, et s'accrochait au cou de Marnie avec adoration. Une fois, il planta même un bisou sur sa joue.

La première semaine se déroula dans la quiétude la plus complète. Pas un seul souci à l'horizon. Pas de bouteille de lait brisée. Ses soupçons s'envolèrent en fumée. La conversation coulait facilement, joyeuse et chaleureuse. Il les retrouvait pour dîner, couchait Rex avec elle. Mark n'essaya pas de lui rendre visite, trop occupé par l'organisation de son mariage avec Penny, la mère de Charlotte. Et Rex, qui s'était habitué à son nouvel environnement, faisait des nuits complètes.

Même sa vie professionnelle s'améliorait : maintenant que la révélation de sa parenté avec Mark Hinton avait perdu de sa nouveauté, tous ses collègues et ses contacts le traitaient de nouveau comme l'un des leurs. Dieu merci.

Une autre semaine passa, puis deux. Les dimanches, Marnie prenait sa journée pour aller voir sa mère, et revenait les lundis très tôt.

Un samedi, Danny se réveilla en souriant. Une joie irrépressible dansait en lui. Dans le moniteur bébé, il entendait Marnie habiller Rex pour la journée. Son bavardage enjoué se mêlait aux gloussements de son petit garçon ; les bruits de la paix et du bonheur. Il bondit hors du lit, le cœur léger.

La vie reprenait enfin son cours. Il allait passer le week-end avec les deux personnes qui lui étaient les plus chères.

Mieux valait ne pas explorer cette dernière pensée. La clarté et l'évidence de ses sentiments. Après tout, n'avait-il pas droit d'être son ami ? Ils se comprenaient, se faisaient rire, rien de moins innocent que cela.

Après sa douche, il les rejoignit dans la cuisine.

— Bonjour ! Tout le monde va bien ?

Rex battit des mains.

— Papa !

Rien n'égalait l'amour absolu qu'il ressentait lorsque son fils l'appelait *papa*. Il rit et embrassa son front.

Le concierge arriva quelques minutes plus tard avec le courrier. Il bavarda quelques instants avec eux, mais refusa le café que Danny lui proposait et repartit à son poste.

— Il a l'air très gentil, commenta Marnie.

— Il l'est, acquiesça Danny en amenant sa tasse à ses lèvres. Il est comme toi ; il a un projet professionnel. Un service hybride entre la conciergerie et la protection rapprochée. Je l'ai mis en contact avec le fiancé de ma demi-sœur. Ils réfléchissent à l'idée de monter quelque chose ensemble.

— Est-ce que tous les gens riches font ce genre de choses ? s'amusa Marnie. Proposer des opportunités professionnelles à des inconnus ?

— Hé, je n'ai pas investi moi-même ! Je me souviens de mes débuts, c'est tout. J'ai peiné à trouver ma place. Je me reconnais dans les gens proactifs, alors je reste à leur écoute. Pourquoi ne pas leur faciliter la vie et mettre les bons contacts en relation ? Tout le monde est plus heureux ainsi.

— C'est très généreux de ta part.

Absent, il feuilleta son courrier.

— C'est juste... normal.

Normal. Oui. Il était revenu à des réactions normales, sans paranoïa intempestive, sans sursauts d'angoisse. Il voulait vivre sa vie comme il l'entendait, tout simplement. Ses yeux tombèrent sur une enveloppe épaisse et luxueuse. Son ancienne adresse avait été rayée et la nouvelle écrite à côté.

Il sortit la missive et la parcourut du regard. C'était une invitation à une exposition de Sally Millen.

— Hum. Regarde, Marnie, c'est ce soir. J'ai raté le délai pour répondre, mais si j'appelle le coordinateur pour lui expliquer que mon courrier s'est perdu, il me trouvera sûrement une place.

— Vas-y, alors, répondit Marnie. Tu as une baby-sitter à domicile, tu te souviens ?

Il secoua la tête, amusé.

— Justement, non. C'est exactement le genre de soirée où tu devrais aller. C'est une mine d'or pour te faire un réseau. Le vernissage est sponsorisé par les McCallan.

Elle écarquilla les yeux.

— J'ai entendu parler d'eux…

— Tout le monde a entendu parler d'eux. Et tout le gratin new-yorkais sera là ce soir.

— Et tu penses que *je* devrais y aller ?

— Bien sûr ! Pas pour demander de l'argent, mais pour te faire des relations. Je pourrais te présenter.

— Comme la nourrice de ton fils ? grimaça-t-elle.

— Tu veux ouvrir une agence de garde d'enfants, non ?

— Dans dix ans…

— Peu importe. Si tu te montres à une ou deux de ces soirées tous les ans, les grosses fortunes finiront par se souvenir de ton visage, de ton nom. Et quand tu voudras qu'ils jettent un œil à ton projet, ils seront d'autant plus faciles à charmer.

— Tu es fou, martela-t-elle, mais son sourire était ému.

— Je suis sérieux. Nous ne resterons pas longtemps, promis. Une petite heure, pas plus. À moins que tu ne veuilles pas être vue en public avec moi ?

— Non !

Danny avait parlé sur le ton de la plaisanterie, mais Marnie n'avait pas pu retenir son couinement paniqué. Oh ! *non*. Elle n'avait pas honte d'être vue avec lui, pas du tout. Au contraire ; son cœur battait la chamade et... Elle aurait tout donné pour cacher son visage brûlant dans ses mains.

— Marnie. Tu as bien besoin d'un peu de divertissement. C'est une aubaine pour ton futur. Et en plus, ma sœur adore garder Rex. Elle m'a encore appelé hier pour m'ordonner de te licencier avant qu'il ne t'aime plus qu'elle.

Elle rit. Elle était terriblement impuissante, face au charme des Hinton. Les sœurs de Danny leur avaient déjà rendu visite plusieurs fois. Leni était la gentillesse incarnée et Charlotte était un vrai bulldozer. Elles l'avaient accueillie à bras ouverts.

La vie avec Rex et Danny était un vrai bonheur. Mais si elle se ridiculisait à cette soirée mondaine ? Elle ne connaissait rien à la jet-set, elle n'était qu'une...

— S'il te plaît, Marnie. Je préfère y aller avec toi.

Elle releva les yeux. Il l'observait calmement, mais sa voix était teintée de cette même solitude qu'elle avait décelée lors de leur rencontre, lorsqu'il était perdu, fébrile, déterminé à être un bon père, inquiet de ne pas y parvenir. Chaque jour, il prenait un peu plus ses marques, il était plus à l'aise avec Rex et avec ses responsabilités. Chaque jour, il avait l'air plus heureux, plus détendu. Et même si elle n'était pas ici pour s'occuper de Danny, le voir s'épanouir l'emplissait de bonheur. Dieu savait comme elle comprenait le besoin d'avoir un ami, de trouver sa place dans un monde instable...

— D'accord, déclara-t-elle.

Pas parce qu'il était adorable. Pas parce qu'il était beau et aimant et patient. Juste parce qu'elle lui devait bien cela : il était le meilleur patron qu'elle avait jamais eu, après tout.

— ... Mais j'ai besoin de quelques heures pour trouver une robe cet après-midi.

— Je vais prévenir Charlotte.

Elle opta pour une petite robe noire, une tenue qu'elle pourrait porter de nouveau et qui lui permettrait de se fondre dans la masse. Elle passa chez sa mère pour lui emprunter sa parure de perles ; un bijou que son père lui avait offert à leur mariage, et que Judy Olsen n'avait jamais pu se résoudre à vendre, malgré les loyers en retard.

Sur le chemin du retour, sa nervosité monta en flèche. Pourquoi s'inquiétait-elle ? Danny avait des origines modestes. Il ne la jugerait pas. Ce n'était même pas un rendez-vous galant. Quant à ses potentiels investisseurs, il ne servait à rien de les craindre ; elle n'avait rien à perdre et tout à gagner.

Et les autres angoisses, ses vieilles, familières angoisses... Elles étaient infondées. Vivre dans la peur de ce qui pourrait arriver ne faisait que la freiner.

Charlotte arriva vers 7 heures et Marnie lui laissa Rex pour aller se changer. À 8 heures, fin prête, elle les rejoignit dans la pièce à vivre, sa pochette à la main.

Charlotte l'accueillit avec un petit sourire amusé.

— Tu es vraiment magnifique.

Marnie rit et tourna sur elle-même.

— Le miracle d'un bain moussant et d'un joli chignon !

Mais elle s'arrêta net lorsque Danny fit irruption dans la pièce. Il se figea, bouche bée, avec le même air interdit qu'elle devinait sur son propre visage. Elle aurait aimé rester là, suspendue, à le boire des yeux pendant des heures. Ténébreux et sexy dans son costume, il était magnifique. Les femmes du vernissage allaient défaillir à son arrivée.

— Oui, oui, chantonna Charlotte. Vous êtes très beaux.

Marnie tenta de reprendre contenance. Danny emplissait entièrement son esprit, avec ses cheveux sombres et ses yeux de velours. Elle peinait à détacher son regard de lui.

— Merci, Charlotte, murmura-t-elle. Cela me rassure.

— Nous ferions mieux d'y aller, lança Danny.

Il traversa le salon et se posta près d'elle. Un frisson exquis vibra en elle lorsqu'elle passa son bras sous le sien. Dieu du ciel, elle s'apprêtait à sortir avec l'homme le plus séduisant du monde.

Sortir ? Non, non. Il voulait l'aider, c'est tout.

Charlotte les suivit jusqu'à l'ascenseur et agita le petit bras de Rex pour leur faire signe.

— On dit au revoir à papa et Marnie ?

Marnie embrassa une joue ronde, et Danny l'autre.

— Bonne nuit, chéri, dirent-ils à l'unisson.

Charlotte arqua un sourcil. Marnie détourna immédiatement le regard. Elle savait à quoi ils ressemblaient : deux parents quittant leur fils pour la soirée. Et cette image faisait crépiter en elle une étincelle ardente.

Une fois dans l'intimité de l'ascenseur, les yeux fixés sur les portes closes, Danny souffla :

— C'est vrai, tu sais. Tu es très belle.

Un plaisir intense et douloureux monta en elle, faisant rougir ses joues, embrasant sa poitrine. Oh ! qu'est-ce qui n'allait pas chez elle ? Elle ne pouvait pas avoir un faible pour son patron. Pourtant, c'était trop tard : elle avait déjà un faible pour son patron. Mais elle pouvait au moins se promettre de ne jamais le laisser transparaître. De toute façon, quelles chances avait-elle ? Danny était riche, brillant, amusant. Il pouvait trouver mieux qu'une nourrice au passé trouble. Elle n'était pas assez irrationnelle pour interpréter son compliment comme autre chose que de la politesse.

— Merci, Danny. Je ne suis pas particulièrement coquette, mais je ne voulais pas me faire remarquer…

— Oh ! tu te feras remarquer.

Son cœur rata un battement. La voix de Danny était indéniablement approbatrice. Peut-être était-il soulagé qu'elle ne l'embarrasse pas devant ses amis ?

— Dans une petite robe noire ? La plupart des invitées seront habillées de la même façon.

L'ascenseur s'immobilisa et s'ouvrit.

— Ils te remarqueront parce que tu es irrésistible.

Son souffle trébucha et son cœur partit au galop. Enfin, enfin, Danny baissa les yeux sur elle. Une flamme dansait dans ses prunelles sombres. Leurs regards s'accrochèrent. Et alors même que son excitation se muait en joie éclatante et qu'elle se sentait devenir euphorique, sa gorge se noua.

Elle n'avait pas le droit de s'attacher à Danny. Si elle tombait un jour amoureuse, ce serait d'un homme normal, dont la vie ne pourrait pas être affectée par son passé. Et il y avait un problème plus immédiat : comment supporterait-elle de travailler pendant des années pour Danny, si leur attraction était mutuelle ?

Elle devait désamorcer cette situation, dès maintenant.

6

Danny sortit de l'ascenseur d'un pas raide, luttant contre un accès de désir si irrépressible qu'il déboutonna son col.

Il n'aurait pas dû la complimenter ainsi. Non – le compliment aurait été acceptable, s'ils ne s'étaient pas dévorés du regard ensuite. Avec ses cheveux auburn relevés, les yeux verts de Marnie semblaient plus intenses que jamais. Ce regard partagé… Elle avait compris. Il en était certain. Et il était au bord du gouffre, si troublé que ses pensées se mêlaient les unes aux autres, insensées, fulgurantes.

— Ah, tu es facilement impressionné parce que je t'ai habitué à une queue-de-cheval et des pantalons de yoga, lança-t-elle d'un ton léger.

Il rit, un peu soulagé. Avançant dans la tiède nuit d'été, il prit soin de creuser une distance discrète entre eux, mais imita son timbre amusé :

— Non. C'est juste… différent. Ils vont te manger dans la main, au vernissage.

— Je croyais qu'on ne resterait pas longtemps ? Que c'était juste une mission de reconnaissance ?

— C'était l'idée, mais tu ne passeras pas inaperçue.

— Danny, je te le dis, je suis prête à parier que la moitié des invitées seront habillées de la même façon. Tu verras.

Et de fait, arrivés à la galerie, ils se heurtèrent à une vague de femmes en petite robe noire. Marnie éclata de rire devant son air penaud. Dieu merci, elle semblait avoir déjà oublié l'ascenseur et cet… instant de vertige.

La galerie avait été décorée de lumières blanches et d'accessoires marins. Des morceaux de bois saillaient ici et là, comme échoués sur une plage. Les murs étaient parsemés de magnifiques photographies où les lueurs de l'aube scintillaient sur l'Atlantique semblable à un miroir. Des ballons colorés et des coquillages jonchaient le sol. L'ambiance était décontractée, mais chaque objet était indéniablement hors de prix.

Marnie contempla les alentours avec admiration.

— C'est vraiment magique…

Six mois plus tôt, il aurait sans doute réagi de la même façon, frappé par le luxe nonchalant des lieux. Mais, à cet instant, il ne pouvait détourner son regard de Marnie. Seulement parce qu'elle avait l'air heureuse, bien sûr – il pouvait bien savourer l'éclat de ses yeux, n'est-ce pas ?

— La propriétaire est connue pour ses scénographies extravagantes, expliqua-t-il.

— C'est fantastique, la façon dont l'art exposé s'accorde avec le décor…

Il sourit de son enthousiasme et l'entraîna dans les profondeurs de la galerie.

La soirée se déroulait à merveille. Pour la centième fois, elle rit, heureuse d'être aux côtés de Danny. Et pourtant, au fur et à mesure qu'ils s'enfonçaient dans l'exposition, ses entrailles se crispaient d'angoisse. Son père avait toujours adoré ce genre de soirée. Était-il ici ce soir ?

Mais les minutes s'écoulèrent, et elle ne reconnut aucun visage. Ni son père, ni Roger, ni les Martin. Elle inspira profondément et s'autorisa à se détendre. Danny lui tendit une flûte de champagne.

— À ton entrée dans le monde de l'investissement !

Elle fit tinter le verre contre le sien avec un sourire. Elle n'avait rien à craindre. Elle pouvait profiter de sa soirée avec Danny.

Tout était si élégant : les hommes en costume, les femmes en robe de cocktail. Et pour une fois, elle-même ne détonnait pas. Elle était arrivée au bras de l'homme le plus séduisant du vernissage. Elle avait la chair de poule, et quand il frôlait son coude, un frisson de délice courait invariablement sur son échine. Elle aurait aimé se faire croire que le champagne lui avait tourné la tête. Elle n'y parvint pas.

Lorsqu'il posa une main sur ses reins pour la guider dans une autre pièce, elle ferma les paupières et savoura la chaleur de ses doigts. Des vœux impossibles dansaient dans son esprit comme des étoiles. Si seulement elle avait réellement eu sa place ici. Si seulement Danny pouvait la regarder encore avec la passion qu'elle avait entr'aperçue dans l'ascenseur. Si seulement elle avait été libre de glisser sa main dans la sienne, d'oublier les tableaux, de ne voir que lui, de se perdre en lui.

Et était-ce vraiment impossible ? Elle n'était peut-être pas aussi libre qu'elle l'aurait voulu, mais elle n'était pas aussi piégée qu'elle l'avait longtemps cru.

Danny se tourna vers elle. Soudain face à face, si proches que chacun de ses nerfs sembla se tendre sous sa chair, elle retint son souffle. Oh ! elle aurait tout donné pour pouvoir flirter avec lui, pour se hisser sur la pointe des pieds et l'embrasser à perdre haleine...

— Passons aux choses sérieuses, Marnie. Laisse-moi te présenter à deux ou trois personnes d'importance.

Il la contourna et lui fit signe de le suivre.

Bien sûr. Les choses sérieuses. Elle étouffa un soupir. C'était mieux ainsi. Les contes de fées ne prenaient jamais le pas sur la vraie vie. Elle n'était pas Cendrillon, et Danny n'était pas un prince, et un regard étincelant ne se transformerait pas en idylle éternelle.

Danny lui présenta le clan des McCallan : Jake et Avery, Seth et Harper, et Sabrina et Trent.

— Marnie est la nourrice de mon fils, Rex, annonça Danny.

Elle pense monter sa propre agence de garde d'enfants dans quelques années.

Marnie saisit la perche au vol.

— J'aimerais proposer un service plus souple. Il s'agirait moins d'offrir une garde quotidienne que des séances hebdomadaires, avec des introductions à l'art, la musique et l'esthétique plusieurs après-midi par semaine.

Sabrina McCallan, une magnifique blonde, haussa un sourcil appréciateur.

— Intéressant.

Avery, la femme de Jake, lui lança un clin d'œil.

— Notre nourrice vous porterait un véritable culte, Marnie. Elle ne dirait pas non à quelques après-midi libres.

Marnie rit, et la conversation s'orienta tout naturellement vers l'art et les peintures exposées. Finalement, la tribu McCallan s'éparpilla dans la galerie.

Au hasard des pièces et des tableaux, Danny présenta Marnie à d'autres grands noms de la haute société new-yorkaise. Certains étaient célibataires, ou plus âgés, et n'étaient pas aussi personnellement investis dans son idée que les McCallan ; et pourtant, Marnie était toujours radieuse. Son sourire le touchait en plein cœur. Il avait pris la bonne décision en l'invitant ici ce soir.

Il était toujours ému de la facilité avec laquelle leurs vies s'entrelaçaient. Comme s'ils s'étaient reconnus tout naturellement, comme des partenaires. Comme... des âmes sœurs. Et chaque fois qu'il prenait conscience de cette évidence, si parfaite, si brûlante, chaque fois qu'il regardait la vérité en face... il dépassait une limite interdite. Il laissait en lui monter le désir de prendre sa main, de se pencher sur elle, de rire avec elle, de voler un baiser complice...

— Je t'avais dit que tu n'avais rien à craindre, murmura-t-il, dans l'espoir d'étouffer la fièvre de ses pensées.

Son regard vert trouva le sien, et sa chaleur lui sembla aussi tangible qu'une caresse. Le désir électrisa ses veines.

— Ce ne sont que des présentations. Ils voulaient être gentils. Polis.

Il aurait voulu l'embrasser. Lui dire qu'elle était la plus belle femme de la galerie. Il déglutit.

— D'expérience, je peux te promettre qu'aucun parent avec un travail à plein temps n'est *poli* quand tu lui fais miroiter une bonne garde d'enfants.

Elle rit doucement. Ils firent un dernier tour, admirèrent chaque tableau, burent plusieurs coupes de champagne, bavardèrent avec toutes ses connaissances. Il ne voulait pas que la nuit touche à sa fin. Marnie avait l'air si heureuse, si épanouie ; pourquoi mettre un terme à sa soirée ? Il pourrait peut-être l'emmener dîner. Rentrer avec elle à pied, dans la lumière perlée de la lune. Prendre sa main et savourer la fraîcheur de la nuit.

Non. Non. Il enfonça ses mains dans ses poches.

— Je pense qu'il est temps de rentrer.

Elle posa sa flûte vide sur le plateau d'un serveur.

— Oui... J'ai un peu l'impression d'être Cendrillon. Mon carrosse va bientôt se transformer en citrouille.

— Tu traites ma limousine de citrouille ?

Elle rit, mais le regard qu'elle lança à la galerie était mélancolique. Juste vingt minutes de plus, peut-être ? Qu'avait-il à perdre ? Mais non, il ne pouvait pas succomber à la tentation. Ils étaient censés passer en coup de vent, mais étaient restés plus de deux heures. Il n'avait pas mentionné de restaurant dans son invitation initiale ; il ne pouvait pas proposer un dîner maintenant. Pas alors que son esprit était aussi léger et solaire qu'une bulle de champagne, pas quand il était aussi heureux, aussi détendu. Les émotions qui ruisselaient dans ses veines étaient affûtées comme une lame, indéniablement romantiques, indéniablement sexuelles. Cette femme était la nourrice de son fils. Son *employée*. Pas sa compagne.

Le trajet du retour passa en un éclair. Ils montèrent jusqu'à l'appartement en silence. Charlotte et Jace les attendaient. Marnie n'avait encore jamais rencontré le fiancé de Charlotte. Danny proposa un dernier verre à ses invités, mais ils refusèrent et s'éclipsèrent presque aussitôt.

Les portes de l'ascenseur coulissèrent.

Et soudain, ils étaient seuls.

Dans le silence de l'appartement endormi, ils restèrent quelques secondes immobiles, les yeux encore fixés sur l'ascenseur clos. Puis, elle pivota vers lui.

— Merci encore, Danny. Je me suis beaucoup amusée.

Tout en lui s'était glacé, sauf son esprit, qui bouillonnait follement. À l'écouter le remercier ainsi, il avait l'impression d'être son cavalier. De l'avoir raccompagnée jusque chez elle après un rendez-vous inoubliable. Pouvait-il vraiment ignorer l'évidence ? Tout en elle l'attirait. L'amour qu'elle portait à son fils, la facilité avec laquelle elle s'était lovée dans sa vie et son quotidien, son humour, son intelligence, sa beauté. Marnie était si jolie que son cœur le suppliait sans cesse de faire un pas vers elle, de poser ses lèvres sur les siennes. Et dans ses yeux verts, à cet instant, il voyait le même brasier, tendre et torturé, la même connexion.

Il y avait quelque chose entre eux.

Le besoin de la toucher lui brûlait les doigts, la chair, l'âme. Les secondes duraient des heures. Et il oscillait, tout prêt à succomber…

Canaille se précipita soudain dans la pièce à vivre, ses griffes cliquetant sur le parquet, puis se jeta dans ses chevilles avant un roulé-boulé sur le sol.

Marnie éclata de rire.

— Oh ! Canaille ! s'exclama-t-elle en le soulevant.

Le petit chien dodu, tout frétillant, couvrit son visage de coups de langue énamourés. Après l'avoir serré contre elle, elle le lui tendit.

— Je crois qu'il veut aller se balader, Danny.

Il soutint son regard, le souffle encore haletant. Difficile d'oublier le fantasme de sa peau, de ses lèvres, et de revenir à la réalité. Mais il attrapa le chiot dans ses bras, et elle lui offrit un sourire indéfinissable, si intime que son cœur se serra comme un étau.

Il avait un enfant, un chien, bien trop d'argent, et un père insupportable. Avouer ses sentiments pour la nourrice de son fils ne ferait que compliquer les choses.

Et pourtant, Dieu savait combien il aurait aimé tout risquer…

7

Marnie se réveilla le lendemain au murmure paisible de son réveil. Elle se levait toujours vers 5 heures, se douchait et s'habillait avant que Rex ne s'agite, autour de 6 heures. Mais, ce matin-là, elle resta quelques secondes au lit. Elle se laissa sombrer dans le souvenir de la veille – moins des images qu'une cascade d'émotions fiévreuses. Son cœur s'était figé dans sa poitrine. Le temps s'était arrêté. Il n'y avait eu que Danny, et le rythme haletant de leurs souffles, et le désir, féroce et vertigineux, un manque qu'elle n'avait jamais ressenti.

Sa raison l'avait forcée à détourner le regard. À fuir. Mais son cœur, son âme et ses fantasmes l'avaient suppliée de rester. D'attendre son baiser. De s'y perdre, juste une fois. Sans avenir, sans obligation. L'apothéose d'une soirée terriblement romantique, peut-être. Et même s'ils avaient voulu commencer quelque chose, après tout, pourquoi pas ? La presse ne s'était pas jetée sur Danny Manelli au vernissage. Ils n'avaient été que deux invités discrets et inconnus. Elle n'avait pas vu son père, ni Roger. Son secret était-il vraiment un obstacle à leurs sentiments ?

Dix ans s'étaient écoulés. Elle avait passé des années à se languir d'une vie normale… Une vie où elle pouvait être elle-même. Une vie où elle pouvait être aimée.

Enfin aimée.

Mais c'était ce désir-là, si dangereux, qui l'avait poussée dans les bras d'un prédateur, dix ans plus tôt. La vie qu'elle menait avec sa mère lui avait semblé si nue, si solitaire. Elle avait tout fait pour trouver sa place...

Et elle en avait payé le prix. Elle préparait le petit déjeuner de Rex dans la cuisine quand un sanglot éclata dans l'appartement silencieux. Elle posa le gobelet sur l'îlot et courut dans la chambre de Rex.

— Trésor, que se passe-t-il ? Tu t'es réveillé en avance ?

Elle le souleva tendrement, et Rex se pelotonna dans ses bras. Elle le serra contre son cœur avant de le déposer sur sa table à langer. Il continuait de pleurer.

Après l'avoir changé, elle l'étreignit de nouveau et chuchota des encouragements contre sa tempe humide.

— Pourquoi pleure-t-il ?

Danny les avait rejoints sans faire de bruit. Son pouls partit au galop. Les joues ombragées d'une barbe naissante, les cheveux encore ébouriffés par le sommeil, il était torse nu, solide et rassurant. Elle aurait tout donné pour poser sa tête contre sa poitrine et écouter le battement régulier de son cœur.

— Je ne sais pas vraiment, dit-elle, mais sa voix tanguait dangereusement. Retourne te coucher, je vais lui donner son petit déjeuner. Peut-être qu'il a faim ?

— Non, je vais t'aider.

Il se pencha sur elle pour prendre Rex. Leurs regards se trouvèrent, et elle s'y perdit un instant. Le souffle court, l'échine parcourue d'un frisson, elle laissa toutes les possibilités de la veille embraser ses veines. Les yeux sombres de Danny étincelèrent.

Rex se tortilla pour rejoindre son papa. Danny l'enlaça en caressant ses boucles blondes.

— Qu'est-ce qui se passe, Rex ? murmura-t-il.

Rex se contenta de pleurer plus fort, mais se lova toute de même contre l'épaule de son père.

— Tu veux du lait ?

Une fois dans la cuisine, Marnie remplit le gobelet en plastique et le leur tendit ; Rex le jeta sur le sol sans autre forme de procès. Le couvercle sauta et le lait éclaboussa le carrelage.

— Décidément, je crois que Rex préfère son lait par terre, plaisanta Danny.

Marnie rit, un peu soulagée.

— S'il ne veut pas de petit déjeuner, quelque chose ne va pas. Peut-être qu'il fait ses dents ? Laisse-moi voir...

Dès qu'elle entreprit de toucher ses gencives, Rex cessa de sangloter. Elle appuya doucement sur le relief d'une molaire.

— Oui. C'est une dent.

Rex renifla piteusement. Danny lui câlina la tête en le serrant contre son cœur.

— Qu'est-ce qu'on peut faire ?

— Manger quelque chose l'aidera peut-être. Mâcher engourdit les gencives. Sinon, on pourra lui donner un petit analgésique.

— Oh... Sa mère m'en a parlé. J'avais oublié.

— Elle a laissé des médicaments ?

— Oui. Je suis désolé, je...

— Ce n'est pas grave ! On ira au parc après le repas, alors. Si on joue avec lui comme si notre vie en dépendait, il oubliera peut-être de pleurer. Ne t'inquiète pas, Danny.

Le sourire de Danny était fragile.

— D'accord. Bonne idée. Merci.

— Va chercher l'analgésique. Je vais essayer de le faire manger, dit-elle en reprenant Rex.

Elle prépara à Rex un bol de banane écrasée et de flocons d'avoine et le laissa s'alimenter à son rythme pendant qu'elle épongeait le sol de la cuisine. Après le petit déjeuner, Danny donna une cuillère de sirop à son fils, et Marnie l'habilla pour leur balade.

Ils se promenèrent dans le parc avec Canaille. Rex, de bien meilleure humeur, gloussait dans sa poussette. Comme il faisait beau, ils s'assirent finalement sur un banc. Les yeux écarquillés, Rex observait les alentours avec curiosité en mâchouillant un joujou en plastique.

— C'est bon pour lui, pas vrai ? s'enquit Danny.

— Oui. Mâcher soulage ses gencives. Ne t'inquiète pas, j'ai lavé le jouet avant de partir.

— Je ne m'inquiète pas. Tu sais ce que tu fais.

Il lui sourit, les yeux dans les siens, et elle détourna bien vite les siens, de peur de rougir jusqu'à la racine des cheveux. Elle ne se trompait pas – il y avait de la tendresse dans ses prunelles, n'est-ce pas ? Elle brûlait qu'il l'embrasse – elle craignait qu'il l'embrasse. Tout allait si vite. Danny était son patron, et elle avait tant de choses à perdre...

— Hier soir..., souffla-t-il.

Elle ferma les yeux, juste une seconde, avant de lever le regard vers lui. Fuir ne servirait à rien. Elle aimait sa sincérité, et elle voulait être sincère aussi.

— Hier soir, j'ai failli t'embrasser, reprit-il.

— Je sais...

Il inspira profondément.

— Je veux que tu saches que je ne le ferai pas. J'ai trop besoin de toi. Et je n'ai pas envie d'être un cliché.

— Un cliché ? répéta-t-elle en souriant.

— Tu sais... Un homme qui tombe amoureux de la jeune, belle nourrice ?

Belle ? Quand l'avait-on jamais trouvée *belle* ? Sa mère lui avait dit qu'elle était élégante, la veille. Danny avait complimenté sa tenue, lui aussi. Mais c'était différent. Ce compliment-là venait du cœur.

— Et moi, alors ? La nourrice qui tombe amoureuse de son beau patron ? Nous serions tous les deux des clichés.

— Je vois. Le vrai problème, c'est que nous sommes tous les deux beaux, acquiesça Danny, solennel.

Elle rit et tapa malicieusement son épaule.

— Arrête !

— Hé, je suis sérieux ! Tu sais, j'ai failli engager une autre nourrice, plus vieille, et... Elle était très bien ! Mais je ne crois pas que j'aurais voulu l'embrasser, elle.

Elle étouffa un éclat de rire derrière sa main.

— De pire en pire...

— Non, je... Ce n'est pas juste à propos de toi et de Mary Poppins, promis, s'exclama-t-il en riant à son tour.

— Mary Poppins ?

— Elle m'a fait penser à Mary Poppins. Mais revenons à nos moutons. Tu me trouves beau ?

— Tu es ridicule.

— Ridicule et très, très heureux. Heureux depuis que tu es arrivée pour m'aider avec Rex, Marnie. J'avais oublié ce que cela voulait dire. Et j'ai peur de confondre attraction et soulagement.

La bonne humeur de Marnie s'évanouit.

— Qu'est-ce que tu veux dire ?

— Je suis *soulagé*. J'étais perdu, et maintenant, un de mes plus gros défis me semble moins insurmontable. Quand tu m'as rencontré, j'étais obnubilé par mon père à moitié fou, les mensonges de mes parents adoptifs, la dissimulation d'Alisha. J'ai encore beaucoup à faire pour retrouver un semblant de stabilité. Je n'ai ni le temps, ni l'espace pour commencer une relation. Et pourtant… Tout, avec toi, vient naturellement, et me semble si facile… Alors peut-être que c'est simplement du soulagement ? Peut-être que j'ai trouvé quelqu'un pour m'épauler, et que je confonds cette nouvelle forme de sérénité avec un fantasme romantique ?

— Oh…

Elle inspira profondément et se força à hocher la tête.

— C'est vrai. Tu me proposes le meilleur salaire de ma vie et tu m'aides à monter mon projet professionnel. Il y a un peu de soulagement de mon côté aussi.

— Et nous avons déjà établi que nous sommes tous les deux séduisants. Il se pourrait que nous imaginions quelque chose qui n'existe pas.

La déception montait en elle insidieusement, mais elle l'ignora de toutes ses forces.

— Tu as raison, Danny.

Il lui sourit largement, visiblement apaisé.

— Je suis content que nous en ayons parlé. Sinon, nous aurions passé notre temps à nous inquiéter pour rien.

Oh ! elle avait de l'expérience en la matière. S'inquiéter de croiser les hommes qui lui avaient fait du mal. S'inquiéter de voir sa mère rechuter. S'inquiéter que Danny ne soit pas attiré par elle autant qu'elle l'était par lui...

— C'est vrai, j'ai tendance à intérioriser mes angoisses.

— On pourrait apprendre à corriger ça ensemble.

— Exactement. Restons sincères l'un avec l'autre. Ma vie avec vous m'est précieuse, vraiment. J'aime Rex de tout mon cœur, et je suis bien chez toi. Je me sens à l'aise avec Oswald, avec ta famille, dans ton quartier...

— Alors nous sommes d'accord ? Ce qu'il y a entre nous... Ce n'est pas romantique ?

— Nous sommes d'accord. Ce serait stupide de mettre notre entente en péril.

— Exactement. Pas d'inconfort entre nous. Allons manger ensemble entre amis, pour commencer.

— Oh ! avec plaisir. Pourquoi avons-nous sauté le petit déjeuner, déjà ?

— Pour avoir une excuse de passer à la boulangerie. Et cette fois, prends deux chaussons aux pommes, Marnie.

— Quoi ? dit-elle amusée. Et pourquoi donc ?

— Nous sommes amis, non ? Plus besoin d'être timide avec moi. Si tu *veux* deux chaussons aux pommes, prends deux chaussons aux pommes. Si tu veux un croissant en plus, prends ça aussi. Soyons nous-mêmes, l'un avec l'autre.

Elle cligna des yeux, frappée par une vague de reconnaissance. Être *elle-même*. Après s'être cachée pendant dix ans. Elle avait mis sa vie, ses désirs et ses ambitions en pause. Et voilà qu'elle avait vingt-six ans, son père n'avait jamais repris contact avec elle, sa mère était sobre depuis longtemps, et le passé lui semblait très loin.

S'était-elle inquiétée pour rien pendant toutes ces années ?

Elle se leva avec un sourire. Le ciel semblait soudain plus coloré. Rex riait aux éclats sous les coups de langue d'Oswald. Elle inspira profondément.

— Ça tombe bien, je suis affamée.

— Tous à la boulangerie, alors, annonça Danny.

Marnie semblait avoir accepté ses arguments sans hésitation. Elle était radieuse, heureuse. Rex était visiblement épanoui, malgré ses gencives douloureuses. Leur week-end passa en un éclair. Et pourtant, lundi matin… Danny était toujours tracassé. Plus tracassé que jamais.

Il avait bien défendu sa cause, mais il ne lui avait pas fallu bien longtemps pour comprendre qu'il s'était trompé – qu'il s'était menti. Marnie lui plaisait vraiment. Et comment avait-il réagi ? En la dissuadant d'aller plus loin.

Il aurait dû l'embrasser samedi soir.

Si elle avait démissionné, il aurait pu lui proposer de commencer quelque chose. Aller dîner, peut-être.

Si elle n'avait pas démissionné, ils auraient trouvé une solution. Une nouvelle dynamique.

Mais non, il avait préféré lui offrir une porte de sortie. Et maintenant, voilà où il en était : à faire semblant d'être *juste* ami avec la femme qui le rendait euphorique, avec la femme qui devenait petit à petit la figure maternelle de son fils. Il avait laissé passer sa chance.

Après une longue journée au tribunal, il rentra à la maison épuisé et de mauvaise humeur. Pendant le dîner, Rex renversa son jus d'orange. Canaille avait fait pipi dans la cuisine. Marnie géra les deux incidents sans difficulté.

Elle s'éclipsa après avoir couché Rex. Danny abandonna la pièce à vivre pour la salle de jeux, où il avait fait installer une immense télé. Il alluma le match de base-ball, rassembla les billes sur la table de billard, et attrapa une queue.

Il joua deux parties machinalement, l'esprit ailleurs.

— Hé, Danny.

Il sursauta. Marnie était appuyée contre le chambranle.

— Oh ! Désolé, je t'ai réveillée ? J'avais oublié que j'étais près de ta suite.

— Non, non, je ne t'ai pas entendu. Mais j'ai remarqué que tu étais un peu stressé pendant le dîner, donc…

Elle lui sourit, hésitante. Il se redressa, analysa la position des billes sur la table de billard, et se pencha pour tirer.

— C'est souvent le cas après une journée au tribunal. Tu dois composer avec deux partis qui pensent tous les deux avoir raison, et la conversation s'envenime rapidement.

La queue glissa entre ses doigts ; la bille frappée heurta les autres avec un claquement sonore.

— Je m'occupe surtout d'affaires de patrimoine. Quand je suis envoyé au tribunal, c'est que la famille se déchire pour de l'argent.

Il frappa de nouveau ; la bille rouge plongea dans une poche. Il hocha la tête, satisfait.

— Et ce n'est jamais très agréable, conclut-il.

— Je m'en doute, dit-elle en s'asseyant sur le canapé, une jambe sous ses jolies fesses, un bras sur le dossier.

Elle était adorable de s'inquiéter pour lui, mais elle ne comprenait sans doute pas : plus il la voyait, et plus il la désirait. Ce soir, avec ses nerfs à vif, il peinait à cacher sa convoitise.

— Je n'ai pas de grande famille, donc je n'ai jamais vécu de grandes querelles, avoua-t-elle. Ma mère est orpheline. Mon père n'est pas proche de ses parents. Pour les fêtes, mon père invitait ses clients, pas ses proches.

Il brûlait de tout savoir d'elle, de partager sa journée avec elle, mais n'était-ce pas justement le problème ? Ils construisaient un lien auquel il ne pourrait pas résister...

— Et c'était... bien ? demanda-t-il.

— Non, dit-elle avec un demi-sourire. Et toi ?

Penché sur la table, il leva les yeux. Le regard vert de Marnie était chaleureux, amical. S'il ne répondait pas, elle comprendrait que quelque chose n'allait pas.

— Avant de rencontrer Leni et Charlotte, je n'avais pas de frère et sœur. Mes parents n'ont pas réussi à adopter un autre bébé. Mais j'ai des millions de cousins.

— Vraiment ? Et c'était comment ?

Le souvenir d'une semaine de vacances au bord d'un lac lui revint, et, bizarrement, il s'entendit rire.

— Chaotique. On terrorisait tous la plus petite.

— Danny !

— Hé, nous étions presque tous des garçons, et on jouait dans les bois. Si on trouvait un serpent par hasard, il était absolument indispensable de la poursuivre avec, non ?

Elle éclata de rire. Il avait fini sa partie. Il aurait dû retourner dans sa chambre. Et pourtant, maintenant que le stress s'amenuisait, maintenant que ses muscles s'étaient détendus... Il voulait rester avec elle. Il lui fit signe de le rejoindre à la table. Comme d'habitude, être avec elle lui faisait *quelque chose*. Quelque chose d'irrésistible.

— Tu sais jouer ?

— Pas trop mal, susurra-t-elle.

— Hum. Ça ne me dit rien qui vaille.

— Disons que je sais ce que je fais.

Elle s'avança vers le mur, et choisit une queue pendant qu'il cassait le triangle. Elle choisit les billes rayées et en empocha trois à la suite. Pliée sur la table pour tirer, ses fesses divines et offertes dans son pantalon de yoga, elle était...

Il retint son souffle et détourna difficilement le regard.

Ils échangèrent quelques coups. Pendant qu'il étudiait la table, elle s'enquit :

— Que se passe-t-il d'autre au tribunal ?

Sur le principe, une conversation neutre était la meilleure tactique pour leur changer les idées ; mais la voix de Marnie était trop basse, trop essoufflée. Le sang de Danny bouillait dans ses veines.

— Nous essayons de piéger les témoins du parti opposé.

Il tira, et, sans surprise, rata son coup. Elle reprit sa position, appuyée sur la table. Il fixa le plafond.

— Donc ton travail, c'est de piéger les gens ?

— Non, mon travail, c'est de trouver des failles de langage ou de réflexion dans les lois, les contrats, les précédents, afin de soutenir mes arguments.

— Hum-hum. Un escroc, donc, s'amusa-t-elle.

— Non ! s'écria-t-il, piqué au vif. Non. Mon travail, c'est de débusquer les escrocs, justement.

Il songea à son père. Mark Hinton... Un escroc de luxe. Et il n'était pas comme lui, certainement pas.

— Ton éthique est admirable, Danny.

Il leva les yeux vers elle. Elle lui souriait, les joues rosies, le souffle trop court. Presque toutes les billes étaient empochées. Il restait à tirer la bille 8. Mais il ne voulait pas gagner ; il voulait faire un pas en arrière, s'appuyer au sofa, et boire Marnie des yeux pendant des heures. Ses mouvements étaient souples et assurés. Elle était plus excitante que jamais.

Elle tenta la 8, manqua le coup. Elle fit un pas pour s'éloigner, il fit un pas pour prendre sa place ; ils se rencontrèrent au coin de la table, soudain face à face, trop proches, trop fiévreux.

Ils avaient déjà joué cartes sur table. Ils avaient parlé de ce qu'ils ne feraient pas. De leur sacro-sainte amitié. Mais à cet instant, après une journée chaotique, les yeux plongés dans les siens, il ne savait pas pourquoi il avait proposé une idée aussi stupide, pourquoi il avait...

Le désir brûlait sa chair, son esprit et son âme, primitif et silencieux. Un instinct profond, venu de l'époque où il était *lui-même*, sans hésitation, sans Mark Hinton, sans enfant. Pendant une seconde, il ne fut qu'un homme affamé, offert à la femme qu'il désirait plus que tout.

— Je croyais que nous ne pouvions pas être ensemble...

— Je ne me souviens même plus de mes arguments, répondit-il d'une voix rauque.

— Nous ne voulions pas être des clichés ?

— Si c'est notre seule raison, elle n'est pas très bonne.

8

Le cœur de Marnie battait la chamade. Ils étaient si proches qu'elle aurait juré pouvoir entendre celui de Danny.

— Tu es sûr ? murmura-t-elle.

Il pencha son beau visage vers le sien.

— Certain.

Quand leurs lèvres se rencontrèrent, une symphonie de désir et de passion éclata dans ses veines, si déchaînée qu'elle noya ses peurs, emplit son cœur, s'insinua dans son âme. Comment combattre une attraction aussi instinctive, aussi pure ? La logique n'avait aucun poids, face à la dévastation de son baiser.

Sa langue trouva la sienne, experte et exquise. Le désir montait en elle, trop rapide et trop puissant, et lui coupa le souffle. Elle aurait dû être terrifiée ; elle n'était qu'embrasée.

Il recula brusquement. Elle cligna des yeux. Une énergie sauvage et merveilleuse frissonna entre eux. Le temps d'un instant, elle envisagea de se hisser sur la pointe des pieds pour reprendre ses lèvres... Mais la solennité de son regard l'arrêta. Il déglutit difficilement.

— Nous savons tous les deux dans quelle direction va ce baiser et je crois que... nous avons besoin d'y réfléchir encore un peu, non ?

Étourdie, tremblante, elle fit un pas en arrière. Ses mots avaient au moins le mérite de lui rappeler les conséquences de leurs actes. Elle hocha la tête. Il passa une main fébrile dans ses cheveux sombres.

— Je... vais retourner dans ma chambre, dit-il.

— Moi aussi.

Comme aimanté, il recula encore vers la porte sans détourner le regard.

— À demain matin, Marnie.

Il disparut dans le couloir. Elle resta un moment immobile, face à la porte. Ses besoins et ses désirs rugissaient, bataillaient, s'apaisaient avant de resurgir. Mais une chose était sûre : Danny était quelqu'un de bien. Vraiment, vraiment bien. Et elle lui était reconnaissante d'avoir repris conscience avant qu'il ne soit trop tard.

Il aurait pu tirer avantage d'elle. À l'idée du respect qu'il venait de lui montrer, les larmes lui montèrent aux yeux, et une tendresse ineffable envahit son âme.

Elle avait trop souvent cherché l'intimité au mauvais endroit, dans l'espoir de combler le gouffre que son père avait laissé derrière lui. Mais Danny... Danny n'était pas une erreur. Danny n'était pas un risque. C'était elle qui ne méritait pas sa confiance. Elle ne serait jamais à la hauteur. Elle avait brisé ses chances dix ans plus tôt, en laissant Roger Martin briser son existence.

Le lendemain matin, elle nourrissait Rex assis sur sa chaise haute quand Danny entra dans la cuisine pour prendre son café. Son souffle s'accéléra immédiatement, rythmé par les battements précipités de son cœur. Pouvait-elle cacher son trouble ? Elle sentit, malgré elle, sa bouche s'incurver sur un sourire ridicule.

— Bonjour...

Il dépassa promptement la cafetière et l'attira dans ses bras. Ses lèvres capturèrent les siennes, brûlantes et passionnées, et elle se sentit fondre contre sa poitrine solide.

Il rompit le baiser mais la serra dans ses bras.

— Bonjour, répondit-il, les yeux dans les siens.

Elle était incapable de réfléchir dans cette position. Elle ne voulait que lui, tous les jours, toute la vie, désespérément.

— Si cela te convient, on pourrait aller doucement ? Trouver notre rythme ensemble ?

Bien sûr. Il avait raison. Et s'ils avançaient étape par étape, peut-être parviendrait-elle à accorder cette réalité avec les secrets de son passé ? Peut-être trouverait-elle l'harmonie dont elle avait tant besoin ?

— Ça commence bien, parce que c'est le meilleur bonjour de ma vie, plaisanta-t-elle, le cœur frémissant.

Il rit, puis la délivra pour mettre la cafetière en route.

— Tu sais, Marnie, une des choses que j'adore chez toi, c'est que tu es merveilleusement honnête.

Ses mots la frappèrent comme un coup de poing ; sa joie vola en éclats. Honnête ? Elle n'était pas honnête. Elle ne lui avait jamais avoué…

— Tu es toujours toi-même, ajouta Danny.

Ça, c'était vrai. Car Danny la laissait être elle-même. Il l'encourageait, l'écoutait. Avec lui, elle se sentait chérie.

— Je retourne au tribunal aujourd'hui, dit-il en s'appuyant contre le comptoir en attendant son café, sexy et sophistiqué dans sa chemise blanche et son pantalon de costume. Je pars plus tôt pour passer au bureau.

— Tu revois la famille qui se dispute ?

— Oui. J'ai réfléchi à l'affaire hier soir, et je pense avoir trouvé la meilleure façon de régler leur différend. Dès aujourd'hui, avec un peu de chance.

Réfléchi à l'affaire ? Elle l'enviait. Elle n'avait pensé qu'à leur baiser, des heures et des heures d'insomnie passées à revoir chaque détail, savourer chaque sensation, s'inquiéter de chaque ramification.

Danny savait compartimenter alors qu'elle se torturait, analysait tous ses mots, toutes ses réactions. Et pourquoi ? Parce qu'elle avait peur de souffrir encore une fois ? C'était stupide. Même si leur relation n'aboutissait pas, il ne la blesserait jamais consciemment. Il ne l'humilierait pas. Il ne profiterait pas d'elle et de…

Un frisson glacé courut sur son échine. Roger lui avait inculqué la méfiance. Mais, avec Danny, toutes ses règles de conduite et de protection commençaient à se déliter. Lui faire confiance était si facile.

Savait-elle vraiment ce qu'elle faisait ? Savait-elle vraiment ce qu'elle risquait, en offrant son cœur à une passion si intense, si immédiate ?

Il dut partir avant d'avoir pu aller promener Canaille, ce qui l'arrangeait. Elle avait besoin d'un peu d'air. Elle habilla Rex et l'installa dans sa poussette pliante, puis, laisse en main, sortit avec le bébé et le chiot.

Ils saluèrent au passage le portier avant de déboucher dans la rue baignée de lumière. Dehors, elle se sentait déjà un peu mieux. Elle chaussa les lunettes de soleil qu'elle s'était offertes en même temps que sa robe de cocktail, puis prit le chemin du parc. Rex gloussait gaiement. Canaille trottait près d'eux. Tout était parfaitement normal. Sa nervosité s'apaisa petit à petit. Ce qu'elle ressentait pour Danny ne pouvait pas être souillé par l'angoisse.

Elle s'assit sur un banc, allongea la laisse de Canaille pour le laisser gambader, et tourna la poussette face à elle. Rex lui offrit un grand sourire troué.

— On est bien, ici, hein ? demanda-t-elle.

— Oui ! Bien ! annonça-t-il en hochant la tête.

— Oh ! je vois que tu enregistres de nouveaux mots.

— Mots !

Elle rit et planta un baiser sur sa joue.

— Tu es adorable.

Elle se cala contre le dossier du banc et inspira profondément. Le soleil réchauffait sa peau et son âme. La veille, Danny avait dit qu'ils avaient besoin de temps avant d'aller plus loin. Besoin de réfléchir.

Elle voulait reprendre leur parcours depuis le début. Depuis le premier instant, quand elle l'avait trouvé si beau dans son bureau, et jusqu'à ce baiser fatidique. La veille, elle était venue à sa rencontre pour le réconforter. Pour l'aider. Elle voulait toujours l'aider. Et cette compassion n'était pas née d'une simple attraction : ses sentiments pour lui étaient réels et profonds, elle ne pouvait pas le nier.

Malgré sa fortune, malgré sa famille, il était si simple et si généreux. Ils avaient vécu en harmonie immédiate, comme s'il était fait pour elle, comme si elle était faite pour lui.

Pourquoi s'était-elle si longtemps concentrée sur leurs obstacles alors qu'au fond ils n'étaient qu'un homme et une femme normaux ? Qu'ils tombaient tout simplement amoureux, de la façon la plus naturelle du monde ?

Ses peurs fondirent comme neige au soleil. Soulagée, soudain légère comme une plume, elle rit pour elle-même. Rex, émerveillé, se mit à rire avec elle. Voilà un autre trésor : Rex et elle étaient fous l'un de l'autre. Il cherchait toujours sa présence et ses bras. Si elle et Danny décidaient d'avoir une relation sérieuse, Rex ne serait pas malheureux.

Mais s'ils rompaient… Alors elle devrait lui dire adieu.

Canaille, hors de vue, tira brusquement sur la laisse et fit tressauter la poussette. Elle bondit en cherchant le chien des yeux ; il avait dû rester coincé dans un bosquet. Elle attrapa la poussette et suivit la laisse en s'écriant :

— Canaille ! Tu portes vraiment bien ton n…

Elle s'arrêta net. Son père était assis sur le banc de l'autre côté du sentier. Il avait l'air plus vieux, plus émacié que la dernière fois. Malgré la chaleur estivale, il portait un pull.

Il avait levé les yeux en entendant Canaille aboyer ; par-dessus ses lunettes de lecture, il la foudroya du regard.

Marnie retint son souffle, les poumons glacés par le choc. Les mots s'étaient coincés dans sa gorge.

Tout près, un jeune homme s'était glissé derrière le buisson et avait démêlé la laisse. Il lui ramena le chiot.

— Tenez, madame.

Elle était toujours figée, incapable de bouger, de réagir, les yeux fixés sur son père. Avec un soupir agacé, le vieil homme plia son journal et se leva à son tour.

— Si vous n'êtes pas capable de vous occuper à la fois d'un

enfant et d'un chien, laissez l'un des deux chez vous. Ou encore mieux : ne vous montrez pas en public !

Les souvenirs la submergèrent. Les critiques. Les insultes. La cruauté qui avait poussé sa mère à boire. Chaque fois qu'ils étaient de sortie, Judy avait dit quelque chose de maladroit, avait trop dansé, trop parlé. Sa mère était peut-être alcoolique, mais son père l'avait poussée à bout ; même à douze ans, elle en avait été consciente.

Et il n'avait pas changé, de toute évidence.

Il s'éloigna d'un pas raide, journal sous le bras. Elle humecta ses lèvres sèches. Elle ne lui avait pas parlé depuis quatorze ans, mais il avait tout de même trouvé le moyen de l'insulter – sans la reconnaître.

Et elle n'était même pas surprise.

9

En rentrant à la maison, Danny trouva un chiot plein d'énergie, un petit garçon tout sourire, et une nourrice très, très silencieuse. Le regard absent de Marnie l'inquiéta immédiatement.

Oh ! non. Peut-être qu'il avait été trop loin avec son baiser, ce matin-là. Il n'avait pas pu s'en empêcher ; elle était si jolie et si radieuse dans la lumière de l'aube, et...

Il avait cru que l'idée était bonne : proposer de prendre leurs marques petit à petit, de continuer sur leur lancée. Visiblement, il s'était trompé. Devrait-il garder ses distances ? Il ne voulait pas que Marnie se sente obligée de quoi que ce soit. Il s'était juré de toujours lui laisser l'espace de reculer, de refuser. L'espace de lui faire confiance.

— Bonsoir, lança-t-il en prenant le chemin de sa chambre. Laisse-moi juste me changer et je vais faire livrer quelque chose pour dîner.

— Pas besoin, j'ai cuisiné.

Il s'immobilisa à l'entrée du couloir, surpris.

— Juste des côtelettes de veau, marmonna-t-elle.

— *Juste* des côtelettes de veau ? répéta-t-il, amusé.

— Oui ?

Ce soir, ses beaux yeux verts n'étincelaient pas ; sa voix était sombre. Il fronça les sourcils. Décidément, quelque chose n'allait pas. Lorsqu'il revint et s'installa pour dîner, elle se contenta de jouer avec sa nourriture, sans rien avaler, sans rien dire. L'avait-il donc mise si mal à l'aise ? Avait-elle changé d'avis en son absence ? Peut-être n'osait-elle pas le lui dire, de peur de mettre en péril sa position ?

Après avoir débarrassé, il prit son courage à deux mains :

— Tu veux regarder un film avec moi, ce soir ?

Elle leva les yeux. Il retint son souffle. Marnie sourit doucement.

— Avec plaisir.

D'accord. Elle ne voulait pas le fuir, c'était déjà ça.

— Je garderai mes baisers pour moi, promit-il.

Elle rit doucement et ne détourna pas le regard.

— Pas la peine. J'aime tes baisers, Danny.

Oh ! Dieu merci.

— Ça tombe bien, j'aime tes baisers, Marnie.

Elle rit de nouveau. Voilà qui était mieux. Sa bonne humeur était revenue ; ils regardèrent le film comme deux amis, sans se toucher, mais en plaisantant allègrement. Le lendemain, Marnie était de nouveau elle-même.

Il avait décidé d'attendre qu'elle fasse le premier pas.

Le samedi matin, elle proposa d'aller au parc et à la boulangerie, un programme qui était rapidement devenu leur tradition hebdomadaire. Il attacha Rex dans sa poussette pendant qu'elle préparait Canaille, et ils sortirent en bavardant paisiblement. Néanmoins, en sortant de l'immeuble, elle bifurqua dans la direction opposée. Il attrapa doucement son poignet.

— Marnie ? Le parc est de l'autre côté.

— Il y en a un autre par là-bas. Tu ne veux pas essayer ?

Il tenta de dissimuler sa surprise sous un ton léger :

— Il est à plus d'une demi-heure de marche. Rex va vouloir sortir avant ça. Et franchement, je préfère prendre le soleil sur un banc plutôt que de marcher dans le lotissement.

Elle acquiesça d'un sourire, mais il ne manqua pas de noter sa raideur soudaine. Une fois au parc, elle observa les alentours avec méfiance. Il abaissa le frein de la poussette et s'installa près d'elle avec un soupir de bien-être.

— Hum. Quelle semaine, lança-t-il.

Elle ne saisit pas la perche. Elle se contenta de hocher la tête.

Elle glissa une mèche derrière son oreille d'un geste distinctement nerveux.

— J'adore mon travail, mais je dois dire que les disputes familiales me font toujours mal au cœur, ajouta-t-il.

Non. Quel idiot – ses parents étaient divorcés, pas vrai ? Ce n'était pas la meilleure chose à dire...

— Enfin, toutes les familles ont leurs problèmes.

Comme elle restait silencieuse, il se tut à son tour. Pourquoi forcer la discussion ? Ils avaient toujours bavardé facilement. Elle lui avouerait ce qui la tracassait quand elle en aurait envie.

Un homme d'un certain âge les dépassa. Il ne dit rien mais fusilla Marnie du regard en marmonnant dans sa barbe. Elle accusa le coup en silence. Quand l'homme s'assit sur un banc tout proche, elle se redressa d'un mouvement fébrile.

— Je suis un peu fatiguée, Danny. On peut rentrer ?

Il leva les yeux vers elle puis jeta un regard à l'inconnu.

— Marnie... C'est lui, ton père ? murmura-t-il.

Elle tripotait nerveusement la laisse de Canaille.

— Il m'a réprimandée la dernière fois parce que j'ai laissé le chien se coincer dans un buisson et aboyer. Il ne m'a pas reconnue. Il a dit... que si je n'étais pas capable de tenir mon chien et mon bébé, je n'avais rien à faire au parc.

Il écarquilla les yeux, choqué.

— Il a dit *quoi* ?

— Partons, Danny. S'il te plaît.

— Non. Même si ce n'était pas ton père, son impolitesse est impardonnable. C'est un parc public !

Il se leva d'un bond et traversa le sentier.

— Hé, vous. Vous avez insulté ma nourrice il y a quelques jours, vous vous en souvenez ?

Il était posté devant le vieil homme, mais celui-ci ne daigna même pas lever les yeux de sa lecture. Danny serra les dents. D'une main impérieuse, il abaissa le journal pour regarder le père de Marnie droit dans les yeux.

— Je vous parle. Ce parc est public. Ma nourrice est l'une des meilleures dans son domaine. Elle est diplômée, elle est sur le point de monter sa propre entreprise. Elle ne mérite ni votre jugement, ni vos critiques. Ne l'importunez plus jamais, ou vous aurez affaire à plus fort que vous.

Il tourna les talons et, une main sur la poussette, une main dans le dos de Marnie, il partit à grands pas vers l'entrée du parc. Une fois sur le trottoir, il se tourna vers elle.

— Je suis désolé. Je ne suis pas colérique, mais...

— Ce n'était pas une crise de colère. C'était... une réfutation, dit-elle, un peu amusée.

Il sourit, mais il manquait toujours à Marnie la légèreté qu'il lui connaissait si bien, et la voir aussi secouée lui brisait le cœur. Ils rentrèrent sans parler. Une fois arrivée, elle s'éclipsa immédiatement pour installer Rex dans son parc.

Il resta planté dans la pièce à vivre, penaud, sans savoir quoi faire, sans savoir quoi dire. Mais, quand Marnie revint, elle marchait d'un pas volontaire. Elle le rejoignit, glissa une main derrière sa nuque, et l'embrassa passionnément.

Surpris, il répondit à son baiser avec ferveur. Quand Marnie était dans ses bras, il n'était que désir, que plaisir, que besoin. Une émotion aussi indescriptible qu'indispensable s'élevait dans son âme.

C'est elle qui rompit leur lente, érotique étreinte.

— Tu sais depuis combien de temps je rêve de lui dire quelque chose comme ça ?

— Pourquoi ne pas l'avoir fait ?

— Dans ma tête, j'ai toujours douze ans.

— Mais tu n'as plus douze ans. Tu n'as plus besoin d'avoir peur. Tu es adulte, diplômée, douée, tu veux monter ta propre entreprise. Il ne peut plus te toucher.

Elle rit tout bas et caressa sa joue.

— C'était... surréaliste.

Surréaliste, c'était le mot. Surréaliste qu'il ait réagi avant de réfléchir, poussé par un instinct de protection qu'il ne se connaissait pas.

— Tu veux que j'y retourne et que je lui gâche sa journée pour de bon ? proposa-t-il, espiègle.

— Non, tout va bien, maintenant. Tout va mieux.

Elle lui offrit un sourire si plein de soulagement et de bonheur qu'il rit à son tour.

— Tu es sûre ? Dis-moi si tu as besoin de quelque chose.

— J'aimerais aller voir ma mère.

Il cacha sa déception tant bien que mal ; il aurait voulu qu'elle lui parle réellement, mais elle esquivait de nouveau.

— Je n'ai pas pris de jour de congé depuis longtemps... Et elle mérite de savoir que j'ai revu mon père.

— Bien sûr, je comprends.

Il recula en frottant sa nuque lasse. Elle disparut dans sa suite et revint bien vite avec son sac. Elle serra sa main dans la sienne au passage et lui sourit.

— À bientôt, Danny.

Il hocha la tête, faussement léger, et la regarda partir. Une sombre inquiétude le tenaillait soudain ; les soupçons de leur première semaine, ressuscités par les silences fuyants de Marnie. Que lui cachait-elle ? Cette histoire avec son père – cette coïncidence –, c'était si étrange... Avait-elle cherché à trouver un travail dans son quartier, ou était-ce vraiment un hasard ? Elle l'avait croisé si souvent...

Il secoua la tête. Il perdait la tête. Marnie ne pouvait pas simuler leur complicité, n'est-ce pas ? Elle semblait avoir été faite pour lui. Tout était si facile...

Facile ? Oui, trop facile. Brusquement, son bien-être faisait hurler en lui une sonnette d'alarme. Et si même leur entente était fondée sur un mensonge ?

Il se souvenait de leur première sortie, des aveux trop spontanés de Marnie. Et si elle avait simplement voulu reprendre contact avec son père ? Si elle avait accepté ce travail pour pouvoir l'accoster, en utilisant Danny pour briser la glace ? Elle était partie si vite, aujourd'hui, toute prête à faire son rapport à sa mère ; pourquoi donc ? Pour extorquer de l'argent à l'homme qui les avait abandonnées, peut-être ?

Il laissa tomber sa tête dans ses mains. Bon Dieu.

Il ne savait pas que penser. Était-il en train de succomber à une arnaque de bas étage ? Ou Mark Hinton et ses crises de paranoïa l'avaient-ils rendu fou à son tour ?

10

— C'est normal que tu te méfies, assura sa demi-sœur Leni en s'asseyant dans un des fauteuils bleus. Danny, tu viens de te découvrir milliardaire. Il y a encore quelques mois, tu ne savais pas que tu étais adopté. Ton père a potentiellement simulé sa mort après avoir fouiné dans ta vie privée. Il a aussi découvert que tu avais un fils caché. Tu éduques ton fils tout seul car Alisha te l'a laissé sans crier gare. Et tu es un très beau parti. Cela fait beaucoup, non ?

Danny s'enfonça sur le canapé et ferma les yeux. Peu de temps après le départ de Marnie, Leni lui avait proposé de passer voir Rex avec des cookies. Il avait encore l'esprit en ébullition, mais il l'avait accueillie avec plaisir. Il avait tenu bon un moment : un café, des biscuits, une conversation neutre et joviale...

Toutefois, quand elle lui avait demandé des nouvelles de Marnie, il n'avait pas réussi à tenir sa langue. Les mots lui avaient échappé comme un torrent d'anxiété.

— J'avais déjà des soupçons le premier jour, quand elle m'a confié ses secrets alors que je n'étais qu'un inconnu. Franchement, je ne sais pas quoi penser. Je crois que je deviens dingue, Leni.

— Ou... Tu pourrais te donner le bénéfice du doute. Tu n'as pas tort. Il y a beaucoup de coïncidences étranges dans cette histoire.

— Nous nous sommes fait confiance si facilement. Je croyais que nous étions des âmes sœurs alors qu'elle m'utilise peut-être depuis le début.

— Hé, attends. Même si elle a profité de cette opportunité

pour se rapprocher de son père, cela ne veut pas dire que les sentiments qu'elle te porte sont faux. Tu l'as vue avec Rex...

— C'est vrai. Elle est géniale. Rex l'adore.

— Et tu n'as aucune preuve qu'elle t'a menti ?

— Aucune. Juste des... craintes.

— Charlotte et moi avons vécu ce genre de choses aussi. Découvrir que tu es un héritier Hinton chamboule beaucoup de choses. Tu en viens à douter de tout. Et tu as eu plusieurs mauvaises expériences avec des menteurs... C'est normal que tu essaies de te protéger, Danny.

Elle tapota sa main. Il émit un rire sans joie.

— Tu n'as pas tort.

Les pleurs de Rex filtrèrent dans le babyphone.

— Allons chercher le bébé. On mangera mes cookies et on jouera avec lui. Cela te changera les idées. Tu sais quand Marnie revient ?

— Non, elle ne m'a rien dit.

Peut-être était-ce la véritable raison de son inquiétude. Et si Marnie ne revenait plus ? Si leur dernier baiser était un baiser d'au revoir ? Elle avait vu son père, elle l'avait indirectement remis à sa place. Elle pouvait tourner la page. Et comme prime de départ, elle avait même obtenu les contacts d'une flopée d'investisseurs potentiels.

Il se frotta le front. Il ne savait pas s'il était l'homme le plus stupide de la terre, ou le plus injustement méfiant.

Mais il savait une chose : s'engager si vite avec une femme qu'il connaissait à peine, son *employée*, était une décision hautement imprudente.

— Danny, tu te souviens de la première chose dont tu nous as parlé, avec Charlotte, lorsque tu nous as annoncé que nous étions les héritières de Mark ? s'enquit Leni en posant une main sur son épaule. Tu nous as dit que nous devions rester sur nos gardes. Que des inconnus essaieraient de nous soutirer de l'argent ou des faveurs. Que nos amis risquaient de changer de comportement. Alors je vais te dire la même chose : fais attention à toi.

Il hocha la tête, le cœur lourd de chagrin. Marnie était la plus gentille, la plus généreuse femme qu'il ait jamais rencontrée. C'était lui le problème. C'était lui qui osait mettre en doute la sincérité de celle qui l'avait épaulé depuis le premier jour. Il dégradait leur relation, et il dégradait le sentiment qui les liait l'un à l'autre.

Marnie monta les escaliers de l'immeuble quatre à quatre et entra chez sa mère sans frapper.

— Maman ?

— Par ici !

Grande, mince, avec des longs cheveux auburn striés de gris, Judy Olsen sortit de la chambre et lui sourit.

— Tout va bien ?

— J'ai quelque chose à te dire.

Elles s'installèrent dans le salon. Meublé d'un canapé et d'un fauteuil à fleurs jaunes que sa mère avait achetés d'occasion, la pièce ne pouvait pas être plus différente de l'appartement sophistiqué qu'elle venait de quitter. Tout était un peu trop vieux, un peu trop rapiécé ; mais soigné, et lumineux, et joli, comme sa mère.

Judy s'assit avec son tricot.

— J'ai vu papa, annonça Marnie en se laissant tomber dans le fauteuil.

— Oh ?

— Il doit vivre dans le quartier de mon employeur. Je l'ai croisé plusieurs fois quand je sors Rex et Canaille.

— Marnie... Je suis navrée, mais je n'ai pas envie d'entendre parler de ton père. Je ne t'empêcherais pas d'avoir une relation avec lui, mais...

— Non merci. Il n'a pas l'air d'avoir changé.

— Je me suis toujours sentie responsable de son attitude. Tu sais... avoir une ivrogne comme épouse l'humiliait profondément. Alors il était agressif.

— Oh ! tu peux arrêter de culpabiliser. Il n'est plus avec toi depuis des années et il vit comme un roi sur Park Avenue, mais c'est un toujours une ordure.

Sa mère sourit. Marnie poussa un soupir.

— La première fois que je l'ai croisé, il ne m'a même pas remarquée. La deuxième, le chien s'est coincé dans un buisson et l'a dérangé en aboyant, donc il m'a reproché d'être incompétente.

— Il ne t'a pas aidée ?

— Non. Quelqu'un d'autre a délivré Canaille. Papa m'a juste critiquée.

— Cela ne m'étonne pas.

— Ce matin, il était encore au parc. J'étais avec mon patron et je lui ai raconté notre altercation. Danny est allé le voir et lui a conseillé de ne plus jamais insulter sa nourrice. Il lui a même dit que j'étais diplômée et que je voulais monter mon agence. C'était… C'était comme s'il m'avait donné une chance de lui montrer qui j'étais vraiment, que son départ ne m'avait pas brisée. Il se fiche bien de savoir ce que fait une inconnue, bien sûr. Mais quand même, j'ai eu le dernier mot.

Judy sourit et hocha la tête.

— Je comprends. Cela t'a fait du bien.

— Cela m'a permis de tourner la page, d'une certaine façon ? Et c'est grâce à Danny Manelli.

Sa mère plissa les yeux et la scruta intensément.

— Tu as parlé de beaucoup de choses à ce Danny…

— Nous échangeons beaucoup…

Elle sentit ses joues s'enflammer et détourna le regard.

— Assez pour que tu lui aies tout raconté ?

— Tu veux dire, est-ce que j'ai mentionné Roger Martin ? Non. J'ai parlé de mon père parce que nous l'avons croisé. La situation s'y prêtait, c'est tout.

— Ce n'est pas un reproche. Je suis inquiète, c'est tout. Tu travailles pour lui depuis quelques semaines, mais il connaît déjà ta situation familiale et défend ton honneur ?

— Nous vivons ensemble, mangeons ensemble, nous nous occupons de son fils ensemble…

— Et donc vous vous êtes... rapprochés ?

Marnie croisa les bras et soutint son regard.

— Marnie, soupira sa mère, ton père t'a déjà prouvé que les hommes riches aiment tirer avantage d'autrui. Ils passent simplement à autre chose quand la situation se complique. C'est le privilège des puissants. Roger Martin était le gamin le plus riche de l'école, et il a profité de toi. Peut-être que ton Danny est différent, mais... Fais attention à toi, d'accord ?

— Je fais toujours attention, murmura Marnie.

Peut-être *trop*. Elle s'était punie depuis le lycée, pour son imprudence, pour la rébellion qui l'avait menée dans le lit d'un prédateur. N'avait-elle pas le droit de se pardonner ? D'avoir une vraie vie, plutôt que quelques rendez-vous sporadiques avec des hommes qu'elle avait choisis par sécurité plutôt que par attirance ?

— Il ne s'est rien passé, d'accord ? ajouta-t-elle.

Mais elle mentait. Le baiser de Danny, quelques soirs plus tôt, était vibrant de désir ; et elle y avait répondu ardemment aujourd'hui, frissonnante, affamée. Elle avait oublié la prudence. Elle avait oublié la raison. Elle ne contrôlait plus rien.

— D'accord. Tu veux rester un peu ?

C'était une des choses qu'elle appréciait chez sa mère : elle ne manquait jamais de l'avertir, mais elle n'insistait pas ; elle considérait que sa fille saurait prendre la bonne décision.

— Juste pour le thé. J'ai un planning pour les activités de Rex et j'aimerais m'y tenir. Il faut que je rentre bientôt.

Après une ou deux parties de cartes, Marnie reprit le chemin de Park Avenue, l'estomac noué. Et pourtant, lorsqu'elle sortit de l'ascenseur et croisa le regard de Danny, tout juste revenu après avoir couché Rex, les cheveux en désordre, le T-shirt froissé, une serviette sur l'épaule, tous ses doutes s'évaporèrent.

La force de ses sentiments la frappa de plein fouet. Une chaleur tendre fleurit dans sa poitrine. Un regard suffisait à faire galoper son cœur, à suspendre son souffle.

Ce qu'elle vivait avec Danny était parfait. Danny avait été

irréprochable avec elle. Elle pouvait oublier ses peurs. Elle avait le droit de vouloir être à ses côtés, être dans ses bras.

Quand elle entra dans l'appartement, Danny se figea au milieu du couloir. Elle ne s'arrêta pas, elle ; elle continua d'avancer vers lui, si belle, si lumineuse, si parfaite pour lui, si parfaite pour Rex. Avant qu'il ne puisse douter de lui-même, il fit un pas en avant. Un autre. Encore et encore jusqu'à ce qu'ils se trouvent et se joignent dans un baiser brûlant. Sa sœur avait raison ; sa méfiance était née du passé, attisée par la peur d'avancer, de faire une erreur qui lui coûterait son cœur. On lui avait trop souvent menti. Mais, face à Marnie, tous ses soupçons s'effaçaient. Il était enfin lui-même. Parce qu'elle était honnête, et vraie, et merveilleuse, et qu'aucun faux-semblant ne les séparait.

Un élan de pure convoitise cascada en lui. Avide, affamé, il releva son T-shirt pendant qu'elle tirait sur le sien. Avant de perdre complètement la tête, il se détacha d'elle et inspira profondément.

— Pas ici, murmura-t-il, à un souffle de sa bouche. Trop de monde a le code de l'ascenseur. Viens.

Il recula vers sa chambre, ouvrit la porte d'un coup de talon et l'entraîna vers le lit. Ils tombèrent sur le matelas et il roula sur elle sans rompre leur baiser. Elle fit glisser ses doigts chauds sur son torse nu et il se tendit délicieusement sous sa caresse. Leur étreinte se fit torride, désespérée. Il glissa sur le dos et la cala sur lui, en coulant ses paumes sur ses hanches, son buste, ses seins. Il l'attira à lui pour faire courir sa langue sur sa peau soyeuse. Une fièvre impérieuse pulsait en lui ; plus tard, plus tard, il serait tendre et patient, quand le manque aurait été rassasié. Mais, pour le moment, leurs bouches se mêlaient, le désir les torturait, et leurs corps se cherchaient avec la même avidité, jusqu'à ce qu'ils s'unissent enfin, fébriles.

Et son âme murmurait qu'il était sien comme elle était sienne. Lorsque la jouissance le submergea, il comprit. Il avait cherché Marnie toute sa vie.

Après que sa respiration se fut apaisée, son corps détendu, et son vertige un peu dissipé, il se souleva sur un coude et croisa son regard. Son cœur battait toujours à tout rompre. Elle lui sourit. Il lui sourit à son tour. La peur avait disparu. Dans ses bras, il était enfin à sa place.

11

Marnie ne pouvait détacher ses yeux de Danny. Sa première expérience sexuelle avait été souillée par les photos. Les suivantes avaient été insignifiantes et tièdes. Mais faire l'amour avec Danny avait fait basculer le monde. Leurs sentiments s'étaient insinués dans chaque caresse, chaque baiser, chaque étreinte, chaque saveur.

— C'était incroyable, souffla-t-elle.

Il hocha la tête, les yeux dans les siens. Son sourire reflétait le même émerveillement. Il roula sur le dos et elle se pelotonna au creux de ses bras. Elle avait été audacieuse quelques minutes plus tôt, mais soudain, elle n'osa pas poser sa tête contre son cœur ; elle se contenta de caresser le relief de son torse d'une main légère. Rien n'avait jamais été si parfait et si familier. Comme si elle avait été façonnée pour cet instant. Pour Danny.

Et si cette constatation aurait dû l'effrayer, elle ne faisait que l'emplir de gratitude et de bonheur.

Elle n'avait jamais autant fait confiance à quiconque.

— On devrait sortir, un de ces jours.

— Quoi ? s'enquit-elle, souriant en levant les yeux vers lui.

— On devrait sortir. Tous les deux.

— Un rendez-vous, tu veux dire ?

— C'est ce que font les gens qui se plaisent, n'est-ce pas ?

— Nous sommes déjà sortis ensemble…

— Recommençons. Allons dîner, cette fois.

— C'est vrai que Charlotte aime garder Rex…

Il rit doucement et posa sa main sur la sienne.

— Voilà. Rendons service à Charlotte. Tu sais qu'elle était à la tête d'une division dans la construction, avant ? Mais elle a ses propres projets, maintenant qu'elle a reçu son héritage.

— L'argent aide à faire exactement ce que l'on voudrait faire, même si on ne le savait pas avant. Et toi, Danny, qu'est-ce que tu as toujours voulu faire ?

Il soutint son regard avec intensité.

— Exactement ce que je suis en train de faire maintenant.

Une tendresse infinie monta en elle. Elle caressa sa joue.

— Je suis sérieuse. Tu ne changerais rien ?

Il inspira profondément.

— Si, mais mon héritage en est la cause, pas la solution. Je ne sais pas comment arranger les choses avec mes parents adoptifs. Depuis que Mark m'a annoncé qu'il était mon père, il y a comme un froid entre nous. Je ne savais pas que j'étais adopté. Mark s'insinue partout. Il a trouvé Rex. Il a aussi transféré la direction de son patrimoine à ma firme peu de temps après mon arrivée. J'ai peur que mes parents aient l'impression d'avoir perdu leur place dans ma vie.

Elle était si profondément touchée qu'il lui confie ses secrets. Il écoutait toujours ses conseils. Il ne refusait jamais son aide. Elle prit le temps de réfléchir avant de répondre.

— Leni aussi est adoptée, n'est-ce pas ? Comment concilie-t-elle les deux familles ?

— Elle vit tout près de chez ses parents, dans un village du Kansas. Mark reste un visiteur dans sa vie. Ses parents sont toujours ses parents.

— Et tu ne pourrais pas faire la même chose ?

— Faire venir mes parents ici ? Ou aller vivre près de chez eux ? Ce serait un long trajet pour aller au bureau.

— Quel argument faiblard, s'esclaffa-t-elle. Les gens riches ont toujours des maisons de vacances, tu sais.

— C'est vrai...

— Et tu ne crois pas que Rex et Canaille adoreraient connaître la ville de ton enfance ? Si tu te rapproches géographiquement, tu te rapproches émotionnellement.

Il se hissa au-dessus d'elle et déposa un baiser sur son nez.

— Tu es vraiment très intelligente.

Elle gloussa dans la cage de ses bras.

— On me le dit souvent.

Il rit avec elle et l'embrassa lentement, délicieusement, et leur langueur se mua bien vite en ardeur.

Le coulissement de l'ascenseur, au bout du couloir, les interrompit cruellement. Danny n'avait pas fermé la porte de sa chambre. N'importe qui aurait pu les voir.

Il grogna tout bas et se détacha de Marnie à contrecœur. Une fois assis, il passa son T-shirt et son pantalon.

— J'espère que ce n'est que le concierge. Reste ici, je reviens tout de suite.

Incapable de se retenir, il lui vola un dernier baiser et sortit de la chambre. Honnêtement, il brûlait de claquer la porte, tourner la clé, et rester au lit avec elle jusqu'à la fin des temps. Mais peu de gens avaient le code de l'ascenseur, et aucun d'entre eux ne se laisserait décourager par un salon vide. Jace, Charlotte, Mark...

— Bonsoir, Danny.

Oh non. *Mark.*

Il réprima une grimace et avança vers son père et sa fiancée, Penny Fillion. Il était échevelé, portait des vêtements froissés, et se sentait de plus en plus frustré ; il n'y avait plus qu'à espérer que ses visiteurs ne devineraient pas la scène qu'il venait de quitter. Un lit chaud, et la femme dont il était sans aucun doute en train de tomber amoureux.

Mark aurait été bien trop heureux de lui faire un sermon, ou pire, de lui donner des conseils. C'était peut-être ce qui l'agaçait le plus : ce besoin qu'avait Mark de se comporter comme un père, trente ans trop tard.

— Mark. Qu'est-ce que tu fais ici ? Tu ne peux pas venir chez moi quand tu en as envie, dit-il d'un ton brusque.

Une porte s'ouvrit et se ferma discrètement derrière lui. Il pivota légèrement. Marnie venait à leur rencontre, habillée, avec un sourire de bienvenue.

— Bonsoir. Désolée, Rex est déjà couché.

— Marnie, je te présente mon père biologique et sa fiancée, Penny Fillion.

Il montra tour à tour Mark, mince et élancé, et Penny, petite, joviale, aux cheveux blonds et aux grands yeux bleus. Marnie ne cilla pas et leur serra la main.

— Je m'apprêtais à renvoyer Mark chez lui, siffla-t-il.

— Je suis désolé, coupa Mark. Je sais qu'il est tard et que le bébé dort, mais je devais parler à mon fils.

Mon fils. Un éclair d'exaspération le traversa. Il ne connaissait leur lien de parenté que depuis trois mois, mais Mark se comportait toujours comme s'il l'avait accompagné tous les matins à l'école primaire.

— Pas de problème, dit Marnie, bien plus indulgente, avec un sourire.

— Merci. Je suis content de ne pas vous déranger.

— Qu'est-ce que tu veux ? s'agaça Danny.

Les yeux bruns de Mark brillèrent d'amusement.

— J'espérais voir Rex, mais j'imagine que cela peut attendre demain... Vous ne trouvez pas que ce petit est merveilleux, Marnie ? Je ne dis pas cela *seulement* parce que c'est mon petit-fils. Il est vraiment spécial. Si vif ! Penny et moi espérons qu'il apportera les anneaux pour notre mariage. La cérémonie est prévue en septembre.

— À Paris, ajouta Penny avec un sourire béat.

— Et nous sommes passés car nous avons décidé que Danny serait notre témoin.

Danny serra les dents. Mark se fichait de lui, n'est-ce pas ? Il avait *décidé* de faire de lui son témoin ? Sans jamais lui demander son avis ?

— Voudrais-tu être mon témoin, Danny ? s'enquit Mark.

Danny inspira profondément. Bien. Au moins, la question avait finalement été posée.

— Je ne sais pas. C'est compliqué, surtout maintenant que j'ai la garde de Rex.

— Heureusement, Rex aussi fait partie de la cérémonie, rétorqua Mark d'un ton insupportablement taquin. Vous serez au même endroit, au même moment.

— Il a *deux* ans. Je ne sais même pas s'il est capable de remonter l'allée tout seul. À moins qu'il ait quelqu'un pour lui tenir la main jusqu'à l'autel, je ne vois pas comment il pourrait vous donner les anneaux.

— Très bien, je comprends.

Quand Danny s'y attendait le moins, Mark cessait toujours d'être un bulldozer tyrannique et reculait d'un pas, tout prêt à faire des compromis. Et invariablement, Danny culpabilisait d'avoir laissé la colère le submerger.

— Je… Je ne dis pas non. Tout dépendra de ce dont Rex est capable, d'accord ?

— Tout à fait d'accord. Nous serons patients.

Il se tourna vers Penny et lui présenta son bras.

— Prête pour un dîner décadent, chérie ?

Penny rit et le réprimanda sur ses habitudes alimentaires pendant qu'ils marchaient vers l'ascenseur. Marnie les observait avec un sourire un peu nostalgique. Danny fronça les sourcils et croisa les bras. Il avait lu beaucoup de livres sur l'éducation, ces derniers temps – et tous déconseillaient de récompenser un comportement déplacé. Il fallait établir des limites claires. Mark les avait dérangés à une heure tardive, pendant un moment bouleversant. Il n'allait pas le laisser partir aussi facilement.

— Mark !

— Oui, fiston ? lança Mark en se tournant vers lui.

— J'étais sérieux quand j'ai dit que tu ne pouvais pas venir chez moi sans prévenir. Respecte mon emploi du temps et appelle-moi si tu veux nous rendre visite. Sinon, je demanderai à changer le code de sécurité et ma liste d'invités autorisés.

Sa voix était glaciale, mais Mark se contenta de rire.

— Tu devrais venir travailler pour Hinton. Comme cela, je te verrais au bureau.

Oh ! bien sûr. C'était son plus cher désir – travailler pour un homme qu'il n'était même pas sûr d'apprécier. Le laisser empoisonner sa vie plus qu'il ne le faisait déjà.

— J'adore mon travail actuel.

— Tu finiras par changer d'avis, rétorqua Mark.

Marnie regarda Mark et Penny entrer dans la spacieuse cabine de l'ascenseur. Il n'était pas vide. Le jeune homme du parc, celui qui avait sauvé Canaille de son buisson, les attendait patiemment. Il était en costume, avec une oreillette.

Penny leur fit un signe d'au revoir, Mark leur lança un dernier sourire, et Danny croisa les bras. Dès que les portes se fermèrent, Marnie se tourna vers lui.

— Qui était-ce, avec eux, dans l'ascenseur ?

— En costume bleu ? C'était Bruce, l'un des vingt gardes du corps engagés pour suivre les Hinton partout.

— C'est lui qui m'a aidée à récupérer Canaille au parc, l'autre jour.

— Il devait être assigné à Rex ce jour-là, expliqua Danny en haussant les épaules.

Abasourdie, elle se laissa tomber dans l'un des fauteuils.

— Assigné à Rex ? Rex est suivi par une équipe de sécurité tous les jours et tu ne m'en as jamais parlé ?

Il contourna l'îlot de la cuisine et ouvrit le frigo.

— Bien sûr que je t'en ai parlé.

— Non ! Jamais ! Je m'en serais souvenue !

— Marnie, pendant notre entretien, je t'ai dit que toute ma famille avait des gardes du corps.

— Oui, tu l'as mentionné au passage, mais tu ne m'as jamais expliqué qu'un d'entre eux me suivait, moi. Tu ne m'as jamais dit ce que je devais faire.

— Tu n'as rien à faire. Ils restent en arrière. Ils ne sont pas censés faire partie de ton monde ; ils surveillent, c'est tout.

Un frisson de malaise la parcourut.

— Quelqu'un me suit depuis des semaines ?

Cela n'avait rien à voir avec des photos prises contre son gré, et pourtant, la nouvelle lui faisait l'effet d'une trahison.

— Pas toi. *Rex*. Mon père est milliardaire, Marnie. Son petit-fils est une cible facile.

— Désolée, mais j'ai quand même l'impression d'avoir été manipulée. C'est comme si tu m'avais fait surveiller, *moi*.

Il abaissa son verre d'eau, surpris.

— Quoi ? Cela n'a rien à voir !

— Te font-ils un rapport tous les soirs ?

— Un rapport sur *quoi* ?

— Sur ce que j'ai fait toute la journée.

— Ils ne viennent jamais à l'appartement, sauf si je les y convie. La plupart sont des chauffeurs. Ils nous suivent si Rex est dehors. Sinon, ils surveillent l'immeuble dans leur voiture. Ils fichent les habitués de l'immeuble. C'est tout.

— Un peu comme en prison, dit-elle d'une voix dure.

Il passa une main lasse dans ses cheveux. Il pouvait comprendre. Lui aussi avait mis des semaines à accepter la présence des agents ; mais elle était indispensable.

— Non, c'est très différent. Je fais ce que je veux, et ce sont eux qui doivent me suivre.

Elle croisa les bras, un sourcil arqué.

— Écoute, reprit-il, je ne comprends pas pourquoi cela te pose problème. Tu devrais être heureuse que Rex soit protégé. Tu es sa nourrice, non ?

— Bien sûr. Je suis seulement sa *nourrice*. Je n'ai pas voix au chapitre. Je n'ai pas le droit d'être mal à l'aise.

Elle tourna les talons. Danny poussa un grognement.

— Marnie ! Attends ! Je suis désolé, ce n'est pas ce que j'ai voulu dire. Nous parlons de deux choses différentes.

Elle s'arrêta, pivota vers lui.

— Ne t'inquiète pas, je ne vais pas te mener la vie dure et faire un caprice. Je *sais* que je n'ai aucun droit.

Elle partit vers sa suite sans demander son reste. Une partie de lui brûlait de la suivre, d'argumenter. Mais c'était la vulnérabilité de Rex qui l'avait convaincu d'accepter la garde rapprochée. Il ne changerait pas d'opinion sur ce point.

Évidemment, ce n'était pas le cœur du sujet ; Marnie était en colère parce qu'il ne lui avait pas parlé des agents. Elle avait du mal à faire confiance, et elle avait l'impression qu'il lui avait menti. Il pouvait le comprendre. Mais pour autant, il ne ferait pas de concessions illogiques.

Une heure plus tôt, il n'y avait eu entre eux que la passion et le bonheur. Leur parfaite parenthèse était déjà refermée. Il se laissa tomber sur le sofa, la tête dans les mains, et poussa un soupir. Pas besoin de paniquer. Demain, ils pourraient en discuter à tête reposée. Et ce soir... Il n'aurait pas le plaisir de la serrer dans ses bras avant de s'endormir, de lui faire l'amour lentement, délicieusement.

Il secoua la tête. Il avait parlé de ses doutes à Leni, mais pas des sentiments qu'il portait à Marnie. Trop intenses, trop récents. Finalement, n'était-ce pas une bonne chose de prendre un peu de recul ?

12

Marnie nourrissait Rex sur sa chaise haute quand Danny les rejoignit le lendemain matin. Leurs regards se croisèrent, et elle détourna immédiatement le sien.

Elle inspira profondément. Il ne comprenait sans doute pas pourquoi elle s'était énervée, la veille. Elle répondit à son bonjour du bout des lèvres pendant qu'il glissait une dosette dans la cafetière.

— Si tu sors aujourd'hui, un garde du corps suivra Rex.

— Je sais, soupira-t-elle. Danny… Je suis désolée. Bien sûr qu'un petit garçon de milliardaire a besoin d'une équipe de sécurité. Je sais que c'est indispensable.

— Mais ce n'était pas le problème, n'est-ce pas ? Tu as l'impression que je t'ai caché quelque chose.

— Je ne sais pas ce qui m'a pris…

— Marnie, ton père est un salaud, et j'imagine que tu n'as pas eu une enfance facile avant que ta mère cesse de boire. Je comprends, d'accord ? Tu as besoin de me faire confiance.

— Merci, mais tu ne devrais pas avoir à me *comprendre*. Je suis une professionnelle. Je n'aurais pas réagi de cette façon si nous n'avions pas eu une relation… personnelle.

— Je sais. Ce n'est pas grave.

Elle inspira profondément. Les souvenirs de leur étreinte dansaient encore dans son esprit ; le plaisir ineffable, l'intimité qu'elle n'avait jamais connue auparavant. Mais tout cela n'était qu'un rêve. Elle ne pouvait pas faire sombrer Danny avec elle, dans ses doutes, dans ses angoisses. Pas quand lui-même avait déjà tant de difficultés à gérer.

— Ne sois pas si compréhensif, Danny. Je ne le mérite pas. Je ne mérite pas un homme comme toi.

— Marnie…, souffla-t-il, le regard adouci.

— Non. Vraiment. Je ne suis pas instable, mais j'ai vécu des choses qui m'ont rendue méfiante. Je réagis parfois de façon irrationnelle, et je ne peux rien y faire.

Il rit doucement.

— J'ai eu la même conversation hier avec ma sœur, quand tu es partie. Elle est passée voir Rex. J'étais bouleversé. Je croyais que tu avais accepté ce poste seulement pour contacter ton père. J'avais même peur que tu ne reviennes jamais.

Elle leva les yeux vers lui, profondément surprise. Elle avait toujours cru qu'il ne doutait de rien. Étrangement, les angoisses de Danny apaisaient un peu les siennes.

— Non, je n'aime pas beaucoup mon père. J'aurais préféré ne jamais le revoir. Quoique…, railla-t-elle, si j'avais su que j'avais un garde du corps sur mes traces, je l'aurais peut-être insulté moi-même.

— Ah, tu vois. Nous sommes déjà capables de rire des gardes du corps, lança-t-il avec un sourire taquin.

Elle leva les yeux au ciel, amusée. À son réveil, elle était convaincue de devoir renoncer à Danny. Et voilà qu'en un clin d'œil l'espoir revenait sur la pointe des pieds…

— En tout cas, je veux que tu saches que moi aussi je veux que l'honnêteté prime entre nous, continua Danny. Quand Mark a déboulé dans ma vie en me disant que j'avais un enfant dont je ne connaissais pas l'existence…

— Comment l'a-t-il découvert, d'ailleurs ?

— Un de ses agents me surveillait. L'agent a gardé un œil sur Alisha après notre liaison. Il a vite compris qui était Rex, quelques mois plus tard.

— C'est… effrayant.

— Tout d'un coup, j'ai découvert que j'étais adopté, que

j'avais un fils, et que mon père biologique m'espionnait depuis des années.

— Après cela, une équipe de sécurité de plus ou de moins n'a pas vraiment d'importance ? devina Marnie.

— Voilà. Mais, Marnie... Cela ne signifie pas que tes peurs, elles, n'ont pas d'importance.

Elle battit des paupières, les yeux brûlants. Danny était si bienveillant. Mais il ne connaissait pas la raison de sa souffrance. Elle lui avait caché son secret. À cet instant, elle aurait tout donné pour le lui confier. Elle ferma les yeux. L'humiliation noya ses mots dans une montée de bile.

— Marnie ? S'il te plaît. Je veux être honnête avec toi. Si nous voulons avoir une vraie relation, il faut que tu sois honnête avec moi aussi.

— Nous ne pouvons *pas* avoir de relation.

— À cause d'un garde du corps ?

— Non. Écoute, j'ai été harcelée à l'école. J'ai disparu des réseaux sociaux, j'ai changé d'école, j'ai pris le nom de jeune fille de ma mère et j'ai pris la fuite. Si tu me cherches, tu ne trouveras rien sur moi avant l'âge adulte.

Il accusa le choc et fronça les sourcils.

— Tu as dû être poussée à bout, pour en arriver là.

Elle hocha la tête et expira, surprise de sentir son fardeau s'alléger à mesure que les mots s'écoulaient.

— C'est étrange, cela me soulage de t'en parler. Danny, sache que je ne veux que toi. Je veux te faire comprendre pourquoi j'abandonne une histoire aussi belle.

— Mais... Quel rapport ? C'était il y a longtemps.

— On m'a harcelée car ma mère a porté plainte. Un des garçons de mon école a pris des photos de moi après... après que nous...

Elle ferma les yeux, les dents serrées.

— Avant ça, j'étais assez populaire auprès des garçons. J'aimais bien flirter. Ils avaient parié sur ma virginité. Celui d'entre eux qui coucherait avec moi le premier gagnerait le pari. Je suis tombée amoureuse d'un des joueurs de l'équipe de foot. Après avoir passé la nuit avec moi, il a pris des photos pour avoir des preuves. Il les a montrées à tous ses amis, puis... il les a mises en vente sur Internet.

— Oh ! mon Dieu, souffla Danny.

Il avait l'air si profondément choqué qu'elle était presque désolée de continuer son histoire.

— Le jour où j'ai découvert les photos, je suis rentrée chez moi et j'ai tout raconté à ma mère. Elle a appelé la police. Des inspecteurs sont tout de suite venus à l'école. Ils ont demandé à Roger de supprimer les photos de son téléphone, mais je ne sais pas s'il avait des copies. Bref.

Elle inspira profondément.

— Je ne peux pas être ta petite amie, Danny. Je ne devrais même pas être vue en public avec toi. Un jour, quelqu'un va s'intéresser à mon identité, et un bon journaliste n'aura aucun mal à retrouver des informations compromettantes. Ton nom sera traîné dans la boue. Et je ne veux pas revivre toute cette honte, cette peur, ce dégoût. Je ne peux pas supporter de revenir en arrière. À la conviction que je ne vaux rien, que je ne pourrai jamais m'échapper.

Il soutint son regard, longtemps. Ses prunelles sombres brûlaient d'une compassion fervente. Oh ! elle ne voulait pas de sa pitié ! Elle voulait être normale, libre. Était-ce vraiment trop demander ?

Il posa sa tasse de café sur l'îlot.

— Laisse-moi fouiller un peu dans la loi. Nous pouvons sûrement faire quelque chose. Les temps ont changé et le délai de prescription n'est pas dépassé.

Elle posa la main sur son bras, la gorge nouée. Les émotions du passé menaçaient de l'engloutir. Elle aurait aimé fuir, se boucher les oreilles, revenir à l'état d'indifférence qu'elle avait si difficilement atteint.

— Ce n'est pas ce que je veux, Danny. Imagine le scandale. Un des hommes les plus riches du monde, en croisade contre ce monstre. L'affaire se transformerait immédiatement en cirque médiatique, et je serais en plein centre. Je ne peux pas le supporter. Je veux juste qu'on me laisse tranquille, Danny.

Et peut-être, un jour, ouvrir ma petite entreprise, et vivre une vie discrète.

Lorsqu'elle leva son regard suppliant vers le sien, le cœur de Danny vola en éclats. Pendant toutes ces semaines, il s'était apitoyé sur son sort alors que Marnie cachait une vraie souffrance. Un vrai traumatisme. Un passé qui hantait tous les coins sombres de son présent.

Il attrapa doucement sa main. Il n'y avait rien d'autre à dire ; le seul soutien qu'il pouvait lui apporter était silencieux. Après de longues minutes, elle secoua la tête et délivra ses doigts.

— Je vais aller ranger mes affaires et appeler Shirley. C'est dimanche, mais je pense qu'elle peut me trouver une remplaçante en quelques heures. Je vais rester jusqu'à ce qu'elle arrive, d'accord ?

Elle aurait tout aussi bien pu le gifler.

— Quoi ? Non, Marnie, ne pars pas.

— Danny... As-tu déjà réfléchi à ce que ferait ton futur beau-frère s'il entendait parler de mon passé ? Si ton père a peur qu'on enlève les membres de sa famille, crois-tu qu'il supporterait qu'on te fasse du chantage pour cacher le secret d'une domestique ? Roger ne m'a jamais contactée, mais s'il me reconnaissait dans les journaux ? S'il décidait de profiter de la situation ? Voilà ce à quoi Jace et Mark penseront. Et ils exigeront que tu me renvoies. C'est normal. Ils veulent protéger leur clan.

Elle secoua la tête. Sa voix tremblait légèrement.

— J'y ai déjà réfléchi cent fois. Le soir où j'ai emménagé, j'avais l'intention de refuser le poste. Je ne voulais pas mettre ta réputation en danger. Mais c'était le chaos, et Rex était si adorable, et tu étais si gentil... Je voulais juste t'aider.

— Et tu continues de m'aider, Marnie. Ton passé est enterré depuis dix ans. Il y a si peu de chances qu'il refasse surface...

Elle hésitait ; il le voyait dans ses yeux. Il ne pouvait pas la laisser partir sans tenter de la convaincre. Peut-être voulait-il lui rendre tout ce que la vie lui avait arraché. Peut-être ne pouvait-il pas supporter de la voir si fragile, si épuisée, alors qu'elle méritait tout le bonheur du monde.

— Reste, Marnie, murmura-t-il en la prenant dans ses bras. Rex t'aime. J'ai besoin de toi. Si tu pars aujourd'hui, ce serait à cause d'une hypothèse infondée. Il y a si peu de chances que cela arrive. Ne nous quitte pas pour rien.

Elle appuya le front contre sa poitrine.

— Même si je reste, nous ne pouvons pas former un couple, Danny. Hier, en voyant le garde du corps, j'ai réalisé à quel point ta vie était différente de la mienne. Je ne peux pas continuer de me mentir. Si je ne suis que ta nounou, tu risqueras bien moins que si je suis ta compagne.

Il déglutit difficilement. Il n'avait jamais aimé personne comme il aimait Marnie. Mais elle avait enduré assez d'horreurs pour toute une vie, et il n'avait pas l'intention de trahir sa confiance.

— Danny, répéta-t-elle. Si je reste, promets-moi qu'il ne se passera plus rien entre nous.

— Je te le promets.

Pendant la semaine suivante, Danny lutta chaque jour contre l'envie brûlante de chercher l'agresseur de Marnie : il aurait suffi d'une recherche Internet pour trouver son nom. Mais Marnie ne voulait pas voir ses secrets exhumés, et il devait respecter sa décision. L'ironie du destin lui arracha un rire amer. L'homme dont la vie avait été bouleversée par les mensonges était tombé amoureux d'une femme dont l'existence risquait d'être brisée par la vérité.

Et n'était-ce pas la peur que les photos existent encore, plutôt que les photos elles-mêmes, qui torturait Marnie aujourd'hui ?

Ce soir-là, il rentra à la maison épuisé, mais son humeur s'éclaira en la trouvant dans la cuisine, assise près de Rex.

— Hé ! Bonsoir tout le monde, dit-il souriant, en posant son cartable sur l'îlot central.

Il saisit la cuillère de purée que Marnie lui tendait, et elle s'écarta, discrète, pour lui laisser partager un moment avec son fils. Juste pour cela, n'est-ce pas ?

— Tu as passé une bonne journée ? demanda-t-il à Rex.

Rex gloussa et hocha la tête.

— Il a fait une longue balade avec Paul, le garde du corps, expliqua Marnie en nettoyant l'évier. C'est mieux sans intermédiaire, non ? Rex peut sortir et ses gardes du corps ont tout contrôle sur la situation.

Son cœur se serra.

— Marnie... Tu ne voulais pas sortir ?

Elle hésita.

— Je... suis bien à l'intérieur.

À l'intérieur, où personne ne pouvait la voir, et surtout pas avec son fils. Rex termina son assiette et Danny le souleva dans ses bras. Marnie lui tendit une brique de jus de pomme.

Leurs doigts se frôlèrent et une tornade de sensations rugit en lui. Leurs regards se croisèrent ; elle détourna immédiatement les yeux, mais pas assez vite pour cacher sa souffrance.

— Je vais vous laisser jouer ensemble, d'accord ?

Une boule de chagrin lui serrait la gorge. Il aurait voulu la serrer dans ses bras, panser ses blessures. Il aurait voulu l'aimer jusqu'à ce que plus rien n'ait d'importance. Il caressa les cheveux soyeux de Rex.

— Tu peux jouer avec nous, Marnie. Cela ne risque rien.

— Il a besoin d'un peu de temps avec toi. La journée a été longue. Je vais me doucher.

Il recula, hocha la tête. Elle avait pris sa décision.

Il quitta la cuisine et s'amusa avec Rex jusqu'à l'heure du coucher, puis le mit en pyjama. Alors qu'il boutonnait sa gigoteuse, Marnie les rejoignit discrètement.

— Oh ! désolée. J'aurais pu m'en occuper.

— Mais non, c'est très bien comme ça.

Il coucha Rex avec un baiser de bonne nuit. Une fois dans le couloir, il se tourna vers elle. Le silence qui les séparait était aussi insurmontable qu'un gouffre.

Ils se contentèrent d'un hochement de tête, puis se retirent chacun de leur côté. Dans sa chambre, il se planta devant la baie vitrée et cala son front sur la vitre fraîche. Bon sang ! L'héritage Hinton l'avait rendu tout-puissant, et pourtant, il ne pouvait défendre Marnie contre ses démons. Il était incapable de la rassurer, incapable de la libérer. Son cœur lui faisait un mal de chien. Elle était toujours avec lui, et pourtant, elle lui manquait terriblement. Il avait trouvé les priorités de son existence : Rex et Marnie. Une nouvelle vie à construire. Ils avaient été si heureux, pendant quelques semaines. Maintenant, une simple balade dans le parc la terrifiait, et il ne savait pas comment la protéger.

Lundi matin, la réceptionniste de Waters, Waters & Montgomery lui annonça l'arrivée imminente de sa sœur et de son fiancé. Danny se raidit derrière son bureau. Leurs visites étaient habituellement un plaisir : Charlotte le faisait toujours rire, et il était proche de Jace depuis longtemps. Mais les circonstances de ces derniers jours avaient changé la donne. Et si Jace avait fouillé dans le passé de Marnie ? Et s'il l'encourageait à s'en séparer ? Les employés des Hinton ne plaisantaient pas avec la sécurité. Jace était le meilleur dans son domaine, et pour cause : il exterminait le risque avant même qu'il ne se manifeste.

Charlotte sortit de l'ascenseur la première, vêtue d'un élégant tailleur-pantalon. Derrière elle, Jace, en costume, s'accordait parfaitement avec sa fiancée.

Elle planta un baiser chaleureux sur sa joue.

— Tu es de bonne humeur, dit-il en souriant.

— Nous avons une nouvelle à t'annoncer, expliqua Jace.

— Que se passe-t-il ? s'enquit Danny en leur faisant signe de s'asseoir dans les fauteuils, le pouls un peu trop rapide.

— Je suis enceinte ! s'exclama Charlotte, radieuse. Enceinte, Danny ! Tu imagines ? Je vais avoir un petit Jace !

Jace rit doucement, et Danny contourna le bureau pour lui serrer la main et enlacer sa sœur.

— Félicitations !

— Attends, ce n'est pas fini, continua Charlotte en le serrant contre elle. Nous nous marions dans une semaine. En Écosse !

— Dans une semaine ? En Écosse ? répéta-t-il, sonné.

— Tu es obligé de venir avec Rex, ordonna Charlotte.

— Tu as une nourrice, ça ne devrait pas poser de problème, ajouta Jace en arquant un sourcil.

— Bien sûr. Bien sûr. Je vais penser à la logistique…

— Tu es vraiment un avocat, Danny, lança Charlotte, taquine. Toujours à voir des problèmes où il n'y en a pas.

— Pardon ?

— Quand le monde entier pensait que Mark était mort et que tu assurais sa succession, tu n'as pas arrêté de compliquer les choses. Trois tests d'ADN anonymes dans trois laboratoires indépendants, Leni enfermée dans sa chambre d'hôtel, et je ne sais plus quelles autres directives que je n'ai personnellement jamais suivies, s'esclaffa-t-elle.

Jace cacha un sourire derrière sa main.

— Et maintenant, tu te compliques la vie alors que nous avons des jets privés et plein de chambres à disposition en Écosse. Ne t'en fais pas, d'accord ? Profite d'un petit séjour improvisé en Europe. Fête notre bonheur avec nous. Détends-toi. Danse, bois, et oublie tout !

Il cligna des yeux, confus.

— Je sais, je sais, dit-elle en riant. C'est un concept difficile pour toi. Mais fais un effort ! Arrête de tout analyser et laisse-toi aller ! Pour nous !

Après leur départ, Danny se laissa tomber dans son fauteuil, le cœur battant. Charlotte avait-elle raison ? Avait-il passé ces derniers mois à débusquer les catastrophes, de peur d'être pris par surprise ? Et n'était-ce pas exactement ce que faisait Marnie, en laissant la peur guider chacun de ses actes ? En laissant la peur briser sa vie ?

13

Marnie venait juste de sortir Rex du bain quand Danny arriva, ce soir-là. Il souleva Rex dans ses bras et embrassa son front avec une ferveur touchante.

— J'ai commandé chinois pour dîner. Le livreur sera là dans quelques minutes, annonça-t-il.

Il y avait déjà quelques jours qu'elle avait pris ses distances. Elle s'accommodait de cette nouvelle situation tant bien que mal. Elle fuyait sa présence ; elle ne voulait pas nourrir sa douleur déjà béante. Depuis qu'ils avaient cessé de se parler, elle souffrait jusqu'à la moelle de ses os. Il l'avait appréciée telle qu'elle était. Sans faux-semblants. Ils se comprenaient. Lui faire l'amour lui avait fait découvrir la passion, la vraie, seulement pacifiée par la tendresse qu'ils se portaient l'un à l'autre. Et voilà qu'il était inaccessible, tout proche et pourtant intouchable. Le manque ne la quittait plus.

— Je vais juste me faire un sandwich, souffla-t-elle.

— Tu ne peux pas survivre avec des sandwichs. Et puis, j'ai des choses à te dire – Charlotte et Jace vont se marier.

— Je m'en doute. Ils sont fiancés.

Danny sourit et attacha Rex dans sa chaise haute.

— Non, je veux dire, ils se marient la semaine prochaine. En Écosse, plus précisément.

— Oh ! mon Dieu ! Je suis si heureuse pour eux.

L'ascenseur tinta et le portier vint déposer leurs deux sacs de nourriture sur la table. Il serra la main de Danny, lança un clin d'œil à Marnie, et leur souhaita bon appétit avant de tourner les talons. Marnie arqua un sourcil.

— Les concierges et les portiers t'adorent tous, même si je ne te vois jamais leur laisser de pourboire…

Danny sortit deux assiettes et les boîtes encore fumantes.

— Tous les mois, mon père verse deux mille dollars à chaque propriété Hinton pour couvrir les pourboires. J'ai ajouté mille dollars pour ceux de mon immeuble.

Malgré elle, elle laissa échapper un petit rire. Voilà ce qui arrivait si elle restait quelques minutes en sa présence. Ils parlaient, ils riaient. Complices. Intimes.

Peut-être que ce soir elle pouvait s'attarder un peu ? S'accorder une conversation aussi neutre que possible, pour développer enfin une relation normale d'employeur à employée ? Et apaiser, secrètement, le besoin désespéré qu'elle avait de lui. Trouver un nouvel équilibre.

— Tu as acheté leur amour, Danny Manelli !

— Pas exactement, dit-il souriant, en servant les rouleaux de printemps. Je voulais juste me distinguer de mon père. Ce n'est pas vraiment mon appartement. Je me contente d'y habiter. D'après ce que je sais du patrimoine Hinton, toutes les propriétés sont techniquement au nom d'une société écran, et nous avons tous accès à tout ce que nous voulons, quand nous le voulons.

— C'est un peu bizarre…

— Oui, dit-il en l'observant attentivement, visiblement surpris qu'elle ne prenne pas la fuite. Je préférerais avoir moins de choses, mais en être le propriétaire.

— Mais tu peux aller où tu veux. C'est un plus.

— Oh ! tout à fait. Nous avons des avions, et Mark possède même deux îles à son nom.

Elle avait pris place en face de lui ; les baguettes en l'air, elle releva les yeux, bouche bée.

— Tu te fiches de moi.

— Non, non. Il a aussi au moins vingt-cinq propriétés, dont je ne sais combien d'appartements et de maisons en Europe. Il a des bateaux, des jet-skis. Un chalet à Aspen. Un ranch au

Canada, un autre au Texas. Il envisage d'en acheter un troisième dans le Montana.

Elle avait du mal à imaginer une telle richesse. Son père et Roger Martin n'étaient que des petits joueurs, comparés à un homme comme Mark Hinton.

— Autant te dire que Leni, Charlotte et moi, qui avons tous grandi dans des familles modestes, avons eu un peu de mal à prendre nos marques.

Il lui sourit et, incapable de résister, elle lui rendit son sourire. Parler avec lui suffisait à lui réchauffer le cœur. Le silence retomba, empli d'une dévotion qui devait désormais rester tue. Danny finit par s'éclaircir la gorge.

— Bref, tout ça pour dire que tu vas devoir m'accompagner en Écosse.

Elle posa ses baguettes, hébétée.

— Moi ? En Écosse ?

— Rex fait partie de la cérémonie, et il est aussi invité aux célébrations qui suivent, mais j'ai besoin de quelqu'un pour le coucher, le nourrir à l'heure des repas…

— Danny ! Je n'arrive pas à y croire ! Je vais en Écosse ? Oh ! mon Dieu ! Il faut que je m'achète des vêtements. Et je vais vérifier la météo pour bien préparer les affaires de Rex !

Danny rit en la voyant se lever d'un bond.

— J'en déduis que tu es d'accord ?

— On ne peut plus d'accord. Je ne sais même pas comment te remercier. Quand partons-nous ?

— Le mariage est prévu pour vendredi. Notre avion part mardi.

— OK. C'est suffisant. Quatre jours pour se préparer !

Sur ces mots, Marnie abandonna son dîner et s'enfuit dans sa chambre dans un tourbillon d'enthousiasme. Danny rit doucement, enchanté de la voir si heureuse. Il y avait trop longtemps que ses beaux yeux verts n'avaient pas brillé d'un plaisir si sincère. Il avait hâte de découvrir l'Écosse à ses côtés, de profiter de sa présence solaire pendant une semaine d'insouciance. Il termina son assiette et débarrassa la table en bavardant avec Rex.

— Et toi, bébé ? Tu as hâte d'aller en Écosse ?

Rex battit des mains, et une réalité qu'il avait cru avoir déjà assimilée le frappa brusquement. Dans quelques jours, son petit garçon aurait voyagé à l'autre bout du monde. Dans quelques années, il fréquenterait les plus prestigieuses écoles de la ville, puis les meilleures universités du monde.

Il n'aurait jamais à s'inquiéter de son confort, de ses opportunités. C'était une chance, évidemment. Mais comment s'assurer que Rex aurait une enfance normale, et un sens moral solide, s'il avait accès à tout ce qu'il voulait, quand il le désirait ?

Après avoir rangé la cuisine, il souleva son fils dans ses bras et se prépara à aller le coucher. Marnie n'avait toujours pas refait surface ; sans doute regrettait-elle d'avoir été aussi familière avec lui. C'était peut-être mieux ainsi. Ils cherchaient encore leur équilibre ; un pas en avant ne réglait pas leur situation. Il fallait voir les choses en face : les privilèges de sa nouvelle vie lui avaient arraché Marnie, et il ne voyait pas de solution.

14

Collée au hublot avec Rex sur les genoux, Marnie montrait les îles jouxtant le relief écossais en contrebas.

— Tu vois, chéri ? Tu vois comme c'est beau ?

— Moui, admit Rex en gigotant fébrilement.

Danny dissimula un sourire et tendit les bras.

— Allez, attachons-le. Nous allons bientôt atterrir.

Marnie l'aida à installer Rex dans son petit fauteuil.

— Même du ciel, le pays est magnifique.

— Oui, Charlotte dit toujours que c'est le plus bel endroit qu'elle ait jamais visité. J'ai hâte de voir ça.

— Tu n'as jamais été en Écosse ?

— Fils d'ouvrier, tu te souviens ?

Ils continuèrent de bavarder tranquillement pendant l'atterrissage, mais l'impatience de Marnie était palpable : elle regardait sans cesse la porte de l'avion en pianotant sur l'accoudoir, un sourire inconscient aux lèvres.

Durant le trajet vers le domaine des MacDonald, la famille de Jace, ils décrivirent le paysage à Rex, qui ne comprenait sans doute pas tout, mais accueillait leurs exclamations d'admiration avec enthousiasme.

À cet instant, grâce à la présence des deux personnes qui lui étaient les plus chères dans ce pays inconnu où il s'apprêtait à célébrer le bonheur de sa sœur, Dany se sentit libéré de toute responsabilité et de toute angoisse, et il se laissa submerger par un sentiment de plénitude.

— Tu as l'air heureux, remarqua Marnie.

— J'essaie de suivre les conseils de Charlotte. Elle m'a ordonné de lâcher prise et de profiter du bonheur, un peu.

— Je suis si contente pour elle. Je pense qu'elle a raison.

Leur limousine déboucha sur la grande allée circulaire, déjà pleine d'autres véhicules plus luxueux les uns que les autres. Marnie cligna des yeux, puis éclata de rire.

— Alors c'est à ça que ressemble une réunion de milliardaires ? Les agents de Jace vont passer une semaine cauchemardesque.

Réalisait-elle qu'elle riait déjà de sa famille comme si elle en faisait partie ? Qu'elle comprenait leurs qualités et leurs travers ? Elle aurait eu sa place parmi eux, si seulement...

Il sortit le premier et lui tint la portière.

L'énorme bâtisse en pierre était entourée d'un immense domaine verdoyant, de hauts arbres feuillus, et d'une charmante dépendance. La grande porte d'entrée était sculptée dans le bois, ornée d'un blason et du tartan familial.

— C'est si traditionnel, s'extasia Marnie en caressant les armoiries de bronze.

On les avait encouragés à entrer sans frapper ; avec Rex dans les bras, Danny poussa la porte et s'engouffra dans le grand hall. Ils suivirent les voix et les rires jusqu'à la cuisine.

— Nous voilà !

Charlotte bondit et les enlaça chacun leur tour avant de lui voler Rex au passage.

— Enfin ! On vous attendait. Oh ! et voilà mon amour !

Mark s'arrêta près d'elle, les bras tendus.

— Tu le vois toutes les semaines. C'est mon tour.

Ses parents adoptifs étaient aussi de la partie ; sa mère l'étreignit tendrement, et son père lui serra la main en lui tapotant l'épaule.

— Inscris-nous sur la liste d'attente, Danny. Nous voulons profiter de notre petit-fils, nous aussi, plaisanta-t-il.

— Je ne savais pas que vous étiez invités, dit Danny en souriant.

— Bien sûr qu'ils sont invités, rétorqua Charlotte. Nous sommes une famille un peu étrange, mais nous sommes une famille, un point c'est tout.

Il croisa son regard clair et lui sourit avec reconnaissance. Charlotte avait raison. Personne ne s'attendait à ce qu'il abandonne ses parents. Il n'avait pas besoin de séparer son passé et son présent. La suggestion de Marnie lui revint, et, à l'idée d'acheter une maison dans sa ville natale et de retrouver ses racines, il sourit intérieurement.

Le père de Leni leva son verre.

— À la famille.

M. Long était un homme trapu, un ancien maçon qui travaillait maintenant avec sa fille sur la modernisation de leur village. Il était venu avec sa femme, une jolie petite brune. Près d'eux, Leni versa du champagne dans des coupes et Nick Kourakis, son fiancé, fit passer les verres. Les parents de Nick étaient présents, eux aussi.

— Bonjour, Danny, lança M. Kourakis. Cela fait trop longtemps ! Et qui est ton amie ?

Danny se tourna vers Marnie.

— Oh ! désolé, je manque à tous mes devoirs. Je vous présente Marnie Olsen, la nourrice de Rex.

Marnie lança un sourire timide à la ronde.

— Bonjour, tout le monde.

— Bienvenue parmi nous !

Le sourire de Marnie s'élargit. Ses beaux yeux verts pétillèrent de joie, ses joues rosirent, et elle leva son verre à son tour. Le cœur de Danny se serra douloureusement – frappé, comme souvent, par sa beauté et la sincérité si pure de son bonheur.

Autour d'eux, Charlotte plaisantait de ne pas pouvoir boire du champagne à son propre mariage, sous les yeux pleins de fierté de sa mère, Penny. Un bras autour de ses épaules, Jace souriait, immense et décontracté dans sa chemise à carreaux et son jean sombre. Les parents adoptifs de Danny, Terry et Gene Manelli, riaient avec les MacDonald ; puis sa mère tendit le plat de hors-d'œuvre à Marnie, qui, avec un petit rire, mordit dans un délicat petit-four.

Et au milieu du tumulte, Danny pouvait soudain imaginer le reste de sa vie. Tous les gens qu'il aimait autour de lui...

Une main sur son épaule le ramena à la réalité.
— Danny ? Un petit-four ?
— Non, je n'aurais plus faim pour dîner.
— Danny, mange ! Qui a invité ce rabat-joie ?
— *J'ai* invité ce rabat-joie ! s'exclama Charlotte. Il fallait bien quelqu'un pour nous recadrer !
La tribu entière éclata de rire, mais Danny fronça les sourcils. Il n'était pas rabat-joie, si ?
Rex se mit à geindre, et Marnie apparut aussitôt à ses côtés. Rex se lova contre elle en se frottant les yeux.
— À la maison, c'est l'heure de la sieste, expliqua-t-elle en souriant à la ronde. Quelqu'un pourrait-il me montrer où Rex et Danny vont dormir ?
— Nous vous avons installés dans la dépendance. Il y a une chambre pour toi, Marnie, et une autre pour Danny et Rex. C'est l'endroit le plus calme, pour que le bébé puisse mieux dormir. Par contre, il n'y a qu'une seule salle de bains.
— Aucun problème, répondit Danny.
Mais le cœur de Marnie avait raté un battement. Encore un danger : celui d'être intégrée à ce clan, si facilement. Elle n'avait jamais participé à une si grande, si turbulente réunion de famille. Trois cercles s'étaient rassemblés sous la coupe de Mark Hinton, leur patriarche. Elle ne pouvait s'empêcher d'apprécier Mark, malgré tous ses défauts. Il avait créé ici quelque chose d'exceptionnel.
Le père de Jace proposa de la conduire jusqu'à la dépendance et Danny offrit de se joindre à eux.
— Danny, profite de ta famille. Je vais juste coucher Rex.
Il lui jeta une œillade qu'elle ne parvint pas à interpréter. Ne voulait-il pas rester avec la horde Hinton ? Il avait l'air sincèrement réjoui, mais il leur emboîta tout de même le pas.
Le père de Jace, un homme à l'allure de bûcheron débonnaire, les quitta après leur avoir fait visiter la petite maison. Leurs bagages les attendaient déjà dans le salon.
— Cet endroit est adorable, dit Marnie en se postant à la fenêtre. Le domaine doit faire plusieurs hectares…

Danny retira sa veste et sa cravate, puis souleva Rex.

— Sans doute. Laisse, je vais le coucher moi-même.

Pour une fois, elle ne protesta pas. Elle se glissa dans sa propre chambre, une pièce pittoresque décorée d'une confortable courtepointe bleu ciel et de rideaux en dentelle. C'était comme voyager dans le temps – et dans un monde inconnu où la famille était un vrai foyer, avec ses traditions, ses symboles, ses couleurs.

— Rex s'est endormi dès que sa tête a touché l'oreiller.

Elle pivota. Danny s'était calé contre le chambranle, un demi-sourire aux lèvres. Il respectait son espace. Elle retint de justesse un geste de bienvenue, comme si l'accueillir dans sa chambre était la chose la plus naturelle du monde.

— Il doit être épuisé par le voyage. Retourne t'amuser, Danny ; je vais rester ici pendant qu'il dort.

Il hocha la tête, mais ne bougea pas.

— C'est étrange. Tout me semble si différent, ici.

— Assez différent pour que tu ne sois pas le rabat-joie de la tribu ? lança-t-elle taquine.

— Oh ! non, toi aussi, tu penses que je suis rabat-joie ?

— Je pense que tu es pragmatique.

Il poussa un grognement désespéré.

— Un rabat-joie, donc.

— Danny, dit-elle en riant. N'oublie pas. Tu as promis à Charlotte de profiter de ta semaine.

Il allait leur montrer. Il pouvait être insouciant, lui aussi ! Il savait s'amuser comme les autres. Il inspira profondément, planté sur le perron. Autour de lui, l'air était vivifiant, et le monde semblait magique. Il y avait dans cette campagne écossaise quelque chose d'étincelant.

Il entra dans la cuisine, où résonnaient encore des rires chaleureux. Le père de Jace avait déjà sorti son meilleur whisky, qu'il préférait largement au champagne. Certains s'étaient retirés dans leur chambre, fatigués par le voyage ; les autres étaient assis autour de la table. Il se versa un verre, mais décida d'aller profiter de la nuit estivale. Dans le jardin, il tomba sur un banc et savoura le parfum de la mare toute proche, des arbres humides, de l'herbe luxuriante.

— Je peux me joindre à toi ?

Il leva les yeux vers Mark. Pas exactement la personne qu'il voulait voir à cet instant, mais il s'était promis de s'ouvrir aux autres, n'est-ce pas ?

— Je t'en prie, assieds-toi.

— Je voulais m'excuser pour mon attitude. Tu sais… T'offrir un appartement individuel mais garder les codes de l'ascenseur pour aller et venir comme bon me semble.

Danny se tourna vers son père, surpris et touché.

— Merci, Mark.

— Tu ne t'es pas encore habitué à être mon fils, n'est-ce pas ? Ni à la richesse. À mon monde.

— Je fais ce que je peux, répondit Danny en souriant. Déjà, je ne t'ai pas envoyé sur les roses ce soir. C'est un progrès, non ?

— Crois-moi, j'apprécie cette évolution, s'esclaffa Mark en levant son verre. Mais c'était plus simple avec les filles. Elles ont accepté la situation et reconstruit leur vie.

— Tu n'as pas humilié Charlotte et Leni en les chargeant du dossier de ta succession puis en simulant ta mort.

— Tu m'en veux encore à ce propos ? Danny, je n'ai pas simulé ma mort, voyons.

— C'est cela, oui. Peu importe. Tu m'as imputé le dossier par népotisme. Je suis ton fils, Mark. Tu te rends compte de ce que cela signifie pour ma réputation professionnelle ?

— Je n'y avais pas songé. Je voulais juste que tu comprennes les tenants et les aboutissants de notre fortune mieux que personne. Et je ne regrette pas de vous avoir caché notre lien de parenté jusqu'à maintenant, Danny. J'avais des ennemis, et vous auriez été des cibles parfaites.

— Et plus maintenant ?

— Je suis à la retraite et la protection rapprochée a bien

évolué, depuis cette époque. Surtout quand on a mon budget. J'ai toute confiance en Jace.

Danny haussa les épaules et avala une gorgée de liqueur.

— Tu broies du noir, je le vois, déclara Mark.

— Non, je suis juste pragmatique. Tu n'as pas entendu ?

Mark rit en secouant la tête.

— J'ai juste entendu *rabat-joie*. Qui a dit pragmatique ?

— Marnie. Elle essayait de me rassurer, mais je crois que cela me vexe encore plus.

— Parce que c'est Marnie.

— Pardon ?

Mark finit son verre et se leva lentement.

— Tu sais, Danny, la pire erreur de ma vie, ce n'est pas de m'être séparé de mes enfants. C'est d'avoir quitté l'amour de ma vie. J'ai pensé à Penny tous les jours. J'ai dû faire le deuil d'une vie que nous n'avons pas pu partager. Ne marche pas sur mes traces, d'accord ? N'abandonne pas la femme que tu aimes. Fais tout ce qui est en ton pouvoir pour la garder.

Il s'éloigna avant que Danny ne puisse rétorquer. Sa riposte acide mourut sur sa langue. Bon Dieu, Mark devait-il toujours fourrer son nez dans ses affaires ?

Toutefois, derrière l'agacement, la révélation de Mark murmurait à son esprit et s'insinuait dans son âme. Son père avait-il raison ? Était-il amoureux de Marnie ? Si c'était le cas, il ne voulait pas vivre comme Mark, seul et désespéré, séparé de son âme sœur à cause de sa fortune. Non.

Fais tout ce qui est en ton pouvoir pour la garder.

Il ne restait qu'à trouver comment.

15

Le mariage de Jace et Charlotte dépassa toutes les attentes de Marnie. L'exquise cérémonie se déroula en extérieur. Le domaine des MacDonald, ce jour-là, semblait nimbé d'un enchantement scintillant. Charlotte portait une magnifique robe de dentelle immaculée, et Jace un kilt aux couleurs de sa maison. Pendant un instant, leurs regards pleins de dévotion s'accrochèrent, et le temps sembla suspendu.

Mais l'homme le plus séduisant restait sans aucun doute Danny. Debout près du marié, avec son costume sombre, son élégant nœud papillon, ses cheveux disciplinés, il était absolument sublime. Pendant la cérémonie, son regard vogua sur l'assemblée et s'arrêta sur elle. Elle était assise sur une chaise blanche, face à l'arche fleurie sous laquelle Jace et Charlotte prononçaient leurs vœux, avec Rex sur ses genoux. Le bébé portait un petit costume bleu marine, et elle-même avait revêtu une jolie robe rose.

Elle inclina la tête, le cœur battant. Pourquoi Danny ne détournait-il pas les yeux, alors même que sa sœur promettait de chérir son nouvel époux ? À cause de Rex ? Ou pensait-il à la même chose qu'elle – au lien qui les unissait... ?

La fête commença aussitôt après la cérémonie. Pendant une bonne heure, les invités enchaînèrent les félicitations et les toasts. Sous la tente blanche, on servit du filet mignon et du poisson, puis, avec l'arrivée du champagne et du gâteau, s'élevèrent les premiers accords de la musique.

Vers 20 heures, Rex geignit dans ses bras. Il était l'heure d'aller au lit. Marnie était surprise qu'il se soit si vite habitué au décalage horaire. Elle fouilla l'assemblée du regard et fit signe à Danny qu'elle s'éclipsait avec le bébé.

Dans sa chambre, elle changea Rex, lui donna un biscuit, et joua un peu avec lui avant de le coucher.

Elle aussi commençait à fatiguer. Les muscles noués, les paupières lourdes, elle se prélassa dans le bain pendant vingt bonnes minutes avant de passer son pyjama et de sortir dans le salon. Danny entra au même moment. En la voyant, il fit immédiatement volte-face et se cacha les yeux.

— Oh ! désolé, s'exclama-t-il, penaud.

Elle rit doucement.

— Danny, mon pyjama est très couvrant. Tu m'as vue dans un short plus court que cela la semaine dernière.

— Je sais, mais... Je veux juste te respecter, c'est tout.

Sa gorge se noua. Elle avait trop souvent donné sa confiance à des hommes qui lui avaient refusé leur respect. Mais Danny... Danny lui redonnait confiance.

— Merci, Danny. J'allais juste regarder la télé. Tu es passé dire bonne nuit à Rex ?

Quoi d'autre ? Il n'était pas venu parce qu'elle lui avait manqué. Pourquoi tenait-elle donc tant à se faire du mal ?

— Oui, mais... Je suis exténué. Un peu de télévision et une nuit de quatorze heures me feraient le plus grand bien.

Elle comprenait très bien : voir sa famille était un vrai bonheur, mais cela demandait aussi de composer avec mille questions, mille plaisanteries. Elle lui sourit.

— On peut regarder la télé ensemble.

Un éclair de surprise passa sur son beau visage, mais il hocha la tête avec enthousiasme.

— Super. Je vais me changer et je te rejoins.

Pendant qu'il passait un T-shirt et un jogging, elle fit chauffer un paquet de pop-corn au micro-ondes. Ils s'affalèrent sur le canapé avec un soupir de bien-être.

— La fête bat toujours son plein ?

— Plusieurs personnes se sont déjà éclipsées, mais quand j'ai souhaité bonne nuit à mes parents, ils s'apprêtaient à mettre le feu à la piste de danse.

Elle éclata de rire et piocha une poignée de pop-corn.

— C'est vrai qu'ils passent de la bonne musique.

— Quoi ? Tu aurais dû me le dire ! Nous aurions dansé.

— Nous ne pouvons pas vraiment...

— Marnie, personne ne sait qui tu es, ici. Personne ne sait qui je suis. On devrait en profiter, tu ne crois pas ?

Elle leva les yeux vers lui. Seule sa famille proche était invitée. Les agents de Jace s'étaient assurés qu'aucun membre de la presse ne puisse entrer sur le domaine.

La musique filtrait jusqu'à eux, ponctuée d'éclats de rire. Il avait raison : elle n'avait jamais été aussi libre qu'ici.

— J'aimerais aller me promener avec toi demain, murmura Danny. On pourrait laisser Rex à mes parents pour quelques heures et voir la campagne écossaise ?

Elle se laissa sombrer dans l'intensité de ses yeux sombres. Elle ne dit rien, le cœur battant.

— Personne ne nous reconnaîtra, Marnie. S'il te plaît. Chaque fois que je te regarde, mon cœur me fait mal. Tu me manques. Je t'offrirais le monde entier, si je le pouvais. Je sais que c'est impossible et je respecte ta décision. Mais ici, nous pouvons oublier les règles que la vraie vie nous a obligés à adopter. Être nous-mêmes... Et être ensemble.

Elle glissa sa main dans la sienne, les yeux brûlants de larmes. Elle était hantée par les images de leur première soirée, de leur premier baiser, de leur nuit d'amour, par tous ces paroxysmes de ferveur. Et l'émotion qui la submergeait ce soir était plus profonde encore, plus indéfectible. Simplement parce qu'elle était là, à ses côtés, leurs doigts entremêlés, et parce qu'elle voulait Danny de toute son âme.

— Si nous trouvons quelqu'un pour surveiller Rex...

Avec un sourire, il glissa un bras autour de ses épaules. Elle se nicha contre sa poitrine, bercée par son pouls.

— Ils vont tous se battre pour le privilège, tu verras.

Elle sourit et savoura la simplicité de l'instant. Le parfum de sa peau chatouillait ses narines. Elle ferma les yeux.

— Ne t'inquiète pas, d'accord ?

— Non, je ne m'inquiète pas, promit-elle.

Tout était plus lumineux, ce matin, pendant qu'ils roulaient vers le village le plus proche. La veille, après leur chaste baiser de bonne nuit, Danny s'était couché apaisé. Il avait rendez-vous avec Marnie. Pas un rendez-vous très orthodoxe, certes, mais tout de même : quelques heures ensemble, légères et sincères et infiniment précieuses.

Il avait opté pour un jean et un T-shirt passe-partout. Aujourd'hui, il n'était pas un homme riche ; il n'était qu'un touriste parmi tant d'autres. Au petit déjeuner, sa famille lui avait proposé d'utiliser la discrète Sedan des MacDonald. Et maintenant, Marnie et lui filaient à travers la campagne verdoyante, libres comme l'air.

Marnie souriait à côté de lui. Ses longs cheveux auburn cascadaient dans son dos, chatoyant sur le rose de sa jolie blouse. La voir ainsi, si manifestement allègre, le remplissait de bonheur. Il aurait aimé prendre sa main dans la sienne et ne jamais la laisser partir.

Bien sûr, il n'oubliait pas ses peurs. Il n'oubliait pas qu'il était impuissant face à ses doutes. Il ne mentirait pas, ni à elle, ni à lui-même, en prétendant que leurs difficultés avaient disparu. Mais ici, à l'autre bout du monde, ils étaient libres d'être l'un à l'autre.

— Aujourd'hui, nous partons à l'aventure, annonça-t-il d'un ton solennel.

— Oh ! vraiment ? Tu as trouvé une horde de Vikings à combattre, monsieur Manelli ?

— Hé, ne mets pas en doute les dangers de la campagne écossaise ! Ils sont connus pour leurs fantômes, tu sais ?

Elle s'esclaffa. Avec Danny, tout était si facile. Elle avait passé des semaines à s'inquiéter pour elle-même, et voilà qu'il lui offrait un répit, aussi éphémère soit-il. Elle savait qu'il en avait autant besoin qu'elle. Mark Hinton avait privé Danny de la possibilité d'avoir une vie normale. Il lui avait enlevé son anonymat, son nom, ses mérites professionnels, sa sérénité.

Ils garèrent la voiture et descendirent à pied vers le village en contrebas. C'était comme entrer dans un conte de fées : chaque rue aux pavés inégaux, chaque maison aussi jolie qu'une sculpture en pain d'épice, chaque toit coloré et chaque vitrine rustique semblaient sortis d'un rêve.

— Oh ! c'est si joli ! s'exclama-t-elle.

— Et si calme..., souffla Danny, admiratif.

Elle glissa son bras sous le sien et se pelotonna contre lui. Là, dans cette bulle feutrée, elle voulait partager avec Danny toute la félicité qu'ils perdraient en retournant à New York. Elle voulait garder cet instant en elle, précieusement. Elle voulait le toucher avec lenteur, avec tendresse, non plus guidée par l'assouvissement fiévreux de leur première fois. Elle voulait s'offrir à Danny lorsqu'elle était entièrement libre ; et chérir ce souvenir quand elle ne le serait plus.

Elle voulait qu'il la touche, qu'il l'embrasse, qu'il explore avec elle le désir qui chuchotait toujours entre eux.

— Allons acheter des souvenirs, proposa-t-il.

— Acheter... des souvenirs ? dit-elle en riant, incrédule.

Ce n'était pas exactement ce qu'elle avait en tête. Mais après tout, peut-être réussirait-elle à utiliser un peu de la magie locale pour réchauffer les veines et l'esprit de Danny.

16

Plantée devant le présentoir, Marnie lui jeta un coup d'œil espiègle et brandit un kilt.

— Tu devrais essayer. Ça t'irait très bien.

— Je ne suis pas écossais.

— Je te cherche une chemise blanche... Et une ceinture.

— Quoi ? Marnie, tu plaisantes !

— Tu serais terriblement sexy, susurra-t-elle.

Le pouls de Danny s'accéléra. Marnie ne lui avait jamais tendu la perche d'une façon aussi audacieuse, en Amérique.

— Si tu continues, je vais t'embrasser ici et maintenant.

— Pour une fois, tu as le droit, non ? le défia-t-elle.

En une seule enjambée, il avala l'espace qui les séparait. Sa main trouva sa nuque et leurs lèvres se joignirent, tendres, puis brûlantes. Le désir. La passion. Le bouillonnement de son sang, le frisson de sa chair.

Il rompit le baiser avec un petit rire et appuya son front contre le sien. Elle caressa sa joue.

— Danny, nous n'avons qu'une journée. Non, nous n'avons que quelques heures. Je veux faire l'expérience de ce que nous pourrions être si nos difficultés n'existaient pas.

Il hocha la tête, prit sa main, et retourna à la voiture. Il n'y avait pas d'hôtel dans le village ; et il voulait la toucher, l'explorer, la posséder jusqu'à l'oubli. Il voulait se perdre dans leur double ardeur, juste aujourd'hui.

— Où allons-nous ?

— À la maison. Jace et Charlotte partent en lune de miel et la famille comptait les accompagner à l'aéroport. Nous serons tranquilles dans la dépendance. Il y a des verrous sur les portes, de toute façon.

Il prit le chemin du retour sur les chapeaux de roues, et, une fois arrivés, ils coururent en riant jusqu'au pavillon. La porte claqua, la clé tourna, et ils s'embrassèrent à perdre haleine. Mais ici, il n'y aurait pas d'urgence, pas de fébrilité : il voulait savourer chaque seconde, il voulait que cette escapade dure une éternité.

Il l'aida à enlever sa jolie blouse rose, elle l'aida à enlever son T-shirt. Malicieuse, elle proposa :

— On devrait prendre notre temps. Mettre un peu de musique, s'asseoir, discuter politique…

Il éclata de rire et la souleva dans ses bras. Elle recommença allègrement à l'embrasser pendant qu'il reculait vers la chambre, ouvrait la porte d'un coup de pied, et tombait dans le lit.

Il dut lutter pour dompter sa fièvre et la frénésie de leurs caresses. Lorsqu'il sentit son corps tiède, nu et souple sous lui, les secondes se cristallisèrent. Ses yeux étincelants, la courbe de sa bouche, la douceur de sa peau marquèrent son esprit d'une empreinte indélébile.

Parce qu'ils savaient qu'il serait fugace, leur bonheur avait un goût de désespoir, mais Danny s'obligea à l'ignorer encore un peu. Il voulait savourer chaque parcelle de Marnie, chaque facette ; sa douceur et son humour, son professionnalisme et son intelligence, ses excentricités et ses tendresses. Elle était si fine, si chaleureuse, si subtilement délurée, si amusante, si passionnante. Avec elle, il était tous les hommes qu'il voulait être. Un bon père, un bon avocat, un bon fils, un partenaire. Et son amour pour elle le submergea aussi irrésistiblement que sa jouissance.

Pendant qu'elle reposait dans ses bras, somnolente, il tenta de se souvenir qu'il risquait son cœur, qu'il avait accepté leur rupture. Mais il ne pouvait ignorer le bonheur d'être avec elle, ni l'espoir de pouvoir un jour vivre à ses côtés.

Il l'embrassa, et elle rit contre sa bouche ; le son perlé l'emplit d'un manque lancinant. Marnie était son éternité.

Ils firent l'amour une nouvelle fois, plus langoureusement, plus profondément, et exultèrent à l'unisson. Il n'avait jamais connu un plaisir si intime, si vibrant. Il aurait voulu s'y noyer encore et encore.

Il avait toujours le souffle un peu court quand son portable sonna. C'était Mark.

— Bonjour, Danny ! Rex est en pleine forme, alors nous avons décidé de déjeuner en ville. On sera de retour vers 3 heures pour la sieste du petit, si cela te va ?

— C'est parfait.

Après avoir raccroché, il sourit à Marnie.

— Il nous reste deux heures.

— Tu veux peut-être manger ?

— Peut-être, ronronna-t-il en l'attirant dans le creux de ses bras. Mais d'abord, je veux rester là et ne rien faire.

Elle se redressa sur un coude. Ses cheveux lumineux ruisselaient sur son épaule. Sa beauté lui coupa le souffle.

— De quand datent tes derniers congés, Danny ?

— Oh oh, s'esclaffa-t-il. Arrête. On dirait Mark.

— Tu sais que je ne prends pas cela comme une insulte ?

Elle laissa glisser ses doigts sur sa poitrine. Un frisson de bien-être le parcourut.

— Ah non ? Tu l'as déjà rencontré ?

— Écoute, je comprends pourquoi tu lui en veux. Mais je pense qu'il fait des efforts. C'est grâce à lui que tu as cette nouvelle famille. Il a accueilli tout le monde à bras ouverts. Il ne joue pas la carte du patriarche tyrannique sous prétexte qu'il est riche. Il n'a pas exclu vos parents adoptifs. Il veut le bonheur de tous.

Le sourire extatique de ses parents lui revint. Grâce à Mark, ils découvraient l'Écosse, et ils iraient aussi à Paris.

— Quand je vois ta famille, continua Marnie, je vois un puzzle. Des centaines de pièces éclatées. Vous devez trouver comment agencer tous les morceaux pour qu'ils se recollent. Mark vous a réunis, et il vous offre l'opportunité de vous connaître, de vous épanouir. Mais c'est à vous, ses héritiers, de créer l'image finale, de construire votre clan.

Il la contempla un long moment, frappé par cette description si juste. Elle lui offrait une perspective que, en raison de sa blessure, il n'avait pas voulu voir jusque-là. Il ne s'était jamais senti aussi compris, aussi parfaitement épaulé.

Il se redressa pour capturer ses lèvres. Comme avait-il jamais pu songer à la laisser partir ? Non. Il ne pouvait pas la perdre. Il se battrait pour eux. Il se battrait pour elle.

Le lendemain, ils reprirent l'avion pour New York. Marnie aurait tout donné pour ne pas rentrer chez elle. Pendant le trajet, ils n'échangèrent que des monosyllabes. Arrivés à leur immeuble, Danny serra Rex dans ses bras et Marnie les suivit à l'intérieur, l'esprit en ébullition. Cet appartement avait été son foyer pendant des semaines, mais aujourd'hui il lui semblait froid et vide. L'Écosse lui manquait – l'Écosse, et la famille turbulente, les cieux azur, les collines verdoyantes, les conversations libres, les rires… Et l'amour, facile et léger. Danny n'avait pas prononcé les trois mots fatidiques, mais elle les avait devinés dans chaque attention. La veille, ils avaient dormi ensemble dans sa jolie chambre bleue. Dans les bras l'un de l'autre, liés, emmêlés.

Et après un tel bonheur, New York, ses journalistes, ses gardes du corps lui faisaient l'effet d'une prison.

Danny déposa Rex dans sa chaise puis demanda au chauffeur de laisser leurs bagages. Une fois seuls, ils se tournèrent l'un vers l'autre. Le silence était assourdissant.

— Puis-je emporter ta valise dans ma chambre ? dit-il.

Son cœur manqua d'éclater dans sa poitrine.

— Vraiment ?

— Tu ne veux pas dormir avec moi ?

Elle voulait tout faire avec lui. Mais combien de temps leur restait-il ? Chaque seconde était une seconde volée…

Elle pourrait bien s'en inquiéter plus tard, n'est-ce pas ?

— Tu sais bien que si, souffla-t-elle.

Ils s'embrassèrent sur un sourire allègre, mais Rex se mit bien vite à tambouriner sur son petit plateau. Elle rit et le rejoignit dans l'espace cuisine.

— Papa a oublié de te donner ton jus de pomme, hein ?

Elle remplit son gobelet en plastique et Rex la remercia d'un piaillement de joie. Derrière elle, Danny glissa ses bras autour de sa taille. Elle savoura le picotement de sa barbe naissante contre sa tempe.

— Je dois aller au travail… Je ne sais pas comment tu vas gérer la journée de Rex avec le décalage horaire.

— J'ai déjà tout prévu, dit-elle en se tournant dans ses bras. Je vais lui faire faire deux petites siestes dans la journée, jouer avec lui entre-temps, et il sera épuisé à 20 heures.

— Mon héroïne, dit-il en riant.

Elle savoura la chaleur de son sourire, la douceur des cheveux qui bouclaient sur sa nuque. Pourquoi avait-elle si peur ? Ils pouvaient agir comme ils le désiraient, dans l'intimité de l'appartement. Elle avait le droit d'être heureuse. Le droit d'être auprès de lui. Et c'était tout ce qui comptait.

17

Danny demanda un rendez-vous à Jace dès son retour de lune de miel. Dans les bureaux d'Around the World Security, installé dans le fauteuil le plus inconfortable de la création, il lança sans préambule :

— Je veux que tu enquêtes sur Marnie.

Jace fronça les sourcils.

— Elle te pose problème ?

— Non. Elle *a* des problèmes.

— Depuis son lycée, c'est ça ? Nous le savons.

— Vous le savez ?

— Bien sûr. Tu ne crois pas que j'aurais laissé qui que ce soit s'approcher de Rex sans fouiller dans sa vie, non ?

Danny poussa un soupir.

— J'espérais que tu n'avais rien trouvé, à vrai dire.

— Son nom n'apparaissait nulle part avant ses seize ans, Danny. Je ne pouvais pas ignorer l'anomalie. Nous avons vite compris qu'elle avait commencé à utiliser le nom de jeune fille de sa mère, puis découvert que son père était Eddie Gouse... et nous avons suivi la piste jusqu'au bout.

— Alors tu sais ce qui lui est arrivé. Elle a peur, Jace.

— Que les photos refassent surface ?

— Que les photos ruinent sa vie. J'espérais pouvoir la rassurer en lui montrant que même la meilleure agence de sécurité de la ville n'avait rien trouvé sur elle...

— Parce que vous avez une relation, devina Jace.

— Peu importe notre relation. Je veux qu'elle puisse vivre sa vie comme elle l'entend.

— Danny, Marnie est adorable. Mais si elle n'est pas capable d'affronter son passé, elle n'est pas faite pour toi.

Il fronça les sourcils, piqué au vif. Qu'en savait-il ? Que savait-il des souffrances de Marnie, et des sentiments qu'ils avaient l'un pour l'autre ? Bien sûr qu'elle était faite pour lui ; avec elle, il avait découvert le bonheur simple et ineffable d'avoir trouvé sa place. Plus que tout, il voulait donner une chance à leur idylle.

— Tu ne crois pas qu'elle a assez souffert, non ?

— Si elle devient ta petite amie publiquement, tu ne pourras pas empêcher la presse de fouiner.

— Je commence tout juste à m'accommoder de Mark, soupira Danny en passant une main lasse sur son front. Mais je ne veux plus de ce statut. Je ne veux pas être un Hinton.

— Tu n'as pas le choix. Charlotte aussi voulait refuser son héritage. Danny, la presse serait encore plus curieuse si tu refusais ta fortune. La seule différence, c'est que tu n'aurais plus d'équipe de protection.

— Nous pourrions déménager en Écosse.

— Et ils te retrouveraient, rétorqua Jace, en souriant un peu tristement. Ils trouveront toujours les protagonistes d'une bonne histoire. Sincèrement, tu es bien moins intéressant si tu acceptes tes milliards sans faire de vagues.

— Sauf pour Marnie.

— Sauf pour Marnie. Tu sais aussi bien que moi ce qui va se passer. Les journalistes vont creuser dans le passé de Marnie dès qu'elle aura attiré leur attention, comme ils l'ont fait avec Leni à son arrivée. Ils vont vite comprendre qu'Olsen n'est pas son vrai nom, et ensuite, il suffit de tirer sur le fil rouge jusqu'au jackpot.

Danny se leva en secouant la tête, le cœur lourd.

— Tu veux mon avis ? ajouta Jace. Prends le contrôle. Fais publier son histoire avant que quelqu'un d'autre ne la trouve. Si ce n'est pas un secret, elle perd son intérêt.

— Je ne veux pas qu'elle souffre, Jace.

— C'est la seule solution pour prendre l'avantage, Danny.

Quand Danny rentra cet après-midi-là, Marnie remarqua immédiatement que quelque chose n'allait pas. Il n'arrivait habituellement qu'en début de soirée, et jamais avec une expression aussi sombre. Aussi… épuisée.

— Hé… Que se passe-t-il ?

Elle déposa un baiser sur ses lèvres. Il recula et secoua la tête. Un premier éclair de panique la traversa.

— J'ai besoin d'un verre. Tu veux quelque chose ?

— Pas pendant mon service, patron.

— Un seul verre ne te fera pas de mal.

— D'accord, tu m'inquiètes. Raconte-moi.

Il posa la bouteille encore fermée sur le bar.

— Je suis allé voir Jace aujourd'hui. Pour lui demander d'enquêter sur toi.

Le silence tomba comme un couperet. Médusée, elle s'affala sur le sofa avec un murmure étonné.

— J'espérais te prouver que même les meilleurs agents peineraient à retrouver ta trace, mais il savait déjà tout.

Une étrange sensation monta en elle, froide, détachée. Le passé et le présent se heurtèrent, glacés.

— Donc je ne suis pas aussi discrète que je l'espérais. Et il m'a laissée travailler pour toi malgré tout ?

— Bien sûr. Marnie, tu es la victime, pas l'agresseur.

— Mais…

— Mais il est convaincu que la presse ne mettra pas longtemps à creuser et que tu devrais les attaquer de front.

Son sang se figea dans ses veines.

— Il pense que la seule solution est de rendre l'affaire publique avant qu'ils ne la découvrent, ajouta Danny.

— C'est ridicule. Je suis la nourrice de ton fils. Pourquoi voudrait-on écrire quoi que ce soit sur moi ?

— Si notre relation devenait officielle, ce ne serait pas ridicule. Ils se battraient pour une interview.

— Non, asséna-t-elle, immédiatement, sans appel.

— Marnie, s'il te plaît… Nous partageons quelque chose

d'exceptionnel. Quelque chose de précieux. Je ne veux pas te perdre. Je veux être avec toi.

Il s'assit près d'elle et glissa sa main dans la sienne. Elle ferma les yeux pour retenir ses larmes. Bien sûr, bien sûr que leurs sentiments étaient précieux. C'était pour cela qu'elle avait chéri chaque instant, gravé chaque souvenir au creux de son cœur, dans l'espoir de tout mémoriser. Et Danny ne méritait pas d'avoir à se cacher. Il se lasserait bien vite de ne pas pouvoir sortir avec elle, de dissimuler leurs moments d'intimité, de mentir à sa famille. De n'avoir aucun avenir.

À cet instant, elle comprit qu'ils entamaient le début de leur rupture. Doucement, à petit feu, une torture lente.

Il se leva brutalement.

— Pas besoin de prendre une décision tout de suite. Quoi qu'il arrive, Jace nous soutiendra. Je commande italien ?

Si patient. Si plein de compassion. Il méritait tout l'amour, toute la liberté, toute la chaleur du monde. Et elle avait espéré l'emprisonner avec elle.

— Parfait. Rex adore sucer les spaghettis, répondit-elle avec un sourire.

Ce soir-là, ils firent l'amour avec passion, et Danny s'endormit dans ses bras. Mais, dans le silence de la nuit, Marnie savait que le compte à rebours avait commencé.

18

Chaque jour devint un peu plus important, un peu plus spécial aux yeux de Marnie. Elle câlinait Rex autant qu'elle le pouvait, aimait Danny plus intensément et plus profondément.

Une semaine plus tard, alors que le petit jet assigné à Danny atterrissait à Paris pour le mariage de Mark Hinton, une sensation exquise de sérénité apaisa un peu son cœur. Pour un week-end, elle était de nouveau anonyme.

Comme l'appartement parisien de Mark ne pouvait accueillir tout le monde, il avait loué deux étages d'un hôtel luxueux. Marnie et Danny avaient de nouveau été installés dans une suite à deux chambres, avec le berceau de Rex dans celle de Danny. L'intérieur était absolument splendide. Des fleurs fraîches reposaient sur chaque surface étincelante, des tapis colorés recouvraient les parquets lustrés, et une vue panoramique de la tour Eiffel illuminait le salon.

— Alors, quel est le programme ? demanda Marnie, assise sur le sofa blanc, en faisant sauter Rex sur ses genoux.

— Pas de programme. Mark et Penny veulent une cérémonie intime. Il n'y a même pas de dîner de répétition.

— Alors la soirée est à nous ?

— Absolument. On peut aller faire les touristes. Marcher le long de la Seine. Dîner au restaurant.

— Il faut que j'habitue Rex au décalage horaire.

— Oh ! ne t'inquiète pas. Mes parents ont demandé à le garder. Ils veulent que nous profitions de la ville.

— Ils... savent ? s'enquit-elle en croisant son regard.

— Je suis désolé. Toute la famille a deviné.

Un petit rire lui échappa. Elle aurait dû s'en douter : ils la traitaient tous comme une amie plutôt qu'une employée.

— Ne t'inquiète pas. Je savais que nos regards énamourés n'étaient pas très discrets.

Il rit et la serra contre lui.

À 8 heures, ses parents les rejoignirent pour prendre Rex, et le père de Danny les poussa dehors.

— Allez vous amuser ! Nous prendrons soin du petit.

Ils sortirent dans la nuit tiède et lumineuse de Paris avec le cœur léger. La soirée s'annonçait idyllique. Elle était avec l'homme qu'elle aimait le plus au monde, ses parents semblaient l'apprécier, et ils avaient des heures devant eux.

— Mes parents sont arrivés il y a quelques jours pour prendre le temps de visiter.

— Et pour passer du temps avec toi et Rex.

— Oui. Je suis heureux que notre relation s'améliore. J'ai trouvé une maison au bout de leur rue, mais il n'y a aucun meuble. J'imagine que je pourrais engager un décorateur...

— Mais c'est tellement impersonnel.

— Exactement. Et ma mère a envie de m'aider, alors... Je crois que nous allons partager le projet en famille.

Elle sourit et prit sa main.

— Bonne idée. Après tout, tu achètes aussi cette maison pour leur prouver qu'ils comptent à tes yeux, non ? Et ta mère va adorer pouvoir passer du temps avec toi.

Il caressa ses phalanges en hochant la tête.

— Où allons-nous ? demanda-t-elle.

— Dans un restaurant à quelques rues d'ici. Je me disais que tu préférerais marcher ?

— Oui, c'est parfait. La nuit est magnifique.

Il glissa son bras autour de ses épaules et elle se serra contre lui avec un soupir de contentement.

— C'est vrai, souffla-t-il. Et il n'y a rien de plus beau que de la partager avec la femme que j'aime.

La déclaration, confiée si simplement, ne la frappa qu'à retardement ; elle s'arrêta net, touchée en plein cœur.

— Danny... Tu m'aimes ?

— Oh. Pas toi ? s'étonna-t-il.

Il plongea son regard sombre dans le sien, et elle s'y accrocha, le pouls en cavale. Son passé rampait derrière elle, nocif – mais elle était à Paris avec l'homme de sa vie. Non, rien ne pouvait gâcher cet instant.

— Si, je t'aime aussi, souffla-t-elle, les larmes aux yeux.

Il l'embrassa passionnément en la soulevant contre son corps solide et fiévreux. Chaque détail s'incrusta en elle comme un joyau, la douceur de sa bouche, la force de son buste, la chaleur dans son âme...

Et la voix suppliante qui lui chuchotait qu'elle n'était pas tenue d'abandonner un tel bonheur. Leur amour méritait de tout risquer, malgré la peur bouillonnante. Mais comment ?

Toute la soirée, personne ne leur prêta attention. Danny avait gardé son nom, Manelli, et personne ne reconnaissait son visage, ici. Leur dîner était intime, leur promenade anonyme, et, dans cette bulle secrète, il n'y avait qu'eux.

C'était si simple... Bien sûr, pour l'instant, Danny aimait son travail à Waters, Waters & Montgomery ; mais bientôt, il voudrait avancer. Il pouvait aller où il le désirait. Suivre toutes ses envies. Et quand il serait prêt, elle suggérerait de déménager en Espagne, en France ou en Italie. Ils pourraient tout reconstruire. Ils pourraient être eux-mêmes. Elle aurait enfin un avenir.

C'était la solution idéale.

Le mariage de Mark et Penny se déroula au musée Rodin. Penny était divine dans sa robe courte, et Mark radieux dans son costume sombre. Après l'émouvante cérémonie, la séance photo sembla durer des siècles, et l'organisateur de mariage se transforma en tyran absolu. Rex se mit à pleurnicher dans ses bras – mais rien ne pouvait émousser le bonheur de Danny. La veille, Marnie s'était totalement offerte à lui. Plus de barrières, plus d'hésitation. Il avait senti son adoration dans chaque baiser, dans chaque rire, deviné sa quiétude lorsqu'elle avait sombré dans un sommeil paisible. Avait-elle enfin pris sa décision ? Avait-elle choisi de rendre leur relation publique ? Oui, sans aucun doute. À son retour, il appellerait Jace, et ils trouveraient un journaliste discret qui saurait raconter son histoire avec empathie.

Ce soir-là, Marnie ne prit pas la peine de cacher leur joie devant sa famille. Sa main dans la sienne, elle discuta avec ses sœurs, plaisanta avec sa mère, et accepta l'invitation de Leni à venir dans son village natal pour Noël.

C'était la meilleure soirée de sa vie.

Comme Rex tombait de sommeil, ses parents proposèrent d'aller le coucher dans leur suite. Il accepta leur proposition avec reconnaissance. Il dansa avec Marnie jusqu'à ce que l'orchestre plie bagage, et encore un peu après cela.

Devant leur hôtel, des hommes mal attifés en train de fumer s'étaient attroupés près des portes malgré l'heure tardive. Marnie fronça les sourcils, un peu inquiète. Leur présence était étrange, pour un endroit aussi élégant, et en plein milieu de la nuit. Quand Danny se tourna vers elle pour l'aider à sortir de la limousine, les inconnus s'agitèrent. Danny resserra son étreinte autour d'elle et accéléra le pas. Du coin de l'œil, elle remarqua leur garde du corps s'arrêter devant les portes de verre et garder l'entrée de l'hôtel.

— Que se passe-t-il ? dit-elle, une fois dans l'ascenseur.

— Je crois que quelqu'un m'a reconnu.

Un frisson lui parcourut l'échine.

— Ils t'ont reconnu ? Ou ils t'attendaient ?

— Ne t'inquiète pas, Marnie. Je suis sûr qu'ils sont là pour le reste de ma famille. Je ne suis pas le plus intéressant.

Elle hocha la tête. C'était crédible : les journalistes attendaient sûrement des photos des nouveaux mariés, ou de Charlotte et de son ventre arrondi.

Cependant, une angoisse persistante s'était logée dans son estomac ; et même ce pressentiment insidieux ne pouvait la préparer à ce qui les attendait à Manhattan.

— Danny ! Danny ! Danny Manelli !

Devant leur immeuble, la horde de reporters hurlait à qui mieux mieux et tentait de leur barrer la route. Marnie détacha Rex du siège auto et le serra contre son cœur pour traverser la foule.

— Comment s'est passé le mariage ?

— Êtes-vous proche de votre nouvelle belle-mère ?

Dès qu'ils eurent passé la porte, les agents de Jace firent barrage derrière eux, et Danny se hâta de fermer les portes de l'ascenseur. Dans la cabine soudain silencieuse, Marnie tenta de calmer son souffle saccadé.

— Je suis désolé, Marnie. Mark a publié un communiqué de presse après le mariage. Ils sont juste curieux. Mais ils n'ont pas parlé de toi. Ils n'ont même pas vu ton visage.

Elle étreignait toujours Rex, prête à servir de bouclier contre quiconque lui aurait voulu du mal. Une fois dans l'appartement, elle le relâcha légèrement et embrassa son front. Cette fois-ci, les mots de Danny ne la réconfortaient pas. La presse ne la prendrait jamais pour la nourrice, alors qu'elle revenait d'un voyage avec les Hinton et enlaçait Rex avec tant d'émotion. Ils penseraient qu'elle était la mère de Rex, ou au moins la petite amie de son père. La peur s'insinua en elle.

— Marnie, ce n'est pas grave, répéta Danny.

— C'est grave !

Danny prit Rex dans ses bras et la mena par la main jusqu'au canapé. Il s'assit auprès d'elle.

— Pas si nous prenons les devants. J'ai parlé à Jace ce week-end. Je lui ai dit que j'étais d'accord avec lui. Nous devrions donner une interview avant que la presse ne se saisisse de ton histoire et la déforme. Jace connaît une journaliste parfaite pour s'en occuper.

Elle avait la gorge serrée.

— Tu tiens encore à cette idée ?

— J'y tiens encore plus depuis que tu m'as dit que tu m'aimais. Nous ne pouvons pas continuer ainsi.

— Je... Je pensais que nous pourrions déménager... Où personne ne nous connaît ? Dans un autre pays ?

— Mon travail est ici. Ma vie est ici.

— Tu ne vas pas rester chez Waters, Waters & Montgomery indéfiniment, murmura-t-elle, la bouche sèche. Tu peux faire ce que tu veux. Aller où tu veux.

— Non ! Je ne veux pas abandonner mon travail. C'est la seule chose qu'il me reste de ma vie d'avant. C'est un choix qui fait partie de moi. J'ai travaillé dur pour devenir avocat. C'est ce que je suis.

— Et je suis mon secret, murmura-t-elle, exténuée.

Leur compte à rebours était arrivé à échéance. La réalité faisait terriblement mal. Peut-être étaient-ils faits l'un pour l'autre... Mais leurs vies n'étaient pas conciliables.

— Ton secret fait partie de ton passé, mais ce n'est pas toi.

— Tu te trompes. Ce qui m'est arrivé a guidé ma carrière, guidé mon éducation, modelé ma personnalité. Je me suis toujours fondue dans le décor plutôt que de prendre la vie à bras-le-corps, et c'est à cause de ce que j'ai vécu.

— Tu as une chance de laisser tout cela derrière toi. Un entretien avec une bonne journaliste, et tu seras libre.

Elle secoua la tête, la gorge nouée par la panique.

— Peu importe que la journaliste soit la plus compréhensive du monde. Il y aura toujours des critiques, des insultes, des moqueries, des spéculations...

— Tu ne peux pas continuer à vivre dans le mensonge.

— Je ne vis pas dans le mensonge, je vis dans le secret.

— Mais si tu confies ton secret, il perdra le pouvoir qu'il tient sur toi. Tu seras libre, Marnie, répéta-t-il.

Oh ! elle savait ce qui l'attendait ; sa photo placardée dans les magazines, les journalistes sur ses traces dans la rue, les regards de mépris, les accusations mesquines. Toute la violence qu'elle avait déjà connue, encore amplifiée par le nombre et le pouvoir de ses détracteurs. Et cette fois, elle ne serait pas la seule à souffrir...

— Non. Non ! s'écria-t-elle. Je ne peux pas, Danny.

Rex geignit contre l'épaule de son père. Danny se leva, mais ne lâcha pas tout de suite sa main.

— Je vais le coucher et je reviens pour en discuter.

— Il n'y a rien à dire, Danny.

— Pas même que tu m'aimes, et que je t'aime, et que nous en valons la peine ?

Elle le regarda dans les yeux. Cette fois-ci, elle ne voulait pas mémoriser l'éclat de son regard. La douleur, la confusion, le chagrin, et un soupçon de colère. Elle comprenait : elle aussi était en colère. Contre ceux qui avaient joué avec sa vie jusqu'à ce qu'elle se brise. Contre ceux qui continueraient de mettre en doute sa parole, de construire des mensonges cruels sur une vérité déjà trop laide, de lui poser les mauvaises questions. Elle inspira profondément et trouva la force de répondre sans trembler :

— Nous savions tous les deux que notre histoire ne pouvait pas durer, Danny. J'espérais juste que nous aurions un peu plus de temps.

Il serra sa main dans la sienne.

— Juste une seconde. Je reviens tout de suite. Nous allons trouver une solution. Je suis là, Marnie.

Elle sourit légèrement, sans hocher la tête. Elle n'avait plus la force de mentir. Elle ne pouvait supporter de revenir en arrière, à l'époque où elle avait été si seule, si vulnérable, si fragile que la simple idée de sortir de chez elle lui arrachait des sanglots. Elle ne pouvait pas laisser les vautours fouiller dans ses entrailles encore une fois.

Quand Danny disparut dans le couloir, elle courut à sa chambre, jeta ses affaires dans un sac, et partit.

Son téléphone sonna cent fois ce soir-là. Elle effaça les messages de Danny sans les écouter et sans les lire. Il ne le savait pas encore, mais il serait plus heureux sans elle. Et cette vérité-là lui brisa le cœur.

19

Le lendemain matin, Marnie se réveilla au son des klaxons, dans son ancienne chambre, chez sa mère. Dans ce décor familier, les larmes lui montèrent aux yeux. Son cœur était trop lourd, son âme était trop vide. Le moment qu'elle avait tant craint était arrivé. Son passé avait gâché son avenir.

Elle avait perdu l'homme et l'enfant qu'elle aimait. Elle n'avait pas économisé assez d'argent pour monter son agence. Aucun de ses rêves n'avait plus de fondement. L'avenir ne lui réservait plus rien. Elle passerait à travers la vie comme un fantôme.

Sa mère toqua à la porte et entra avec une théière sur un plateau. Marnie ne prit pas la peine de s'asseoir.

— Ah, tu vas passer la journée à t'apitoyer sur ton sort ?

Judy déposa le plateau sur le lit et s'assit près d'elle.

— C'est l'hôpital qui se fout de la charité, riposta Marnie.

Judy fit claquer sa langue.

— Je t'avais prévenue, Marnie. Les hommes riches n'apportent que des problèmes. Mais non, tu as préféré le suivre en Écosse et à Paris ! Il t'a fait tourner la tête avec son argent et tu as cru que tu avais trouvé l'amour.

— Je n'ai rien *cru* du tout, maman.

— Bien sûr. En trois mois, tu es tombée amoureuse d'un type à des années-lumière de ton monde, alors que vous n'avez sûrement rien en commun. Logique. Crédible.

Piquée au vif, mécontente de la réflexion de sa mère sur Danny, Marnie se redressa et la foudroya du regard.

— L'argent n'a rien à voir avec tout ça. J'ai gardé la plus grande partie de mon salaire, j'avais un plan de secours. Mais je n'ai pas foncé tête baissée dans cette relation. Tu crois que je fais confiance aux hommes facilement ? Non. Je t'ai écoutée. J'ai été prudente. Mais je l'aime, et il m'aimait aussi.

Les mots lui brûlèrent la langue. Elle avait eu si peu de temps avec lui, si peu de temps pour lui dire combien elle le chérissait. Elle n'avait même pas perdu Danny, car elle ne l'avait jamais réellement eu : leur amour avait toujours été impossible, inatteignable. Elle n'avait pas besoin que sa mère le lui rappelle. Depuis dix ans, elle avait accepté que ses rêves lui glissent en permanence entre les doigts. Elle avait constamment fait taire ses espoirs. N'était-ce pas suffisant ?

— Je suis toujours prudente. Pas de rêves, pas de risque. C'est ce que tu m'as appris.

— Je ne t'ai jamais dit de ne pas rêver !

— Tu ne m'as jamais encouragée à rêver non plus. Et ne me dis pas que ce n'est pas la même chose ! s'exclama-t-elle avant que Judy ne puisse l'interrompre. Peut-être que rester dans l'ombre m'a protégée, mais c'est aussi à cause de cela que je stagne, maman.

— Tu ne stagnes pas ! Tu progresses sans arrêt. Tu as eu ton diplôme, tu as décroché un très bon travail. Tu as un plan de carrière, des projets, des idées.

Un plan, oui. Mais pas une vie véritable. Pas de sentiments, de sensations, ni cette liberté incroyable qu'elle avait ressentie à Paris et en Écosse. Pas le bonheur qu'elle avait entr'aperçu avec Danny. Le chagrin la déchira brutalement, comme un cataclysme, et un torrent sauvage et brûlant se déversa en elle. Soudain, à la place de cette terreur qui l'avait paralysée pendant des années, un courage titanesque surgit en elle, forgé dans le brasier de son deuil, et lui insuffla une énergie insoupçonnée – une énergie *vitale*.

Sa mère serra sa main dans la sienne avant de quitter sa chambre. Marnie ferma les yeux. Avant Danny, elle avait toujours courbé l'échine. N'était-ce pas ce que ses expériences et celles de Judy lui avaient appris ? Que les projecteurs et les regards étaient leurs ennemis ? *Pour vivre heureuses, vivons cachées*. Judy avait noyé sa haine de la haute société au fond d'une bouteille. Une fois délivrée par le divorce, elle avait arrêté de boire. Elle avait inculqué à sa fille la peur, la méfiance et la passivité. Mais était-ce vraiment sa seule option ? Avait-elle fait une erreur en choisissant de fuir plutôt que de combattre ?

Mary Poppins, de son vrai nom Mary Grant, arriva le soir suivant et prit la situation en main avec diligence. Elle s'était déjà installée dans la chambre de Marnie...

Il pressa ses poings sur ses paupières closes. Même son prénom le faisait souffrir.

Comment avait-elle pu partir sans lui dire au revoir ?

Non – il était injuste. Bien sûr qu'elle avait fui. Il ne lui avait pas laissé le choix. Il avait insisté pour qu'elle révèle un secret qui la torturait, dont elle avait honte, dont elle avait peur. Il ne méritait pas d'au revoir.

Les jours passèrent comme un vertige. Il allait au travail, mais les mots et les dossiers s'enchaînaient sans logique, la peine et l'épuisement obscurcissaient son jugement. Et Marnie, Marnie, Marnie hantait son esprit sans répit.

Il souffrait autant pour elle que pour lui-même. Ensemble, ils avaient vécu quelque chose d'incomparable, et sa perte l'avait laissé vide, engourdi de douleur. Mais Marnie avait tellement souffert auparavant. Elle avait déjà perdu tant de choses. Ses blessures lui brisaient le cœur.

Il avait envisagé d'aller la chercher, de la supplier, de la rassurer. Mais c'était impossible, et c'était cruel. S'il parvenait à la convaincre de raconter son histoire, il lui retirait une liberté précieuse. Marnie seule devait prendre sa décision. Quand elle avait quitté l'appartement sans se retourner, elle avait fait son choix ; et il devait l'accepter.

Il attrapa son portable et chercha le nom de Nick.

— Danny Manelli me passe un coup de fil pendant ses heures de travail ? La fin du monde est proche.

— Bonjour à toi aussi, Nick.

— Qu'est-ce que je peux faire pour toi ?

— J'ai besoin de faire une pause. Partir en vacances avec Rex dans un endroit tranquille.

— Pas étonnant. Tu travailles trop, Danny, et ces derniers mois n'ont pas été faciles. Tu te vois plutôt dans un chalet à la montagne, ou sur une île ? Comme nous sommes en octobre, tu n'auras pas de touristes.

— À la plage, c'est bien.

— Je te recommande la villa dans les Keys de Floride, alors. Il y a même un bateau de pêche.

— Ce serait parfait.

— Donne-moi deux heures pour faire préparer le jet et prévenir l'équipe en Floride. Je compte aussi Marnie ?

La question claqua comme une gifle. Personne ne savait encore que Marnie était partie. Marnie était partie, et il allait devoir vivre sans elle. Il ne voulait qu'une chose, c'était fuir son souvenir – l'appartement où elle avait laissé sa trace.

— Danny ? Tu penses rester combien de temps ?

Il déglutit douloureusement. Il était si fatigué. Fatigué du cirque qu'était devenue sa vie depuis que Mark y avait fait irruption. Son travail n'avait pas suffi à le sauver. L'amour n'avait pas réussi à le sauver.

— Je ne sais pas. Pour toujours ? On verra.

Il voulait partir avec son fils, tout laisser derrière lui, et ne plus jamais penser à Marnie Olsen.

L'agence envoya Marnie travailler pour une petite famille discrète. Elle gardait des jumelles dont le père était banquier et la mère pédiatre. Un élan de fierté lui arracha un sourire quand le Dr Sponsky la félicita : elle était la première nourrice à ne pas avoir besoin de ses conseils.

Le travail était agréable et gratifiant. Le salaire n'était pas aussi élevé que chez un héritier Hinton, bien sûr, et les Sponsky habitaient tout près de Park Avenue, mais peu importait, puisqu'elle avait entendu dire que les Manelli avaient déménagé.

Début décembre, huit semaines après avoir perdu Danny, elle était de nouveau dans le parc où Rex, Canaille et elle s'étaient promenés tous les jours. Mais cette fois, elle bavardait avec ses adorables jumelles, Sandra et Sheila, deux bébés d'à peine neuf mois, encore incapables de parler, très différentes de Rex...

Non, elle ne pouvait pas penser à Rex. Il était différent des enfants de tous ses autres emplois. Elle l'aimait comme son propre fils. Si elle se laissait aller à la sensation de manque et à la souffrance, elle ne contrôlerait plus rien. Elle se briserait à nouveau.

Elle emmitoufla Sandra dans sa couverture, puis s'assit sur le banc, tout près des petites filles. La journée était fraîche et ensoleillée, et sur le chemin s'éparpillaient les dernières feuilles de l'année. Elle ne voulait plus jamais penser aux Hinton. Elle avait trouvé un minuscule studio, pas trop loin du centre-ville. D'ici à quelques mois, elle aurait économisé assez d'argent pour payer la caution et le premier loyer. Maintenant qu'elle avait compris combien les opinions de sa mère avaient influencé sa vie, elle préférait avoir son propre espace. Elle ne lui en voulait pas ; mais elle avait besoin de découvrir qui elle était vraiment.

— Je vois que vous êtes de retour.

Elle sursauta et leva les yeux sur... son père. Pour l'amour du ciel ! Elle ne l'avait jamais recroisé depuis que Danny l'avait envoyé sur les roses. Pourquoi maintenant ?

— Et avec des jumelles, cette fois ? ricana-t-il. Vous changez de poste comme je change de dessous.

Quel imbécile. Comment avait-elle pu avoir peur d'un homme aussi petit et aussi mesquin ? Elle se leva d'un bond sous le regard curieux des jumelles.

— Tu sais quoi, vieux fou ? Tu devrais y réfléchir à deux fois avant de rire de moi. Tu es en partie responsable de mon existence, après tout.

Il abaissa lentement son journal.

— Et comment ça ?

— Parce que tu es mon père. Tu m'as abandonnée il y a des années. Tu as refusé de me voir quand j'ai essayé de reprendre contact. Et je suis devenue ce que je suis toute seule, sans ton aide. Alors descends de tes grands chevaux et regarde-toi en face avant de me juger.

— Marnie ? souffla-t-il, les yeux écarquillés.

Elle le toisait avec défi, le menton haut. Il posa son journal et se leva à son tour, abasourdi.

— Oh ! mon Dieu... Je... Je ne sais pas quoi dire.

Elle tourna les talons et attrapa le guidon de la poussette double. Elle n'était pas intéressée par ses excuses.

— Il n'y a rien à dire. Je ne me serais jamais présentée si tu ne m'avais pas continuellement rabaissée. Je ne veux pas de toi dans ma vie. Je veux juste que tu me laisses tranquille quand je viens au parc. Alors la prochaine fois, sois gentil, et garde tes distances.

Elle le planta là, bouche bée, et partit sans se retourner. Sur le chemin de la maison, un petit rire extatique lui chatouilla la gorge. Elle se sentait soudain si puissante ! Elle lui avait tenu tête. Mieux encore, elle lui avait dit qui elle était. Elle avait été abandonnée, piétinée, maltraitée toute sa vie. Et elle était tout de même rongée de honte ? Pourquoi donc ? Elle n'était pas coupable. Elle n'avait rien à cacher.

Son souffle s'accéléra. Danny avait raison.

Danny avait si souvent raison...

Les larmes lui montèrent aux yeux, mais elle rit à travers leur voile. Il avait fallu pourfendre son premier démon avant de comprendre ce que Danny lui avait si souvent répété. Elle ne pouvait être heureuse si elle ne se délestait pas de son secret. Elle voulait en finir. Elle voulait vivre, enfin vivre, sans fardeau. Elle attrapa son téléphone et pressa le numéro.

— Allô ! Marnie Olsen à l'appareil. Pourrais-je être mise en relation avec Jace MacDonald, s'il vous plaît ?

20

Marnie traversa le hall vitré de Lancaster Media, la tête haute, le cœur battant à tout rompre. Jace la suivait de près – pas comme garde du corps, mais comme ami.

Une réceptionniste les mena dans une pièce décorée comme un petit salon. Un producteur à la pointe de la mode attacha un micro à son col, puis s'éclipsa.

Quelques minutes plus tard, Angelica Cabala les rejoignit. Rousse, grande et fine, elle avait ses notes dans une main, et lui tendit l'autre pour la saluer.

— Prête ?

— Plus que jamais.

Angelica hocha la tête puis se tourna vers la caméra.

— Nous sommes de retour, annonça-t-elle, en transition avec la publicité qui serait insérée au montage. Aujourd'hui, nous accueillons une invitée très spéciale. Marnie Olsen est l'ancienne nourrice de Rex, le fils de Danny Manelli. Bien sûr, vous savez tous que Danny est le troisième héritier disparu de Mark Hinton. Marnie, bienvenue !

La caméra pivota vers Marnie. Ses veines se glacèrent, son estomac se retourna, mais elle s'accrocha au souvenir de Danny. Elle avait fui trop longtemps ; elle l'avait laissé souffrir pour elle. Elle inspira profondément.

— Merci.

Angelica agita ses mains délicatement manucurées.

— Entrons tout de suite dans le vif du sujet, Marnie. Vous

m'avez contactée pour me confier que vous et Danny aviez entretenu une relation intime, et que vous aviez une histoire à rendre publique ?

Jace lui avait conseillé de mettre en avant sa liaison avec Danny. Évidemment, la journaliste avait sauté sur l'occasion.

— Commençons par la question que tout le monde se pose. Sérieusement ? La nourrice et le riche père célibataire ? C'est un peu cliché, non ?

Danny lui avait dit la même chose, des mois auparavant – avec ce grand sourire qui lui manquait tant, et son regard si tendre... Elle secoua la tête avec un petit rire.

— Oh ! nous en étions très conscients. Mais Danny n'est pas un stéréotype. Sa vie a été complètement bouleversée par les révélations de Mark Hinton.

— Bouleversé de se découvrir milliardaire ? railla Angelica en arquant un sourcil élégant.

— Leni, Danny et Charlotte avaient tous des projets, une vie, une famille. De l'extérieur, tout le monde voit l'immense avantage de leur nouvelle fortune. Mais il y a des revers.

— Désolée, mais je ne vais pas les plaindre.

Marnie fronça les sourcils, piquée au vif.

— Vous savez que ce n'est pas ce que j'ai voulu dire. Imaginez seulement : vous n'avez pas été catapultée dans ce studio du jour au lendemain, n'est-ce pas ?

— Non, rétorqua Angelica, visiblement irritée, mais j'ai travaillé dur pour y arriver.

— Bien sûr. *Et* vous avez eu des années pour vous habituer à votre environnement.

— Certes.

— Mais pas les héritiers Hinton. Ils n'ont pas eu le choix : ils ont dû laisser leur ancienne vie derrière eux. Depuis qu'ils connaissent leur père biologique, la presse les suit partout. Chaque détail de leur vie est scruté, disséqué.

— Et qu'en est-il de vous, dans tout cela ? s'enquit Angelica en se penchant en avant, l'œil alerte.

— Moi ? Je n'avais jamais travaillé pour quelqu'un d'aussi riche. Quelqu'un dont les affaires privées sont des affaires publiques.

Elle regarda la caméra bien en face.

— Et j'ai fait des erreurs, déclara-t-elle sans ciller.

— Des erreurs ? susurra Angelica.

Marnie inspira lentement, doucement. C'était maintenant ou jamais. Elle ne pouvait pas supporter d'avoir fait du mal à Danny ; pas supporter de vivre un jour de plus dans la peur.

— À cause d'un prédateur sexuel, j'ai changé de nom et j'ai fui mon passé.

Angelica haussa les sourcils mais la laissa poursuivre sans l'interrompre.

— Quelqu'un a pris des photos de moi dans une... position compromettante...

Elle s'interrompit, secoua la tête.

— Non. Pas besoin d'euphémisme. Il a pris des photos de moi quand j'étais nue, endormie, et vulnérable. Il a profité de moi. Mais quand ma mère a appelé les autorités, c'est moi qui ai été jugée, harcelée, et insultée. Je n'ai pas fui à cause des photos : la police a demandé à mon agresseur de les supprimer, et je pense qu'il l'a fait. En dix ans, je n'ai eu aucune preuve du contraire. Si j'ai changé mon nom, c'est à cause du harcèlement qui a suivi.

Angelica ne répliquait toujours pas, non plus par professionnalisme, mais parce qu'elle semblait stupéfaite.

— Je suis là aujourd'hui car je veux cesser de fuir. Je veux cesser de me cacher. Si les photos réapparaissent parce que j'ose être la compagne d'un des hommes les plus riches de la planète... alors très bien. C'est la vie.

Elle jeta un œil sur Jace et lui sourit.

— Un de mes bons amis m'a rappelé que je n'étais pas seule à faire face à de telles violences, et que je pouvais donner une voix à ceux qui n'en ont pas la possibilité.

— Et c'est admirable, déclara Angelica en posant ses notes. C'est puissant.

— Pas vraiment. C'est juste la vérité.

— Vous parlez des autres victimes. Pensez-vous être une

défenseure de leurs droits, la tête de proue d'un mouvement qui les aiderait à se manifester à leur tour ?

— Non. Chacun doit avoir le droit de composer avec son traumatisme comme il ou elle le souhaite. Je suis simplement fatiguée de vivre dans l'angoisse. Et c'est ce que je souhaite à tous les autres : qu'ils ou elles se libèrent de leur peur.

— Encore une fois, une déclaration puissante, répondit Angelica avant de serrer sa main dans la sienne. Merci, Marnie, d'être venue nous voir aujourd'hui.

— Merci de m'avoir laissée raconter mon histoire.

— Nous n'avons plus de temps, mais j'adorerais vous revoir pour un autre entretien. Parler de votre vie avec Danny Manelli, apprendre à connaître le monde des Hinton ?

Marnie rit. La plus délicieuse des euphories montait en elle, légère et scintillante comme une bulle de champagne. Elle était libre, enfin *libre*.

— Merci, mais non merci, dit-elle dans un sourire.

De toute façon, elle n'appartenait plus au monde des Hinton. Elle avait abandonné Danny par lâcheté, et elle avait exposé sa famille à une nouvelle vague médiatique. Elle n'en dirait pas plus. Cette fois, elle ne gardait pas de secret : elle était simplement discrète. La différence entre les deux ? Elle était enfin en paix avec elle-même.

Quand le réalisateur cria « coupez ! », Angelica s'avança vers elle.

— Je suis sérieuse. Si vous voulez parler… je suis là.

Marnie lui sourit et la remercia encore une fois avant de partir, Jace à ses côtés.

Le jour de la diffusion, Shirley lui annonça que les Sponsky l'avaient renvoyée. Personne ne voulait engager une célébrité. Shirley la rassura : sa notoriété s'évaporerait vite et elle gardait sa place à l'agence.

Mais elle avait encore perdu une bonne place. Et beaucoup de parents refuseraient de travailler avec elle, pendant les prochaines semaines. Son profond soulagement se teinta de réalisme. Oui, elle s'était libérée de son secret. Mais sa célébrité éphémère allait rendre sa vie très difficile.

Deux semaines plus tard, elle était toujours sans emploi. Plusieurs familles avaient refusé de l'engager. L'excitation avait bel et bien disparu : son moral était au plus bas.

— Ça va passer, Marnie, lui promit sa mère ce soir-là, assise au bord de son lit.

— Je vais bien, ne t'inquiète pas...

— Tu vas toujours « bien », railla Judy.

— J'avais économisé pour un appartement près d'ici, mais je crois que je vais devoir déménager. Recommencer ailleurs.

— C'est peut-être une bonne idée...

Sa mère se releva sans croiser son regard. Dans sa voix, Marnie décelait ses remords. Elle attrapa sa main.

— Maman, ce n'est pas ta faute.

— C'est gentil, mais si. En grande partie.

— Tu sais quoi ? Laissons toute cette histoire dans le passé. C'est sa place, après tout. Je veux avancer avec toi.

— Ce n'est pas une mauvaise idée.

Elles se sourirent. Leur silence, enfin, était plein d'une nouvelle complicité. Marnie avait perdu son père, son frère, son travail, Danny et Rex. Elle n'avait pas l'intention de perdre sa mère aussi. Elles s'étaient peut-être blessées mutuellement ; mais elles pouvaient guérir ensemble.

Après une nuit agitée, des coups à la porte d'entrée réveillèrent Marnie en sursaut. Elle attendit que sa mère aille ouvrir, mais rien ne bougeait dans l'appartement. Dehors, on frappait toujours. Avec un grognement, elle enfila son peignoir et courut vers l'entrée.

— J'arrive, j'arrive ! s'écria-t-elle.

Elle ouvrit la porte à la volée, et derrière l'attendait...

Danny Manelli.

— Oh. Danny, souffla-t-elle.

— Bonjour.

Son cœur s'envola. Elle n'en croyait pas ses yeux. Danny, chez elle, et ce sourire qui lui avait tant manqué...

— Est-ce que je peux entrer ?

Elle jeta un coup d'œil par-dessus son épaule au petit appartement modeste que sa mère et elle peinaient à louer. Mais elle s'était promis de ne plus jamais fuir, pas vrai ?

— Bien sûr. Je t'en prie.

Il la suivit dans le salon. Il était absolument sublime avec son pardessus camel, ses gants de cuir serrés dans sa main, les cheveux piquetés de neige.

— Tu manques beaucoup à Rex.

— Il me manque aussi.

Elle sourit, les yeux brûlants de larmes. Elle ne passait pas une heure sans songer au petit garçon, à l'amour qu'il lui avait offert, à l'amour qu'elle aurait aimé lui donner sans cesse.

— Je peux t'offrir à boire ?

— Non. Je n'en ai pas pour longtemps.

Était-il venu lui reprocher d'être partie ? Elle méritait sa colère, mais elle n'était pas sûre de pouvoir l'affronter.

— J'ai vu l'interview, Marnie.

— Je suis désolée, Danny. Parler de notre relation était la meilleure façon d'attirer l'attention de la journaliste. Je n'ai pas réfléchi aux conséquences. Je voulais tout avouer et en finir. J'avais mal et j'ai été égoïste.

— Quoi ? Non, ce n'est pas... Ce n'est pas grave, Marnie. C'était la chose la plus courageuse que j'ai jamais vue. Et je suis si heureux que tu ne l'aies pas fait pour moi. C'était ton choix. Seulement... Tu as laissé entendre que tu avais peut-être encore des sentiments pour moi. Je crois.

— Bien sûr.

En doutait-il ?

— Quand tu m'as dit que tu m'aimais, c'était la vérité ?

— Évidemment.

— Pourquoi es-tu partie sans un mot, alors ?

— Je voulais te protéger. De moi. De mes erreurs.

Le silence s'étira, rendu brûlant par l'intensité de son regard sombre. Elle reprit la parole la première :

— Comment va la vie en Floride ?

— Elle n'a pas beaucoup de sens sans toi.

Piégée dans les profondeurs de ses prunelles, elle retint son souffle, le cœur battant. Sur ses lèvres tremblaient mille prières inavouées.

— Je ne peux pas non plus retourner en Écosse ou à Paris, à moins que tu ne viennes avec moi.

Elle rit doucement et secoua la tête.

— Oh ! ça ne devrait pas être un problème. Je suis libre comme l'air. Plus personne ne veut m'employer.

— Je ne veux pas t'employer non plus.

Elle cligna des yeux, la gorge nouée.

— Non ?

— Non. Mais j'aimerais beaucoup t'épouser.

Impossible. Avait-il vraiment prononcé des mots dont elle n'avait même pas le droit de rêver ? Cette fois, elle pressa sa main sur sa bouche pour retenir une exclamation étranglée.

— Je suis sérieux, Marnie.

Il ouvrit les bras, les lèvres incurvées sur son sourire si adorable.

— Viens. S'il te plaît. Je t'aime.

Elle se jeta contre lui et l'étreignit avec ferveur.

— Je t'aime aussi. Trop fort, trop vite, depuis le début.

— Jamais assez fort, dit-il taquin avant de l'embrasser, encore et encore.

Lorsqu'il rompit le baiser, elle resta lovée dans ses bras.

— Alors tu veux m'emmener en Floride ?

— Seulement si tu en as envie aussi. J'y travaille déjà. Beaucoup de testaments, de transferts de propriétés et de contrats avec des hommes d'affaires qui ont les mêmes envies que moi : vivre en paix, vivre heureux, et aller se baigner le week-end. Rex et moi aimons beaucoup notre maison, là-bas.

— Le soleil, la mer, avec toi et Rex ? Je crois que je pourrais m'y faire sans problème.

— Et nous pourrions nous marier en Écosse ?

Elle rit et déposa un baiser sur ses lèvres.

— Oui, oui, un autre mariage en Écosse. L'été prochain ?

— Parfait, dit-il souriant.

— Mais seulement si tu mets un kilt.

L'éclat de rire de Danny résonna dans son cœur longtemps après qu'ils eurent quitté l'appartement pour prendre l'avion. Installée dans le confortable fauteuil de cuir, la main chaude de Danny dans la sienne, elle ferma les yeux avec un sourire aux lèvres. C'était sa vie, maintenant. Sans peur. Sans secret. Et emplie d'amour.

Épilogue

Malgré la neige épaisse qui tombait sur Mannington, Kansas, à la veille de Noël, le jet Hinton atterrit sans encombre. Marnie emmitoufla Rex bien chaudement, et Danny attrapa la laisse de Canaille, qui avait presque doublé de volume ; puis, ils sortirent ensemble dans le soir scintillant d'étoiles et de flocons immaculés.

Un paradis de Noël.

La limousine les attendait à quelques pas. Marnie attacha Rex dans son siège auto, puis se glissa entre lui et Danny.

— Nerveuse ? demanda-t-il.

— De revoir ta famille au complet ? dit-elle souriante en frottant frileusement ses mains gantées. Non. Pour qui tu me prends ? J'ai dompté pire que six couples un peu trop bruyants.

— Mon héroïne, railla-t-il en attrapant sa main.

— Arrête de te moquer !

Impossible : il ne se lasserait jamais de l'entendre rire. Il avait aimé son sourire dès la première seconde, et il s'était promis de le voir aussi souvent que possible.

La limousine les arrêta devant l'immense maison que Leni et Nick avaient fait construire. Ils coururent ensemble sous la neige jusqu'au perron, Rex dans les bras de Danny, Canaille sur leurs talons. Et lorsqu'ils poussèrent la porte, une clameur les accueillit :

— Joyeux Noël !

— Joyeux Noël, répondit Danny tout sourire, en retirant le

petit bonnet de Rex, pendant que sa famille entière se rassemblait autour d'eux, bavardant à qui mieux mieux.

Quelqu'un lui vola Rex avant même qu'il ne lui enlève sa doudoune (« il est si mignon ! ») ; des bras solides l'étreignirent de part et d'autre, pendant que sa mère serrait Marnie contre son cœur, et que Canaille bondissait de jambes en jambes. Tout le monde était là : Jace et Charlotte, le ventre arrondi et le visage radieux ; Penny, Mark, ses parents adoptifs, ceux de Leni, les parents de Nick... Et lui et Marnie. Enfin réunis.

Comme s'il avait lu dans son esprit, Mark lui tapa chaleureusement l'épaule et lui glissa :

— Merci d'être venu, mon fils.

Et pour la première fois, entendre Mark l'appeler ainsi lui sembla... naturel. Marnie lui avait appris une leçon importante : profiter des bonheurs simples de la vie. Voir le bien avant de voir le mal. Accepter le passé, profiter du présent et rêver de l'avenir.

Marnie avait enlevé son manteau et mordait à belles dents dans un cookie préparé par Leni ; avec elle, ses deux sœurs riaient à gorge déployée. Cette réunion, où tout le monde avait sa place, où tout le monde était heureux... C'était sans doute pour cela que Mark avait tant lutté, ces derniers mois. Il avait voulu devenir un père pour ses enfants et profiter de la famille dont il avait toujours rêvé.

— Je n'aurais pas manqué la fête de Nick et Leni, papa.

Quand il tourna la tête vers Mark, son père avait les yeux remplis de larmes.

— Et c'est le plus beau cadeau de Noël de ma vie.

Danny étreignit son épaule. Il avait la gorge un peu nouée, lui aussi. Il secoua la tête et lui adressa un sourire taquin.

— Oh ? Alors je peux garder la montre que je t'ai achetée ?

— Pff. J'en ai au moins cinquante.

Danny éclata de rire. Ils rejoignirent ensemble l'espace cuisine, où tout le monde s'était rassemblé autour des plateaux de biscuits et des petits-fours faits maison. Un énorme sapin de Noël clignotait près d'une cheminée illuminée, et un tourne-disque passait des chants de saison. Pendant que Nick débouchait une bouteille de vin, que Penny dansait avec Rex, et que Jace racontait une anecdote abracadabrante sur une célébrité en quête d'un cadeau de Noël tardif, Danny rejoignit Marnie près du plan de travail et l'enlaça tendrement.

— Bienvenue dans le reste de ta vie.

Elle rit doucement et se serra contre lui.

— Je crois que je n'aurais pas pu imaginer mieux.